16 th
百花文学奖

第十六届百花文学奖

小说月报

入围作品集

《小说月报》编辑部 编

天津出版传媒集团
百花文艺出版社

图书在版编目（ＣＩＰ）数据

第十六届百花文学奖·小说月报入围作品集 /《小说月报》编辑部编. -- 天津 : 百花文艺出版社, 2015.6
（2016.1重印）

ISBN 978-7-5306-6769-9

Ⅰ. ①第… Ⅱ. ①小… Ⅲ. ①中篇小说–小说集–中国–当代②短篇小说–小说集–中国–当代 Ⅳ.
①I247.7

中国版本图书馆 CIP 数据核字(2015)第 122071 号

选题策划:《小说月报》编辑部　　编辑统筹:徐晨亮
责任编辑:齐红霞　赵　芳　　封面设计:任　彦

出版人:李勃洋
出版发行:百花文艺出版社
地址:天津市和平区西康路 35 号　　邮编:300051
电话传真: +86-22-23332651（发行部）
　　　　　 +86-22-23332656（总编室）
　　　　　 +86-22-23332478（邮购部）
主页: http://www.baihuawenyi.com
印刷:天津长荣健豪云印刷科技有限公司
开本:787×1092 毫米　1/16
字数:510 千字　　插页:4 页
印张:27
版次:2015 年 6 月第 1 版
印次:2015 年 6 月第 1 次印刷
　　　2016 年 1 月第 2 次印刷
定价:48.00 元

叶兆言

李铁

徐坤

杨少衡

王秀梅

孙频

张者

纳兰妙殊

曹军庆

王蒙

笛安

王祥夫

姚鄂梅

范小青

南翔

鲁敏

叶弥

裘山山

第十六届百花文学奖
小说月报入围作品集

目 录

[中篇小说]

叶兆言小传
白天不懂夜的黑　　　　　　　　　　叶兆言⋯⋯⋯ 004

李铁小传
男女关系　　　　　　　　　　　　　　李　铁⋯⋯⋯ 050

徐坤小传
地球好身影　　　　　　　　　　　　　徐　坤⋯⋯⋯ 076

杨少衡小传
海湾三千亩　　　　　　　　　　　　　杨少衡⋯⋯⋯ 096

王秀梅小传
天衣　　　　　　　　　　　　　　　　王秀梅⋯⋯⋯ 136

孙频小传
异香   孙　频……… 162

张者小传
同学会   张　者……… 190

纳兰妙殊小传
魔术师的女儿   纳兰妙殊……… 230

曹军庆小传
滴血一剑   曹军庆……… 262

[短篇小说]

王蒙小传
明年我将衰老   王　蒙……… 296

笛安小传
胡不归   笛　安……… 312

王祥夫小传
泣不成声   王祥夫……… 326

姚鄂梅小传
心理治疗师   姚鄂梅……… 334

范小青小传

梦幻快递   范小青········ 350

南翔小传

老桂家的鱼   南 翔········ 362

鲁敏小传

万有引力   鲁 敏········ 378

叶弥小传

逃票   叶 弥········ 396

裘山山小传

寒露寒   裘山山········ 416

编后语   《小说月报》编辑部········ 428

中篇小说

16th
2015/06
百花文学奖

中篇小说奖·入围作品

叶兆言小传

叶兆言,男,1957年生,江苏苏州人。1978年考入南京大学中文系,1986年获硕士学位。1980年开始发表作品。著有长篇小说《一九三七年的爱情》《花影》《花煞》《别人的爱情》《没有玻璃的花房》《我们的心多么顽固》《后羿》《驰向黑夜的女人》,小说集《艳歌》《夜泊秦淮》《枣树的故事》,散文集《流浪之夜》《旧影秦淮》《杂花生树》《旧年人物》等。其作《追月楼》曾获全国优秀中篇小说奖。小说《马文的战争》《美女指南》分获《小说月报》第十、十五届百花奖。现为江苏省作家协会副主席,中国作家协会会员。

白天不懂夜的黑

叶兆言

一

家庭烦恼谁也避免不了，每当心情不太好，为生活琐事郁闷，尤其和老婆拌过嘴，陷入了都不想搭理对方的冷战，我便情不自禁想起林放当年离婚后的那种快乐。那种被解放了的快乐难以言表，是个男人都会忍不住羡慕，都会被他内心深处的喜悦打动。鳌鱼脱了金钩去，摆尾摇头更不回，林放最著名的一句话，大丈夫何患无妻，离婚从来不等于世界末日，当然他的话还可以有另外一个著名版本：

"男人嘛，怎么能不离一次婚？"

后来，经历了三年牢狱之灾，林放的人生哲学中，又增加了一句至理名言：

"男人嘛，要想有那么点出息，你恐怕还得坐一次牢。"

时间回到一九八六年秋天，距今已快三十年，我们几个写小说的朋友凑一起，在湖南路上一家叫黑森林的餐厅请林放喝酒。那时候，身边的人好像都没什么钱，轻易也不敢上馆子，只有遇上谁发表文章，混到了一点小稿费，才会去馆子庆祝一番。林放是我们共同的朋友，他离婚了，从道理上来说，心情肯定不好，情绪一定低落，兔死狐悲唇亡齿寒，我们便在背后替他瞎操心，决定趁机聚会一下，毕竟也朋友一场，有福同享有难同当，干脆请林放喝个酒，好歹也安慰安慰他。

林放是我们那文学小圈子里第一个结婚的人，第一个离婚的，当然，也是第一个公开发表小说的，而且发表在当时最有影响的《人民文学》上。那时候，我们都是刚开始学习写作的文学青年，都觉得他会因为离婚很沮丧。林放的前妻李明霞是个干部子女，人长得又高又大，虽然不能说是沉鱼落雁那样的绝色美女，起码也是相当漂亮。当初林放不顾一切地追求李明霞，我们都很佩服他的勇气，都觉得他会碰壁，都觉得这事不太可能，没有太多现实性。结果碰壁归碰壁，有一度可以说头破血流，功夫不负有心人，最终还是心想事成，硬生生地把李明霞追到手，高高兴兴抱得美人归。

外面都在传说这家馆子价格很贵，很能宰人，吃完结账常会吓人一大跳。本地创办不久的一张晚报曾以《黑森林真黑》为题，发过篇幅不短的报道予以揭露，可能因为这原因，他们对文化人心存戒意，态度不太友好。林放那天来得最晚，我们点好了菜恭候大驾光临，却迟迟不见人影。那时候没手机，也不知道他到了什么地方，女服务员不停地过来催促，问什么时候能上菜，我们只好一个劲儿地往门外看，连声说等等，再等一会儿。在大家焦急的等待中，姗姗来迟的林放终于出现，他一脸快乐地走了进来，毫无歉意地看着我们，说，你们怎么选中这么一个地方？

早已不耐烦的女服务员脸色很难看，白了林放一眼，噘着嘴说：

"现在总可以上菜了吧？"

我们也顾不上与林放再敷衍，齐声说：

"上菜，现在就上，赶快上。"

喝什么酒已记不清，说过些什么话也忘了，能记住的只是林放的春风得意。他滔滔不绝口若悬河，一个话题跳到另一个话题，从头到尾，基本就是他一个人在说话。好汉不提当年勇，几年前在《人民文学》上发表小说的光环不复存在，那时候他已经不怎么写小说了，兴趣早已转移，很显然，还有更重要的事正等着他去完成。林放的这次出场，只是给大家传递了一个最简单信息，原来离婚也可以是件很快乐的事情。很快到了结账的时候，女服务员面无表情地送账单过来，我们中间有个比较认真的人接过账单，很仔细地看着，核了一下价格，一边看，一边咂嘴，然后嘀咕了一句：

"×，真他妈不便宜！"

我们七嘴八舌，都说给打个折，零头免了吧。女服务员面无表情，根本不愿意理睬。林放掏出一本红色的特约记者证，对女服务员亮了亮，说去跟你们老板招呼一下，商量商量，告诉他今天有个晚报的记者在这儿吃饭，让他打个折怎么样。女服务员不屑地看着林放，说我们这儿不打折。林放说，这事你说了不算，去跟你们老板说。女服务员扭头走了，不一会儿，老板一本正经地出来了，非常诚恳地问哪位是记者同志，点头哈腰地又问菜肴味道如何。我们异口同声，一边将林放推出去，一边称赞说菜还不错，说厨师手艺很好，只可惜价钱稍稍贵了一点。老板看了看林放，说能觉得菜不错就行，我这儿呢讲究的就是一个质量，如果是别人，我真可以给你们打折，是晚报的记者，这个就对不起了，我是一分钱折扣也不会打。

老板的话是存心让林放下不了台。老板又说，我这儿就是不给报社的记者打折，不打折就是不打折，你们总不能为这个再投诉我们吧？别人都说要防火防盗防记者，做生意的都害怕你们，我不怕，老子就是不怕。他这么气势汹汹地一说，我们都有些不太高兴。首先，我们也不是什么记者；其次，聪明反被聪明误，林放那个特约记者证本来就是蒙蒙人的，现在既然蒙不了人，那就什么都算不上了。事情到这一步，犯不着跟餐厅的老板斤斤计较，立刻把钱付了。说好是大家请林放，来了七个人，除了林放，剩下的六个人掏腰包平摊，当场把账结算清楚。林放有些不好意思，说怎么是你们几个请我吃饭呢，应该是我来请你们。你们想想，我终于把婚离了，终于离了，这可是件大好事，应该好好庆祝庆祝：

"喂，你们别这样看着我，我说的可是真话。"

二

我和林放最初是通过上夜校认识，说起来他还是我的老师，正经八百地教过我。一九七七年，我在郊区的一所夜校上课，林放是教我们作文的语文老师。按说也没比我大几岁，可是因为在当时的报刊上发表过文章，他给人的感觉，写作方面非常有才华。确实很有才华，印象最深的是讲解鲁迅小说，说得头头是道，丝丝入扣，让人恍然大悟茅塞顿开，经过他的分析，我们终于明白了什么叫要点，明白了鲁迅的小说好在什么地方，明白了鲁迅为什么要这么写，同时，也开始明白还有哪些不足。

那时候，林放是一所中学的语文代课老师，不是正式编制。能够谋得这份教职，缘于几年前的"批林批孔"，他一篇批判孔子的文章大出风头，得到有关领导高度赞赏。在夜校也是兼职，很快高考恢复了，这样那样的补习班如雨后春笋，临考前夕，他的作文课人满为患。林放是我见过的命题作文高手中顶尖人物，他教我们怎么猜题，怎么审题，怎么套题，怎么出奇制胜，怎么让改作文的老师眼睛为之一亮。林放还能写一手好字，在书法上下过功夫，用粉笔在黑板上书写，坐下面的女学生便不住地咂嘴。记得当时有一本油印的作文选集，里面收了他写的二十篇范文，在当年，这本集子就像高考秘籍，足以应付各类可能出现的作文命题。

我和林放一同参加了高考，恰巧又在同一个考场。那时候刚恢复招生，只要是个学校就是考场，就人满为患，有太多的人参加考试，很多届的学生都挤在同一个战场上拼杀。南京天气又非常热，没有空调没有电风扇，考生们挥汗如雨，一个个都跟洗桑拿一样。记得考完语文后，灰头土脸湿漉漉地从教室出来，远远看见林放正在那边与人高谈阔论。他伸手招呼我过去，问考得怎么样，问那几个病句是不是都改对了，作文有没有走题。我脑袋晕乎乎的，基本上属于一种中暑状态，甚至都记不清刚考过什么。

结果让人十分意外，林放居然没考上大学。这说明考试貌似相对公平，可是仍然会有人才流失。也许其他课目没考好，也许还有别的原因，譬如政审什么的，反正高考落榜从此成了林放的一个心结，提到了就特别窝火。多少年来，我一直是他举例的对象，为了表明自己的人生不得志，在爆出了一句粗口之后，他常常会很幽默地再补上一句：

"我的学生考上了大学，而我，他的辅导老师，却被无情地拒绝在了大学的门槛之外。"

第二年，林放干脆直接参加研究生考试，不幸地又一次名落孙山。这一次更加冤枉，他进入了复试，是口试，根据那时候惯例，进入复试的人基本上都会录取，可能他太狂妄了，口出狂言，把人家给狠狠地得罪了，弄得考官很不开心，结果就自食恶果。考的是文艺理论，林放只顾自己满嘴跑火车，一个劲儿光知道卖弄，大谈"车别杜"，也就是俄国的车尔尼雪夫斯基、别林斯基、杜勃罗留波夫。或许早就明白口试一定会跟他讨论这个，林放做足了准备，俄国人名字都很长，长长的一大串，他故意跟人家玩深奥，一说起别林斯基，就是"维萨里昂·格里戈里耶维奇·别林斯基"，一提到杜勃罗留波夫，就是"尼古拉·亚历山大罗维奇·杜勃罗留波夫"。这样的卖弄很像我们小时候看了电影《列宁在1918》，都喜欢卷着舌头说"弗拉基米尔·伊里奇·列宁"。其实这称呼也是小孩子的想当然，"列宁"只是笔名，列宁的真名应该是"弗拉基米尔·伊里奇·乌里扬诺夫"。在口试中，林放竟然与考官为"车别杜"的排名争论起来，他坚持认为应该把车尔尼雪夫斯基放在别林斯基前面：

"别林斯基确实也不错，不过我还是觉得，他要比车尔尼雪夫斯基略差一点，毕竟尼古拉·加夫里诺维奇·车尔尼雪夫斯基写过一部很著名的长篇小说《怎么办？》，有这样一部长篇小说，和没有这样一部长篇小说，显然是不一样的，你说呢？"

林放属于那种在哪儿都有气场的人物，在什么地方都能反客为主。考官的脸当场气绿了，据说这家伙曾正经八百地学过俄语，开口闭口全是别林斯基语录，动不动就是"艺术是形象思维"，文学人物是"熟悉的陌生人"，可硬是被林放的狂妄吓得不敢开口。眼前的这位考生完全忘记了身在何处，根本不把他这个考官当回事，是可忍，孰不可忍，最后，忍无可忍的考官总算想到一句别林斯基的名言，可以用来回击林放，可以很好地教训一下这个不知天高地厚的小子：

"'不好的书告诉你错误的概念，使无知者变得更无知'，别林斯基的这句话太好了，我想它是可以击中一个人的要害的。"

林放意识到不妥的时候，事态已无法挽回。他注意到了考官脸上的不屑，突然想到自己命运还掌握在这个迂腐的家伙手里。醒悟也来不及了，林放遇到了典型环境中的典型人物，他已经被击中了要害，考场上的过分张扬让他付出了沉重代价，嘴上讨得的便宜最后让他吃了大亏，临了，他是唯一一位复试被淘汰的考生。教训很深刻，代价很惨重，这件事对林放的打击不大也不小：说不大，是因为他觉得自己就算被录取了，跟着这样的导师学习也是无趣；说不小，是因为工作还没有正式落实，他仍然还是工人编制，仍然还是"以工代干"的夜校兼职老师。如果被大学录取，这一切问题就都不再是问题。

差不多是在同时期，林放开始狂写小说，如痴如醉，连续不断地向本地的几家文学刊物投稿，一次次被退稿。接着，他又向北京的《人民文学》和上海的《上海文学》轮番发动进攻。《上海文学》没有理睬林放，《人民文学》却在退了几次稿子后，刊用了他的一篇小说，而且是放在头条位置上隆重推出。这在当时是一件非常了不得的大事，非常引人注目，非常轰动，从此林放在文坛上便有了点声势，所谓一登龙门，立刻身价百倍，毕竟《人民文学》是当时最有影响的刊物，人们不得不刮目相看。在我认识的一批文学青年中，林放是那种多才多艺的人，能写一手很不错的毛笔字，会拉几下二胡，还会画画，新诗旧诗都能来几句，现又在《人民文学》发表了小说，他在我们心目中的地位越发高大起来。

上世纪七十年代末，文学成了最大时髦。因为进了中文系，因为赶上了文学热，我免不了也跟着瞎起哄，追随班上同学一起学习写小说，写了便向林放征求意见。说老实话，林放不仅是我的语文老师，辅导我如何顺利地通过高考，他还教我怎样写小说。是林放最先发现了我的写作才能，记得当时大学校刊拒绝刊登我的一篇小说，弄得很没面子，让人垂头丧气，他听说后哈哈大笑，鼓励我不要灰心，不要被这种微不足道的退稿击倒。他说这其实是个非常好的开端，你要用这个来励志，要把这事当作起点，要用你的实力来证明自己，要让有些人明白，要让他们明白当初的拒绝是多么愚蠢。

转眼进入八十年代，文学变得更加疯狂，一时间工农兵学商，好像所有的人都在看小说写小说。市面上给人介绍对象，有一句重要的广告词就是"喜欢文学"，喜欢不喜欢小说成了文化标签，只要能发个文章就会引起异性注意，只要办文学刊物就会畅销，只要是个文学讲座就会有人抢座位。林放周围聚集了一帮喜欢写作的文友，我们志同道合，一起写诗，写小说，我和林放的关系也开始变得微妙起来。他不允许我再称他为林老师，觉得这样的称呼过于见外，有些生分，不足以反映我们之间的交情。俗话说一日为师，终身为父，有一段时候，他正狂追李明霞，考虑到她比我还小两个月，称呼老师把他喊老了，为了使自己听上去更年轻一些，为了拉近距离，他竟然放下身段，很认真地对我说：

"从今天开始，要是敢在李明霞面前再喊我一声林老师，我立刻跟你翻脸！"

三

那时候，正是林放对李明霞穷追不舍的阶段。生命诚可贵，爱情价更高，多少年来，我一直顽固地认为，如果不是因为这位冷艳的李明霞，如果不是她从半道上冒出来，林放的未来很可能是另外一种命运。那年头的男女恋爱，本质上都很保守，所谓谈恋爱，首先都是精神的恋爱，君子动口不动手，媒妁之言父母包办也罢，自己对上眼的自由恋爱也罢，基本上也就是一个"谈"。林放原来有个女朋友张跃，长得也很不错，我们也都认识，谈了好多年的恋爱，早已到了谈婚论嫁的地步，证领了，连婚期都订好了，就安排在五一劳动节。

林放和张跃从小认识，在一条街上长大，可以算是青梅竹马。双方大人都熟悉，林放跟张跃外公学过毛笔字，他那手颜字的基础，就是张跃外公帮着打下的。他们还是小学同班同学，都在"文革"开始的那一年升入中学，张跃考上了当时南京最好的中学，林放只是进了一所普通中学，两个人差距立刻拉开，他因此对张跃更加刮目相看。很快就是"文革"的狂风暴雨，红卫兵大串联，参加形形色色的造反派组织，然后知识青年上山下乡。林放他们那一拨人差不多都去了农村，张跃去了苏北农场，林放则是个例外，始终赖在城里没有下乡。那一阵，居委会天天派人到他家做思想工作，要吊销户口，林放母亲想尽一切办法，通过医院的朋友做假证明，找认识的熟人开后门，最后硬是死皮赖脸地让儿子留在了城里。

很长一段时间，林放像个黑户，非常孤单，成了一个遗弃在城市里的孤儿。他显然被这社会抛弃了，岁数相仿的人都下乡，林放成为一名不折不扣的落后分子，跟不上时代步伐，惨遭社会淘汰，对母亲的顽固不化很有些怨言。落后难免让人感到自卑，也就是在那时候，他开始跟在苏北农场的张跃通信，通过书信打发无尽寂寞，利用文学抒情放飞自己的想象。他的信总是写得很长，任何一个话题都能绵延不断。相比之下，张跃的回信便没有多少话可以说，在一开始，她还试图向他描述农场生活的有趣，年轻人在那里如何积极向上，如何大有作为，大家是怎么样吃苦耐劳。这些学生作文一样的天真描述，曾经让林放十分羡慕，也十分向往，让他更加痛恨自己的掉队和落伍，恨自己未能跟上时代的洪流，未能成为广大的上山下乡知青中的一员。

回城探亲的知青很快用现实给林放上了生动一课，农村生活根本不美好，留在城里才是真正幸福。林放进了一家街道小厂，也就十几号人，工作很无聊，每天重复着一样的机械工作，然而对于上山下乡的知青来说，这个已经足够幸运。再以后，他们谈起了恋爱，在离别的日子，林放开始一封接着一封写情书。回顾自己的写作历程，林放毫不隐瞒，说他的文学基本功，得益于青年时代的两个锻炼，一是"批林批孔"写批判稿，还有一个就是没完没了地给张跃写情书。

我们这伙人都认识张跃，都知道林放就要和她结婚，都知道他们已经领过证，日子就订在五一劳动节。然而婚礼前夕，林放突然看中了李明霞，他决定放弃与张跃结婚，转而疯狂地追求李明霞。这样的变故搁在今天，根本不能算什么事，放在那个保守的年代，显得非常出格。

"在李明霞身上，我终于发现了自己，"那一阵子，林放像老和尚念经一样叨唠，不停地向我们发布他的爱情宣言，"你们知道不知道，因为有了这个李明霞，我才明白，什么叫爱情，我才明白，什么叫人间真爱。"

此次婚变留给我们的最深刻印象，不是林放如何向大家解释他的真爱，也不是李明霞躲躲闪闪的半推半就。我们难以忘怀的是张跃的不屈不挠，一开始，采取的方式还很文明，她找到了我们，挨个进行谈话，控诉和抱怨，用手绢擦鼻涕和眼泪，希望我们能够帮她说服林放回心转意。能找的人都找了，威胁也好，宽恕也好，说来说去也就那么几句话，可怜她还没有正式结婚，就已经成了一个不折不扣的怨妇。那时候，张跃已从苏北农场调回南京，在一家小商场当营业员，她找我们谈话的时候，常常穿着一身工作服。那年头营业员工作服是一件白大褂，看上去跟给人看病的医生一样。

"都帮我带个信，我知道你们能够找到他。"张跃对每个人都说着同样的话，都是差不多意思，有一次她在街头拦住了我，眼睛里饱含泪水，不依不饶地说着，"你帮我告诉林放，告诉他，对他，我是死也不会放手的。"

林放一开始采取的应对策略，躲着死活也不见。三十六计走为上策，他的决心已定，主意已经拿好了，别人说什么都没用。他承认自己就是忘恩负义的陈世美，承认自己就是一个王八蛋，就是见异思迁，承认自己因为地位改变而变了心，承认自己已看不上张跃了。只要能和张跃分手，只要能达到分手目的，别人说什么都没关系，别人怎么骂他都可以。爱一个人可以不要理由，不爱一个人同样可以不要理由。

最后是妇联出面干涉，那时候的妇联特别婆婆妈妈，最喜欢管这样那样的闲事。妇联大义凛然地站出来打抱不平，向林放发出了最后通牒。如果林放不悬崖勒马，如果不与张跃拜堂成亲，如果非要一条路走到黑，那么就得做好吃不了兜着走的准备，他的工作调动将要受到影响，他的美好前程很可能就此终结。当时省文联正在筹建创作组，领导们已在考虑要让林放当专业作家，鉴于他在创作上的突出成就，考虑到他的文学影响，让林放进入专业作家队伍也应该算是顺理成章。与张跃分手正好是一个关键的时间点,文联有关领导与他进行了沟通,转达了妇联方面的态度。如果一定要和张跃分手,林放就不得不考虑到可能会有的严重后果。

林放没当成专业作家,妇联的态度起了决定作用。事实上,与张跃分手没有完全影响他的前程,此处不留爷,自有留人处,省文联创作组不要他,林放所兼职的夜校终于将他正式收编,由最普通的集体所有制工人编制,转为正式的全民所有制干部编制。

四

有一天,林放突然出现在我家,正好有事路过,心血来潮便敲门进来。由于林放已不是第一次到我家, 对这里早熟门熟路, 连我们家的保姆都知道他是谁。

每次看到我们家保姆,林放都有种说不出来的愤慨,因为他母亲曾给人家当过很多年保姆。母亲当保姆一直是林放心中的隐痛,用他的话说就是"这个才叫真正的伤痕"。林放母亲本是南京大户人家的千金小姐,是一名女大学生。抗日战争期间,在重庆与一位年轻的国民党军官结婚。后来抗战胜利,还都南京,他们家在颐和路一带有栋很漂亮的洋房。再后来国共内战,林放母亲成了寡妇。再后来,南京解放,她不得不下嫁一位很普通的锅炉工,这个锅炉工就是林放的生身父亲。

"现如今吃香喝辣的都是这帮右派作家,现在一个个平反了,一个个都神气活现起来,一个个都他妈的玩起了伤痕文学,他们身上又能有什么大不了的伤痕呢? 不就是受了点小小的委屈吗?"林放喜欢用一种非常不屑的口气,评论文坛上成名的右派作家,一个接着一个点名批判,"和我母亲经历的痛苦比起来,他们这些人遭受的那点苦难算什么? 像你父亲这样的右派,家里居然还有保姆。别跟我说什么一九五七年的'反右',别跟我说什么'文化大革命',像你们家这样,再怎么落难,都不能算劳动人民。是的,有的人确实被打成右派了,在'文革'中确实挨批斗了,可这过去的几十年里,除了偶尔触点小霉头,你们家不是照样用保姆吗? 照样是剥削阶级,谁给你们家做保姆呢,是我妈这样的人。三十年河东,三十年河西,我母亲好歹也上过大学,虽然她没大学毕业,可是你母亲呢,是你自己说的,你告诉过我,她连小学都没毕业。"

林放的手上始终在玩一把折叠水果刀,这是我母亲的一位朋友从法国带回来的,刀口非常锋利,弹簧的力道极大,轻轻一碰,立刻着魔似的弹开。我不时地提醒林放,让他当心划手,可是他根本不听,一边说,一边无数遍地将刀弹开,折叠起来,再弹开,反反复复地玩着。只要一提起文学话题,他就会喋喋不休,他就会咄咄逼人,说着说着,那刀在他的大拇指上拉了一下,立刻是一个不小的口子,裂开了,像孩子张开的小嘴一样。就听见低沉的一声惨叫,林放眼睛瞪得好大,他盯着那刀口看了几秒钟,然后用手紧紧捏住,然后脸色由红变白,然后便问我距离最近的一家医院在什么地方。

如果林放不是忽发奇想来我家,如果不是反复地玩那把锋利的水果刀,如果不是被刀划破拇指,后来的故事完全另外一个模样。我们立刻去最近的一家医院,挂急诊,进行伤口缝合。那是一家部队医院,虽然离我家很近,我还是第一次去,因为在过去的岁月,部队医院并不对外服务。正是在这里,林放遇到了李明霞。李明霞是这家医院的一名护士,在一开始,她与别的护士并没有太大区别,年轻漂亮,穿着白大褂,戴着口罩,露出一双很大的水汪汪的眼睛。她那天只是在急诊室值班,急诊室里很空,除了李明霞,还有一名年轻的男医生。林放这样的小伤口在医生和护士看来,完全是小事一桩。

我跑去缴费和取药,再次回到急诊室,林放已在那里与医生和护士非常热烈地聊开了。他们已经开始谈论文学,林放握着自己尚未缝合的手指,高高地举在那里,在最短的时间内,已将当红作家的身份亮了出来。那是个文学异常火爆的时代,年轻男医生和护士李明霞眼睛发亮,对眼前这位正高谈阔论的林放充满了羡慕。

都过去很多年了,我仍然忘不了林放握着手指说话的神态。他的动作有些夸张,有些别扭,更有些做作,因为总是要努力把自己的两个手高高举起来,仿佛是要准备戴上手铐一样。我注意到他一边大谈文学,一边用眼睛穿过高举的双手,死死地盯着那位护士,也就是说死死地盯着李明霞看,表情近乎滑稽。动作虽然很别扭,丝毫也没影响林放夸夸其谈。我走上前把缴费单递了过去,打断了他们的谈话。接下来,开始为林放缝合伤口,李明霞转过身来,十分严肃地挥了挥手,示意我到门外去等候。我很听话地向门口走去,临出门,回头看了林放一眼,看到他皱着眉头,松开了紧握着的拇指,一时间,那伤口好像已经弥合了,然而很快,鲜红的血又涌了出来。

五

说老实话,我也不清楚治疗室究竟发生了什么事,为什么会出现那样的意外。当时我被撵出了治疗室,完全是个局外人,他们还在里面大谈文学,一边谈文学,一边进行伤口缝合。忽然就听见林放一声惨叫,很夸张的一声大叫,非常夸张的一声大叫,我连忙跑进治疗室,听见医生在抱怨,连声说林放的反应太激烈。他反应太过度,抗拒动作幅度过大,结果用来缝合的针断了,针尖留在拇指上。

开始缝合前,年轻的男医生跟林放商量,告诉他手指部位比较敏感,打麻药的实际效果并不好,跟直接缝合也没太大区别,因此建议林放不如咬咬牙,干脆不要使用麻药。林放接受了这建议,第一针缝得还算顺利,问题出在第二针上,那针尖好像遇到了什么障碍,怎么都穿不过去,医生就在手上使劲儿,结果这使劲儿的时候,林放仿佛触电一样,因为疼痛,他一把抓住了李明霞的胳膊,动作有点过大,反正是用力一挣扎,喊了一声,身体一扭,那针尖就断了。接下来便有些麻烦,原先缝好的那一针先要拆除,关键还要将断掉的小针尖给找出来。要在血肉模糊的拇指上寻找那个小玩意儿并不容易,林放疼得不住地呻吟,额头上全是汗珠。年轻的男医生也开始冒汗,也着急了,也有点手足无措,他说你最好再忍一忍,林放先是不说话,然后回过头来,苦着脸,看着我说:

"忍,还要怎么忍,我已经忍无可忍!"

医生说:"这个也没办法,这个你只好忍了。"

原本十分简单的一个小缝合手术,活生生变得很不简单。十指连心疼,接下来,林放的每一声惨叫,每一次颤抖,都让站在一旁的我感到很痛,都让人不寒而栗。好在问题最终都要解决,经过一次次探索和寻找,断在拇指里小米粒那么长的小针尖找到了,伤口也终于缝好,整个手术过程中,林放始终都是抓住了李明霞的胳膊,就像抓住一根救命稻草那样,死死地抓紧了不肯放手。手术终于结束,林放转过头来,对着我长长舒了一口气。就在这时候,李明霞冷冷地来了一句:

"喂,你现在可以撒手了吧?"

这是印象中,我听到李明霞说过的第一句话,此前她可能也说过什么,但是一点记忆也没有。后来大家认识了,话不多的李明霞喜欢当着别人的面,用这件事来奚落林放,说他这人的最大本事,就是把自己的痛苦转移到别人身上去。很显然,痛苦还是痛苦,根本解决不了什么问题,李明霞说林放当时不仅使劲地捏她的胳膊,还趁机将头扎在她怀里,在她身上顶过来顶过去。

"林放使劲儿地拉住我的胳膊,一会儿往这边拉,一会儿又往那边拉,脑袋恨不得能钻到我身体里去,好像这样做了,痛苦就能减少一点似的,我真不明白他当时到底想干什么。喂,林放你那么做有用吗?有什么意思呢?"

林放常说他与李明霞的故事,从痛苦开始,最后又从痛苦结束。一个伟大的爱情故事就应该这样,就应该在开始时刻骨铭心,到结束时,仍然还是刻骨铭心。说老实话,在一开始,我对李明霞的印象并不深刻,她穿着白大褂,戴着口罩,一双一会儿有神一会儿没精打采的大眼睛,很难得地才会看我一眼。她根本没把在林放身边跑来跑去的我当回事,毫无疑问,林放很快就用文学引起了她的注意,这在当年也算不上稀罕,在那个文学过度发热的年代,文学确实是个最好的泡姐利器。

再一次见到李明霞,她已经成为林放身边的一名文学女青年。一开始,我甚至都没认出她是谁,脱去了医护人员的白大褂,摘去了口罩,穿着一身宽大的解放军军装,这时候的李明霞完全变成了另外一个人。我只知道在一次文学会议期间,我身边始终坐着一名现役的女军人,她很矜持,跟我一样,只是过来蹭会听报告的,从头到尾没说过一句话。林放站起来发言的时候,我们都是坐他身后的坚定支持者,很像今天电视娱乐节目中的亲友团。一旦林放说到精彩的地方,我们就相互使一个眼神,暗暗地挥一挥拳头,用这种方式来表示对他的有力支持。

林放对李明霞的追求就像小说里写的那样离奇,具体的细节始终没有弄明白,说开始就开始了。在那个年头,林放的行为显得很有诗意,非常浪漫。终于有一天,林放对我们宣布,他要解除与张跃的婚约。早在一年前,他跟张跃已领了结婚证书。新房也准备好了,大家还帮着一起收拾过,将旧房子用石灰水重新粉刷一遍。虽然没正式吃过喜酒,我们这些跟在他身后窜来窜去的文学青年,早就把张跃当作了嫂子。我们都吃过她下的面条,张跃最拿手的是小煮面,搁点肉丝,搁点榨菜,漂几片碧绿的小青菜,让人一回想起就会情不自禁流口水。我们不止一次看张跃坐在小凳子上为林放洗内衣内裤,为他收拾房间,为他补破袜子。林放家人也把张跃当作自家儿媳妇,林放母亲曾经反对过他们的交往,因为刚开始,林放源源不断写情书那阵,张跃还在农村插队。

六

李明霞出身于军人家庭,父亲是军区后勤部一名不大不小的军官。她们家姐妹四人,个个都是当兵的,有两个是话务员,另两个是护士。李明霞最小,当兵也快十年了。对于我们这一代人来说,当兵是件非常让人眼红的事,能当兵的都不是普通家庭。我们这一代男孩子都有过穿假军装的经历,都戴过那种一眼看上去就知道是假的解放军军帽,都在腰间束过假的人造革军用皮带。林放全力以赴地向李明霞发起爱情攻势,抛弃了一心一意准备嫁给自己的张跃,这在当时真是很出格。当然,很可能正是因为出格,尽管内心深处大家更喜欢张跃,我们仍然义无反顾地支持林放。那年头不允许做不该做的事情很多,但是这些不允许和不该,并不意味着不能做,解放思想已是一句很著名的流行口号,林放要追求他的真爱又会有什么错呢。

李明霞父亲坚决反对女儿嫁给林放,他讨厌林放这个女婿有着太多理由。首先,跟别的女人领了证,在法律上,这就是停妻再娶,林放已经算是一个二婚的男人。其次,他的家庭成分也有问题,母亲曾嫁过一个国民党军官,也就是自己当年在战场上不共戴天的对手,让女儿去嫁个手下败将的后代,说老实话不甘心,虽然这男人并不是林放的亲爹。第三,李明霞父亲也不喜欢写东西的文化人,他看不上这些舞文弄墨的家伙,文化人在过去年代最没什么骨气,到什么山上唱什么歌,到什么年头写什么东西,跟自己的行伍出身完全不是一路人。

　　很长一段时间,李明霞态度都是模棱两可。林放陷在爱情深渊中,苦苦挣扎不能自拔。到后来干脆就是较劲儿和赌气,他发誓要不惜一切手段,非要将李明霞追到手不可。李明霞从来没爽爽快快答应,也从来没干干脆脆拒绝,始终表现得很清高,根本就不太在乎林放,时刻都想向我们这些尾随在后面的人表明,他只是自说自话单相思,只是剃头挑子一头热,只是癞蛤蟆想吃天鹅肉。熟悉林放的人都知道,他这个人非常自大,为人处世态度傲慢,文学方面有一种近乎病态的苛刻,但是在心仪的李明霞面前,他似乎总是不能扬起高贵的头颅。记得那时候李明霞也写过一两篇小说,毫无疑问,她的小说十分糟糕,基本上属于牛头不对马嘴,林放偏偏要给予非常高的评价。任何一个有点写作经验的人,都可以轻而易举地看出,李明霞根本不是当作家的材料,林放却一次次赞不绝口,一次次向外地赶来组稿的编辑强烈推荐。

　　恋爱中的林放对李明霞的文学判断大失水准,那段时间,我们都在背后戏称李明霞为南京文学界的乔治·桑,同时又把林放称为"南京的肖邦"或"李明霞的肖邦",因为林放尽管对西方古典音乐一窍不通,可是总喜欢提到那个弹钢琴的肖邦,常常要用肖邦来举例子。譬如一个作家的写作能力,要像肖邦弹钢琴的手指头一样灵活,要想写什么就写什么,就能写出什么。写作跟弹钢琴一样都是不折不扣的技术活,天才仍然离开不了精湛的技术。当然更重要一点,天才最后都离不开女人照顾,天才都需要一个强大的女人来照顾他,伟大的肖邦如果没有遇上伟大的乔治·桑,他的故事无疑就必须得改写。

　　林放和李明霞故事中的许多章节,对我们来说其实是一片空白。渐渐地,我们之间交往越来越少,开始变得生疏。听说他的心思大都用在了恋爱上,被李明霞迷得神魂颠倒,被爱情冲昏了头脑。接下来一波三折,他与李明霞的距离越走越近,关系越来越密切,自然而然地与我们就越走越远。最后,历经磨难修成正果,梦想变成现实,南京文学界的肖邦和乔治·桑,终于走到了一起。

　　林放和李明霞说结婚就结婚了,也许一开始太不容易,太艰难了,真成功了,心中的美人真追到手,反倒会有种巨大的失落感。新房还是原来那间,重新粉刷一遍,据说李明霞对它非常不满意,因为睡在这间老房子里,只要一关上灯,她就会联想到林放先前的未婚妻张跃,眼前就会浮现当年可能会发生的种种情形。这里的一切都让李明霞不开心,尽管林放不止一次跟她赌咒,不止一次对天发誓,说自己只是与张跃领了个证,只是订了个结婚的日子,他们之间绝对没突破最后防线。林放一再强调,他们家非常传统,非常的传统,他母亲是个很古板的女人,根本不给他们机会,晚上只要天黑,一过了黄昏时分,就不再允许儿子与张跃单独在一起。

"我要是相信这话才怪,你那个妈根本就不是那一号人,她才不保守呢。"

林放说:"干吗要骗你? 我说的都是真话。"

这样的对话照例不会有个愉快结束,注定不会有好结果。一方面,林放确实说了实话,他母亲确实保守,确实在婚前不允许儿子与张跃有那种关系;另一方面,在对李明霞的态度上,似乎又采取了完全不一样的应对策略。她老人家显然是睁只眼闭只眼,有时候,睁只眼闭只眼就是纵容就是鼓励。这又说明什么呢,说明内心深处究竟在乎呢,还是根本就不在乎。老太太显然别有用心,显然希望儿子能够既成事实地拿下李明霞。也许已意识到他们之间发生了什么,他们头脑发热时可能做过的那些事,正好是林放母亲所乐意见到的。反正说一千道一万,李明霞与林放结婚,总有一种生米被强行煮成了熟饭的上当感觉,她觉得自己被这家人算计了,被林放的文学成就迷惑了。李明霞骨子里从来就不是一个浪漫的女人,她觉得自己是公主下嫁,鲜花插在牛粪上,吃了很大很大的亏。

七

那也是我个人灰心丧气的年代,那时候,悄悄地写了一大堆东西,自我感觉差不多已经是个作家,可是到处碰壁,经常遭遇退稿,文学的信心大打折扣。对于我来说,上世纪八十年代文学热,那个时代的文学辉煌,只有在回忆中才觉得美好,只有在回忆中才感到温馨。事实上,我个人最初的文学经历惨不忍睹,灰溜溜地不堪回首。虽然靠着林放的推荐,我也算用笔名发表了几篇小说,这几个短篇一点影响都没有。

一九八三年秋天,我开始读研究生。尽管对学校生活早已厌倦,犹豫再三,最后还是决定赖在学校里。直接原因也是对前途感到迷惘,看不到自己的未来出路在什么地方。记忆永远是最不靠谱,一位年轻学者说起上世纪八十年代,充满了一种羡慕,觉得那个年代生机勃勃,全都是正能量的东西,当红的青年作家一个接着一个冒出来,报纸上有鼓舞人心的"十三大"报告,万元户靠利息就能吃穿再也不用发愁,大家都在听邓丽君的歌曲,看金庸的武侠小说。总之一句话,那个年代充满温情,充满阳光。

有一天,新婚不久的林放到学校来找我,告诉我他很快就要当爹了,有些垂头丧气,一点都没有即将为人之父的兴奋。同时,他还带来两个让我沮丧的坏消息,一个是退稿,另一个还是退稿。两篇小说的退稿过程却不一样,其中有一篇内容出格,早预感到它不会发表,不可能发表,被退稿是理所当然。还有一篇小说,编辑部已通知要刊登,终审已经签字,没想到最后还是被退稿。

后一种退稿感觉特别不好,因为通知过要刊登,我一直在注意报纸上的广告。那年头,文学刊物都喜欢预告目录,我在报纸上一期接着一期追着看,希望能在目录广告上突然看到自己的名字。林放还是像过去那样为大家推荐稿子,我当年几乎所有的小说都经过他的手,不仅对我这样,他对我们这个文学小圈子里的人一视同仁。不管谁写出了什么东西,先互相传阅,互相提些意见,然后做出相应的修改,然后再由林放选一个他认为比较合适的刊物寄过去。他总是热心过度地向文坛推荐,不遗余力地为我们鼓吹。当林放不动声色地将退稿还给我的时候,我努力做出不太在乎的样子,可是仍然掩饰不住沮丧。习惯早已成为自然,我已经习惯了被退稿,像这样定下来要发表的小说,最后被活生生地退回来,即将到手的鸭子又飞了出去,毕竟还是第一次,心里很不是滋味。

伴随着退稿的还有一封退稿信,字迹花里胡哨十分潦草,有几个字连猜都猜不出来,信是写给林放的,大意是说你推荐的这篇小说还算有些特色,不过它是前领导决定要用的,现在更换了新领导,新领导觉得这篇小说在主题思想方面,恐怕还有一些不合时宜,因此不得不"完璧归赵"。退稿信中写上"完璧归赵"这四个字,在我看来,它既是活生生的讽刺挖苦,又有点滑稽,有点蛮不讲理,纯粹就是一种对作者的戏弄。

"退稿对你真算不了什么。"宿舍里还有其他人,我们在那儿谈话不太方便,便相约往楼下走。大约是看到我的脸色很不好看,林放一边下楼,一边回过头安慰我,说你的小说已有了明显进步,要知道,现在别人看不上你的小说,丝毫也不意味着你不行。楼道上不时有人上上下下,我不想让别人听见我们的对话,不想让别人知道我在写小说,故意不接他的茬儿。我们住在六楼,下楼的过程中,林放走在我前面,每拐过一层楼梯,也不管我要不要听,都要回过头来对我唠叨一句。

楼前有一片空地,有人在打排球,乒乒乓乓大力扣着球。一个球向我们飞过来,林放迎上去就是一脚,他的体育素质太差了,憋足了劲儿,本意是想把球踢还给别人,可是他的那一脚,反倒是把球踢飞了,踢往更远的方向。跑过来捡球的同学很不高兴,狠狠地瞪了我们一眼。林放继续谈论我的写作,继续对我进行鼓励和安慰,不过他跑来找我,显然不是为了谈别人的小说。我们沿着校园的林荫道漫步,目的地和方向都不明确,走到哪儿算哪儿,哪里人少就往哪里钻。话题很快到了自己的写作上,林放告诉我在过去的一年里,他写得很少,可以说是几乎没写。告诉我他遇到了巨大的写作瓶颈,突然觉得继续写下去一点意思都没有。跟他约稿的人还是很多,他的小说还是可以发表在头条上,但是文学风气已在悄然改变。林放说他知道文坛现在最需要什么样的文章,知道什么样的文风会占便宜,可是那样的文章,恰恰又是他最不愿意写的。

"我们最大的不同,是你他妈的根本不知道文坛究竟需要什么,到底是缺什么,就知道一个劲儿地瞎写,小伙子睡凉炕,全凭火力旺。而我呢,正好跟你相反,太敏感了,太知道怎么样去应对这个文坛,太知道写什么样的作品才能讨好取巧。"

林放说他对伤痕文学从来就没什么好感,当然他也不得不承认,自己写的那些所谓有影响的作品,那些差点得全国奖的小说,看上去稍稍有些出格,说白了,也仍然还是伤痕文学的套路。十年前,林放发表了他的第一篇批判孔子的文章,这是他的成名之作,当时还是"文革"中,正是这篇批判文章改变了命运,他因此从街道的小厂借调到一所中学去教语文,从此和文学有了不解之缘。林放一直觉得红极一时的新时期伤痕文学,其实就是"文革"中大批判文章的变种,是一脉相承,是一种以小说形式写成的对"文化大革命"的批判文章,而作者也差不多是同一拨人,使用着同一种思维方式,在精神上有着割不断理还乱的联系。

穿过一片小树林,来到一栋女生宿舍大楼前,我们找了一条长石板凳坐下来,林放继续他的宏论,继续对当时的文学现象进行批判。有些话不止一次听他说过,我早习惯了他在文学上的口若悬河。他属于那种总是有理的人,在他嘴里,别人基本上都是错的,他说自己正在考虑写一组现代派风格小说,不玩时髦的意识流,意识流已过时了,老掉牙了,他要写那种最新潮的小说,要最新,要有点荒诞,要有点黑色幽默,还要有点古典的莎士比亚。林放特别强调不能具有拉美小说的风格,因为马尔克斯这家伙刚获得诺贝尔文学奖,很多人都会跟在后面亦步亦趋模仿。林放谈论文学的特别之处在于,看法经常独特,信心永远爆棚,他说对就是对,他说不对都是不对。

接下来,林放谈到了李明霞,这个话题是突然开始的,因为发现我根本没在听他说什么,他注意到了我的心不在焉。我们坐在石凳上,正对着女生宿舍大楼,一排排窗户前挂满晾晒的衣服,一个女生正探出脑袋来准备收衣服,看见我们坐在楼下,有些犹豫,对我们若无其事地看了一会儿,还是把自己晾的亵衣拿了回去。那年头女大学生的内衣内裤还根本谈不上性感,既没有花里胡哨的蕾丝花边，尺寸基本上也是偏大一号，松松垮垮跟大妈穿的并没什么区别，然而依然已是红红绿绿，像鲜艳的万国旗一样很刺眼。当然最引人注目的，还是那种细长的卫生带，当时的女孩子尚未开始流行用卫生巾，出于卫生的考虑，都喜欢在太阳下肆无忌惮地暴晒这些玩意儿。明知道自己这么做有些无聊，可是在林放唠叨个没完的时候，我忍不住要在心里进行计算，计算那一排排的窗户前面，一共挂了多少条卫生带。数目居然是惊人的，几乎每扇窗户底下都有，有的窗前还不止一条。

"李明霞这个人就是脾气太坏。"林放突然提到了李明霞，说他新婚的妻子已怀孕，在医院里做过 B 超，是个男孩，再有几个月，他就要当父亲了。林放说他结婚前绝对不会想到李明霞脾气会那么糟糕，发作起来是那样的不可思议。就像生理周期一样，也许每个女人都会有歇斯底里的一面，林放瞥了我一眼，继续抱怨婚后的不称心不如意。他说人生有很多事，不结婚看不出来，一男一女一阴一阳，两个人不是真正地生活在一起，不是他妈的朝夕相处，有些矛盾根本不会凸显出来。

<h2 style="text-align:center">八</h2>

事实上，自从他与李明霞结婚，我与林放的往来就变得越来越少。作为见证人，他们的短暂婚姻留在我记忆深处的印象，无非是林放当年如何为了爱情奋不顾身，如何小心翼翼地躲着张跃。婚后的李明霞显然不太乐意林放继续与我们交往，她一点都不喜欢我们这个小圈子，对文学的兴趣说没就没了。很难想象她是因为小说，才跟林放走到了一起，很难想象她还与我们不止一次参加文学活动，一起听讲座，一起参见来南京的外地作家。记得有一次，我们当中有个人无意中对她提到了"乔治·桑"这三个字，问她为什么不再写小说了，李明霞立刻变脸，变得很不高兴，冷冰冰地提出了警告，希望以后别再跟她提什么小说不小说，她十分不屑地噘了噘嘴，说她不知道"乔治·桑"是谁。

仔细想想，关于这位李明霞，关于这位林放的前妻，我们真正知道的确实不多。能够回忆的东西，更多的是些不太靠谱的传闻，是些流言蜚语的碎片。最初印象永远深刻，伴随着对林放的回忆，我总是会想到那家部队医院，想到林放与李明霞的初次认识，想到医院的急诊治疗室，想到医护人员的白大褂，想到戴着口罩的李明霞，想到她穿着宽大女军服的样子。很多年以后，林放和我回忆起李明霞，用到了性感这词，说我们当年不可能直截了当地说性感，通常只是用好看和有味道来谈论女人。那年头的女兵最有魅力，最容易让男人有不好的念头，李明霞是护士长，相当于副营级干部。林放死命地追求她，为了心中的爱情不顾一切,其中很重要一个原因,就是觉得和她睡在同一张床上,将一个女军官压在自己身下,这很了不起,很有征服感。

林放写过一个短篇《决定进入》,这是当年唯一一篇不被评论界注意的小说。他自己却很看重,说的是一个没有隐秘的年代,孤男寡女好不容易获得了一次单独相对的机会。两个没有性经历却跃跃欲试的青年男女,躲在一间小屋里,差不多把什么都做了,可就是没完成最后一步。在当时,这离咸湿的色情只有一步之遥,或者换句话说,基本上已经是色情小说。运用了无数联想,到处都是隐喻象征,许多暗示其实就是明说,生存还是毁灭,进入或者不进入,在绕来绕去的小说中,成为一个非常哈姆雷特式的问题。

很多年后,在豪华别墅的迎湖平台上,林放说起往事依然无限感慨。时间进入到了新世纪,从二十世纪过渡到二十一世纪,我们两鬓斑白,都步入中老年行列。这时候,林放与绢子同居了好多年,而张跃和李明霞的故事都已经太遥远。我和林放坐在那里,一边喝茶,一边聊天怀古追忆往事。绢子正在不远处喂鸡,他们居然在别人的别墅里养了十几只草鸡。那条黄狗不时地跑过来向我献殷勤,它摇着尾巴,非要从我腿下钻过去。这条乡间常见的草狗叫小黄,是林放从附近老乡那儿抱来的,憨态可掬,你不理睬它,它拼命地向你献媚,跳上跳下,在你腿边磨来磨去,想尽一切办法引人注意,想尽一切办法来表示它的存在。弄到最后,它也玩累了,趴在地上喘粗气。我摸了摸它的脑袋,只是轻轻碰了一下,它又开始跳上跳下,仿佛刚充了电一样。

"多少年来,我一直在想,一直在琢磨这个问题,当初为什么会那么喜欢李明霞呢,很可能和小时候的经历有关。"林放非常不愿意和别人说起李明霞,那天却主动打开了话匣子,跟我共同回忆这个早已消失的女人。他说昨天晚上做了一个梦,梦中遇到了李明霞,她的容貌已完全改变,充满了沧桑,在一开始,他甚至都没有认出来。林放说李明霞这人永远都会让人感到陌生,永远都会让人捉摸不透。不过有一点没有改变,这是不会变的,他们又干了那事,即使离婚以后,他们也不止一次这么干过,她并不会拒绝这个,有时候甚至比他还主动,比他更迫切,让林放最忍受不了的,不是她在做这件事时的疯狂,而是事情刚结束,她就会立刻翻脸不认人,说翻脸就翻脸,说不高兴就不高兴,离婚前离婚后都这样。

林放母亲曾在一个军人家里当保姆,那一家的背景与李明霞家很相似,夫妻两个都是军队干部,住在部队大院里,有两个比林放年龄略大的女儿,一个即将升入中学,一个还在上小学。林放自小就羡慕部队大院的环境,那是一种完全与众不同的生活,营区门口站着佩枪的哨兵,大院里到处深不可测,大得你根本不可能知道它有多大,往任何一个方向走去都会觉得没有尽头。事实上,林放母亲在这家当保姆的时间并不长,林放也没去过几次,然而就算是不多的几次,留下的印象已经刻骨铭心。那时候正是三年困难时期,林放刚上小学,全国人民都在饿肚子,都在与饥饿抗争,他记得喝过一次豆腐和豆芽煮的汤,这两种东西搁在一起煮,那个味道简直好吃极了。

我始终想不明白豆腐和豆芽搁一起煮,会是怎么样了不起的一道美味。重提往事,林放也想不明白当年他为什么会觉得那么好吃,那样让人念念不忘。"很可能搁了些猪油渣,你不知道那个年代有多糟,在部队当兵又有多好,什么东西都发,什么东西都分配,那豆芽还是我妈做的,我妈会发豆芽,豆腐和猪油渣是部队里发的。"我比林放小不了几岁,就因为小这么几岁,总是理解不了当年的饥饿。对所谓的三年困难时期没一点印象,从来没有那种吃不饱饭的记忆。林放说他母亲特别记恨那家女主人,为什么会那么记恨,他也弄不明白。

"恨和爱一样,有时候根本不需要什么理由。"林放意味深长地说了一句,回过头来,看着不远处的绢子,喂完了鸡以后,她又开始收拾菜地,正在采摘黄瓜。他对她喊了一嗓子,嘱咐绢子不要过于疲劳,然后又继续跟我说话,继续先前的话题。"也许我妈自己是大小姐出身,你想,这样出身的女人,本来是应该有丫鬟侍候的,结果自己去做了保姆,心里肯定会不平衡,我记得我妈那时候总是在背后埋怨,她总是抱怨那个女人这不好那不好。"

"也许那家的男主人看上你妈了,"我胡乱地插了一句嘴。

"这个也不是没可能,我妈那人你也见过,年轻时绝对是美女。不过,我对那家男主人一点印象都没有,好像就没见过这个男人。现在想想,也就是个不大不小的军官吧,没什么多大的了不起,印象中只有女主人和她的两个女儿。'文化大革命'开始那年,我记得有一次在路上遇到过那家的大女儿,她已经到部队里去了,已经是正经八百地当了兵,你知道,部队大院的那些小孩,当兵和参军对他们来说根本不当回事,他们那日子不要太好过。想当年,我们这些人全部都要下乡,不下乡的,像我这种死皮赖脸留在城里,绝对会被人看不起。因此我跟你说,说一千道一万,想当年,我们这些平民百姓,怎么都还是平民百姓,跟李明霞她们完全不是一路人。"

"这么一说,我倒真是被你林放的话给绕糊涂了,你究竟是喜欢她们,还是记恨她们?"

"说不清楚,真说不清楚,"林放一时不知道应该如何回答,怔了一会儿,不怀好意地笑着说,"也可以说是喜欢,也可以说是记恨,有时候,喜欢和记恨是一回事。"

"结果呢就是,你如愿以偿,达到了目的,硬是把李明霞这个女人追到手,对了,应该说是把那什么乔治·桑给追到手了。"

这时候,绢子不经意之间,已站在了我们身边,手上捧着几根刚洗净的黄瓜。林放从她手上拿过一根黄瓜大口就啃,同时让我赶快尝尝他们种的绝对没有污染的绿色食品。绢子那天的气色看上去很不错,一点儿也看不出身体上有什么大碍,她显然已经听见我们在说什么,带有几分天真地问林放,你们说的那个什么桑是谁? 林放对绢子看了一眼,根本不打算回答她的问题,继续示意我吃黄瓜,继续对我强调这黄瓜的优良品质,强调它的口味与大棚里种植的如何不一样。绢子见林放不愿意搭理自己,不想告诉她正在说的女人是谁,知道再等下去他也不会说,便非常识相地走开了。

九

说老实话,我跟着林放吃得津津有味,咀嚼的声音非常响亮,但是完全吃不出那黄瓜有什么特别。黄瓜就是黄瓜,再好吃都是黄瓜,再好吃也还是黄瓜。这就和我们都想不明白李明霞最后为什么非要那么做一样, 想不明白她为什么会走极端,选择那样一种残酷方式结束自己的生命。有些事的答案太复杂,怎么琢磨也不会明白。在我们看来,李明霞当初与林放结婚,最不可思议最不合理,是她心里会一直不能放下张跃。这才真是地道的有理说不清楚,地道的无事生非和自寻烦恼,当然,也是地道的蛮不讲理。这个醋吃得莫名其妙,我们都觉得应该是张跃不能放过李明霞,应该是张跃找李明霞去兴师问罪才对,因为这个李明霞才是真正的第三者,是她在半路上杀出来横刀夺爱,然而事实恰恰就是完全颠倒过来。

张跃后来成了一个富婆,非常有钱,她的故事也可以写一篇好小说。很多结局都是想不到的,在一开始,我们还都能记得张跃的那种不情愿,记得她的失魂落魄,记得她如何不愿意放弃林放,记得她像祥林嫂一样对我们喋喋不休。强扭的瓜毕竟不甜,到后来,说分手也就真分手了,说放下也就真放下了,张跃与林放从此一刀两断,各走各的路,各组各的家。让大家想不明白的一点,反倒是婚后的李明霞一直在纠缠,她的心里一直放不下,一直在追究林放与张跃之间究竟有没有那种实质性关系。关于林放夫妇为这事没完没了的折腾,我们在过去就有所耳闻,相互之间也曾当作笑话议论。时隔几十年,这一切早就烟消云散,林放又一次和我重提旧事,也仍然整理不出个头绪,仍然是一个剪不断的混乱,仍然是一笔理还乱的糊涂账。李明霞已死了很多年,不管别人是不是相信,相信也好,不相信也好,林放认为还是有必要再跟我重申一遍:

"说老实话,想当年,我跟张跃真没做最后那一步,差一点就是差一点,前面的事都做了,大家也就是动动手,那时候她连打飞机都不会,更不会用嘴,哪像现在。就是摸来摸去,你摸我的,我摸你的——"

　　林放说这些话的时候,绢子就在我们不远处站着,她完全可以听见他说什么。林放根本不在乎她能听见,她呢,对这些话也无动于衷。林放说他当初跟李明霞说过无数遍,解释了无数次。可是话不投机半句多,没用的话无论多少都白搭,废话永远是废话。大家心里都明白,李明霞其实就是不乐意嫁给他,她觉得嫁给林放太亏了,是亏大了。成也萧何败也萧何,想当年,文学实在太热,当红作家一度曾像今天的娱乐明星一样耀眼,头顶上闪耀的文学光环,掩盖了林放身上的种种缺点,不光我们明白这个道理,林放自己心里也一清二楚。很显然,李明霞刚结婚就后悔了,或者换句话说,还没有结婚都已经追悔莫及。

　　林放与李明霞结婚不久,他们就开始闹离婚。李明霞是家中最小的孩子,也是四千金中脾气最大的一个,性格最倔强。她最后屈尊下嫁给林放,用林放自己的话来描述,很可能完全是因为赌气,因为要和她父母憋一口气。百年修得同船渡,千年修得共枕眠,说来说去,都应该感谢文学,是文学的红娘鬼使神差,让两个原本完全不搭界的人走到了一起。当然也应该怪罪文学,如果不是文学的缪斯女神在中间牵线搭桥,南辕北辙的两个人也不会睡到一张床上,后来惨烈的悲剧就不复存在。

　　我们始终都是只知其一,不知其二。只知道他们结婚不久,李明霞有了悔婚之意。只知道林放一直在试图挽救婚姻,一直在努力消除他们夫妇之间的那种不和谐。因此,真得到离婚消息以后,大家首先想到的是如何安慰林放。我们一致认为,林放离婚后表现出来的那种满不在乎,那种神气活现,那股快乐劲儿,多少有些装腔作势。我们都知道他是个十分敏感的人,狂妄背后很可能掩盖着自卑,自信后面隐藏着极大的不自信,肯定还有很多话不方便对别人说。

　　婚后不久,林放便有了一个儿子,初为人父的他开始对我们抱怨,因为一个新生命的到来,已严重地影响了他的写作。如果说与李明霞恋爱,意味着林放个人的文学事业达到顶峰,那么这个孩子到来,就是他走下坡路的开始。记得那一段时间,在我们面前,林放总是尽可能摆出一副当红作家的派头,开口还是谁追着他约稿,某某刊物又要邀请他开笔会,他的一篇什么小说再次差点得奖。我们对这些一向都信以为真,都在内心羡慕和嫉妒,毕竟同为写作之人,什么约稿呀、笔会呀、得奖呀,对我们来说都是不沾边的事,都是遥不可及的梦想。

　　差不多也就是那段时间,林放开始下海做生意。最初是留职停薪,那些日子,下海是个非常响亮的词语,听上去很励志,充满了诗意。好像是个做生意的人就能发财,摆个小摊卖茶叶蛋都会赚大钱。我们都记得他一开始做的是麻袋生意,为什么最初会选择做麻袋生意,大家从来没有弄明白,反正吹得神乎其神，给人的印象就是，几乎不费吹灰之力，轻而易举轻轻松松地就能把钱给赚了。靠写作养家糊口过上好日子太不现实，文学再火也不能当饭吃，林放觉得李明霞之所以后悔嫁给自己，说穿了，还是因为他太穷。

促使林放下海的直接原因，是他们夫妇带着儿子去李明霞三姐家受到了刺激。李明霞的三姐只比李明霞大一岁，因为年龄靠得太近，都争强好胜，小时候两人经常闹别扭。三姐夫是干部子弟，属于第一批下海做生意的佼佼者，他爹的官并不大，手上正好有那点小权力。时间是大冬天，那天正好特别冷，北风凛冽雪花乱飘，到了三姐家，就看见迎面沿墙放着一大排电油汀，都是从法国进口的，都开在了最高档上，房间里的温度像春天一般暖和。从一进屋开始，林放夫妇不停地减衣服，先是脱去棉大衣，因为他们是骑自行车去的，为了保暖，穿了很多很多。然后开始脱棉袄，最后不得不十分狼狈地跑进卫生间，将厚厚的毛线裤脱了。

那年头，南京人除了偶尔有几家会生了火炉取暖之外，大多数老百姓过冬天都是死扛硬撑，靠衣服穿得多来对抗。都说南京人最抗冻，零下八度十度等闲过。结果那天在三姐家也没什么别的话可以说，说来说去，都与法国进口的电油汀有关。先是说这价格，很贵很贵，一般人买不起。再说它的用电，很多很多，动不动就跳闸，一般人家即使真拥有了，也仍然还是用不起，负担不起昂贵的电费。然后是关于这些神奇法国油汀的神奇来历，三姐夫朋友的朋友从哪儿弄到的批文，如何通过海关，如何巧妙地转一转手，一下子立刻赚到了多少钱。

林放曾经将那天的情景写进小说，用的是一大段意识流，这种写作手法在当时比较流行，但是他看来早已经过时了，整整一页纸的心理描写，没有用一个标点符号，他将自己与李明霞一件接着一件不断脱衣服的过程，把当时的活思想，一五一十地都如实记录下来，两个人的意识像热水一样搁在同一口大铁锅里煮，锅底下火力正旺，烈焰熊熊，水终于烧开了，热气腾腾地溢了出去，然后那热水就像有灵性的神龙一样，各走各的道，朝着不同的方向流淌，又突然交融在了一起，像麻花一样绞在一起，变成一根又粗又黑又大的辫子，李明霞的注意力开始集中在自己内衣的一个破洞上，明知道三姐夫不可能看见这个破洞，但是，她仍然认定他是可以看见的，这个男人是可以看见的，三姐夫的眼睛完全可以透视，三姐夫的眼睛像 X 光机，三姐夫的眼睛里全是那种欲望，在三姐夫的注视下，李明霞顿时有一种一丝不挂的窘迫，两条腿不知不觉地夹紧了，出汗了湿润了，她的皮肤很白皙，上面还有成片的小红点，那是最近一次食物过敏留下的，李明霞自小就觉得她比三姐强，和三姐相比，觉得自己什么都比她高出一头，她的学习成绩比三姐好，个子比三姐高，乳房比她大比她饱满比她硬实，人也比三姐漂亮，不管怎么说，李明霞是李家四千金中最好看的一个,三姐是李家四千金中最差劲的一个,三姐这样的女人这样的相貌,配配林放这家伙还差不多,他们才应该是一对,这个想法正好与林放不谋而合,林放也是这么想的,也许三姐夫也是这么想的,大家可能都是这么想,李明霞的活思想仿佛蠕虫一样进入了林放大脑,林放也意识到了李明霞内衣上的破洞,他觉得自己有些对不住李明霞,真有些对不住她,对不住她黑色内衣上的那个破洞,那个破洞放大一点就像女人的那玩意儿,那个看不见的破洞像个大苍蝇,破洞周围很多断线头像是苍蝇脚。

　　春风满面的三姐夫成了林放下海经商的领路人,不过他们根本不是一路人,很快就分道扬镳,最后是谁也看不上谁,谁也不愿意把对方放在眼里。在一开始,初出茅庐的林放不得不跟着三姐夫一起干,做麻袋生意就是三姐夫的点子,靠了这个,林放赚到了第一笔钱,这笔钱在当时就算是一个不小的数字了。那年头,做生意赚钱实在太容易了,就跟随随便便穿上一件西装那么简单。那年头,文学固然还是有那么一些火热,但是真要跟轰轰烈烈的做生意发财相比,绝对小巫见大巫,绝对相形见绌。让人难以置信的是,停薪留职下海驰骋商场以后,林放的文学创作势头没有停止,反倒又向前走了一步。

　　林放在我们面前始终放不下带头大哥的架子,他总是对的和正确的,无论说什么,永远都是振振有词,永远都是理直气壮。他说对就对,他说不对就不对,在文学方面,他永远是一个革命者,永远是一个造反派。他的嘴里永远也不会吐出好的象牙来,因为他总是在说别人怎么不对,总是在唠叨别人的文学观念出了什么问题。老一辈作家不入他的法眼,新的刚冒出来的文学新秀提到了就上火,先锋派现代派寻根派山药蛋派都会成为他恶毒攻击的对象,甚至对他自己过去的作品也毫不留情。他说的话常常前后矛盾,好在大家都已经听习惯了,很少愿意去跟他较真。文学这桩事光凭玩嘴是不行的,沉舟侧畔千帆过,病树前头万木春,莫斯科不相信眼泪。

　　那一阵子,林放赌咒发誓要写一部畅销小说,他觉得自己终于想明白了,靠获文学奖来改变自己的命运已不现实。纯文学说穿了就是一块遮羞布,唐诗、宋词、元曲、明清小说都是非常通俗的东西,凭什么要用"纯"这个字眼儿来描述当代的文学。文学玩雅了就是一条死胡同,文学必须得通俗,应该大俗,你们看看世界文学名著,琢磨琢磨那些文学大师,想想老巴尔扎克,想想大仲马和雨果,还有俄国的托尔斯泰,还有现在世界上活着的那些大名鼎鼎的作家,哪一个不是畅销书作家,哪一个不是。林放决心要写一部够吃一辈子的书出来,这才是他的人生目标,大丈夫能屈能伸,现在下海做点小生意,敷衍几篇文学刊物喜欢的中短篇小说,都只是权宜之计,都只是暂时的求生手段。

　　既然李明霞一直在纠缠他与张跃根本不存在的那种关系,既然她喜欢无中生有,林放干脆就在气头上,把这件事非常爽快地承认下来。他承认了,石头也就落地了,铁板上也就钉上钉子。现在,执迷不悟的李明霞可以彻底安生了,这件事从一开始就荒唐,到结束仍然还是荒唐。对于一个乐意钻牛角尖的人来说,事实真相已不重要,重要的是她不能接受自己的判断失误。李明霞始终都有一种吃错药的偏执,为了证明自己的正确,她宁愿无事生非,宁愿冤假错案。然而对于身心早已十分疲惫的林放来说,更多的是一种懊悔,早知今日,何必当初。

林放获得了东北一家刊物颁发的文学奖,正好有笔生意要在那边做,他借着领奖出差去了东北,这也是他第一次去长春,有一位热心的女编辑来接他。女编辑刚离异,人很热心,长得也挺漂亮,打扮火辣,在颁奖期间对他非常照顾。颁奖活动结束,林放因为要与客户见面,多耽搁了几天,也就在这短短的几天里,居然和女编辑有了那种关系。这是他一生中的第一次出轨,活儿干得十分漂亮,又干净又利落,胆子大得让自己都吃惊,完全像个偷鸡摸狗的老手,把女编辑弄得神魂颠倒。

这以后,林放便意识到和李明霞的婚姻真的已走到了尽头。哀莫大于心死,李明霞动不动要玩一回离婚威胁,动不动就回娘家不归,这把戏早让他忍无可忍。一不做,二不休,索性来一次破罐子破摔,林放开始主动出击了,他故意激怒她,故意当着她的面,开始和别的女人调情搞暧昧。这一招无疑是玩火,而且也玩大了,玩得太大,李明霞似乎有所察觉,意识到他这是存心要毁家,意识到他是在故意这么做。夫妻本是同林鸟,真到了要劳燕分飞的时候,她倒好像有些于心不忍。然而假作真时真亦假,开弓没有回头箭,一个习惯了进攻的女人是不擅长防守的,有些狠话早已说习惯了,早就说顺了嘴,让她一下子还真改不过这个口来。

结果就是很爽快地离了,也不能算是快刀斩乱麻,这一刀砍下去了,乱麻还是乱麻。好在当时也没什么积蓄,更没什么财产,因此也就没什么大的纠葛。林放选择了净身出户,单位新分配了一套旧房子,是别人得了新房子让出来的,也没进行装修,人家前脚刚搬走,他们立刻后脚搬进去住。那年头还没房改,所谓有房没房,也就是一个居住权,大家对住房的要求都很低,有个地方能安身就行了。林放仍然搬回老宅去住,他母亲有些舍不得孙子,毕竟是孙子,老太太与儿媳有过矛盾,孙子一直都是她在吃辛吃苦地照顾,是她老人家一把屎一把尿帮着带大的。

离婚以后的林放,一开始还伪装出快活的样子,很快就意识到离婚的男人是真快活。离了婚,真的是自由了,真的是解放了。他再也不用听李明霞没完没了的唠叨,再也不用跟她没完没了地玩冷战。再也不用去管儿子了,有个半大不小的孩子确实很麻烦，再也不用为儿子进不进幼儿园操心，儿子生病，也不用他陪着去医院。逢年过节也可以过得很安心，很踏实，再也不用硬着头皮去老丈人家看脸色，一向很势利的丈母娘肚子里憋了再多怨言，准备了很久的刻薄话，也已经没办法说给他听。

那段日子，林放活得非常潇洒，让人不得不羡慕，很显然，我们都曾有过想效仿的念头，因为大家境遇都有几分相似，都是结婚不久，都是刚有孩子，都有几分穷困潦倒。对于一个写作者来说，家庭之累永远会是个很大束缚。一个在文坛上小有名气的林放，现实生活中尚且如此狼狈，我们这些到处碰壁、不断被退稿的业余作者，日子自然更不会好过。那时候我研究生毕业了，在出版社当小编辑，刚开始独立生活，新婚不久，女儿一岁多，家中没有一分钱存款。年轻人不会理财，每次领到工资，都是迫不及待地先赶往食堂，买上一大沓饭菜票，只有这样，才能确保月底不会挨饿。现在想想，真应该好好地感谢食堂，不敢想象没有食堂会是怎么样。贫贱夫妻百事哀，人穷万事难，我不会当家，太太更不会当家，为了是否该为女儿买辆学步车，我们吵得不可开交，结果为省下十一块钱，我被太太讥笑为天下最抠门的父亲。

我承认当时曾产生过离家出走的念头，而且不止一次，为了能够静下心来写作，甚至想到过要出家当和尚。正在写的小说一次次被中断，白天规规矩矩地去上班，要编稿子，晚上好不容易等孩子睡了，刚摊开稿纸准备写点什么，各式各样的状况便接踵而来。用习惯的黑墨水没了，台灯的灯泡突然坏了，火柴因为受潮怎么也划不着，好不容易将香烟点着了，从梦里醒来的太太又开始嘀咕干涉，说女儿还在咳嗽最好少抽烟。为了排除身边的干扰，我总是一边写作，一边戴耳机播放磁带听音乐。记得当时最喜欢听贝多芬的交响乐，耳边无数遍地播放着《命运交响曲》，我觉得这样做非常励志。

有一天，林放神气活现地出现在我的办公室，上身是紫色灯芯绒西装，脖子上系着一根通红的领带，下面是牛仔裤，脚上一双布鞋，样子很滑稽。上世纪八十年代的最大特点是反差巨大，变化太激烈，无论你多么不和谐都没关系，都不为过。离婚后的林放看上去更像个做生意的文化人，或者说像玩弄文化的生意人，唯一与身份不太符合的地方，是居然还背着个军用书包。自从我们认识，每次见他，只要是还背着挎包，都是这个过时褪色的军用书包，这已经成为他的招牌，成为一个标志性的道具。绿色军用书包在"文革"时期非常流行，它基本上就是个"文革"符号，而林放现在还在用的这个书包，早在当年夜校做语文老师时已开始使用，用林放自己的话来说，一个人身上只要还挎着这么一个旧书包，就仿佛背着过去的历史。

林放从书包里掏出一套香港版的《天龙八部》，金庸最有代表性的作品，原来他此次来出版社，目的是想问问能不能出版这套书。那年头根本没什么版权意识，出版社随便找本港台畅销书出版，可以毫不费力地赚上一大笔钱。得来全不费工夫，这样的买卖实在太好做了，我所在的文艺出版社，最初就是靠盗版琼瑶小说发家致富。问题在于上级领导不让出这些书，主管部门出于一种意识形态的考虑，对港台文艺作品始终保持戒备，谁要是胆敢冒风险偷偷出版，坚决严惩不贷。

我带着林放去见出版社的总编辑，总编辑听说此事，一口拒绝了，斩钉截铁没任何商量余地。上面最近又一次打了招呼，口气十分严厉，用词更加坚决，擅自出版没有报批的港台作品，一律严惩。林放为此似乎也早有心理准备，他做出了很能理解的样子，微笑着对我们总编点了点头，然后若无其事地告辞，与我一起离开总编室，再次回到我工作的地方，继续跟我大声聊天。办公室还有其他人在工作，他开始天南海北一个劲儿地胡吹，谈笑风生，终于把别人都吓跑了。他的声音太大，别人在他干扰下根本没办法编稿子。

林放看了看四周，确定真的没有旁人，办公室的其他人都出去了，便再一次打开书包。这一次，居然摸出厚厚一沓钱来，不，应该说是整整三沓。那时候还没有一百元和五十元的钞票，面额最大也就是十元钱，他告诉我这些钱加在一起，三千元整。整整三千元，刚从银行取出来，只要我愿意，愿意将这一百五十万字的《天龙八部》压缩一下，缩写成三十万字的小说，这三千元便是干活报酬：

"别跟我说这还是笔小钱，别跟我说你根本就不在乎。"

我有些忐忑地说："这还真不是小钱。"

"是小钱我也不会找你，跟你说，这活儿你真的能干，真的可以干。"

林放对我的处境十分了解，那时候还不流行"屌丝"这词，然而在当时，我确确实实有些狼狈，确确实实就是个不折不扣的屌丝。文学青年都是屌丝，林放对我的境遇一清二楚，他知道我孜孜不倦写了一大堆小说，知道在过去的几年里，我写过长篇，写过中篇，还攒了不少短篇，最后却一篇小说也没能发表。一个人的自尊心是必要的，但是自尊毕竟也不能当饭吃。他翻了翻我案头正在编辑的小说稿，非常不屑地白了一眼，说看看你编的都是些什么破玩意儿，就算是为人作嫁，起码也该编点像样的文章，这算什么呢，是在给别人改病句，在找错别字，你看看这又臭又长的一句话，你看看，究竟说的是什么呀。

林放说这些话的时候，我脑子里在飞快盘算着，一百五十万字压缩成三十万，每天干掉三千字，一百天就可以拿下。豁出去拼三个月，可以活生生地挣三千元钱。三千元，当时可是一笔不小的数字，有这笔意外之财，冰箱也可以买了，彩电也可以买了，还可以给女儿买辆儿童三轮车。那时候，我们夫妇每月的工资,加一起还不足一百块钱。是可忍,孰不可忍,人为财死,鸟为食亡,突然间,我那可怜的大脑里,全都是该如何花掉这三千元钱的念头。

很快到吃饭时间,带着林放一起去食堂。他非常奇怪我居然准备三个碗,还带有一口小锅。我向他解释,告诉他为了图省事,常常在中午就把晚上的饭菜顺便准备好了。我的住处离食堂不远,晚上用餐的人太少,食堂基本上不开放,要开也不会有什么菜。林放便笑我真会偷懒,说这个过日子的办法倒是不错,说像我这样的人一定是生活能力太差,一个自小家中就有保姆的人,大约从来都不会知道烧饭做菜是怎么回事。他判定我太太也是个不会当家的女人,判定我们夫妇平时为了生活琐事,一定没少拌嘴。

从排队买饭菜,到坐下来开始吃,自始至终,他都在大声喧哗,食堂里本来就吵就闹,你想不大声说话都不行。在这用餐吃饭的人大都互相认识,都是出版社系统的人,林放作为一个陌生人有些显眼,何况他嗓门儿又那么大。我们在角落里找了张桌子,正好有两个位子空出来。吃饭途中,他突然悄悄地告诉我,已跟他离婚的李明霞,最近又有了要复婚的念头。他一直是在大声说话,突然压低了嗓音这么跟人交流,我还真有些不习惯,一下子反应不过来,旁边的人也把好奇目光投了过来。

"这事我说什么都不能干,好马不吃回头草,你说对不对?"林放若有所思,说离就离了,好不容易把婚离了,不能刚从虎口出来,又回到狼窝里。刚说完,他立刻进行纠正,说这个比喻不太对,不准确,不恰当,不应该说虎口狼窝,其实人生就这么回事,一千句一万句,说白了,当初就不应该结婚,就不应该离婚,当然,如果真离了婚,你更不应该再结婚。林放说自己不仅不会和李明霞复婚,而且一辈子也不打算再结婚了。说这番话的时候,他手上的调羹一直举在那儿,说完了,仍然高高地举着调羹,眉头紧锁,继续保持深思熟虑。我以为他还会再说些什么,他的话说着说着突然没了,接下来,干脆什么话不说,开始埋头吃饭,大口大口吃,吃得差不多了,又开始表扬食堂的菜做得不错,很符合他口味。

从食堂出来便是分手,林放从书包里拿出那套《天龙八部》,加上一千元现金,郑重其事地交给我,说一千元是预付金,完稿时,再一手交钱一手交货,最后不管用还是不用,书能不能折腾出来,他都会立刻把剩下的两千块付给我。一千块现金放在书上面很显眼,光天化日之下,当时就有熟人远远看见了,这让我觉得尴尬,因为自己并没有答应要做这件事,然而在林放看来,事情已经是明摆着,不拒绝就意味着接受,本来是件好事,为什么要拒绝呢?

《天龙八部》是我最喜欢的一部武侠小说,与林放对武侠的一概不屑不同,我是金庸的忠实粉丝。我喜欢托尔斯泰,喜欢海明威和福克纳,喜欢法国新小说,喜欢拉美的文学爆炸,同时也喜欢金庸。还是在大学三年级,我就把能找到的金庸小说都读了。改革开放从来就不是一步到位,那时候想见到一套香港版的金庸全集,非常不容易。那时候,再也没什么小说比金庸作品更适合用来放松心情,想当年临时抱佛脚,应付无聊的期末考试,考完了,躺床上通宵读金庸,差不多就是一种神仙日子。金庸小说给人的感觉很长,太长了,厚厚的一本又一本,总能让你一口气看下去,总能让你爱不释手,总能让你欲罢不能。

记得我们看的那些金庸小说,都是出自吕晓明家。吕晓明父亲是位很不错的工笔画家,那套金庸作品全集是位香港画商送的,那时候,吕晓明的父亲还不像后来名气那么大,一幅画能卖很多钱,送套金庸全集便可以换他两张画。吕晓明是师范学校的美术系学生,当时最大兴趣不是画画,而是跟我们一起写小说,写得相当出色,是一种非常现代派的风格。他也喜欢金庸,大家看武侠一个个人了迷,碰到一起就没完没了切磋,这让林放非常不高兴,他觉得我们这几个年轻人太没出息,都是准备要玩纯文学的,竟然会沉迷在武侠小说的泥潭中不能自拔。

事实上,即使是现在,林放准备出版缩写的金庸作品,对武侠小说的评价依然不高。金庸在他眼里仍然算不上什么好作家,赚钱归赚钱,文学地位是文学地位。接下来的两个晚上,我沉浸在《天龙八部》中,一边阅读,一边在痛苦琢磨。有时候被故事所吸引,完全忘乎所以。看着看着,又突然想到这只是个挣钱的活儿,自己应该考虑将哪些内容删了,怎么样才能既保持精华,没有伤筋动骨,又很省事,轻而易举地便把压缩任务完成。凡事一带功利就会变得无趣,变得索然寡味。连续两晚上的煎熬,我终于意识到这事很难完成,金庸小说如果从中挑出一些精彩篇章,改编成一部电影或许会很成功,但是要想进行整体压缩,把摩天高楼变成一栋居民楼,把大树压缩成一棵盆景,这难度实在太大,起码在我看来是这样。

我不得不把一千块钱预付金和《天龙八部》退还给林放,为此专门去了一趟他家。那时候,林放还是住在先前的房子里,离婚以后,他又搬回老宅去住了。对我来说,这里是故地重游,所能见到的一切都非常熟悉,都可以感受到一种久违的亲切。刚认识林放时,他就住在这里。房子不大,却是我们这些年轻人文学梦想开始的地方。想当年,七十年代末八十年代初,一有空就纷纷赶到这里聚会,大家在这交流写作经验,分享文学甘苦。把林放获得的成功,看作是自己的成功,把他取得的成绩,当作自己的成绩。我们在这庆祝林放公开发表小说,为他有影响而高兴,为他出现评论而欢呼,最后又为他错失了全国奖而深感惋惜。青春岁月无限美好,我们在这里煮酒论英雄,当时除了林放扬眉吐气,都还是跃跃欲试不得志的文学青年,然而大家非常快乐。

也不过七八年工夫，很多事情完全改变了。青春已逝风光不再，林放仍然居住在这老宅里，还在断断续续写点小说，看上去更像个不折不扣的商人。吕晓明去西班牙留学了，专心画画，与文学早已没有一点瓜葛。美丽的董文方再也不写诗了，汪诚专心研究学问，邹越华在组织部给部长当秘书。丁磊磊的老公做生意发了财，她成了家庭主妇，据说成天在家打麻将，而且手气特别好。同学少年多不贱，五陵衣马自轻肥，当年意气风发的文学青年，现如今一个个都消沉了，都现实了，跟文学再也没什么太大关系。

　　林放似乎早料到会有这样的结局，我出现在他面前时，他根本就不意外，冷眼看了看我手中拎的包，不怀好意地笑着，不说话。我跟他解释说自己干不了，说自己决定反悔，不想再缩写《天龙八部》。林放便说这很正常，说我应该能想到这事你干不了，说我根本就不应该高估你，像你这样的公子哥，怎么吃得了这样的苦。我知道他不会这么说两句就轻易放过我，果然停顿了一会儿，又开始继续奚落，说你小子当时能放下架子接受，就已经让人很意外了，我当时就在想，这小子一定是穷疯了，人穷志短，马瘦毛长，这小子一辈子还没缺过钱呢，现在一定是遇到什么问题了，可惜这有些钱呢，也不是什么人都能赚，有些个钱，只是看起来好赚，这钱看着好像就在你手边，一伸手就可以拿到，真要想得到并不容易。

　　我心服口服地认输："你说得对，这钱我确实是赚不了。"

　　林放决定放过我，他表现得很宽宏大度，说你真还算聪明，没正式开始干活就反悔了，你说你要是干到一半，突然不想干了，这又算个什么事呢，还是现在这样最好，你也没什么损失，我也没什么损失，大家都没有损失。那一段日子，大约是林放生意做得最好的时候，他踌躇满志，说话气势一如既往的强大，很快就把话题转移到自己的生意上，他告诉我能赚钱的办法很多，只要想做，只要你肯吃苦愿意做，只要你胆子够大，只要有这关系那关系，只要你会利用关系。我觉得林放在我面前口若悬河，无非是在暗示，是在向我卖弄，表明他已赚了很多钱，已经很有钱了。在我印象中，林放确实是个传奇，他干什么都会比别人强，比别人容易。

　　那天晚上，林放请我在离他家不远的一家小馆子吃饭，不止是请我一个人，还有一位在南京大学学习的德国女学生。我始终没搞明白这人与林放究竟是什么关系，反正说着话，又高又壮的德国女学生就来了，骑着一辆男式自行车，背着一个山地包，大大咧咧地出现在我们面前。很显然，她并不是第一次来这里，进了房间，显得比我还熟门熟路，比我还更像这里的常客。林放为我们做介绍，她听说我刚从南大研究生毕业，立刻眉飞色舞，哇啦哇啦叫了起来，说想不到彼此还是同学，因为她是中文系的留学生，说我们很可能在一起上过课。

我也感到吃惊,中文系确实有不少留学生,不过我从来没和他们一起上过课。

这位德国女学生有个中国名字,时隔多年,我早忘了她叫什么,只知道是准备研究中国民间戏曲,正在拜师学唱昆曲。用林放的话来说,洋人就是洋人,反正是个玩儿,用不着太当真,师拜了,学也学了,可从来就没唱像过,怎么唱都还有些歌剧味道,都会让你情不自禁地想到《茶花女》里的咏叹调。因为德国女留学生的加入,结果那天的谈话,很多话题都集中在德语文学上,我们从歌德与席勒说到了卡夫卡,从托马斯·曼说到了亨利希·曼,从茨威格说到诺贝尔文学奖得主海因里希·伯尔。那时候君特·格拉斯的《铁皮鼓》还没翻译过来,因为获得了好莱坞的最佳外语片奖,能够谈论它也是挺时髦的一件事。德国女留学生很吃惊我能跟她聊这些,她觉得在中国玩文学的人很有意思,一说起外国文学经常头头是道,好像比外国人自己都更熟悉,很多留学生同学都有同样印象,她说在中国不止一次听人说起茨威格,说起伯尔,其实这两个人在德国根本算不上多有名,不错,伯尔应该还是有点名气,他得到了那个诺贝尔文学奖,在德国人看来,就算你得了这奖,也没什么了不起,不喜欢还是不喜欢。

我们每人喝了两瓶啤酒,林放经常在这家小馆子里吃饭,伙计和老板认识他,都过来打招呼。那时候刚开始流行称别人老板,小伙计一口一个林老板,叫得十分亲切。林放给人的感觉,也确实像个生意场上的老板。那年头,全民都在想着发财经商,下海做生意的风气,与八十年代初期轰轰烈烈的文学热相比,丝毫也不见得逊色,而且一波接着一波。是条幽深的小巷,就会有个卖盐水鸭卖烤鸭的摊位,到处都在破墙开店,到处都是新开设的贸易公司,到处都有倒卖进口旧衣服的、贩卖磁带的、转卖四喇叭录音机的。当时有个流行词叫"脑体倒挂",意思是干体力活比干脑力活儿更挣钱,研究导弹的科研人员不如卖茶叶蛋的,上班当公务员的不如卖烤羊肉串的,大学名教授的收入,远远赶不上各种收费学习班的野鸡老师。

也许啤酒喝多了,大家都有些尿急,周围又没有公共厕所。说老实话,早在林放家的时候,我就开始有了尿意,老房子照例没有卫生设备,都是使用马桶或者痰盂。从小餐馆出来,我急着开溜,匆匆向林放作别。本以为德国女留学生找他还有什么事,没想到她也迫不及待,也是脸色通红地要告辞。恰巧我们又同路,这意味着大家都还得在路上再受会儿罪。和中国所有城市一样,公共厕所总是个问题,总是很稀罕很尴尬,那时候,也没有什么收费公厕,我们憋着一泡尿上路了。人高马大的德国女留学生跨上自行车,她的上车姿势很奇特,先让车倒下来,人有些笨拙地跨上去,然后拨正了龙头,猛踩一下,笔直地朝前冲出去。

一路上因为内急,都在注意有没有厕所,说什么话都心不在焉。自然会随口说到林放，说到他的小说创作，说到他眼下正在做的那些生意，然而显然只是在找话说。路上行人不算太多，我们一边骑着车，一边东张西望。南京人都知道，在新街口广场有个著名的公共厕所，早在民国年间就有了，据说是中国历史上第一个能用自来水冲洗的公厕。为了能去方便，我们特地绕了点路，没想到赶到那里，厕所的门已被封死，是要拆了重建，还是干脆就要移走，也弄不明白，反正就是不能再使用了。这让我们感到很郁闷，哭笑不得，只能皱着眉头继续骑车上路。

十

李明霞的故事始终是个谜，就像不明白德国女留学生与林放究竟是什么关系一样，天底下让旁人想不明白的事太多了，我对林放的这位前妻有着太多不了解。当然，即便亦师亦友的林放，我的所谓了解，也仍然有太多空白，留下了太多的不知道。说到底，大约只能算认识很久的熟人，自以为很熟悉，其实是熟悉的陌生人。认识的时间长，并不意味着彼此了解就一定有多深入，更谈不上有多全面。大家心目中，林放就是那个半途放弃了写作的人，这也是我一直想不明白的一件事，他的写作势头那么好，在文坛上曾经那么风光。

十有九输天下事，百无一可眼前人。林放遇到了不称心，常会用这句话来解嘲，来表达自己的狂妄和不得意。很长时间，没弄明白出处，不知道是属于林放原创，还是借用别人名言。终于有一天在网上看到一副对联，袁世凯的公子袁克文写的，只差一个字，下半句的"眼前人"写成了"眼中人"。眼前无人和眼中无人，意思看上去差不多，仔细品味和琢磨，却有着略微不同。眼中无人是看谁都不顺眼，看谁都看不上，心目中根本没人。眼前无人是没看见中意对象，潜台词是还存在中意者，还是能看上某些人的，只是目前所见之人都达不到那个审美标准。林放或许属于前一种，看谁都看不上，看谁都不顺眼。接下来的几年，我与他完全失去联系，大家在同一个城市生活，井水不犯河水，各忙各的事，各走各的路。俗话说士别三日，刮目相看，能听到的都是传闻，譬如他做生意发财了，发了大财，成了有名的书商，出手阔绰，在金陵饭店包了房间长住。金陵饭店是改革开放后的第一高楼，当年南京最高档的宾馆，不要说长住，能在这睡一两个晚上都会觉得牛×。

传闻往往不靠谱，小道消息也绝非空穴来风，只要有点影子，通常八九不离十。好的传闻有，不好的传闻也会有，譬如听说林放犯事了，说出事就真的出事，出版了违禁的书，作为严打的典型，竟然被判了三年徒刑。又譬如他的前妻李明霞跳楼自杀，从七楼的楼顶上一头栽了下来，这事在当年非常轰动，本地几种报纸都有过详细报道。可惜我不读报，也不看电视，更不会听广播，对各式各样社会新闻没任何兴趣。当然，就算碰巧在报纸上看到，也不会想到这则新闻事件中的李某某，会是自己认识的那个李明霞。事实就是，我听说李明霞的故事很晚，已经是林放出狱以后。

从上世纪八十年代末期开始，我的运气突然好转，屡被退稿的小说，接二连三有了发表机会。好运气来了，拦都拦不住。不仅发表小说，而且有了好评，还得过几个奖。突然间，从默默无闻走投无路，变成一个略有影响的青年作家，仿佛林放当年一样，居然也会有编辑专门跑来约稿。听说林放被判刑，我立刻想到要去监狱探望，不过时间太晚，他刑期都快到了，都快要被放出来。林放家老房子正在拆迁，一拆一大片，全拆光了。他家变成了一大片工地，到处坑洼注注，好几台打桩机正在紧张工作，震耳欲聋。我感到十分茫然，当时也没手机，一旦失去联系，要想再取得联络还真有些麻烦。现在，主动权在他手里，林放出狱后存心要找我也不难，可以去出版社，我还在那里上班，如果暂时还不想找，我只能守株待兔，耐心等候他的出现。根据多年的交往经验，我相信他会出现，我相信他会来找我。

林放再次来找我，我已经离开出版社，去了作家协会。还住着出版社房子，过去的同事为他指点位置，画了一张草图，他很轻易地找到了我。说老实话，出版社福利很好，当年研究生毕业，我就是冲条件好而来。上世纪八十年代，出版社是福利最好的单位，文化人削尖了脑袋都往这儿跑。上班不久，大约也就两年多，分配了一套两室一厅，虽然是接龙的旧房，前面有高楼，一冬天没有阳光，我仍然心满意足。最让人感激的是，出版社并没有因为这套房子不让人调动，当时说好了，以后作协再分配房子，必须将现在的住房退还。

因此林放跟我见面，先兴致勃勃参观，为我降临的好运表示祝贺。牢狱之灾没产生任何影响，他若无其事地一边参观，一边感慨，说一个人起码要拥有这样的写作环境，才可以写出好作品。他说一个作家最起码的写作条件还是必要的，你总得有个安静的书房吧，总得有个地方能放下一张写字桌，像你过去那样，就一间紧挨着大街的破平房，又要拖儿带女，老婆动不动跟你吵架，还得上班应卯替人作嫁，还得看编辑室主任和总编脸色，那确实有点太艰苦了。不过呢，艰苦也好，艰苦可以磨炼人的意志，有苦难才会有作家，有痛苦才会有好作品，这也都是必需的，说来说去，你这小子最大优点是不肯放弃，不管写得好不好，小车不倒只管推，都还能坚持写下去，写下去，这也不容易，应该表扬。

说到最后，才随口问了一句：

"对了，最近又在忙什么呢？"

我告诉他正在写长篇，已写了十多万字。很显然，林放对别人在干什么毫无兴趣,注意力集中到了我那台电脑上,说没想到你已开始用这么个时髦玩意儿,这玩意儿究竟怎么样?我觉得它肯定会影响写作。接下来一段时间,我跟他解释电脑打字原理,示范如何使用五笔,他依然心不在焉,不相信电脑可以代替纸和笔。很快,林放开始喋喋不休自己的事,他的出现不会平白无故,虽然好多年不见,一个人本性不会改变。他依然信心满满,告诉我在狱中完成了一部长篇小说,一说起这个就非常得意。完全又是你所熟悉的那种语调,林放反复强调这部作品很重要,凝聚了他生命中最有力的东西,能够而且应该传世,已寄给了某刊物准备先发表,今天来这,是希望我所待过的出版社能够出版。

很遗憾人离开了,当然林放也知道,即便我还在出版社,这书也不是想出版就能出版。他知道我只是普通小编辑,在出版社还是个微不足道的小卒子。最为关键的一点,他知道这长篇很可能不赚钱,这年头,钱是最大的王八蛋,让出版社出版一本赔钱书,必须是很大面子才行。长江后浪推前浪,江山代有才人出,林放意识到自己不再是当红作家,人走茶凉时过境迁,他当年的位置已被别人取代。作为一名曾经的书商,林放对文学市场了如指掌,他说前些年通俗文学还能畅销,还多少能挣些钱,现在风气完全不一样,不管纯文学还是俗文学,包括伟大的世界名著,只要跟这该死的文学沾点边,都不太会好卖。

从一开始,我就不太相信这长篇是坐牢期间写出来的。林放很神秘地向我透露,他的入狱与那场运动有关,本来还是留职停薪,不拿工资,好歹也算是个有单位的人,一判刑便什么都没了,彻底的无牵无挂。事实的真相究竟如何,很难说清楚,很多人都喜欢这么说,很多人都喜欢编类似的故事。接下来,林放跟我大谈小说内容,开头怎么样,结尾怎么样,中间写了什么,要表达什么样的深刻主题。纪实与虚构如何交融,如何以悲剧的笔调写喜剧,以喜剧的气氛表达悲剧。如何既体现了传统小说的功力,又完全是现代派的技巧。我发现有些内容过去听他叨唠过,这意味着早在入狱之前,他的小说已开始构思。此外,关于李明霞自杀的章节,肯定是出狱以后才撰写的,因为林放明白无误地告诉我,在出狱之前,他对李明霞的跳楼一无所知。

由于林放一再强调,有关李明霞跳楼自杀的那些文字绝对写实,没有任何虚构,因此当他撂下手稿离去,我按捺不住好奇心,情不自禁地先翻阅这些章节。在小说中,李明霞竟然连名字都没改,完全是一种纪实风格,从他们的离婚开始写起,一直写到她如何跳楼自杀。不过我很快看出了破绽,小说永远是小说,所谓纪实,说到底还是蒙人的手段,还是吸引读者的花招。根据林放的描述,他们夫妇离婚后,一直处在反悔位置的其实是他,他一直想复婚,想重新回到老婆和孩子身边,想为他们母子挣一大笔钱。然而性格最终决定命运,错误接着错误,结果这两个人始终在纠缠,始终藕断丝连,始终充满了敌意。用现代医学来解释，李明霞显然是位抑郁症患者，她的精神方面一定出现了严重问题。

根据林放小说中的描述，李明霞最后结局异常惨烈。都说虎毒不食子，然而在生命的最后关头，她选择了要带着儿子一起离去，结果便是每登上一步台阶，都会在内心深处狠狠地咒骂一声林放。或许这只是林放自己的想象，事实上，没人能够想明白最后为什么会这样。李明霞根本没什么必须要死的理由，她拉着七岁的儿子林开明，悄悄地走到省军区干休所一栋宿舍的楼顶上，在上面盘桓了很长一段时间，有人开始注意到了他们，有人听到了小孩子断断续续的哭声。再接下来，楼上楼下有了围观人群，人越来越多，李明霞紧拉着儿子的小手，毫不犹豫地纵身一跃，像两只飞翔的小鸟一样，从高空坠落了下去。在半空中，她松开了儿子的手，或许在这时候，她才有些后悔，后悔不该拉着儿子共赴黄泉，后悔没给儿子留条活路。在落地前一瞬间，画面被定格了，仿佛武侠电影中的慢镜头，李明霞依依不舍看了儿子最后一眼。

林放的小说最后并没有问世，刊物上没发表，出版社也没能出书。没有一家杂志愿意刊登，没有一家出版社愿意出版。落水凤凰不如鸡，过气作家受人欺，这部长篇成了心头抹不去的一个隐痛，只要一想到，就好像是在提醒人生的失败。它在我这儿存放了很多年，几乎成为一种负担，我总是徒劳地在为林放说好话，一次次帮他推荐出去，一次次复述着作者和小说中的故事，然后人家又一次次退还给我。循环往复，周而复始，好在林放自己留有一份底稿，因此，无论是他还是我，都不太担心小说会丢失。心高气傲的林放曾经嘱咐过，书稿如果真没有出路，也就不用再退还给他。

十一

林放注定不会被文学的世态炎凉打败，文学不能让人东山再起，干脆就远离文学而去，天底下可以干的事情太多，好男儿没必要非得在文学这棵老树上吊死。这部小说是林放文学活动的绝唱，接下来很多年，他又一次在我面前消失了。既然长篇不能出版，我们不再继续往来倒是个不错选择，起码可以避免见面时的尴尬。三十年河东三十年河西，事在人为，有些事怎么努力都没用，相信林放不会埋怨我举荐不力，不会认为我没真心帮忙，他肯定也知道，小说最后发表不发表，能不能出版，绝对不是我能左右。

况且大家心里都明白，就算小说有机会出版，也不会产生了不得的影响。文学一跺脚满世界晃动的风光年代早已一去不返，说句不客气的话，他的小说根本不像想象的那么出色。林放的优点在于永不服输，他这样的人永远不会承认失败。与离婚相比，与坐牢相比，小说不能出版又算什么。林放这辈子还没怎么被退过稿，这部小说的遭遇，正好让他也体验一下不成功的滋味。一个真正的男子汉是不会被打垮的，就像当初与李明霞离婚分手时满不在乎一样，林放对自己的坐牢，不但不当一回事，甚至还有那么点得意扬扬：

"男人嘛，必须有了这样两件事，才能算功德圆满。你得像我一样，离一次婚，坐一次牢，没这个，你的人生一定会有缺憾，一定。没经历过这个，你成不了好作家。"

差不多有十年时间，我们没再见面。他的长篇还放在我家里，伴随着灰尘和十多封退稿信，静静地躺在书架上。如果我们见面，那些退稿信完全能够交代，足以证明我曾为他不懈地努力过。和过去一样，多多少少还会有些他的消息，或者正面或者负面，所有传闻都和文学无关。出狱后的林放并没像大家想的那样一蹶不振，他的胆子越来越大，人也活得越来越潇洒。物极必反，否极泰来，人生就是这样，越是看上去走投无路，可以走的路越是更多更开阔。

这期间，林放开过餐馆和茶馆，经营过画廊和宠物店，还与人投资拍摄过一部电视纪录片。赚了不少钱，又赔了不少银子，坑害过别人，也被别人所坑害。有一段时间，林放让自己变成了一个传奇，交往的女人一个接着一个，中外不拒老少通吃，都是逢场作戏，都是时间不长久。有钱的时候，俨然是钻石王老五，专泡那种没心没肺的傻妞。做买卖亏空了，走投无路了，便跟在富婆后面瞎混，帮有钱的阔太太打理生意。虽然算不上什么小白脸，年纪也不小了，凭借文化人的文化招牌，应付那些有钱的妇人却绰绰有余。用林放自己的话来说，富婆没一个有文化，有文化的男人对她们就是天生的杀手。

那些日子的林放肆无忌惮，像神仙一样快乐。有一天，开车违章闯单行线，被交警拦下来，一言不和吵起来。交警又要罚款，又要扣驾照。他急中生智，便给当年一起写小说的邹越华打电话，邹越华刚提拔为处长，正是如鱼得水神气得不行，立刻帮林放打电话找关系，七转八转，一波三折，终于解决问题。最后双方握手言和，那时候很多事不太正规，时间已是上世纪九十年代末，街上还没有那么多私家车，交通也不是那么容易堵塞，林放扬言有路子要找人，交警同志的执法权威受到挑战，恰巧也不是省油的灯，咽不下这口气，就在大马路上与林放僵持。僵持了很长时间，许多人在围观看热闹，临了，一名交警骑着摩托赶过来，对先前的那位交警耳语了几句，又对林放说了几句，然后假装要批评他，装腔作势轻描淡写，然后挥手请旁边的围观者赶快散开。

林放属于最早拥有私家车的人，无忧无虑自由自在，过着一种是男人都会羡慕的快活日子。很显然，无拘无束的他现实生活中既无权也无势，却很会借力打力，巧妙利用别人的权势化解危机。林放结识了许多与文学无关的朋友，荒唐之处在于，这些人心甘情愿地乐意结交，恰恰都是觉得他曾经是个作家，是个文化人。很多人都相信，林放的小说出版不了，文学道路上不能再继续走下去，最直接的原因是与政治有关，是因为参与了小说中带到一笔的那场运动。太多与文学无关的成功人士，年轻时都做过天真的文学梦，都有过不成熟的政治热情，现在这些人混好了，混阔了，林放放下架子和他们交往，跟他们成为好朋友，正好可以提供一个机会，帮助他们回忆逝去的青春岁月。

又一次见到林放是在邹越华母亲的生日宴会上。老太太过八十大寿，邹越华打电话给我，想借此机会，召集二十多年前一起写东西的老朋友聚聚。那时候，邹越华已离开了组织部，干上了副区长。我始终搞不明白组织部的一个处长和副区长，哪个官更大一些，反正他的能耐够大，到场祝贺的人竟然有二十多桌。是个很大很热闹的场面，我被安排与媒体的官员坐在一起，这让人感到很不自在。当年一起写东西的老朋友也没来几个，丁磊磊带着已上大学的儿子，与几个阔太太模样的女人坐一桌，她拉着邻桌的董文方过来敬酒，我已经完全认不出她们。邹越华忙得不亦乐乎，我挥手把他叫了过来，问林放今天有没有来。

"他当然得来，今天这日子，他怎么能不来？"

丁磊磊和董文方也很想见林放，顺着邹越华的指点，隔着好几张桌子，我们远远地看到了他，便相约一起过去敬酒。这时候，林放在那头正好也往这边看，显然是看到了我们，然而他的目光立刻就转移开了。我们高高兴兴地赶过去跟他打招呼，让人感到意外和尴尬的，他的反应是好像根本就不认识我们。丁磊磊很亲热地摇他的胳膊，他这才做出刚想起我们是谁的样子，十分不屑地说：

"哎哟，原来是过来了几个有文化的名人。"

丁磊磊立刻反唇相讥，说："别搞得不得了好不好，你说说清楚，谁是文化名人？"

林放说："谁是谁知道，反正我已经发过毒誓，再也不和文化人打交道。"

自始至终，林放都不太愿意搭理我。我都已经站在他面前，他仍然继续装作没看见我。这是故意的装腔作势。我不知道自己什么地方得罪他了，有些丈二和尚摸不着头脑，心里就在琢磨，毕竟许多年不见面。当时的场面乱哄哄，人声鼎沸，说话都得扯着嗓子大叫才行。主持人出来宣布，领导马上要讲话了，请大家保持安静。我抓紧时间向林放先敬酒，他很傲慢地白了我一眼，笑着说自己已经宣布过了，不再跟所谓的文化人打交道，尤其是不再和写小说的人来往，因此这酒他不能喝。

我端着酒杯傻站在那里，丁磊磊和董文方也都莫名其妙，与林放一桌的人瞪着眼睛看我们,大家就那么僵持着,彼此都很尴尬。领导开始讲话,话筒里发出一阵刺耳的电流声,林放的戏似乎不太好意思再演下去,也没办法继续往下演,他有些做作地跟我们干杯,跟丁磊磊碰杯,跟董文方碰杯,然后再跟我碰杯。当然,谁都可以看出来,他这杯碰得非常勉强,纯属是在敷衍我们。

接下来,林放也觉得自己行为过分,突然又变得热情起来,大大咧咧地向他的同桌介绍我们。领导讲话声音很大,又是用了话筒,林放不得不停下来,等领导把话说完。偏偏这位领导同志话很长很啰唆,级别大约也还说得过去,官腔十足套话无穷,大家只好硬着头皮听,眼见要结束了,又扯开了一个新话题。终于说完,稀稀拉拉鼓几声掌,林放继续介绍,介绍完了我们,又介绍他的同桌。一个个轮着来,说到最后,终于轮到他身边那个年轻的短发女孩:

"这一位嘛,看来我还得隆重介绍一下,叫绢子,对了,你们就叫她绢子好了,是我的女朋友。"

事后我们一直都在议论,这位胖乎乎的短发女孩与林放究竟是什么关系。尽管说得很明白,她是他的女朋友,可这位叫绢子的丫头也太年轻了。丁磊磊后悔当时没追问清楚,宴会结束,她过来跟我相互留电话号码,喋喋不休地还在说这事。她说男人看来还真是得离次婚玩玩,离婚的男人是个宝,而且不妨还可以再坐几年牢,坐过牢的男人好像更有魅力,要不然林放怎么可能这么神气活现,怎么可能这么春风得意,怎么可能泡这么年轻的姑娘。转眼间,林放已无影无踪,丁磊磊便责问邹越华,跟他讨要说法,问林放今天究竟是怎么回事,干吗这么阴阳怪气,干吗非要在老朋友面前搞成苦大仇深的样子。

"说老实话,这个我也搞不太明白,"邹越华也是一脸无奈,也解释不了林放的变化,"你们说林放那脾气,他那些臭毛病,我们肯定都是知道的,我们还能不了解他?他现在变成这个屌样子,肯定是有原因。凡事都会有原因,但是,但是我跟你们说,这个叫绢子的女孩可不一般……"

十二

这个叫绢子的女孩和林放结识以前,有过很多故事。她来自苏北农村的大海边,是名中专生,冒冒失失跑南京来读书,因为喜欢绘画,和艺术系一个男孩走到一起。结果便越来越艺术,书也念不下去了,毕业证书也不要了。那男孩很快抛弃了她,于是男友一个接一个地换。据说林放喜欢她的重要原因,就是绢子的没心没肺,什么样挫折都不怕,什么样困难都能接受,什么样男人都会喜欢。林放与她的故事有许多版本,甚至他自己的叙述也每次都不一样。

反正跟画廊有关,开画廊的想法源自吕晓明。吕晓明从西班牙学成归国,已是个很有名气很有市场的画家,知道未成名的青年艺术家蕴藏着重大商机。画廊前身是林放的那家茶馆,不景气的茶馆华丽变身为画廊很容易,地点也好,就在艺术学院后门口,代卖和收购青年教师以及学生的画作,同时也兼卖绘画用品。林放和绢子便在这里不期而遇,与跟李明霞的一见钟情不一样,林放和绢子见了无数次面,相处了相当长时间,才突然有了感觉。

画廊最初由几个朋友合资,在一开始,林放也不怎么去,只是合资方之一,他是画廊前身的那家茶馆老板,说白了就是二房东。茶馆生意不好,画廊的生意也不怎么样。现实和想象总有很大距离,有一天,合伙人召集开会,吕晓明大发脾气,一个劲儿地指责负责画廊业务的经理,说他水平太业余。这经理是艺术学院的青年教师,刚提了副教授,被吕晓明训得不敢吭声,临了,弱弱地回一句嘴,说现在的年轻人中哪会有什么毕加索,哪会有什么莫迪里阿尼。说完意犹未尽,又接着加了一句,说今非昔比了,也别指望还有徐悲鸿和傅抱石。那天开会的结果,是画廊还得继续开下去,方针必须改变调整,改办绘画补习班,专门辅导准备考艺术学院的学生。年轻的副教授不再继续聘用,原来负责看店的小姑娘绢子先留着,找到合适的新画廊经理前,这里一切先由林放打理。

林放接手画廊,补习班立刻红火了一阵,有段时间人满为患,想报名都报不上。他的面子很大,像吕晓明这样成名的大画家都被拉过来给孩子们讲课。一来二去,林放与绢子自然就熟悉了,渐渐地,渐渐地,不知不觉走到了一起。一开始,绢子称呼他林叔,后来有了那种关系,也是这么叫,再以后,两人干脆同居了,像夫妻那样生活,仍然不改口,还是这么称呼。所有人都不看好他们的这种关系,年龄悬殊太大,林放快五十,绢子刚过三十。两个人的生活态度都过于随便,作为一名离婚男人,又坐过三年牢,林放男女问题上有足够的想怎么就怎么的资本;绢子呢,又是个离不开男人的女人,生来就要有男人照顾,不是林放,也会有别的男人。

林放接手画廊不久,发现绢子是艺术学院副教授的小情人,那家伙的老婆也是老师,跑来跟绢子谈判,先礼后兵,大骂她不要脸。再后来,副教授夫妇干脆一起来闹,因为绢子怀孕了,他们哭着喊着骗她逼她去流产。最后绢子便去堕胎,然后那副教授又来纠缠,又想重温鸳梦,他太太又来闹。绢子不再理他,她开始迷恋上了更好的画家,有一天吕晓明过来看望林放,林放恰恰不在,便坐在画廊里翻看学生作业,无意中看到了绢子的几张画,大加赞赏。吕晓明当时不过随便说说,觉得她这样的平常女孩画成这样不容易,目的只是鼓励,绢子却当了真。

这以后,绢子一直纠缠林放,让他带她去见自己心仪的吕晓明。学绘画的女孩多少都会有些疯疯癫癫的,想看上谁就敢看上谁,说爱就爱,根本不会计较后果。吕晓明的名气很大，画的价格已经相当高，他竟然会说她的画好，这让绢子深受鼓舞。于是林放恰到好处地利用了这种疯癫，他跟绢子不断重复吕晓明的故事，说吕当年刚开始学画时如何如何，又说他当年怎么样屁颠屁颠地跟在自己后面学写小说，反正专拣绢子爱听的话说。为了哄她高兴，为了兑现承诺，林放甚至带着绢子去了一趟吕晓明家。吕晓明在郊区有栋漂亮的别墅，第二任太太对他看守得很紧，像防贼一样提防别的女人，而吕晓明看了绢子最新的一批习作，也不像上次那样叫好，态度完全改变了，一口一个你不能这么画，不能那么画，说到最后，干脆撂下一句狠话："这么画下去，你一辈子也画不好。"

绢子不吃不喝，失魂落魄了好多天，受伤害程度甚至比堕胎还要严重。好在类似打击也不是第一次，她在艺术学院后门口转悠了十多年，考本科没考上，考研究生没考上，遭形形色色的男人玩弄，被学生甩，被老师甩，继续画画的决心从来没有动摇。隔行如隔山，林放也不太明白她的画到底有没有前途，究竟是好还是坏。新一轮补习班又开学了，绢子抹干眼泪，开始跟着新来的学生一起听课，一起画素描，完全是决心要从头再来的样子。她成了画廊员工中的一个异类，别人都在背后笑话，绢子自己也知道别人在笑话，笑话就笑话吧。

绢子就住在画廊，林放一直觉得最好是让单身的男员工住在这里看店，可是从一开始就这样。一开始，画廊里住着三名女员工，后来搬走了一个，还有一个外面有了男朋友，经常不住回来，因此画廊里更多的时候，都是绢子一个人住。林放几乎没花什么功夫，略使了一些小手段，就和绢子走到了一起。有一天黄昏，空空的画廊里剩下绢子一个人，林放说今天是我生日，不想一个人过，我请你吃顿饭吧。于是出去吃饭，喝了点酒，要了一大碗面条，酒足饭饱，林放便带着绢子去开旅馆。绢子自始至终很听话，都听从他的安排，到最后，林放有些悲哀地看着绢子，说我肯定不会娶你。绢子没说什么，然而意思也很明显，她根本没想过要嫁给林叔。

其实那天也没真干，没干成，真刀真枪是后来的事情。那一阵子，林放也不缺少女人，他正跟一个叫朱红娣的女富婆打得火热。朱红娣经常来画廊看他，大家都知道林放与这个有钱的女人关系非同寻常，一看到那辆红色法拉利豪车停在画廊门口，便躲在背后叽里咕噜议论。朱红娣的性格就像她那辆法拉利的发动机，来了从不掩饰，举止嚣张劲爆热烈，当着员工的面，公开地与林放打情骂俏。林放在应酬女人方面早已炉火纯青，兵来将挡水来土掩，收放自如运筹帷幄。他自然是不想让朱红娣看出端倪，然而女人最会看女人，女人最容易看出女人的心思，女人看女人一看一个准。有一天下午，朱红娣跟林放一边喝着金骏眉，一边把绢子叫了过来，酸溜溜地公开吃起醋来，对林放捅破了那层薄薄的窗户纸：

"喂,老牛吃嫩草的感觉怎么样,很爽是不是?"

邹越华母亲过八十大寿,林放与绢子已正式交往了一年多。这时候,他的人生走下坡路,性情开始变得古怪,说话腔调变得尖酸刻薄。画廊也办不下去了,补习班的买卖都这样,说好就好,说不行就不行。眼见着赚的钱还不够缴房租,几个合伙人又聚在一起商量,决定散伙。搁过去,聚散根本不是事,林放反正孤家寡人,撑不死饿不着,现在有了绢子,情况便不一样。在别人眼里,他和绢子的关系注定始乱终弃,没人看好他们,连他们自己都不会太看好。最初结果也是大家预料的那样,画廊停办后,两人分分合合,好一段日子,坏一段日子,混一天算一天。没人会想到最后会是那样,他们自己肯定也没想到,这两个人的最终结局出乎所有人的意料。

因为邹越华母亲生日那天没赶上,吕晓明为了表示歉意,特地在金陵饭店的璇宫设宴招待大家。林放事先也说好了要带绢子过来,最后还是爽约,打手机怎么都不接。我们一边喝酒,一边等,等等不来,等等不来,便知道他又要玩花头。联系到生日那天宴会上的表现,他再玩什么都不奇怪。吕晓明选择金陵饭店还是有用意的,想当年我们这些人聚在一起写作,正是这栋大楼的建造年代,记得刚盖好试营业,董文方姑夫是筹建部门的负责人,他曾带着我们这伙人参观过一次,并请大家在璇宫喝咖啡。那年头能在金陵饭店最高处喝杯咖啡绝对奢侈,一转眼快二十年了,我们一个个早已青春不再,现在能聚在一起,很有些旧梦重温的意思。

吕晓明点了一大桌菜,跟我们大谈林放当年往事,说他留学期间,有一次从西班牙回来,曾在这里拜访过林放。那时候,正是林放最风光的年头,他居然敢在金陵饭店包了房间长住,这在还是穷学生的吕晓明眼里,简直就是天方夜谭。当时也是街上闹得最欢的岁月。记得那天真是让人大开眼界,吕晓明好不容易穿过人群挤进金陵饭店,在高速上升的电梯里见到了李明霞母子,然后大家一起吃了一顿中饭,他第一次吃到了这里的看家菜"炖生敲"。就在这高高在上的璇宫,他们甚至还能看到楼下的游行队伍。林放和李明霞的关系看上去也还算融洽,根本看不出他们是一对离了婚的夫妻。事后在厕所里,吕晓明问林放有没有复婚的可能,林放一个劲儿摇头,说绝不可能,既然离了,干吗还要再复婚。说他又不缺女人,想找也不太难,要找个比李明霞好的女人更是易如反掌,比她好的女人多得是。

一旁憋着不吭声的丁磊磊忽然插嘴了,她有些想不太明白,打断了吕晓明的回忆:

"你是说,林放和李明霞离婚后,他们还有来往,他们……"

十三

这以后，差不多又过十年，二〇一三年春天，才又一次见到林放。见面地点很传奇，居然是南京远郊一个别墅区。当时，我躲在那里写长篇小说，进展顺利，工作极有效率。开发别墅区的董事长是熟人，一个文学发烧友，听说有人想找个僻静地方写作，便提供了一间管吃管住还带卫生间的员工住房给我。

是个能让人安心写东西的好地方，透过写字桌前的大玻璃窗，可以看见一大片灰蒙蒙的湖面，看见湖对岸的青山。一期别墅早卖了，都是豪华型，最便宜的一套也要超过一千五百万。二期别墅刚开始销售，价格更高，买的人并不多，双休日才会有人过来看。我沉浸在小说中，与正在写的人物共命运，有时候，突然会觉得外面不再安静，叽叽喳喳有喧闹声，销售人员领着想买别墅的人从湖边走过，我才意识到一个沉寂的星期又过去了。日复一日，一周接着一周，春天像卡片一样打开，一页页翻过去，梅花开了，木兰花开了，迎春花也开了，然后桃红柳绿。卖别墅的销售人员都是俊男靓女，大多数时候无所事事，什么也不用干，就在我隔壁房间玩电脑游戏。我们互不干扰，食堂刷卡吃饭时才会相遇。他们知道我是作家，正蛰伏在这儿写东西，每次看我的目光难免异样，多少带些同情。很显然，吃写作这碗饭不容易，看着我面如菜色的惨样，都觉得当作家太辛苦了。

那些日子很死板，上午写作，吃过中饭，再写两个小时，然后午睡，睡一两个小时，便去散步。晚上基本上在看书，给家里打电话，偶尔上会儿网。常看的那本书是波拉尼奥的小说集《地球上最后的夜晚》，女儿推荐的。

与林放相遇，我的长篇小说已接近尾声。那是一个写作者心情最好的阶段，牢狱即将结束，大功就快告成。我没想到林放也在这里，没想到他会住在一期的别墅区。我们的相遇非常偶然，有一天突然心血来潮，决定去看看那些早已卖出去的别墅。通常情况下，我散步都在别墅区之外，周围环境更好，已销售的别墅属于私人领地，并不欢迎别人参观。有钱人总让人羡慕，又总让人觉得愚蠢，关于别墅区的笑话，在这里我已经听说很多。几千万的豪宅更像是摆设，有钱的业主很少来居住，目前最真实现状就是，除了土豪们偶尔摆阔搞次聚会，百分之九十的别墅都属空置。

沿着湖边一直往前走，很快到了湖对面。突然，条半大不小的黄狗迎面跑过来，吓我一跳。我一向害怕狗，销售人员经常抱怨，别墅里喜欢养大型犬，不是德国大狼狗，就是比利牛斯山大白熊犬，还有人家养凶猛的藏獒。虽然有高高的围墙，有很厚实的铁栏杆，听到恶声恶气的狂吠，你就会很紧张，担心它们会跑出来。我遇到的那条黄狗非常友好，它向我一个劲儿地摇头摆尾，在草地上就势打了个滚。这时候，我发现自己站在一栋漂亮的大别墅前，院门大开，黄狗正是从这儿跑出来的，门口还躺着两只大花猫，懒懒地趴在水泥地上，听见动静，将头转了过来，一动不动地看着我。

或许出于好奇心，我伸长脖子往里看。一个穿条纹睡衣的女人，拿着一袋垃圾正走出来。她看人的样子有些奇怪，我也觉得面熟，只是想不起来在哪里见过。她将垃圾扔进路边垃圾箱，意味深长地又看我一眼，转身往回走，重新回到院子深处，走到临湖的大平台上，与坐在那里看风景的一个男人说着什么，然后就看见那男人起身，朝我这边张望，看见他大大咧咧地向我走过来。没想到那男人竟然就是林放，毫无疑问，我们当时都很意外，不仅因为很多年没见，关键是不可能想到，会在这个神奇的地方见面。

一时间，甚至都不知道该怎么招呼对方，我几乎立刻想起上次见面时的不友好，想起了他没有缘由的阴阳怪气。人生总是会有很多预想不到，我的脑海里闪过很多念头，他为什么会在这儿？这套漂亮的别墅难道是他的？对了，这个女人难怪面熟，她就不是那个绢子吗？林放许多年不见，一日不见，如隔三秋，想不到人家已发了大财，这年头，有人不知道怎么就发财了。林放显然也在琢磨，想不明白我为什么会出现在他面前，脸上的表情十分复杂。好在很短时间，简单的几句对话，我们已初步弄明白了状况，很快就知道对方是怎么回事。

"我说呢，原来你是躲在这里写东西。"

原来我们都不属于这里，都不是这里的业主。林放脸上的疑惑解除了，十分灿烂地笑着，很中肯地说此地环境是很不错，非常适合写作。一时间，大家都变得很轻松，林放说他跟我一样，也不过是暂时借住在这里隐居。说着说着，我们的距离一下子拉近了，假想的贫富鸿沟并不存在，他又变为我所熟悉的那个林放，我呢，也还是他心目中那个写东西有点好赌气的执拗家伙。林放告诉我，别墅是他一个朋友的，反正空闲在这儿，他和绢子就搬过来住了，绢子身体不好，正好可以休养一阵。他们在这儿住了都快两年了，有钱人很傻的，花大价钱买了豪宅，自己没时间居住，反倒是让他这种没钱的闲人来享受。

接下来，我们坐在迎湖亲水平台上聊天。越过宽阔平静的湖面，我指着远处隐约能看得见的窗户，告诉林放，过去几个月，天天上午，我都雷打不动地在那里写作。怎么也不会想到，我们居然是隔湖相望。林放笑了，很有诗意地说，相看两不厌，只有敬亭山，这说明什么呢？说明尽管我们不属于这里，并没有实际拥有这里的财富，可是只要你愿意，这里却可以属于我们，或者说有可能可以属于我们。我觉得他的话太浪漫了，太想当然，很显然，这里的财富根本就不可能属于我们。

以后的一段日子，每天黄昏时分，散完步，我都会到林放那里去坐一会儿，聊聊天。那条叫阿黄的狗到时间就出现在会所周围,它是专门来接人的,一看见我立刻上蹿下跳,然后陪我散步,前前后后地来回跑,最后又把我送到林放那里。阿黄是一条非常通人性的草狗,看上去实在太普通了,据说现在连农民都不愿意养这样的草狗,但是性格真的非常可爱。我和林放坐那里聊天,它喜欢在我们身边打转,拼命地讨好我,只要你一招惹它,便在地上撒欢打滚。

林放的田园生活让人很羡慕,有个院子,有一块地,种了好几样蔬菜,养了十几只鸡。我觉得这才是一个作家应该有的生活,并把这层意思说给林放听,林放听了,讥笑我太贪婪,说你也不好好想想,凭你写那几本破书,也想买这样的豪宅?他说现在的作家难怪写不出像样东西,原来都像你一样,都还在做着资产阶级的美梦。林放一向喜欢强词夺理,喜欢曲解别人的意思,我告诉林放,说自己从没想过要拥有这样的大别墅。吃不着葡萄的人,完全有资格说葡萄是酸的,对一个真正的作家来说,这样的豪宅太奢侈了,是个太大而且没有必要的负担,我知道自己配不上它,只是希望能像林放这样,心态充分自由,帮别人看守别墅,有个相爱的女人陪着,养条草狗,养几只下蛋的母鸡,吃自己种的蔬菜。

只不过是随便一说,没想到林放听了我的话,神情立刻有些异样,有些沮丧,皱起眉头,似乎正在思考,准备用强有力的话反驳。想了一会儿,他笑着摇摇头,不准备再说了。那种不跟你计较的态度,让人十分意外,让人有种踏空的感觉。在我印象中,林放向来得理不饶人、无理时说话也要占上风。过了一会儿,林放说,我还能不明白你的意思?按照你的逻辑,按照你们的逻辑,不就是想说我林放不成气候,不就是觉得我让你们失望了?出水再看两腿泥,我知道不止是你,其实你们都对我很失望,都觉得自己看走眼了,都觉得我不应该沦落到今天这种地步。我不明白他为什么突然要这么说,林放说你们想的都不错,既然我有那么多不一般的经历,离过婚,坐过牢,阔过,穷过,有过数不清的女人,我当然最应该成为一个有所作为的好作家:

"不过可惜了,很可惜我还不是!"

林放笑着自我解嘲,多少有那么点做作。他以退为攻,说要失望也只能让你们失望,只能是对不住大家。人生不如意十有八九,有时候想想,连他都会觉得对不住自己,也不甘心这么一个结局。林放只比我大三岁,感觉上要大许多,或许当过老师,或许很早就在文坛上成名,在我面前他永远都像个前辈。他说这番话的时候,我第一次在他眼神里看到了忧郁,这是一种从未见过的表情,那可不是我所熟悉的应有表情。正是一年中的最好季节,春暖花开,落日下湖面波光粼粼,远处青山绿意盎然,此时此刻此情此景,我很愿意与他一起重温过去,回忆青春,很希望能够畅谈一次文学,希望林放能关心一下我即将完成的长篇小说,可是很显然,他对这个一点兴趣也没有。

我们漫谈的话题,基本上都和文学无关,有一次,说到三十年前的一次聚会,那是一九八三年秋天,踌躇满志的林放请我们去他家吃饭,理由不是因为小说得奖,而是他那篇呼声很高的小说没得奖。那年头,作为一名当红小说家,春风得意的林放当仁不让地成为无冕之王,前辈作家都老得不行了,他觉得他们再也写不出像样东西,一副"天将降大任于斯人"的派头。他请我们吃饭,畅饮散装的鲜啤酒,不过是为了表明自己不愿意与得奖作家为伍的特立独行。记得当时的所有话题,都和文学有关,那时候文学是多么辉煌的一件事。转眼间,三十年过去,文学还是文学,文学已不是文学。

林放和我聊天的时候,绢子显得非常文静,她不是一个人在树底下画画,就是到菜地里摘弄蔬菜。对我们的唯一打扰,是过来送新采摘的黄瓜和西红柿,都是自家菜地长的,每次吃到,都能感受到一种他们的得意,这毕竟是他们的劳动成果。林放常会很细心提醒绢子要注意身体,让她加一件衣服,让她起来在院子里多走几步。对于女孩子,他一向都是这么体贴和关心。在闲聊中,林放不无得意地跟我卖弄这些年的艳遇,说自己经历的女人已太多了,对爱情早就麻木。他嘲笑所谓的爱,想明白了也就那么回事,说他这辈子该吃就吃,该喝就喝,该做什么就做什么,好事坏事都没耽误,总算是没有白活一场。说到最后,当然不能不说起绢子的身体,他告诉我绢子的肾不好,说她患有严重的腰子病,目前只能是依靠血液透析来维持生命。我对透析并没什么了解,大致知道这是比较麻烦的事,难怪绢子看上去有些虚胖和浮肿,总是病歪歪的样子。

十四

我的小说写完,离开的日子也就到了。别墅楼盘的董事长说好要从北京赶回来,一起吃顿告别饭,可是临时又有了别的更重要应酬,改由别墅的销售负责人李总宴请。这位李总是位精明强干的大美女,她向我表示祝贺,祝贺小说完成,欢迎以后继续来这里写作。我向她表示感谢,并有些讨好地告诉她,在小说结尾处,已标明了写作地点。李总没太听明白这话的意思,或许也是觉得无关紧要,她很认真地对我说,这小说能拍成影视就好了,电影和电视的影响大,如果真要拍摄,她愿意提供赞助。

早在前一天,就跟林放和绢子说过再见,道过别了,因为今天是绢子要去透析的日子。李总跟我毫无目的地漫谈,谈文学,谈经济形势和房价,谈影视,谈男女演员的秘闻。她听说我经常去一期别墅区,去跟那个叫林放的人闲聊,一到下午那条叫阿黄的草狗会来迎接我,便兴致勃勃地跟我大谈林放。这让人感到很意外，虽然我口口声声地说是老朋友，可是李总对林放的了解，似乎一点也不比我少，居然知道很多我所不知道的事，而她知道的这些，正好能够解决我的很多疑问。

首先，终于弄明白那栋别墅的业主不是谁，过去只知道是林放的一个朋友，究竟什么样的朋友一直存疑。林放曾带我参观过别墅内部，我注意到主人卧室里的照片，女主人看上去很像林放的初恋女友张跃，那一双眼睛特别像。如果真是这样，便是个非常有趣又带点暧昧的故事，我确实听说过张跃很有钱，而且听说他们的关系非同一般，后来确实还有过来往。无巧不成书，事实上，我一直都在做着这样的假设，很遗憾，老情人终成眷属的猜想并不成立。

其次，女业主既不是张跃，林放与别墅主人也根本谈不上什么朋友。说白了，他们之间就是一种雇佣关系，只是帮人家看管别墅，业主按月付钱，好像是每月五千块钱。林放要负责的任务也就是打扫院子，种点蔬菜，业主来别墅度假时为主人做做饭。李总告诉我，这里的别墅给许多人提供了就业机会，有钱人太忙，买了豪宅，根本没时间好好享受，基本上都是用来养狗养鸡养保安。因此，虽然受雇于人，听上去不那么好听，林放才属于真正享受别墅的人。那套别墅是这里的楼王，是那片区域中最好的一栋，业主是一家上市公司的大老总。

李总告诉的第三件事，林放正准备为绢子捐肾。关于这个，事先我还真一点都不知道，而这恰恰是他在此地广为人知的重要原因，也正是因为这个，人家大老板才愿意沽名钓誉，为林放提供了一个看管别墅的好差事。记者专门采访过，一本家庭类杂志上有过长篇报道。故事也不算复杂，绢子要比林放年轻许多，但是她的肾已坏死，要想拯救的唯一办法是肾脏移植。根据相关法律规定，必须有一定婚姻年限的夫妻才能捐献，为此，他们补办了结婚手续，此前林放和她只是一般同居关系。会所的工作人员都相信我来这里，是要写这个动人的老少恋艳情故事。一个老男人为了爱情，不惜为心爱的女人捐出自己的肾脏，这剧透听上去就不错。

为了给绢子治病，林放卖掉了自己名下唯一一套房产，那是他家祖居拆迁后分得的。由于对此事一无所知，结果我只能像个局外人，一边喝酒吃菜，一边十分惊奇地洗耳恭听，听李总说她所知道的林放，听一起吃饭的工作人员讲他们听到的段子。大家好像都喜欢带着正能量的故事，有点伤感有点悲情，当然，更有点伟大和崇高。只有为你爱的人做出奉献，才是真正的爱情。当时在场的人对我难免有看法，难免不理解，都想不太明白。不明白这个作家天天躲在他们会所里，究竟写了些什么玩意儿。不明白这个所谓三十多年的老朋友，天天还跑去聊天，对林放要捐肾的事却一无所知。我自己也觉得奇怪，忽然觉得过去的那些日子，非常不真实。

告别宴会说结束就结束了,说好李总的小车带我回南京。一路上,都还在继续说林放,继续探讨肾移植。李总的一个亲戚也准备做这手术,现如今这样的移植已很成熟,关键是肾源匹配,像林放这样正巧配型成功,可以说非常难得。李总亲戚已排了很长时间的队,一直在等待合适肾源。或许耳边有关林放的声音太多,或许李总一直在念叨,突然间我有些冲动,有些热心过度,说我来帮你问问林放,拿出手机就给他打电话,号码拨过去,得到的回答却是:"对不起,您拨打的号码是空号,请查证后再拨。"

　　这号码是很多年前邹越华给我的,从来没用过,没想到第一次使用竟然这样。李总回过头,睁大了眼睛看着我,显然她也听见手机的应答,那声音很大。一时间,有些尴尬和狼狈,不知道如何向李总解释。我干脆不解释了,打不通就打不通,也没什么大不了。多一事不如少一事,就算真打通,事已如此,又能跟林放说什么呢。

中篇小说奖·入围作品

李铁小传

　　李铁,男,1962年生。著有长篇小说《长门芳草》,小说集《冰雪荔枝》《点灯》《一掠而过的风景》等。作品多次入选各种选刊、选本及年度排行榜。曾获辽宁文学奖、青年文学创作奖及多种刊物优秀作品奖。中篇小说《出墙的红杏》获《小说月报》第十一届百花奖。现在辽宁省锦州市文联任职,辽宁省作家协会主席团成员,中国作家协会会员。

男 女 关 系

李 铁

一

我和杜小蕊、吴志文有着令人难以相信的男女关系,我们的关系始于上个世纪七十年代初,谁都知道,那是个对男女关系极度敏感和夸张的时代,我们之间的男女关系几乎影响了我们三个人一生。后来我给妻子讲那段故事时,妻子总是怀疑它的真实性,我一笑置之,不想过多解释,讲出来,有种释放的痛快已经足够了。

杜小蕊,女。吴志文,男。当时他俩和我一样都刚刚二十出头,刚刚进入那家特大型工厂当工人。我和吴志文跟杜小蕊的父亲老杜师傅学徒,我和吴志文因此与杜小蕊也就成了熟人,我们三个人的关系就是这样开始的。

我们所在的那家工厂坐落在一个叫章党的地方,虽然只是个镇子,但那里却有五家职工近万的大型企业。章党距我们居住的那个城市有一个多小时的车程,这些工厂的大部分职工都住在城里,每天上班就是坐火车跑通勤。我和吴志文、杜小蕊都是那支通勤队伍中的人。

我和吴志文是在老杜师傅的家里认识杜小蕊的,杜小蕊长得相当标致,看杜小蕊的时候我们的身心很容易会有一些微妙的变化。最先喜欢上杜小蕊的是吴志文,见了杜小蕊,吴志文的眼神是躲闪的,但躲闪中又有捕捉,然后面色潮红,额头会很快挂出一层细细的汗珠。起初我对杜小蕊并没有什么特别的感觉,我觉得她不过是个不难看的女孩子罢了,我一点都没想过会与她发生什么男女关系。事情发生变化是在跟老杜师傅学淬火之后。淬火,也叫蘸火,是金属工件热处理的一种方法。老杜师傅教我和吴志文练淬火,通常不会占用工作时间,而是星期日叫我们到他家去,坐在他家的院子里练。老杜师傅把铁扁铲插进炉火里烧得通红,然后拔出来在我们眼前晃了晃,老杜师傅说,看见了吧,红透喽,插进水里。说罢,老杜师傅便把红透的扁铲往水盆里一插,水盆里便冒出一股热气来,再迅速把扁铲从水盆中抽出,然后用锤子打,无论怎么打砸,扁铲都安然无恙,坚硬得令人称奇。

我和吴志文照猫画虎地练，都是把扁铲烧得通红，然后拔出来迅速插入水盆中，再拔出来，可用锤子一砸，那扁铲就变形了，显然是没有达到想要的硬度。我和吴志文反复地练，招式和老杜师傅并无二样，却始终不得成功。怪了，我和吴志文都十分诧异，不服，请教老杜师傅，老杜师傅也一脸茫然，说不出个子丑寅卯。在那个夏日的星期天，我和吴志文是较了劲儿的，都想最先练成，我俩一头大汗，显然都很着急。

　　我走出院子上厕所的时候，杜小蕊从身后撵上来，她笑眯眯地看着我，把我看得有点发毛。

　　你们练功时我一直在边上瞧着，你们没练出门道，我可瞧出门道了。

　　你瞧出啥门道了？

　　你没看见我爸把扁铲从炉子里拔出来时总是在你们面前晃上几晃吗？我看问题就出在这晃几晃的时间差上，你和吴志文把扁铲从炉子里拔出来立马就插进水盆了，烧红的扁铲在空气里的时间就会比我爸的要少上几秒。

　　我立即有了茅塞顿开的感觉，顺嘴问道，你咋不当着吴志文的面说？杜小蕊的脸唰地一下红了，一扭头跑了回去。我愣愣地望着她的背影似乎意识到了什么，脸也唰地一下红了。

　　我上完厕所返回老杜家院子时，对杜小蕊已经有了一种别样的感觉，我当然知道这种感觉意味着什么，对暗中喜欢杜小蕊的吴志文便也另眼相待了。当时吴志文又一次淬火失败，他十分沮丧地丢掉扁铲，坐到一旁喘粗气。我平静地拾起扁铲，插入炉火中，待烧得通红了，拔出来，又平静地在眼前晃了晃，这才不紧不慢插入水盆中，刺啦一声响，一股热气升腾起来后，我又将扁铲从水盆中抽出来，放在垫板上用锤子砸，扁铲的硬度居然与老杜师傅淬火的扁铲是一样的，我成功了。吴志文又试了几次，依然还是失败，我没有讲出个中奥妙，我觉得我这样做才能对得起偏待我的杜小蕊。

　　这以后，对杜小蕊，我和吴志文就形成了竞争的态势。我们的竞争不是比着向杜小蕊献殷勤，而是比进步，都争着当"先进生产者"。在那个时代，几乎每个人的想法都和我与吴志文差不多，认为当了先进生产者，在谈恋爱的问题上就已经占到了先机。每个班组只有两个先进生产者的指标，按惯例，一个归资深的老师傅，另一个则由年轻人竞争。我和吴志文竞争的就是这个指标，在铆工技术上，我淬火的水平略高于他，他打粉笔头的水平却略高于我，我电焊的水平略高于他，他火焊的水平又略高于我……技术上分不出高低，我们就把主要精力放在品德修养上，怎么修养，很简单，就是做好人好事，抢着打扫班组、车间里的卫生，抢着给每一位老师傅倒水沏茶、热饭，抢着伺候班组里用来取暖的大铁炉子，劈柴填煤……有相当长一段时间，我俩的竞争一直分不出胜负来。

　　这种竞争在当时的工厂里十分普遍，因为都全力以赴，分出胜负就是一件不容易的事。为了一决雌雄，往往要伤透脑筋，想一些常规之外的招数。有一次一个废弃的仓库起火，一个姓赵的青工奋不顾身跳进火海灭火，火灭了，这个青工的身上烧伤面积也已经达到了百分之四十。后来调查火灾原因，才查出放火者居然就是这个姓赵的青工。

二

　　东北的早春是个让人极不舒服的季节，气温依然低得让人缩手缩脚，空气似乎比冬季还干燥，裹着沙土的北风一路吹来，人便有了被风干的感觉，嘴唇开裂，鼻子容易出血，手一触碰金属物件能啪啪地打出火星儿来。

　　春天还是个令人躁动的季节，身体干燥，心里也焦躁得虎视眈眈。我的虎视眈眈具体落实到人头上，那便是冲着杜小蕊的。有的时候，也不是单单冲着杜小蕊，是冲着所有年轻的我看着顺眼的女性的，杜小蕊不过是被我硬性规定的这些女性的代表而已，想杜小蕊，便是想所有的年轻顺眼的女性了。

　　与男女关系有关的，是那个春天我正在偷偷地通读一本名为《卫生知识》的小册子，这小册子小三十六开，装帧极为简陋，是我从新华书店顶层最不显眼的角落里买来的。张嘴说出要买它，仿佛已经使出了浑身的力气，出了一身透汗，还红了脸。我把它揣进怀里后便鬼鬼祟祟地离开书店，表情有些猥琐。

　　《卫生知识》是那个年代的畅销书，年轻人偷偷地买，偷偷地读，都宁肯自己花钱买，都羞于传阅。说通读有点夸张，我通读的不过是这本《卫生知识》里的最后两个章节，一章是人的生殖器结构，一章是性生活卫生，我想了解的，我感兴趣的，我特别想解困的，大都在这两章里。读过后该释然的释然了，不该紧张的却紧张得不行了。比如有关手淫的问题，那个时候我国的卫生知识类书籍里的性观念是偏向于中医理论的，中医的观点是一滴精相当于十滴血，精液宝贵得不得了，把手淫视为恶习，这种恶习的后遗症又严重得不得了。若干年后，西医的手淫无害论，精液的营养成分并不比唾液更具价值的说法令我无限感慨，无限惆怅。

　　在我通读《卫生知识》的热度最高的那段日子，发生了一个几乎影响了我一生的事件。事件始于一次义务劳动，那个时代义务劳动是一件崇高的事情，年轻人对义务劳动都充满了激情。这种义务劳动有的时候形式是大于内容的，劳动的项目不过是平整一块百十平方米的场地，却呼啦啦来了上千号人，大家一人弄一锹土，任务也就完成了。当然也有内容远远大于形式的，比如那个事件发生的那次义务劳动,参加者不过百人,要修的路面却足有十公里。活动是由厂团委组织的,参加者都是团员青年中的骨干,参加这样的活动是一种荣誉,我和杜小蕊、吴志文都参加了,我们的心情自然也就都十分的好。

一个星期天显然是无法完成任务的,领头的厂团委书记罗大姐与厂子做了沟通,今天干不完,明天继续干,义务劳动居然可以占用工作时间。那个星期天我们干得很晚才收工,错过了末班车,不能回家了,大家就在一个废弃的仓库里就寝。空间并不算很宽敞的库房要容下百十来号人,密度那是要多高有多高了,地面铺上一层干草,然后便是不分男女一个挨一个地躺下,身体挤着身体,倒也起到了取暖的作用。因为是男女混居,有人提出了问题,说这样睡觉是不是有点不雅呀? 这个问题当即遭到罗大姐的反驳,罗大姐说,都是革命青年,思想干吗那么复杂呀? 男女混居怎么了? 这正是考验我们的时候嘛,我倒要看看,我们究竟有没有经不住考验的人。罗大姐在我们这些青年当中有着绝对的权威,她发话了,我们不敢不听,也都觉得没理由不听。

我们都是和衣而卧,我的左手边是一个男青年,右手边就是令我暗中激动不已的杜小蕊,杜小蕊的另一边则是吴志文。初春的东北,这种没有取暖设施的库房里夜间是要多冷有多冷的,但我却出了一身透汗,我想像我这样出了一身汗的人绝不在少数,只要他或她身边躺着的是活生生的异性,他或她就没有理由不出汗。罗大姐所说的考验,我们都觉得用词十分准确。

我想我是个能够经得住考验的人,我想大家也都是能够经得住考验的人。库房里没有照明灯,大家躺下后,用于照明的手电筒也相继熄灭了,库房里一团漆黑,说话声很快在漆黑中退潮,大家都太累了,按理说应该很快都进入梦乡,但事实并不是这样,库房里静下来时,我听得清每个人此起彼伏的呼吸声,绝不是睡着了的那种呼吸,而是紧张的,压抑的,却又是夸张了的呼吸,这些呼吸声形成了一种如同阳光般的东西,把这些睡觉的人都照耀了,阴冷诡秘地消失了,温暖、干燥成了感觉中的主流。我好一阵睡不着,一想身边躺着的是杜小蕊我就脑袋里花花绿绿,有肌肤的颜色,有嘴唇的颜色,有眼睛的颜色……这些颜色点点滴滴,居然还掺杂着若有若无的香气,虽然香气很淡,但我依然能够辨别出它的出处,它的出处就是杜小蕊的呼吸。我不时深深地吸气,贪婪地想把这些气息毫不浪费地吞咽下去。我担心自己会有什么超常之举,但事实上这种担心是多余的,我的躯体沉重得如同巨石,仅凭自己的力量是不可能将这块巨石移动起来的。

虽然不能移动,感觉的触须却异常敏感,我觉得空气里充满了蛛网一样的触须,别说是动作,即使心里的每一个波动,这些触须也会准确地传导给另一个人,对我来说,这另一个人就是杜小蕊。我想偷偷看一看她的脸,但库房里几乎没有光线，我的努力没有成功。

我是在后半夜的时候睡着的，也许是太累了，疲劳最终战胜了紧张与燥热，而事情就是在我睡着不久发生的。身边的尖叫像一声霹雳，一下子把我给震醒了，我睁开眼睛，什么也看不见，只感觉右手边的杜小蕊在黑暗中站了起来。库房里稀里哗啦一阵响，很多人打开了手电筒，无数支手电筒的光亮都集中到我们这一边，我和杜小蕊、吴志文被照得通体透亮，几乎成了电影院里的银幕。罗大姐顺着光亮走到杜小蕊身边，问，杜小蕊，你怎么了？杜小蕊吞吞吐吐：我、我的乳房被人摸了。杜小蕊的声音不大，但却比刚才的尖叫还有震撼力，大家都被镇住了，库房里静得出奇，连罗大姐一时都哑口无言。我瞪大眼睛，像所有人一样盯住杜小蕊，我看见她的神色惊慌，衣服上边有两粒扣子是开着的，但她的外衣里面有棉袄，棉袄里面有毛衣，毛衣里面还有衬衣，衬衣里面还有背心，隔着这么多这么厚的衣服几乎看不清她乳房的轮廓，若是要摸到乳房，那难度就更大了。谁会冒天下之大不韪，采取高难度的手段去摸她的乳房呢？过了好一会儿，罗大姐才开始问话。

是隔着衣服摸的，还是摸到了肉？

摸到了肉。

可你穿着这么厚的衣服呢？

有一只手不知是从我的衣服上边还是衣服下边摸了进去……

别说了，杜小蕊你放心，我一定会查个清楚，让这只见不得光亮的手暴露在光天化日之下。

罗大姐的话说得铿锵，大家被罗大姐的话所激励，竟然有很多人怒吼起来，对，一定要让这只肮脏的手暴露在光天化日之下！我也想怒吼一声，以示对杜小蕊的支持，但是，我的嘴刚刚张开，就张着嘴愣在那里，因为我发现罗大姐正用一种怀疑的目光盯着我，我的心头一惊，瞬间觉得所有的目光都落在了我的身上，我立即有了一种不祥的预感。

罗大姐盯着我看了一阵，并没有说什么，就又把目光落在了杜小蕊右手边的吴志文的脸上。我发现吴志文的脸色惨白，像是浑身冷得不行，竟然坐在地上瑟瑟发抖。这只手会不会是吴志文的？这个念头一经出现，我即刻像挨了淋浴，浑身上下流淌的都是这个念头了。我对吴志文怒目而视，吴志文哆嗦着说，不是我，你们不要看我，不是我！罗大姐冷笑道，我们没说是你呀，你紧张什么？吴志文说我没紧张。罗大姐说你没紧张你的身子干吗要抖。吴志文说，我抖了吗？罗大姐说，你让大家看看，你是不是在抖。众人几乎齐声说，是呀，你在抖，你确实在抖。

第二天，罗大姐把我叫到了她的办公室，她盯着我的眼睛好一阵不说话，把我盯毛了,我脱口而出,你是不是怀疑我呀?

有机会出手的人我们都会怀疑。

都谁有机会出手啊?

你和吴志文。

你怎么能这么讲?

我们不会冤枉一个好人,同样,也不会放过一个坏人,这只手关系到一个人的道德品质,我们一定会调查清楚的。

调查吧,反正这只手不是我的。

从位置上分析,杜小蕊的左边是你,右边是吴志文,能够把手伸向杜小蕊的,能够让这只手突破几层衣服摸到乳房的,也只能是你和吴志文具备这个条件。

不管你怎么讲,反正不是我。

摸乳事件一时间成了全厂的热点,人们奔走相告,一些被推理得有模有样的故事像精灵般飞来飞去。有的时候连我自己也相信这些故事是真的了,或者说我根本没有经历这个故事,我不过也是一个道听途说者而已。更多的时候,我是茫然。

下班的火车上,我发现杜小蕊被挤在一节车厢的门口处,我犹豫再三,还是挤过人群,凑到了她的跟前。

我说,小蕊,你认为那只手到底是谁的?杜小蕊看了我一眼,然后把目光移向车门外,顺着车门玻璃我看见的是一座座移动的工厂和田野,有的瞬间工厂的烟筒还没有完全从视觉中消失,田野就已经把那只烟筒影印在其中了,好一阵,那个烟筒的影子才会从视觉中淡出,还原一个真实的田野。杜小蕊沉默了很久,才开口说,你想让那只手是谁的?我愣了一下,这句反问显然令我十分意外,我不假思索地也反问了一句:那么,你想让那只手是谁的呢?杜小蕊冷笑一下,说,我想有什么用,这只手不是你就是吴志文的,这只手是你们俩谁的我都很痛心,你知道我对你们俩是最信任的,不然我也不会睡在你俩之间,可危险往往出自于最信任的人,对这件事,我无话可说。

那只手不是我的。

一个豆,啪啦啦,不是你就是他!

反正不是我的。

不管是谁的,谁摸了我,谁都得为我负责。

三

那个春天的晚上,我瞪着一双诧异的眼睛随着人流走出火车站。整个回家的路上，我反复地琢磨杜小蕊的那句话："不管是谁的，谁摸了我，谁都得为我负责。"

我知道那只手不是我的，那么，那只手显而易见就是吴志文的了。以杜小蕊的理论推下去，吴志文既然摸了她的乳房，就必须为她负责，就必须娶了她。本该遭到谴责的流氓居然会有这么大的便宜，我怎么想怎么觉得不公平。

第二天上午，我把吴志文拉到一个没人处。我盯住吴志文的眼睛问，那只手是不是你的？吴志文冷笑一声，反问，你觉得呢？我说，我心里有数。吴志文说，你心里当然有数，因为那只手不是我的，所以那只手肯定就是你的。吴志文态度十分坚定，尽管我认定吴志文在撒谎，但心里还是隐隐地感到一丝庆幸，显然杜小蕊还没有跟吴志文说过那句话，如果吴志文也听到那句话了，一直对杜小蕊有觊觎之心的他一定会换一种说法，顺水推舟把这件事搞定了。

就在这天下午，罗大姐把我和吴志文都叫到了她的办公室。罗大姐用审视的目光看过我，又看了吴志文，然后低头沉吟片刻，这才抬起头说，今天叫你们俩来，不用我说，你们也该知道是什么原因，咱废话少说，自己交代问题和被我们认定问题那结果是不一样的，说吧，那只手到底是谁的？吴志文抢先说，不是我的。我扭头看了看吴志文的脸，我真想不通实际上摸了杜小蕊乳房的他居然会有一副无辜的表情，我鄙夷而又庆幸地用鼻子哼一声，转过头用近乎亢奋的目光迎住罗大姐的目光。罗大姐问，你呢？我说，我交代，是我摸的。我的声音很平静，就像说是我摸了一个西瓜。罗大姐和吴志文愣愣地看着我，好半天才有了该有的反应。吴志文说，算你狠。罗大姐说，承认就好，你准备接受厂里的处分吧。

我和吴志文一起从罗大姐的办公室出来，刚走出办公楼，吴志文就一把抓住了我胸前的衣服，恶狠狠地说，你小子真不仗义，真下流，你怎么能摸杜小蕊的乳房？我认定吴志文是在表演，我冷笑几声，然后甩开吴志文的手，大步躲开了他。

几天以后，厂团委组织全厂的团员青年开了一个会。事先并没有说会议的主题，当一千多人坐定，全场静下来的时候，主持会议的罗大姐才说，今天的会只有一个内容，那就是通过摸了杜小蕊的那只手，深挖思想深处的根源……有人在下边喊，到底是谁摸了杜小蕊的乳房？立即就有很多人附和道，对，我们要知道是谁摸了杜小蕊的乳房，我们一定要知道是谁摸了杜小蕊的乳房！罗大姐举起双手示意大家安静，声浪刚一退潮，罗大姐便说，大家不要着急，在我们做了大量的启发教育工作后，当事人主动交代了自己的不良行为，下面，请当事人自己走到前边来，做公开检讨。会场一下子静得出奇，人们用期待的目光罩住我和吴志文，我浑身冰冷，抖得不行，但我还是站了起来，一步一步走向了前边。我不知道自己是怎么走到前边的，我由冷变麻，几乎毫无知觉，冲着众人我的脸上居然充满了阳光般的笑容。

沉默了足够的时间,然后便是集体爆发,大家不顾会场纪律,纷纷义愤满腔地指责我,你为什么要摸人家的乳房?你是怎么伸出那只肮脏的手的?你的手是从她的衣服下边还是上边伸进去的……摸乳,在这个会场里仿佛变成了一个十分美好的字眼,大家说到这个字眼时,几乎每个人的脸上都闪烁着阳光般的光芒。

　　我当然无法回答这些问题,我脸上始终挂着僵硬的笑容,像一尊木雕泥塑。有个人拿着一本《卫生知识》突然冲出人群,对着罗大姐,也是对着所有人高嚷,我揭发,大家看啊,这本《卫生知识》就是在他的饭兜子里找到的。这个人说罢哗啦哗啦把这本《卫生知识》翻到最后两章,接着高嚷,看啊,他看这本书看的就是最后两章,这两章的纸都被他摸薄了,这最后两章都是性知识,他的思想太肮脏了!众人再次爆发,齐声嚷,太肮脏了,他的思想简直就是见不得人的臭狗屎!

　　我不知道那个会是怎么散的,摸乳事件就此画上了一个圆满的句号。从此,我的名声坏了,一个有过流氓行为的人是无法进步的,先进生产者与我无缘了,入党提干与我无缘了,甚至升级涨工资也与我无缘了。厂里几乎没有人愿和我做朋友,见了我说句话就算恩赐了,我知道很多人背后会用难听的话议论我,冲着我的脊梁骨指指点点,严重的是杜小蕊居然也不理我了。我主动承认那只摸乳的手是自己的,完全是冲着杜小蕊的那句话,可是,看杜小蕊的架势,她几乎完全没有让我负责的可能,我找一切办法接近杜小蕊,她却想尽一切办法在躲避我。

　　我陷入孤独的深谷,没事做的时候,我就只能做一件事,那就是练功。我把一百支粉笔头插在一百个小孔上,一锤一锤砸下去,居然无一锤失手。我拎着焊把在各种各样的坡口上练焊接,成功率也是百分之百。铆焊不分家,铆工大都掌握一些焊工的技术,几年下来,我的焊工技术已经不比任何一个专业的焊工逊色。有一次全厂举行焊工技术比武,我居然轻取第一名。

　　这样的日子在三年后的某一天发生了变化,事情始于一次援军活动,某军港的建设工程急需一批铆工的支援。军方的要求是,来支援的人手必须有高超的铆工技术,同时还要有高超的焊工技术。厂子在研究人选时,曾把我列入名单,后又因为我犯过男女关系方面的错误,名字被人从名单上划掉了。

　　我不服气,一个人敲开了厂党委书记办公室的门。

四

　　门开了,书记困惑地盯住我,问我有什么事。近万人的大厂,我认识书记,书记不认识我,这应该是很正常的事。我首先做自我介绍,没想到书记打断了我的介绍,冷冷地说,我认识你。我没理由不惊讶了,问,书记您怎么认识我呀?书记依然冷冷地说,没办法,不认识你都难。我不得不想起了摸乳事件,身上立马打了一个冷战。

我硬着头皮说明来意,书记又一次打断我的话,说,一个犯过男女关系错误的人,你说能参加国防工程建设吗?我血往脑门上涌,反问,一个犯过男女关系错误的人,怎么就不能参加国防建设呢?我的反问居然一下子把书记给问住了,至少他愣怔了足够长的时间,他还极不自在地往窗外瞥了一眼。书记说,干革命工作,最需要的就是思想过硬,尤其是国防工程,需要的是信得过的同志,我的解释希望你能满意,你可以回去了。我冷笑了一声,说,我承认我犯过男女关系的错误,但我绝不承认我的思想不过硬,我热爱国家,忠于党,我的铆电焊技术数一数二,我要是参加援军建设,这援军建设就能多一份安全,多一份保障。我说得理直气壮,书记又一次语塞。我看出他的犹豫,于是又加了一把柴,说,咱厂组织的是十个人的队伍,他们的技术水平和我都有差距,如果因为技术水平不行而影响了国防建设,我第一个要到上级部门去控告。

书记换了一种眼神盯住我,说,你说的也不是没有道理。我知道书记不是被我吓到了,而是我的话成功地拨动了他的心弦。我们的书记就是这样一个通情达理的人,不然我也不会冒险去找他。我的情绪即刻亢奋起来,觉得自己的眼睛像灯泡一样灼灼地发着光。

你先回去吧,容我再考虑考虑,好不好?

几天后,在公布的十人名单中居然有我的名字,这个结果立即遭到一些人的反对,罗大姐看过名单后,怒气冲冲闯进了党委书记的办公室,等她出来的时候,她的面色已经变成了难看的猪肝色。

我知道,厂里组建援军队伍的那段日子,也正是吴志文追求杜小蕊的高峰期。摸乳事件发生后的三年间,杜小蕊对我对吴志文均采取躲避策略,无论干什么,她总是与我与吴志文保持着一定的距离。我对杜小蕊的好是默默的,低调的,是在常常看似不经意之间帮助她,比如在火车上远远见她来了,待她走近时我会有意站起来,躲开,把难得一觅的座位让给她;比如她在焊工件,她是焊工,她焊工件时脸上是戴着防护罩的,她此时除了焊点别的什么也看不到,我就会悄悄凑近她,把工件一件一件地搬到她的跟前,再把焊条一根一根地摆到手能抓到的位置;还比如我会偷偷地往她的水杯里倒上热气腾腾的白开水,往她的饭盒里添一点点我舍不得吃的肉……吴志文对杜小蕊的好是夸张的,高调的,表现在常常当众送她一些东西,比如小食品,也比如小饰品,杜小蕊不收,他便会做出一副痛苦的样子,据理劝说,声情并茂,直到杜小蕊收下为止。吴志文也在火车上给杜小蕊让座，只要他找到了座位，便会铆足了劲儿，冲着杜小蕊高喊，小蕊，小蕊，你过来，我给你占座了！他的喊是冲着杜小蕊的，也似乎是冲着所有人的，他喊的内容也好像不是在说这儿有座位，而是在高调宣布他与杜小蕊的特殊关系……

十个人的援军队伍站到了俱乐部的舞台上，接受全厂职工的隆重欢送。团委书记罗大姐主持了这个欢送会，有女青年为十位队员佩戴了红花，红花虽然是纸做的，但在灯光的映照下却闪烁着晶莹的亮光，仿佛每一个花瓣上都挂着一层露珠似的。会场气氛热烈，当罗大姐说到我们这十个人中将产生一名支军英雄时，大家一起鼓掌欢呼，似乎这个英雄已经诞生，正在接受大家的祝贺。

令人想不到的事情发生在欢送会接近尾声的时候，本来按程序罗大姐应该宣布台上的队员退场了，可罗大姐被一股激情所鼓动，她居然临场发挥，走到十名队员跟前，拿着话筒大声问，你们就要踏上征程了，谁还有什么要求吗？可以大声讲出来，只要合情合理，我和同志们一定会满足你们。我摇摇头，我想其他人一定会和我一样都摇摇头，但事情显然没有像我想得那样发展，其他几个人中居然有一个人开了口，他的声音通过扩音器传出去，既响亮又嗡嗡地带有一种回音的效果，他说，我要求，在这个庄严的激动人心的时刻，向一位女同志求婚。

这是个振聋发聩的要求，整个俱乐部仿佛被这个要求给镇住了，静场片刻，众人爆炸般欢呼起来，也是受这种情绪的诱惑，罗大姐也十分亢奋，当场应允。这个提出要求的人就是吴志文，我的心一下子提到了嗓子眼儿，一个我最怕听到但又不能不听到的名字随后就出现在了会场的上空，扩音器又令它壮大了数十倍。

这个名字就是杜小蕊。

罗大姐说，请杜小蕊上台。众人附和道，杜小蕊、杜小蕊……我几乎毫无知觉地看着杜小蕊被一浪高过一浪的喊声推上了台。令我奇怪的，是杜小蕊本该窘成红萝卜的脸居然不红不白，看样子十分平静。

吴志文跨前一步，像时下的相亲节目那样，向杜小蕊做真情告白。

小蕊，你知道吗？自打第一次见到你，我就爱上了你，我工作这么出色，全因为心里装着一个你呀！在今天这个光荣的特殊的日子里，我向你求婚，你能嫁给我吗？

我想嫁给英雄。

英雄只会有一个呀！

对，我只想嫁给这个英雄，如果你成为这个英雄了，我一定会嫁给你，如果你们这十个人中任何一个未婚者成了英雄，只要他愿意，我同样会同意嫁给他。

掌声响起,大家用掌声对杜小蕊表示支持。罗大姐顺水推舟,说,既然如此,我们就期待着英雄的出现吧!掌声再次涌起,潮水般淹没了俱乐部。

五

在望不到边际的滩涂上,悬空着一条据说是输油管线的管道,这条管线距海平面足有十五米以上,我们援军队员的任务就是要在这条管线上作业,该用铆钉连接的地方用铆钉,该用电焊连接的地方就用电焊。高空作业没有胆量是不成的,幸运的是我和其他九位队员都有足够的胆量胜任这一工作。

说是铆工,实际干起来用电焊的活儿更多一些,好在我们这些铆工各个都是电焊的高手,扔下锤子就是焊枪,军方对我们的工作能力相当满意。

最初的工作还算顺利,难题出现在输油管道里已经输油之后,因为需要,军方要求我们在高空输油管道上再动电焊,管道虽然有足够的厚度,但超高的温度却随时有可能使管道里的油燃烧。我们十个队员有九个被难住了,没有被难住的只有我一个,我请缨上阵,讲了自己的工作方案,领导和专家们听了嘀嘀咕咕商量了好半天,然后有一个军官通知我,说专家组已经通过了我的方案。我是在众目睽睽之下爬上高空的,有些紧张,也有些兴奋,兴奋是主流,紧张在兴奋的挤压下逐渐消失,成了不成形状的东西。我的方案其实很简单,叫得文气一些是冷却作业法,就是在动电焊的时候,由消防战士向焊点周围喷射灭火泡沫。泡沫铺天盖地地在我的四周膨胀开,壮观得像一朵蘑菇云。我在蘑菇云里工作,看到的只是一个红红的点状焊点,其他的便什么也看不见,一切只能凭感觉判断。后来据其他人讲,在下边观看的人都为我捏了一把汗,谁也没有把握我是否能全身而退。当蘑菇云一点一点地消散,我在白色的泡沫中一点一点地生长出来时,下边欢声雷动,气势压过了海水的波涛声。

就这样我成了十名队员中最引人注目的一个,军方已经倾心于把仅有的一个英雄称号的指标给我,我们中的其他九个人也觉得我当之无愧,我犯过的男女关系的错误至少在这期间被他们忽略了。一个月后,当我们的任务进入尾声时,也就是工程的最后一天,还是有一个在油管上动电焊的工作要做,但出人意料地我却退缩了,挺身而出的是吴志文,他主动接下这个任务,在大家的注目中登上了高空,很快消失在壮观的泡沫中。

很多人用奇怪的眼神看我,他们不明白我勇敢了一个月,怎么会在最后一天胆怯地退缩了。我木着脸不吭声,只有我自己知道,我不是胆怯,我把机会让给了吴志文,是我的高风亮节。就在这最后一天的前一个晚上,吴志文曾找到我,把我叫到了海边,我们一起沿着海边走,不知走了多久,吴志文才深有感触地说,这回英雄肯定是你的了。我故作谦虚,说,不见得吧,我还差得远呢!吴志文说,你就别装了,是你的就是你的,不要得便宜卖乖。我发现吴志文的脸有些变形,像是被海风吹歪了。我没好气地说,我的机会是我用自己的技术和勇敢换来的,你不服尽可以跟我较量。吴志文歪着脸说,你认为我还有机会和你较量吗?我说,这是公平竞争的结果,我问心无愧。吴志文说,我虽失败了,可我也问心无愧。一股火气突然就涌上了心头,我恶狠狠地说,摸了人家女孩子的乳房不敢承认,能问心无愧吗?吴志文梗着脖子说,你这是在说你自己。我说,不管是谁,这样的人肯定不会问心无愧。

吴志文没有和我在这个问题上纠缠,他很快换了一副面孔,用乞求的口气对我说,我求你一件事,我知道你这人心最软,你一定不忍心不答应我。我冷笑了一声,没有急于表态。

你到底答应不答应啊?

你要是想让小蕊嫁给你就找小蕊去,我帮不了你什么。

我说的不是小蕊的事,小蕊想嫁给谁就嫁给谁,我不想争了。

那你是什么事?

我真羡慕你在蘑菇云中电焊的样子,你已经出尽风头了,这个英雄称号肯定归你了,谁都没有条件跟你争了。明天是咱们最后一天干活,也就是说能在高空输油管道上动电焊的机会只有最后一次了,我求你把这个机会让给我,让我也体验一把那种在云里雾里的感觉,好不好?

你有把握干好那个活儿吗?

别忘了咱俩是师兄弟,我承认我的技术没有你高,但我不承认我比你差得太多。

…………

仰头看着吴志文在蘑菇云里干活儿,我的心似乎得到了一些安慰,如果在这之后我娶了杜小蕊,我就不会感到有什么不安了,毕竟这么好的机会我都让给了吴志文……正在胡思乱想,就听蘑菇云里突然传出一声惨叫,我眼见着吴志文像一块石头一样跌下了云朵,咕咚一声栽进海水里。

后来事故调查清楚了,我才知道吴志文是失误才掉下来的,他成了我们这次支军活动唯一的一名受伤者,而且是重伤。

一位军官找我谈话,说话前他轻轻地拍了拍我的肩膀,然后叹了口气,用歉疚的口气对我说,本来这个英雄称号应该是你的,可是吴志文受了重伤,英雄称号归死伤者是我们的一个惯例,这真是一件没有办法的事,只是委屈你了。我哭丧着脸说,既然是惯例,还跟我说干什么,该给谁就给谁嘛!军官又拍了拍我的肩膀,说,多好的同志啊,思想境界蛮高的嘛,我给你敬个军礼吧!军官说罢果然起立,啪地一个立正,给我行了一个军礼。

英雄称号正式下来那天,罗大姐带着一队人马敲锣打鼓去吴志文家报喜。吴志文的老父亲并不领情,他冲着罗大姐大吼大叫,说有什么喜可报,我家志文都成残废了,这叫喜吗?罗大姐说,当了英雄,当然是喜,这喜属于光荣的吴志文同志,也属于他的父亲,您老人家。

吴志文在医院住了半年之久,他是坐着轮椅出院,坐着轮椅走进了一场盛大的婚礼,婚礼的主角就是吴志文和杜小蕊。那是那个年代我们这座城市最隆重的一场婚礼,我们厂里的书记、厂长,甚至市里的领导都出席了。大家一边喝着喜酒,一边称赞杜小蕊品格高尚,是个一诺千金的人。

婚礼上杜小蕊一直躲着我,我根本就没有找到机会和杜小蕊单独说上一句话,其实我也没什么可说的了,该说的话我已经在婚礼的前几天跟她说过了。我劝她不要嫁给吴志文,即使吴志文是英雄,她也该为自己一辈子的幸福负责。杜小蕊的回答用的是反问句,她说,你愿意我成为一个不守信用的人吗?我一时无语,我不愿做一个不守信用的人,我当然也没法劝杜小蕊做个不守信用的人。

六

杜小蕊拿着一把刷子在刷一只缸,那是一只用来腌咸菜的大缸,她弯着腰,把头整个伸进缸里,屁股夸张地撅起来,上衣和她的头一起努力地往缸里去,腰部便挣脱衣裤,露出一截肥白的肌肤来。我推着自行车走进她家的院子时,闯进我眼帘的便是这样的场景。

自行车停车的声响惊动了杜小蕊,她从大缸里拔出头来,因为头朝下待了足够的时间,她的脸就涨得通红,她的手里拎着一把刷子,刷子滴滴答答地往地下淌着水,暴露的肌肤被顺下来的上衣体面地遮住了。我吃力地从自行车的后衣架上搬下液化气钢瓶,杜小蕊放下手里的刷子过来帮我,她的手就势碰到了我的手,倏地一下缩了回去。

辛苦你了。

怎么总说这个?

我不说这个说啥呀?

说啥都行。

我不说这个我心里憋得慌。

那就随便你吧。

相当艰难，仿佛从一个世界走向了另一个世界。我走出一步后回头看了看吴志文，吴志文也正在看我，他眼神是温和的，鼓励的，我扭过头来，这才又一步一步走进了那个屋子。

这是一间和主卧没有多大区别的屋子，一样的家具，一样的靠阳面的火炕。房子是厂里分的，新婚小夫妻能分到的房子大都只是一间房，大概因为吴志文是英雄吧，厂里破例分给他三间正房，一间做厨房，一间做主卧，这另一间便一直闲着。我和杜小蕊坐到炕边时心里依然矛盾着，我尴尬地笑了笑，说，这样合适吗？杜小蕊说，如果你想着这是在帮助我们，就没有什么不合适的了。我调整了一下心态，然后开始脱衣服，脱到只剩下衬衣衬裤时，我下意识地看了看杜小蕊，见她也已经脱到只剩下衬衣衬裤了，她接过我的目光，说，志文的意思是让我们俩像夫妻一样睡觉，但我还是想有所保留，你能理解吗？我说，我理解。杜小蕊说，理解就好，那我们身上就留着衬衣衬裤吧。杜小蕊说罢，哧溜一下钻进了被窝，炕上只有一条被子，我迟疑了一下，也哧溜一下钻了进去。

在这个窄小的空间里，我没法不搂住迥异于我的另一个身体，另一个身体没有排斥，迎合着让我搂住。随后的大部分时间里，其实已经分不清是我搂着她，还是她搂着我。起初我们一句话不说，只默默地搂紧对方。我必须承认，这一年我虽然已经三十岁了，却还是童男之身，因为要帮助他们的缘故，我一直没有娶亲，甚至连恋爱也没谈过，相亲也只有程式化的几次，因为心里在拒绝，结果自然也就可想而知。第一次搂着女人睡觉，我当然没有睡着的道理，我火烧火燎地难受，却浑身无力，只那么默默地搂着，不敢也几乎没想有下一步的动作。

后来我觉得自己的胸脯有些湿，这才发现杜小蕊哭了，不知为什么，我鼻子一酸，也流了眼泪。我们搂抱成一团瑟瑟发抖，就像一棵深秋的树，浑身都是飘落的感觉。杜小蕊的嘴巴对着我的耳朵时，她呼出的气体在我的听觉里完全是惊涛骇浪，我一动不动，如躲在一叶孤舟上，似乎一动就会从救命的孤舟上跌进海里。

就这样一夜过去了。

这以后，吴志文和杜小蕊的家就也成了我的家，我下了班就奔这个家来，我把自己的工资一分不差地交到杜小蕊的手里，杜小蕊并不推辞，但她还是会拿出一两张票子塞回来，叫我当零花钱。吴志文每天都要去医院做理疗，那段日子，这个家的确太需要钱了。

一夜无事容易，白夜无事难。身体健壮的青壮年男子搂着一个女人睡觉，怎么会永远无事呢？没用多长时间，我就有了想突破那层衬衣的热望，我的手一点一点地摸进去，先是隔着衣服摸，杜小蕊没有排斥，这样我便很快摸遍了她的全身。我的手乘胜进军，从她的衣角摸了进去，但她立即用手挡住了我的手，我缩回手，蛰伏了一阵，又一次把手摸进去，她还是用手挡住，仿佛是两支球队，一支在进攻，另一支在防守，一来一往，攻守有度。这不是一夜间发生的事情，这样的攻守在数不清的夜晚保持着平衡。我当然也想过粗暴一点，强行行事，可是每每刚有预兆，杜小蕊总会提醒我，说别忘了我们的约定好不好？我明知故问，啥约定？杜小蕊说，保留一点东西，这点东西你应该知道是什么吧？我问为什么？杜小蕊说，为了你我的人格。我有些激动，说，即使我们保留了一点东西，吴志文也不会相信我们会保留这点东西的。杜小蕊说，我不是为他保留的。我问，那为了谁？杜小蕊说，为自己，懂吗？为自己。

我的进攻收效甚微，偶有一些成果，反而是杜小蕊主动让出来的，比如让我的手伸进衬衣里，摸上那对乳房。杜小蕊说，反正你也摸过的，你现在就随便摸吧。我没有辩解，也没工夫辩解，这是我第一次摸女人的乳房，它的硕大程度超出了我的预想。杜小蕊问，和第一次感觉上有啥不同吗？我喃喃说，都好，都好。我没法说这其实是我的第一次。

有一回，我鼓足勇气和杜小蕊商量，撤掉彼此的衬衣衬裤吧，但被杜小蕊坚定地拒绝了。杜小蕊说，虽然咱们是搂抱着，但毕竟隔着衣服，如果肉挨肉了，也许咱们真的就坚守不住了。我说，坚守，这真的很重要吗？杜小蕊说，重要，至少对我来说要多重要有多重要。我不想让她不高兴，进攻也就适可而止。

后来当我平心静气地评估与杜小蕊同居的幸福指数时，我还是忍无可忍地对这种幸福产生了置疑，与其说是幸福，其实更多的却是痛苦。表面上我是进攻态势，但内心其实一直处于防守状态，这种状态使得我时时在与自己的本能做着顽强的对抗，内心的痛苦远超表面的刺激和幸福。

杜小蕊抱紧我，她把整个身子贴在我的怀里，轻轻地说，你怨我吗？我说，不怨。她说，难得你能理解我，其实我守住了，你也守住了，我们都守住了，就都成了高尚的人，咱们也就有别于那些偷鸡摸狗的男女了。我苦笑道，这叫什么理论呀？杜小蕊说，是高尚的理论，是脱离了低级趣味的理论。我也搂紧她，当来自身体的冲动一浪高过一浪时，我就用手指甲狠狠地往皮肉里掐，痛感会像寒流一样为我降温，令海水风平浪静。

一天早晨起床时，杜小蕊发现了我身上的伤痕，她没有问，她猜得出这些伤痕的原因。她默默流泪了，轻轻吻了吻我的额头，我以为她会因此退让，让我的军队再前进一步，但她没有，她有的只是一个全新的解决问题的办法。

以后你难受的时候，咱们就背诵厂里的技术规范好不好？

为了转移注意力？

嗯。

这,是不是有点别扭啊?

别扭啥,只要咱们都愿意,就不别扭。

好吧,只要你愿意,我愿意配合。

从那以后,我和杜小蕊很快就迷上了这件事。杜小蕊把她所能找到的技术书都找了出来,她还跑遍了这座城市大大小小的书店,舍不得钱买书,她就蹲在书店里,把一些她感兴趣的知识记在本子上,然后,在各种各样的劳动中激动地等待夜晚的降临。

本来我就是一个练功狂人,但我的练功仅限于铆焊技术,练的是手上的功夫,我对读书并无兴趣,甚至有些抵触。但和杜小蕊在一起背诵的东西却宽泛得多,有铆焊技术,有机械原理,有各种各样机器的运行规范,而且大多数的知识来源于书本。我读不进去书,但杜小蕊读得进去,她读过了,就来口头考我,我不会的,再由她翻看书本,然后告诉我。我们身体紧贴着身体,说话声音低得不能再低,完全是在呢喃,需要看书时,也用的是手电筒的光亮,绝不把事情夸大。弄懂了或记住了一些东西,我们通常会一个出题,一个作答,以此来巩固记忆。

6 号滚动轴承的温度是多少?

不应超过 100 摄氏度。

滑动轴承呢?

不应超过 80 摄氏度。

遇到什么情况应紧急停泵?

在电动机或线路上发生人身事故时,在电动机起火冒烟时,在……

电动机入口风温?

25 至 30 摄氏度。

冷油器出口温度?

35 至 40 摄氏度。

…… ……

数据枯燥无味,如果是为了考级什么的而学习,那么一定会感到很痛苦。但换到被窝里,事情就不一样了,在身体因为刺激而膨胀起来的时候,这些数据就会像美丽的小鸟迅速牵走我的注意力,从而在一问一答中使一些忍无可忍的膨胀迅速萎蔫下来。在许多个漫长夜晚,这样的一问一答令我们的同居生活充满了新的内容,欲望退却,疲惫退却,当进入梦乡时,我们的心态和身体都已经到达了一个风平浪静的境界。

我从来没有想过,学习生产技术会是件这么愉快的事情。当然,这需要一个前提条件,那就是你的身体必须与另一个异性的身体紧密而又不越轨地团结在一起,这样的机会可不是人人都有的。

八

我推着吴志文去医院理疗,医院离家不算太远,推着轮椅半个小时就到了。阳光白晃晃地刺人的眼睛,我的眼睛发酸,不得不眯起眼睛看一切,我看到的一切便都是变了形的,楼房是歪着的,街道是歪着的,来来往往的汽车也是歪着的。我低头看一看轮椅上的吴志文,发现他的脸也是歪着的。

医院里的消毒水的味道令我打了许多喷嚏,吴志文进理疗室的时候,我就在走廊里东走走西逛逛,走累了就背靠着墙发呆。有个中年妇女低着头向前走,她边走边看手里的什么药品的说明书,走廊里好像刚刚有人用湿拖布擦过,有些湿滑,我看见这个中年妇女突然脚底打滑,一下子跌坐在地上,手里的几个药瓶欢快地滚出去,滚到墙角受阻,又返身往回滚。我赶紧上前,伸手将她扶起,四目相对,这才看清她原来就是罗大姐。我叫了声罗书记,她也认出了我,一边揉着腰一边说,是你呀。罗大姐虽然还是书记,但已经不是团委书记,而是党委书记了。罗大姐问,你也来看病?我把拾起的药瓶递给她,说,我是陪着吴志文来看病的,他天天需要理疗,杜小蕊一个人忙不过来,我就来帮忙。罗大姐问,天天帮忙?我说,就算是吧。说罢我有些后悔,觉得自己在没事找事。罗大姐嗯了一声,似有所悟,说,你做得好,能够伸出手来帮助有困难的人,这就是高尚的人,纯粹的人,脱离了……说到这她赶紧刹车,拦住了"脱离了低级趣味"这句话,我想她一定是想起了摸乳事件,说我脱离了低级趣味似有不妥。我不好意思地笑了笑,其实说我是高尚的人已经令我惴惴不安了,我这样的一个男人,能算是一个高尚的人吗?

第二天上班,车间主任把我从班组里叫出来,兴奋地对我说,告诉你一个好消息,罗书记准备树立你为全厂的学雷锋典型呢!我连连摇头,说,可别,千万别,我当学雷锋的典型,我脸发烧。车间主任愣了一下,似乎想起了摸乳事件,说,嗯,脸发烧,也不是没有道理,不过人非圣贤,谁没犯过错误呢?知错就改就是好同志嘛,这个典型你还是要当的。我还是摇头,说,我不当。车间主任说,你当不当我说了不算,你也说了不算,罗书记才说了算,你要是真不想当,就自己找罗书记说去。

我当然是真不想当这个典型,当了这个典型我对不起良心,毕竟我对吴志文的帮助是有偿的。我立马去了厂办公楼,敲开了书记的办公室。

罗大姐见了我很热情,她让我坐下,还亲手给我倒了一杯水。我手捧着滚热的水杯,开始说我不想当典型的种种理由。罗大姐听得很认真,我发现她的目光由清浅变得幽深,我说完了,她沉默片刻,点头同意了我的请求。我如释重负,放下手中的水杯,起身告辞。就在我已经转身之际,罗大姐说,你这个典型可以不树了,但我还是会树另一个人为典型的。我脱口问,谁?罗大姐说,杜小蕊。

罗大姐说,杜小蕊心甘情愿地嫁给一个残疾英雄,心甘情愿地伺候他,毫无怨言,你知道的,吴志文是瘫子,是做不了男人之事的,他们结婚有八年了吧,八年的时间不短啊!一个人做几件好事不难,难的是八年如一日地做好事,你说杜小蕊不做典型谁又能做得了典型呢?我不知该怎么回答,赶紧走掉了。

几天以后,在全厂职工大会上,杜小蕊被树为了典型。当罗大姐宣布厂党委的决定时,大家起立鼓掌,掌声和笑脸把杜小蕊推上了主席台,接受罗大姐颁给她的奖状和证书。奖状上写有八个大字"模范妇女,贞洁典型",杜小蕊捧着奖状目光有些呆滞,该下台时还呆呆地戳在那,要不是有人用胳膊捅了一下她腰眼儿,她还在那呆呆地傻站着。

下班回到家,杜小蕊把奖状、证书都塞进了柜子底下。吴志文说,挺光荣的东西,挂墙上呀!杜小蕊看了看吴志文,又看了看我,说,树我为贞洁典型,这不是莫大的讽刺吗?我低下头不吭声,吴志文却高昂着头说,别这么想,咱们三个人的关系别人又不知道。杜小蕊说,不知道不代表不存在。我想说这贞洁典型你是当之无愧的,但当着吴志文的面我还是没说出口。

睡下后,搂着杜小蕊的身体,我还是把这句话说了。杜小蕊流了眼泪,她说,只有你了解我,也只有你才知道我是清白的。

作为一个男人,搂着被窝里的女人无所作为,我怎么想怎么觉得自己窝囊,但是,我又实在不忍心对杜小蕊动粗,尽管肌肤接触,但如果我强行深入,那也就和强奸无异。我当然不能强奸,我的进攻只是在经意于不经意之间进行,我的手轻轻爬上她的身体,很多时候会突破衬衣孤军深入,杜小蕊并不反感我的抚摸,甚至有的时候是很享受的,她闭着眼睛,我能感受得到她的心跳加快,呼吸量增加。直到我有了某种预兆,她才会扒开我的手,睁开眼睛说,打开手电筒,我要考你问题了。一股气体一样的东西迅速从身体里消散,我打开手电筒,在刺眼的光线中睁大眼睛。

内冷水器出口水温?

在 25 至 35 摄氏度之间,最高不应超过 40 度,最低不应低于 10 度。

滑参数停机的主要控制指标?

滑参数停机后,主蒸汽降温速度应为 0.5 至 1.0 之间,再热蒸汽降温速度为 1.0 至 1.5 之间……

除氧器滑压运行,压力应为?

压力应低于 0.20。

技术问答真是个控制性欲的好得不能再好的办法，一问一答过后，即使身体再接触身体，体温和心跳也正常得不紧不慢了。对于对方的身体，除了温暖，似乎已无其他，只有这个单纯的温暖像一个外壳，把我紧紧包裹起来，我迷迷糊糊地睡着了，我知道这个时候杜小蕊也会和我一样睡着的。

杜小蕊的贞洁典型当得越来越有名气，系统内的报纸，市里的日报都派记者采访过她。有一次我和她一起上街，竟然有人认出了她，在我们的身后指指点点，说，瞧，那个贞洁典型就是她。又一个人说，贞洁典型怎么会和别的男人一起逛街呀？我俩逃跑般钻进人群，杜小蕊说，以后我们别在外边一起走了，这样会破坏我的名声的。我没有反驳，我当然不想坏了她的名声。

就在那个春天，厂里举办了一次规模宏大的技术挑战赛，我现在还记得那是个上午，天上飘着不知是雪还是雨的东西，仰头看，是一片一片的雪花，落到身上、地上，便是湿漉漉的雨水了。我蹚着水走，雨水在我的脚底下发出了哗啦哗啦的呻吟声。我的前后左右有很多人蹚着雨水走，哗啦哗啦的声音汇成了波浪一样的气势，听起来十分壮观。我们去的是厂办公楼前的操场，等我到达时，这里已经聚集了几千人，蹚水的声音，说话的声音，衣服与衣服的摩擦声，以及偶尔响起的金属工具的碰撞声交织在一起，已经乱得不能再乱。直到罗大姐登上了办公楼前临时搭建的主席台，奋力一声吼，各种各样的声音才渐渐退潮。

所谓的挑战赛就是同一个系统的厂与厂之间的技术比赛，一个厂子胜了另一个厂子，胜者就要接受其他厂子的挑战，我们厂是上一次挑战赛的胜者，自然也就要接受另一个厂的挑战。这一次来挑战的厂技术实力超强，来者不善，十名选手各个都撇着嘴，一副不把别人放在眼里的架势。

我们厂的十名选手是通过层层选拔上来的，我们车间选拔那天我正好请假陪着吴志文去理疗，因此错过了机会。我们厂的技术实力也是很强的，技术好的工人多得数不过来，几乎没有谁把我的落选当成一回事，大家冲着主席台指指点点，都兴奋得不行。吴志文也来了，他是由杜小蕊推着来的，本来我想推他，但杜小蕊没让我推，我理解杜小蕊的心情，就没有和她争。

比赛开始，看雪花飞舞的台子上的比赛，我总觉得有一种恍然如梦的感觉，飘舞的雪花像极了舞台的布景，而悬浮在众人头顶的雪花却真实得不容置疑。最初的比赛没有什么好看的，无非是你来我往的问问答答，谁也没把谁难住。好看的是挑战方那个最厉害的选手出场，他轻轻巧巧几道题，就难住了我们十个选手，而我们出了几十道题却都被他轻易答出，台下鸦雀无声，大家的脸都红红的，我知道那不是冻的，而是羞臊的，这些以厂为家的人们最经不起的就是厂子蒙羞，厂子蒙羞，就是他们每个人蒙羞了。

那个最厉害的选手摆出一副不可一世的姿态,他腆着肚子,昂着头,两只手握着拳不停地挥舞,仿佛击倒了对手的拳击手一般。他要是一直保持这样,接下来不说那句话,他们的挑战也就成功了,可他偏偏太过骄狂,居然不知天外有天人外有人的道理,他冲着台下一大片湿漉漉的脑袋吼道,你们的选手不行,你们厂的人都不行,有不服的尽可到台子上来。台下默然,我扭头看了看杜小蕊,杜小蕊也正扭头看我,我读懂了杜小蕊眼中的意思,几乎就在扭回头来的同时,我冲着台上大吼一声,我来了!仅仅三个字,却有了评书中战将叫阵时吼的"不要张狂,休要逞强,末将来也"的戏剧效果。沉闷多时的众人也炸开了,大家齐声吼起来,声音像膨胀的充气体,整个操场仿佛都膨胀起来。

我几乎就是被这股气体托上主席台的,我不假思索,仅仅靠本能的反应就回答了我方十名选手回答不上来的问题。那个厉害的家伙不敢小看我,又出了一连串刁钻古怪的问题,不过再刁钻古怪,也是万变不离其宗,已经吃透了这些东西的我当然是不会被其难住的,我叭叭叭一通机关枪般回答了他的问题。还没等我出问题考他,他已经告饶了,他说他服了,他跟我比,差得可不是一星半点,他居然还像个拳击手一般举起了我的手臂。充气体膨胀到了极点,众人爆炸般欢呼起来。对方的选手们灰溜溜退场了,大家仍围着我不肯离去。

挑战赛到这本该圆满结束了,但意料之外的事情在这个时候发生了,起初谁也没有注意到,吴志文居然离开轮椅,自己一步一步走上了主席台。杜小蕊追上去试图搀扶,被他给推开了。

操场静下来,大家都惊讶地看着吴志文。吴志文在主席台上冲着大家说,我想借这个机会,说一件事,我希望大家看在我这个瘫了多年的有着英雄称号的人的份儿上,听我说完这件事。

我大张着嘴巴,那一瞬间我像极了一个傻子。

九

众人都跟我一样,大张着嘴巴盯住吴志文。吴志文接着说,你们知道我这些年是怎么过的吗?我过得人不人鬼不鬼,比战国时越王勾践被囚禁在吴国过得还屈辱百倍,你们眼里的贞洁典型杜小蕊,就是我的老婆,她就在我的眼皮底下跟一个男人同居,那个男人就是他!顺着吴志文手指的方向,众人的目光齐刷刷落到我的身上,惊讶、疑惑、愤怒、不齿……诸多的情绪都交织在这些目光中,把我的脸都看绿了。

吴志文愤怒控诉:他们在我的眼皮底下同居,我还得装出一副十分乐意,甚至感谢的姿态面对他们,没办法呀!谁叫我是个瘫子呢!我站不起来,我得靠他们生活，可我不是个冷血动物呀，我的下肢虽然是麻木的，我的心却是鲜活的、蠕动的，我只能强作笑脸忍着，打掉牙往肚子里咽，我卧薪尝胆，就盼着有这一天能在光天化日之下出这口恶气，那个兄弟你问什么？没错，是卧薪尝胆，现在虽然炕上不用铺草，但我还是会往有知觉的脊梁底下垫上一把稻草，没有苦胆，我就拿一片黄连素，每晚睡觉的时候用舌头舔一舔……

听着这样的控诉，众人没有理由不义愤填膺了。他们开始喊叫，开始声讨，喷火的目光分成两股，一股烧向我，一股烧向杜小蕊。

臭不要脸的，还贞洁典型呢，简直比婊子还婊子！

臭流氓，你他妈的也太会享受了，当着人家男人的面睡人家的女人，简直比强盗还强盗！

婊子！

流氓！

大家高喊着，兴奋程度远胜刚才的技术挑战赛，这是一件不无想象空间的事情，大家一边开动脑筋猜想，一边又不甘心，想从我和杜小蕊的嘴里挖出点更刺激的细节。有人高呼，你们两个狗男女快交代，到底你们是怎么在吴志文的眼皮底下做那种事的？众人随即附和道，对，交代，把你们做的见不得人的事都交代清楚喽！我和杜小蕊当然无法交代，只能低着头保持沉默。要不是罗大姐拦着，我们俩肯定会挨不少拳脚的。

当天晚上，我当然是不能回那个家了，其实吴志文也没有回那个家，他借宿到厂里的单身宿舍。我知道杜小蕊是一个人回那个家的，这件事对她的打击比我要大得多，也只有我知道，她其实是把贞洁看得比什么都重的女人，吴志文这么倒打一耙，无异于扒光了她的衣服给大家看，她怎么能够受得了呢？

不久，吴志文提出离婚，杜小蕊不同意，吴志文便起诉到法院。这件事不可能不牵扯到我，我跟着他们俩一起出庭，不管是作为证人还是当事人，我都没办法不让自己无地自容。

开庭的那天旁听者如云，法庭里坐不下，就有很多人候在法庭外边听消息。简陋的镇一级的法庭仍然不失庄严，大家各就各位，连旁听席上的旁听者都严肃着脸，把气氛烘托到了应有的程度。轮到杜小蕊说话时，杜小蕊的一句话令大家又一次震惊了，沉默片刻，旁听席炸开了一片与气氛极不协调的笑声。

杜小蕊说，我们是清白的，我虽然和他同居了，但我们从来都没有做男女之事。

法官说，肃静！笑声立即退却，吴志文抢话道，我亲眼见他们俩睡在一铺炕上，对，还盖一条被子，杜小蕊，你敢说你们没有发生男女关系？杜小蕊坚定地说,没有。法官问我,你说有还是没有?我尽管底气不足,但还是说,没有。旁听席再一次响起了一阵笑声,法官说,肃静!然后问杜小蕊,你说你们没有发生性关系,有什么证据?

我当然有证据。

什么证据?

我还是处女。

什么,你还是处女?

对,我还是处女。

旁听席上掠过一阵微风细雨般的议论声。法官和他的助手们研究了一下,然后宣布休庭两个小时。在这两个小时里,有两名妇科医生被请进了法庭,在一个特定的屋子里给杜小蕊做了身体检查。

两个小时后,继续开庭。

法官宣布:经过两名妇科医生的检查鉴定,杜小蕊系处女,本法庭警告原告,必须立即停止对被告的诬陷……

在一片感叹声中,吴志文失态地高嚷,怎么可能,怎么可能呢?两个人同居居然没发生男女关系,鬼才相信呢!法官说,法庭只相信证据。

厂里很快做出反应,对造谣中伤者吴志文做了处分决定,并在全体职工大会上为杜小蕊恢复了名誉。罗大姐说,杜小蕊这个贞洁典型当之无愧。大家也纷纷谴责吴志文,没有人再相信吴志文说的话了。

吴志文的离婚申请被法庭驳回,但随后杜小蕊却主动提出了离婚申请,因为男女双方无异议,离婚申请很快被批准了。

房子留给了吴志文,杜小蕊搬到了单身宿舍。杜小蕊搬走那天我去了,那也是我最后一次进那个家门,我指着吴志文的鼻子说,你太可怕了。吴志文冷笑一声,说,我可怕什么,可怕的是大家都不相信我,而相信你们。我说,你别做出一副无辜的样子了,你也不是什么好东西,你摸过杜小蕊的乳房,多少年过去了,你从来都没有承认过。吴志文梗着脖子说,我没摸,我没摸我承认什么?摸乳的是你。我说,谁摸了谁心里清楚。

我离开那个家,追上了用自行车驮着行李往宿舍走的杜小蕊。我说,吴志文也不是什么好东西,摸乳事件的主角应该是他,不是我,我当时承认是我,其实就是想对你负责,好把你娶到手。杜小蕊并没有惊讶,她的脸上露出了一种苍白的微笑,说,其实我也是糊涂的,时间过去越久,我就越怀疑那只手的真实性,更多的时候,我倒真怕那只是一个梦魇。我说,真假都不重要了,重要的是你还是贞洁典型,你是贞洁的,我也就是贞洁的了。

若干年后,我对妻子说,我和杜小蕊都守住了,所以我才敢讲这个故事给你听。妻子反问,真的守住了?我说,真的守住了,有杜小蕊还是处女为证。妻子冷笑一声,说,你们守住的不就是一种形式吗?我浑身一抖,一时说不出话来。

16th
2015/06
百花文学奖

中篇小说奖·入围作品

徐坤小传

徐坤，女，1965年生于沈阳。中国社会科学院文学博士。1993年开始发表小说，已出版小说、散文、评论作品五百多万字。代表作有小说《白话》《先锋》《厨房》《狗日的足球》《午夜广场最后的探戈》《八月狂想曲》等。长篇小说《八月狂想曲》获中宣部"五个一工程"优秀图书奖，短篇小说《厨房》获第二届鲁迅文学奖。部分作品被翻译成英、德、法、俄、西班牙、日语等出版。小说《遭遇爱情》《厨房》《早安，北京》《通天河》分获《小说月报》第七、八、十二、十四届百花奖。现任《人民文学》杂志副主编，北京市作家协会副主席，中国作家协会全国委员会委员。

地球好身影

徐　坤

一

　　虽然一切就绪，决赛各环节都按台词脚本准备好了，静等着大幕一开启，各部门全盘照做就 OK，可我这个唱主角的，却总觉气短、胸闷、心慌，时时袭来电视人小崔一般的忧思抑郁。阴历七月十五晚，天风浩荡的"卢沟晓月"歌台水榭，将上演《地球好身影》电视选秀总决赛，现场还将全球同步直播放送，我就是那个牛鼻闪闪光芒万丈的决赛冠军耶！一时间我手脚乱颤，面部肌肉痉挛，脑袋总在脖子上轻轻摇晃，感觉自己像得了帕金森。

　　我是打小地方来的，从没上过这么大的场子。眼瞅着祖坟就要冒青烟，谁能不处于紧张剧烈严重亢奋颤抖中呢？

　　娘怎么劝我放松、给我解心宽都没用。搞得她也跟着慌了神儿。自打上回她出了十万托人帮我录制 MTV 被骗之后，她再也不相信民间捎客小打小闹。这次她老人家是使了狠银子的，把祖屋抵押，四处散财，各种临时抱佛脚，最后通过叔伯二大爷的远房表弟的堂外甥女婿，搭上一个叫"元芳"的首长大秘，从官道上给制片人放了话，这才内定我为冠军。

　　三场预赛下来，我都是在被淘汰名单里给一遍遍打捞上来的。没办法，实力差距太大，是骡子是马拉出来一遛就露馅。如果没有元芳做后台，我早已死得妥妥的。眼见着决赛在即，我这个半死不活元气耗尽的未来冠军，能不忧惧害怕得哆里哆嗦吗？

　　"臭不要脸的！"我娘领我去医院瞧病的路上破口大骂，"你说他们那帮人下手也忒黑！愣是让你从三层楼那么高的舞台上往下摔啊！这要是摔出个三长两短来，闺女，你说，让为娘后半生还怎么活？"

　　我娘说着，动手撩起衣襟抹眼泪瓣儿。

　　"别价了，娘，"我有点不耐烦，"不是您跟人私下里签了生死合同，说只要能拿冠军，可以不择手腕吗？我功力不够，赛不过人家，再不剑走偏锋，搞个假摔受伤什么的，还拿什么堵嘴？"

"那也不能从恁高的舞台缝里给推下去啊！摔完还得鼻青脸肿爬上来，单腿点地一瘸一拐绕场蹦跶，嘴里唱什么鸟叔《江南死大了》……"

"不是'江南死大了'，是《江南 style》，"我纠正我娘，"行了，娘。舍不得闺女套不住狼。走旁门左道，就是比正常门路风险高。这您也知道。"

说着话，协和医院到了。挂了专家门诊，一个戴眼镜的鬓发斑白的老太太接诊。她没问几句话，就刷刷刷开了单子，让我把 X 光 B 超查了个遍。检查结果出来，浑身没毛病。我这一米七五的间架骨结构一切正常，没有任何零件关节存在硬伤。

"没毛病？"我娘不信，"又是闹哪样？为啥娃整天哆里哆嗦像只筛糠鸡？"

"鸡嘛，筛糠……"医生老太太顿了顿，斜眼瞅了瞅我，"主要是神经系统功能障碍，弦共振导致末梢触感不良。建议看看精神科。"

"你是说她脑子出了毛病？"我娘登时紧张，"老天爷！都说那些跳楼啊出车祸啊跑道上摔大仰八叉的人啊，越看着没事儿的，越容易颅腔瘀血嗝儿屁着凉！求求你了大夫，可得救救我娃儿！这要是给赛回个傻子来，这二十来年我不是白养活了……"

我娘说着，打躬作揖唱个喏，接着又双手拍胸，脚跟跺地，拉满身段，捶胸顿足就想开号。我一把将她扯住："行了，娘！快拉倒吧！这不是戏台，不是您老人家耍花腔的地方。"

"啊，是啊？"我娘手停半空，眼睛瞪大，做如梦初醒状，一副天真无邪又洞穿一切的表情，介乎少女与王母娘娘之间。天呐！她老人家可太会装了！没闹上个金鸡梅花影后这辈子可真冤枉。只可惜我没能得她真传。

"神经的问题，精神能解决得了？"我娘严肃地问医生，脸上已然恢复一副慈母监护人状。

"要相信科学。医学是一门严谨的学科。"那个医生老太太不再正眼瞅我们，接着叫下一位。

娘只得讪讪带我走出来。"你说她到底说的是科学还是学科？"我娘问。

这个问题太深奥了，我也回答不上来。反正，管它是科学还是学科，看病检查都得照样花钱，一分钱也省不下来。又重复来了一遍挂号问诊程序，CT 核磁共振检查单子又给开了一堆。看到单子上的划价，我嫌贵，舍不得查。没人给我上三险，也没有医保社保。娘抵押房子那点钱，我可不敢穷得瑟。

作为北漂一族自由艺术家，再自由，也架不住是个盲流。

我娘不这么想，娘说："查！怎能不查呢！花钱算什么，闺女，别怕！只要你得了地球人冠军，以后那出场费挣海了去啦！咱家暂时抵押出去的那些房椽子、大梁、窗户框，都会变成大汤耗斯和诺贝尔家私，一件一件搬回来！不就五万块钱一平方米吗？诺贝尔奖奖金买不起,咱买得起!"

一听这话,就知我娘心怀旷远,神驰八荒,是个关心时政、见过大世面的人,在我们老家那块儿俗称是"吃过大盘荆芥"。据说,当年,有一回,一群记者来我们县采风,听到当地召集人介绍我娘说,这位漂亮女子是县接待办副主任,曾是豫剧团的台柱子,人家可是"吃过大盘精液的"!座下几个男记者听了,惊得差点流鼻血,表示随时受不了!他们面面相觑,严重激动亢奋中,把县里四大班子陪酒成员晾一边,只频频给我娘敬酒、使殷勤,采风的宴会上到处是发酵膨胀的荷尔蒙气味。等把那顿饭吃完了,想闹腾点下一步动作时,谁不经意问了一句,才知是搞错了,召集人说的是"吃过大盘荆芥"。

"尼玛荆芥那种破草根子很难吃到吗?"一个网媒记者破口大骂,"也敢发出与老子高蛋白液态物质同样的舌尖摩擦音!"

"不说普通话,实在很坑爹啊!有木有?有木有?"另一家晚报记者也痛恨得咬牙切齿。

要说我娘她老人家,若不是因为一次演出时摔跤,造成腰椎间盘突出武功尽废,她的演艺生涯早火暴云天响遏浑毯,哪还有闲工夫吐血提携我这么个三围不闯关的青涩女儿?

各种检验结果出来,我脑壳里面也很正常,没有哪根血管破裂,也没有哪处脑浆冒顶坍塌成片儿汤。"你的这个,没有问题,"医生拿着检查单子对我们娘儿俩说,"要么,物理的不行,就去看看心理的。"

"娘,我不想赛了。"我终于大着胆子,说出了压抑心底许久的话。

我娘一听,一个大耳刮子扇过来:"弃赛?你休想!你还老娘的房椽子!"

我恼羞成怒,悲愤填膺,却又没办法跟我娘对抗。毕竟,我就这么一个含辛茹苦将我带大的娘,我不想辜负她。

最后的结果,猜也能猜得出来,妥协的当然是我。我忍气吞声,捂着半扇被扇红的脸,听从精神科医生的指点,到二环以里去看高价心理医生。为这,我娘又卖掉了乡下我姥姥家刚出栏的一头猪。

二

白谷狗医生的心理诊所,位于城市中心区的护城河边,环境优雅,地段显赫。一湾潺潺流水,引得岸两边杨柳垂涎,野花竞艳。除了串红、雏菊这些贱贱的地表装饰花卉外,还有大叶黄杨和金叶女贞等低纬度树种,一年到头没皮没脸地绿着,扰乱了北方四季反差鲜明的景观。我去的时候,狗正垂涎一只鸭子,虞美人凛冽盛开得像大烟花。

一进门，见白谷狗正捧读一本风靡人寰的《金条战争》。他身后的墙上，挂着东太平洋大学的学位证书，还配有一张做旧风格的黑白博士袍照片。紧挨着是诊所营业执照、工商年检合格证什么的。我仰视了一眼，恍惚觉得那张博士照有点特别，跟我在别处看到的海龟们的有点不一样，但具体创新在哪里一时也说不清。于是我请求上厕所，跟白谷狗打招呼说借用一下卫生间。自打北京闹过"非典"之后，每逢进门必先洗手，这个好习惯我一直随时保持着。

白谷狗家这间厕所装修得不错，具体细节没有记住，就记住马桶边的后墙支架上装有卷筒手纸。抽出一块，纸面柔软，气味芬芳。一看，是加了香的舒婷牌子，上面还一截一截印着"与其伫立千年，不如在爱人肩上痛哭一场"什么的。我差一点给跪了，心说当年中学语文老师逼迫我背诵多少次，我就是不好好用功，结果枉活了二十来年，造成就这么自己一人儿呆呆地伫立帝都。我不由百感交集，很珍惜地把手纸诗句叠好揣在兜里。卫生间里能够提供免费手纸，足以证明白谷狗医生的确是受过国外良好教育的优质公民。洗完手晾干出来，迎面，视线又跟墙上的照片打了个碰头。我紧了紧瞳距，虚眯着眼儿再度瞻仰，这才看出博士照片与别处不同的是那顶帽子。一般来说，毕业典礼上被大学校长开过光的博士帽，穗子应该给拨到左边。白谷狗的这个帽穗却耷拉在右边。不知他这是要闹哪样。

盛夏的午后，屋里冷气开得很足。我哆哆嗦嗦，在就诊桌旁抱颏而坐，不时偷眼打量白谷狗。只见他面白，脸尖，眼小，噘腮，整个人面相很薄，看上去像一枚公知柳叶刀。我下意识地双手捂向肚子，很怕他会给开膛破肚切腹掏心。

"亲，怎么不好？"

白谷狗色迷迷的目光，从一对小眼中射将过来。我顿觉双腿间一热，一泓热浪涌上周身。好亲切哦！多么熟悉的眼神！一股子雄性动物骚情开屏的劲儿。平常挤在地铁里拿眼一扫就一大堆。我的心里立即踏实。

"紧张，"我说，"要参加一个电视决赛，过度紧张。"

"我知道，"白谷狗说，"你刚一进来我就认出你来。你是'地球好身影'里的小鹭鸶吧？"

"哦，您也看这节目？"被人认出来，我感到惊喜，刹那间有了爆红明星感。我把腰板略微挺直了些坐。

"不上微博要落伍，不看地球好身影没球籍。"白谷狗说。

"谢谢您的光辉评价！"我赶忙道。

"尤其是，你的表演给人印象深刻。预赛最后一场，你从舞台缝里摔下去，观众都以为要出人命，都举起苹果爱派和爱疯'夸夸夸'猛照发微博，嘿，那才叫一个威风浩荡群情激昂！就等抓拍你血哧呼啦给抬上120急救车的精彩镜头呢！哪承想，你竟然又活着爬了回来！你说你哈，不光回来，还单腿点地一直满场蹦跶，骑马蹲裆式唱完了《江南死大了》！实在是感人哪！色艺双馨！色艺双馨！”

“你才色艺双馨。你全家都色艺双馨。”

“别客气。说真的，像你这样的实诚人，演艺界里还真不多了。一般人的善后方法，都会立即把伤口面积扯大，把自己大腿骨关节掰折，然后打电话给保险公司勘查现场，定损、理赔、索要巨额修复款……”

“咄！那等下三烂事情，岂是我辈干得出的！”我义正词严，把手抹腰，“戏比天大，狗爷涅槃！三尺T台，九寸荧屏，我们艺术家，心里要永远装着把步走好，把戏演真！”

“太对了，亲！我与你的看法完全相同。”

“可是……摔过那次后，我确实感觉自己出了点问题，需要你的帮助……”

忽然，我一眼瞥到桌上有本杂志，嘴巴立刻像被封住了。我早听说，一些心理医生是这类杂志的特约撰稿员，他们利用法术把人催眠吐露隐私后，以千字一万块的高价卖给杂志，通常都是女明星黑木耳漂白、修复处女膜，男星断背娈童、强撸灰飞烟灭什么的恶心事。一旦追究起来，他们还振振有词，说老祖弗洛伊德巨著《梦的解析》就这么干的，书里最熠熠生辉的段落就是病例实录。

我可不愿意自己花着钱给白谷狗提供下脚料。

“亲，肿了么亲？我们这里可是计时收费的。”白谷狗诱导着我说。

“我……就是担心决赛时再摔跟头。”我小心翼翼，斟酌着字句。

“甭担心。人不该在同一个赛场摔两次跟头。人也不会在同一个舞台缝里掉下去两次。”白谷狗十分肯定地说。

“不……不，不一定吧……”我嗫嚅，“玛雅人说2012……人类文明要换届……等离子能量与暗物质产生聚变，两次迈进同一条河流将成为主流……”

“噢，你是说那个？”白谷狗不屑，“小概率事件，属于基因库病毒逆袭，人类灵魂加压反应堆没有经过360度绿坝反智处理。”

怕我听不懂，他又凑近我，几乎接近耳语着说：“这么跟你说吧，伊甸园里那个苹果，亚当吃完了给牛顿吃，牛顿吃完了乔布斯还接着吃，为什么？”

“为什么？”我茫然。

“因为，”白谷狗神秘地看了看左右，扭头又把嘴巴进一步贴到我的耳朵根，一字一顿，吹气如兰，“因，为，苹，果，是，女，的……”

他嘴里的哈气搞得我耳朵眼儿痒痒的，神经麻酥酥一直导电到大腿根儿处，惹得我下身有点不对劲儿。我赶紧闭拢双腿，装作不经意的样子，把头稍稍偏过一点躲开。

见第一次试探性骚扰没有得到回应，白谷狗收回嘴去，自我解嘲说：“嗯，苹果的问题嘛,继续留给夏娃去蒙骗上帝。亲,看你的才艺气质俱佳,是哪个院校培养出来的?"

"我小时候家里穷,只上过五年学,后来辍学在家放鸭……"

"嗯,好!念书少,没被体制约束和阉割,所以筋骨灵活,保持了原始野性和抗摔力。"

"……后来又上过无线电演艺短训班。"

"TVB 还是 BTV?"

"CCAV。"

"好!非常好的学校,纳入国家'工程'的重点大学。有这么好的履历,你还愁什么?"

"我一直为自己的出身自卑,从小在农村长大,没受过系统教育,不像其他选手来自大城市,都是音乐学院附中毕业,从小开始练钢琴、练唱歌、练芭蕾舞……"

"错!"白谷狗手势有力一劈,"乡土中国,只有说自己是农民、生活悲惨、自学成才、求艺路途坎坷、从小父死母改嫁,或者干脆不知自己亲爹是谁,才能对得起时代!"

"你是说,为了一己成名,就得让自己的亲生母亲让别的男人给×了?"

"流言当道,不来点身世传奇还怎么成才?"

"呸!"我大声道,"告诉你,我不能那么做!姐是有底线的!只不过底线有点靠近终点。"

"门萨的娼妓……"

"你说什么?娼妓?"我脸涨得通红,"腾"地站起身来,转身就要走。"少跟我扯什么娼妓!"

"别激动,"白谷狗也站起来,温柔的一手按住我的肩,示意我坐下,"《门萨的娼妓》是一本世界名著,伍迪·艾伦早年写的小说,专门表扬高智商的女子卖艺不卖身。"

我仍然气哼哼,"我不知道门萨。我只知卡门和茶花女。"

"一样的意思。"

"告诉你我什么都不卖!要卖,我早就当商务模特儿三陪去了,还用得着这么假摔!谁不知道睡觉挣钱来得快。"我大声嚷嚷,突然感觉着自己个儿有点委屈。

"睡……还是不睡,这的确是一个问题。"白谷狗若有所思。说这话时,他苍白修长的手指有节奏地敲击着桌面,有一种哈姆雷特的忧郁延宕气质,让人很是着迷。可也是,敢在二环以里沿街商铺开店的人,都得有两把刷子,谁都不是白给。

我克服义愤,重新平静下来,听他为我作疏导。"人类是一件多么了不起的杰作,亲!多么高贵的理性,亲!多么伟大的力量,亲!多么优美的仪表,亲!多么文雅的举动,亲! 在行为上多么像一个天使,亲! 在智慧上多么像一个天神,亲! 宇宙的精华! 万物的灵长……啊,亲,你说,男人,更喜欢跟妓女睡还是喜欢跟波伏娃睡?"

"当然是妓女……对不起,跟你说了我不想谈论睡觉。波伏娃是谁? 打网球的? "

"文化人。"

"哦。那更不行。"

"法国的。"

"法国……"我沉吟了一下,"外国娘儿们,那就另说了。"

说着,忽然觉得不对,谈话脱离正轨,正在被他引向爆料窥阴的危险边缘。这狗娘养的!

我得扭转话题。

"我再强调一遍,我不是商务模特儿,卖艺不卖身。"我更大声地说。

"商模也不该遭贬低。"白谷狗频道也跟着转换得快,"你看,虽然你嘴巴大、颧骨高,属于杀夫不用刀的克夫脸形,不太符合国人传统审美,但你的下半身,却相当精彩! 你的大腿修长,小腿光滑,膝盖骨圆润,脚踝纤细,当你穿着黑丝站在台上时,简直迷死一大片! 绝对是国际范儿! 对了,亲,你有多高? "

"一米七五。"

"够高了。站在哪里,都鹤立鸡群颠倒众生。"

"光是静止下半身也没用。我半路出家,基本功不过关,小时候我娘总带着我随剧团跑码头看演出,看着看着,就来了兴趣,自己也学着唱唱跳跳。但是身体没练开,唱歌音域不够,跳舞没有柔韧性,下腰、踢腿、一字马都拉不开。后来只能去走 T 台当当业余模特儿。"

"什么是一字马? "

"劈叉。分前后叉和左右叉。"

"你是前后叉不行还是左右叉不行? "

"都不行。我天生骨头硬,练不出来。"

"嗯……这个世界上,还没有光走道不劈腿就能成名的。"

"什么? "

"没什么。说说你们决赛的赛程。要比几次? "

"分三次赛。第一次,跟在师傅后面,穿着戏装走台,唱念,咏叹调,飙高音。比的是拜码头,比硬;第二次,穿湿漉漉爆奶衫,坐打,云门舞集和水袖,比肉;第三次,穿泳装,三点式,唱京剧,《姬别霸王》……"

"喂,是《霸王别姬》吧? "

"不,是《姬别霸王》。当西楚霸王被请喝茶时,做姬的必须主动封口,立即抽出剑来抹脖子。"

"这个比的是什么?"

"说是比情怀。"

"情?怀?有情,还要有怀……嗯,那么,男的怎么办?我记得你们五个进决赛的选手,有两女三男。"

"这还用问?你难道不懂得点京剧艺术的起源?"我忽然怀疑起白谷狗的智力和文化程度。

"嗯嗯。"白谷狗讪讪的,自觉失言,"那倒也是,反串那是必须的!那么你自己觉得,你最忧虑的是哪一个赛段?"

"我哪个都忧虑。第一,师傅没有人家的硬;第二,爆奶没有人家的软;第三,泳装京戏没干过,连听也没听说过。哎呀可急死我了!"

"你看你,既然求医到我这儿了,还急什么?来来来,请随我来。"

说着,白谷狗起身,款步轻移,主动带路,引我进了尽里面的诊疗室。

说也怪,我就像小孩被拍了花子,竟然啥也不问,迷迷瞪瞪就随他去了。小屋别无他物,只有一张巨大无比的躺椅,有点类似于牙科医生拔牙的床子,看样子都可以放倒成仰躺的程度。我上去,当椅子被放倒呈贴地15度角几乎平躺时,我的身子一紧,一个仰卧起坐腹肌用力起来,问:"你要干啥?"

白谷狗十分悠然,"你到底是想要疏导还是不要?"

"当然要。"

"那好,不要拒斥,顺势而为。"

听到这儿,我没什么说的了。只好暗中把牙关一咬,绷紧神经清醒,谨防他下什么迷魂套。

不知从椅子腿的什么地方冒出瑜伽音乐,贼窝点火儿似的,袅儿袅儿的一股烟一股烟往上蹿,紧接着是一股奇香飘来。没一会儿,我就牙关松动,昏昏欲睡了。我静等着白谷狗来一段心理医生的通常治疗,比如说让我深呼吸、放松、努力想象白云沙滩海浪仙人掌什么的。没有。人家白谷狗根本不屑初级班那一套。人直奔主题,解决问题。

"听我说,"白谷狗语调中庸,带着医生不可置疑的权威性,"咱们现在一样一样来分析你的利好因素:第一,关于师傅,我看到报纸上有报,你那个师傅,得了前列腺癌,已经退休许多年,仍然坚持工作传帮带,是现代楷模人瑞和文艺先锋表率。那么,其他几个决赛选手的师傅有坏前列腺的吗?"

"没,没有。他们的师傅,全是女的。"

"得嘞!你这个码头,算拜着了!现如今是硬的不如横的,横的不如病的。这就是我们这个时代的总体癌症和精神病症。"

天哪！我不得不对白谷狗另眼相看！他信息量大得惊人,明星八卦病情一清二楚,简直活体维基百科全书。我对他的信任又增加了几分。

"至于,第二个,湿漉漉的爆乳衫,你也大可不必为自己是'太平公主'而自卑。巨乳高潮,那是男人的动物性没进化好的标志,恋母和口腔快感总控制不住。你呢,要懂得扬长避短,发挥自己腰细腿长的优势。你去,量腿定做一套演出服,直接把裤腰提到乳房上,亮出你的大腿或空空荡荡。"

我心说,白谷狗,真有你的! 我没法不佩服了!

这时我已经隐约感到,穿着蕾丝袜的大腿上麻酥酥的,恍惚有温柔的指头在弹拨抚摸。出于对白谷狗的信任和敬佩,此时我已无心去躲避去拒绝。

"至于说到第三个嘛,亲,"抚摸在黑丝上的指尖正一点点顺着膝关节向上,"姬别霸王,有什么不好呢? 覆巢之下无完卵,树倒猢狲散。站错了队,早晚有一死。试想,男人快玩完了,你一个做姬的,在他临去之前自己先抹了脖子,多省心,多便当! 做了贞节烈妇还传得义薄云天! 不比他亲手灭口杀了你,或者过后被揪着坐老虎凳灌辣椒水要强啊……"

"嗯嗯……这个我也知道。倒不是主动殉情和被动一死的问题,而是没死之前就让我光不出溜的,我心里就是过不去这道坎……"

"此言差矣! 谁说是光不出溜? 不是还给留几块遮羞布吗?"白谷狗不屑道,"再则说了,在自己男人面前,赤裸裸来去有什么不好的? 依我说,都该演《打金枝》和《穆桂英挂帅》,把那些平素里凤冠霞帔舞枪弄棒的女子,全扒了衣服光屁股舞剑去。"

"说什么呢你?"我气愤得惊醒了过来,软下去的身子忽又变得硬撅撅。

"我是说,振兴京剧,光靠烧钱搞大场景大制作,什么舞美声光电 LED 大屏幕造势,是不行的! 最终还是要靠人! 人,人,人! 只有人,美丽的女人体,才是挽救衰败要死剧种的真正动力!"

听他这么一说,好像也不是没有道理。我又给他说得服了软。昏昏欲睡中,我强忍着说出最后一个疑虑:"人家那几个决赛选手,都名头大,得过各种奖,实力确实强,我怎么也赛不过人家。"

"非也!"白谷狗断然反驳,"那些人的所谓强,正反衬出你身为弱者的优势!"白谷狗手上的力道加大,"你看哈,你没名气、没争议、没绯闻,没人知道你,你是真正的草根和新人。谁也没把你当竞争对手和假想敌,都以为你是来垫底陪绑的。那几个赛前肯定会轮番互相厮杀、揭老底、下绊子,你呢,就渔翁得利,到最后嗻不啦唧就把事儿办成了!"

"可人家把冠军给我,总得有一个说法吧! 我什么都不是,哪项也不突出,怎么就能代表地球人呢？"

"爷私！欧琴哈喇子滁！他大姨妈思密达！"白谷狗兴奋得一口气说了好几门子外语，"这就对了！什么都不是，就什么都是！你什么都没特长，哪样都不突出，男人见了你不起兴，女人面对你不自卑。你就是这么一个中正圆通、淡泊明志、左右逢源、骑马蹲裆、骑墙望月、脚正不怕鞋歪、身邪不怕影子正的地球好身影。一块抹布也能将你迅速抹去，太阳照射下你也不留阴影。"

"没影？那不是没魂吗？我们老家乡下风俗，只有那些七八十岁老头子娶大姑娘，再生出的孩子才是虚的，没魂儿，太阳底下才没影子，月亮底下没屁眼儿。"

"对，是虚的，没魂儿。地球上的好身影，要的，就是一个没魂没魄儿没屁眼儿，响当当的莫须有的蒸不熟的煮不烂的大盘蓝筹的空头支票的垃圾股炒概念！真要落实，那就不好办了，还不把地球打翻掉入宇宙无极限！2012，地球文明要换届，谁服谁啊你说！选谁当都不合适。"

白谷狗，你可真是个天生尤物！一席话说得我简直太开心！我的眼神如水，心思飘忽迷离，表情荡漾在敬意和爱意之间。就感觉他那柔韧的手指，窸窸窣窣爬向裤腰和乳房交界线。接着，一个身躯压将上来。四唇相吻之际，几句呓语从他舌头底下抽空秃噜出来：

"才艺是个宝，金钱少不了。若是后台硬，二者皆可抛。"

我一惊，蓦地清醒，拼尽全力把白谷狗推开下去，就势翻身一滚，"咕咚"一声摔到地上，迅速以一个鹞子翻身脱离他的身体控制区。

不管白谷狗是诈我还是真有所耳闻，从今往后，他都是我永生的敌人！

宁可跟白谷狗睡觉，也不能将元芳罩着我的事情让任何人知道！这已经不是底线，而是高压线！能要了小命儿让人玩完的高压线直挺挺立在那儿呢！即使再笨，哪里要钱哪能要命我还是知道的。

我披头散发，衣襟凌乱，慌忙摔门而逃。只听身后"啪——"的一声门响，随之传来白谷狗天猫一般喵喵的叫声：

"给好评哦亲！包邮哦亲！"

三

这是一个神界的黄昏。打天边来的信仰，把人的寰宇点亮。

灯光亮起时，好炫！天地间一片忽悠悠白茫茫。

阴历七月十五月圆之夜，无数南瓜裹着僵尸、无数骷髅披着床罩、无数黑猫巫婆骑着扫帚、无数小孩胡蹦乱跳到人家门口讨要糖果之际、之交、之万分美妙之时辰，《地球好身影》大型水上实景演出决赛在卢沟桥畔鸣枪开赛啦！

多么好的城市,牛气、牛×、厚道、给面儿!多么激动人心的夜晚,秋风习习,水光潋滟!风吹起,有时会有露肉的滋味,但很快就被钱味所掩盖。

几枚信号弹打向夜空,划出流星一样的没毛尾巴。大幕开启,群雄登场。只听"喊不隆咚锵"、"喊不隆咚锵","呜哇喤"、"呜哇喤","叮当"、"叮当",鞭炮声声,鼓乐齐鸣。所有的牛头马面魑魅魍魉,所有的大小阎罗黑白无常,所有的玉皇大帝太上老君哪吒三太子托塔李天王,所有的牛魔王白骨精唐僧悟空沙和尚,所有的关帝庙财神爷送子观音二郎神,所有的吉祥天女婆罗王迦叶阿难阎罗梵天护法金刚……所有的天公地母文化公知艺术面首电视主播大嘴叉,你们都来吧都来吧!让我来编制你们,用青春的金钱,和幸福的宽带璎珞,转企改制你们!

打起安塞腰鼓,扭起铁岭秧歌,开屏云南孔雀,耍上军中杂技……长达六百秒的热场仪式结束后,主持人出来高声宣布:从今天起,"神州万圣节"正式成为法定假日!

登时,歌台水榭之上,卢沟桥头沉睡百年的石头狮子睁开眼来,摇头摆尾,发出亢奋热烈的集体欢呼:"嗵!""哇塞!""我去!"

卢沟狮子三声吼,地球也要抖三抖。只听卢沟桥下人声鼎沸,"嗵!""哇塞!""我去!"的欢呼声此起彼伏,震天动地,绕梁三日周末无休。

此时的我正披红挂绿,站在侧幕里静静候场,冷眼盯视台上台下。眼见得乾、坤、坎、离、艮、震、巽、兑八卦方向,六十四台地球摄像机咔咔转动,耳听着东、西、南、北、中、发、白七个方位、四十九位主持人轮番登场,我不禁心里阵阵冷笑,脸上秋风飒爽。

"大爷问您一下,您幸福吗?"第二位女主持人上得台来,还没看明白阵势就开始现场采访。"我姓什么?我姓曾。"戴着牛头的演员满头大汗,一只手拢在耳朵上大声回答说。带着马面的演员一旁接过去道:"那什么,你是问幸福啊?幸福是啥呢?幸福就是猫吃鱼,狗吃肉,奥特曼爱打小怪兽,买房子有打小折扣。"主持人连忙夸赞说:"大爷你太有柴了大爷!连新浪首页广告词儿都背下来了。"马面一摘马面,露出一张女爷们儿的脸,怒吼:"你才是大爷呢!你们全家都是二大爷!去你大爷的!"

后台的舞台监督见状一挥手:"切!别再二×似的问了!赶紧,切换到比赛选手上场!"

直播画面迅速切换,比赛选手一路纵队鱼贯而上。先是集体跟台下观众照面,深度三鞠躬,感谢 TV 感谢国家感谢观众感谢爹妈。然后退下来,再按照预赛时的排名成绩轮番上场献艺。

我因为预赛排名最后,所以有机会看到前边四位的出场形态。

预赛排名第一的大波女首先出场。大波女趾高气扬,抬头挺胸,巨乳仿佛又大出两个罩杯。

第二个是肌肉男,他从头到尾就一直光着上身亮肌肉块,简直就像天桥卖大力丸的。

老三小正太,个子不到一米三,涂红嘴唇,小脸儿抹得煞白,穿六寸高的女细跟鞋。他一出场,台下那群长得像爷们儿的女粉丝就狂呼乱叫。

老四整容女,新割的假双眼皮肿胀未消,看着总像随时要哭似的。

只有出场排名第五的我,低眉顺目,活像个后娘养的或使唤丫头,见谁都是满脸懦弱和谦卑。我心里说:垂死挣扎的屌丝们啊!姐就再让你们回光返照一把吧!

看到前四个经过我身旁的选手对我的睥睨和满脸不屑,看着他们脸上那一副副志在必得的死样子,我有理由相信,他们都不知道我已内定为冠军的实情。暗箱里操作的事情,岂能让明处的人都知晓?哼!

台词脚本大政方针定着,剩下的一切,无非是按部就班,走程序喽!

我娘作为亲友团成员来了,坐在后台助阵。新增加的媒体评委团里,我一眼发现白谷狗医生竟然也位列其中,而且还坐在台下很靠前的位置!当下我就心里一惊,心说:矮马丫!早知他也来当评委,那天诊所的拔牙床子上,我是不是应该让他适度进入一点……

啊呸!这个想法刚一出,就被我自己无情否定掉了!可耻!真可耻!就他那一张烂票,不,就他手指头按那一下乱钮,完全扯淡,摆样子的,有跟没有一个样。我娘说了,她已经听制片人讲,决赛胜券在握,绝对不会出什么问题。管他什么评委啊、现场媒体团啊、场外观众热线电话投票啊,还有什么网络实时点击投票啊……最终,都是要在后台用电脑机器计票。

"闺女,你就放心大胆上台去吧!"临上台前,我娘最后安慰我道。"你说,现场数巴掌和背后用机器计数,哪个更容易数得明白?"我娘说。

"心里更容易数明白。"我说。

然后,我就大义凛然、生死疲劳、舍我其谁、我不下地狱谁下地狱般出场了。

再看人大波女,可不像我这样。最有实力的大波女,雄赳赳、气昂昂,是端着上来的。只见她两手轻握端于胸前,一袭大摆低胸曳地长裙,两坨金属瓷实上膛肉弹,丰乳肥臀,华服彩妆,稳稳当当,一步一庄严,慢慢悠悠挪上台来,摆足了图兰朵公主蝴蝶夫人架子。她一开口,女高音咏叹调《晴朗的一天》,天呐!整个肉体音箱共鸣,音域宽广,响遏行云,浩大磅礴的气场,把卢沟晓月的狮子和满天的月亮都给镇了!也难怪,她在音乐学院毕业,又在欧洲进的修,在普契尼的剧里经常演女主角,整个一个西洋范儿。

我呐，我是穿着我娘压箱底的戏服改成的衣服，"康登康登"，走直线，迈猫步，一撅搭一撅搭，甩着上来的。

　　我们家没有钱了。我娘连一文钱都已经拿不出来。我们没有资金再去定做服装、请助理、聘专业化妆师。我娘只能翻出她年轻时的演出服，让我找模特儿队认识的一个设计师姐姐，帮着设计翻新。设计师姐姐看着这些泛着樟脑丸味的绢、纱、绸、棉，看着一串串假得闪亮的玉簪珠串，相当为难。直到我娘低声下气恳求着差点给她跪下，她才轻声说："试试吧。服装十年一轮回，看看能不能改成复古样式。"

　　如今，我穿着过去年代的纱罗绫缎、锦绮绸绢，"康登康登"迈着 21 世纪的模特儿步伐出场。设计师姐姐妙手回春，凤袍、云朵、水袖、珠串银箔贴片，湿漉漉的爆乳贴身效果，还真轻纱曼舞清悠悠泛着复古意味，压住了我那遍布周身的寒酸劲儿。

　　这些压箱底的演出服装啊！纹理走向、细织密纹、温柔的触感，都交织进过去年代一个乡下女子的光荣和梦境，缭绕的香气直入我心。那是月光乡村、大地青草的气味，蒹葭和河流的气味，煤气灯跑码头田间地头演出的气味，"面友"雪花膏和"百雀羚"搽手油的气味，胴体交缠的气味，娘跟我爹偷情时紧张神秘崇拜宠爱交织的气味，一个女人甘愿付出一生、默默生存的气味，对生活的巨大热爱、与命运抗争、挣扎着出人头地的强烈气味。

　　穿上它，我立刻感觉我娘附体。我把水袖舞得呼呼带风，圆场跑得身轻如翼。"你以为我穷，不漂亮，就没有感情吗？"穷姑娘简·爱的声音，从我的骨头缝里嗡嗡作响，撞得肋条骨生疼。"如果上帝赐给我美貌和财富，我也会让你难以离开我的！就像我现在难以离开你一样。"简·爱在富人罗切斯特面前咬牙切齿这么辩白。这么辩白有用吗？我娘在我亲爹面前也曾这么说，其实她已经够年轻够美貌的了，就因为爱上一个大她十岁的有妇之夫县长，就变得这么自轻自贱吗？

　　现在轮到我也想这么说。野百合也要有春天，出身卑微的人也要有梦想！我只是一个小县城里普通良家女子，只想凭本事吃饭，成名成家，早日出人头地。我的大波姐、肌肉哥，既然你们条件那么好、得过那么多奖、造诣那么深，你们什么都有了，为什么还要来挤我们乡下穷人成名的这条窄道？这场秀，对你们只是锦上添花，对我却是改写一生！

　　我越演越入神，越演越悲愤。我都忘了自己是穿着泳装呢，还是什么都没穿。我嘈嘈切切错杂弹，大珠小珠落玉盘。我回头一笑百媚生，六宫粉黛无颜色。我看到舞台边大屏幕上打出我娘挂满泪花的脸。别人家亲友团都父母双双出面，我家却只有我们孤儿寡母做伴。在我娘殷殷切切期盼泪光中，我把一柄长剑舞得寒光闪闪："看大王在帐中，尽摆茶盏，我这里解君忧，泪干妆影残。

胜负成败,乃上天注定,贱妾何聊生,先行刎颈封口,生别大王与人寰。"

大王呀——呀——呀——

我的剑花直挑苍天。我的两条山羊长腿如蹬风火轮疾走直转。霸王别姬。姬别霸王。关键时刻我娘又在强烈附体,在我的喉头指尖呼之欲出:"闺女呀!咱娘儿俩命苦,为娘我爱上了有妇之夫;如今你亲爹他,坐上副市长宝座,早跟娘旧情全无。这就是,普天下,年轻女人,以爱情名义当二奶的归宿。为娘我年轻时的风流孽债,苦果却要你来担承。来来来,把剑许我,斩断这一世情缘,从此再无鸳梦。"

说罢,我挥剑便刺,没有搁在自己脖子上,却一剑封喉,直奔扮演西楚霸王的真人道具男而去!

一直都立在台边昏昏欲睡给选手们当道具男的那位胖子,没想到我会来这一手,吓得他抬起胳膊一搪,只听"当啷"一声,木柄折断了,剑头掉到地上。鲜血滴溜溜从他胳膊上冒出来,道具男捂着胳膊就往后台跑。

我傻了,就那么穿着泳装三点式,手握半截断头剑,愣在台上。台上台下,死一般静寂,鸦雀无声如同过了一个世纪。其实才不过几秒钟。紧接着就是暴风雨般的掌声。我这才回过神儿来,赶紧上前行万福礼。斜眼就见道具男胳膊上缠着还没系牢的绷带,被制片人和导演从侧幕里推搡出来,到台前跟我一起来谢幕。这家伙本来是骂骂咧咧下去的,嘴里骂着"丫没本事还总出情况",一边让人给缠绷带,准备待会儿后台跟我拼命。哪想到假戏真做,效果这么好。他也就不好说什么了。

别说他们,就连我自己都分不出真假了。

四

决赛的结果,不用我说,地球人也全看到了。我得了第一。

一切都毫无纰漏,严丝合缝,符合程序,中规中矩。中奖结果一公布,当时是举座皆惊、天下大哗!现场立刻就有人网络人肉我,却见我浑身清白,不是富二代、不是小蜜、没当过二奶,根本就肉不出个毛来。有人想诬陷控告,可也找不出把柄,既说不出我的好来,可也挑不出我的坏。我这个地球好身影,简言之一句话:没毛病。

大波女恨死我。愤怒让她胸脯前一对大奶子剧烈波动起伏,时时都有要出膛爆炸的感觉。对于一个恃才傲物的人来说,羞辱她的最好办法,就是让她败给一个猪一样的对手。其他那几个,感觉都一样,也觉得自己严重被骗。他们原本是拿实力最强的大波女神当靶子去竞争的,万万没想到却输给我这个最不起眼的选手。他们的粉丝起哄、叫骂,把节目组、把我的祖宗三代都骂了个遍。粉丝们还齐齐往台上拥,抛石块,砸器材,推搡工作人员。一场电视节目秀,眼见着就要演变成首届神州鬼节的暴力事件。

工作人员现场紧急拨打110调来大批民警和保安维持秩序。导演和剧组人员在保安的护卫下仓皇逃窜。

我也夹杂在人群中没命奔逃。还没等逃到后台,气急败坏的大波女就从后边追了上来,使尽全身力气撞了我一下,"咕咚——"把我挤到一边,紧接着一口黏痰"啐——"吐过来,随即骂了一声:"婊子!"

我差点被她撞倒,扭过头,又惊又气地回她:"哎——你骂谁呐你?"

没等我下句话出口,从旁边又上来一个人挤撞我,一头就把我挤到另一边。正待惊诧,抬头一瞧,竟是我娘。我娘当时正在台口迎候我凯旋,见状,奋不顾身冲得前来,一头先将我撞开,然后,只见她老人家双手击掌,用力一拍,"啪——"一声叫板,紧接着一手拃腰,一手指着大波女高声叫骂:"哎我说,窝头没长眼儿——你穷装哪门子海龟?失败一次就打回原形啦?我看你是长江学院的吧? 也就是个工商金融义卖B啊(EMBA)!"

"哗——"混乱的人群里一阵哄笑。我心里也直乐。解气! 真解气! 我娘她到底是吃过大盘荆芥的,见过世面。她竟然连长江学院工商金融管理都知道,太让我感到惊奇!

我娘迅速在第一时间把我得地球人冠军这个消息传到了家乡。其实不用她传,地球人那天晚上都守着电视机看呢! 我家乡县政府早就有了预案,动作非常神速,立刻举行盛大欢庆仪式,庆贺我们这唐僧故里、猪八戒故乡又一次有文曲星下凡、五魁首着地! 县里决定大宴宾客,千里流水席摆上七七四十九天。同时制定一系列计划,准备投资两个亿打造"地球人高地"和"小鹭鸶故里文化"。

我被隆重迎回家乡,参加庆祝仪式,接见各路媒体记者。头七的日子,家家户户张灯结彩,村村落落大摆筵席。地球各个方向的无论谁来了,都可以坐下随便吃,用的东西也随便拿。"恁介里出了个地球代言银? 快告诉鹅们,她小时候都吃滴啥喝滴啥?"望子成龙的父母们眼巴巴望着我姥姥说。我八十多岁的姥姥,淡定、超脱,抿着没牙的嘴,正色道:"她也就是喝俺们这里田间西北风长大的。"

其实,我对我姥姥家这个旧居根本没有记忆。当年我那未满二十岁的娘,肚子里怀着我,悄悄回老家炕上把我生下,出了满月,就抱着我义无反顾返回县城缭绕到我亲爹身边去了。这个旧居和故里,跟我一点关系都没有。

观众们不这么看。观众们虔诚、迷信,南来北往访客不断,七手八脚朝拜不绝,把家里的萝卜叶子树叶子撸没了,又把我姥姥家房山头的土坯也给挖走了几块,搞得房子呼呼往里透风。猪圈里的干粪也被人起走,说是回去做成荷包,给家里孩子戴上，沾沾我的狗屎运。

　　我娘里里外外操持着一切，教给我的亲戚们怎样对记者说，让我躲起来装神秘，也好抬高采访身价。我不在意这些，只问娘，我亲爹露面了没有？我暗中希望我亲爹登门，借着我得地球冠军这个利好因素，与我娘重归旧好，补偿我娘这些年的情感缺失。我听说，他老伴乳腺癌刚走，如今他已是一介鳏夫自由之身。

　　你猜我那亲娘她怎么说？娘说："他丫！市里马上要换届，要争取进常委，当个常务啥的。关键时刻，怎能相认？一旦让人查出早就有这么个大闺女，仕途不全完了。"

　　我那九死不悔的亲娘嗳！天生这种情感奇葩，你说前世我怎么就投胎不睁眼，进她肚子里认亲娘了呢！

　　头七二七都在流水席上过去了。人来人往的吃啊，拔萝卜啊，薅树叶啊，起猪粪啊。一晃，三七四七五七也过去了，萝卜也没了，树叶也秃了，猪圈也快给挖成地窖了，该有下一步动静了吧？但是，没有。除了我家乡这里穷热闹外，京城那边鸦雀无声，制片人、剧组那里一点动静都没有。我娘坐不住了，忙四处打听。一问，你猜怎么着，从小道传来消息说，除我以外，决赛的亚军季军第四名第五名，都已经有下文，都被推荐签约了！

　　大波女，被推荐上了"世界好身影"节目，准备参加下一季的潘多拉星球大赛；肌肉男，签了"封神演艺健身器材无限公司"做代言；小正太，签了"异次元人妖集团"形象大使；就连整容女，也给推荐签了一家韩版"思密达美容修复眼睑"集团。他们这些人的出场费，如今起步价都是以六位数计算了啊！

　　我娘一听，简直如同迅雷不及掩耳盗铃之五雷轰顶啊！人人都签约了，唯独没有我。把我这个冠军晾在了一边儿。没有商演，没有广告代言，我当这个好身影干什么？就为给人家来拔萝卜、拆院墙、起猪粪的？不去挣钱，我们家的房梁什么时候能赎回来？

　　我娘气愤。七七一过，草草吃完了县里最后一顿酒席，我娘拉着我急速返京，去找制片人。要跟他们说说清楚，得了名次后，为什么节目组不负责给推荐商演。

　　左找找不着人，右找找不着人。制片人一看我娘电话就不接，一见我娘电话号码就给掐断。急得我娘啊，挖门盗洞，好不容易打听到他常去的一个夜总会叫作"霍乱时期的爱情"。于是趁着月黑风高，娘牵着我一阵风似的奔将过去，好歹算把他堵在装饰豪华的蒙娜丽莎按摩床上了。

　　留着北京板寸头的制片人极其不乐意地从床上爬起来，穿着桑拿房里那种横路敬二式的细条纹裤衩背心，趿拉着拖鞋，浑身带着一股子澡堂子味，在休息大厅里接待了我们,满脸写的都是不耐烦。

听我娘开口说明来意后,制片人说:"大妈,你有没有搞错?我们这是临时剧组,不是国务院常设机构。干活都是一把一结的。节目一完,就散了。你别来找我。"

娘说:"不找你找谁?你承诺的东西哪?"

制片人说:"我承诺你什么了?你们要的东西不是给你了吗?你还要什么?"

我娘不识相,说:"那是。我们当上了冠军。可是接下来的商演和代言你们得负责推荐啊!"

制片人说:"谁说要推荐了?"

娘说:"怎么没说啊?其他几个选手不都按签约合同给推荐了吗?"

制片人说:"那你也按合同去找吧。跟谁签的找谁去。"

娘说:"我们哪有合同?咱……咱那不是事先口头说好的吗?"

"哦?你是跟谁口头说好的丫?"制片人眯缝着眼,态度轻慢,故意把"丫——"字拉得很长。

我娘顿了一下,狠了狠心,说:"要,要不……咱听听元芳怎么说?"

我娘这时候端出元芳,简直太不得体了,简直都把我吓一跳!我赶紧悄悄扯了娘衣襟一把,制止她这种冒失行为。同时我也很担心制片人会动怒。

没想到制片人一点都没怎么着,人只是端起茶杯,呷了一口,嘴里嚼着茶叶,慢悠悠地说了一句:"行啊。"

就这一句,就把我娘噎住了。她一下子卡壳,脸红脖子粗,憋了半天,才说:"那你……你……怎么也不能就不管了吧?"

制片人这回真撂脸子了,"噗"的把嘴里嚼碎的茶叶末子往地上一吐,茶杯盖"夸嚓"往杯口一磕:"管啊!怎么不管?就您那女儿,嗓子还没开苞,腿还没开胯,什么特长没有,怎么管?别人签那些公司,她去得了吗?自己多大能耐自己不知道?要我说,回去,该干吗干吗。出来混,是要有本钱的……"

我已经听不下去了,被羞辱得泪花在眼里打转,扯上我娘就走。

自取其辱啊,自取其辱!

一路上,我都含悲忍泪,不敢放声。制片人说得对,那几个人签约的公司,我都干不了。我不是凭真本事上去的,根本走不远。原先听到说别人都已经给推荐签约,我还感觉到自己受了骗,以为自己受了制片人的骗,受了导演舞台监督等等一切人的骗,还以为我被这个娱乐圈给耍了,我使了银子,他们却骗了我,给了我一个空名,过后却不兑现承诺。

我到现在才明白,其实,从头到尾,我都是自己骗自己,骗人骗到最后连我自己都相信了,我真相信我的本事过得硬,真相信我是最后得了第一,真的相信我就是那个堂堂皇皇的"地球好身影"。

骗人骗到最后,连自己都相信了,无疑是进入一种行骗的境界。

惭愧啊!

在金钱与利益的驱动下,所有的事情都走向了最初设计的反面。结局往往都与初衷背道而驰。

我知道,现在再找谁也没用了。

只有我娘不甘心失败,她老人家火速返乡,跟县里谈判,敦促县里尽快投资把打造"小鹭鸶故里"计划落实。现在,她能够紧紧抓住的救命稻草就是县里。

"信谁也不如信政府啊!"我娘在电话里感激涕零语重心长这样告诫我说。为此,她必须要把我吹得更大,把我的地球人形象叫得更响。娘将我镀金的桂冠当堂供起来,把我的比赛录像一遍一遍当街播放,供零零星星的散客们朝拜瞻仰。她每次出门脖子都梗梗着,椎间盘突出的老腰也故意端起来,直溜溜、板儿板儿的,抬头挺胸上街。她如今是地球人冠军的母亲了,可不比从前只是普通模特儿的妈妈!街坊邻居谁要问:"你们家小那谁,小鹭鸶还啥时候回来呀?"我娘她老人家总大声说:"她现在演出忙,哪有时间回来!马上就要去维也纳金色大厅开个唱了!再说,咱这块儿连个五星级饭店都没有,她回来住哪儿呀?"

她的谎话吹得越大,我就离故乡越远。在我娘的阵阵吹嘘声中,我回归故乡的路,活生生被掐断了。

我呢?我载着"地球好身影"冠军的头衔,重新回到三里屯酒吧驻唱,赚一点小费。白天就继续到原来的野鸡模特儿队走T台,等活干。碰到机会好,有时会有三五千的出场费。

经过这一场折腾,我认识了自己,认识了世相。猫吃鱼,狗吃肉,奥特曼只能打小怪兽。人生不能够打折扣,硬赶鸭子上架是不行的。

人啊,谁都做不成别人,只能本本分分做他自己。

我的脚步"康登康登"走在漫长的T台上,说不出的沉静和洗练。以前走T台,我总也做不好目空一切的冷峻表情,还总被队友嘲笑,总挨师傅批评。那时的我,面对世界,还有许多战战兢兢的爱、强烈的欲望和梦想;现在,当我身无一物,带着不光彩得来的荣誉、有如胸口戴着巨大的红字走台时,我却做到了。我做到了目空一切,心如止水。我做到了用更辛苦的劳作,勤勤奋奋地打工,洗身,赎罪,彻底埋葬一个虚假的桂冠带给我的人生羞辱。

五

终于到了结尾说再见的时候了。《Time To Say Goodbye》,我在酒吧里演唱月光女神莎拉·布莱曼的《告别时刻》，这是她在戴安娜王妃葬礼上演唱的，后来还和盲人歌唱家波切利合唱过。那种天籁，忧伤、悲切。然而，不后悔。在经历了一场变故之后，我唱歌的气息声脉竟然全都打开，自由跨越三个八度游刃有余。

是该告别的时刻了
那些我从未看过
从未和你一起体验的地方
现在我就将看到和体验

我忧郁而深情地唱着，自顾沉浸在歌曲的意境里。酒吧老板悄悄过来，递过一个条子，说座下有个法国人想跟我谈谈。我点点头，表示可以。

一个身穿唐装、脚踩中式黑口布面功夫鞋的法国人款款走到我的面前。他自我介绍说是法国经纪公司的猎头，来中国物色模特儿的。他已经在两场时装发布会上见过我走台，一见之下，惊为天人！今天他特地跟踪来我打工的酒吧，要求和我见面，问我要不要去法国，当模特儿。

酒吧老板一听，非常高兴，忙插话说："哥们儿，算你眼毒嘿！我们这个小鹭鸶，可不简单！她是'地球好身影'电视大赛的总冠军！"

"什么？地球好身影？没听说过。"法国人萨科奇说，"我嘛，个子矮，所以，就喜欢女人高个子的。"萨科奇用拐着弯儿的普通话说，"我喜欢小鹭鸶的中国气质！你看，她的细长眼睛，睁不开，总像梦没醒似的，多神秘！关键是，她有东方式的空洞和傲慢，目空一切，太像东方神秘主义代言人。"

…………

要问，后来呢？后来，这个萨科奇，成了我的老公。尽管他已经有过两次婚姻，第二个妻子还刚刚为他生下一个女儿，但架不住他对东方小细眼的崇拜和迷恋，在赔给妻子一大笔费用办了离婚后，他还是跟我结了婚。没多久，我就成了法国"鹭鸶威登·老佛爷模特儿有限公司"的头牌。我要干的事情，就是每年大部分时间在世界各地巡演，闲暇时间，跟老公恩恩爱爱柔情缱绻。我们商量好了，等到有空，我们就准备生个孩子名叫雨果巴扎嘿。到时候我把我娘也接过去享受迟来的天伦之乐。

故事到这里，就讲完了。唉！怎么说呢？地球上的灯啊！就是这么着亮一盏，灭一盏。或者说灭一盏，亮一盏。这个灭了，肯定会有另一盏为你而点亮。人啊，关键是不能轻易放弃了梦想和希望。

中篇小说奖·入围作品

杨少衡小传

杨少衡,男,祖籍河南省林州市,1953年生于福建漳州。1969年上山下乡当知青,1977年起分别在乡镇、县和市机关部门工作。西北大学中文系毕业。1979年开始发表小说。著有长篇小说《相约金色年华》《金瓦砾》《海峡之痛》《党校同学》《村选》《底层官员》《两代官》《如履薄冰》《地下党》《危险的旅途》,中短篇小说集《彗星岱尔曼》《西风独步》《红布狮子》《秘书长》《林老板的枪》《县长故事》《市级领导》等。中篇小说《尼古丁》获《小说月报》第十二届百花奖。现供职于福建省文联,中国作家协会会员。

海湾三千亩

杨少衡

一

初次见面是在海湾，一辆中巴车边，当时欧阳琳从车门下来，季东升站在车下迎候。欧阳琳穿高跟鞋，由于地面不平，下车时鞋跟没踩实，她的身子忽然一晃，重心失衡，季东升在一旁紧急出手相扶，欧阳琳一把抓住他的胳膊，终于站稳了，没有摔倒。身边那些人没有谁注意到这个细节，只有他俩心里明白。

欧阳琳抽回手时问了一句："没事吧？"

季东升回答："负伤了。好运气。"

彼此只当开玩笑，其实不全是玩笑。当时是夏天，天气热，季东升穿短袖衫，他的左胳膊被欧阳琳抓出一道划痕，一时火辣辣。欧阳琳留指甲，抓得挺用劲，估计是把自己的指甲也抓疼了，所以才问季东升有没有事。

欧阳琳是中等个儿，身材不胖不瘦，脸面光洁，线条精致，长得挺有风格，或者说相当漂亮，特别是眼睛大，眼神直率。她一眼盯住季东升，眼光锐利而执着，季东升即告诉自己千万小心，这女的不好对付。

季东升与欧阳琳的初次见面很大程度出于偶然：那天上午季东升召集相关部门官员于市政府会议室开会，议题是能繁母猪补贴政策事项，所谓能繁母猪即还能生崽儿的母猪，该类母猪领取补贴牵扯若干具体细节，需要研究解决，会开了整整一上午。中午会议接近尾声时，郑仲水从省城打来电话，告诉季东升有贵宾到达本市，需要应急处置。听电话间季东升心里诧异，因为贵宾通常不会来得如此突然。

"这个人叫欧阳琳。"郑仲水交代。

郑仲水是本市老大，市委书记，此刻在省城开会，他给季东升的电话是在省城会场打的，消息也是在会场上临时得知的。当天上午，欧阳琳及其随行团队由有关部门人员陪同，早早从省城下来，原先的安排是到另一个市，路上临时调整计划，决定到本市来。省办一位副秘书长特地找郑仲水告知情况，强调欧阳琳一行得到省领导特别关心，要求市里安排好。郑仲水立刻打电话让季东升应急。此刻本市书记、市长都在省城开会，一时无法抽身，只能让季东升代为出面。

"估计快到了，你赶紧到高速公路口去接。"郑仲水交代。

"糟糕，猪还没搞完哪。"季东升道。

郑仲水没听明白，问季东升搞什么猪。季东升报称是搞母猪，情况比较复杂，上午开会商量。郑仲水问母猪有什么问题。季东升说母猪都很高兴，因为给补贴。但是公猪有意见，要求落实政策。郑仲水即制止："不开玩笑。"

他不让季东升在电话里瞎扯，要季东升立刻把会议结束，无论母猪公猪都先赶到边上去。贵宾将至，不要耽误事情。

季东升问："来得这么突然，做什么呢？"

贵宾有一个大项目。具体情况待季东升接洽时具体了解。

"贵宾什么身份？"

"北京一家投资公司总裁。"

季东升说："北京满胡同都是总裁。"

郑仲水认真道："季副，不要小看。"

季东升让郑仲水放心，他会替书记把贵宾接待好。俗话说来的都是客，何况人家有项目。北京的胡同当然小看不得，大地方每个旮旯里都藏龙卧虎，不像本市小地方尽是季东升之类鼠辈。

"谦虚过头了吧？"郑仲水笑。

"谦虚使人进步。"季东升不笑，说得很像回事，"我这人碰到耗子是猫，遇到老虎就变成耗子，见到母老虎更是小耗子了。不是鼠辈胜似鼠辈。"

郑仲水道："不说。赶紧准备。"

"明白。"

其实不甚明白，季东升感觉吃不准。他一边接郑仲水电话，一边在心里暗自思忖，分析自己突然碰上的这件事是个什么。季东升其人脑子快，所谓"鼠辈"只是自嘲，他其实挺自以为是，认为脑子还管用，爹妈生得好，多少有点聪明过人。突然掉到头上的这件事让季东升感觉异样，来客毫无疑问十分了得，否则不会弄到郑仲水亲自打电话交代，但是事前毫无动静，眨眼间陨石一般从天上砸下来，不是通常贵宾到来之道，这种光临方式比较怪异。

季东升是常务副市长，管的事多，母猪公猪要管，招商经贸一块也划于名下，欧阳琳前来谈项目，属于季东升业务范围，即使书记市长在家，季东升也要陪同接待洽谈，因此哪怕来了头母老虎，季东升也得勇敢上前充当鼠辈，基本上无处逃窜。郑仲水打来电话时，因为会议尚未结束，季东升走到会议室外与书记通话，一屋子人还坐在会议室里等着他。接完电话，季东升一进门就宣布散会，这种场合通常该有的"重要讲话"免了，大家该干吗干吗去吧。

"按照上级精神,回去照顾母猪,公猪咱们不管,有意见可以提。"季东升宣布,"我掌握一条:哪个公猪提意见就劁哪个,阉下边那俩东西。诸位还有意见吗?"

会场上一片哄笑。

季东升匆匆离开会场,办公室都没回,直接进了电梯间,秘书小吴拎着他的公文包跟在后边跑。下了电梯,走出政府大楼门口,他的车刚好驶到。

这时又一个电话到来,季东升一边接电话,一边拉门上了轿车。

"季副市长,我是黄再胜。"

"什么事?"

"我们已经上路了,在高速路口跟您会合吧?"

"跟我?"

"接贵宾啊。"

"谁通知你?"

"省里。"

黄再胜是市公安局一个处长,负责警卫。黄再胜刚接到通知,让他立刻与季东升副市长联系,配合接待即将到来的贵宾。黄再胜及其手下人员出动通常有规格,分不同级别,如一级保卫、二级保卫等,无论哪一级都不同于抓贼办案维稳等日常警务,只在特别重要客人例如国家领导人或者外国元首到访时才用得上。今天虽无国内外顶层政要光临本市,没有下达哪一级保卫任务,但是黄再胜接到通知,要求他速向季东升报告,配合接待,确保欧阳琳等贵宾安全。

不由季东升咂了下嘴。当时也没多说,只一句:"赶紧来吧。"

十几分钟后,季东升到了高速公路出口。路边停着一部警车,黄再胜已经先行赶到,站在车边守候。季东升一下车,黄再胜即上前敬礼。

"已经通过电话,客人的车十分钟后到。"黄再胜报告。

"是什么车?"季东升问。

"一号中巴。"

"多少人?"

根据黄再胜得到的通知,除了欧阳总裁及其团队,车上还有若干省里陪同人员,其中有一位管警卫,来自省厅,是黄再胜的上级,姓秦,职别为副主任,就是这位秦副主任给黄再胜打的电话。

季东升问:"说了贵宾来意吗?"

秦副主任没说,黄再胜也没打听。这是规矩,不该说的别说,不该问的别问。

季东升不吭声,只把脑袋转向一侧,眼睛看着高速公路边的田野,在心里揣摸。这时候一辆中巴车快速驶到高速公路收费口,从电子扫描通道驶过。黄再胜喊一声："到了！"季东升抬眼一看，果然不错，是一号中巴。

这部车于季东升和黄再胜都不陌生，它被戏称为本省"空军一号"，每一次它光临本市都很隆重，车里坐着的不是中央部长以上贵宾，就是省里的大领导。今天这部中巴为欧阳琳而来，经过数百公里跋涉，车身似乎还那么光鲜，几乎一尘不染。车头下的牌号很鲜明，几个零加一个一。

季东升与黄再胜站在路边等待，黄再胜举手向中巴车示意。按照接待惯例，此刻中巴应当开到路旁稍停，让迎接者上车与贵宾见个面，彼此握个手，寒暄几句，询问接下来的行程，而后继续前进。不料中巴车向季东升等人站立的位置驶来，减速，似乎要停车了，忽然又加速，往前开走，把迎接人员丢在路旁。

黄再胜吃惊："哎呀！怎么回事！"

季东升道："快联系！"

黄再胜刚把手机掏出来，铃声响了。黄再胜匆忙接听，正是中巴车上的秦副主任。该主任在电话里没多说，只一句话："你们跟上。"

季东升下令："快走！"

一行人匆匆上车，追赶已经跑出老远的中巴车。季东升指令黄再胜坐到他身边，以便了解应对情况，让警车跟在后边跑。

几分钟后他们追到了一号中巴屁股后边，季东升让黄再胜给随后的警车驾驶员打电话发令，让警车超到最前边开道引路。

黄再胜有些犹豫："秦主任只说让咱们跟上啊。"

季东升问："万一出岔子，算你的吗？"

黄再胜说："那可麻烦。"

这辆一号中巴在本市地面上出任何意外，主人都有责任，因此开道和引导是需要的。黄再胜搞警卫，他很清楚，问题是他心中无数，秦副主任没有传来足够信息，黄再胜不知道要把贵宾往哪里引，不知道在哪些方面预做安排。

季东升当机立断："往市区去，到宾馆。"

当时接近中午，正常情况下要让客人到下榻处安顿，吃饭休息，商议接下来的安排。宾馆方面已经接到通知，紧急整理出接待用房，布置了午餐，只等客人驾到。

黄再胜问："要不要我先问问秦主任？"

季东升说："到前边再说。"

黄再胜不解："他们刚才怎么不停车呢？"

季东升没吭气。这还怎么说？贵宾们似乎没把此间迎接者太当回事。

他们两部车加速前冲，先是季东升这辆车冲到中巴前头，隔开一段距离充当引导，而后警车再冲到最前边，形成常规接送队形，沿着道路快速行进。这时季东升才让黄再胜打电话请示秦副主任,称季副市长奉命接待欧阳总裁一行,因已近中午,拟安排贵客先到宾馆用餐休息,可否? 电话那边很快传来答复:欧阳总裁很忙,她不到宾馆吃饭,也不休息,要立刻前往开发区。

季东升说:"告诉欧阳总裁,从这里到开发区至少还要走一小时。"

对方答复:"总裁要去。"

季东升回复:"我们领路。"

于是车队从绕城通道绕过城区,经海湾大道向北,往开发区方向前进。

黄再胜揣摸:"这个时候他们到那边干啥呢?"

季东升不吭气。

"该给开发区打个招呼吧?"

季东升点头:"要。"

他吩咐坐在前排助手位上的秘书小吴马上给开发区挂电话,要管委会领导赶紧做好迎客准备并通知下水村控制海边道路,不要让拖拉机、农用车堵塞了。

小吴惊讶:"下水村? 客人说了?"

"用点脑子,等人家说就迟了。"季东升道。

小吴立刻打了电话。

半小时后车队接近开发区路口,秦副主任的电话到了,欧阳琳一行果然是到下水村。季东升让黄再胜回话,称已经做好安排,请示客人是否要在开发区管委会先休息一下,简单吃点东西? 对方答复欧阳总裁要直接到海边去。

季东升说:"我们带路。"

车队拐上便道,直驱海岸。这条路前半段是村道,铺有水泥,路况尚可,后半段是土路,不好走。季东升让司机开慢点,因为一号中巴路况不熟,不容易跟上。三部车一辆接着一辆前行,一直开到土路尽头,做一排停在路边。一旁就是海岸,海浪拍打岸边的礁石,涛声震耳欲聋。

客人从中巴车下来时,季东升已经站在车门旁恭候,黄再胜紧随,站于季东升身后。看到出现在门边的欧阳琳,季东升眯了一下眼睛,欧阳琳似有诧异,眼光一扫季东升,没留意鞋跟在地面没踩实,身子摇晃中她抓住季东升伸过来的胳膊,季东升的胳膊上顿时火辣辣,留下了她的指甲痕。

初次见面,彼此印象因之格外深刻。

有一位男子从车上赶下来,提着一件风衣往欧阳琳身上披。当着季东升的面,欧阳琳抖了下肩膀,甩脱风衣,男子赶忙接住。

"风大。"男子说。

"没事。"

她转身朝前,往海边走。男子把风衣搭在臂弯里,在后头匆匆跟随。男子戴一副眼镜,穿西装,衣冠楚楚,四十来岁模样,红光满面,前额发际上收,似已开始谢顶,一口京腔字正腔圆。这时秦副主任跳下车,与季东升握手。季东升低声发问,了解男子是什么人? 秦在他耳边回答:"蔡政先生从新加坡来,是欧阳总裁的合作伙伴。"

季东升点点头。

欧阳琳一直走到海边,站在一块石头上。海风强劲,她的一头短发在风中拂动。

季东升大步跟上,到了欧阳琳身边,没待他发声,欧阳琳即开口。

"隧道在哪里?"她问。

季东升指着左侧海岸突出部:"那是出口,离我们这个位置大约五公里。"

欧阳琳抬眼看对面海岸,远远可以看见大片高楼在对岸山坡上起落。

季东升介绍:"对岸出口设计稍微偏一点,没有直接进入城市中心。"

"为什么?"

"他们那里要考虑减少对城市交通的冲击。"

欧阳琳转身,视线从海上转移到陆地。

"从海岸到前边那座山,这一片有多少地可用?"她问。

季东升说:"近海地带大约三千亩。"

"我都要了。"

季东升说:"欧阳总裁大气魄。"

站在一旁的蔡政插话:"这是个大项目。"

季东升问:"准备做什么?"

是钛合金,制造航空母舰和宇宙飞船的尖端材料。蔡政的新加坡公司拟与欧阳总裁合作,在本省沿海寻找合适地点投资,建设大型生产基地,目前先考虑一个四五十个亿的盘子,如果好,准备搞到上百亿,建成之后将是东亚最大的钛合金基地。

季东升说:"明白。"

欧阳琳眼光一转,看了季东升一眼,眼神锐利有如刀片。

"明白什么?"她问。

季东升说:"项目很大。"

蔡政在一旁说:"能不能定下来还要看条件。"

季东升说:"不必多看了,定下来吧。"

欧阳琳追问:"说真的吗?"

季东升称本地有句玩笑话,叫作"大的放屁一言九鼎,小的尿尿落地无声"。他的官小了,说真说假都让人不好相信。

身旁有人发笑。季东升不笑,表情很严肃很认真。欧阳琳也不笑。

"你嫌自己不够大?"她问。

季东升自我感觉还行。他是乡下人,父亲种了一辈子地,在乡亲们眼中,他这样一个副市长已经大到天上去了,但是到了欧阳总裁面前算个什么?

欧阳琳说:"我记住你的话了。"

季东升提议欧阳琳和蔡政上车离开,到开发区管委会去坐一坐。海边现场已经视察完毕,目前荒坡一片,而且风大。时已过午,贵宾们都饿坏了,作为主人他心中过意不去。现在当务之急,该找个地方吃点东西,可以一边吃一边谈谈。

欧阳琳问:"是你饿坏了吧?"

季东升承认:"我也饿了。"

"还谈什么呢?这三千亩我要了。"

"三千亩怕不够吧?"

"季副市长打算给多少?"

"可以谈啊。"

欧阳琳问,怎么谈?季东升讲了一个故事,说甲午海战后李鸿章到日本谈判和平,日本人索要台湾岛和辽东半岛。李鸿章表态说辽东半岛太小了,整个满洲也就是东北那疙瘩都是可以给的。

欧阳琳说:"瞎编。"

她问季东升,如果季副市长就是故事里的李鸿章,那么谁是日本人?难道是她?

季东升严肃道:"当然不是。"

欧阳琳不温不火敲了他一句:"我听说有一些地方官非常滑头,是真的吗?"

季东升扭头向欧阳琳身后看。欧阳琳问他看什么?季东升说他留意附近是否有个老鼠洞之类的,一旦被逼急了,得有个洞钻进去躲一躲。

不由得欧阳琳发笑:"有这么严重?"

季东升依旧表情严肃:"现在严重的是贵宾饿肚子,应当先弄饭吃。"

欧阳琳没有异议,大家匆匆上车。

季东升一上车就掏出手机,给远在省城的郑仲水打了个电话,报告已经接下欧阳琳,并陪同看了现场。郑仲水一听看的是下水村海岸,好一阵说不出话。

季东升报告:"现在陪客人到开发区,在那里谈。"

郑仲水回答:"你跟他们先谈吧。"

季东升收起电话,心里有数了。郑仲水显然并不清楚欧阳琳一行的来意,暂时也没有明确态度,目前季东升可以相机行事。

但是这件事不太好处理。

　　刚才在海岸边,欧阳琳与蔡政提到拟投资兴建大型钛合金项目,季东升表示自己明白。他明白的其实不是这个项目有多大,而是这个项目有名堂。以季东升判断,该项目要害在其真假,来的两位贵宾里,欧阳琳可能是个真的,另外那位蔡政,季东升一眼就认准了,该小子不知何方神仙,学得一口京腔,估计接近于骗子。这两个人以及他们的钛合金突然降临,原因不在什么航空母舰宇宙飞船,只在海湾那三千亩地。

　　这片土地基本接近于不毛之地,由于位居海湾丘陵,背山面海,缺乏淡水,石多土薄,加上海风大,植物长不好,一向贫瘠。附近下水村等几个村庄都是沿海贫困村,村民以讨小海为生,亦从事农业种植,在乱石坡上开垦农地,种植地瓜和耐旱果树,收成基本靠天。古往今来,这个地块只供本土农民聊为劳作,不为外界关心注意,直到近年情况才突然生变。

　　这是因为海湾区位。下水村海湾处于本市边缘,海湾对面是另一座城市地界。十数年前,有一个重型石化基地落脚海湾对面,大批配套及下游产业跟进,该市的经济实力和城市规模迅速扩张,已经发展成本省沿海一大中心城。根据这一现实状况,本市特在隔海相望的海湾地带划出一片区域,设立一个市级开发区,把下水村等村庄及所拥有沿海土地归入开发区,以期利用与海湾对岸中心城近在咫尺的区位优势借力发展。但是如果没有跨越海湾的便捷通道,两边为海水阻隔,那就毫无优势可言,因此从开发区设立开始,相关部门就谋划修建一条海底隧道,以彻底解决海湾两岸交通问题。海底隧道投资巨大,修建不易,两市与上级相关部门经过数年努力,几上几下,直到近期才基本确定方案,由省政府报送国家相关部门,如果一切顺利,预计年底有望获批,明年正式动工。对开发区及海湾两岸而言,这条隧道是重大利好,其直接后果是开发区沿海大片土地立刻变废为宝,由昔日偏僻角落鸟不拉屎的不毛之地变成交通便捷炙手可热的开发用地,转眼身价百倍。

　　季东升在市里管经济,对此间情况了解透彻。因此一听说欧阳琳一行要到开发区,他就知道必往下水村海边。一听对方开口三千亩全要,他就断定该钛合金天大项目可能是个骗局,所谓航空母舰、宇宙飞船纯属天花乱坠,其目的只在下手圈地。此刻把地掌握住,一旦海底隧道项目最后确定,地价扶摇直上,那就坐拥金山。

　　海湾隧道项目上上下下已经折腾六七年,其间不乏一些先知先觉人士打过沿海土地的主意,陆陆续续有客商前来考察、洽谈过,其中有的真有项目和想法,有的则近乎行骗。由于隧道是否确定一直未见明朗,前来洽谈者最终都偃旗息鼓。今天突然光临的欧阳琳与以往客商有所不同,她的目标比哪个都大,金口一张三千亩全要,决意把开发区最具价值潜力的沿海地块一扫而光。她还最有来头,能够直通高层,又是警卫又是一号中巴,搞得异常惊动,再没有谁有她这种派头。另外显然她还有可靠消息渠道,隧道项目进展目前处于机密状态,知道的人不多,她竟然有办法了解,否则不可能突然前来。季东升暗自推测,欧阳琳和蔡政此行原目标应当不在开发区这片土地,这里暂未起步,不能入其法眼,所以事先他们没安排到本市来。他们一定是临时得到消息,发现是一个巨大机会,因而才立刻改变计划,直扑本市。

季东升身为地方官员,自认为有些见识,眼睛基本雪亮,心中总是有数,除非有意装傻,想要骗他不容易。季东升主管经济事务,遇到过若干骗局、准骗局,知道可以怎么对付,但是这一次他有些把握不定,因为欧阳琳总裁一出手即让他光荣负伤,感觉胳膊火辣辣。他不清楚欧阳琳的真实身份和背景,以及她在这个钛合金项目里扮演的角色,是始作俑者、合伙人,或者仅为友情出演?目前不明,只能判断她来历不凡,且不可能完全稀里糊涂如被人贩子诱骗的良家妇女。季东升必须搞清情况,然后才有对策。他心里有一种奇异感,就像看到一颗来自天外的陨石闪着蓝光划过天际落到自己脚下。这种机会不常遇,有危险。天上这个石头子弹一般射来,如果正中脑门,岂不呜呼哀哉?如果恰巧落到脚边,一弯腰可能就白捡了一粒宝石。

他们从海边调头往回,半小时后到了开发区管委会,开发区几位负责官员都在门边恭候。这里已经准备妥当,食堂里热气腾腾,一桌饭菜已经备好。时已过午,大家都饿了,下车后没有耽搁,直接上桌。开发区几个头头办事能力很强,虽然时间短促,接待安排还算周到,季东升交代的几条都做到了,例如桌上摆了名牌,正中大位上的名牌写的不是欧阳琳,而是"首长"。

欧阳琳问:"这里谁是首长?季副市长吗?"

季东升说按照时下本地惯例,首都来的才叫首长,地方官基本都算鼠辈。

欧阳琳声称自己不是"首长",不往那个位子上坐。季东升说那可不行,这里除了欧阳总裁,谁坐那个位子都会折寿。结果还是蔡政有办法,他走过去把"首长"名牌收起来,欧阳琳这才勉强落座。

蔡政说:"现在首长都很注意形象。"

他略加说明,季东升才明白刚才一号中巴在高速路口为什么不停车。原来是警车太刺眼。如今中央大首长出行都轻车简从,不要警车开道,本市弄一部警车守在路口就不对了。其后警车还硬是超车到一号中巴前边,那就更不对了。

季东升承担责任:"这是我的问题,检讨。"

他心里其实不服。如果不是秦副主任打电话,黄再胜会吃饱撑着跑出来护驾吗?但是这种事没法计较,检讨认错就是。

落座之后，欧阳琳看到桌上摆着茅台，即声明不喝酒，让茅台下桌。蔡政说欧阳总裁到了这里，以地方特色菜为主吧。于是开发区头头推荐服务员端出的一盘大块红烧肉，说这就是本地特色，只怕首长很少吃到。该红烧肉为土猪肉，出自乡下农民用传统方式喂养的猪，不吃袋装饲料，没有添加剂，纯绿色。尝过这种猪肉，就知道如今举国上下超市里卖的都是饲料，不是猪肉。于是欧阳琳拿筷子夹了一小块肉，还对季东升调侃："原来你们供首长吃的都是饲料，真的猪肉你们自己留着吃。"季东升当即否认，说如今各级领导差不多都吃饲料，只有一些乡下农民例外。其实饲料肉也是猪肉，都来自菜猪，菜猪都是母猪生的，没有天壤之别，不需要太计较。

欧阳琳批评："地方官漠视食品安全，总有很多理由。"

季东升说明，这个问题需要向首长进一步汇报。对地方官来说，如何确保食品安全是大问题，如何把足够食品生产出来也是问题。以猪肉为例，上级要求确保猪肉供应，为此出台了相应的母猪补贴政策，今天上午他在市政府开会，就是研究该补贴发放事项。这项政策很好，但是不够公平，因为母猪生育不能离开公猪的贡献，有资料表明自然交配状态下，一头公猪可配二十头母猪，如果是人工授精则配种二百头以上。以此可见公猪的劳动强度很大，但是上级的补贴政策未曾顾及公猪，因此公猪们欲哭无泪，配种积极性下降，对发展养猪事业有所影响。

席中众人都笑，季东升不笑，欧阳琳也不笑。

"我听说你们地方官劳动强度也很大。"欧阳琳说，"有新民谣说是村村丈母娘，夜夜入洞房。是这样吗？"

季东升称自己不好妄加判断。他本人只有一个丈母娘。

蔡政在一旁插话，说如果季副市长所言属实，如此能干且干净，欧阳总裁回北京后一定会向大首长们推荐。

季东升说："我眼巴巴等着呢。"

蔡政强调地方官最重要的是把地方经济搞上去，钛合金这个项目落在哪里，就是那里地方官的一大政绩。很多地方都在争取这个项目，欧阳总裁需要比选条件，这个项目只可能落在提供最优惠条件的地方。

季东升说："这个可以谈。问题不大。"

蔡政说，据他所知，本市开发区招商引资，对重点项目的最优惠条件包括零地价，也就是无偿提供土地，以及做好三通一平。

季东升这时笑了："蔡先生这是脱我内裤啊。"

欧阳琳问："做不到吗？"

季东升还说问题不大。地方官的帽子是上级给的，内裤该脱就脱。问题主要在于村民,所谓穷山恶水出刁民,此间民情彪悍,历史上多出海匪,处理不当的话村民会造反,地就征不下来,硬征下来项目也不一定搞得成。

欧阳琳非常敏感:"季副市长是在吓唬谁?"

季东升表情严肃道:"不吓唬谁,是真实情况。"

"我听出意思了。这件事我们不再跟季副市长谈。"

席间气氛顿时尴尬。服务员恰在这时端上一盆鸡汤。开发区头头儿打圆场,说这是乡下的土鸡,肉质特别鲜美。没待他细说,蔡政敲着桌子,让服务员立刻把鸡汤端走,不许上。欧阳总裁不吃鸡。

开发区头头儿分辩:"首长尝尝吧,挺好的。"

季东升摆手制止:"听首长的。"

土鸡被迫退出餐桌。不料最后出意外的居然还是鸡。

午餐接近尾声之际,服务员从伙房端出一个托盘,盘上摆着一个个炖罐。这是什么呢?芳名西施舌,美女西施的舌头,供各位领导咀嚼。这名字听来有点恐怖,其实它就是海蚌,产于本地的一种蚌类,蚌肉呈舌状,以鲜嫩著称。主人介绍,这种海蚌是原生产品,无法饲养,对海水质量要求极高,稍有污染就不能成活。季东升在一旁帮腔,说这种海蚌不好做,特别讲究厨功,必须恰到好处,火候小了不熟,大了做老,都不好吃。开发区食堂大厨是此中高手,所做西施舌全市第一,请欧阳总裁一试。

欧阳琳拒绝:"不吃。"

季东升感慨:"首长这是为难我啊。"

"我不是什么首长。"

季东升说:"我建议欧阳总裁慈悲为怀。官无论大小,如今都不容易。"

蔡政又出来说话。他强调欧阳总裁专程前来,表明对本地非常重视。钛合金这种大项目,不是想引就能引进来的,其他地方的官员争得头破血流呢。

季东升即表态:"我也要争,脱了内裤光屁股跟他们争。"

季东升表态严肃,但是举桌俱乐,连欧阳琳也笑,气氛顿时缓和。

这以后欧阳琳不再为难季东升,决定给点面子,听从推荐。本地官员内裤都愿意脱了,首长怎么能不咀嚼?她拿起汤匙喝汤,把海蚌也吃掉了。季东升在一旁询问感觉可好?她点了点头。意外就在那一刻发生:她的两腮忽然潮红,像是年轻女子怀春害羞。季东升看到她脸上腾起两朵红云,不由心里吃惊,忙问怎么了?她眼睛盯住季东升,眼光发直,像是没听见说话。坐在她身边的蔡政大叫:"总裁!总裁!"她突然闭上眼睛,身子从椅子上滑落,倒在地上,口吐白沫,浑身抽搐。

季东升当即推开椅子扑到地上,左手按住欧阳琳抽搐不止的肩膀,右手抓住欧阳琳的一只手掌,使劲掐住虎口穴位,同时大叫:"快打120!"

蔡政在一旁连声大吼:"救护车!救护车!"

事后才知道是鸡惹的祸。本地名菜西施舌用料为海蚌,制作时以滚烫的高汤冲闷,为了保持其清淡鲜美风味,这里的大厨以鸡汤为高汤。没想到欧阳琳怕的正是这个,她对鸡汤敏感,她患有癫痫。

<h2 style="text-align:center">二</h2>

前往北京前夕,季东升抽空回家一趟,探望父亲。

季东升曾对欧阳琳表白,他是乡下人,父亲种了一辈子地,这一自我介绍基本属实,只是略为皮毛。季东升的家世其实还有一些花絮,例如他父亲除了种地,年轻时还曾当过赤脚医生,给乡下人糊过臭脚。父亲那一辈赤脚医生多为乡间略通文墨者,受过短期行医培训,掌握打针挂瓶基本技术,懂得一些基本药理,认得山间若干草药,于乡间帮助村民治疗普通头痛脑热,处理一般跌打损伤。季东升幼年时曾看过父亲为村民糊臭脚,就是用自制青草药给脚伤发炎化脓的伤员换药。当年季东升家里经常弥漫着一股刺鼻气味,该气味为草药与伤口脓肿的混合,闻来极为恶心。

眼下轮到老人自己让人家糊臭脚了。说来季东升的父亲也就七十出头,不算太大,但是显衰老,因为有糖尿病。乡下老人患富贵病,与季东升不无关系。季东升是家中幼子,其上几兄弟都没读多少书,留在家里务农,唯他上了大学,当了地方官,有能力为父亲提供较好的养老条件。数年前季东升从县委书记任上提为副市长,在市区安了家,当时即动员父亲跟自己住。季东升的母亲已经过世,父亲自己度日,十分孤单,因此听从儿子安排,搬到城里跟季东升一家生活,安享天年。老人在儿子家里吃好喝好,除了帮助接送上学的孙女,不需要做任何事情。却不料进城才半年,季东升安排父亲做体检,意外发现父亲患了糖尿病。父亲感叹自己是乡下人的命,享用不了富贵,不顾季东升劝阻,决意搬回乡下生活。去年春节期间,季东升回家看望父亲,发现他两个脚背各烂了一个口子,父亲说是因为蚊虫叮咬,抓破而后发炎的。季东升感觉不妙,回城后马上找医生咨询,情况果然挺严重:糖尿病患者烂脚很难痊愈,发展下去会导致坏血症、截肢。季东升赶紧把父亲送到市医院住院,市医院的外科主任亲自替前乡村赤脚医生糊臭脚,几种特效药轮着用,终于把炎症控制下来。父亲住了半个多月,直到脚背上的伤口长合才出院返乡。

从那以后,父亲的两个脚背总让季东升惦记。这天他回到家里,天已经黑了,老人坐在厅里喝茶,厅里只亮一盏灯,灯光昏暗。季东升拉开抽屉找出手电筒，打亮了察看父亲的双脚。父亲脚背上的两个旧有伤口未见新溃烂，但是颜色发红，摸上去过于光滑，与旁边的粗糙老皮不同，感觉靠不住。

季东升打了一盆温水为父亲洗脚。根据医嘱，父亲的这双老脚必须保持卫生，以减少细菌感染的风险。父亲是乡下人习惯，加上腰腿不好，上年纪后行动不便，端盆水都困难，洗脚敷衍了事。季东升在城里做官，顾不了太多，只能交代在村里的兄弟多照顾，自己每回家必为父亲洗一次脚，聊尽孝道。

洗脚时，季东升问了父亲一件事。

"听你说过张坑村的刘二姑，她是什么病？"

"是羊母形。"

羊母形是土话，那就是癫痫。

"你给她治好了？"

那种羊母形没有治。当年刘二姑病得厉害，家人找到父亲，他给开过药。外边传说他把刘二姑治好了，那不是真的，后来刘二姑还犯过病，只是程度大有减轻。父亲的偏方是邻乡一个郎中给的，那个人神神道道，跟父亲在一次赤脚医生培训时相识。邻乡郎中的偏方比较古怪，要用苦树的老树头，还有金斗粉、蝎子灰等。药名也起得怪，叫作"毒药"，可能是提醒此药有毒，不能乱用。

"现在还能再配一服药吗？"季东升问。

老人说可以配，得上山挖树头。

"我今晚住下，明天陪你上山。"季东升说。

第二天上午，季东升带着父亲上山。父亲还能走，只是行动缓慢，一些难走处要季东升牵着背着。找药配药过程基本顺利，老人没问季东升为什么人配药，只交代药有毒性，用时须小心。

季东升说："我知道。"

几天后季东升带着一包"毒药"上路，前往北京。

这包药是为欧阳琳准备的，但是季东升并非专程前去送药。他晋京的主要公务是前往国家发改委等部门汇报相关项目，带着一个工作小组随行。随行人员为季东升安排到京后的各项日程，拜访欧阳琳不在其中，季东升自行安排，秘而不宣。

从他们初次见面到此时已经过了半年多，半年多来季东升从未与欧阳琳联系过，但是他断定自己还会与之相逢，因为钛合金，还有癫痫。

那一次，欧阳琳在开发区食堂当众突然发病，倒地抽搐，景况相当恐怖，让现场所有人目瞪口呆，也让季东升冒一身冷汗。当时不知道欧阳琳出了什么事，是由于身体的原因，或者竟是被下毒谋害？季东升只担心忽然闹出一条人命，贵宾死在自己身边，那样的话，不说季东升承担不起，市委书记郑仲水都没法交代。事发现场可能只有欧阳琳的合作伙伴,来自新加坡的蔡政知道底细,他清楚欧阳琳不能吃鸡,但是他在现场只是一味吼叫救护车,绝口不提欧阳琳可能犯了什么病。当救护车赶到,救护人员把欧阳琳绑在担架抬上车时,她已经翻起白眼,似乎快要不行了。救护车从开发区食堂飞奔市区,季东升亲自坐在救护车里护送,密切注意病人病情发展,他直接给医院院长打电话,命令立刻召唤急救医生,做好准备,病人一到立刻抢救。警卫处长黄再胜坐在警车上开道,车上喇叭和广播不停喊叫,疏导沿途车辆,确保救护车以最快速度把病人送进了医院。

欧阳琳的发病症状相当典型,一入院即被确诊。这时候季东升才知道她患的是癫痫,祸起于鸡汤。医生为欧阳琳注射药物,很快她就恢复知觉,在急救室里苏醒。

那时候已经有十数个电话打到季东升的手机上。欧阳琳突发急病的消息迅速传到省城,当即引起惊动,本省一位重要领导的秘书给季东升挂来电话,询问欧阳琳病情,追问其中究竟,命令务必全力抢救,抢救中的任何突发状况都必须在第一时间报告,同时必须严格保密,相关人员不得对外界传播任何情况。这位秘书季东升认识,两人不熟,电话里,该秘书的口气很不好,用词很重,说得斩钉截铁。

市委书记郑仲水远在省城,居然也让欧阳琳弄得吃不消。他给季东升打来一个又一个电话,直到季东升报称病人已经苏醒,他才松了口气。

"怎么会搞成这样?"郑仲水非常不高兴,"焦头烂额!"

季东升说:"裤破了。狼狈。"

"说什么?"

季东升重复了一遍。土话"裤破"指的是裤裆突然没了遮拦,下部裸露丢人现眼,其表述方式比较形象而不甚文雅。

郑仲水命令立刻进行调查,在最短时间里查明真相,搞清责任,向上级报告。

季东升问:"客人怎么办?"

郑仲水说欧阳琳何去何从,季东升管不着,他也管不着,听省里安排。

几分钟后这个安排即紧急下达:由于本地负责医生与医院院长保证欧阳琳目前没有生命危险,领导决定立刻让欧阳琳出院,送返省城,到省立医院做进一步检查。

季东升把欧阳琳送上了一号中巴,中巴车停在医院门诊大楼门外,主客双方在此分手告别,分手时的气氛相当沉重,几乎所有人都板着脸。这时欧阳琳似乎已经缓过劲来,她自己走出急诊室,蔡政追在后边要扶她,被她甩开手。季东升站在车门边,伸手与她握别,她侧过身子不跟季东升握手。走到车门边,一脚踩上车门踏板,她忽然回过头看了身后季东升一眼,说了两个字:"谢谢。"

季东升非常意外。

他注意到欧阳琳脸色苍白,气力不支,脚步有点飘,抓着车门把的手指头会发抖。她说的"谢谢"微微带颤。

她在尽力掩饰,努力表现正常。这个人来历不凡,美丽傲人,挟一股强势高调而至,她其实是个癫痫患者,一个病人。

季东升即断定自己还会再与这位欧阳琳相逢,也许时日不久。

按照以往隆重接待的惯例,季东升坐上自己的轿车,把一号中巴送到高速公路口,黄再胜有责任继续护卫,只是不敢过于张扬,不再开道,改为跟随车后。到了高速公路收费口,季东升的车停到一侧,他从车上下来,站在路旁看着一号中巴从身后驶临。通常中巴车应当在路旁稍停,让主人与车上贵宾最后告别。季东升知道这辆车不会停下,他只需要站在路旁招招手致意。果然不出所料,一号中巴经过他身旁时稍稍减速,随即扬长而去。季东升目送中巴车屁股消失在高速公路引路转弯处。

欧阳琳离去之后,相关调查迅速展开。一组人员悄悄走访取证,不动声色但是极其认真细致。所有相关人员都被要求提供情况,同时不许传播,如随意乱说,一经查实将严肃处理。如此郑重其实更大程度是做表面功,这个调查很大程度是走过场,做给上边领导看的,因为事情并不复杂,欧阳琳本患癫痫,在误食鸡汤刺激下突然发作,如此而已。没有谁下毒,没有谁存心谋害贵宾,且病人发病后抢救及时,离开时已经基本恢复,这都是事实,调查只是予以确认。但是这些事实不能减轻季东升的责任,季东升身为主人,负责接待贵宾,居然把人家弄进急救室里,眼看呜呼哀哉,这笔账不算便罢,认真算的话季东升肯定麻烦,所谓"裤破"不是一句玩笑。

欧阳琳离开后,季东升悄悄打听她的底细。季东升贵为本市常务副市长,上上下下不会没有熟人朋友,任何时候总能找到合适的消息渠道。通常情况下,类似欧阳琳这样的贵宾光临,季东升会在事前就掌握基本资讯,知道来的是谁,什么背景,做什么的,来这里干什么,自己应当如何应对,需要注意哪些问题。这一次不凑巧,欧阳琳来得突然,事前没有时间了解,季东升只能在人家癫痫发作之后再来打听,虽然已经马后炮,却依然需要,因为事情没完,季东升还需要应对。

季东升给省政府办公厅一位处长打了电话,该处长与季东升关系好,彼此为同乡、老同学,虽然眼下级别比季东升低,却身在要津,消息很多,比地方官管用。季东升拜托老同学打听一下欧阳琳怎么回事,为什么又是警卫又是一号中巴,来得如此隆重?老同学问季东升,打听这个女的干吗?

"这个人我知道。"对方说。

几天后老同学给季东升打来电话,挂的是座机,因为相关事项不宜在手机里讲。这位处长果然有办法,迅速了解了一些季东升需要掌握的情况。

欧阳琳确非寻常,出自一个著名世家,其祖父是老红军,开国名将,其父亲青出于蓝,曾主政数省,再跻身国家领导人之列,退下后依然活跃于高层,直到数年前因病去世。这家人的第三代里,欧阳琳的大哥现为海军少将,姐姐是国家一个大部委的新闻发言人,欧阳琳是这家人的小女儿,从小聪明灵秀,最得家人宠爱,是爷爷和父亲的掌上明珠。她就读于北京大学,学的是国际经济,毕业后进了一家大型国企,曾派驻美国担任公司代表数年,后来回国,出任北京一家投资公司总裁,该公司为股份公司,欧阳琳原先所在的国企是其中一个股东,控股方则是一家总部设在美国、名列世界五百强的著名跨国公司。

季东升感到意外,老同学提到的欧阳琳之父与祖父都大名鼎鼎,广为人知,但是他们并不姓欧阳,为什么第三代人改了姓氏?老同学解释,其实他们祖上就是欧阳,欧阳琳的祖父当红军革命,担心家人受连累,因此改了姓。到了欧阳琳这一代人才归宗恢复原姓。

"听你一说,这个欧阳琳很复杂。"季东升道。

的确比较复杂。她的投资公司有国企股份,控股方却是外企,因此她应当算是外企聘用人员,置身所谓体制外,与她的少将大哥发言人姐姐有所不同。

"为什么她从国企里跳出来?难道是跟哪个老外好上了?"季东升不解。

"你老兄果然独具慧眼。"对方笑。

原来欧阳琳有些不得已,与其婚姻有关。欧阳琳已婚,其夫为北大经济系同学,原也在一家大型国企里任职。得益于自身专业及欧阳琳的家世背景,其夫上升很快,年纪轻轻就当上总公司旗下一家子公司的老总。三年前这位老总因腐败案落马,贪污受贿数额达五千万之巨,被判了死缓,现在关在狱中服刑。欧阳琳未曾涉案,因为早前一年两人分了手,协议离婚,对外的说法是感情不和。外界风传主要原因是其夫拈花惹草。欧阳琳派驻美国期间,其夫肆无忌惮,与多位女子有染,包养多位情妇,生有几个私生子。此人品位很杂,其情妇中有高档会所猎取的尤物,也有洗头店里认识的小姐,也就是野鸡。情妇多了不好照料,谁都争房争车争钱争宠,让欧阳琳的丈夫很破费,贪污腐败在所难免。许多人认为这个人最终落马,与欧阳琳父亲的去世,以及欧阳琳与他的离婚不无关系,如果没有这两条,有关部门查处时还可能投鼠忌器。由于离婚,加上前夫案子如此之大,欧阳琳虽未受牵连,毕竟也被质疑,这可能是她改换门庭去了投资公司的一大缘由。类似事项谁碰上了都很郁闷,可以想见,婚变以及前夫的出事肯定对欧阳琳打击很大。

"她和前夫有孩子吗？"季东升问。

"好像没有。"

季东升点头："她有病，不能要。"

"什么病？"

"你没听说？"

老同学听到的是另一个说法。据他得到的消息，几天前欧阳琳到本省考察，是省里一位重要领导特意请来的，这位领导跟欧阳家渊源极深，外界传闻很多，有说该领导曾当过欧阳琳父亲的秘书，由其父一手栽培，也有说他是欧阳琳大哥的同学。准确情况是什么，外人很难尽知，可知的就是关系极不一般。欧阳琳此次前来，该领导亲自交代相关部门做好安排。欧阳琳考察期间患了重感冒，该领导亲自过问其治疗事宜。

"什么重感冒？谁说的？"季东升吃惊。

老同学听说的就是重感冒，欧阳琳因患重感冒不得不中断考察行程，准备日后再来，省领导特交代相关部门注意衔接。欧阳琳的接待安排由业务主管部门经贸委负责，需要的车辆、陪同人员和与地方的联络都由经贸委安排。

"不对。经贸委并没有出面，他们不可能调用警卫和一号中巴。"季东升说。

老同学听到的说法是，一号中巴这些日子在维修厂里，并没有外出跑接待。

季东升"啊"了一声："是这样。这车也重感冒了。"

"你真的看到它？"

"现在不说真假。"

这是怎么回事？脑子不够用的人可能纳闷，于季东升不是问题。显然欧阳琳不愿别人知道自己的病况，所以癫痫成了重感冒。欧阳琳虽然身份十分特殊，却不在规定的公务接待和警卫范围里，通常情况下，跟她一样，甚至比她显赫的高层后人光临，地方上当然热烈欢迎，但是也不至于太出格，欧阳琳有些例外，其原因不难分析：本省那位重要领导与欧阳家渊源特殊，对她的到来特别关心，格外重视，下边办事部门人员投领导之所好，悄悄提升规格，破格以接。这种事当然只做不说为妥。由于身体发生状况，欧阳琳此次考察出了点意外，只做不说的事情有可能引起外界注意，需要预做安排，于是欧阳琳的发病以患重感冒表述，接待安排部门则说成经贸委，隐去一号中巴和警卫，以减少可能的负面影响。

除了省政府办公厅的这位处长同学，季东升还找了另几位朋友了解，他需要多几个消息来源，以便比较甄别，去伪存真。这几位朋友都很可靠，也有渠道,却没能提供更多情况。由此可见欧阳琳比较特别,同时相当神秘,有如她的重感冒。

欧阳琳的突然来去给季东升留下比查实身份更棘手的另一个问题,就是她的钛合金项目和三千亩土地。季东升直接向郑仲水汇报了情况,郑仲水问季东升对该项目感觉如何。季东升直截了当说,他感觉蔡政不是骗子就是捐客,挟欧阳琳前来的目的只在抢先一步圈地。郑仲水不语,季东升请示此事怎么办为妥。郑仲水反问季东升意下如何。作为分管领导,季东升确实应当提出自己的意见。他的建议就是地先留着,谁都不给,事情等一等。牵涉到欧阳琳,跟省领导得有个交代,不能急。郑仲水点了头。

这一等就是半年,半年里海湾三千亩地一再被人问候,欧阳琳却无声无息,像是从人间消失了。季东升很沉得住气,始终按兵不动,直到这一次前往北京。

季东升和所率工作小组人员下榻本市驻京办。到京当晚,季东升就在房间里给欧阳琳挂了一个电话,挂的是手机,号码出处为欧阳琳的名片。这个电话没挂通,语音提示为:"您所呼叫的用户不在服务区。"季东升把名片上的另几个电话一一试过,其中有一个电话挂通了,听筒里传来一段录音,让季东升留言。季东升挂了电话。

而后几天,季东升一边带着他的人出入国家部委跑项目,一边孜孜不倦地打电话,试图联络欧阳琳。季东升带有秘书,晋京工作小组里的下属部门官员均办事干练,驻京办里还有一帮子人,个个号称京城通,季东升倚仗他们安排在京一应事务,只有欧阳琳这件事除外,电话他自己打,私自联络,丝毫不让旁人了解。无奈欧阳琳不好找,几天下来基本没有进展,她的手机始终不在服务区,季东升几经考虑后给她的录音电话留了言,不料还是石沉大海,未接到任何回应。

季东升决定再辟蹊径,找另一位年轻女子。半年前该女随欧阳琳前往本市,是欧阳总裁的投资公司一位女助理。季东升按照女助理留下的名片打了电话,这个电话挂通了,该年轻女子还在欧阳总裁手下供职,也还记得半年前的那位季副市长,但是嘴巴紧闭,无法为季东升提供任何帮助。

"我不能直接联络欧阳总裁。"她说。

季东升请她找一个能够直接联络的人,告诉欧阳总裁,季副市长到北京,希望一见。

"欧阳总裁现在不在北京。"她说。

"在哪里?"

她说可能出国了。

"不管在哪里,请设法通报一声,把我的联系方式给她。"季东升说。

这个姑娘再没回音。或者是欧阳琳确实联系不上,或者是人家根本没把季东升当回事。京城地方太大了,季东升这种地方官员在这里算个什么?别说女助理,一个管门的都不会把季东升太当回事。当然也可能另有情况,季东升注意到电话里女助理的语音有一丝茫然,也许她确实对老板的动向不甚了解。季东升没再打电话追问这位女助理,因为肯定没用,有用的话她早该回应了。

在京工作日程相当紧,从周一到周五马不停蹄跑了五天,双休日之前,季东升的进京事项基本办完,除了欧阳琳未曾相逢。工作小组准备撤离了,季东升决定走最后一条路,他给蔡政打了电话。

这个电话一挂就通。蔡政在北京。

"季副市长?稀客啊。好久不见,一起来吃饭吧。"他在电话里相邀。

季东升说:"不麻烦。蔡先生能帮助联络欧阳总裁吗?"

"季副市长找她什么事?"

"看望一下,谈一谈。"

蔡政说:"项目的事跟我谈就可以了。"

季东升说:"不谈项目。"

蔡政即有反应,说欧阳琳现在不见客,她在休假。季东升还是请蔡政帮助传个话,说想见见她。蔡政拒绝,说这个不好办。

季东升说:"那就不麻烦了。"

季东升放了电话。仅仅两分钟,蔡政把电话挂了过来,询问季东升住在哪里,他要登门拜访,聊一聊。季东升把驻京办的地址告诉了他。

一小时后蔡政到了,只身一人,穿一件羊皮大衣,手里抓着个公文包。他身上有酒气,说是在一个朋友的宴席上接到季东升电话,特意赶到这里的。

季东升问:"蔡先生又在忙着脱谁的内裤?"

他回答:"准备脱了身上这条送给季副市长。"

"行啊,我带回去收藏。"

开罢玩笑讲正题。季东升问蔡政的钛合金选好地点没有,过了大半年,应当有眉目了?蔡政说他们手中有几个大项目在运作,特别忙,所以还没抽上时间再次前往季东升那里。钛合金项目很被看好,有几个省在争,要求赶紧签约,但是欧阳琳一直记着季东升的三千亩地,等着地方上明确态度。这大半年里他随时注意掌控情况,知道那三千亩地已被暂时搁置,不时有人试图染指,地方上都以已经有项目为由回绝。他理解这是为欧阳琳留着。季东升到北京来,要见欧阳琳,肯定是有了明确态度。因此他作为欧阳琳的代表来跟季东升接洽,谈一谈条件。

季东升问:"当初蔡先生提到的条件有变化吗?"

他说:"基本条件还是那些,有些细节补充。"

蔡政把他的公文包推到季东升面前。公文包大而柔软,质地很好,显然出自某个品牌专卖店。打开来,里边是满满一包钞票,蔡先生所谓的"细节补充"就是这个。

季东升认真道:"这条内裤太贵重了吧?"

"一点见面礼。都是美元。地方官不容易。"他说。

季东升问:"欧阳总裁在哪里?"

"这是她的意思。"

"我要见她。"

"不可能。"

季东升把公文包的拉链拉上,整个包推回到蔡政面前。

"请蔡先生带回去,这个我不便收藏。"

"还可以开个价。"

"项目我只跟欧阳总裁谈,我要见她。"

"已经告诉你不可能。"

"那么免谈。"

季东升起身送客。蔡政站起,季东升抓起桌上的公文包塞在他手里。

蔡政悻悻而去。本次行贿未果,未能掌握住把柄。季东升断定姓蔡的小子身上应当藏有微型录音机,甚至摄像机,很遗憾该先生未能如愿。

这个人的底细季东升已经派人查过。按照名片,他是新加坡某公司的老板,名片上的那家新加坡公司确实存在,注册成立时间不满一年,主营贸易,公司相关记载中查不到任何航空母舰宇宙飞船的影子。季东升断定这个人是京城骗子,可能已移民新加坡,但是其业务仍以驻留京城行骗地方同胞为主。京城骗子远比其他骗子占优,因为他们最可能拥有当今最重要的行骗资源,那就是京城贵人或贵胄,例如欧阳琳。这类贵人在京城无处不在,比较不稀罕,但是在地方上特别是在偏僻地方,例如季东升的下水村海湾边,说个名字就能吓住不少人,那才是蔡政的主打方向。季东升虽然自嘲鼠辈,却还聪明,最不想跟蔡政这种人周旋,所以到了北京,直到四处碰壁无路可走,才给蔡政打了电话,这条路看来也没走通。

星期六上午,季东升率项目工作小组撤离北京。办事处派一部面包车送他们去机场。车开上机场高速的时候,蔡政打来了一个电话。

"季副市长在哪里?"他问。

季东升告诉他,自己快到机场了。

"先别走,回来。"蔡政说,"在你们办事处等我。"

"什么事？"

"是你要的。"

蔡政点到为止，挂了电话。

情况突变。季东升在车上思忖片刻，决定改变行程。他告诉随行办事人员，临时有件重要事情必须处理，需要分头行动。他和秘书小吴改签机票，暂时不走，其他人按原计划返回。于是面包车先到机场，把要走的人放下，再送季东升和小吴回到办事处。季东升进了他的房间，十几分钟后蔡政电话来了："你下楼吧。"

"要车吗？"季东升问。

"有车。不要带其他人。"

季东升下楼到了门口，门外停着一辆奔驰车，蔡政按下车窗，在驾驶位上向他招手。季东升走过去拉开车门，坐在后排。

"欧阳总裁在哪里？"季东升问。

"不必问。到地儿就知道。"他回答。

季东升不问了。蔡政开车，一路无话。半小时车程里，蔡政接了两个电话，来自同一个人，谈的都是车牌。打电话者让蔡把奔驰车的车牌报给他，然后回复，说车牌已经报给警卫，蔡可以把车直接开进门，警卫不会阻拦。季东升是根据蔡的应答推测电话内容，蔡本人保持缄默，不做任何说明解释，一声不吭，着意搞得神神秘秘，似乎是在准备把季东升送进中南海里。

而后到地方了。季东升"啊"了一声。

是一所大医院，301，季东升记得这个地方。两年前，一位本市籍老将军在这里去世，季东升作为家乡代表，到这里参加了他的遗体告别仪式。

"欧阳总裁在医院？她怎么了？"季东升问。

蔡政没有回答。

几分钟后他们进了病房。病房条件很好，是套房，外间为会客室，病床在里间。病床上躺着一个人，头上包着纱布，身上插着管子，右手掌伸出被子，一个年轻护士正在病人手腕上扎针，旁边有一只药瓶挂在输液架上。

病人正是欧阳琳，看上去面部微微浮肿，脸形有些变，但是不会错，是她，特别是那个眼神，直勾勾盯着季东升，锐利而执着，有如半年前在海湾边初次见面时。季东升不由得眯了一下眼睛。

"她还不能开口。"蔡政说，"别跟她说话。"

季东升问："她到底怎么啦？"

蔡政说："没什么，动了一个小手术。"

季东升不禁开骂："狗屁，这还小手术？"

护士即制止："请安静，病人不能受惊。"

季东升不说话了，他站在病床边看着，忽然伸出手去摸了摸欧阳琳的额头。手感有些凉，她没有发烧，与重感冒无涉。季东升收回手掌时看到欧阳琳的眼光闪了一下，而后她把眼睛闭起来，神态疲惫而无助。

整个探视过程就是这样，简单迅速。走出里间病房，蔡政在会客室里交代，这里的情况不要问，看到什么在外边都不要说。

"季副市长当地方官，规矩是懂的。"他说。

季东升还是那句话："她到底怎么回事？"

"不必问。"

季东升不再问了，他从公文包里取出父亲给配的那一包药放在茶几上。蔡政追问这是什么。季东升说是治重感冒的特效药。蔡政看着季东升，满腹狐疑。

"不可能吧？"

显然他知道重感冒指什么。

季东升告诉他，这包药以"毒药"为名，出自乡下郎中的奇门偏方，里边附有药方。据他了解，药效因人而异，有的人可能有用，有的没用。

"季副市长不必费心，她不可能用这种药。"蔡政说。

季东升说既然带来就留下。无论用不用，有没有效果，聊表心意，做个纪念吧。

三

第三次见面在四个月后。

那一天季东升在郑仲水办公室，与书记一起听汇报，黄再胜突然从九天温泉山庄给季东升打来电话。手机铃响，季东升一看屏幕显示是黄再胜，感觉诧异，即起身走出书记办公室听电话。

黄再胜说："欧阳总裁来了。"

"你说谁？"

"欧阳总裁。上次来的那一位。"

"不会吧？"

"是她。她提到您了。"

季东升暗自吃惊，但是消息肯定不会错，因为黄再胜在现场，已经与欧阳琳本人直接接触过。黄再胜在电话里报告说，欧阳琳及数位随员于昨晚到达本市，下榻于九天温泉山庄。这一次他们来得悄无声息，不用一号中巴，不做事前通知，没有引起惊动，但是外松内紧，省里派了秦副主任随行，不动声色安排保护。昨晚到达山庄后，秦立刻通知黄再胜带人前去，配合安排本地安全事宜，同时交代这一次任务对外只称是有关部门同志到温泉休假,对市里暂不报告,因为欧阳总裁此行主要就是洗温泉,不安排其他事项。省领导对欧阳琳的身体很关切,特意请她从北京到这里洗温泉,本市的九天温泉因含有许多微量元素,被认为于身体特别有益,所以安排到九天。

"谁让你给我打电话?"季东升追问。

季东升心里有数:省厅秦副主任要求黄再胜暂不报告欧阳琳到来的消息,黄再胜不会擅自违背,他之所以打这个电话,一定另有原因。

黄再胜做了解释,果然如季东升所料,是欧阳琳发了话。今天上午九点,欧阳琳到餐厅用早点,一见面她就记起黄再胜,提及上一次海湾之行,然后问到季东升,提出要跟季副市长见一面。秦副主任的神神道道管不到欧阳琳,她着意自我暴露,秦副主任不能反对,黄再胜赶紧打了电话。

季东升说:"你转告欧阳总裁,非常欢迎她来到本市。我上午有会议走不开,下午一定赶过去,晚上请她吃饭。"

"明白。"

季东升又问了一句:"蔡先生也来了吗?"

"没有。"

季东升收了电话自语:"看来不脱裤子,屁股问题不大。"

季东升回到书记办公室。当天郑仲水约他一起听本市旅游节筹备工作汇报,市政府班子里,旅游并不由季东升分管,但是旅游节的日程里有一个大型招商会,这件事归季东升管,郑仲水书记对这个项目很重视。

那天的汇报进行了整整一上午,会议结束后季东升留了一步,把欧阳琳到来的消息向郑仲水单独做了汇报。

"不是说她身体不好吗?"郑仲水有些惊讶。

季东升说:"我也吃惊呢。我亲眼见的,像是时日无多。没想她又缓过劲来。"

"她到这里单纯洗温泉,还是为了海湾那三千亩地?"郑仲水问。

季东升怀疑:"如果来谈项目,姓蔡的怎么没到?"

"如果不谈项目,她找你做什么?"

季东升表情认真:"我的身体不错。"

不由郑仲水笑,即批准季东升下午赶去见欧阳琳。由于省长将到本市视察,郑仲水需要陪同领导,不能马上去看望欧阳琳,因此委托季东升代表市委、市政府以及他本人对欧阳琳表示亲切慰问。郑仲水准备另外排个时间请欧阳琳一行吃饭。

"这一点你把握。"郑仲水特别交代,"什么时候合适,你告诉我。"

季东升明白郑仲水的意思。欧阳琳来了,郑仲水作为本市第一把手,一定得见一见。但是如果欧阳琳在会面中提出要求,例如三千亩不够,需要增加到六千亩,郑仲水怎么回答呢? 这就需要一个缓冲,让季东升先出面见欧阳琳,摸一下底,尽可能了解对方意图,有助于郑仲水应对。

当天下午季东升匆匆上路。

这时已是春末,四个多月前在医院病房匆匆一逢,之后季东升与欧阳琳再没有任何联系。季东升从北京返回后没给欧阳琳打过电话,因为心知徒劳,欧阳琳不会接。以当时所见,季东升觉得欧阳琳似已病入膏肓,"动了一个小手术"之后,可能再也无法从那张病床上起身,真像是时日无多了,当时季东升确实由衷地感觉遗憾。他没想到欧阳琳居然挺过来了,而且再次隆重光临。

九天温泉山庄在本市下属一个山区县,离市区近百公里,两个小时车程。季东升到达时是下午五点,黄再胜在山庄酒店大堂等候。他告诉季东升,欧阳琳等人去洗温泉了,秦副主任亲自带人到现场坐镇护卫,留黄再胜等候季东升。

"欧阳总裁身体怎么样? "季东升问。

黄再胜感觉,她看上去非常健康。

"给我查山庄的菜谱,不要放过一滴鸡汤。"季东升下令。

黄再胜已经再三检查过了。按照黄再胜的要求,欧阳琳一行留住期间,山庄餐厅禁鸡,不进不宰不做,以杜绝意外。如果有其他旅客提出吃鸡,可用肉鸽或鸭子等代替,对外口径是附近鸡场发现鸡瘟,因此暂禁。由于内紧外松,不好调派相关管理部门人员前来监管,黄再胜和他带来的几人把一应安全任务都兼管起来,他们不敢马虎。上次吓出一身冷汗,这次绝对不能有任何闪失。

季东升相信黄再胜肯定会特别小心,但是感觉手里依旧捏一把汗。癫痫病发作诱因很多,欧阳琳除了鸡是否还怕些什么实在不得而知,而且没有谁敢去打听询问。上一回在开发区食堂,她发病之突然,程度之猛烈,持续时间之长,都超乎季东升所知,显得格外严重,比普通癫痫患者厉害得多。她的医疗保障肯定很好,总会有最好的医生给她看病,用的会是最好的药,却没能彻底解决她的疾患,可见病患之深,无法排除再次突然发病的可能,季东升免不了特别担心。他带着黄再胜去了餐厅伙房,跟山庄经理再三交代,虽然只是重复动作,还得认真照做。

他俩早早进了餐厅包间恭候欧阳琳到来。上次在开发区食堂吃饭,条件比较简陋,这一次订了山庄酒店最好的包间,一式的红木家具,环境布置一流,气派多了。与上次相同的是摆了名牌,欧阳琳的名字依然没有出现在桌上,其身份以"首长"标示。

在包间里等了近一个小时,客人终于驾到。季东升与欧阳琳在包间门边握手相逢,这是他们第三次见面。也许因为刚刚出浴,欧阳琳脸色红润,容光焕发,与此前"动了一个小手术",躺在病床上说不出话的情形天壤有别。不由得季东升眯了一下眼睛。

"欢迎。"他说,"看到欧阳总裁特别高兴。"

欧阳琳问:"你这个动作什么意思?"

她指的是季东升为何眯眼睛。季东升解释,是因为欧阳总裁太美丽,亮光耀眼有如太阳直射,眼珠子受不了,所以要眯一下。

"季副市长是在嘲笑我吗?"

季东升称自己发言认真负责,并非开玩笑。自从接到电话,知道欧阳总裁来了,他心里禁不住想念,不知道欧阳总裁眼下怎么样了,是不是长得更加美丽?这一见果然不错,真是喜出望外。

欧阳琳笑:"季副市长嘴上想念,脚下拖拉,把我搁在这里久等。"

季东升说:"上午有个会议走不开。地方官身上破事多,不好意思。"

"什么破事?比公猪的劳动强度大?"

季东升严肃道:"负责任地说,虽然劳动强度很大,丈母娘还是没有增加。"

那天欧阳琳情绪很好,兴致很高,一见面就跟季东升斗嘴,上了桌居然要斗酒。季东升记得她上回滴酒不沾,她说是因为心情不同。季东升即吩咐上茅台,必须是最好的,真货,交由欧阳琳检验通过后饮用,但是讲好总量控制,一瓶为限。因为茅台很贵,加上他本人吝啬小气,这么贵的酒让贵宾喝在嘴里,他痛在心里。

"你还真是。"欧阳琳笑。

茅台酒上来后,欧阳琳先尝了一口,断定此酒是真的,仅从验酒的神态看,毫无疑问她对茅台一类高档名酒非常熟悉,确为此中人物。她不仅能验酒,还能喝,一上场与季东升连干三杯,季东升感觉有些上头了,她居然脸不变色,就跟喝矿泉水似的。然后她向一旁的秦副主任要了支香烟,点着抽。

季东升说:"五毒俱全,刮目相看啊。"

"你有几毒?"

季东升承认基本俱全,地方官嘛。他曾经抽过烟,不过现在戒了。另外暂未发现涉嫖,记录比较干净。

那顿饭吃了一个来小时,所幸始终正常,没再上演惊悚一幕,令季东升私下窃喜。散席时大约晚八点,欧阳琳还有兴致,想散步,请季副市长陪同,其他人一概回避,不要管她,发生任何问题唯季副市长是问。

季东升下令:"按首长指示办。"

欧阳琳说:"免了,我不是什么首长。"

他们离开酒店大楼,沿着温泉甬道散步。这条甬道及其旁岔支路边分布着大大小小的露天浴池,晚间尤其热闹,一伙一伙浴客四处走动,有的披着浴巾,有的光溜溜只穿一条三角裤,男男女女结伴,嘻嘻哈哈,在不甚明亮的路灯下穿行。相比之下,欧阳琳的西装套裙和季东升身上的夹克显得过于正式,与浴池环境十分不搭。

欧阳琳问:"衣冠楚楚在这里散步是不是有些怪异?"

季东升赞同:"咱们应当光着屁股才对。"

欧阳琳笑。前方有人过来,欧阳琳往季东升身边靠,很自然地把手插到季的臂弯里,挽着他的手臂。季东升两手本来随意插在裤兜里,让欧阳琳一挽,手臂顿时发僵。

"紧张了?"她笑道。

季东升答称不太习惯,受宠若惊。

"为什么?"

因为欧阳琳是龙种,不比此间诸多鼠辈。

"季副市长也可以变成龙种。"

季东升认真道:"我也想啊。可惜谁也不能再生一回。"

"把婚离了,到北京找我吧。"她调侃。

"这个办法不好。"

"为什么?"

因为孩子。可以舍得老婆,舍不得女儿。

欧阳琳大笑。

他们一路前行,季东升与欧阳琳闲聊,眼睛一边东张西望。欧阳琳问他看什么。他说,不会遇到熟人吧?欧阳琳问他是不是害怕了?季东升称自己事小,首长事大。这里可能有人认识季副市长,但是肯定没有谁认识欧阳总裁,总体看欧阳琳不必害怕。

欧阳琳答道:"我怕个屁。"

"欧阳总裁居然也会动粗。"季东升说。

欧阳琳说她同样也掌握国骂,所以别惹她不高兴。今天与季东升再逢于温泉,她有一个问题要让季东升回答:季东升到底要什么?

"我要什么?"季东升表示惊讶,"我要过吗?"

欧阳琳让季东升尽管直说,不必躲藏。季东升肯定要些什么,否则不会千方百计找她,直到随身携一包"毒药"进了301医院。显然他对欧阳琳有所求。

季东升说:"欧阳总裁在病床上不吭不声植物人一般,其实都看在眼里。"

"说吧,你要什么?"

"这个不能说。"

"为什么?"

季东升认真道,有些话可以在北京说,因为京城离这里够远了,旁人听不到。在这里不行,要是传出什么风声,他老婆准定听到。

欧阳琳笑道:"你以为你是谁啊!"

季东升解释,其实也没什么事。上回海湾相见,欧阳琳身体欠安,他很过意不去,之后一直考虑要去北京找她,表示亲切慰问。为什么拖了近半年才去找?因为京城太远,欧阳琳太耀眼,让他犹豫不决。后来终于下定决心前往探访,自当准备一点见面礼,他觉得常规礼品补品都不行,金银财宝冬虫夏草之类,欧阳琳肯定不缺,收多少都不会记在心里。因此他送了一包"毒药",该药名确实吓人,由他父亲根据乡间偏方配制,他父亲当过赤脚医生,用这种药治过病人。季东升确信"毒药"一定白送,欧阳琳不会服用,但是足以表达心意,且不花钱。

"你留的偏方医生看不懂,它是怎么回事?"欧阳琳问。

偏方用的是土话名词,所以会难倒北京大医生大教授。药有一定毒性,立足以毒攻毒,主要成分是本地山间一种老树头,因为带苦味,土名称之为苦树头。加配的两味药比较特殊,蝎子粉好说,就是蝎子焙干后碾成粉末,另一味金斗灰需要做点解释。所谓金斗是一种陶土烧制的瓮子,酸菜坛子一般,不用于装酸菜而用于装死人骨头。早年间本地民俗,人死后下葬,若干年后需迁葬,要拾掇起坟里的死人骨头,装入金斗,再把金斗埋入新的墓地。由于殡葬改革,这种葬俗现已废弃,但是荒山深沟之地,或因山体滑坡,或因开荒修路,不时发现野坟,有年代久远的金斗出土,瓮体大都破损,里边的死人骨头多已腐朽。所谓金斗灰是把捡来的金斗碎片敲碎研磨成粉状入药,利用的是古器具的碎陶片,不是装在里边的朽骨。

欧阳琳吃惊:"恶心!"

"关键是管不管用。"

那一包药后被医生拿去化验,结论是有一定毒性,不会吃死人,药效不明,建议不用。欧阳琳听从医嘱,没有吃,但是还留着药。

"现在知道底细了,回去就把它扔掉。"她说。

季东升感慨:"人真是不能说实话,我该编个好听的故事骗你。"

"我不需要故事,不管好不好听。"欧阳琳问,"除了这包药,你是不是还给我准备了另外一样东西?"

"欧阳总裁要什么?"

"海湾三千亩地。"

季东升站住脚,扭头四望:"蔡先生呢?他也在这里吗?"

欧阳琳告诉他，按照她的要求，蔡政将于明天从新加坡飞来此地。她之所以让黄再胜给季东升打电话，除了想跟季副市长散步闲聊，更为了续谈上次说好的三千亩地。这件事她已经与省里领导提了，他们会向市里发话。蔡政会代表她进行洽谈。

"妈的，这家伙又来插一腿。"季东升开骂。

"你跟他怎么啦？"

"我吃他醋。"

"不开玩笑。"

季东升问："这三千亩地是给他要的吧？"

"怎么说？"

季东升认为欧阳琳不需要钛合金，不需要三千亩地，因为她什么都不缺，如果她以往需要，那么现在尤其不需要，既不需要这块地，也不需要那么多的钱。

"为什么？"

"你有病。"

欧阳琳脚一顿站住，使劲把插在季东升手弯里的手掌往外抽。她生气了。季东升不动声色把手臂夹紧，没让她把手掌抽出去。

"该死。"她骂了一句，"哪壶不开提哪壶。"

季东升问："我哪里说错了？"

她没回答。季东升夹着她的手掌，拖着她往前走。她的手劲渐渐软下来，脚步跟上，反应不再显得那么激烈。

季东升说："我看姓蔡的不地道。他吃软饭，还在伤害你。"

"你知道什么？"她说。

欧阳琳承认钛合金项目确实由蔡政主导，她更多的是友情支持，如果没有她，蔡政无望成事。欧阳琳目前对这个项目确实并没有太多感觉，但是没准日后忽然会有兴趣，看身体情况吧。蔡政跟欧阳琳一家的关系很深，蔡政的父亲当年是她父亲的警卫，对她父亲忠心耿耿。蔡政从小在她家进进出出，读书就业下海经商以及移民出国，做什么都靠她家关系。人家有一好，她被关在牢里的那段时间，身边的人作鸟兽散，只有蔡政肝胆，专程从新加坡回来探了几次监。

"欧阳总裁现编故事吗？"季东升惊讶。

居然不是编故事。季东升听说欧阳琳前夫的案子没有牵连她，其实并非实情，那个案子很大，连累了不少人，她也没有摆脱。当时她被从美国叫回来审查，然后收监，外界说她父亲死了，这么大的案子再没人罩得住，她和她前夫都得吃枪子。末了她的前夫判了死缓，她无罪释放。虽然没事了，案子还是让家人蒙羞，让她心头罩上永远无法消散的阴影。她不愿回到原单位，只能选择离开。

她被这件事彻底摧残，原有痼疾越发猛烈，时常让她痛不欲生。那种痛苦感受，非亲身经历者无法想象。

季东升一声不吭。他能感觉她的手掌在臂弯里颤抖，不仅有痛切、悲伤，显然还极为愤怒，但是她的语调依然平静。她说别看她还能在这里洗温泉，其实已经饱受世态炎凉，这里边蔡政是个例外。她不是个特别想不开的人，但是免不了会有一些时候感觉特别不好，觉得不公平。当年身边那些人，或者身世相当或者远不如她，如今一个个非贵即富，最笨的至少也心满意足，身体健康，为什么偏她经受这种遭际，而且天生有病？想来这个世界太亏欠她了。

季东升脱口骂："真他妈的！"

"你骂什么？"

季东升骂不公平。本以为欧阳琳这种人高高在上，无忧无虑，看来不尽对。所谓大有大的难处，各有各的烦恼。龙种尚且抱怨不平，那么鼠辈呢？蟑螂跳蚤辈呢？

欧阳琳盯着季东升看："你是在骂我吗？"

"感觉你不太应该。"

她不吭声，好一会儿才说："有时候确实无法摆脱。"

她知道自己已经算得上得天独厚，本来她几乎拥有整个世界了，可她现在怎么啦？想到近年的遭际她常会怒从心起，不知道自己为什么还要活着，也许她早就应该离开，到另一个世界去投奔她的父亲和爷爷，回想当年才感觉多么美好。

季东升突然问："你在301动的是什么手术？"

她诧异："为什么问？"

"只是关心。"

"不需要。还是我来关心你。"

她话题一转，再次追击季东升。她说海湾那次见面时间很短，她对季东升没有留下好印象，只感觉这个地方官一脸认真，骨子里滑头。如果不是季东升跑去北京晃荡，找到医院送一包"毒药"，她不会再记起季东升，那也就没有本次温泉之旅，三千亩地爱给谁给谁，她不必选择这里，因此季东升是咎由自取。这一次她有备而来，行前特意了解情况，才听说季东升原名"冬生"，也就是生于冬天，上大学后改名为"东升"，旭日东升，她想当面问一下季东升是否确有其事，其中原因为何？

"情况属实。原因可以理解。"季东升说。

欧阳琳称自己把季东升看得很清楚。季东升出自乡间，起自底层，没有背景，无爹可拼，年纪还轻，能够干到副市长，在时下很不容易，不是特别聪明能干，或者走了狗屎运，他肯定没有今天。虽然如他自己表述，在乡亲们眼中他已经大到天上去了，但是显然他自己嫌小，还想再往上升。他干到这个份儿上，上层也会有些人，不过分量可能不够，力度估计有限，因此本能地渴望得到某种顶级支持。他发觉欧阳琳有来头，与省领导关系特殊，一定打听过究竟。他到北京找欧阳琳是有目的的，意在拉关系，争取让欧阳琳在关键时候替他说话。

"我没看错吧？"欧阳琳问。

"首长讲话总是这么直率吗？"

"当时我是不是让你很失望？"

季东升不否认，在医院见过欧阳琳，发觉她状态极差，神情疲惫，似乎已经来日无多，感觉确实非常沉重，以后也就没心思再去打扰。这一次在九天温泉意外重逢，看到她完全恢复，且变得更加美丽，确实喜出望外。

欧阳琳评价："是真话。你感觉有机会了。"

"我并没有向欧阳总裁提出任何个人要求。"

"你现在可以说。"

季东升表情严肃："我老婆不会知道吧？"

"不开玩笑！"欧阳琳不耐烦。

季东升依旧严肃："不开玩笑，但是需要考虑。"

欧阳琳知道季东升在考虑什么。有的人想要一顿丰盛的午餐，但是又舍不得掏钱，指望徒手望空抓出一张免费餐券。这种人是不是有些可悲？

"欧阳总裁这张餐券比喻什么？海湾三千亩地？"季东升问。

"对我来说三千亩地算什么？你也一样。"

"欧阳总裁并不需要听从蔡政。"

"你不需要管，旭日东升对你最重要。"

这时有一群半裸浴客从对面结伴走来，男男女女，嘻嘻哈哈。季东升与欧阳琳让道，欧阳琳把手掌从季东升手弯里抽出来，两人站在路旁，看着浴客通过。

欧阳琳问："我是不是把你看清楚了？"

"看得一丝不挂。"季东升说，"好歹该给我留条裤衩嘛。"

"你感觉不服？"

季东升告诉欧阳琳，他这个人是所谓"出身不好"，祖上世代贫下中农。当年送他上学时，父亲最大的期待就是有朝一日他能子继父业，当个乡村郎中，如父亲一般研制毒药给乡人治病，赖以养家糊口。不料他走上另一条路，到了今天这个位子，乡人都说他家祖坟有名堂。也许他与欧阳琳在海湾相逢，跟季家祖坟也有些牵扯？

欧阳琳说:"给我我要的。我给你你要的。咱们皆大欢喜。"

"我会安排谈判小组接洽。欧阳总裁。"季东升回答。

两人握别。

季东升连夜返回市区。半路上郑仲水来了电话,询问季东升与欧阳琳见面的情况,谈得怎么样?季东升报称谈得挺好,首长很亲切,鼠辈很激动。郑仲水没听明白,问季东升说什么。季东升没再重复自嘲,只问郑书记有何指示。

"钛合金这个项目不错,尽量争取吧。"郑仲水说。

"明白。"

"你们谈出眉目,我再请她吃饭。"

"明白。"

显然已经有重要人物给郑仲水打了电话,郑仲水有了明确态度。季东升需要郑仲水这个态度。海湾土地抢手,试图染指者众,大家都会找关系,郑仲水是第一把手,不少人找到他那里去。郑仲水态度明确,季东升就方便处理,大家皆大欢喜。

四

几天之后季东升与欧阳琳再次见面,事情忽起波澜。

此前一切按计划进行,并无异常。季东升从九天山庄赶回市区的第二天,蔡政带着数位随员从天而至,代表投资方与本市洽商。季东升如约接洽,安排相关部门一组人员与之谈判。按照惯例,季东升代表市政府设宴为蔡先生一行接了风,饭毕之际,季东升把蔡政拉到一旁问一件事,请他如实相告。

"上次欧阳总裁在医院做什么手术?"他问。

蔡政惊讶:"为什么问这个?"

"其实不是去做手术,是抢救吧?"

"抢救啥呀?"

"是自杀。对吗?"

蔡政张着嘴说不出话。季东升告诉蔡政,他是从欧阳琳的话音里听出点名堂的。去年他曾率一个商贸小组到北欧芬兰考察造纸业,在那里听说,凡单身男女养狗,政府会给该狗发放补助,原因是北欧冬季漫长,阳光罕见,抑郁症高发,自杀者众,单身男女感情孤独,尤其容易发病,所以鼓励养狗以寄托情感,减少发病。北京的冬季虽然没有那么漫长,但是空气污染严重,指数太差,阳光也少,看来如欧阳琳这样有着特别痛苦感受的单身女性同样需要引起重视。

蔡政说:"季副市长,我不知道你在说什么。"

"也许是你发现的?你把她送到医院,救了她?让她感觉欠你人情?"

"我可什么都没跟你说!"

季东升让蔡政不必担心,他无意深入刺探隐情,只是出于一种关心。双方马上就要就钛合金项目进行谈判,眼下他与蔡政一样特别盼望并需要欧阳琳健康茁壮。如果欧阳琳所谓"动一个小手术"的底细如他所猜,那么现在请蔡政格外注意,千万不要过于急功近利,让欧阳琳无法承受,她一旦出事,对谁都不好。欧阳琳目前还在九天温泉疗养入浴,但愿该山庄温泉中的微量元素有助于她。

蔡政一声不吭。

双方开始谈判,一谈开就发现对方有备而来,目标很明确:本市旅游节隆重开幕在即,旅游节的日程中有一个招商会,有一些重点项目将在招商会上签约,欧阳总裁与蔡政先生希望趁热打铁谈妥合作,在招商会上签下项目,让海湾三千亩地尘埃落定。

按照惯例,季东升为谈判小组定了调,具体谈判交由相关部门负责。时间很紧,需要谈的细节,需要过的程序很多,双方人员夜以继日讨论,季东升于幕后操控。由于领导态度明确,谈判总体进展顺利。那些天里欧阳琳一直待在九天山庄,每日入浴,于休养中遥控谈判,季东升没再与她联系,双方只待结果最后明朗。

那一天下午,季东升在办公室接到大哥的告急电话,说父亲出事了,只怕不行,让季东升赶紧回家。季东升大惊,追问怎么回事。大哥说老人不小心把右腿骨摔断了,头部也受了伤,村里医生看过,说是必须上医院,否则有生命危险,老人死活不去,准备死在家里。季东升一听不是小事,马上交代:"大哥不急,我马上回去处理。"

季东升把手头事情安排清楚,匆匆叫车动身。傍晚回到家,一家人都围在季东升父亲的病床前,老人在床上呻吟,时而清醒,时而昏迷。季东升看了一眼,当即打电话叫救护车,决定把老人送到市医院去。此前季东升的大哥一再劝老人去医院,老人不听,但是小儿子季东升的安排他得听,因为小儿子当大官,民要听官。

老人摔伤起因于抓漏。老人与季东升大哥一家生活,住季家老宅,老宅已经破旧不堪。数年前季东升出钱帮助大哥盖了新房,父亲却不愿动,习惯于老宅,于是大哥一家搬到新房,父亲独自住在老宅,吃饭去大哥家,睡觉还回到老房子,两个房子相距不远,来去也方便。季家老宅屋顶破损严重,每遇大雨,常有雨水从屋顶漏进屋子,需要不时修补,本地人称"抓漏"。前些时候老宅厨房屋顶漏雨,季东升的大哥主张请抓漏师傅处理,老人不同意,因为请师傅要花钱,且不一定能抓准,老人自己会抓漏,为什么要送钱给别人? 季东升的大哥不让父亲上房,因为他患糖尿病,臭脚,行动已经不似当年。不料老人不听劝阻,今天上午天气好,老人独自搬张梯子上房抓漏,结果从屋顶摔到地上,腿骨断了,头上身上到处是伤,当时身边一个人都没有,谁也不知道老人摔了。午饭时,季东升的大哥总没见父亲过来吃饭,心生疑惑,跑到老宅看,这才发现父亲躺在地上呻吟。

"他就是舍不得那两个钱。"大哥说。

此刻老人不上医院有两个原因:一怕死在那里,第二也是怕花钱。事实上季家出了个季东升,老人并不缺钱,但是早年穷惯了,至今旧习不改,本能难变。于是他就把自己的腿骨摔断,濒临死亡。

救护车赶到时,老人已经陷于昏迷,季东升兄弟把老人抬上车,送往市医院。季东升在救护车上接到一个电话,是项目谈判小组头头儿打来的告急电话。

"季副市长,蔡先生这里有点问题。"那人报告。

蔡政的问题出于赔青款。谈判涉及地价具体事项时,谈判小组提出投资方应负责支付村民的赔青款,蔡政不同意,坚持零地价就是零地价。

季东升说:"告诉蔡先生,地价是地价,赔青是赔青,两个不一回事。"

谈判人员已经提到了,但是蔡政不认同,认为应当列在地价里归零。

为了招揽重点项目落户,当地政府对该项目无偿提供用地,这就是所谓零地价。事实上从农民手中征用土地依然需要给予补偿,只不过这笔钱不由投资商支付,转由政府财政开支,也就是政府拿钱买地交给投资商办项目。如果这个项目很好,建成投产速度较快,能够安排大量就业,可以产生税源,从长远看还是合算的。通常只有一些前景特别好的重点项目才能得到零地价优惠。所谓赔青款指的是被征土地上植物、农作物的赔偿,例如征用一片山地,除土地外,还应当赔偿地块上的树木,以补偿种植管顾付出的劳动。赔青款通常应当由使用这块土地的项目投资商支付。

蔡政是只老鸟,他知道征地用地的惯例,但是他坚持不出赔青款,理由是海湾三千亩地风传征用后,当地村民突击抢种各种苗木,乱石坡上都种,等着拿赔青款。这是一笔冤枉钱,他不能承担,应当归到地价里,由地方政府去统一解决。这件事于地方政府不难办,农民要求赔十棵树,可以只赔一棵,农民一棵要一百,可以只给五十,政府对农民有的是办法。

季东升说:"告诉蔡先生不要太小气。白拿了三千亩,出点赔青款不算什么,一笔小钱而已。就说是我的意见。"

救护车到了市医院,季东升的父亲被抬进急诊室,医院院长亲自安排医生检查,发觉情况不妙。相比于断腿,医生更担心老人头上的伤,怀疑颅内出血,不解决可能致命,建议马上手术。但是手术风险很大,老人患糖尿病,长期营养不良,身体非常虚弱,严重的话可能下不了手术台。

季东升说:"容我们兄弟商量一下。"

没等季东升兄弟会商,电话再至。季东升走到一边去接电话。

蔡先生拒绝承担赔青款。说既然是一笔小钱,地方政府为什么不能一并处理?堂堂一个市政府,三千亩地都给了,还在乎一笔赔青款?他还威胁说,钛合金项目上级领导非常重视,定于旅游节的招商会上签约,如果因为赔青款这笔小钱节外生枝,不能按时签约,领导怪罪下来,算谁的责任?

不禁季东升开骂:"他妈的这家伙!"

"咱们怎么办?"下属请示,"他们看来不会让步。"

如果坚持,那么谈判一定破裂。蔡政有恃无恐,知道季东升无法承受破裂,因此咬住不放,大钱要赚,小钱不放,一个子儿不出,净得三千亩,空手套白狼。

季东升说:"咱们提一个办法。"

季东升的办法是退一步,如果蔡一再坚持,那么可以承诺赔青款另想办法解决,但是协议还是应当写明由投资商负责,这样对外界才能交代。

季东升用手机遥控谈判之际,躺在病床上的父亲忽然醒了。他一睁开眼就哆嗦着说话:"不手术。不手术。"

他一定是在昏迷中听到儿子与医生商量手术,于是打点起全部精神把自己弄醒,以便说出这一句话,放弃这一次治疗。

季东升说:"爸,咱们听医生的。"

老人说:"快死了,不花那个钱。"

季东升说:"放心,不要钱。"

老人睁大眼睛看着儿子,满眼狐疑。季东升凑到老人耳边,斩钉截铁说:"我是副市长,医院是咱们家的,不要钱。"

老人闭眼又昏迷过去。季东升下决心不商量了,做手术。请医生尽一切可能治疗,需要用什么药尽管用,无论花多少钱,由他个人承担。

老人给推进手术室。季东升手机铃声又叫唤起来。

蔡政不接受季东升提出的方案,担心白纸黑字,到时候还要他出钱。如果季东升非要这么写,那么双方必须另签一份附加协议,写明赔青款最终将由地方政府背走。

季东升说:"把电话给蔡先生,我跟他谈。"

蔡政接了电话。

季东升说:"蔡先生,你把我的内裤脱了,把我的毛刮了,难道还要我××?"

蔡政大惊:"季副市长怎么可以这样骂人!"

季东升说,此刻他在医院手术室门外。这里有个乡下人快死了,劳作一生,最后舍不得花钱救自己一命。但是另一边有个姓蔡的,不费吹灰之力坐拥金山,还贪得无厌,不愿意给村民拿出一星半点。

蔡政说:"这是哪跟哪呀!"

季东升:"你在剥夺。你剥夺我可以,不要剥夺那些人。你要××我给你,别拿不该拿的,否则早晚让人阉了。"

季东升收了电话。

接下来的发展颇具戏剧性。

蔡政中断谈判,赶到九天温泉山庄向欧阳琳报告,添油加醋。欧阳琳大为恼火,当即决定不谈了,离开。秦副主任和黄再胜设法先把客人稳住,即向上级告急。郑仲水直接打电话给欧阳琳,保证事情将妥善解决,让她不要生气。郑仲水还命季东升放下手中所有事情,赶到九天山庄会见欧阳琳,做出解释,表达诚意,务必谈妥这个项目。

"赔青款就这么算了?"季东升不服。

"你怎么会这样?因小失大!"郑仲水批评。

季东升骂:"狗屁姓蔡的,太过分了!"

"他不是问题,欧阳琳才是。你怎么会不清楚?"

季东升承认:"是我没忍住。妈的,我就是个乡巴佬。"

"赶紧去收拾清楚。"

"明白。"

此刻季东升最需要的就是郑仲水这个电话。

季东升父亲的开颅手术已经做完,手术还顺利,人从手术台抬下来,是活的。季东升的两个哥哥留在医院照顾父亲,季东升自己匆匆离开,遵命赶往九天山庄。

到达九天时已经是晚九点,跟上次一样,还是黄再胜守在大堂等候。黄再胜告诉季东升,欧阳总裁今晚不见他,说是累了,要早点休息,明天再说。

季东升问:"蔡先生呢?"

蔡政连夜下山回市区去了,说是签约的一些细节还要商量。

"其实是怕见我。"季东升说,"我会把他按在地上,扒了裤子阉。"

"季,季副市长。"

季东升严肃道:"别紧张。开玩笑。"

确实是开玩笑而已,此刻季东升还能做什么呢?

如果季东升的父亲没有摔得那般严重,赔青款的谈判可能会简单得多。如蔡政所说,三千亩都给了,何必再争小钱?权衡利弊,季东升不能不悄然退让。

但是不巧事发于手术室外,在乡巴佬家人之中,让季东升痛感自己是谁,无论道理上感情上都无法接受蔡政的进逼。季东升清楚自己已经无法改变谈判的结果,可以改变的只是由谁来做出决定,所以季东升在电话里拿粗话臭骂蔡政,让郑仲水出来最后拍板,这样会让季东升心里感觉好受一些。海湾三千亩拱手送给蔡政,特别还要奉送一笔赔青款作陪嫁,如此倒贴实在出格,一旦为外界所知,那可不只会被当作笑柄,肯定将饱受诟病。作为具体操办人,季东升感觉难以承受,他借着情绪骂蔡政,一来发泄对蔡政寸利必得的不满,二来也是不惜酿出一点儿事端。日后人们当会知道这个插曲,当他们质疑赔青款怎么能这么办?就此骂娘时,也许会对季东升酌情减免。

这是个小伎俩,其后果季东升很清楚:从现在起没有戏了,无论欧阳琳多么美丽,他不必再去想念,磨多少金斗灰都不再有用,你要的你拿走了,我要的不可能再有。季东升属于自作自受,想来也是天意,这一结果也许早就埋在季家的祖坟里。

欧阳琳当晚拒绝会见,着意冷淡,以示不快,尽在季东升意料之中。事实上彼此间已经没有多少事务需要商谈,季东升前来山庄,更多的只是作一个姿态,具有某种负荆请罪意味,表明双方合作未受影响。

当夜一点来钟,季东升已经睡下,门被砰砰敲响,黄再胜告急。

"欧阳总裁房间里动静异常!"黄再胜报告。

欧阳琳身份特殊且有过"重感冒"史,她在九天温泉山庄的动静,黄再胜需要及时把握,确保安全。黄再胜在欧阳琳所住山庄六楼走廊安排了值勤人员,即便在深夜里都会按规定悄悄巡查,从不松懈。当晚午夜,值勤人员经过欧阳琳所住套间外时,听到里边有"咚咚"重响,像是物体在撞击门板。山庄套房的隔音效果相当好,屋里铺有地毯,这种情况下传出的声响让黄再胜格外紧张。当晚不凑巧,蔡政与秦副主任都下山去了,黄再胜只能向季东升报告,请示如何处置。

"要不要叫她的随员起来?"黄再胜请示。

季东升说:"不急,先把情况搞清楚。"

季东升起身穿衣服,带着黄再胜去了六楼。一个服务员打扮的年轻女子站在欧阳琳所住套房门外侧耳倾听,这女孩其实是警察,黄再胜的人,姓李,在这里值勤。

黄再胜问:"小李,还有什么动静?"

女孩报告:"一阵一阵的。"

黄再胜看着季东升,等着季东升做决定,此刻只有季东升有权决定。

季东升说:"打开。"

黄再胜取出他掌控的钥匙卡开门。门被推开一条缝,无法再开,因为门后挂了安全链,门扇被牵住了。大门里黑洞洞的,没有灯光,也没有动静。

季东升在门上敲了敲,低声叫:"欧阳总裁,是我。"

连喊几声,没有回答。小李拿一支小手电筒从门缝往里照,门缝太窄,手电筒照得到的角度小,没看到什么,唯一异常是发现地毯上丢着个东西,像是一个灯罩。

季东升下令:"把门弄开。"

小李受过训练,知道怎么办,而且备有工具,是一支钢剪。她把钢剪伸进门缝,"嗒啦"一声剪断安全链。门打开,三人进门,开灯,厅里顿时亮堂。只见地上躺着一个人,和衣卧倒,身子蜷曲,口吐白沫,神志不清,正是欧阳琳。

小李大惊:"她怎么啦?"

季东升说:"别慌。出来。"

三人火速撤退,离开房间走到门外,把门掩上。季东升在走廊上指挥,命黄再胜立刻安排应急,叫一部救护车赶到山庄待命,以防万一。不要说是谁出了什么事,只做应急准备,如果欧阳琳自己缓过劲了,那就不往救护车上送,也不说明原因。黄再胜带来的人都叫起来,在各自房间待命,以备一旦有事,但是同样暂不做说明,以防消息扩散。其他人员目前一律不要惊动,视情况变化再说。

"小李跟我进去。"季东升说。

此刻不能把病人独自丢于房间,必须有人随时观察监控,以防万一。季东升副市长无可逃避,必须挺身而出,勇挑重担。欧阳琳对自己的疾病非常忌讳,她一旦发病,处理不好会成为一个事件,有如上一回海湾状况。因此季东升必须亲自在场照料安排,及时做出决定,日后查究才能无可指摘。

或许这还是季东升的又一次机会。

季东升把小李留下,作为助手,两人再次推门走进套房,回身把门关上。欧阳琳依旧蜷曲于地毯上喘气,处于癫痫发作的间歇时段。她的双眼紧闭,脸色苍白,头发蓬散,身上衣物凌乱。她穿的正是几天前与季东升在温泉山庄甬道散步时穿的西装套裙,地上丢着本书,是英文的。旁边倒了一架落地灯,灯罩滚得相当远。估计她是坐在厅里沙发上,就着落地灯看书时突然发病的,当时她还没换上休闲服装,还没打算休息,癫痫说来就来,猝不及防。几天前她把手插在季东升的手臂里调侃他,显得生机勃勃,格外漂亮。现在她蜷曲于地,人事不省,惨不忍睹。

季东升和小李都不是医护人员,此刻无能为力,只能任由欧阳总裁独自与病魔相搏。季东升让小李去洗手间拎一把热毛巾,两人蹲到欧阳琳身边,为她擦脸,洗掉她嘴边的白沫。不料就在那一刻她再次发作,反应极其强烈,她的右手一抓,指甲从季东升的脸颊抠过,季东升顿觉左腮火辣辣一片,有如头回海湾见面时手臂上的感受。季东升丢下毛巾,抓住她的手,不料她的双脚用力踢到墙壁,整个人弹起来,把季东升撞倒于地。季东升的身子砸到茶几,茶几的茶盘翻落,茶壶茶杯满地毯滚动。

那个场面很混乱,无可奈何。

季东升跑进洗手间找家伙,里边没有合适的,用得上的只有浴巾。季东升把两条浴巾都拿出来,让小李帮忙,手脚并用压制翻滚于地的病人,设法用浴巾包裹她。病人口沫四溅,拼命挣扎,浴巾不够用,季东升把里屋床上的被子也搬出来,使出吃奶之力控制病人反抗,终于把她彻底裹住,连手带脚。桌边电脑的网线和电源线被他们抓过来,结成临时绳索绑在被子外边,欧阳琳被绑成一捆有如粽子。

小李站在一旁发抖,吓坏了:"季副市长,这是,这是干吗?"

季东升喝令:"不许在外边说。绝密。"

季东升如此照料病人并非无师自通,他的灵感出自父亲。小时候他曾听父亲说过,刘二姑羊母形发作时特别可怕,撞得头破血流,家人怕她撞死自己,用绳子把她捆成一粒粽子。季东升土法上马,用这种左道旁术捆绑欧阳琳,传出去那还了得,所幸没有无关者围观,不致酿成重大问题。欧阳琳发病之际神志不清,无从自知,小李受过训练,知道怎么闭嘴,只有季东升知道自己在干些什么。

他们坐在房间里,看着欧阳琳在她的包裹卷里痛苦不堪地挣扎,其状惊心动魄,而后渐渐趋向平静。

五

几天后,钛合金项目签约仪式如约举行,签约过程顺利,波澜不惊。

海湾三千亩地尘埃落定。当天下午欧阳琳一行动身离开本市。

季东升把客人送到高速公路收费站。车在路边停下,季东升下车招手,主客就此告别,季东升知道对方不会停车,一如既往。却不料这一次欧阳琳的车忽然停了下来,她还走下轿车与季东升握手告别。

"欧阳总裁客气了。"季东升说。

欧阳琳看着季东升的左脸颊,那里的几道抓痕还清晰可见。

她问:"季副市长,我没欠你什么吧?"

季东升 脸认真:"欠了。"

"需要什么你说。"

两人站在路边谈了一小会儿。季东升告诉欧阳琳,他有件事情需要麻烦欧阳琳帮助,本来打算另找机会到北京再说,欧阳琳这么关心,特意下车询问,不如就在这里直截了当相求。上一次他到北京找欧阳琳,确实有些个人想法,希望能建立一点关系,他这样的人很需要这种关系,当时想法比较简单。现在情况发展了,他自知不能有更多想法,只能大胆提出一个具体请求,盼望得到欧阳琳支持。钛合金项目的协议现已签下,从协议签字到项目确定还有若干环节。欧阳琳不顾劳累,为这个项目已经做了很多,接下来希望她保重身体,放手一点,不必再耗费精力亲自过问剩下的事情。

欧阳琳问:"要我都交给蔡政吗?"

"是的。你把它交给蔡先生,把蔡先生交给我。"

"你要干什么?"

季东升告诉欧阳琳,那天深夜在九天温泉山庄,他坐在欧阳琳身边,看着她与病痛相搏,直至沉沉入睡,那时候他想了很多。这个世界没有什么是完美的,人也一样,无论是什么样的人,都不可能没有欠缺,有的人苦于疾病,有的人则受制于心病。人活在这个世界要明白自己是谁,自己需要什么,在乎什么。例如他忽然发觉自己其实在乎挨骂。他离开乡村已经很远,本以为已经刀枪不入,到头来才知道自己远没有修炼到那种程度,他心里还在乎一些东西,不想在人们那里留下一个骂名。这种骂名绝不是个把小伎俩可以轻易摆脱的。

"为什么跟我说这个?"

季东升说,如今地方官做任何事情都有很多办法,包括左道旁门。事到如今,欧阳琳对蔡政已经仁至义尽,不需要多管了。只要欧阳琳不再出面,他能让蔡政乖乖把三千亩地拱手交还,赔青款之类问题将随之烟消云散。这是他真正需要的。

欧阳琳面露惊讶:"你真是直截了当啊!"

"我不滑头,希望得到理解。欧阳总裁不需要这三千亩地。"

"我要。"

"你最需要的是治疗。你病得很重。"

欧阳琳的眼中顿时腾起气恼,紧盯着季东升一声不吭。

"我很关心,很同情。真心实意。"季东升说。

她转身走开。

季东升站在路旁,看着欧阳琳走到轿车旁,头也不回,拉开车门躬身上车。夕阳照在她身上,她的侧影在阳光下显得精致而美丽。

季东升的心头掠过一丝凉意。他有种感觉:他恐怕再也见不到她了。

两个月后,欧阳琳突然发病,猝死于北京寓所。

钛合金项目寿终正寝。

16th
2015/06
百花文学奖

中篇小说奖·入围作品

王秀梅小传

　　王秀梅,女,1972年生。著有长篇小说《大雪》《蓝先生》,小说集《去槐花洲》《丢手绢》《浮世筑》等。部分作品翻译成希腊文等文字。现居山东烟台,中国作家协会会员。

天 衣

王秀梅

一

街上是完整的冬天的景象。乌暗的天光，路面上布满鞋印和车辙印的脏雪，在下午显出更深一层的萧索。车在街边上斜斜地排摆着，人行道上散落着临街快餐店里的食品袋。这是一条略显小气的商业街，谢小沛在密密的街边停车场好不容易才找到一处空隙，把她那辆车塞进去。

她走上人行道，看了看手里那张玫瑰粉色的纸片。没有风，世界像一个巨大的冷库。街两边鳞次栉比地矗立着几幢服装大楼，不甚明亮的玻璃，使得它们看起来讳莫如深。谢小沛握着那张纸片，拇指食指紧紧捏住一个角。她走进临街一家小店，是卖内衣的。墙上极尽所能地挂满各色文胸，中间地上蹲踞着一个不锈钢货架，则摆摆着成堆的内裤。面色不悦的年轻女孩在玩儿手机，睃一眼谢小沛身上的名牌货，不吭声。谢小沛想，她和我年龄差不多大。谢小沛不太来这种地方，她让年轻女孩的目光刺得很不自在，只好在内裤堆里翻翻拣拣，拎起一条，问："多少钱？"女孩掀掀嘴皮："四十八。"

廉价的便宜货。谢小沛这两年对这种层次的衣物感到很陌生。她又拎起一条，拿出一百块钱。女孩爱答不理，仿佛卖不卖这两条内裤都没有关系。谢小沛觉得她和自己两年前的样子差不多：无奈，却傲气着。她用力捏捏纸片，说："问一下，天衣改衣店在什么地方？"

女孩真是不太友好。她翻翻眼皮子，停顿了几秒钟，用下巴朝左指指说："旁边门，进去，往里。"

谢小沛拎着两条廉价内裤走出小店。她没打算穿它们。她站在人行道上，果然看到内衣店左边有两扇玻璃门，通往一幢服装大楼。玻璃门里垂挂着两片厚重的帘子，军绿色，帆布料。开合处肮脏不堪，泛着黑腻腻的光。谢小沛掀开帘子走进去，又问了一个人。大楼分割成无数个格子间，里面挂着大同小异的服装，像一个个死去的人钉在墙上。谢小沛在一条走廊尽头找到天衣改衣店。

她站在门口。

这就是谢小沛多次想来的地方。十多平方米的房间,无数格子间其中的一间。靠墙摆了一圈谢小沛不了解其功用的缝纫机械;形状各异的零部件穿透桌案而出,细线在各种孔洞中往复穿绕。墙上层层的木搁板里摞压着线圈,全世界所有的颜色都集中在那里。线圈中空的轴筒朝外张开,如一排排黑洞洞的枪管。

名叫李美丽的女人,头发齐齐梳向脑后,用几只看不见的黑色发卡别拢住。她坐在一只凳子上,缝一件貂皮大衣。土黄色的貂皮大衣卧在她腿上,像一只毛茸茸的动物。

"外面很冷吧?雪还下着?"李美丽抬起头,对谢小沛说。

谢小沛慌张了一下。"对,下着。"她恼恨这慌张。

"早上我出门后,差点调头回去。冬至以来,下七场雪了。没下雪的那两天,可真是大好的天。"

谢小沛捏着那张纸片。纸片经过若干年之后重回它的出发地,不可遏制地表现着一股年深日久的伤感和沧桑:玫瑰粉的颜色像被洗刷过,淡而无味,发出一种苍白。油笔淡蓝色的字迹只可依稀辨认,潦草地写着七年前的一个日子。

这是一张取衣单。

李美丽接过单子,扫一眼,说:"黑色睡裙。有年头了。取衣单的样式都改过两次了。"

"是。我都忘了有这么一件衣服放在这里。前些天,从一本旧书里找到单子。"谢小沛说。

她仰头在墙上两排衣服中间寻找。一件驼色短大衣,两条牛仔裤,几件毛衣,一条长长的毛料裙子——都是符合这个季节的衣物,像几个沉默的男女逼视着她。她想要找的那件黑色睡裙,显然不合时宜。

李美丽把卧在腿上的那堆貂毛抱起来,放到烫衣案子上。她细细地看谢小沛。谢小沛感到心跳有些加快。她咽下一口唾液,按压住这不恰当的感觉,说:"看什么?我的脸又不是书。"

"七年了。我都四十岁了。我变老了,你还是这么年轻。"李美丽笑着说,"你的睡裙在柜子里,不在墙上。"

墙角立着一个衣柜,单薄;天花板上一根不锈钢管穿起一面布帘,垂下来——应该是换衣间——半遮半掩地挡住了衣柜。谢小沛进来后,竟一直没有发现它。李美丽把布帘哗啦一声拉到另一边,打开柜门。墙角的光线不甚明亮,谢小沛看到一个身穿黑色睡裙的女人站在里面,一动不动:脸、脖子、胳膊、小腿,在暗淡的柜子里显得出奇的苍白。

谢小沛后退了两步。之后才反应到,那苍白的女体是一个塑料模特,穿着那件七年前的黑色丝绸睡裙。李美丽伸进两只胳膊,环抱住身穿黑色丝绸睡裙的模特,把她抱出来,像热情地抱着自己的情人。"对面婚纱店里的模特,断了一只胳膊,送我了,像维纳斯。"李美丽说。

李美丽和谢小沛,这两个女人,看着塑料模特一时无语。墙上的挂钟,时针转到下午三点的位置上。

"要不要试一试?"李美丽说。

谢小沛有些犹豫。

"试一试吧。不合适的话,我再给你改。今天天气不好,没有顾客。"李美丽把睡裙从模特身上往下卸。她把裙摆掀起来,往上撸,露出模特完美的腹部和胸。

谢小沛觉得不应该犹豫,就接过睡裙。她躲到衣柜旁边的角落里,李美丽揪住那面从天花板上垂吊下来的布帘,刷啦一声,把她挡在里面。模特被李美丽抱在衣柜门口,此刻也被挡在布帘里,泛着蓝光的大眼睛,一眨不眨地盯视着谢小沛。谢小沛心里有些发毛。她伸手碰了碰模特那长长的眼睫毛,模特的眼珠一动不动。她在这怪异的盯视下,慢慢脱掉衣服。现在,两个裸身女人站在这幢大楼一个狭窄的角落里——她比模特多一条三角内裤。但都裸着胸。穿睡裙是必须裸着胸的,睡裙的美妙就在这里。尤其是丝绸睡裙。

模特的身材很完美——如果没有断掉一只胳膊的话。谢小沛弯下腰,三两下脱掉内裤。墙上贴着一面狭长的镜子,不太明亮。谢小沛环抱住模特,把她的位置调整一下,使它和自己都面朝镜子。谢小沛挑剔地比对着镜子里的两个身体,她觉得自己的胸和腹部比模特丰满。模特虽然完美,但很生硬。而且,是一个断臂的女人——一只胳膊从肘关节处齐刷刷断开,只剩下半截,凭空悬着,像要做一个让人无法猜透的手势。

谢小沛小心翼翼地提着睡裙的裙摆,相继把两只胳膊穿进去。睡裙兜在谢小沛脖子上,一点点滑落下去,盖住赤裸的胸和腹部。

现在谢小沛变成了穿睡裙的人。她看着自己和模特,瞬间感到很怪异:睡裙刚刚还在模特身上,现在却到了自己身上。假如模特有生命,她们简直像两个相亲相爱的闺蜜在换穿衣服。

李美丽在帘子外面走动,喝水。谢小沛意识到她在帘子里面待的时间有点长,就掀开帘子走出来。大楼里有暖气,但还没暖到可以穿睡裙的程度。刚才在帘子里没觉得冷,现在猛然感到胳膊上生起一层小米粒。

"有点儿紧。"李美丽围着谢小沛转了两圈,扯住她胸前腰部的几处,拽了拽。

"可能是长胖了吧。"谢小沛说。

"我记得七年前，你来修改这条睡裙，是嫌它有点宽松。我给你把腰身往里收了收。看来这些年日子过得很优裕。"李美丽说。

"就那样吧，谈不上优裕。"谢小沛说。

二

早上，李美丽站在客厅里，看到楼下那条小路白花花的，落满了雪；只在中间被人用铁锹铲出一尺来宽，像一条长长的沟。她有些犹豫要不要去改衣店。之后她接了一个电话。

武搏从楼上打着哈欠下来的时候，看到李美丽坐在楼梯最下面那级台阶上，看着落地窗外发呆，手里拿着电话。他很困，想到正是被李美丽手里那个电话吵醒的，忍不住又强烈地打了一个哈欠。

武搏擦过李美丽白色的针织棉布睡衣，走下楼梯，也站在落地窗前朝下看了看。小区里白茫茫的一片。从五楼看下去，小花园里修剪得圆滚滚的冬青丛，像一只只白色的小蘑菇。李美丽就喜欢坐在最下面那级楼梯上，长久地看着窗下那条小路，有时候是在晚上。武搏感到奇怪，有几次也往下看了看，只看到一条安静的小路，还有小路两旁安静的小树。窗下一盏路灯，发着黄晕晕的光。除此之外，什么也没有，也难得看到有人。平日在路上逛悠的，多是小区保安和拖着绿色垃圾桶的保洁工。小区里的居民都有车，直接把车开进地下车库，从车库上楼，很少在地面上走动。他们都和武搏一样忙。

厨房里没有饭菜的味道。武搏掀开锅盖，又盖上。李美丽站起来，说："煎个蛋吃吧。我没胃口。"

两人对坐在餐桌旁边，面前各摆着一个煎蛋、一杯牛奶。这简单至极的早饭，只不过是摆摆样子。两人都没什么胃口。李美丽不吭声。武搏却有很多话，在肚子里面翻腾了几个来回。眼见着煎蛋一点点消失下去，武搏只好咬咬牙根开口。一开口，却不是肚子里那些话："昨天晚饭吃得怎么样？是在我说的那家酒店吗？"

"没去。在我父母家里吃的。"李美丽说。

武搏一下子找到了说话的力气："不是说好了，我请客，你们尽管吃吗？怎么又在家吃了？"

"你去不了，爸妈说还是在家吃吧。"

"那酒店订位子多难你知道吗？张总是把别人订好的房间想法儿调给我们的。那间房也是酒店最好的，窗外对着一片大海。冬天的大海，也是好看的。"

武搏说。

"我已经打电话过去把房退了。新年之夜,许多人都订不上桌,张总那间房不会闲着的。"

李美丽一点点扯咬着煎蛋。油脂沾到嘴唇上,她觉得有点儿腻,伸手抽出一张餐巾纸擦嘴。剩下的半个煎蛋放在盘子里。她没问武搏在新年之夜忙什么了。本来说好两口子陪岳父岳母吃个团圆饭,下午却又变卦了。有什么事能让他那么忙?

但老实说,这几年,武搏是真的挺忙。他和奔跑在这个城市里的所有商人一样忙。光是车子,他就换了两辆。李美丽手里这辆车,开了六年,洗洗涮涮,还像新的一样。当然,它使用频率很低,正常情况下,每天只在家和商业街之间打个往返;顶多回家途中拐到超市去一下;周末有时去父母家吃晚饭。除此之外,一半时间停在小区车库里,一半时间停在商业街那窄窄的街边停车场里。武搏就不一样了,他号称自己敢和出租车比里程。李美丽有几次在路上看到武搏的车像子弹一样射出去,在车流里穿行,转眼就不见了。

武搏是一个生活在加速和变化中的人。李美丽却一直是匀速的、不变的。相比较而言,这种匀速几乎可以算作静止。在这个新年的早上,李美丽很伤感。她四十岁了。回头看看三十岁时,是一个多么好的年龄。她居然干了整整十年服装修改师。除了店面位置迁过一次,她感到自己在这十年里,基本是一个静止的人。

"刚才谁来的电话?"武搏继续说些不疼不痒的话。

"小孟。说元旦过后不来上班了。"李美丽喝了一口牛奶。在店里,只有她一个人是不变数,其他人都是变数。她也说不清在这十年里,有多少人在她店里工作过,都待不久。待得最久的一个是张姐,大概有两年。去年离开的,在大楼三层转租了一间房,卖服装。小孟是新招的,也就干了三个月。

"老潘呢?还在那?"武搏问。

"老潘?那都是去年的事了,现在是老马。"

武搏只在李美丽十年前刚开店时,帮她照料过一段日子。后来关于店里的一些事,他就只是零打碎敲地从李美丽嘴里得知了。他有更重要的事,比改衣店有价值。

李美丽放下牛奶杯,拿起手机,打给老马,放她一天假。老马粗大的嗓门儿爆炸一般冲出手机,扩散到武搏的耳朵边。"什么?工资照开?哎呀老板娘,你太好了!你怎么这么好!我昨晚梦见一个仙女,直朝我手里塞大枣饽饽,那就是你呀……"

"小孟辞职了,老马放假,你自己能行啊?今天是元旦,全国放假,去逛服装大楼的人应该不少。"武搏说。他今天早晨的话太多了,超过以往一个月的话语量。

"冬至以来一直下雪,商业街上没往日那么热闹。今年二月份才过春节,还早着呢,旺季得再过上一个星期才能开始。"李美丽说。她有十年的经验来判断这些事。"你就怕我累不死是不是?"李美丽陡然转了话头儿。

武搏吞下最后一口煎蛋,连连辩解:"这说的是什么话?我几年前就叫你不要干了;要么在家待着玩儿,要么开个咖啡馆。你不就喜欢一个咖啡馆吗?是你自己硬要干的。咖啡馆多好。真不明白你怎么那么爱给人改衣服。"

"你不会明白的,你怎么会明白。"李美丽说。她转过脸去看阳台。雪落在阳台花盆里,鼓起白白的雪堆。她数了数,一共六个花盆。六个白白的小雪堆,圆润,饱满,甚是可爱。春天,李美丽看到对面一楼小花园里鳞次栉比地摆了很多花盆,里面拱出嫩花花的菜叶子,烫着大波浪鬈发型的女主人手握铁铲,在花盆里这儿掘掘,那儿铲铲。女主人对她说,自己种菜,吃着放心。那女人把剩下的菜种子送给李美丽。李美丽回家都撒播到几个花盆里。但她的花盆里从没长出过大波浪发型女人家里那么葱郁的菜。她没时间打理。

李美丽望着那些花盆,重复了一句:"你怎么会明白。"她从阳台玻璃里模糊看到自己的嘴角朝下弯去,弯出一道嘲讽的法令纹。

两人沉默了两分钟。之后,武搏咕咚咕咚喝掉半杯牛奶。当,他把牛奶杯蹾在餐桌上。白色的钢化玻璃桌面发出清脆的击打声。

"美丽,我要和你说件事。"

李美丽把脸从阳台转回来,细细地看了看武搏的表情。"你今天早上说了这么多话。说得太多了。"

"是。我说这么多话,就是因为下面这句话我一直说不出口。但不说不行。我没路可走了。"武搏说。

李美丽没说话,只是看着武搏。武搏觉得李美丽此刻的表情很难形容。他搞不清楚是从什么时候开始,这张日趋老去的脸被这样的表情——冷漠、忧悒、怀疑……所笼罩。平心而论,这不是一张让人轻松的脸。武搏觉得这张脸给他平添了许多理由,他说:"美丽,我们离婚吧。"

李美丽闭了一下眼。武搏往椅子靠背上贴了贴,等待下面所有要来的事情。他拿不准会发生什么事情。直到此刻,武搏才发现,这些年,他对李美丽太缺少了解了。刚结婚那几年,他们两人都能差不多摸透对方的想法,现在则完全不是那么回事。回想起来,这些年,李美丽就像不阴不晴的天气——他不知道她什么时候在高兴、什么时候在生气。或者,她没有很高兴和很生气的时候……

武搏想得头有点疼。他恍惚看到李美丽站起身，把他们两人的杯盘收拾到厨房里。水龙头哗哗流出水。

接着，武搏看到李美丽擦干手，不知从哪儿拿到一支润手霜，有条不紊地挤出一点儿在手背上。她两只手背贴在一起，辗转着把那些润手霜涂抹开，涂得很仔细，每根手指都不放过。是啊，李美丽是个服装修改师，她必须得好好保护这双手。但不管怎么说，这双手也在老去。

李美丽站在门口，穿上羽绒服。但接着她又脱掉了它，回身走到卧室，从衣柜里拿出另外一件大衣。然后，到楼梯下的储藏间拿出一把剪刀，剪掉后脖领上的标牌。这说明，李美丽拿出的是一件新大衣。武搏算了算，再有五十多天就该过春节了，想来那是李美丽为自己准备的春节新衣。显然她想提前穿一穿。武搏不知道李美丽的做法是不是被他气昏了头。但李美丽很平静。她从挂衣架上拿下一条咖啡色围巾，绕在脖子上看了看，不太满意；她挑挑拣拣好几次，最后确定了一条红色的。李美丽不太喜欢艳丽的颜色，那条红色围巾从秋天就挂着，没见她围过几回；仿佛就是为了挂在那里，给家里添点繁荣的感觉。

李美丽还简单地对着穿衣镜描了描眉，刷了刷眼睫毛。她这么一打扮，简直有点儿喜气洋洋的味道。武搏被她这不阴不晴的平静弄得不知所措，只好在她关门前又说了一句："离婚吧。"

李美丽看了看他，竟然笑了一下。防盗门关上了。

三

谢小沛重又回到光线不甚明亮的换衣间里，脱掉黑色睡裙。这是一条很修身的睡裙，人稍微一胖，就显出了它的瘦窄。

谢小沛重又和裸着身子的模特站在一起。她在镜子里看了看两个裸着身子的人，然后把睡裙套回到模特身上。睡裙穿在模特身上恰恰好，增一分嫌肥，减一分嫌瘦，就像这条睡裙是为这个塑料模特定做的一样。这说明，模特比谢小沛清瘦一些。谢小沛摸了摸自己的腰腹，吸气，收了一下腹。然而，一呼气，腰腹又恢复了原状。她泄气地穿上自己的衣服，把睡裙从模特身上撸下来。

李美丽抱着胳膊，靠在案子上，等谢小沛出来。

"真能改好？"谢小沛问。

"当然。腰腹部分往外放一放。只是丝绸面料用缝纫机要小心些。细活儿。"李美丽说。

"钱不是问题，改吧。"谢小沛说。

李美丽坐在凳子上，拿起一把剪刀。剪刀弯弯小小的，盈盈一握。"看你浑身珠光宝气,也不像缺钱的样子。这些年过得不错吧?结婚了吗?"

谢小沛说:"没呢。"

"我记得七年前,你在和一个结了婚的男人谈恋爱。怎么样,现在?"李美丽很小心地把睡裙翻过来,用剪刀挑断接缝上的线。

"嗯……还那样。结了婚的男人,不好办。"谢小沛说。

"怎么不好办?不肯给你个交代?"

"是啊。总说要离婚。却总是拖拖拉拉。男人太不可靠了。"

李美丽停一停,揉揉脖子,说:"我曾经有个顾客,和你差不多,爱上一个已婚男人。拖了好几年,男的也不肯离婚。最后,女的自杀了。"

有些年头了,但李美丽一直记得那女人。因为她是李美丽店里的第一个顾客。女人不太爱说话,忧忧郁郁的。每次来基本都是改袖子。因为胳膊短,几乎所有的衣服袖子都显得有些长。李美丽很快就记住了她胳膊的尺寸。李美丽给她改袖子的时候,那女人就坐在一只闲凳子上,长时间地看对门那家婚纱店。婚纱店里迎门站着一排塑料模特,身着婚纱,姹紫嫣红。婚纱在模特身上,一律上身短小紧凑,下身忽地膨胀开来,像里面安了一只鼓风机。店里的女老板常年坐在里面改婚纱:给胖子把婚纱改瘦,给瘦子改肥,在后背和腋下粗针大脚地缝缝拆拆。各种各样的女孩子去店里看婚纱。她们一件件不厌其烦地看上一遍,又看上一遍,挑剔着。有些女孩子挑剔一番,带着不满的神情离开;有些就在店里试穿。婚纱穿在那些女孩子身上,总有这里那里的不如意,没有穿在模特身上好看。有一次那女人忽然叹口气,说,现实中根本就没有完美。但李美丽觉得那女人长得很完美,身材和模特差不多,穿上对门的哪件婚纱都会很漂亮。当然,胳膊短点不算什么。

大约有三年吧,李美丽记得。之前女人还清纯,在单位里上班,来改的衣服都是便宜货;后来,境况就渐渐不一样了。打扮越来越贵气,带来的衣服明显上了档次。工作好像也辞了,来了就坐在那里,无所事事的样子,和李美丽闲闲地说话。那时候在李美丽看来,做一个已婚男人的情人,就是女人那副样子:三天两头花钱买衣服;又不是为了穿新衣,而是消磨时间。羡慕那些挽着胳膊到一家中低档婚纱店买便宜货的情侣。

"她也喜欢穿黑色衣服。"李美丽已经把手里那条睡裙的一侧接缝拆开一截。睡裙前片和后片拆解开来,茫然无依。许多细碎的线头探头探脑,将落未落。李美丽捏起拇指食指,将它们一一择掉。断线头蜷曲着,像一截截细瘦的灰烬,轻飘飘地落到地上。地上散落着其他衣服上拆解下来的布条和线头。

谢小沛盯看着那些线头,恍惚间看到它们在地上移动起来,搅绕,打着旋。她有些头疼。这些日子,她感到诸多不适——它们压迫着她,把她正常的、平和的情绪一点点从体内挤压出去,代之以哀怨、怒气、焦躁。这些不良情绪就像商量好了一样,此去彼来,轮番控制着她。

就像李美丽所说,谢小沛爱上一个已婚男人。并且,总体境况就像她所说——不好办。男人就像一棵树,枝繁叶茂,树干厚实,是物理上走过了轻狂的青年时期、物质上走过了艰苦创业时期的中年男人,随便抖一抖庞大的树冠,就够给谢小沛挡风遮雨蔽日。如果仅仅是这些,倒还简单。复杂之处在于,谢小沛搬不动这棵树。它背后永远罩着一大片深沉的山影,令谢小沛压抑。

女服装修改师已届中年:皮肤晦涩、头发枯暗、身体发福,这些代表她是中年女人的特征,谢小沛从进门就牢牢网在视线里。她和女修改师年龄相差还有不少的年月,却仍免不了暗自仓皇。

"你说的那个自杀女人……真的自杀了吗?"谢小沛问。

"真的。死好几年了。"

"怎么死的?我是说,用了什么方式?"

"跳楼。"李美丽说,"从十楼跳下。脑浆迸裂;一只胳膊摔折了,小臂整个断掉,就像那个模特一样。夜里跳的,尸体第二天才被发现,躺在楼下绿化带里。"

李美丽记得,她后来去过那女人居住的小区。小区依山而建,空气清新。李美丽在院子里问过一个老阿姨,老阿姨指给她看女人跳楼的窗口。李美丽站在路上,仰着头,看窗口。十楼太高,仰得李美丽脖子酸痛。她什么都没看见,除了阳光照在玻璃上偶尔的一星闪光。绿化带在楼后,窄窄的,里面种植着几株石榴,开着火红的石榴花;另外还有几株月季、一些李美丽不认识的暗紫色花朵。一个园艺工人在里面给那些暗紫色的花朵培土,豆青色的工作服在姹紫嫣红的花朵中蠕动,像一条巨大的青虫。

园艺工人站起身,拄着铁锹,顺着李美丽的目光往上望。他告诉李美丽,之所以在培土,正是因为十楼跳下来的女人,重重地砸坏了那些花草。绿化带外是一条石板小路,路边长着两排正值青壮年时期的银杏树。李美丽感到两腿发软,她靠住一株银杏树。作为最早看到现场的其中一人,园艺工人的情绪持续地处在事件当中。他连续数日扛着铁锹,无比耐心地整修那窄窄的绿化带,给很多路过的小区居民描摹当时那惨烈的景象。他描摹的技术日臻成熟,表述流利,用词准确。李美丽注意到园艺工人提到的女人跳楼时的衣着,说是一件很厚的黑色棉服,式样老旧,散发出一股樟脑丸的气味。这跟她跳楼时那热烈的五月季节极不相符。李美丽相信它是女人第一次去她店里修改的那件棉服。

征得园艺工人的同意,李美丽走进绿化带。园艺工人比画着告诉她那女人砸在地上的位置。李美丽蹲下身,嗅嗅泥土的气息。那些泥土曾渗进女人的血,但经过园艺工人的翻松、搅和,已经消失不见。

…………

谢小沛觉得胃里有些翻搅,忍不住有种呕吐的欲望。"血……我晕血。一听到这个字就受不了。"她说,"你去那里干吗?就为了闻一闻泥土里的血味?"

"她是第一个登我门的顾客,她的衣服,是我修改的第一件衣服。她对我具有特殊的意义。"李美丽说。

李美丽把睡裙一侧的缝线全部拆开。谢小沛盯着那条长长的口子,仿佛能看到里面的五脏六腑。她又涌上一股恶心感。"不行,我得去洗手间一下,洗手间在哪?"她问。

"出门右拐,再右拐,直走十几米就到了。"李美丽说。

谢小沛把包和手机放在案子上,捂着胸口,皱着眉。李美丽把穿在布里的线头一根根择下来,扔到地上。她换了另一侧,接着拆线。谢小沛的手机在案子上响起来,是一首奇迹般在一个月内风靡了全球的歌曲。歌曲唱了一半,安静下来,不久又开始唱。如此这般唱了六遍,方才停下。

四

"我的手机刚才响过?"谢小沛从洗手间回来,脸色缓和了许多。她坐下后习惯性地把手机抓在手里——李美丽见过许多这样的年轻女孩子,手机是她们整个人不可分割的一部分。

"响过。好几次。"李美丽头也没抬。

谢小沛警惕地看看李美丽,以判断刚才她是否偷看自己的手机了。她有些后悔为了去洗手间,而草率地扔下手机。但李美丽看起来一心专注于手里那条黑丝睡裙,和她的手机没一点儿关系的样子。谢小沛想,也许她真没看我的手机。

谢小沛有些气恼:武搏不早不晚,干吗非等她去洗手间的时候打来电话?从早上一直到刚才她去洗手间,足足过去了十几个小时,他愣是没给她来过一次电话。不,确切地说,从昨天半夜到刚才,武搏就没来过电话。早上那个电话,是谢小沛主动打给武搏的。

这正是此刻谢小沛坐在改衣店的原因:武搏昨天答应回家和李美丽谈离婚。但早上武搏却迟迟不给谢小沛来电话。可想而知,因为谈到离婚,他们昨天过得不甚愉快。说得准确一点,谢小沛是用要挟的手段,把武搏留在她那里的。本来说好,武搏昨天要陪岳父母吃饭,元旦再过来陪谢小沛——他许诺给她的优厚条件包括购物和晚餐。但中午,谢小沛给他发来一条要命的短信:我去过医院。有了。晚上你要是不过来,我就去找你。

武搏正和几个客户吃饭,其中一个挤眉弄眼地说,武总遇到棘手事了吧?另一个说,节假日这种时候,不太好招架。还有一个说,武总本事大,能安抚住,没问题。武搏指指他们,说,你们都有经验。他打电话给一家酒店老总,说,张总,我知道今晚的房间全订出去了,但你必须给我一间。张总说,你强盗啊?武搏说,什么都行。

又坐了一会儿,武搏借口解手,到走廊里给李美丽打电话,说,让几个财神爷拖住了,晚上还得陪。给你们订了一家酒店,你陪爸妈好好去吃一顿。

李美丽没说话。武搏拿手指塞住另一侧的耳朵,屏息听电话里的动静。他只听到缝纫机嗡嗡的响声,不知道是小孟还是谁叽叽咕咕的说话声。他又叫了一声,李美丽!然后他听到李美丽说,知道了。电话挂断,缝纫机的响声消失了。武搏站在走廊里,平复情绪。他觉得这些年对李美丽的陌生感已经增加到不可忍受的程度了。这让他时不时疑心自己的那点事已经露馅儿……老实说,武搏和谢小沛在一块儿也有两年了,无论从精神还是物理意义上,这都是一段足以让爱情走到寡淡的时间。但没了谢小沛,还会有王小沛、李小沛,所以,人物是次要的。现在主要的是,谢小沛想改变一下武搏价值观里的主次程序。

武搏回到房间,和他们又厮杀了几个回合。饭后,几个人去捏脚,顺便消酒。武搏拖延着时间。到下午四点半,他才去见谢小沛。

谢小沛正在包饺子。今天是阳历的除夕夜,她说。和大多数"80后"女孩子差不多,谢小沛拥有接受一切时髦东西和抵制庸俗生活的自觉性。虽然在遇到武搏之前,谢小沛混迹于不折不扣的底层行列——她那时候在移动公司营业大厅当一名柜台营业员;在那之前,还干过别的——但这些遭际并没令她从精神上臣服。就像内衣店里那玩儿着手机乜斜她的女孩子一样,谢小沛心高气傲。她在柜台后面的行为举止合乎规范,却缺少情感。武搏和她的关系从一场争执开始;他们惊动了营业大厅的值班经理及坐在办公室里的另一个更大的经理。谢小沛率先炒了对方的鱿鱼。当时谢小沛在人行道上器宇轩昂地走着,高跟鞋有力地戳击着灰砖地面。走着走着,她忽然伸手把脑后那只蝴蝶结扯下来。蝴蝶结连着一只黑色发网,绾住了她的头发——移动公司里的营业员,每人脑后都绾着这样一只发网。她扯下那只蜘蛛网似的东西,头发一下子在风里荡漾开来,浓烈逼人。武搏赶上几步追过去,说,我也没想到你这么烈性,竟然辞职了。谢小沛扭头瞅了他一眼,嘴里吐出两句英语。武搏说,你要骂就用中国话骂,没关系,不用担心我的面子。谢小沛喊了一声,扭回头继续走。武搏又追上去,说,我的公司恰好要招聘一个会说英语的。你能说到什么程度?

武搏没撒谎。他的确恰好想找一个会说英语的。谢小沛就成了他的职员。

武搏为了拿下她,起初也费了点儿心思。在那两三年间,武搏的公司跟着大经济形势有过几次振荡,这导致最近的一年,谢小沛在公司里没什么事可做了。他们不需要用英语跟客户交谈了。武搏放了谢小沛的长假,什么时候需要她了再说。谢小沛彻底沦为被包养的小三。这种角色,委实不是谢小沛这种女孩子甘愿去当的。武搏也没想过要和谢小沛有什么将来,他把这个女孩子交给时间……

他进了门,郁悒着脸坐在沙发上。那张医院化验单放在茶几显眼的位置上,证明谢小沛没有撒谎。这雷同的纸片,是多少爱情故事中的道具啊。武搏回算着纰漏可能发生的时间,又感到此举荒唐可笑,没有意义。谢小沛系着围裙,在厨房操作台边站着。房子是武搏追求谢小沛时买的,贷款,由公司还着贷。全开放式厨房,是谢小沛的品位。那亮锃锃的各式不锈钢厨具,都像是这个家的装饰品。只是在最近的这大半年,谢小沛才把生活重心稍微转移一点在厨房;武搏说不好这是兴味使然,还是谢小沛要用这个来拴住他的胃。但谢小沛的厨艺要想拴住他的胃,还差了不少的火候。他在这里吃饭,多半是体恤她下厨这举动的意义。

武搏的视线在化验单和谢小沛身上来回移动。谢小沛穿了家居服,身材曲线似乎被遮蔽了,又似乎是武搏的心理暗示:他觉得那后腰和臀部丰实了许多,仿佛里面藏匿着一个巨婴。谢小沛把面搓成一根长条,像一根粗大的面条,再用刀一下下地切,像把一个什么软体动物一截截肢解。然后她把那些肢解开来的部分一个个摁扁,再用擀面杖压来压去。这些动作无端地让武搏感到,谢小沛像是在施行一种什么酷刑。谢小沛擀了一摞圆滚滚的面皮,放下擀面杖,开始包饺子。她回头看了武搏一眼,说,你猜咱们吃什么馅的饺子?武搏说,猜不出。谢小沛说,有那么难猜吗?武搏不可避免地发现,他和谢小沛之间失去了必要的一些什么东西。主要是好奇和热情。谢小沛说,三鲜的。韭菜、猪肉、虾仁。还有海肠、贝丁、黑木耳。武搏说,一个饺子馅,你搞那么多的材料?这哪叫三鲜。谢小沛说,多吗?我想不到还可以往里加什么了。

这样的对话,让武搏意兴阑珊。谢小沛烧开水,把饺子一个个丢在锅里。餐桌上摆好了她做下的几个菜,每一个盘子都被另一个底朝天的盘子扣着,武搏没兴趣看那里面的内容。接着,他们坐下来吃饭。武搏不知道李美丽和岳父母此刻是不是在他给订的那家酒店吃饭;大过年的,他这个女婿却不在。武搏认识李美丽将近二十年,这是头一次在这个日子里缺席。李美丽是小城土著;武搏老家在南方,双亲都早已去世。他从来到小城和李美丽恋爱,就同时和李美丽的家庭恋爱了。多年下来,他们融入彼此,怪异得很。武搏相信世上有许多这样的融入,意义和麻烦都已超出婚姻本身。

一对各怀心思的情人不咸不淡地吃完了饭。谢小沛过来在沙发上坐下，下巴指指化验单，说，喏，就是它。武搏说，看到了。谢小沛说，怎么办？武搏说，你打算怎么办？谢小沛说，和李美丽离婚，和我结婚；生下他。

武搏对谢小沛的简捷直接感到意外。但他又想，谢小沛本就是个耀武扬威的女孩。冲她炒掉移动公司那劲儿，武搏就该料想到今天。换个角度，谢小沛能站在厨房里给他包饺子，这已经是不可想象的委曲求全了。

我们能不能再想想其他的办法？武搏皱着眉头说。

不能。

武搏这才感到自己很可笑：从进门就郁恼地坐在沙发上，摆出这副样子给谁示威呢？自己才是那根等待被肢解的面条。

武搏想了想，说，谢小沛，这个婚不好离。我和她都那么长时间了。从认识到现在，足足二十年。

谢小沛说，时间毫无意义。你是选择一个自己的孩子，还是选择一个只有时间的婚姻——这个账不好算吗？

武搏感到一阵揪心的痛楚。他说，谢小沛，咱们能不能只生孩子，不结婚？

不可能。谢小沛说，要么结婚，留住孩子；要么我走，打掉孩子。

武搏盯着谢小沛的腹部。他感到那如今还没显山露水的地方，是个巨大的危险。但又格外神秘和诱人。武搏和李美丽没有孩子。他情不自禁地、软弱无力地躺倒在沙发上，枕着谢小沛的大腿，脸朝向她的腹部。谢小沛把衣服朝上掀了一下，让他的手伸进去。

五

"真能改好吗，这条睡裙？我可是胖了不少。"谢小沛下意识地抚抚肚子。

"不相信我的手艺啊？看见这店叫什么名了吗？"李美丽往推拉门上方看去。一块透明玻璃，上面贴着"天衣修改"四个字，"喜欢穿黑衣的女人帮我取的名字。本来叫美丽修改。"

谢小沛说："天衣无缝的意思，我知道。"

"这店本来在这幢大楼的门口。右边，一个很小的店面。只有我一个人，和一台缝纫机、一台包边机。开业那天也是个冬天，玻璃门四处都是缝隙，风刮进来，冷得人直抖。她是第一个顾客，修改一件黑色棉服。她胳膊短，每件衣服的袖子都需要修改。那时候她还很年轻……"

"是不是现在卖内衣裤那家小店？"谢小沛问。

"是那间。后来境况渐渐好了，我租下这个房间。搬了进来。"李美丽说。

"你丈夫呢？做什么的？"谢小沛问。她来是要跟李美丽摊牌并谈判的，但事情从她一开始站在门口就改变了方式。她不明白自己为什么忽然缩头缩脚起来，并且居然在鬼鬼祟祟地打探那个她之前从未重视过的婚姻。

"起初我们很穷。先是我下岗，然后是他。最艰苦的那段日子，只有他在店里给我打下手。我们雇不起人。"李美丽说。

"嗷！他会干这种活儿？"谢小沛忍不住笑起来。

李美丽抬起头，盯视了她一眼。谢小沛说："嗯……我没别的意思。我是说，大男人会干缝纫活儿？"

"他学会了给客人量裤长，剪掉过长的裤脚，熨烫改好的衣裤。有一次他不小心烫着了自己的手。电熨斗整个摁在手背上。"

谢小沛知道武搏左手手背上有块很大的疤；关于它的来历，她却并不知情。武搏每次被问到这个问题的时候都说，这块疤怎么来的？忘了。可能是小时候打架搞的……

谢小沛冷笑一声。她并不认为武搏仅仅是出于维护一个成功商人的形象，才对贫穷遗留下的一块疤痕讳莫如深；不。她认为，那块疤痕被武搏视为一个特殊的事物，就算是艰辛生活的耻辱标记也好，都不属于她谢小沛。

"那时候，我们是那么盼着变成有钱人。他说，他一定要让我过上好日子。这多么像电影电视剧里的台词。当然，这个愿望真的实现了。当我们有了不多不少的一笔钱，他就离开改衣店，去干大一些的买卖了。我们过上了好日子。买房，买车；换房，换车。"

"这个改衣店，是你们完成原始资本积累的地方。所以你迟迟没有离开这里。你们现在是有钱人了。有钱人干这样的活，挺可笑的。"谢小沛说。

李美丽深沉地看着谢小沛，说："你不懂。"

"我有什么不懂的？不就是一个有着共同过去而味同嚼蜡的婚姻吗？"谢小沛说。她踢了踢地上的一球线团。那东西轻飘飘的，贴着地面掠到别的地方去了。

"至少还有东西可嚼。"李美丽轻飘飘地说。声音像线团一样。

李美丽把睡裙另一侧的缝线也一点点拆开。这是一条吊带睡裙，此刻前后片只被两根细带子连接着。李美丽把它放在案子上，从头到脚抚平。睡裙平展展的，像一个纸片人在那里躺着。

谢小沛的电话再次响起。她看了看屏幕，上面显示着：老武。谢小沛看看李美丽，接起电话。"老武。"谢小沛叫道。武搏在那边长吁了一口气："谢小沛，你去哪了？"谢小沛说："你猜。"老武说："现在是猜谜的时候吗？"谢小沛说："那是干什么的时候？"武搏说："你别闹。"谢小沛说："谁闹了？好好地说着话呢。"

武搏说:"没事赶紧回家,别在外乱跑。雪天路滑。"谢小沛说:"我在医院呢。完事就回家。"武搏说:"什么?你跟我商量了吗,就去医院?"谢小沛哈哈笑起来:"逗你玩儿呢。害怕了,老武?"武搏说:"别闹啦,谢小沛。"谢小沛说:"你吻我一下。"武搏说:"吻什么啊吻。"谢小沛朝着电话啵啵两声,说:"挂了啊。乖乖等着我。"

李美丽把睡裙整理好,两手捏着,已经坐到缝纫机前了。谢小沛热切希望她能问一下这个电话。但李美丽埋头捣鼓缝纫机,对这个世界没一点儿好奇。不久缝纫机就嗡隆隆转动起来。谢小沛不知道接下去她该干什么——眼见着缝纫机已把两片睡裙缝合到一起……

谢小沛苦恼着这个见面。包括这条莫名其妙的睡裙。实际上,她并不知道这条睡裙的来历。大约一个月前,谢小沛在武搏车里发现了它。当时武搏下车去一个自动取款机前取款,谢小沛坐在副驾上等。她打开副驾储物箱找前几天放在里面的一盒巧克力——那张玫瑰色的取衣单,从一张碟片里掉了出来。碟片是许久以前的,他们早已不用那过时的东西——谢小沛定期往导航仪里下载一些歌曲,武搏也习惯了用导航仪听歌。碟片装在一只塑料盒子里,盒子晦暗发黄,有两道不规则的裂痕,像是冰封河面上绽裂的冰隙。在谢小沛的翻动中,它掉到地上,盒盖大开,像一本书被翻开。谢小沛惊讶于取衣单上那行油笔写下的时间,不相信它是七年前的东西。她把它夹进自己的钱包里。

拿走这张取衣单的目的,谢小沛并不知道。她不知道的事情还有许多,都是围绕取衣单而生发出来的。她只知道,它是李美丽店里的东西。

一张七年前的取衣单,它能代表什么呢?说不定,它不过是店里回收的无数取衣单中的一张而已:客人取走了衣物,李美丽随手把它装进衣袋;坐车时又随手把它从衣袋里掏出来,夹在碟片里……

谢小沛觉得这是最符合逻辑的想象。但她仍莫名其妙地把它夹进钱包里。她把碟片装进盒子,仍然放在储物箱最底层。

最近的这一年,谢小沛偶尔会想到李美丽。当然,她过去也会想到李美丽,但过去她认为那女人、他们的婚姻,都和自己无关。她和李美丽之间,毫无比对的必要和意义……如今,她觉得自己在这场爱情中快速苍老了,妥协了,庸俗了。后来想到李美丽的时候,她常冲动地想去一趟改衣店,看看那个没有比对意义的人。谢小沛恼恨这种庸俗。

谢小沛还恼恨自己的肚子。她深刻地重新理解意外的含义,认为它是一个极具不幸色彩的词语,包含了极其被动的悲壮意味。谢小沛扎起围裙,把她的深刻理解一点点包进饺子里。在过去和未来之间,她必须选择其一。过去,是她在人行道上说给武搏的那句轻蔑的英语;未来,却是一只只含义复杂的饺子。

武搏半夜时分从她身边离开。这个没有孩子的男人,抚摸了眼前那个平淡无奇的肚腹,就像摸到了里面那个孩子一样。他郁悒地感动了。但谢小沛知道,一旦离开这个肚子,那感动或许瞬间就会被别的更强大更现实的力量击碎。谢小沛多么明白这些啊,她恼恨着这种明白。

让谢小沛感到意外的是,取衣单居然标志着一件实实在在的衣物。而她,懵里懵懂成为一个七年前把黑色睡裙遗忘在改衣店的女人。缝纫机嗡隆隆响着,时断时续。李美丽认真地埋头其中,生怕那娇嫩的桑蚕丝有一丝丝破损。

李美丽的电话响起来时,着实吓了她们两人一跳。谢小沛说:"你的。"

李美丽从包里拿出手机,放在耳朵上:"老武。"武搏在那边问:"在哪呢?"李美丽说:"还能在哪?改衣店呢。"武搏没话找话:"顾客多不多?"李美丽说:"今天元旦。上午多些,下午只有几个。大家都在家准备好饭呢。"武搏说:"哦。"李美丽说:"还有事没?我在给顾客改衣服。"武搏说:"我是想问……早上我们说的事,你考虑得怎么样了?"李美丽说:"我下班后去爸妈那里。抽烟机坏了。你要不要去?有事就忙你的去。"武搏说:"美丽……"李美丽说:"传达室有我的快递,你回家时帮我拿上楼。就这样,挂了啊。"

死老武!谢小沛咬咬牙。"你丈夫?"她问李美丽。

"是啊。"李美丽仍在对付缝纫机。

"老武?也姓武?"

"是啊,怎么了?"

"没怎么。我是说……他们怎么都姓武。"

"那有什么奇怪的,"李美丽抬头笑了笑,"武也算个大姓吧。"

"你丈夫有过外遇没有?"谢小沛直截了当地问。

"有过。"李美丽说。

谢小沛没想到李美丽会这么痛快地回答她,而且,是这样一个答案。

六

服装大楼里亮起灯。元旦的下午,客人越来越少。谢小沛感到双腿肿胀。她站起身,在走廊里走了几步。走廊里零星地走动着几个顾客,并不打算走进店里去,只用狐疑和挑剔的目光逐一往里打量。店里的老板懒洋洋地招呼一声:进来看看。多数袖着手,靠在门框上,打量这几个顾客。一个男人拎着件衣服从拐角处猛然拐过来,急匆匆的。他近似发怒地奔过来,两手抖搂开衣服,说:"看看,一条大口子。补一补,多少钱?"

李美丽正在剪断睡裙上的线。"不补。"她说。

"什么意思？不补！你这里不是改衣店吗？难道是饭店！我打听了三个人才找到这里！都说你补得天衣无缝！这皮衣一万多！刚买五天！"男人挥舞着一只手，另一只重重地把皮衣蹾在案子上。

李美丽把睡裙从缝纫机上拿起来，两只手提着，上下端量着说："今天是小店最后一天营业。不再接活儿了。"

"最后一天！谁说的？我急着穿呢！"男人又提起皮衣，抖搂了一下。

李美丽看了男人一眼，说："抱歉。店是我的，我说的，今天最后一天营业。从明天起，我不干了。"

男人鼓凸起两只眼："有通知吗？你贴通知了吗？"

谢小沛起初边在走廊里溜达边看热闹；她在改衣店坐了半下午，只有一个来取衣服的，这让她觉得很无聊。但她很快发现这男的有些欠，越听越觉得他有些欠。李美丽不再和男人啰唆，只当他是空气。但男人不依不饶，唾沫星子四溅。谢小沛忍无可忍，走回店里，从垃圾桶里捡起一张包装纸，拿起案子上的油笔，在上面唰唰写道：本店明天停业，即日起不再接活儿。她拿起架子上的半卷胶带纸，剪掉一截，啪一声把广告纸贴在门玻璃上："看到没？通知！"

男人上下打量谢小沛："你是干吗的？我刚和人打架，让人一刀子把衣服给豁了！"

谢小沛叉起腰："我干吗的？说出来就复杂了！和你没关系！打架怎么了，有理啊？想打架啊？"谢小沛挺挺肚子，"这里还有一个，小武；二打一，来啊！"

男人拎起皮衣，调头就走，边走边说："小心我来砸你店。"

谢小沛追出去大喊："你来！我不让老武找人把你剁了！我就不是老武的女人！"

谢小沛最后说了一句英语。她气宇轩昂地站在走廊中间，想起从移动公司走出来的那个下午。一眼望去，走廊两边洞开着一个一个的格子间，让谢小沛恍惚感到像走到了迷宫中。迷宫……她大口大口地喘着气。

对门婚纱店老板娘潜行到改衣店里，悄悄指着谢小沛问李美丽："谁呀？我怎么听她嚷嚷是老武的女人？不会是你们家老武吧？"

李美丽把睡裙平摊在案子上，这里整整，那里抻抻；她朝婚纱店老板娘笑了笑，没回答。那女人不甘心地追问道："你们家老武有外遇了？找上门来了？要我们帮忙，就吱一声儿！都邻里邻居的，是吧？如今这年头，小三真是猖狂了！"

正说着，谢小沛回来了，两眼溜圆地去看婚纱店老板娘。那女人闭上嘴巴，回到店里，拿起拖把说："美丽，快下班了，该打扫卫生了。"

李美丽拿起睡裙，让谢小沛试一下。"快下班了。下了班，大楼就要关门了。"她说。

谢小沛不情愿地拿起睡裙,说:"还要试啊? 你不是号称天衣无缝吗? "

李美丽说:"试试吧。以后不合适,你也找不到我了。"

谢小沛问:"不会是真的吧? 明天真要停业? "

李美丽笑了笑,把谢小沛推到试衣间,帘子哗啦一声,给她拉上了。谢小沛再一次面对了那白生生的裸体模特。她快速脱下衣服,套上睡裙,掀开帘子,对李美丽说:"你看看。"

李美丽看了看,说:"我觉得挺合适的。你觉得呢? "

谢小沛说:"我也觉得挺好的。"

谢小沛坐在凳子上,看着李美丽把睡裙摊在案子上,来来回回地熨烫。"几点下班? "她问。

"六点。"李美丽说。

谢小沛看了下手表,还差五十分钟。她问李美丽:"真的明天停业,还是骗刚才那人的? 刚才可真是痛快。"

李美丽说:"当然不是骗人的。"

谢小沛问:"为什么不干了? 这里不是你们积累原始资本的地方吗? "

李美丽说:"其实早就不想干了。你不愿意做我最后一个顾客啊? 我等了你七年,睡裙总是挂在那里;现在你终于来了,我也没心事了,该去开咖啡馆了。今天的日子很特别。"

谢小沛说:"要我做你最后一个顾客? 好……那你等等。"

谢小沛走出改衣店,站在走廊里,左右看了看。她走进一家卖外套的店,指指墙上挂着的一件黑色棉服。胖胖的老板娘不相信在这个生意惨淡的下午还会有生意,而且是快要下班了。她快速用挑衣杆把那件衣服取下来。谢小沛穿上去,低头看看,说:"这么肥。"老板娘说:"尺码不全了,就剩这一件。要不你看看别的? "谢小沛说:"我就要这件。别的不要。"

李美丽正在扫地,一团团的线头在地上滚动。"衣服给你叠好了,放在袋子里。"李美丽说。

"别扫地了,快点,改这件衣服。袖子长,改短。"谢小沛说。

李美丽直起腰,看着谢小沛,说:"黑色棉服。我第一个顾客改的也是这样一件黑色棉服。"

"对。既然你让我做最后一个顾客,我就得让你牢牢记住我;就像记住第一个顾客一样。还有四十分钟,你得加快。"

李美丽看看衣袖,说:"马蹄袖。不太好改,有点儿麻烦。"

谢小沛说:"快点快点。我相信你。"

七

"我刚才听你说怀孕了?"李美丽边拆袖子边说。

"是。美丽而烦恼的意外。"谢小沛说,"恶心,想吐。腰腹都长了一圈。不是我自己愿意胖的。"

"你那个老武,是什么态度?"李美丽问。

"昨天答应我回家离婚。今天早上说,让我再耐心等等。我最多再等一个星期。日子多了就不好做了。你觉得他老婆会不会答应离婚?他们没有孩子。"谢小沛盯视着李美丽。

李美丽沉默了一会儿。她把剪下来的一截袖口拆开,拿尺子比量着尺寸。"想不想听听我的孩子是怎么没的?我有过一个孩子。"她说。

谢小沛说:"想听。讲吧。"谢小沛从没听武搏提起李美丽流产是怎么回事。她觉得武搏和她之间共有的东西太少了。

…………

孩子。这是李美丽在心里叫过无数次的两个字。起初只要这两个字一被念及,立即就会物化成一个鲜活的小孩子,在眼前摆出各种她能想象到的样子。随着时间的逝去,这两个字慢慢成为一个符号。她有时想,是不是该把它擦掉了。她被医生建议尝试一下两种助孕方式——她犹豫着,不那么情愿。事情就一再地拖下来了。

李美丽记得七年前那个下午——也是和今天差不多的时间。那女人,喜欢穿黑衣服的女人,像往常一样坐在改衣店里。对这个黑衣女人,李美丽一直极尽所能地优待着,因了她是第一个顾客的缘故。还在大楼右门口那个寒冷的临街小店时,只要女人来,李美丽就放下手头所有的活儿,先给她改衣。不起眼儿的活儿,每日精耕细作,却比在单位时收入多了。武搏下岗后,也在店里帮忙。大约两年下来,他们决定扩充店面,招聘服务员。武搏拿着他们这两年攒下的原始积累,干别的去了。李美丽搬到大楼里面的这个格子间,添置设备,招聘服务员。营业的前一天,她一个人坐在光洁整齐的新店里,给黑衣女人打电话。你是我第一个想打电话的人,她说。

第二天一早,服装大楼刚开门,黑衣女人抱着一束大大的鲜花,穿过走廊。李美丽觉得她和黑衣女人之间的关系有些特别,不是简单的服务和被服务,而是暗含了一些别的。别的什么,李美丽又说不清楚。她只是觉得她们两年下来,共同拥有了一些东西,包括情感、彼此的遭际。她眼看着女人从一个简单清纯的女孩变得郁悒寡言,身上的穿戴逐渐贵气;在聊天中李美丽知道她已经跟了一个已婚男人。李美丽像对自己亲生的姐妹一样,怜惜着她……李美丽也逐渐跟过去不同：她雇了两个长工,旺季时最多雇到四个人。她把马尾辫上的橡皮筋解开,扔掉;头发整齐地梳着,拢到后边,用几个发卡别住。她化简单的淡妆,穿丝袜和裙子、各种面料的大衣。到了店里,把大衣脱下,撑起,挂在柜里。黑衣女人隔些日子就会来,李美丽亲手给她改衣,不用雇来的那些人。黑衣女人多日不来,李美丽看到门上方"天衣改衣"四个字,还会想一想她。店名是在李美丽准备扩充店面时,黑衣女人给取的。李美丽觉得这个名字简直来自神赐——那么贴合她的心意……

李美丽记不得多少次她回家和武搏提起那黑衣女人。李美丽和武搏絮叨那些店员,老潘、老鲍、大刘、小贾、小孟。她们每天在店里一边工作一边拉着家常,聊着时事。李美丽还说一些给她留下印象的顾客,哪个奇胖无比,哪个是痴呆。至于服装大楼里每个格子间常发生的争执,那就更多。顾客回家后觉得受了欺骗,回来退货;或者当场在店里谩骂开来。有家店一下子被偷走十条皮裙,店主发了疯。另一个女的,常常被酗酒的前夫找上门来勒索,每次过后都伏在凳子上哭泣。有个大姐孩子考上美国的大学,一年学费要二十万,快把她高兴死了也快愁死了。一个男的,老婆跟了别人,格子间是给他的补偿。武搏嘴里嚼着饭,或者看着报纸,洗完澡擦着头发,有一搭没一搭地听李美丽说。除了这些,李美丽还说黑衣女人。我们要有新店了,一切要重新开始。要改个店名。美丽改衣,这个太俗气了。李美丽说,武搏哗啦啦翻着报纸,找体育版。哦,那就改一个。李美丽说,天衣,怎么样? 天衣无缝的意思。武搏找到版面,埋头细看,一边敷衍:不错。李美丽说,你猜谁帮我取的这名字? 武搏说,不是你自己取的? 李美丽说,我哪有这样的学问。告诉你吧,是黑衣女人。武搏一下抬起头:真的? 李美丽说,你干吗这么吃惊? 武搏说,没什么。又一次,李美丽说,老武,你知道吗,黑衣女人现在跟了一个已婚男人。武搏又是一惊:谁说的? 李美丽说,她自己说的。武搏说:她还说什么了? 说没说那男的……是干什么的? 李美丽说,没说。那是人家的秘密。武搏说,哦。李美丽说,我觉得她自从跟了那男人后,就变得很不快乐。武搏很不悦地说:你怎么知道她不快乐? 瞎猜什么。李美丽说,你急什么呀,跟你又没关系。

…………

李美丽当时有多傻。

也是在这样一个下午……李美丽记得,黑衣女人总喜欢下午来。她上午很晚才起床,所以只能下午出门。不用工作的女人。李美丽记得那是个五月的天气,黑衣女人带来一盆小绿植:圆圆的小叶子,像一个个小小的笑脸,向上举着。黑衣女人说,这叫金钱草。保你发财,还净化空气。李美丽当时怀孕了。他们正在一样样实现几年前结婚时的理想。李美丽把金钱草摆在一个隔板上,然后给黑衣女人改一件衣服。

…………

"那天我才知道她和老武的关系。我家老武。"李美丽对谢小沛说。

"她和老武……有关系？"谢小沛咽了一口唾沫。她觉得口腔焦干。

"你想不想知道,我是怎么发现的?"李美丽把缝纫机重新弄出嗡隆隆的响声。

"说吧。全部都说,一点别落。"谢小沛说。

"其实很简单。但也很偶然。黑衣女人要去洗手间。她把手机放在案子上——她经常这么做——这时候老武给她打来电话。我当时正要到案子上给她烫衣服,无意间看到手机显示武搏的名字。当然,这个世界上名叫武搏的人不知道有多少——单论这个小城市,说不定也有成百上千。但你知道,女人的第六感有时极其诡异。"

"然后呢……你们……"谢小沛不知道她想说的是什么。她想起刚才自己去洗手间时,也是把手机放在案子上,老武恰好也来过电话……如果李美丽刚才说的这些都是真的,那么,今天这个下午,岂不是多年前那个下午的翻版?谢小沛知道世事诡秘,巧合太多;但这种巧合……超出她的人生经验。

"一般来说,我们会吵架。我应该拿起手机,劈头盖脸地质问她,这个武搏是谁。甚至当场回拨过去,验明正身……你不知道我多么想这么干。在她从洗手间返回的那段时间里,我盘算着该如何对她发起猛烈的攻击。我让店员提前下班,当时那小姑娘正在扫地。我看着小店,头一次发现这里到处都是凶器——电熨斗、暖水瓶、笤帚、剪刀、无数亮光闪闪的缝衣针。然后,她回来了。你知道吗,我慌张得要命,感到自己两颊烧烫;仿佛干了不可示人勾当的人不是她,而是我。她看了一眼手机,脸色有些发白。那一瞬间,我觉得我们对整个事件心知肚明……"李美丽已经把谢小沛那件黑色棉服其中一只袖子改好了。她拽掉几根线头,看了看墙上的挂钟。"时间有些紧张。不一定能改完。"

"然后呢?"谢小沛摸了摸自己的脸。仿佛脸色发白的人是她,而不是黑衣女人。

"然后……她匆匆离开了。店里只剩下我一个人。其他店里的人都在擦地、整理钱款。再后来,下班了。我在下台阶的时候不小心踩空,于是孩子没了。我再也没怀上过。如今,人过中年了,我也认命了。"

"那女人……后来呢?"

"后来……再也没见过她。我开店以来的那三年里,实际上,我们情同姐妹。但你知道,那是因为我们共有一个男人……而对她来说,那巨大的秘密和不安所带来的压力,已经超过了爱情的美好。就在那天夜里,她跳楼自杀了。一只胳膊断掉一半，就像那个模特……"李美丽拿起另外一只袖子，问谢小沛："今天还改吗？这只袖子？"

谢小沛恶狠狠地说："改。今天不是你当服装修改师的最后一天吗？"

八

谢小沛又去了一趟洗手间。怀孕之后她有了一个标准孕妇应有的所有反应：恶心、发胖、嗜睡、长斑、尿频。

回到改衣店后，谢小沛看到一个女人倚在案子上，和李美丽正说着话。李美丽埋头在缝第二只袖子。缝纫机嗡隆隆时断时续响着。谢小沛坐在凳子上，看看挂钟，还差八分钟就该下班了。那中年女人说："还得手工扦一下。快下班了，我帮你吧。"李美丽说："别，我来。"中年女人说："你这脾性，老是不改。那我走了啊。"中年女人转向谢小沛，讨好地说："她对特殊顾客就这样，不放心别人，总要自己干。"

李美丽笑笑，说："别忘了，明天来看店。主要是等顾客来取衣服，别给人家耽误了。"

中年女人背着包往外走，说："你还不放心我啊？"

谢小沛问："又雇人了？你不是不干了吗？"

李美丽说："是啊，不干了。店转给她了。张姐以前是我雇的店员，现在在这大楼的三楼卖服装。她是帮我时间最长的一个，整整两年。"

谢小沛有些不舍地说："我去了趟洗手间的工夫，你这么潦草地就把店转给她了？她不是开着服装店吗？有空打理吗？"

李美丽说："张姐最大的理想就是开一家改衣店。明天她就先来干着。服装店里有她外甥看着呢。她打算把服装店转给她外甥。"

谢小沛没再说话。她看着挂钟。这个她计划好的下午，按照另一条轨迹，就这么滑过去了。缝纫机停止嗡叫，李美丽拿起一根针，开始手工扦缝。剩下两分钟的时候，她打了个电话，请求给改衣店延时一会儿。对方可能是大楼里管理电闸的人。"三五分钟就行。"李美丽说。

她们为了一件明显大出一码的衣服，成为这幢大楼里最后两个离开的人。挂钟指向六点，刷地一下，大楼里的灯熄灭了。只有改衣店的灯还亮着；但跟漆黑的走廊比起来，显得那么的微弱和孤单。谢小沛猛然感到一种茫然无依的悲凉：她竟这么被动地度过了这个下午，没有力量来扭转。

李美丽拿起剪刀，把线剪断。她把黑色棉服叠起来，装到袋子里，递给谢小沛。

"这件衣服好看吗？我是买了准备春节穿的。提前穿上了，也是纪念一下这个特殊的日子。还有这条围巾，多艳丽啊。老武今天早上看了一眼这条围巾，我知道，他觉得我忽然围上这么一条围巾，显得很怪异。"李美丽穿上外套，围上围巾，对谢小沛说。

这个时候，改衣店的灯也熄灭了。谢小沛吓了一跳，她忽地站起身，立在黑暗里。李美丽也立在那里，适应着这陡然的黑暗。她们两人悄无声息，只是呼吸着。几分钟过后，黑暗不那么浓稠，她们影影绰绰看到了对方。只是一团模糊的影子。李美丽拽了拽谢小沛的胳膊，说，跟我走。她们两人相跟着走到外面；李美丽把玻璃门关上，摸索着上了锁。

"大门关了吧？我们从哪出去？"谢小沛问。她听到自己的声音在打着寒战。

"有一个小门。"李美丽说。

这是一个很大的综合商业区，地形复杂。谢小沛跟着李美丽，曲里拐弯走了好久。有的地方能看到大楼外面闪烁的广告牌子，有的地方就陡然地陷入黑暗。在又一处陡然的黑暗里，李美丽忽然停住了。谢小沛差点撞到她身上。

"你知道那孩子是在哪儿没的吗？"李美丽问。

"在哪？"谢小沛答得言不由衷。她感到一阵阵发冷。

"就在这儿。我前边有台阶。下了这些台阶，拐个弯，就到小门口了。那天——知道黑衣女人和老武有关系的那个下午，我一个人坐在改衣店里，直到下班。大楼里的灯都熄灭了，到处漆黑一团。我一个人走到这里，踩空了。孩子就这么没了。"

"哦……真是可惜。咱们快走吧，太黑了。"谢小沛说。她不知道此时此刻应该说点儿什么。

"你就不想知道，你手里这条黑色睡裙是谁的吗？"李美丽仍然站在那里。

"干吗这么问……"谢小沛脑子里嗡嗡直响。这个下午完全不是谢小沛的初衷，相反，到了后来，她特别希望李美丽被蒙在鼓里，什么都不知道。她以后不会再来改衣店了。但她隐隐地猜疑着……终于，这个猜疑落到了实处。谢小沛感到自己太可笑了。

"这条睡裙，是老武买给那女人的第一件衣服——哦，就是我提到的黑衣女人。那个下午她来改这条睡裙，是为了再一次在老武面前穿上它。她为什么要改这条旧了的睡裙穿给老武看，这是个永远的谜。但是，老武那个不合时宜的电话改变了一切。是的，那之后我根本没有心情继续改这条睡裙，她也没有心思坐下去了。这就是这条睡裙为什么没有被她取走的原因。另外一个原因是，她跳楼自杀了。因此永远不会来取走它。你看到柜子里那个塑料模特了吗？她就跟那模特一样美……你想说，我一直知道取衣单的存在，是吧？当然。老武把它当成对她的纪念，一直藏在碟片里。"

谢小沛捂住嘴巴，克制着惊呼的冲动。她猛然感到自己的胳膊被抓住了，那只手力量无穷，似乎要把她擎起来，扔到宇宙中去。谢小沛失声惊叫，挣扎道："李美丽，你要干什么？"她感到腹中一阵骚动。完了，她想，这个孩子和多年前那个孩子竟然是一样的命运。李美丽要推我了吧，把我推倒在地，从台阶上滚下去……

但是李美丽并没对她怎么样。"你怕什么？"李美丽嘲讽地说。她抓着谢小沛的胳膊，领她走下台阶。拐过一个弯，直走几步，李美丽说："到了。"她伸手掀开一挂沉重的帘子，摸索到门上的暗锁。一阵冷风吹来，谢小沛打了个喷嚏。但她看到了街上的灯火，不禁激动得热泪盈眶。小门外面是这个庞大的商业区的一条小胡同；李美丽带她拐过两条这样的胡同，站在灯火通明的商业街主干道上。街边停放得密密的车辆已经开走了很多，白色油漆圈画的车位，像一个一个紧连起来的平行四边形。她们寻找着各自的车辆。

"我的在那边。"李美丽说。她从包里找出车钥匙。"你不是问我，老武的老婆该不该同意离婚吗？"

谢小沛猛然伸手捂住了李美丽的嘴。她没想到自己会做出这么不体面的举动。"你不用回答。用不着。"她说。

李美丽笑了笑。她把大衣上的帽子扣到头上。"我去我父母家。"

谢小沛慢慢地走向自己的车。她看到那间内衣店还亮着灯，想了想，推开门走了进去。那孤傲的女孩，坐在椅子上发呆，两手托着腮。

"你怎么还不下班？大楼里的人都走光了。"谢小沛说。

"我的店临街，和他们不是一路的。我自己说了算。"

"没人买东西了。而且今天是元旦。不回家吃饭啊？"谢小沛感到自己在很犯贱地没话找话。

"老家在农村。这跟你有关系吗？"女孩乜斜着她。

谢小沛被噎了一下，却很宽容。她奇怪自己有这样的心境。"我买东西，总行了吧？"她从内裤堆里抽出一条来，抖开，说："这么肥大！有这么胖的人吗？"

女孩无聊地盯着门外的街道，看也没看一眼那条内裤，说："那是孕妇内裤。"

"是吗？那我买几条。你没看出我怀孕了吗？快两个月了。"

"早上不是买了两条吗？不用再买了，那两条拿来，给你换两条孕妇的。"女孩记性不错。

谢小沛抬了抬手，发现早上买的那两条内裤，正好好地放在袋子里。她伸手把它们拿出来，想了想，又放回去了。"算了，不换了。"她说。

"想给你省点儿钱，还不干。非要再买。那就买吧。自己挑。"女孩说。

"也不买了。"谢小沛说。

"为什么？"女孩把目光收回来，看看谢小沛的肚子。

"不为什么。不要这孩子了。"谢小沛说，"你想不想喝点儿酒？你过单身，我也过单身。我们都无家可归。你看我，不像个骗子。我知道一家餐厅不错。"

"真的假的？"女孩说。

"你是不敢去吧？"谢小沛忽然很开心。她开心得不得了，感到自己又回到了没有爱情的无忧无虑的年轻时光。

"我有什么不敢的。"女孩忽地站起身，开始穿外套。

16 th
2015/06
百花文学奖

中篇小说奖·入围作品

孙频小传

孙频，女，1983年生。毕业于兰州大学中文系。2008年开始小说创作，已发表小说两百余万字，著有长篇小说《绣楼里的女人》，小说集《隐形的女人》《三人成宴》等。中篇小说《醉长安》获《小说月报》第十五届百花奖。现为江苏省作家协会合同制作家，中国作家协会会员。

异 香

孙 频

一

黄昏的山林里细若游丝地飘过一缕诡谲的异香。

就那么一缕,可是,很邪,邪到了锋利。

很细,很轻,像一页薄薄的宣纸,一放进水里就自己先化掉了,连点骨架都没有。这香味像是从两扇花纹繁复古旧、腐朽颓败的木门后面散发出来的。那两扇门紧紧闭着,寂静像野草一样凄艳茂密地包裹着这两扇门,却无从猜测这门后面究竟是什么,这异香究竟是从哪里来的。

这么妖冶、陌生的香味。妩媚得过了,已经近于可怖。

这异香从树梢间擦过的一瞬间,像一只苍白、冰凉、诡异的手,只用寒香的指尖拂过了树梢。叶子乘坐着一天中最后的光线,旋转着往下落去,落去。这叶子触到卫瑜的皮肤时,她顿时觉得这点碰撞像根针一样直直往她身体深处钉去。她下意识地抱住肩,打了个寒战。

黄昏迟钝浑浊的光线从树叶中间筛下来,大大小小地向她身上砸去。她抬起头,从树叶的缝隙间看了看天色,她不知道这山有多高,但知道今晚是一定到不了山顶了,太阳马上就要落山,这山路恐怕也赶不得。没想到,这刚开发出的山还这么荒凉,山里全是原始森林,一路上竟连个人影都看不见。越走山林越深,树木越来越茂密,叶子肥大得像长了一树的手掌。一星半点的野杜鹃突然跳出来,猩红得像血。更令她感到恐惧的是,不知道从什么地方突然飘来一缕一缕妖冶的香味,断断续续的,像从一个陌生的世界飘过来的音乐。她无端地觉得这异香的尽头一定系着什么神秘的东西。

这么妖冶的香味,不像是人间的。她不想撞见。

迟疑了几秒钟,她决定返下山去,显然她开始就估计错了,虽然已经赶了一段山路了,但山顶还遥远,今晚到了山顶都不知道是什么时候了。还是在天黑之前到山脚下住宿,明天再上山顶。石阶仍然新鲜粗糙,可见素日里来这座山上的人还是很少。她开始往回返,往下走了没几步,忽然看到前面的石阶上晃着个人影。她吓了一大跳，在这寂静的不见人影的山里，忽然看到一个人竟觉得比见了任何动物还吃惊，简直是天外来物。

渐渐看清楚了，果然是个人。是个男人。还是个年轻的男人。

男人像只蜗牛一样，背着一只巨大的黑色旅行包，正顺着石阶一步一步往上蹴。他走得很慢，边走边有些犹疑地看着周围。见是一个同类，卫瑜放下心来，干脆站在那级台阶上不再动，饶有兴趣地看着这个男人的犹疑。仿佛就是一瞬间，她把自己刚才那点恐惧全转嫁到这个男人身上了。现在，自己成了观众。隔着几级台阶，她看着他，就像看着他为她垫了底，心里竟也有些见不得人的得意。

他离她越来越近了。她甚至闻到了他身上散发出的男人才会有的气息。这气息像动物的皮毛一样蹭着她，潮湿却温暖，几乎把她的眼泪逼出来了。竟然在这深山老林里见到了一个人，还是一个男人。原来，人的气味竟是这样温暖。男人眼睛顾着脚下的石阶，还捎带着紧张地观察周围，不提防前面还站着个人。都走到跟前了，他还是看着山路，突然就看到前面有一双脚。简直是大骇，他自己的脚已经乱了方寸，倒退了两步才把重心压住，不至于摔到山下去。

男人刚才的一系列表情都纤毫毕见地收进卫瑜眼里去了。像深夜里的两条船好不容易碰上了，一个人在这条船上瞥见对面船上的灯火时，便疑心那一定是狐妖所化，断不会是同类，又怕这船真的擦肩而过了，自己前面会是更渺茫的孤单，心里更是恐慌。她突然发现，因为这男人刚才脸上的表情太过真实了，看起来反而更戏剧性。原来，真实得过了，倒仿佛成了舞台上的表演一样。在她津津有味地观察着男人的时候，男人已经像火中取栗一般从恐惧中快速拣出一个判断，是遇到同类了。他摇摇欲坠地掩饰着刚才的惊恐，迅速整理了一下脸上的表情，然后，一手掩饰性地叉在腰上，仰着脸，眯着眼看着卫瑜。卫瑜抿着嘴，不敢笑。

男人明显是佯装出来的轻松，半生不熟的，喂，你是人吗？

卫瑜使劲咬着嘴唇，忍着笑，你才不是人。

你是不是这山上的山妖？一个女人在这深山里转悠，你不害怕？

你才是山妖。

那让我摸摸你的手，看有没有热气，要是凉的，就说明你不是人。你敢吗？

我不是人，我在这找食物呢，我今晚就吃了你。

男人先撑不住了，笑着作了个揖，山妖姑奶奶，饶了我吧，我家中还有老娘等我回去，你要吃了我她就饿死了。

卫瑜也笑，她知道，通了。他们像两只昆虫把触角碰在一起，接上头了。

她在路边的石头上坐了下来，把刚才全身绷起的神经都松散地晾在了石头上。那些神经紧张多时，现在一条条都疲惫地爬不起来了。男人已经走到了她面前，她低着头，先是看到了一双昂贵的登山鞋，然后，再一点点往上挪去，最后看到的是一张似笑非笑的脸。凡是有这种脸的男人，多数是因为一双眼睛在作怪，看上去多少有些坏的眼睛。

这次是男人站着，俯视着她，你不要告诉我你是专门跑到这林子里来爬山的。

这山又不是你家的，你爬得，别人就爬不得？

这是女人爬的山？

女人爬的山都贴着标签吗？

你背这么点东西就敢来爬山？

谁都像你一样把房子背过来？

姑奶奶你都不背帐篷晚上睡哪儿？不怕野兽吃了你？

我到山下找人家去。

方圆十里你看得到人家？你胆子也太大了，没人管你？你老公呢？没老公，那你男朋友呢？都不管你？就放任自流地让你一个人跑到这深山老林里？

你不也一个人跑进来了吗？

你能和我比吗，我是经常登山露营的，经常就住到山上了。

那你刚才还那么害怕做什么，好像我会吃了你。

你突然跳出来，还是个女人，我能不害怕吗？总得搞清楚是人是妖吧。

我走得好好的，明明是你突然跳出来的。现在搞清楚我是人了？

还没让我摸你的手，试试？

话从男人嘴里生鲜地滚落出来，却也只限于嘴上那寸地盘。他的手根本没有要动的意思，只随便往身上一插，便无精打采地在卫瑜对面坐了下来。背靠着自己的大旅行袋，就像靠着一座小型的房子。卫瑜看得出，他正试图把身体里那些蜷伏着的疲倦和恐惧一点一点熨平了，他自己不也正在心里毛骨悚然，几欲先走吗？装什么装。

山上的光线越来越暗，透明的夜色像是突然在这山林里长出的植物，刹那已经长得漫山遍野。两个人被包裹在一团小小的暖湿的空气里，像一只透明的粽子，把他们和周围的夜色隔开了。两个人的恐惧撞击到一起时，竟像两把铁器撞出了火光，却可以拿来取取暖。其实只是两个人，两个人却横七竖八地坐在路边，如水母一般把手和脚都伸展开了。两个人都有些懒得动，似乎整座山都成了他们俩的，不过两个人跋扈地坐在这山上，竟像铺天盖地满山是人一般。管它天黑不黑。

可能是身体里的褶子熨得差不多了，男人体内又长出了说话的力气，他接着把刚才的话温了一遍，就像饭吃了一半，凉了，得回锅煮煮。他又问一遍，丫头，你跑这深山老林里干什么？

玩，这又不是你家的自留地，你管得着我吗？

丫头，这可都是原始森林，有黑熊有毒蛇的，你觉得好玩吗？

那你跑来干什么？你比别人多了个脑袋不成？

我这纯属个人爱好，一段时间不爬山我就浑身难受。每年我都要爬几座山的，一走就是一两个月。你能和我比吗？

我闲得发慌，出来散散心还不成？

你就不能挑个正经地儿去散心？起码也叫个男人陪着。这湘西的山里妖气最重，我一个男人都走得心惊胆战的，你胆子也太大了。怎么就没找个男人陪你来？不会连一个男人都没有吧？

我混得不好，就是没男人。那你怎么也是一个人来？

我每次出来都是一个人，早习惯了。你才多大点道行？修炼到我这步没有个十年八年是不行的。

你怎么不带个女人陪着你？不会混得连个女人都没有吧？

女人多了和没有一样。再说了，女人都是中看不中用，能把她们拉到山上来用？

女人多了和没有一样？你有很多女人？是女朋友还是别的什么？

呵呵，自个儿琢磨去吧，多了和没有一样。

不和你说了，我得下山了，要不今晚我真没地方住了。

快拉倒吧，天已经黑了，天一黑，野兽和妖怪就都出来了，就在路上等着你呢。你要敢，就试试。

那我睡哪儿？

在这座山上，你就暂时跟着我混吧，有我睡的就有你睡的。刚才我拿望远镜已经看到前面有座废弃的木屋，估计早没人住了，今晚咱们就住那儿去。

你负责我今晚的住宿？

我又不会吃了你，这么瘦的，吃也没意思。

你去死吧。

两个人为彼此壮了胆，重新背起包，跌跌撞撞地赶路。夜色开始慢慢浑浊起来，周围的一切轮廓在渐渐变厚变硬，铁划银钩起来。白天里太阳烘焙过的植物的清香现在一下发酵了，浓得像棉花堵着人的鼻子。这样的香味使植物突然有了荤腥的肉感。那缕诡谲的异香像一条柔软却锋利的芯子穿在这片植物的气息里，摸不到，从面前拂过时，却有类似于蛇尾扫在皮肤上的阴森。她有些害怕，紧走两步，跟上男人。

男人头也没回,却像是把她那几步疾走的脚步声全捏在手里了。她看不到他的表情,只听见他说,害怕了吧。我叫张楚河。她想,这人怎么一点逻辑都没有,自己又没问他叫什么。便说,你爸爸是不是喜欢下象棋,给你起的名字都是楚河。他不回头,却笑,告你个名字你就真信啊。她一愣,然后冷笑,你叫什么关我什么事,你告我你叫阿狗,我就叫你阿狗,你说阿猫,我就叫你阿猫,不过就一符号,你还那么敝帚自珍的。张楚河呵呵笑着,丫头自尊心还挺强,你看我都不敢问你芳名,将就着叫你丫头吧,你可别生气。

卫瑜想,看似嬉皮笑脸,实则拒人于千里之外。连个名字都不问,那就是说这男人也不过把她当个路人甲。路人嘛,有来,就有去,去了就当从来没有过。过后想起她的时候,可能连脸都是被蒸成一团的馒头,不辨眉目的。他像是怕他们之间要发生点什么,可不,这样的林子里,在这样与世隔绝的孤单里太容易发生点什么了,就是榨也能榨出点什么来。所以,他从根子上就要早早截住,不给它一点点水分存活?卫瑜想着,嘴上还是留着刚才的一点笑泡,嘴唇却是干的,像是被风干了贴在那里,牙齿粘在上嘴唇上,下不来。她在心里冷笑着,你有三头六臂还是怎么着? 生怕被别人惦记上了。

两个人终于走到那间木屋前了。这是间破败的吊脚楼,木门木窗都散发着腐朽的木质的清香。从那扇门里看进去,是一团坚固得不留任何缝隙的黑,那团完整的黑,似乎伸手就能掰下一块。卫瑜倒吸了一口凉气,张楚河放下背上的包,从包里翻出一只应急灯。一束雪亮的灯光拿在手里,像是拿着一件兵器一样壮了胆。两个人跟在这灯光后面向里面看去,灯光像尖利的牙齿把那团黑暗咬开了一角,其实里面什么也没有,连只老鼠之类的动物都没住着,单单就是一团黑横在里面。两个人跟在这灯光后面踏进了木屋,像坐在一截火车上突然驶进了陌生的异地空间。时空都错乱了。

应急灯的灯光钝了一点,有些萎谢。把一团毛茸茸的橘黄色投到地上,就像这点光在那里结出了果实。两个人坐在这团果实里,像两只小动物分食着这点不多的灯光。张楚河一边埋头在包里找东西一边说,明晚必须得找个人家住,应急灯和手机都得充电。张楚河正好坐在灯光的芯子里找东西,卫瑜则坐在了边上。就好像他正在舞台的那束追光灯里,她乐得做个观众再仔细观察一下这个男人。刚才遇到他时彼此只顾了提防,连看都没看清,只是囫囵吞枣地知道是个男人。

张楚河一张瘦长的脸,五官没有什么特征,总体来说是一张平庸的脸。除了看人的目光多少有点邪气,那目光戏谑下藏着一种很深的坚硬,像是水底的河床一样嶙峋。骨架瘦小,看上去也没多少安全感。但他身上有一种很奇怪的

166

质感,那就是,他有一种几乎没有破绽的自来旧。手和脚自然是他的,关键是他全身上下的名牌、价格昂贵的旅行包和包里那些专业的设备,虽然没有盖戳,但看上去就是他的。没有刚打造出的粗鄙的新鲜,相反,一切都是旧的,旧得像黑白底片,泛着毛边,却一望而知是贴身的,像一层皮肤,下面连着他的血液。

这时,卫瑜已经初步断定,这应该是个有钱有闲的男人,从年龄和他这种闲云野鹤的游玩方式来判断,应该不是日理万机的成功人士,他有大把的时间可以挥霍。不像自己,一年出门两次都是加班多了攒下的轮休。那有可能是个富二代,寄生在一个有钱的父亲身上?第一轮演算下来,虽坐在原地未动,却感觉离这男人又近了些距离。看着他虽不像看着自家的东西,却是伸手可以摸到局部了。

她暗想,在这深山老林里遇到一个富二代?莫非这就是传说中的艳遇?自己这么多年走南闯北,一直等着在火车、飞机上能有个把次艳遇,结果坐在旁边座位上的不是一脸凶悍的女人就是老眼昏花的老头。今天,这艳遇倒像自己长了脚一般走过来了。怪不得她突然就心血来潮决定来这湘西的山里玩呢,她每年要外出旅游两次,这也不是第一次出门了,这次怎么就单挑了这座山?原来是天公撮合。孤男寡女在一起待上几天,要不碰撞出点东西来那就是两个人都有病。她有些暗暗的得意,但同时她又发现,她在为这点得意感到可耻。

想到这里,她趁着张楚河没抬起头,忙调整了一下表情,免得他觉得她有蜘蛛布网等猎物的嫌疑。她垂下睫毛看自己的脚。自己穿的是一双极普通的运动鞋,与张楚河脚上的专业登山鞋往一起一放,简直是连她的人都被打回了原形。她下意识地往后缩了缩脚。这时候张楚河把头从包里抬了起来,就像那头是从包里长出来的。他看着她迟疑了两秒钟,说话了,丫头,和你商量个事吧,以后几天咱俩就一起行动吧,彼此有个照应,我们这几天里的费用 AA 制好不好?

卫瑜心里先是一凉,继而是冷笑,在他刚才那迟疑的一两秒钟里,她就已经猜到他要说什么了,一定是和钱有关的。陌生人之间就这点好,难以启齿的话说出口就像脱件外套一样容易,反正也没什么不好意思。她还没说什么呢,他一个男人家先把钱的问题赤裸裸地摆出来了。用着这么昂贵的登山设备,和一个女人谈 AA 制,生怕她占了他一点便宜,真是越阔越小气。不过,不小气怎么能阔得了呢?越阔的人越怕别人是冲着他的阔来的,恨不得身上拴上一只警犬,日夜看护着他和他的钱,一有生人走近便狂吠不止。这时候她突然明白怪不得他连她的名字都不问。他防着她,他从一开始就防着她。

他怕她对他有所企图。

可是这时候令她周身发冷的是,她对他真的有那么一点兴趣,而这点兴趣的源头正是他身上的那点阔。或者说，貌似阔。

她想起了那个笑话，下雨了，一个穷人往富人的伞下凑，想避避雨。结果，沿着伞流下来的雨水全灌进了他的脖子里。

她对自己笑，笑和唇都是凉的。

她坐在越发昏暗下来的灯光边缘，像坐在一团腐烂了的花丛里，面无表情地对他说，好啊。张楚河根本看不清她埋在暗处的脸，却仪式性地冲着她一笑，以示歉意。他的笑容和他的眼睛一样，埋在下面的全是波澜起伏的坚硬。他从包里取出踌躇了半天的食物，一包压缩饼干和一只火腿肠。他先象征性地问了一句，你包里有吃的没？要没有就分你一点。卫瑜心想，要吃你一点东西还不得付你钱？她理都没理他，吃了一点从自己包里拿出来的干粮。两个人似乎谁也不忍心看谁，都像是在暗中偷着吃一般，仓促地狼狈地很快就吃完了。

最后一点灯光越发的黄而脆，这深山老林的木屋里带着一点莫名的阴气，似乎灯光正被这阴气吸去，越来越少，越来越稀薄。张楚河边铺睡袋边说，丫头，你只有两种选择，要么睡在这又脏又冷的地上，要不就和我挤进一只睡袋，咱俩将就一个晚上。因为你没有睡袋，我也只有一只。卫瑜想，连块饼干都舍不得送给她吃，现在却舍得把一半睡袋让给她？如果她是个男人他也未必会这么做吧，在这深山老林的深夜里还想抱着个免费的女人睡？他是不是甚至会想，要能做爱那就更好了。这算盘打的。她心里一针一线地想着，针针见血，嘴上却说，我哪敢和你一起睡，我还是睡外面吧。再说了，我要是睡你半张睡袋，不是还得付你一宿的租金？张楚河呵呵笑，我又没说我要做什么，你放心，这深山老林的，说不准半夜来只黑熊，你就是想做什么，我还没那心思呢。你要睡外面我可说好，半夜你要是被黑熊叼走了，我不负责救你。至于这半只睡袋的租金就免了，人道主义嘛，呵呵。

张楚河舒舒服服地钻进了睡袋，卫瑜一个人在门口枯坐着。虽是夏天，这山里的晚上与山外好比两个季节，加之身上衣裳单薄，坐了一刻竟全身瑟瑟发抖，心中便埋怨要不是遇上了这男人，自己早在山下找到住处了。真是的，为什么要跟着他来这儿过夜，为了一场即将发生的艳遇？真是偷鸡不成反蚀一把米。

她枯坐着，正疑心这男人是不是已经没心没肺地睡着了，男人却在一团漆黑中开口说话了，因为太黑，辨不清他的脸在哪儿，似乎这声音很独立地就自己跑过来了。他说，哎，你听说过湘西的赶尸匠没有？这是一种专门的职业，做赶尸匠的人得具备三个条件：一是胆子大，二是身体好，三是长得要丑。以前的湖南人要是客死他乡，尸体就要赶回来，不然据说会死不瞑目。赶尸匠在尸体头上戴顶草帽，在后面赶着走，你说奇怪不奇怪，不知用的什么神秘的办法就真赶回去了。他们白天休息，都是赶夜路，这种伸手不见五指的深夜就是他们赶路的最佳时候。他们不走人多的地方，专走深山峡谷，就是为了不遇到活人。这林子里说不来现在就有赶尸匠正赶着尸体走路呢，这屋子说不来就是他们休息的地方，要不你想怎么在这地方会有座屋子？

卫瑜听得毛发倒竖，连忙大声喊了一句，讨厌。男人的声音呵呵地绕着过来了，我说你还是进来睡吧，难不成你还真要在那儿坐一宿？地上那么潮你怎么睡？晚上山风很大，会着凉的。卫瑜想了几秒钟，觉得这样僵持着终究是自己不上算，一个晚上毕竟长了，怎么熬过去？她已经困得快撑不住了。她还是趁早踩着这台阶下吧，不过他要是打算做点什么别的，那是休想。空手套白狼？她冷笑，她没那么多便宜给他占。

二

卫瑜终究还是钻进了睡袋，多了个人一下就把睡袋填满了。两个人肩膀扛着肩膀地往那儿一躺，才发现实在嫌挤了一点。一身的骨头恨不得都拆开了重组一下。两个陌生人被迫叠在了一起，简直是骨肉相嵌，连点余地都没有。对方身上的温度直直就渗进自己身体里了，只觉得一大片空洞的嗡嗡作响的燥热，像有几只轰炸机在头顶上盘旋一样，却搞不清那燥热是对方的，还是自己的。沉默了一会儿，张楚河先开口了，他说，我想出一个节省空间的办法，但你不要觉得我是图谋不轨，我现在真的还没开始图谋不轨呢。说着他腾出一只胳膊摆成一个环，顺势把卫瑜嵌了上去，他笑，怎么样，严丝合缝吧。卫瑜想，倘若还挣扎一下以示节烈或清纯，也没什么意思。装也得讲究个时间地点吧，还是务实一点把这个觉睡好要紧。

他不是很紧地抱着她，只是若有若无地抱着，就好像他真的一点企图都没有，单单就是为了节省出一点地盘来睡睡觉。想到这儿她不免又有点淡淡的气愤，无视她是个女人？可是，她不是被他哄进来的吗，他给她讲湘西的赶尸匠吓她，软硬兼施地把她哄进来了，现在还装作若无其事。那她就要更若无其事。她一动不动，装作睡着了。

夜有点深了，果然起山风了，呜咽着从树梢间掠过去，像有很多孩子在其间哭泣着。她忍不住往那个男人的身体上靠了靠。她必须承认，现在，就这一个瞬间里，这个世界上仿佛就剩下他们俩了。他身体上的温度是真的，她的也是真的。现在，他的这一点温度硌着她，又温暖着她，像一根鱼刺长进了她的身体里，无论怎样难受，那都是剔不出去的。她是一尾鱼，鱼刺就长在她身体里。周围是一种彻骨的坚硬的黑暗，那只睡袋裹着他们就像黑暗中生长出的一团琥珀,他和她都动不得。也许,他和她都情愿动不得。

就这样一直硌到了半夜,卫瑜还是没睡着,听着耳边不是很均匀的呼吸声,她知道这男人也没睡着。两人像两只饺子一样被煎在没放油的锅里,她想,这样的夜里是不是真应该发生点什么。不行,要是这么容易就真有点什么发生了,那仅有的一点可能就已经被拦腰折断了。其实折断也没什么,但总比没折断的好吧,起码还有可能像生米一样摆在那里,说不来哪天就被煮成熟饭了。留着以备后用。再说了,他虽然抱着她,却也没给她任何暗示,就好像她不是个女人,只是个人。简直是伤害她的自尊。一阵山风吭吭吹进门里,男人下意识地一侧身,顿时她整个人都被他搂进去了。

温存得像个陷阱。但她不能落进去。

他落在她胳膊上的那只手指像一条濡湿的虫子一样微微动了动,她屏息等待着,脑子里紧张地和自己商量着对策。可是那只手指就只是动了动便像支蜡烛一样悄悄熄灭了。她心中竟对他有些暗暗的不满,真这么忍得住?但同时,一种更深的喜悦像虫子一样从她心里悄悄爬了出来,细细地啃着她。她知道这是一个还算不错的开端,他的稳妥正说明他没有把她当成个一夜情的伙伴。这一夜足以为这一周的旅行垫底。她放心地靠着他,就像已经真睡着了。

早晨呼吸着山林里的空气就像刚洗了个澡,两个人背起各自的包,又把昨天才开了个头的路重新拾了起来。虽然没做什么,但抱着睡了一个晚上毕竟没有白睡。早晨并肩走在一起的时候,已经感觉不像昨天是隔着堵墙的,现在是隔了层纸了,再捅捅也就破了。她暂时忘掉了昨天晚上他不肯分她饼干的不快,一个人要是真想骗自己,那还不容易,怎么都能骗得了。他们之间像是真的要发生点什么了。她想,都说旅行是艳遇的最佳方式,果然不假,连这深山老林里都能有。

两个人才走了没几步,突然身后一只手伸过来抓住了卫瑜的包,卫瑜吓一大跳,回头一看,不知什么时候,一个头发花白的老女人已经站到他们身后了,很瘦很小,背深深驼着,穿着一件看起来辨不出年代的碎花衬衣,黑裤子,一双已经破了洞的白球鞋。这时候,卫瑜突然全身紧张起来,因为她发现,老女人身上正隐隐约约地散发着一种香味,而这香味和她昨天黄昏时闻到的那缕异香一模一样。

这异香莫非就是这女人身上散发出来的?可是,她昨天在哪儿?莫非一直跟着她?她简直不寒而栗。

老女人却只是拽着卫瑜的包,说,我给你们背包吧,我是专门给游客背包的,两个包十五块钱,一直给你们背到山顶,我家就住在山顶,你们上去了晚上可以住我家。来吧,包给我吧,这山高着哩,这路我再熟没有的,要到下午才爬得上去,给我吧。

卫瑜简直不相信自己的耳朵,这么大年纪的女人来给他们两个青壮年背包? 她说,大姐……阿姨,您多大年纪了? 老女人说,今年六十一了。卫瑜和张楚河对视了一下,以示惊讶,她说,您这不是开玩笑嘛,您比我妈还大,我们好意思让您给我们背包? 老女人说,不是白背的,收十五块钱呢。卫瑜说,阿姨,这么远的山路两个包您收十五块钱,我们就好意思让您背吗? 她没有注意到,自打今天早晨起,她已经开始张口我们闭口我们了,就像已经认识了十年八年,俨然是一对情侣摆在这里给人看。

老女人说,你们不知道,靠山吃山,靠水吃水,我吃的就是这碗饭,你们让我背包就是赏我饭吃,就是照顾我了。嘴里说着,那只手还一直搭在包的带子上不放。卫瑜顿时觉得口干舌燥,阿姨,真不行,我们哪好意思啊,您这么大年纪了。老女人两只手都伸过来了,没事没事,我就是在这座山里长大的,嫁也嫁到这山里,打小爬山,和你们城里来的不一样,这山就像我自家的,一天爬两个来回也没有关系的,你们放心,一定能给你们背上去,不会白收你们的钱的。卫瑜也急了,可是,可是,阿姨,真的不好意思啊。她看那男人,男人看着她摊摊手,表示没有办法。

磨蹭了半天,卫瑜一直看着这老女人,见也没有什么异样,只是她身上不知什么地方散发着那种奇怪的香味。总不会是天生就带着这异香吧,像长着麝香似的。她看老女人执意不肯放手,又想了想,便说,这么着吧,我的这个包里没多少东西,挺轻的,您就帮我背这个包吧,他那个太重他自己背着。老女人千恩万谢的样子,说,行,真谢谢你了,那你就给我十块钱。我给你们带路吧。三个人开始爬山,老女人走在最前面,她走起路来竟然没有一点声音,刚才不知跟在他们后面都跟多久了,他们竟一点都没听到她的脚步声。

现在,两个人跟在她后面。卫瑜和老女人搭讪着,阿姨,家里几个人? 老女人说,三个,我,我老伴,我儿子。卫瑜说,您有老伴有儿子的,怎么不让他们干活,还得您这么大年纪干这活? 老女人头也不回,嘎嘣脆地说了一句,老伴下不了床,儿子是个哑巴,不会说话,我都不让他下山,下山了受欺负。卫瑜说,那一家三口就靠您养啊? 您就靠背包养家? 老女人说,我每天一大早下去,在下面捡捡矿泉水瓶子,卖上几块钱,再给客人背包,我一天要是能赚够二十块钱,就够我家里用一天了。卫瑜说,那您到了山顶才赚十块钱,怎么办哪? 老女人说,我下午再下山一趟,赶天黑了回去。卫瑜说,那家里种地吗? 老女人说,早没了,没的种了,几年前说是要把这里建成旅游区,地就收了,就能在房前后种点菜。卫瑜几次想开口问她身上的香味是怎么来的,却怎么也开不了口,似乎一开口后面就会有洪水决堤而下。

她本能地不敢。

卫瑜跟在后面一时找不出话说,张楚河搭上话,悄悄说,她说什么你就信啊,像这种被开发过的山,他们的地都被征了,政府每个月肯定会给他们一定的补贴,肯定不会连饭也吃不上。她就是装得可怜点,好让游客多给她些小费。

卫瑜想,这男人怎么小气到这种地步,一双鞋大几千块钱也穿在脚上了,怎么连十块钱都放在眼里。真是越阔越小气。她说,她要是有钱花不会待在家里享点福?还用这么大年纪了每天给人背包赚十块钱?她就是装又能装到哪里,就为这十块钱装?

张楚河说,你也真够傻的,就是十块钱也得看花在什么地方。

卫瑜顿时色变,脸冷了半天才缓过来一点,她冷笑,你倒是聪明,精刮上算的,那你倒告诉我,这十块钱花在你身上能干什么?你留着这十块钱就什么都能干成?我没多少钱,可是少了这十块钱我也没觉得就少了块肉,我也犯不着就为这十块钱痛心疾首地睡不着觉。说完就自顾去追老女人去了,把他一个人晾在了后面。

老女人问,是男朋友啊。问的时候笑着,这点笑干干地浮在她的皱纹上,是用熟了的讨好,但还是不够流畅。这点讨好让卫瑜不忍再看,只得把头别过去含糊地答应着。老女人还要说,我看小伙不错,挺有精神。卫瑜咧着嘴,就他?

走了半天,卫瑜几次抢着要替老女人背一会儿包,老女人执意不肯,说,我挣的就是这个钱,你不要管我。张楚河也一直自己背着那只房子似的巨大的背包,没吭一声,果然如他自己所说,身经百战了,背着也是个小事。一开始,卫瑜还懒得搭理他,准确地说,是懒得搭理他的小气。后来这点懒得也渐渐地稀释不见了,在静静的树林里蒸发了。她一想,自己有什么资格生气啊,人家是你的什么人?没名没分的。想到这里,连赌气的那点心情都没有了,他爱怎么小气就怎么小气吧,和自己有什么关系,竟把自己惹得这般生气。

张楚河渐渐地又靠上来,凑到她身边,只是不说话。卫瑜用眼角的余光瞥见他满脸的汗水,就说了一句,你这么累还不让人家帮你背包。张楚河说,那么大年龄的人了,我怎么忍心让她背着,就是给她一百块钱这包也不能给她背,里面有帐篷有睡袋有台灯有……卫瑜想,这还像句人话。加上不想和他把关系搞得太僵,划不来,便搭讪说,装那么多东西,你那百宝箱里就差没塞个女人了。张楚河见她搭话,忙呵呵笑着,讨好地说,虽然没带来,在这里不也有了?卫瑜知他说的是自己,不由得耳红心跳,心中却有一丝窃喜。看来他想的方向和自己也差不到哪儿去。

就是,孤男寡女,在一起还能有什么事。

有戏。

刚才的那点紧张已经像栅栏一样被他们自动绕过去了。卫瑜仍是目不斜视地看着前面,说出来的话却自己拐到张楚河那边去了。她说,你没有女朋友啊?

暂时没有,我的女朋友们都是阶段性的。

女朋友很多?

……正常指数吧。一个去了一个再来,没有发展多边形的习惯。

……你,这么游山玩水的,工作不忙?

她一个字一个字地斟酌着,生怕哪个字面目可憎地一针戳到底,让他立刻觉得,她是在布一张蛛网。

他没有太明显的反应,工作,就那样吧,马马虎虎,我主要是爱好登山,一年不出来几次浑身都觉得难受,是不是骨头有点贱?

她想,故意避重就轻?于是她就更小心翼翼地绕开,却还是蹭着那点核。她沉吟了一下,说,你一年出来这么多次,不怕影响你正常的生活?

他很邪地一笑,正常?什么叫正常的生活?

她暗想,他没有一句话是扎实着说下去的,全在表面上漂着,可见他对她真的是处处设防,唯恐深入。不由得心里冷笑,看来真是被女人宠坏了的,以为我就那么稀罕你吗?但是他一脸的不在乎终究是让她感到疼痛了,他从一开始就无视她是个女人,这对她来说根本就是一种侮辱。她狠狠地想,难道你不是男人吗?你就真的不近女色?

他已经开始反击,杀出回马枪。他问,你呢?怎么也没个男朋友陪着?

她说,什么叫也?就只能你一个人是单身?好霸道。

他呵呵笑着以示歉意,不是那意思,我是说你这么漂亮的姑娘应该很多人抢才对。

她心里稍微舒服了点,微微一笑,说,那事实上就是没有嘛。话说出来觉得自己身上都起了一层疙瘩,更不用说张楚河了。

中午就在山路上吃干粮,两个人还是各自从背包里取出干粮啃,谁都没谦让谁。俨然已经习惯了。老女人从自己的布袋里拿出一只熟玉米,远远地躲开他们自己啃去了。卫瑜本想把自己的食物送过去一点,张楚河却喝住了她,你给别人留点尊严好不好,不要这么赶尽杀绝。卫瑜听了这话,回头看着他笑,看不出啊,还会说句人话。张楚河自顾吃东西,不理她。

这时候,路边的树上有几只松鼠正看着他们,张楚河见了,立刻换了一副表情,见了松鼠像见了熟人似的。卫瑜见了心里都觉得发酸,见了她他都没这么眉开眼笑过。他二话没说就把手里的食物揉碎了扔到地上,唤松鼠来吃。然后拉着卫瑜躲开,松鼠犹疑了半天从树上下来了,远处几只鸟也落下来,和松鼠抢着吃。卫瑜刚想说话就被张楚河制止了,一直到动物们差不多吃完,卫瑜才有了说话的权利。她憋着一口气,恨恨地说,没想到你对人不怎么样,对动物倒是挺好。舍不得分给我吃倒舍得分给动物吃。张楚河说,我对动物们感情一向很深,我妈说我上辈子一定是只动物,这辈子见了小动物就走不动,我见了它们就想笑,和它们在一起比和人在一起还让我觉得轻松。我喜欢来这种原始森林爬山就是为了能看到更多的动物。

这时候卫瑜开始理出些眉目来了,她想,自己往这深山老林里来其实是头一遭,不是旅游胜地,消费自然不高,说是心血来潮,其实也是为了省钱。可这男人一次一次反复往深山里钻却是自有他的底气。他这么甘心来这些荒凉的人迹罕至地方,八成是因为平素他身边太热闹了。一个长期孤寂的人对热闹根本没有那么强的免疫力。也就是说,他是繁华惯了,才来此清净的,从这些不说话的植物动物身上求得些慰藉。可见他心里虽是空的,却是难纳他人。不是太养尊处优也断不会如此奢侈地寻求安静。

她又暗想自己,遇见一个萍水相逢的男人都敢给自己这么多幻想,可见自己多么像个溺水的人,抓到一头绳子就全力想拴住自己。其实她知道的,她知道这种途中的艳遇充其量也就是个艳遇,最不靠谱,最没有根可以扎下来。可是,她却硬是想让它生长下去开花结果? 就因为平素里,现实严丝合缝得连只苍蝇落脚的地儿都没有?

他说,我小的时候,家里很穷,孩子又多,我父母不管我,就把我扔给了我奶奶。我跟着我奶奶住在山里,周围连个玩的小孩都没有,一天到晚就只能跟动物们玩。后来我奶奶去世了,我也回不去了,这么多年和人打交道,忙着赚钱,还是觉得动物要比人好,你对它好,它就只会对你更好,连狮子老虎都是这样。我和动物们在一起的时候没有一点压力感。

她想,简直是只惊弓之鸟。怪不得呢,他生怕自己被人当成猎物。就是因为他那点阔也不是凭空来的,后天长成的有钱人,再怎么枝叶繁茂,根子上却还是穷的。大概脉络上也不及先天的富人通畅,一不小心就在自个儿的身体里结成了疤。这种男人要能有个固定女人也倒怪了,因为他每看见一个女人就想先透视一下,她是冲着我的钱来的吗? 不是冲着钱反倒可疑。

她宽容地对着他笑了笑。因为,说穿了,她比他更心虚。

她想让自己在追猎的过程中却被别人当成一只无辜的猎物。

这多么难,她想。

三

越往山上走,那缕异香越浓,卫瑜已经分辨不清这香味是从老女人身上散发出来的,还是从这深山上的某一个角落里飘出的。这香味越浓越诡异,绝不是寻常的花香,这香味跟着风走,时淡时浓,浓的时候又酽又厚,像一堵墙压过来,让人喘息不得;淡的时候便如阳光下的火焰,跳跃地燃烧在这深山里的树林上空。闻着这香味只觉得里面有玻璃的碎片,脆、亮,却是尖利的。她终于忍不住问了一句张楚河,你能不能闻到一股奇怪的香味?这是什么香?怎么香得让人觉得有些害怕。张楚河环顾了一下四周才说,我早就闻到了,也是很奇怪,好像是从山顶上飘下来的。

太阳快落山的时候,三个人终于到山顶了。卫瑜和张楚河看到自己正站在一排木屋的前面。这几间木屋孤零零地站在山顶的一处平地上,就像是突然飞到这里来的。木屋也是吊脚楼,很旧了,墙壁上的木板已经是腐朽的黑色。四间木屋有两间的门是关着的,两间是开着的。房前种着几块菜地,菜地里的颜色是深深浅浅的绿,像几块毛茸茸的毯子铺着。老女人说,这山顶上现在就住着我们一家了,别人都搬下山去了。你们今晚就住我家吧,住一晚上给我二十块钱就行。三顿饭我也做给你们吃,一天给我五块钱。

卫瑜先递过去二十块钱背包的钱,说,阿姨,今天的二十块钱就算赚够了,不要再下山了。等你再回了家都半夜了。老女人开始不肯接,最后虽然拿住了钱却感激得连话也说不出来。只是把他们往一间屋里让,说,你们就住这间了。我给你们烧饭去。说着就急急往外走准备去烧饭。进了屋卫瑜知道老女人是把他们当成小两口了,因为这间屋里也就一张床。

卫瑜看看张楚河,怎么睡呢?张楚河把包放下,笑,又不是没睡过。卫瑜顺手抓起一只枕头向他砸去。两人开着玩笑,突然都松弛了下来。这时,张楚河突然拉住她说,你有没有觉得这屋里的香味很重,就是我们在路上闻到的那种香味。卫瑜安静下来才觉得果然又是那种异香。怎么漫山遍野都是这种邪气的香味,简直像是进了一处什么很深的巢穴,巢穴的尽头可能就是那个谜底了,他们却走不过去。他们也不敢。他们紧张地向四周看着,这时候,他们其实都心照不宣地在想同一件事,那就是,他们已经初步判断出,这几间木屋就是那香味的源头。

这种猜测让他们觉得恐惧而兴奋,仿佛是追踪着一点蛛丝马迹,渐渐来到了杀人现场,还没有看到尸体,只是见了一点血迹,心里却已经可以稳稳地告诉自己了,就是这里了。只是,更恐惧的是,尸体在哪儿呢?

两个人把屋子仔仔细细打量了一遍,企图找出一点证据好证明这异香就是从这里发出来的,如果一直找不到这源头,就感觉这异香像一个架在空中的鬼,看不清眉目,却驱逐不去,因为它就在你的心里。可这木屋里异常简陋,就一张床一张木桌一把椅子。床还是新的,连漆都没上,看得出是专门辟出来给客人们住的。卫瑜说,你看看,还说人家生活不会困难到哪儿去,这还过得好?两个人住一晚才要二十块钱,吃三顿饭要五块钱,我都有点于心不忍。她说着,把脸转向门外,正好看到扒在门口的半张脸,她吓了一大跳,连忙拉住张楚河。张楚河看去时,那半张脸已经消失了。他们追到门外,一看,一个男人的影子正跑进了另一间屋子。他跑过的地方是一片一片的异香,像铃铛般被穿在了一起,一路上诡异地哗哗作响。

张楚河说,应该是房东的儿子吧,山上不就他们一家三口吗?看年龄应该是她儿子。卫瑜说,听说某一个器官不好用的人就会有另一个器官异常发达,远超过常人,我家附近有一个盲人十年前只听我说过一次话,十年之后我一开口他就说是我。她这儿子耳朵不好用,那是不是也有什么别的特异功能?张楚河说,他就是怎样特异,也总不会把咱俩剁了馅做包子吃吧。卫瑜说,我怎么老觉得这山里有一种巫气。张楚河说,别先把自己吓死了,不过过会儿吃饭的时候是得仔细瞧瞧再吃,等他们先吃了咱们再吃。

可是等到吃晚饭的时候,老女人把饭菜给他们端进屋里来了,说他们一家人在那边吃,客人在这里吃。一荤一素两个菜,一碗汤,一盆米饭。俩人看着饭菜虽然饥肠辘辘却不敢下手,因为菜里也飘着那种异香。卫瑜说,你说她会不会在里面下了蛊,听说湘西一带蛊婆很多的。张楚河说,咱们出去看看他们吃的是什么。两个人轻手轻脚地走出去,天已经全黑了,屋里开了灯,两个人隔着窗户的缝隙看到老女人一家三口正在灯下一声不吭地吃饭。也是两个菜一个汤,和他们桌上的一模一样,桌上盛了三碗米饭。奇怪的是,虽然摆着三碗米饭,但只有她和她对面的儿子是坐着吃饭,而另一个人,应该是她的老伴吧,竟然是躺在床上的,可能是瘫痪了,他躺在床上一动不动,也不吃饭,其他两个人也不看他,也不叫他起来吃饭,只顾着自己吃。桌子就摆在床的前面,正好挡住了她老伴的脸。他们俩扒在窗外看不清,但是只觉得这间屋里的异香更浓了,像金属一样从窗户缝隙里向他们砸过来。两个人一时都有些眩晕,又不敢发出任何声音,便悄悄退了回去。

两个人已经饿得有些发晕了,张楚河便说,我先给你试试啊,我要是被毒死了,你要记得我包里有身份证,赶快报警,麻烦你转告我的家人。要不咱们每天都不敢吃饭那也得饿死。横竖是个死,我就先英雄救美一下吧。说完自顾自夹起菜开始吃。

卫瑜说,你就拉倒吧,我才不领你的情,你是觉得这一家三口压根儿不像是图财害命的料,一个老太太瘦骨嶙峋,一个老头瘫着起不了床,一个儿子是个聋哑人,就是毒死我们也怕处理不动我们的尸体。张楚河大笑,连忙用米饭堵住自己的嘴。卫瑜嘴上这样说着,手里却也连忙拿起筷子夹菜吃饭,似乎两个人谁也不让谁,倒要争着抢着赴死。

吃完饭两个人还都有些恍惚,不知道接下来会发生什么,只是看着对方,呆呆地看了一会儿,似乎是等着看对方会不会倒地身亡。过了一刻都没什么反应,两个人同时神经质地掩嘴大笑起来。一路上都没有这样笑过,直笑得浑身乱颤,止也止不住。笑着笑着,卫瑜突然就流泪了,脸上仍是笑着,泪水却纷纷扬扬地披了一脸,看上去也像是笑。她使劲地掩着嘴,又是哭又是笑。这时候,张楚河走过来,揽住她的肩膀,把她往他的肩上按,她抵抗着,侧过脸不看他。张楚河又一用力,她便伏在了他的肩上。她的泪便更汹涌地往出涌,却一句话都说不出来。张楚河也不说话,只无声地揽着她的肩膀,偶尔轻轻拍她一下,像哄一个梦魇中的孩子。

这一顿饭吃完,两个人都有了些从一条壕沟里爬出来的感觉,似乎是顶着众多的尸体爬出来的,爬出来一看,对方竟还活着。于是,在这与世隔绝的深山老林里,竟觉得一瞬间里对方就有了些亲人的感觉。那感觉仿佛是忽然从骨头里长出来的。晚上两个人躺在床上,床比睡袋宽敞多了,两个人却还是那个姿势抱着。仿佛已经抱熟了似的,一个嵌在另一个的臂弯里,就那么静静地躺着,谁也没有动。两个人都没有什么身体上的喧哗,只剩下了一种苍凉的安宁,像月光一样很深很静地从两个人的身体上流淌了过去。

这是在山上度过的第二个晚上,仍是睡不踏实。睡得薄而脆,两个人在睡梦中还潜意识地提防着什么,挡着什么,不让它靠过来。一晚上睡得支离破碎,直到天快亮了,两个人都撑不住了,才匆匆掉进了一种巨大而结实的睡眠中,像应付差事一样囫囵吞枣地睡了一会儿。

老女人起得很早,早早给他们做好了早饭。他们在这个早上吃饭已经有些驾轻就熟了,拿起白粥就往嘴里倒,不似昨天晚上那样心惊胆战了。他们吃饭的时候,老女人拉着一个看不大出年龄的男人走了过来,那男人只管低着头,不看他们。动作像是孩子们才有的,一张脸上却已经有不少皱纹,就仿佛是一个嫁接起来的人站在他们面前。老女人说,我要下山去了,你们在这山上玩的时候让我儿子给你们带路,这山太大了,很容易就迷路了,没有个人带路是不行的。他听不见人说话,你们要干什么就和他打手势比画,他就晓得了。他从小就在这山上转悠,对周围熟得不得了。

卫瑜看了看男人,确定昨天看到的半张脸就是他的,突然问了一句,阿姨,他一生下来就听不见吗?老女人说,三岁的时候得了急性感冒,山上没有医生,等送到山下的医院已经被烧坏了耳朵。听不见人说话他自己就慢慢不开口了,也就不太会说话了。不过你和他打手势他都能明白。卫瑜喝完最后一口粥,说,那老伯呢,不是下不了床吗?你下山去了,谁照料他?他要是想喝水了怎么办?

老女人说，不怕的，不怕的，你们好好玩吧。说着就下山去了。

　　这一天他们就跟在哑巴后面在这原始森林里转悠。哑巴背着一只竹篓，边走边采一些植物，也不知道是草药还是野菜。他们和他不管说什么，他都只会瞪着一双眼睛看着他们却一声不吭，一副水火不入的样子。两个人想起老女人早上说的话，说是他什么都听得懂？都有些大呼上当的感觉。他在他们面前简直就像一棵会行走的植物。但是他们发现，一路上遇到什么动物都不躲他，也不攻击他。他们跟着他沾光，动物们似乎对他们都表示了一定的友好。就像他们是它们的族人，回到部落里一样。

　　卫瑜在后面悄悄地说，我说他可能有特异功能吧，我觉得他会和动物们说话，用类似于超声波的东西，动物们肯定能听懂他的话，你看它们看他那眼神，简直和人差不多。张楚河频频点头，就是，就是，我快嫉妒死了，我恨不得拜他为师，长住这山里不走了。这山里大大小小的动物好像都认识他，我估计现在就是一只老虎出来了也不过如此，最多像猫一样蹭着他。毒蛇也不会咬他。看看人家。

　　哑巴身上带着比他母亲身上更浓烈的异香，但他们俩对这异香已经迟钝起来了，因为从上了山这香味几乎无时无刻不缠着他们，缠久了也就钝下去了，所有的器官都会逼着自己适应环境，谁还能一直有力气把自己磨得像把刀子一样寒光闪闪？但一个男人身上带着这么浓的异香终究是一件怪异的事情，卫瑜悄悄问张楚河，你说，他们家是不是专门做什么香料去卖？要不怎么他们家的人身上都有这种香味？三个人走着走着，哑巴忽然从路边捡起一只鸟的尸体，小心地放进了背篓。两个人在后面看着，然后面面相觑，卫瑜说，会不会是要晚上炒给我们吃。两个人在后面叽咕着，也不怕他听见，反正他也听不见。

　　吃晚饭的时候，两个人特意把那盘荤菜仔细研究了一下，不可能是鸟肉，看着也就是腊肉，那只鸟的尸体也不可能一下午就变成腊肉。两个人吃完饭出来乘凉，说是乘凉，眼睛却是不由自主地向主人那间屋子里瞟去。从门缝里看到他们一家三口还在灯下吃饭，仍然是两个坐着，一个躺着。这次不像上次那样不知水深水浅了，两个人都镇定得很，一直悄悄看着这一家三口把饭吃完。他们同时奇怪地发现，那躺着的老头一晚上始终没有吃一口饭。他就只是很安静地躺着，他面前摆着一碗米饭始终没有动。而另外两个人一晚上也始终没有想起来要喂病人一口，他们只管自己吃，只是偶尔向他那边看一眼。隔得远了些，灯光又很昏暗，他们还是无法看清那躺在床上的病人的表情。屋子里很浓的异香似乎被发酵了一样，分外肥大，直向他们扑头盖脸地砸过来。两个人都有些头晕脑涨了，连忙蹿回了自己屋子。

　　卫瑜问张楚河，你说那两间屋子一直关着，里面是什么呢。她家就他们三个人，那两间屋子怎么一直关着。是不是……他们在里面秘密地做些什么东西，比如香料还是……这话问完，两个人才同时感到了紧张，似乎是他们硬是把那个悬在空中的鬼给临摹下来了，本来不知道它是什么样子，他们却硬是要塞给它一张脸，让那鬼自己从空中走了下来，走到了他们对面。卫瑜瑟缩地靠在张楚河怀里，问了一句，我们什么时候走啊，还要在这儿待几天？张楚河犹豫了一下，估计心里也是毛茸茸的，就说了一句，这山里景色确实是好，我是真舍不得走，可是待在这家总觉得哪里不对劲，也不是人不好，我看他们人挺好的，厚道淳朴，可是我就是觉得哪里不对劲。咱们再待一天，后天能走就走吧。

连电视都没有，两个人无事可做，只好上床睡觉，像突然跌进了原始社会的简单秩序里。两个人在黑暗中安静了一会儿，都疑心对方已经睡着了，张楚河突然说了一句，你真不打算和我做点什么，小心下了山就没机会了，可不要后悔。卫瑜咀嚼着这句话，下了山就没机会了，什么意思？下了山两个人就分道扬镳，装作根本不认识，从此以后再不会见面？权当根本就不曾认识过这个人？

她在黑暗中冷笑，自己都觉得脸上的肌肉是酸的，疼的，他反反复复地提前把预防针给她打好，好像料定下了山她一定会纠缠他一样。这么几个夜晚两个人一直睡在一张床上，孤男寡女却真的什么也没做。他一路上只在嘴上占着便宜，实际行动上却避之不及。只怕她就是蓄意勾引，他也能按捺得住。现在想来，也不过因为他怕惹下麻烦，一旦有了什么关系被讹上了，脱不了身，可怎么办。她以为几天下来两个人之间总该冰雪融释一点了，总该有些什么东西要生长出来了，可是他还是这样牢牢地看守着自己，生怕被女人抢了骗了企图了。

一起睡过一起吃过，就是一起出生入死过，也不够，还是不够。她默默地转过身去，闭上了眼睛，装作睡着了。张楚河也不再说话，只从身后很轻地抱住了她，她没有动也没有睁开眼睛，只是把身体蜷曲起来，蜷得像远古时代海底的一种软体动物。张楚河抱着她也不动，像一只附在她身体上的壳，附在她身上，却也单单只是附着。没有血液，也没有神经。

第二天一大早，老女人照例是早早下山，找活干，她得挣钱养这一老一小两个男人。哑巴仍是背着背篓带他们在山里乱转。因为张楚河昨天晚上说的话还没有被消化掉，卫瑜便刻意和他疏远点，以给他一种暗示，你放心，下了山咱俩就当不认识，现在就当不认识都可以，别说下山以后了。张楚河自觉心虚，也不敢多言语，加上另一个人根本就不会说话，三个人一路上都闷着，简直像三尊石像在山里移过来移过去。

到中午的时候天气忽然变了，远处有雷声，似乎有场雷雨要来了。哑巴看看天，和他们急急地打着手势，是要回家的样子。想想这山里的雨还不知有多吓人，俩人便跟着哑巴回了家。果然不一会儿就下起了大雨。卫瑜坐在门口看雨，就是不和屋里的男人说话。男人只好躺在床上发着呆，听着雨声。下午的时候，雨停了，哑巴却也不见了。屋子里散发着的异香像蛾子的翅膀被打湿了，沉甸甸地往下坠。

张楚河百无聊赖地躺在床上，想和卫瑜搭讪，看看卫瑜的脸色又不敢了。只好就在那儿躺着，卫瑜明明和他赌着一口气，却连自己都觉得自己无聊，但和他说话吧，又实在气不过，这气不过更像是对自己的。因为，她心里清楚，张楚河的那点担心都是事实，自己对人家不就是有点想法吗？有倒罢了，还被人家给看穿了，就像是不穿衣服被人看到了一样。可是她又想，自己就那么贱吗，就得贴着和你说话，好像真的对你就稀罕得不得了？想到这里，那点试图求和的心又变得僵硬了，像石块一样坠在她心里消化不掉。

她继续沉默，看都不看他，想，对他惩罚的时间应该再长点，不然真被他捏扁在手里了。哼，天下男人多的是，不见得你就长了三条腿。她越想越浑身长满了力气，便丢下张楚河一个人向屋外走去。

四

屋子外面看不到一个人，也听不到一点人声，房东家的三口人似乎都凭空消失了。像是这里与人间压根儿就是没有关系的，单单独立出来自成了一个世界。因为太安静了，似乎都能听见菜地里那些青菜的身体里有血液的流动声。她呆呆地立在那儿看了一会儿青菜，又百无聊赖地转过身看着这几间木屋。她走到主人那间屋子跟前才发现，他们住的那间屋子没有上锁。这时候，她突然想起来，屋里还睡着一个生病的老头。她想，这家人也真是，屋里躺着个连床都下不了的病人，居然终日不见有人端茶倒水地伺候着。女人要顾着养家糊口，这儿子也太不孝顺了，一天到晚都想不起要照看父亲，反倒和林子里的动物们打成一片。看来这人要是少了某一样器官，真是会和动物靠得更近。少了一样器官，倒开了另外一扇门？她想着便推开门走了进去。

这种木屋采光几乎都靠着门，窗户很小，还关着，白天又不开灯，乍一进去，只觉得眼前一片黑暗，什么也看不清。带进来的门外的光亮此刻像萤火虫一样围绕着她，都是星星点点的微弱的光，像这一屋子黑暗中戳出的窟窿。她像截树桩戳在那里动弹不得，等眼前的萤火虫渐渐飞散了，她才看清这屋子里竟然有三张床，各自摆在一个方位，其中两张床是空着的，一张床上躺着那个老人。屋子中间一张木桌，桌上有一把粗陶的水壶和一只水杯，却只有两把椅子。角落里有一只木箱估计是放衣服的，地上还有两口很高的瓮，不知道里面放着什么，站在那里像两口井一样深。她想，这人家真是寒素啊，张楚河竟然还怀疑人家是装的，真是没有人性。她愤愤地想着，边向躺着病人的那张床走去。

她看不清他的脸，他也没有扭头和她说话，她想，莫不是睡着了？这老人怪可怜的，一天到晚都喝不上一口热水。便先走到桌前倒了一杯水，然后轻手轻脚地走到病人床前。她看了病人一眼，是个很瘦弱的老人，全身上下干干的，露在外面的手和脚也是干的，干得简直不像人的皮肤。老人周身散发出来的异香简直让她不能靠近，简直像火浪一样炙烤着她。她奇怪地想，一个病人身上怎么也有这么浓的异香，虽然他们家每个人身上都有这香味，可是这病人身上怎么反倒最重？总不会是家族遗传，传说中的香骨吧？要那样的话真该被国家保护起来研究了。

老人似乎睡得很死，连她走过来都一点没感觉到。她想，他总不会一天到晚就这样睡着吧，不吃不喝不动，那还了得？莫非，是植物人？想到这儿，她有些轻微的恐惧，便试着摇了摇老人的胳膊，大伯，大伯，你要喝点水吗？她和他说话，可是，老人还是睡得很死，一动都没有动。

这时候，借着窗外的一点光线，她突然发现，现在明明是夏天，老人身上穿着极整齐的衣服却是冬天的衣服，是早已过时的很厚的中山装，衣服一直扣到脖领，每一粒扣子都扣得严丝合缝。而且他一直躺在那儿，却是不盖被子的。一个病人怎么可能不盖被子？这时候，她的那只手还放在他的那只胳膊上，没有来得及拿开。她的指尖触着的是他的衣服，可是，她觉得不对。这种感觉像是从很深很深的地方突然浮出来的，她辨认不清这是什么，也分不清方向。好像有很多只手在抓她，她却不知道这手是从哪个方向伸过来的。像是从背后，如果她一扭头会看到一张什么样的脸？她不敢。

她的手僵住了，僵在了老人的那层衣服外面。身后的那只手好像在更紧地拉住了她，拽住她，使她动弹不得。突然，她的那只手指自己神经质地向下弹去，自己弹到了老人衣服下面的那层皮肤。像敲碎了一层玻璃后，直直地不顾一切地向最底下敲去。刹不住，她刹不住。

猝然就见底了。她再动不了了。

她摸到的不是皮肤，起码，不是人的皮肤。摸到的是岩石或铁器。是硬的、冷的、钝的，直直地钉进了她那只手指。就在那一瞬间，她突然看到了老人的眼睛，是睁着的一双眼睛，一动不动地睁着，但是，整只眼珠都是黑色的，明亮的完整的黑，没有一丝白色的缝隙。这双黑色的眼珠直直地看着她，趁着窗户里一星半点的光亮，那眼珠竟闪着釉质的寒光。

啪一声，水杯掉到地上摔碎了。一声尖叫响彻木屋。她向门口冲去正好一头扎在一个人怀里，她吓得神经质地乱叫，一边躲着那人，只想冲出去。来人一把拉住她，让她动弹不得，一边大声和她说话。不知过了多久，她的意识才回来了一点,她渐渐分辨出,那是张楚河的声音。便一下跌倒在了他怀里。等他把她从木屋里拖出来的时候,门外站着一个人正看着他们。是哑巴。哑巴狠狠地瞪了他们一眼,进了屋,顺手吭地把门关上了。

张楚河扶着卫瑜跌跌撞撞地往回走,卫瑜却是死也不肯进屋。雨一停阳光就出来了,她挣扎着,只愿意蹲在屋外有阳光的地方。她喃喃自语着,这地方住不得,住不得,今晚我就走,我现在就下山。嘴里说着,身体却还是软的,滞的,像一堆开始腐烂的肉,收拾都收拾不起来。他只好抱着她,哄她。

张楚河根本没看清楚床上究竟躺着一个什么样的病人,单单只是从卫瑜的表情里猜测着。这世上最怕的就是没有凭据的猜测,费事不说,更容易猜得没边没沿的,硬生生地要把一种恐惧一笔一笔地画出来。他光是猜着猜着就已经有点走不动路了,心想着,这地方确实诡异了一点,可是今晚就下山是完全不现实的,天已经快黑了。住别处吧,这方圆百里又似乎只有这一家。这可怎么办。张楚河不安地看着四周。

这一看正好看到那最后一间一直紧闭着的木屋这时候竟开着。原来,哑巴一下午就在这间屋子里了。他一定是感觉到外面有什么动静了,忙跑出去看个究竟,忘了关门了。张楚河并没有刻意地想去看个究竟,可是,越是想避开就越是避不开。更重要的是,有一种很神秘的东西在把他的目光往里扯。他根本没有力量挣脱。

第一眼看过去他就看到屋子里有一只猴子,呆呆地坐在那里看着他。接着他又看到一只鹿,也是一动不动地看着他,然后又是一只鸟,也不动。他顿时有一种中了蛊的感觉,扔下卫瑜,直直向那扇门走去。

站在那扇门前的一瞬间,他看到满满一屋子的动物。只是所有的动物都不动,所有的动物身上都散发出那种他已经熟悉的凛冽的异香,所有的动物都长着一双千篇一律的眼睛,那就是一种闪着寒光的黑色眼睛。是琉璃的眼睛。他明白了,这一屋子的动物其实都是死的。它们是不会再活过来也不会再腐烂的标本。

不知道什么时候,卫瑜已经站到他身后了,她突然指着一只动物的眼睛,尖叫起来,就是那样的,就是那样的眼睛,那边,那边。她语无伦次,恐惧地环顾着四周。张楚河死命抱住她,心里却也恐惧到了极点,一样的眼睛? 就是这样的黑眼睛? 那个躺在床上的病人? 就是这样的眼睛?

天刚刚黑下来的时候,老女人背着一只竹篓回来了。她一爬上山坡就看到,那一对年轻人都在屋外,正抱在一起,像是冬天里相互取暖一般,坐在房前的一块石头上。后面,房檐下站着一声不吭的哑巴儿子。

老女人说,这山里的事情就是说给人听,都可能没有人相信,所以我都不和别人讲的。你们可能不相信,我的儿子从生下来到现在都没有下过山。我不让他下去,他不会说话,也听不见人说话,连问路都不会,下去了就回不来了。我丈夫没有死之前,我也没有下过山。一直是他下山挣钱养家,那时候这山还没有被开发出来,都没有这种石头台阶的,下一次山很费事。他每次下山就要把一两个月的粮食背回来,因为他一走就是一两个月。每次估计他快回来的时候,我就拉着我儿子站在这山坡上等他回来。

我儿子从小就是和山上的动物们在一起长大的,他从来没有见过别的小孩。有时候他把一些受伤的、快死的小动物带回家,那些动物有些被救活了,好了就回山里去了,隔段时间还会回来看看我们。真的,万物都是有灵的,你不知道那些野兽们有多通人性,人千万不能杀它们啊,它们其实什么都知道,也会哭会笑,只是说不出来。有的没有被救过来就死了。那些动物死了我儿子还是舍不得埋掉,就一直留着,一直到动物的尸体腐烂掉,引来很多苍蝇。后来我丈夫就想出了一个办法,他下山向别人学会了怎么做标本,然后回家又教会了我儿子。他每次从山外回来都要给他带很多玻璃珠子,黑色的,我今天也给他带回来了,就是这种玻璃珠子,可以做标本的眼睛。因为动物死后,眼睛是留不住的。

有一次他带回来一只三条腿的狼,被猎人的夹子夹住了后腿,最后它自己咬断逃走了。可是因为失血过多,它就躺在了路上。我儿子发现它时,它已经奄奄一息了,抱回家的当天晚上它就死了。直到现在,它的标本还摆在那儿,仍然是少一条腿的。我们叫它阿三。那两间屋里全是我儿子做的标本。有一次我丈夫从山下回来,带回一只被人丢掉的小狗,被人拴在一棵树上等着饿死,没有人救它,还有些淘气的小孩子在它身上涂了一层绿油漆,包括鼻子和嘴巴上。我丈夫把狗抱上来之后,我儿子就开始洗刷狗身上的油漆,可是,洗不掉,怎么也洗不掉,它的皮毛不能出汗,几天后它就在我儿子怀里死了,它死之前用很温柔的目光看着我们三个人,表示对我们的感谢,它不会说话,但我知道它一定是在感谢我们。动物对人的感谢只能那么多了,真的,就那一眼就足够了。我看了这么多年的动物,我能看懂它们眼睛里的话。它们说什么我都懂。它死后,我儿子也把它做成了一只标本,你们看到的那只皮毛上有绿油漆的狗就是它,我们叫它小绿。

还有一只小熊,它妈妈死了三天了,它一直围着它不肯走,一直就守在它妈妈身边,舔它妈妈的伤口,给它衔来食物等着它醒来。那是夏天,母熊开始腐烂了,引来了其他动物要吃它的尸体,小熊就和那些动物厮打,最后也死在了母熊身边。我儿子把小熊的尸体抱回家,把它做成了标本。我们叫它笨笨。这山里的动物们有多少故事你们连想都想不出来,所以我们一直不想搬走,后来这山被开发了,山里的人家都搬下去了,只有我们不想搬。所以这山里就住着我们一家人了。

后来,直到后来有一天,我和我儿子一直没有等到我丈夫回家。几天后才在山沟里找到我丈夫的尸体,他急着回家赶了夜路,又刚下过雨,路滑,他不小心掉下沟去摔死了。我儿子哭着抱着他父亲,怎么都不肯让他下葬。后来,他就这样把他的父亲也做成了标本,先在药水里泡,然后,开膛,放干血,取出所有的内脏,把这山上长出的一种可以防腐的经过熏制的草药填满他的身体,这种草真香啊,我没有一天不是闻着它的香味睡着的。然后我们把他一针一线地缝起来,然后,把他的眼珠取出,像所有的动物一样,换上了玻璃眼珠。然后,再风干日晒,直到他一点一点变硬,再不会腐烂再不会变质。就这样,我们又在一起了。

他死了已经十年,十年里,我们一家三口都在一起。一起吃饭,一起睡觉,我定期给他换衣服,每顿饭都给他盛满满一碗米饭。我和儿子从来没有觉得他已经不在了,从来没有过。真的,只要你当他还没有死,他就真的不会死。我只是觉得他病了,起不了床了,不能再养家了,那就让他在床上躺着吧。我接过担子来养家,来养我儿子。我每次从山下回来的时候就想起他,想到他就在屋里等着我,我就觉得我活得很有精神。我儿子是个残疾人,已经快四十岁了,我知道这辈子都没有一个姑娘会嫁给他了,那就让我们俩陪着他,能陪多久算多久,能陪几年算几年。如果有一天我也必须要离开他了,我就让他把我也做成标本,让我就睡在他父亲身边,就当我们只是老得动不了了,日日夜夜在屋里等着他,守着他,等他晚上和我们一起吃饭,一起睡觉。我们怎样都不会离开他。

如果有一天,他也死了,那我们一家三口就真的在一起团聚了。就再没有什么怕的了。我们再不用担心谁先丢下谁了。你在床上看到的就是我丈夫,你真的不用害怕,我们从来就没觉得他是个死人,从来没有。他是我们的一家之主,有他在屋里等着我回去,我就是赶夜路回家也不觉得害怕,有月亮没月亮的晚上我都不害怕,这十年里我几乎天天要赶夜路,我觉得他就在前面带着我走,他不回头我也知道是他。真的,我走得那么快,简直不像我自己在走路。是他在保佑着我,我知道。

五

卫瑜一直哭到半夜,断断续续地哭,像陷进了一个很深的梦里,怎么也出不来。

后来像是终于哭累了，她一点一点地停了下来。夜已经很深了，哭声渐止的同时，一种巨大的安静劈头盖脸地向两个人砸了下来。窗外的月光筛了进来，斑斑驳驳地从他们身上掠过去，两个人像是沉在了清凉的水底，都是没有重量的，都是空的，水从他们身体里穿过去。两个人都不知道该说什么。似乎突然之间，所有的源头被掐断了。这个夜晚之前的那点腾空堆起来的架子本来就是空的、脆的，现在，它像雪崩一样默默地从两个人之间坍塌下去了。似乎无论再做什么，颜色都已经像枯叶一样摇落了，只剩下满枝干瘦的黑白。有一些新的、陌生的东西正残酷地想从什么地方长出来，从皮肤下面，从血液深处往出探，可是，太疼了，两个人似乎都没有那么多力气。

　　两个人默默地躺在黑暗中，缩在一团清爽的夜里，两个人似乎都踩在一只透明的玻璃球上，球心里的图案看得清清楚楚，可是他们却无法爬进去。因为没有入口。明天早上，他们就要从这里离开了。他们都知道，这一去其实就是永别了。窗外是无边无际的夜色，看不出离天亮还有多远，但他们已经感觉到自己站在了这个夜晚的尽头了，只需轻轻一跳，就要跳进明天了。他们都听到了时间刷刷的脚步声，都觉得应该从时间的手中抢出一分一秒来，说点什么，可是，他们该说什么？

　　他们都知道，眼前的这个人对自己来说没有过去也没有未来，深山中的几天便是眼前这个人的全部。他们看到的这个人其实只是从他身体上截下来的一小段，他们现在拥抱着的其实就是这一小截对方，就像是从鳝鱼身上斩下来的一段，仍然有温度，仍然活着，却只是那一小段。可是，如果纯粹把这几天当作旅途中的一段无根的艳遇，那他们为什么还是觉得有些疼痛？她突然想，如果在天亮之前她对他说，你带我走吧。那会怎么样？话一说出口了是不是就连眼前这一点点离别的伤感都留不下了？如果她对他这样说了，他却惶惑甚至恐惧地看着她，那该是多么滑稽的事情。因为，他不够爱她。其实，她就够吗？她知道，说到底，无论她怎样挣扎，其实也不过就是心甘情愿地被哪怕一点点机会诱惑着，诱惑着去走一条看似容易的捷径。

　　虽然这近似于屈辱的探险本质上也不过是一种对生存的渴望，可是，这探险本身是多么令人心酸啊。

　　她知道从一开始他就一眼看穿了她那点心思，这种耻辱感逼着她在这几天里不敢有丝毫的懈怠，逼着她一边无耻地留给自己幻想，一边如履薄冰地和他较量，她想让他在这短短几天里爱上她，却不想让他看轻了她。于是，她一边观察着他，一边悄悄自卫，随时准备着先发制人地扔给他一个出乎意料的结尾，就扬长而去。现在，是时候了，她知道，是时候了。可是，他为什么这么紧地抱着她？就像是这拥抱是真的。他不说一句话，就这样紧紧地抱着她。他分明在告诉她,他对她也是有一点留恋之心的,哪怕就一点。

也许是因为在这大山的深夜里,睡在这样一对隔着生死的老夫妻旁边,两个人都恍惚有了一种错觉,那就是,他们在这个夜里真的很近很近。从没有过的近。

卫瑜觉得自己刚哭过的脸是涩的,凉的,就像一个秋天踩着过去了。这时候,张楚河忽然在黑暗中探寻着,把她抱在了怀里。仿佛这拥抱是一种仪式。因为这时,窗户外面的天色已经开始泛白了。

窗外一道苍青色的天光像人的目光一样射进了窗户里,卫瑜突然明白,天真的亮了,这一夜已经百转千回地过去了,他们就要分别了。他们像两个见不了天光的魂魄,当阳光照下来的时候,他们就要被打回原形了。没有时间了,她必须得对他说点什么,这就算是,告别吧。她的声音冷而脆,像是刚刚才凝固好的,她说,我到现在不知道你是从哪个城市来的,不知道你真实的姓名是什么,我也不想知道,这都不重要。你连我的名字都不问的时候,我就知道你是怎么想的了。现在还有点时间,我告诉你,我叫卫瑜,我是从北京过来的,但我不是北京人。我是个在北京打工的外地人。

你一定没有住过那种地下室,地下三层的地下室你见过吗?地下一层是停车场,往下一层,再往下一层,就像要走到地心里去了。很小的房间,不开灯就像真的进了地狱,屋里只有一张床,墙上潮湿得长着苔藓,就差长蘑菇了。枕头和被子一拧就能拧出水来,出去走在阳光下的时候,周身的衣服都散发着霉味。就像是刚从地底下钻出来的。八年前,大学刚毕业的我到北京找工作时就住在这样的地下室里,住了三个月。我每天晚上宁可在大街上、公园里乱转,一直转到实在太晚了,实在该睡觉了,才回到那样的洞穴,倒头就睡,第二天一大早就出去。住在那里,你永远不知道天什么时候会亮,永远没有白天。直到后来住得浑身起满了一种红色的疙瘩,奇痒无比,我才从那里搬出来。

市里的房子我根本租不起,只好搬到了郊区的一间农民房里。北京的夏天热得让人没法在没空调的地方待,我后来租的那间农民房的屋顶是铁皮做的,没有空调也没有风扇,天黑了回去还是热得没法待,好像里面有很厚的蒸汽,会把人烤熟。我只好坐在院子里的树下,和房东的老太太坐在一起聊天等着夜里的温度一点点降下来,屋子里的温度也降下来。有一次突然下起了暴雨,我跑回屋,缩在床上,雨滴打在铁皮屋顶上,发出咚咚的声音,我就像在一面鼓里一样,我觉得自己的心也像那面鼓一样被擂击着,我感到全身在被敲打着。我一动不动,在床上紧紧抱着双膝,我不敢松劲,我怕自己一松劲就会全身崩溃,然后前功尽弃。后来我听到一种无法压抑的哭声,那是我自己发出的。那一白天我都没吃一口饭,但是我一点没觉得饿。趁着雨声我到北京之后第一次放纵自己号啕大哭。我想起了父母，我好久没这么想过他们了。平时是强迫自己不去想，他们遥远而尖锐，一想到他们，他们就会像箭一样射到我身上。那个雨夜，我周身裹着的那层薄薄的壳终于裂开了缝隙，他们立刻像水一样涌了进来，把我淹没。

　　我在北京已经待了八年，至今仍是在公司里给老板打工，八年里搬了无数次家，相了无数次亲，到三十岁的时候我还是一个人。我告诉你这么多不是因为别的，我其实只想让你知道，如果你能感觉到我对你是有一点点企图的话，那是有原因的，我是身不由己的。我告诉你我的过去就是为了让你明白我的现在。我，只是条件反射，明白吗？是对过去的一种最本能的反射。

　　我承认，我对你是有一点想法的。准确地说，我对有钱的男人都会本能地有点想法吧，我知道那是因为我这八年里受苦受怕了，我潜意识里可能一直挣扎着……想让自己少受一点苦。你就是因此看不起我那也是我应得的。可是，就在今晚，我忽然想明白了，为什么这么多年里我无论受多少苦却一直坚持着没把自己随便嫁掉？真想结个婚也没那么难吧。原来这么多年里我骨子里向往的，其实就是这对老夫妻之间的这点东西。你看，就这点东西就够他们生死不离了。我知道这点东西人世间很少，所以我才真心羡慕他们。我以为和你在山上这几天会让我们之间长出一点城市里没有的东西来，我以为只有这种特殊的环境里才会有特殊的感情发生吧……你要原谅我的功利。因为无论怎样，这说穿了还是一种企图，是有目的的。

　　她已经知道他们之间再不会见面了，她没有时间了，她必须得在天亮之前把该说的都说完才能不留遗憾。

　　张楚河终于开口了，在此之前他一直是无声无息地听着。他的声音忽远忽近，像是有很多个张楚河飘在她的周围，它们像很多帆一样最后连成了一条船停在了她的身边。你一定要相信，就算我们没有了任何一点联系的时候，我仍然会时常想起你的。其实这些话你不说，我也全知道，这一路走来，你想什么我全知道。可是你还是说出来了，就这一点我就会一直记得你的。我会记得你的善良和真诚，真的，我也明白你内心真正想要什么。说句实话，山中这几天让我忽然觉得好像和你在一起已经十年八年了，好像都过了很多年了，像是我们共同经历了很多事情一样，我甚至舍不得你走。可是，对不起，我不能结婚。而你……是要婚姻的。

　　其实我们都是害怕孤单的人。你知道你为什么想结婚，那是因为你孤单。可是，结婚只是一种习俗，它本身并没有力量去减少内心的孤单。当你和一个人结合成一体的时候，你就要开始为别人失去自己，然后也失去了别人，也失去以后和其他人的可能性。可能以后有一天你会突然发现更适合你的人。我说实话,我这么多年在旅途中不止遇到一个两个女人,也有自己喜欢的,最后却都要分别。

因为我知道,两个人投靠在一起只是个契约,是种形式,其实并不能解决什么,你要是真的在心里爱着什么人,你也看到了,他就是已经死了十年,你仍然会觉得他就在你身边。你就不会有什么孤单和恐惧。我想,如果你真的在心里爱着什么人,在空虚中伸出双手一直去拥抱他,那他就永远不会离开你。真正的思念是这样的,在假想中去拥抱它,它就有了生命。你可以去结婚,但在以后你真正想谁的时候,就这样,伸出双手在假想中去拥抱他,他就有了生命。那他就不论生死,都一直在你身边。

这就是不孤单。

卫瑜果断地把他的话掐灭了,我知道,我知道你想对我说的是什么。天都快亮了,天一亮我们就该下山了。没多少时间了,毕竟是认识了,从此以后,我知道在这个世界上有你,你也知道在这个世界上有我,即使我们这辈子再不见面,这也够了。

他们不再说话,只是在半透明的晨光里再一次紧紧地,真心实意地拥抱着。

早晨,两个人收拾好行李走出屋子的时候,老女人已经在外面等着他们了。她手上落着一只很小的鸟,白色的羽毛上有一朵一朵黑色的花朵,嘴唇是红色的,头上一撮棕色的翎毛,它站在她的手上,一动不动,它的眼睛是黑色的。玻璃的黑眼睛。老女人把这只鸟递到她手里说,送给你们小两口的,这是一只梅花雀。我儿子从树下捡到它时,它已经死了。你们都是善良的人,它会给你们带来好运的。把它带回去吧。

卫瑜把那只梅花雀捧在手里的刹那,它身上的异香像血液一样静静地流进了她的身体。

在山脚下的那个镇子里有个小小的车站,张楚河要从那里上车离开,卫瑜要接着往镇子前面走。他们就在镇子的车站前分手了,卫瑜挥着手目送着张楚河坐的汽车渐渐走远了,然后她背起背包穿过了镇子,向前走去。这天,镇子上的很多人都看到了一个奇怪的女人满脸是泪地从镇子里走过。

他们发现,她走过的地方,空气里留下了一缕诡谲的异香。

16th
2015/06
百花文学奖

中篇小说奖·入围作品

张者小传

　　张者,本名张波,男,曾就读于西南师范大学中文系、北京大学法律系,获法律学硕士学位。著有长篇小说《桃李》《桃花》《桃夭》《零炮楼》《老风口》,中篇小说集《或者张者》《朝着鲜花去》,散文集《文化自白书》等。曾获庄重文文学奖、重庆文艺奖等,作品入围第八届茅盾文学奖。长篇小说《季节河》获《小说月报》第十四届百花奖原创小说奖。现为重庆市作家协会副主席,中国作家协会会员。

同 学 会

张　者

一

纸条已发黄,不过不是很黄。纸条就夹在师弟的一本日记本里。纸条的内容如下:"如果我死去,你会为我哭泣吗?"署名为 YL,时间为一九八二年的五月六日。

师兄喻言望望师弟王旭,问:"YL 是谁?"师弟暧昧地笑笑,不回答。喻言又问:"是个女人?"师弟摇摇头说:"不,是个女生。"

喻言无语,一张上世纪八十年代的纸条,已经三十年了,师弟还称写纸条者为女生,真够矫情的。即便当年写纸条的是女生,现在也是半老徐娘。喻言不知道师弟这个离异的老男人保留这张纸条有什么现实意义。

喻言拿着师弟的旧纸条翻来覆去地看,就像研究古代的一幅书法。

喻言顺口问了一句:"真的假的?"师弟以为喻言对上面备注的时间有所怀疑,比较坚定地回答:"绝对是真的。"师弟又说:"如果你还有点记忆,这张纸条你应该看过。"喻言摇摇头自言自语:"不记得了,真的不记得了,三十年前的一张纸条谁会记得。"

师弟说:"你有病呀,你曾经看过的纸条都不记得了。"喻言回敬道:"你才有病,把一张纸条保存到现在。"师弟嘟囔着说:"也许我们都有病?"

喻言说:"纸条既然是真的,这个叫 YL 的女人肯定也没死,这是以死明志呀,表达对你的爱慕之情! 不过,这纸条不是你前妻的,也不会是你现在的女朋友,因为这些女人在上世纪八十年代都还不认识你。这上世纪八十年代向你表达爱意的女子,要是现在还没死,一不留神成了名人,这就是名人真迹呀,保存了三十年的名人真迹,那就值钱了,拿去拍卖说不定是天价? 师弟你发财了……哈哈。"

师弟脸上马上露出了嘲笑和蔑视,说:"你怎么这么俗,钻到钱眼儿里了,我保存这张纸条可不是为了钱。这张纸条的内容可承载着一种真挚的情感,一种绝对的信任,一种生命的重量,收到纸条的人有一种无法推卸的责任,这需要担当,这一切恰恰是现代人最缺少的……"

师弟语重心长,用尽了有分量的语句,这让人感觉到了沉重。

喻言望望师弟,把纸条还给他,喻言嬉皮笑脸地说:"你什么意思,半夜三更来找我,就为了给我看这张旧纸条?难道你承担不起这纸条的重量,让喻言帮你承担?"

师弟见喻言还不严肃,正色道:"我们算是三十年的交情了,我现在拿出一张旧纸条给你看,是有原因的,你能不能严肃点,难道你真记不得这张纸条了?"

王旭和喻言中学就是同学,他们一起考上了同一所大学,又在一个导师的手下读研究生,同一个专业,王旭比喻言小一岁,所以王旭为师弟。后来两人又在一个城市工作,师弟成了律师,喻言成了记者。两人在同一年结婚,又在同一年离异。两人算是真正的"闺蜜",无话不谈,这其中包括婚姻存续期间是否搞过外遇,离婚后如何泡妞……不知道两人谁离不开谁,反正没有分开过。两人就差没有成为同性恋了,没有成为同性恋,是因为两人的性取向还比较正常,面对同性只讲哥们儿义气,不讲哥们儿柔情。

师弟和喻言这样算来确实有三十年的交情了。不过,师弟拿一张上世纪八十年代的纸条来找喻言,并且让喻言严肃对待,这就让人十分为难了。昔日的情感之重经过三十年的沉淀,让现代人承担,这是强人所难。师弟也许力不从心才找到喻言的,可这能让喻言怎么办?

师弟将那张纸条一直保存到现在,喻言认为这纸条唯一的作用是让人产生回忆,而回忆有时候是痛苦的,是让人不情愿的,总是带着遗憾。回忆对一个四十多岁的男人来说未免早了点,这也太老气横秋了。师弟的状态或许应该叫回望,回望显得有生气些。男人要回望一般也是从情感开始的,这往往是因为爱情缺失,家庭生活失败,事业也出了问题,回望一下过去寻找精神支柱,或者说回望也是为了搞明白什么是爱情,什么是人生的价值。

在这方面喻言和师弟有分歧,喻言对师弟说:"我们还没有到回忆过去的时候,我们应该向前看,无论是爱情还是事业都充满了希望,道路是曲折的,前途是光明的,明天会更好。"

师弟认为自己最好的年华已经过去,过去的时光才是人生最美好的。最纯洁的爱情已经失去,现在男女的交往只是为了满足欲望,孩子只不过是男人或者女人制造出的一个阴谋,是单方面的复印件,而婚姻是人类最腐朽的法律制度。现代人没有友谊,同学更靠不住,交往的目的是互相利用,只有交易,没有交情。中学时期的纯洁友谊永远没有了,大学时代永远建立不起来纯洁的友谊,成人之间的所有交往,只不过是为了建立自己的人脉关系。

师弟说话像个愤青,喻言知道他这番话是有所指的,谈到爱情师弟肯定要控诉前妻,也就是他们共同的师妹张媛媛。如果喻言不拦住他,关于师弟和前妻的陈词滥调不久就会淹没两人的谈话。谈到同学友谊,师弟肯定指的是法官王小明,也就是王旭的二师兄,喻言的大师弟。王小明曾经是师弟代理案子的主审法官,在整个案子的审理过程中,师兄弟反目成仇了。这导致了师弟对同学友谊,甚至对律师这个职业产生了怀疑,出现了幻灭。

喻言知道师弟遇到了问题,无论是事业还是爱情他觉得都很失败,一切都让师弟绝望,他需要寻找人生的依靠和内心的支撑,所以他要向后看,拿出了一张旧纸条。

师弟本来是一个很好的律师,他是一个大律师事务所的合伙人。师弟接的案子总能胜诉,江湖上不是传开了嘛,说王旭是常胜律师。就是师弟这样的常胜律师突然不接案子了,对所谓的诉讼厌倦了。按师弟的话说,一切和法律无关,我胜诉是因为"我们的师兄遍天下"。你又不是不知道,案子只要到了法官师兄手里什么都好办了,大家知根知底,比较好勾兑。其实,很多案子和法律无关,打官司就是打关系。

当时,师弟这样说让喻言很吃惊,师弟在喻言面前从来不讲他们法律界的坏话,更不会讲内幕。虽然两人是同学,都学的是法律,但喻言和法律界没有关系了,喻言是记者,负责法律口。师弟怕喻言曝光,把这些当成他们的行业机密。喻言曾问到律师贿赂法官的传说,师弟说正如你们记者参加新闻发布会拿红包一样,这很正常。

喻言知道司法系统有腐败现象,从"两会"最高人民检察院的工作报告中可以看出,司法系统的贿赂犯罪占全国贿赂犯罪的五分之一,这其中大部分是律师和法官的交易,也就是说律师贿赂法官已成为行业的潜规则。师弟王旭是律师,二师兄王小明是法官,他们之间反目成仇就是因为潜规则。他们的故事更像一个讽刺笑话,有寓言色彩。

二

在师弟王旭代理的一个案子中,法官是二师兄,而对方的代理律师又是王旭的师弟张健。这样,王小明和张健以及王旭成了一个可笑的三角关系。这关系有点乱,有点荒诞,但又是合法的,不在法律规定的回避范围内。

回避制度规定的是审判人员和当事人不能有特殊关系,没有规定法官和代理律师之间不能有某种关系,比方说同学关系是不是特殊关系,既然没有规定回避,那么师兄和师弟的这组关系就是合法的。如果代理律师和主审法官师出同门,这是否影响法官的判决?回答是肯定的,所以才有师弟的"我们的法官师兄遍天下"之说。

在以上这组关系中,既然双方代理律师和法官都是同学,法官能不能一碗水端平呢?

法官王小明把王旭律师和张健律师叫到一起。王小明说:"你们俩都是我师弟,师兄我不偏不倚,咱们进行一次以法律为准绳,以事实为依据的公平诉讼如何?"两个师弟互相望望,都点了头,表示同意。王小明又说:"你们两个都代表当事人向师兄我表示过了,王旭你表示了二十五万,张健你表示了二十万对吧?"

王旭和张健面面相觑,两个人的脸一下就红了。当时,两个师弟在师兄面前无地自容。王旭后来对喻言说,他还以为二师兄会教训一下自己,即便是道貌岸然地教训,我也非常乐于接受。王旭在心中甚至还产生了一种欣喜,这位二师兄原来是个秉公执法、不为钱财所动的好法官,难能可贵呀!换句话说,如果是那样,师弟也许对他的律师职业不至于幻灭,心中还会有希望。长期以来,师弟在律师执业中已经把贿赂法官当成一种正常程序了。

可是,接下来王小明的话又让两个师弟莫名其妙。王小明说:"你们都是我的师弟,我不会因为区区五万块钱偏向一方。"王旭和张健大为不解,明明两个人一个送了二十万,一个送了二十五万,怎么到了二师兄那里就成了五万了?

王小明拿出了五万块钱递给了王旭。王小明说:"这五万还给你,你们两个现在对等了,我们来一次公平的诉讼。"

这下王旭和张健才真正傻眼了。

当师弟气急败坏地把这件事告诉喻言时,喻言不由苦笑了,说王小明在学校就是一个爱占便宜的人,这一点大家都知道,这确实是他的做事风格。师弟王旭谈起这事还骂骂咧咧的,怎么不把所有的都退了,这样更对等。本来,律师在当事人的授意下给法官表示一下,是一种游戏规则,双方律师心照不宣。王小明把双方律师叫到一起,还当场说明表示的具体数额,这是对律师的侮辱,是对律师人格的玩弄和践踏。师弟认为当事人通过代理律师给法官表示一下,就好像病人给医生红包一样,这都是行规,二师兄破坏了这个行规。

王旭最后说:"我受够了,法官完全不把律师当人看。在法官和律师的这组关系中,律师永远是孙子。"

师弟的愤怒算是邪火,因为在这组关系中,师弟忽略了对法律的尊重。他把律师贿赂法官当成了常态和行规。他把法律的公平正义放到了一边。喻言问:"王旭,你为什么当律师,你当年不是说,成为一个律师是为了伸张正义吗?"

师弟的回答可谓振振有词，师弟说："再好的法律规定都是由人来实施和执行的，是人就有情感，谁也逃不出法外之情。作为法律这个游戏规则的一方，律师既然代表当事人进行诉讼，律师不可能主持公平正义，这是律师之所以成为律师的生态和伦理。律师只可能助纣为虐。"

　　后来师弟王旭打赢了这个案子。可是就在宣判王旭胜诉之时，王旭收到张健的一个信封。信封里有王旭老婆张媛媛和法官王小明在一起亲热的照片。随照片张健还给王旭写了一封信，说王旭胜之不武，说好了是公平竞争，不该让老婆都上阵，玩美人计。

　　张媛媛和王小明在大学就是恋人，后来和王小明分手嫁给了王旭。王旭根本没想到张媛媛和王小明还有来往。王旭接到信一下就崩溃了，他被另外一种法外柔情击中。

　　王旭后来的行为基本上是一种鱼死网破的玩法，他毫不犹豫地和张媛媛离婚，并且举报王小明受贿。最后，王小明因受贿罪被追究刑事责任，而王旭也因为行贿受到了暂停律师执业的处罚，因为举报算立功表现，才免予追究刑事责任。

　　这事过后王旭干脆从律师事务所退股，自己永远停止了律师执业，不干了。按师弟王旭的话说，受够了。律师在外人眼里多么光鲜亮丽，其实一直在扭曲中生存，有苦无处说。

三

　　那段日子师弟的人生进入到低谷，师弟会在夜里关着灯，拉开窗帘，坐在床上，披着被子，望着窗外。窗外是熙熙攘攘的人群，夜市正燃烧着白天最后的激情。师弟觉得很寂寞，他这时就会打电话给喻言，他在电话中不说话，听筒里全部是师弟的叹息，那些叹息就像刮风似的，一阵紧一阵慢的。

　　师弟在电话中叹息，喻言就听着师弟叹息，也不想说话，也不挂电话。在深夜师弟的叹息电话会不期而至，他知道喻言肯定没睡，夜猫子型的，夜里要写稿子。师弟在夜里打电话的时候，喻言往往正在出神，望着电脑屏幕想入非非。师弟的电话对喻言来说并不构成骚扰，他使喻言在寂寞中有了意外。当喻言听到师弟的叹息时，喻言知道师弟没什么具体事，只不过是为打电话而打电话。喻言会把电话放在电脑桌上，边敲字边听师弟的叹息。

　　有时候师弟也会找上门来，带着烧烤和啤酒，一直喝到天亮。师弟在电话中不说话，见面了那可是个话痨，他会喋喋不休地谈他过去失败的家庭生活，谈他的前妻，谈曾经他代理的案子以及和法官王小明的冲突……

　　这次，师弟很矫情地带了红酒，还带着酒杯，让人哭笑不得，好像喻言家没有酒杯一样。师弟说喝红酒要有特殊的酒杯,否则再好的红酒也喝不出感觉。师弟带着红酒和一张上世纪八十年代的纸条作为下酒菜,师弟有备而来。

师弟既然这么隆重地拿一张上世纪八十年代的纸条让喻言严肃对待,喻言只有耐心地问师弟,这 YL 是谁?师弟显得很神秘,说你猜?喻言一下就急了,喻言说:"滚蛋! 不带这样折磨人的。"

师弟拿一张破纸条让喻言严肃对待,这本来就是对喻言精神生活的绑架,你还让喻言猜那纸条上的字母,这就过了。那字母是英文的缩写还是汉语的拼音?那字母是无姓的昵称还是有姓的全名?关键是让喻言从中学同学中猜出写纸条的一位女生,这要穿越三十年的时空,还要走进某个少女的内心世界,这种难度也太大了,喻言确实没有这个能力。

师弟说:"你耐心点嘛,你看看我的日记就知道了。"喻言把师弟递上来的日记本挡了回去,把目光投向别处,表示对那本日记不感兴趣。

师弟将一张旧纸条给喻言看,还让喻言猜昔日写纸条的女生,如果喻言再看了师弟的旧日记,还不知道会勾起他的什么儿女情长来,喻言可没有心情去理他过去的乱麻。

其实,师弟的日记本喻言认识,因为喻言曾经也有一本,那日记本是两人中学时的作文本。

中学时的语文老师给每个同学都发一本硬皮的日记本,让同学们天天写日记。老师说语文课不布置任何作业,写日记就是语文课的作业,语文老师让同学们写日记代替语文作业,让大家欢欣鼓舞,这种作业总比让画什么句子成分呀、注释文言虚词呀之类的要好。语文老师还说,日记一定要写自己的真实情感,要写所见所闻、所思所想。

现在看来,这是真正的非虚构写作。

语文老师还是很有一套的,让同学们天天写日记,当然,有时候也有命题作文。写日记除了能训练大家的作文能力外,更重要的是老师通过合法阅读大家的日记,掌握了同学们的思想情感,这对一个班主任老师是相当重要的。中学生都是少男少女,一个个都显得多愁善感。男生一脸的官司,女生一脸的愁苦,思想情感非常难琢磨,处在青春危险期,整天在暗恋和失恋的梦魇中沉睡不醒,伤春悲秋,寻死觅活,发泄的都是无名的烦恼。

当然,老师虽然循循善诱地让同学们写自己的真实情感,写自己经历的真实故事,有多少同学这样做了,那就难说了。那一次喻言因为带领同班同学和其他班的同学打群架,被学校留校察看处分,父亲揍了喻言,喻言愤怒至极,又不能还手,就在日记里口诛笔伐。当时,老师刚好出了个命题作文,叫《我的父亲》。喻言这下可逮到机会了,在作文中把父亲骂了一顿。骂他是土匪,是恶霸,是流氓,是国民党反动派的打手,是专门迫害青少年的恶棍……这当然是喻言的真实情感,也是真实的描述,可老师拿着日记本给喻言父亲看了,其结果是父亲再一次揍了喻言,而且下手更狠。喻言那时已经比父亲高了,其实他打不过喻言,可是,喻言又不好意思打自己父亲……

不敢动手那就冷战,喻言那时正是逆反的时候,父亲在那个年龄段打喻言,是很不明智的。喻言和父亲从此结下了冤仇,一直到大学毕业,喻言都没和父亲说过话。

这种遭遇不是喻言一个,据说有不少同学都经历过。后来,喻言就不在自己的日记里写内心的真实情感了,喻言学习雷锋好榜样,把日记写成决心书,写成放之四海而皆准的句子,当然,这些句子基本上都是抄袭,有的是雷锋同志的,有的是抄袭其他英雄人物的。当这些句子抄袭完后,喻言开始在日记里要花腔,虚构一些故事来糊弄老师,写自己帮助女生(其实恰恰相反),写看到了解放军叔叔舍己救人,自己如何受教育,等等,最后,没的写了,就写狗咬狗,写人打架,写老鹰捉小鸡……这种从中学就开始的虚构训练,使喻言受益匪浅,后来喻言成了记者,记者不就是半真半假地糊弄人嘛。

老师当然不是好糊弄的,他有时会核对喻言们日记的真实性,比方,喻言写帮助女生,还信誓旦旦地说王旭可以证明,没想到老师找到王旭调查,王旭在老师面前非常不屑地说,他,他会帮助女生,简直是天方夜谭,王旭说喻言的日记全是假的。

当年的王旭算是不够哥们儿,他不证明喻言日记的真实性就算了,还要揭发喻言胡编乱造。老师在作文课上讲评,还念了喻言的日记,并不无讽刺地说,喻言同学照这样发展下去,将来一定能成为作家。老师这样说让同学们哄堂大笑。作家鲁迅和毛主席的画像都挂在墙上,每天供同学们瞻仰。作家鲁迅先生的画像就挂在喻言的头顶,老师说喻言能成为他这样的人,这种恶毒的讽刺打击力度比罚站还厉害,这使喻言再也不敢抬头直视鲁迅的画像,甚至在读鲁迅作品的课文时都脸红心跳,真是羞到了极处。

当年,师弟揭发喻言事出有因,是为了出口气,所以喻言没有和他算账,这是后话。如今,师弟拿了一张上世纪八十年代的纸条来找喻言,他要回忆过去了,他要强迫喻言和他一起回忆,回到上世纪八十年代,喻言成了一个"被回忆"者。

四

喻言认为师弟保存一张上世纪八十年代的纸条没有任何现实意义,因为一切都已经过去了,这是一种病态,是老男人无奈的回忆。没想到师弟说,这纸条非常有现实意义,因为我就要和写纸条的女生见面了。师弟这样说让喻言愣了一下。师弟说:"我们马上要搞一次同学会,纪念中学毕业三十年,到时候'她'肯定要来。"

她到底是谁? YL 是谁?

师弟说这个女生喻言也认识,她就是喻言班上的,也是班上最漂亮的女生。喻言忙在脑子里搜寻记忆中的最漂亮女生,可怎么也想不起来。师弟说:"那字母不是英文的缩写,是汉语的拼音。Y 是'杨'的声母,L 是'琳'的声母,连在一起就读为'杨琳'。"

师弟这样解释出了 YL 的指代,喻言心中就"咯噔"了一下,杨琳曾经是喻言中学时的"女朋友"呀,喻言怎么把她忘得一干二净呢!

喻言在日记里写帮助过女生,这个女生不是别人其实就是杨琳。

杨琳是班长,她学习好,是男生关注的对象,让所有男生心向往之。由于杨琳在班上太出众,男生大部分都暗恋她,蠢蠢欲动,喻言和王旭也不例外。

当时的中学要求学生"德""智""体"全面发展,不像现在除了高考还是高考,当时高考才恢复没几年,上大学喻言连想都不敢想。

喻言和王旭在全班男生中学习是最好的,"智"应该没问题;"体"就更不用说了,喻言和王旭发育健全,身强力壮,体育是数一数二的,喻言是体育委员,王旭是劳动委员;当然,"德"就不敢说了,因为那东西不能量化,喻言和王旭因为打架都受过学校的处分,要不是两人学习好,又是校篮球队的主力,两人可能就不是留校察看了,说不定会被开除。可是,那次打群架事出有因,班上的弱小同学被其他班的欺负了,喻言和王旭带领大家找对方算账,结果大打出手。对于班上的同学来说,喻言和王旭是有"德"的,难道保护同班同学不受欺负不是最好的"德"嘛!这样看来,喻言和王旭在班上应该算是"德""智""体"全面发展的好学生,为此,喻言和王旭也是全班同学最拥戴的男生。

杨琳是班上最漂亮的女生,每个男生都暗恋她,这是不争的事实。她成了男生性觉醒的催化剂,不知道有多少男生在周末的早晨赖在被窝里不起,然后趁大人不备,紧闭双眼手淫,幻想的性伙伴肯定是杨琳。可是,暗恋是一回事,手淫是一回事,敢不敢更进一步那又是一回事了,所谓的再进一步也和现在的中学生不同,当然不敢干出格的事,最多是写一个纸条或者一封情书,让另外一个同学传递,这就是当年所谓的早恋。

上世纪八十年代的所谓早恋,实质性的东西并不多,两个人在一起比较纯洁。恋爱的经过往往是这样的:在某一个晚自习上,你在灯火辉煌的教室里正看着书,突然一个纸条投向了你,你打开一看,立刻脸红胸闷,不知道现在的男生和女生是怎么谈恋爱的,据说比上世纪八十年代要实在得多,周末开房,或者干脆租房同居。我现在说上世纪八十年代的校园爱情,说不定他们会说我老土,嘿嘿。可是,那时候的恋爱真的很纯情。谈到上世纪八十年代的文学青年,在校园内可能每个人都是,都很牛,不太搭理人,好像都是有真才实学的有远大抱负的文学青年。现在回头看看搞文学的真的不多了,那些上世纪八十年代的文学青年都到哪里去了呢?他们现在还对文学感兴趣吗?我怀念那个年代也怀念他们……其实你平常并没有太注意这个女生,她却注意上了你。你心中其实是想拒绝的,却没有拒绝的理由和勇气。当你再见到她时,你害羞得不得了,这时你发现自己也许就爱上了她。于是,初恋就开始了。

如果读中学你是住校,恋爱的内容相对多些。她会时常关注着你,你下课晚了,她会默默在食堂窗口帮你排队,等你来了,她只给你一个眼神,你就可以插队在她前面。有时,你饭票不够了,她会悄悄给你;一起打水,水票也不用你操心;一起看露天电影,她会帮你占一个好位置;你有篮球赛,她会站在场下观看;你的一大堆衣服她都抱在怀里。你会节省一点钱,然后在一次逛街时一次性花光,给她买一件什么礼物。两个人就这样煞有介事地,就像天生的一对。

当你和她"好了"一段时间后,你发现爱情好像不是这样的。因为你喜欢上了另外一个女生,这没有任何原因。反正看到另外一个女生你就会心慌,老远就躲着走,可是你见不到她时,心里又空荡荡的。她让你废寝忘食,夜不能寐。

于是,你提出和你现女友分手,失恋就这样发生了。她痛苦,你也觉得痛苦,因为不痛苦是不行的,这是失恋怎么能不痛苦呢!在失恋的某一个晚上,你和男同学们在一起喝酒,你有意把自己灌醉,在喝醉了的晚上,你写了一张纸条给你喜欢的另一个她,当时,她也在上自习,你用纸条向她表达爱慕之情,她像一个受惊的小鸟,迷迷糊糊地就成了你的新女朋友。前一个她唤醒了你,你又唤醒了另一个她,你从被动到主动。前一个她用青春的鼓点敲醒了你,你又用青春的鼓点敲醒了后一个她。就这样像击鼓传花。男生和女生一个一个地被青春的鼓点唤醒了。

当然,这种纯情的早恋也是有后果的,学校简直就如临大敌,那情书或者纸条一旦被学校发现,学校的处理是很严厉的,喻言班当时就开除了一对。更重要的是你能不能承担同学们的压力,就拿杨琳来说吧,她是全班男生共同的幻想,你要据为己有,这就会惹起众怒,你要服众,否则你在班上就成了全班男生的公敌。

最好的女生当然属于大家拥戴的男生,这就是中学生的恋爱生态。当然这所谓的恋爱其实是单方面的,是男生的事,基本上和女生没有关系。女生甚至都不知道怎么回事,自己就"被恋爱"了,被男生们分配了,成了某一个男生的

"马子",这是上世纪八十年代对女朋友的称呼,现在看来有些惨不忍睹,没有美感。

关键是喻言班上只有一个杨琳,大家共同拥戴的男生却有两个。喻言和王旭各方面都不分高下,支持者也各占一半,这就成了问题。喻言和王旭是哥们儿,喻言不能因为杨琳之争,让同学们选边站,让班集体分裂。怎么办?也不可能来一次决斗,那就更不值得了,在喻言那个年龄段,对于女人的占有,还没到你死我活的程度。

通过协商,喻言和王旭准备打赌。打赌的内容很简单,谁能让杨琳坐在自己的自行车后座上,谁就获胜。当然这其中还有前提:第一,要在杨琳同意的前提下,人家不愿意你不能硬来;第二,要带着杨琳走一段距离,至少两公里;第三,不但要杨琳心甘情愿坐在后座上,还要杨琳搂着自己的腰。这一条比较难,这是王旭提出的,他是想将和喻言打赌的过程无限延长,希望能有回旋余地,意思是杨琳偶然坐在你车上不能算赢。

这样看来王旭对和喻言打赌是没有信心的,对于第三条喻言也没有提出异议,其实喻言心里也没有底。如此这般,谁赢了,杨琳就是谁的,失败者从此对杨琳不敢再有幻想。

为了让同学们都知道两人的打赌,在一次篮球赛后,喻言和王旭共同宣布了打赌的内容,这样做也是共识,那就是排除其他同学再加入竞争。

同学们听说喻言和王旭为杨琳之争打赌,大家都很激动,吆喝着看好戏。

五

那天放学回家,杨琳和班上的文艺委员胡月令、课代表赵萍,还有刘莉莉等女生骑车走在前,喻言和王旭跟在后。喻言身后有阎亮、张建勇等班上的男生,大家都注视着喻言和王旭,雄赳赳、气昂昂的,希望能发生点什么。杨琳骑的是一辆崭新的凤凰牌自行车。那车被打扮得很漂亮,在轮毂上套上了彩色的绒圈,在后灯上扎着红绸子,车杠也裹上了彩色的塑料膜。当时,太阳正要落山,杨琳穿着红裙子,花枝招展的像一道霞光。

喻言和王旭跟在杨琳身后,不由都用力蹬了几下,想追上去,近了,又不敢超上前,只敢跟在她们身后不紧不慢的。同学们很有激情地在身后喊:"加油、加油。"

喻言记得杨琳和胡月令都回头看了大家一眼,还莫名其妙地相视一笑。

喻言和王旭当时都很胆怯,不敢上前。后来两人找到了不敢上前的原因,那就是自行车太旧。当时,喻言骑的是加重永久,王旭骑的是轻便飞鸽,在杨琳花枝招展的凤凰面前相形见绌。当年骑自行车有点像现在开车，你开一辆又脏又旧的夏利，怎么好意思超人家的崭新宝马。在喻言眼里杨琳的凤凰就好比现在招摇的宝马。

那天过后，喻言和王旭都开始收拾自己的自行车，喻言用了一个星期天，把自行车擦得锃亮。当喻言和王旭再次骑着自行车相遇时，两人都对自己的车比较满意。王旭的轻便飞鸽显得轻灵，王旭找到了春风得意马蹄疾的感觉。喻言的永久显得稳重，载人还是加重车，轻便的载人不稳。让杨琳坐自己的车，首先是安全第一。从自行车上可以看出一个人的性格，王旭一直比较注重形式，喻言却更关心内容。

事情的结局是在一天中午。那天，当大家放学准备回家吃饭时，杨琳的自行车胎被扎了。喻言和王旭的自行车当时就停在杨琳的车旁，一左一右的一看就不安好心。当杨琳"哎呀"一声说我的车胎扎了，喻言和王旭都相视而笑，对杨琳自行车的状态很满意。喻言站在杨琳旁边没动，王旭却急不可耐地上去了。王旭说："自行车胎扎了没什么，我帮你送到修理铺去。"王旭不由分说就去推杨琳的自行车。

杨琳有些不好意思，说："不用、不用，我自己推过去就行。"

喻言说："杨琳你怕什么，王旭要帮你补就让他帮呗，人家要学雷锋，你要给人家机会呀！"王旭见喻言帮他说话，笑了，望望喻言，目光里有感激也有疑惑。杨琳不好说什么了，望着王旭推着自行车走了。

喻言见王旭走远了，对杨琳说："走吧，我带你回家。"杨琳有些犹豫。喻言说："修理铺要补的自行车很多，你要等补好车再回家，那午饭就赶不上了，下午说不定还要迟到。我带你回家，饭后再带你回学校。"喻言见杨琳还在犹豫，又说："一顿饭的工夫你的自行车肯定补好了，不耽误下午放学回家。"杨琳望望站在不远处的胡月令，胡月令点了点头。杨琳笑了，说："好吧！"

就这样，杨琳在众目睽睽之下跳上了喻言的自行车。当时同学们都远远地瞄着喻言和杨琳，当杨琳跳上喻言的自行车时，喻言有意把自行车把抖了几下，车身一晃，杨琳连忙搂住了喻言的腰。同学见状都在那里鼓掌欢呼。

当时，杨琳问："大家为什么这样激动？"喻言回答："同学们都希望我带你回家呀。"杨琳说："不明白，你带我回家他们激动啥？"

这时，喻言看到王旭推着杨琳的自行车站在那里发愣，喻言向王旭挥了挥手，喊："我们先走了！"

喻言能想象出王旭当时的懊恼。同学们望着王旭只有无奈地摇头。喻言用自行车带着杨琳回家的那一幕，让同学们津津乐道。

王旭输了，可他不服，认为喻言胜之不武。在午饭后，王旭找到了喻言。当时还有不少班上的同学。王旭说："我们一起去杨琳家,让杨琳选择,杨琳坐谁的车去上学,谁才算赢。"喻言同意了,要王旭输得心服口服才行,否则后患无穷。

当大家来到杨琳家门口时,胡月令也到了。杨琳望望王旭,说："谢谢你了,车补好了?"王旭回答:"补好了,还停在你原来的地方。"喻言说:"走吧,上学去。"杨琳答应着向喻言走来,这时同学们都紧张地望着王旭。王旭说:"杨琳我带你去学校。"杨琳望望喻言又望望王旭,说:"让你帮助补车就够麻烦了,哪能又让你带我去学校呀!"王旭说:"我帮你把车补了,你都不坐我的车?"

王旭这样说话显然比较幼稚,这不合乎逻辑。杨琳说:"你帮补车,我就更不能坐你的车了,哪能麻烦你一个人呀!"杨琳这样说才合乎逻辑。喻言附和道:"就是,不能光麻烦一个人。"杨琳:"王旭你那车没法带人的,后座太软,还是喻言的车坐着稳当。"杨琳说着向喻言走去,杨琳见喻言站在那里不动就说:"走吧,还愣着干什么?"喻言望望王旭有些同情他,说:"要不你坐王旭的车吧?"杨琳望望喻言,有些恶狠狠地回答:"难道我搭错车了?你要不想带我就说一声,大不了我走路上学。"杨琳的这话同学们都听见了,也就是说杨琳宁肯走路也不会去坐王旭的车。

喻言带着杨琳向学校奔去,身后是班上的同学。这次喻言骑得很稳,一点都没有晃车把,杨琳却主动搂住了喻言的腰。这轻轻的一搂让喻言心花怒放,同时也宣布了喻言和王旭打赌的结果。

喻言和王旭的打赌以喻言的全胜而告结束,后来,喻言还把这一切写成日记,说自己帮助班上的女同学,充当语文作业交了上去。老师在课堂上念了这篇日记,引得同学们哄堂大笑。老师不明白为什么,就找到王旭调查,王旭在老师那里说喻言的日记都是假的,但是哪里假他却说不出来,算是有苦难言吧。

王旭不但不为喻言证明,反而说喻言的日记是假的,这有点不够哥们儿。不过,王旭这样做毕竟事出有因,喻言也没有和王旭计较,给王旭起了个外号,叫王九日,也就算了。毕竟喻言是胜利者,胜利者往往比较大度。

后来,喻言非常得意地告诉王旭,杨琳的自行车其实是喻言扎的。没想到王旭笑笑说,怪不得扎了两个眼儿呢,我当时就扎了一下呀。王旭这样说,喻言不由愣了,然后两个人哈哈大笑,真是棋逢对手呀。

六

在相当长一段时间,杨琳是属于喻言的,这成了全班同学的共识。当然,这是班上男生单方面的共识,喻言和杨琳捅开那层窗户纸是在一天晚上。

那天晚上喻言正在上自习,在灯火辉煌的教室里看着书,突然一个纸条投向了喻言,喻言抬头一看是杨琳。杨琳在纸条上说:"花坛边见。"

喻言心中是胆怯的,其实是想拒绝,却没有拒绝的理由和勇气。喻言走出教室,见杨琳站在花坛边亭亭玉立。喻言有些担心地四处张望。杨琳见喻言走到面前气咻咻地质问:"你和王旭打赌是怎么回事?"喻言哑口无言。杨琳见喻言胆怯的样子,笑了,又说:"既然敢打赌就要负责,愿赌服输也要愿赌服赢。"

杨琳的愿赌服赢非常咄咄逼人,也不知道她怎么知道喻言和王旭打赌的。

喻言把心一横说:"打赢又怎么了,你看着办!"

杨琳的回答让人啼笑皆非,杨琳说:"去给我买冰棍。"

喻言说:"买就买。"

于是,喻言和杨琳去买冰棍。喻言当时身上只有两毛钱,喻言花了五分钱给杨琳买了一根冰棍,喻言把冰棍递给杨琳说:"这算是赔你的。"杨琳说:"把我当赌注,一根冰棍就打发了?"喻言说:"我没钱。"杨琳说:"我有钱。"杨琳说着塞给喻言五毛钱,说:"你要天天给我买冰棍。"杨琳高兴地咬了一口冰棍,然后递到喻言嘴边。喻言犹豫了一下,也咬了一口。

杨琳问:"甜吗?"

喻言回答:"甜。"

杨琳问:"什么甜?"

喻言回答:"冰棍甜呀。"

杨琳说:"傻样,只有冰棍甜吗?"喻言回答不上来,也许喻言当时的样子确实有些傻。

两人并排走着,一根冰棍还没有到教室门口就吃完了。杨琳说:"真甜,我的心都被融化了。"杨琳的这句话显得很抒情,内涵丰富,可喻言却无法对答。杨琳又说:"明天晚自习老地方见。"然后就走了。

第二天上晚自习,两人又在教室门前的花坛边见,然后一起去买冰棍。教室门前的花坛成了他们见面的老地方。杨琳选在那地方和喻言约会不知道是什么心理,好像巴不得让同学们看到似的。喻言却有些做贼心虚。

喻言和杨琳之间就这些内容,一点也不浪漫,可是,杨琳是喻言的"马子",全班同学都知道,甚至有些同学在喻言面前还称她为嫂子,这种称呼让喻言心惊胆战。时间长了,喻言觉得和杨琳的交往枯燥无味,爱情不应该就是这样的。喻言甚至不愿意见杨琳,能躲就躲,实在躲不了也只是敷衍一下她。这样,杨琳就不干了,后来,杨琳居然给王旭写了一张纸条,纸条的内容是:"如果我死去,你会为我哭泣吗?YL,一九八二年五月六日。"

这张纸条导致喻言和杨琳彻底分手,喻言和王旭也差点绝交。

三十年过去了，喻言早已释然，甚至把杨琳都忘了，没想到师弟旧事重提。

喻言提醒师弟不要抱什么希望，杨琳年龄和你差不多大，四十多了。她现在会是什么样子，不可能还是那样年轻漂亮，你想象着和上世纪八十年代的一个少女约会，这是自欺欺人，也许她的女儿已经是少女了。你想见的只是你心中的少女，现实中的她只不过是个半老徐娘。

师弟神秘地告诉喻言，他已经了解过杨琳的情况了，杨琳现在也是单身状态，离婚了。你要知道这个时候的女人往往是风韵犹存，成熟而又充满魅力，比较自信，离婚也不愁再嫁，一般的女人谁敢在这个年龄段离婚。

再说，我王旭要完成的是一次情感回归，年龄不是问题，外表也不重要。

喻言对师弟的说法比较怀疑，师弟是一个注重外表的人，说穿了就是一个好色的家伙，当然，这无可厚非。关键是师弟认为外表和年龄都不是问题，那他为什么又有风韵犹存的想象，这完全自相矛盾。

这时，王旭突然凑近喻言，说了一句让喻言哭笑不得的话。王旭说："这回你可不能再和我争杨琳了！"

师弟说这话很认真，不像在开玩笑，这让喻言很意外。怪不得师弟这次来找喻言如此隆重，带着一瓶"拉菲"，这种红酒价格不菲，据说是一个很有钱的当事人送他的，他帮人家打赢了官司，挽回了上千万的损失，人家不但痛快地支付了律师代理费，还额外送他两瓶拉菲酬谢。拉菲是真的，酒杯要自带，关键是那张纸条……

师弟还记得和喻言少年时的一次打赌，那时候喻言把初恋当成赌注，押上的是青春和纯情。现在看来那真是奢侈的赌注，纯洁的爱情在喻言的豪赌中被蒸发，最后灰飞烟灭。要是放到现在，喻言是不会和师弟争什么杨琳的，因为喻言喜欢的压根儿就不是杨琳。那时候喻言不懂得什么叫爱情，打赌完全是为了虚荣心。

三十年了，师弟还念念不忘杨琳，可谓刻骨铭心。师弟是个有情人，也是有心人。

看来，师弟让喻言看一张旧纸条绝不仅仅是回忆，师弟要在同学会和杨琳见面，重续前缘。他希望喻言不要再继续上世纪八十年代的杨琳之争，这才是深夜造访的目的。

现在，各个学校都有那么几个热心的同学发起同学聚会。先是大学同学，后来是中学同学，最后是小学同学……提议者开始也就有几个人，渐渐响应者越来越多，大家通过 QQ 一哄而起，见见，见见，回母校见见。聚会的理由很简单：十年没见了，二十年没见了，三十年没见了……

师弟是同学会的组织者之一，并且还是一个赞助者，钱对师弟不是问题。

师弟现在的状态有理由也有时间去搞同学会。喻言就不同了,喻言参加同学会能去见谁?搞同学会不就是想见一下"她"嘛!

同学们都是唱着那首流行歌去的:"只要你过得比我好!"

你是谁?这个"你"当然是有所指的,这个"你"只有特定的一个,是过去的初恋或者是情窦初开时对"你"的一个闪念。过去的"你"已经三十多年没见了,你过得好吗?如果"你"真是初恋的情人,现在就是名副其实的老情人了。所以,同学聚会最想见的不是老同学而是老情人。你见老情人,没有老情人的同学怎么办?那就看你见老情人,看你一见之下的反应,看你百感交集,看你感叹嗟呼。于是,大家都不亦乐乎。在近百个同学中曾经有过初恋的当然不止一对,看不完的。

还有暗恋的呢,暗恋的如今再见,借着酒劲也敢吐露真情了。

只是,只是一切都晚了,一个是他人之妻,为人母;一个是他人之夫,为人父。只有几十年前的情意还在,还留在心中。当两个人见到的一瞬间,真是恍如隔世。同学聚会见老情人其实不会有什么结果的,牵一发而动全身呀。那就不要结果,在聚会中弥补曾经的一些遗憾,让故事继续发展,让故事永久流传。

当然,除了这些,那就是有同学混得不错,教书的成了大教授,从政的成了大干部,经商的成了大款,从艺的成了大腕儿……这些成功人士也愿意搞同学会,好显摆。一般的同学也愿意让老同学显摆,他们显摆够了希望拉兄弟一把,大家共同进步呀!

同学之间的名堂可多了。经商的和当官的同学勾兑,可以搞项目;公务员和教授同学联系,可以读博士;教授和媒体同学联络,可以提高知名度;违法乱纪的和公检法的同学勾结,希望法外开恩。

这样看来,同学聚会对师弟来说的确很重要,也许师弟会碰到一个有钱有势的同学,这能让师弟在事业上做一个转型,师弟对律师行业已经绝望了。

最重要的是,师弟通过一张旧纸条可以进行一次情感回归,这对师弟无疑是一次吸氧,一个喘息,这能让师弟缓解内心的压力。说不定师弟见了杨琳,两个人真能走到一起也未可知。

喻言告诉师弟让他放心,我不但不会和他争杨琳,甚至连这次同学会都可以不参加,因为没有我喻言要见的人。师弟听喻言这样说,急了,说:"那怎么能行,你必须参加。"

这就是师弟,他不但让喻言承诺不和他争杨琳,而且还要喻言做他的见证人,让喻言看到他的最后胜利。师弟不但绑架了喻言的思路让喻言伴随他回忆,还要绑架喻言的肉体,让喻言承认他的最后胜利。在师弟看来,没有喻言这位看客,他的情感回归之路就没意思了。师弟以一张纸条为开头,用了三十年为自己的人生写就了一本书,而这本书的最后精彩必须有人能读懂,喻言就是那个读者。

喻言决定参加这次同学会,如果能帮师弟从人生困境中解脱出来,是值得的。喻言告诉师弟,他不但不会争杨琳,还会助师弟成功。喻言说:"同学会你不是安排了三天的活动嘛,三天你肯定马到成功。"

师弟非常激动,说这才是三十多年的哥们儿。师弟想象着当时的情景,他很陶醉地说:"当我把这张三十年前的纸条亮出来,会产生什么效果?"

喻言附和道:"那肯定在同学会上轰动,让杨琳感动得热泪盈眶。"师弟听喻言这样说,两眼放光,神采奕奕。

七

同学会那天很热闹,这么多年没见面了,大家的高兴劲儿是可想而知的。在签到处,有同学题写告示,贴在那里,总结了参加同学会的"准则",内容如下:

> 以亲自到场为荣,以借故不来为耻。
> 以被女生抱为荣,以被男生咬为耻。
> 以上蹿下跳为荣,以蒙头大睡为耻。
> 以延续旧情为荣,以蒙混过关为耻。
> 以自投罗网为荣,以守株待兔为耻。
> 以悄悄约会为荣,以唱歌跳舞为耻。
> 以主动坦白为荣,以屈打成招为耻。
> 以情场失意为荣,以赌场得意为耻。

可是,同学会杨琳居然没来,这让师弟很绝望。作为一个观众喻言已经准备好了,男主角就要粉墨登场,而女主角却不见了踪影。全班百分之八十的同学都到了,唯独班长没来,这让人不能接受,大家都很失望。

师弟望着喻言,嘴里不停地念叨:"没来,没来……"

喻言说:"别急,没来,打电话让她来呀!"

喻言和师弟找到赵萍问杨琳怎么回事,师弟说:"杨琳一直都说要来的,怎么最后不来了?"赵萍神秘地望望喻言说:"你给她打电话呀,你要打电话,她说不定就来了。"

喻言隐隐约约感到了问题,喻言是来帮师弟情感回归的,喻言是一个看客,喻言可不想成为人家旧梦重圆的对象。喻言说:"杨琳爱来不来,我才不给她打电话呢!"赵萍说:"那就看你了,你不给她打电话,她可能就不来了。"这时,师弟碰了喻言一下,喻言望着师弟那期待的目光,只有让赵萍给杨琳拨电话。赵萍接通了杨琳的电话,把手机递给喻言。喻言拿着手机听到杨琳急切地问:"赵萍,怎么样,他来了吗?"

喻言问:"谁来没有? 该来的都来了,就差你。"

杨琳在电话中突然沉默了。

喻言说:"杨琳你怎么还不动身,快来。有人等着你呢!"

杨琳反问道:"谁等着? 喻言,是你吗?"

喻言说:"反正有人等着你。"

杨琳说:"是你吗?"

喻言不知道怎么回答,杨琳还是那样咄咄逼人。

杨琳说:"要是你等我,我马上就去。"

喻言真想把电话挂了,可是,见师弟眼巴巴地望着喻言的样子,喻言只有捏着鼻子说:"是,是我等你,还有王旭!"

杨琳说:"王旭不重要,喻言我只问你。"

喻言说:"快来吧,同学们都等着你,也包括我!"

杨琳在电话中笑了,说:"那我去。"

喻言挂掉电话,师弟急切地问:"她来吗?"

喻言说:"来!"

师弟突然举起一个拳头,喊了一声:"耶!"

喻言觉得杨琳有些奇怪,三十年前给王旭写了一张那样的纸条,让师弟念念不忘,现在又说王旭不重要,女人真让人捉摸不透。

杨琳一直没到,大家只有等着,中午吃饭时,菜都上了王旭硬是不让开席,说:"再等等,再等等,班长杨琳还没到。"

王旭是同学会的召集人,也是赞助者之一,他不让开席,大家也就不好意思正式吃。虽然阎亮和张建勇等男生已经跃跃欲试地要划拳了,可在正式开席前,还是不好意思放开,最多揀几粒花生米塞牙缝。

杨琳来了,开着一辆红色现代小跑车,车倒没多高级,却显得很时髦。杨琳下车,款款而至,让同学们眼前一亮。应该承认杨琳非常会保养,也会打扮,这点比其他女同学强多了。放眼望去,过去的女生全变成老大妈了,杨琳却还是那样年轻,显得成熟又有魅力,真是风韵犹存。喻言碰碰王旭,轻声说:"看来你艳福不浅,杨琳还具有可看性,去迎迎人家。"

王旭满面红光地起身去迎接杨琳。王旭有些夸张地冲到杨琳面前问:"还能认出我吗?"

杨琳望望王旭,笑了,说:"这不是王九日嘛。"

杨琳叫出了王旭的外号,引得同学们哈哈大笑。这时,赵萍和几个女生都上去了,大家牵着杨琳的手,大呼小叫的。刘莉莉夸张地围绕杨琳转,喊道:"你是杨琳吗? 不会是杨琳女儿吧!"杨琳笑着说:"我没有孩子。"刘莉莉说:"我女儿都上大学了,你咋不要呀?"杨琳说:"想要,还没有找到孩子他爹。"几个女生听杨琳这样说都笑了,齐声说:"同学会上我们帮你找,据说有不少王老五呢,不一定是钻石级的,但至少有黄金级的。"

杨琳在几个女生的簇拥下,一边走一边和同学们打招呼。王旭说:"我们欢迎班长杨琳出席同学会。"于是,大家都拍巴掌,阎亮还打出了响亮的口哨。杨琳很高兴,红光满面地成了同学们的中心。看来,杨琳姗姗来迟,要的就是这效果。三十年了杨琳没有什么变化,还是那么争强好胜,爱出风头。赵萍拉着杨琳来到喻言和王旭的这张桌子,王旭早就给杨琳留好了空位,把杨琳安排在自己身边。

杨琳坐下后,王旭就站了起来。王旭说:"我是班上的劳动委员,劳动委员就是要劳动,要不怕累,所以我提议把同学们召集在一起,搞了这个同学聚会。搞同学会只有一个目的,那就是回味过去,展望未来,弥补遗憾,该出手时就出手,要有仇的报仇,有冤的申冤,有情的定情,有爱的做爱……这次聚会大家要劳动起来,劳动产生激情,劳动产生人类,再不抓紧时间可就没有机会了!"

王旭这样说,大家一下就乐了。王旭毕竟是律师,口才练出来了,一席话把气氛调动得很热烈。王旭说:"废话少说,咱开席,有请我们的美女班长劳动两句,大家欢迎。"

杨琳站起来端起了酒杯,说:"为了三十年的思念,干杯!"

大家嗷嗷叫着起身,端起了酒杯。杨琳这样说很对,中学毕业三十年没有见了,大家自然还会有思有念。

同学会的宴会从中午一直进行到晚上。由于是包场,天黑后服务员把桌子向四周一撤,上了茶点,酒宴变成了茶话会。这都是王旭的安排,王旭曾经对喻言说,同学会三天时间,你可以趁着酒兴尽情疯闹,让你来不及考虑后果就失足了,反正楼上宾馆的房间已经开好,一人一间。喻言笑王旭这是想搞集体淫乱。王旭说够呛,恐怕是落花有意,流水无情。

谁是落花? 那当然是女生了,都四十多了还不是落花。喻言说你看问题还是很清醒的,怎么临到自己就不行了,难道杨琳不是落花? 王旭说杨琳不一样。喻言窃笑,杨琳难道就不会老? 师弟这是把杨琳雪藏在心中了,杨琳成了永远不老的妖精。

不过，喻言见到杨琳时，还真吃了一惊，要不是和杨琳是同学，走在大街上你确实看不出她的年龄，大家都是一个年龄段，为什么女人的差别就这么大呢！

在茶话会上女生们谈论的话题都集中在如何保卫家庭、打败小三上了，这是女生变成大妈后的主要话题。

赵萍说："婚姻是爱情的坟墓，更可悲的是小三还要来盗墓。"

赵萍这样说让大家笑了又笑。没想到像赵萍这样老实的女生也会冒出这种话。当男生都表扬赵萍时，赵萍说："这可不是喻言的创作，这是网络流行语。"

刘莉莉见赵萍受到了男生的表扬，就讲了一个小朋友的故事，说："幼儿园在六一表演节目，父母都来观看，进场的时候小朋友列队欢迎家长，并喊口号。幼儿园有三个班：小一班，小二班，小三班。小一班就喊：小一小一，勇夺第一；小二班喊：小二小二，独一无二；小三班喊：小三小三，爸爸喜欢……"

刘莉莉是一个幼儿园老师，刘莉莉的故事一出大家就笑喷了。阎亮喷了张建勇一身，两个人在那里掰扯了很久。

张建勇说："小三并没有这么可怕，有时候小三会给你家庭带来意想不到的收获。"女生们听张建勇这样说都不吭声了，等张建勇下文。张建勇说："我有个邻居做生意挣了钱，就有了一个小三。这位老兄经常到深圳进货，就把小三养在深圳了。他当年花了五十多万在深圳买了一套房给小三住，每月还给小三五千元的包养费。去年跟小三分手，他以三百五十万的价格把房子卖了，不但包养费全都回来了，还大赚了一笔。老婆得知后，臭骂他一顿，说怎么只养一个呢，要是多养几个，咱家就发财了……"

女生听了张建勇的这个故事都笑着骂，说这个世道真变了，养小三居然还赚钱，问张建勇养了几个。张建勇说："别说养小三了，我连老大都没有了。"张建勇说自己都离婚好久了。张建勇还说："离婚和前妻争孩子又搞了一年多，最终以本人的胜利而宣告结束！"阎亮问张建勇怎么胜利的？要不是老婆霸着儿子不放，我也早就离婚了。看来，阎亮也有离婚的打算。

张建勇说："老婆一提到孩子就理直气壮，说孩子是从她肚子里出来的，当然归她。我说，笑话！从提款机里取的钱能归提款机吗？还不是谁插入归谁。"

"哈哈——"男生们快乐地大笑起来。阎亮拍打着张建勇，说张建勇太有才了。女生们也笑了，但可以看出女生都不服气。刘莉莉尖叫着骂张建勇是流氓。

张建勇也是个律师，他能把孩子抢到手，肯定不是靠胡搅蛮缠。不过，张建勇后来的一席话差点让女生和男生打起来。

张建勇说："婚姻是人类最腐朽的法律制度！"

张建勇的论点喻言在律师王旭那儿也听说过。他这样说男生们都频频点头,还附和着是的、是的、就是的。女生们却不干了,说张建勇说混账话,没有这法律制度,女人就更没有地位了,难道还让男人三妻四妾的?张建勇说他绝不赞成古代的一夫多妻制,他根本上就不赞成婚姻,谁愿意和谁住在一起就住在一起,不想在一起了就分开,干吗非要用法律手段将这种男女关系固定下来。男生们都哈哈大笑,认为这样好,既可以占便宜,还不用负责。

这样,男生和女生就吵了起来,有点分庭抗礼的意思了。这很不好,两性对抗是人类的灾难。人类的对抗虽然不断发生,那都是国家对国家,种族对种族,宗教信仰对宗教信仰,但不能搞两性对抗,搞两性对抗人类会灭绝。

八

喻言向王旭使眼色,示意王旭说说那纸条,改变一下谈话内容,可王旭苦着脸摇头,不太敢。喻言望望杨琳,杨琳和赵萍一群女生在一起,还在回味刚才刘莉莉的少年儿童故事。

喻言就站起来给大家讲了一个故事,说:"一匹马跟一头驴恋爱了,马说,我爱你!驴回答,我也爱你!马说,我想亲你一下下!驴说,不行,俺娘说了,驴唇不对马嘴!"

大家听了喻言的这个段子先是笑,然后听出弦外之音了。赵萍就说:"你说大家聊的都是驴唇不对马嘴,那你来点新鲜的。"

喻言望望王旭说:"我有一个重要故事今天要解密。"

"是爱情故事吗?"有人问,"不会是老公和小三的爱情故事吧。"

这时,阎亮突然插话说:"你们妇女都怕小三,其实男人没有你们说得那样精力旺盛。现代的男人,特别是我们这个年龄段的,已经开始走下坡路了。属于:新事记不住,旧事忘不了;坐下打瞌睡,躺下睡不着;上面有想法,下面没办法;过去硬着等,现在等着硬。"

阎亮这一说,女生们放肆地笑了,这让女生很开心,让男生很没有面子。阎亮这不是在灭自己威风嘛。而且,阎亮的顺口溜已经有了黄段子的意思,如果再这样发展下去,整个茶话会就会变成黄段子会,看来要转移话题不是那么容易的。

喻言说:"咱们搞同学会就是让同学们回忆过去,诉说衷肠的,还真是'新事记不住,旧事忘不了',现在有一件旧事必须重提,有一位男生雪藏了一张上世纪八十年代的纸条,是当年一位女生写给他的,这张纸条已经保存三十年了……"

大家听喻言这样说立刻就安静了。喻言说:"这是一张真正的80后纸条,它穿越时空来到现在。纸条老了,已发黄,可当年的美丽女生现在依然美丽,男生更是标准的帅哥。他们今天就坐在大家中间,同学们想不想知道是谁?"

"想——"

大家高亢有力地喊。

喻言说:"关键是这位美女和帅哥目前都是单身,也许这纸条能让他们再续前缘。"

大家急切地四处张望,想知道是谁。既然是美女,大家不由都向杨琳张望。杨琳被看得有些不好意思了,说你们都看我干吗,好像是我写的纸条似的。杨琳的嘴很硬,还是那种处事不乱的样子,就好像纸条真和她没有关系。喻言看着师弟,示意他站起来亮出纸条,师弟却求救地看着喻言,不敢起身。没有想到王旭面对杨琳还是如此腼腆。

喻言走到王旭面前向他伸出了手,王旭把日记本递给了喻言。同学们都看着那熟悉而又陌生的日记本,目光中都是期待。喻言举着日记本,说:"这个日记本大家都认识吧?"

"认识! 这是我们当年的作文本。"同学们异口同声地回答。

喻言笑着打开日记本,然后拿出了那张发黄的纸条。喻言说:"这张纸条王旭保存了三十年,可见对他有多么重要。同学们想知道内容吗?"

"想——"

大家回答着,都哈哈笑了,说:"老师你快念吧。"看来,同学们都进入到了小学生状态。

于是,喻言向杨琳望望,拿着纸条念:"如果我死去,你会为我哭泣吗?YL,一九八二年五月六日。"

在念纸条时喻言尽量放慢了语速,声调缓慢而又沉郁,充满了真挚的感情。可是,当喻言念完纸条后,大家却没有什么反应。喻言又念了一遍,大家反应还是不热烈。

张建勇说:"我还以为是多么肉麻的纸条呢。就这?"

阎亮说:"要死要活的,听着都累!"

喻言说这是一张很严肃的纸条,以死明志,这是人类"表达爱情"最有力的方式。喻言望望女生那边,杨琳和大家正交头接耳;喻言又看看男生,每一个人都暧昧地笑,都摸不透,显得很江湖。

阎亮叫唤道:"好了,好了,你就告诉大家谁给王九日写的纸条吧。"喻言说:"写纸条的女生叫YL,就在我们身边。"阎亮问:"YL是谁呀? 坦白从宽,抗拒从严。"

喻言望着杨琳,杨琳却无动于衷,其他女生也都东张西望的,没有人承认写了这张纸条。难道杨琳真的完全忘记了？喻言说："YL 是汉语拼音的声母，两个字。"

阎亮张口就喊："YL 那不就是杨琳吗？"大家都去看杨琳。

张建勇起哄："杨琳，站起来给大家说说，你怎么能给王九日写这样的纸条！"张建勇说："还以死明志。你可是我心中的女神，应该是男生给你写纸条，而不是你给男生写纸条：当年，我就给你写过纸条，不过没敢递给你。"大家听张建勇这样说，都笑。

杨琳突然站起来说："这纸条不是我写的，我可没有写过这样的纸条。"杨琳说着起身出去了，显得很生气的样子。阎亮喊，"怎么走了，这事不说清楚怎么能走？"杨琳说："去方便一下不行呀？管得宽。"大家轰一下都笑了，反而让阎亮不好意思了。

刘莉莉说："王旭你现在弄出了这样一张纸条，是不是假的？你要是想追杨琳，大家都可以帮你，不一定伪造一张这样的纸条煽情。"

阎亮突然举起了手，阎亮说："纸条是我写的。"大家都吃惊地望着阎亮。阎亮说："YL 正是我名字的声母呀！"阎亮这样说，大家一琢磨也对，阎亮名字的声母确实是 YL。阎亮说："王九日对不起了，当年我只是和你开个玩笑，没想到让你思念了三十年。"

大家轰的一声又笑了。

对于王旭来说，本来这是件很严肃的事，经阎亮这样插科打诨，就有些荒唐了。张建勇说："阎亮难道你是同性恋？"阎亮怕张建勇说自己是同性恋，连忙摆手说："我是和王九日开玩笑，我只喜欢女人。"

王旭的脸色很难看，有些急了，说："阎亮你别恶心我，这不可能是你写的，你能写出这么娟秀的字体吗？"阎亮见王旭当真了，连忙说："我不娟秀，我不娟秀。纸条不是我写的，我只是开个玩笑。"

大家见阎亮的尴尬状都笑了。

王旭说："这纸条是当年杨琳亲手交给我的。"

王旭这样说，大家都不语了。有人小声议论，这就是杨琳的不对了，写了一张纸条让人家思念了三十年，自己到头来却不承认。张建勇说："既然是这样，那你就把杨琳叫来，当面对质。声母是 YL 的女生只有杨琳。"赵萍说："换了我也不承认，写纸条的时候是少女，现在是少妇，过去写的纸条让现在承担责任，这谁也做不到。"

阎亮在男生这边悄声说："还少妇呢，都老大妈了，真不知羞。"男生们听了都嘻嘻笑。喻言见赵萍正向男生这儿张望，就说："此言差矣，杨琳不是少妇，她是单身。"赵萍说："单身怎么了，单身心中就不能有人了，杨琳心中有个人也藏三十年了。"

赵萍这样说,同学们嗷嗷尖叫起来,大家一下就来兴趣了,原来这是一个三角关系。大凡男女一旦有了三角关系,那就热闹了。

同学们在热烈地议论,王旭却在那里独自喝酒,喻言本来想拦着王旭,可又一想,这时候师弟也许需要酒壮英雄胆,借着酒兴王师弟兴许还有机会。

这时,王旭把酒瓶子往地上一扔,很响亮。师弟说:"算了,她不承认算了。"

刘莉莉说:"也许真不是杨琳写的呢?在中学时帮同学递纸条是常有的事。"刘莉莉这样说,大家都觉得有理,连王旭也愣了。王旭说:"既然这样,管她是谁呢?无论她是谁,我今生都会把她当成我的初恋,我的真爱。"王旭独自举起了酒瓶高声说:"纸条是谁写的不重要了,关键是哥把它保存到了现在,而且还要保存下去。"王旭对着酒瓶又喝了一大口,说:"哥保存的不是纸条,是思念。"

王旭这话充满了英雄气概还包含着英雄气短,他有些醉了。大家见王旭的样子不知说什么好了。

杨琳不知道什么时候又回来了。杨琳边走边说:"王旭你应该保存这张纸条,一直到老,一直到死。"大家望着杨琳回到位子上,觉得杨琳说话有点狠了。张建勇说:"人家已经保存了三十年,可以了,你不能让人家死不瞑目呀。"

杨琳说:"他就应该死不瞑目。"杨琳说:"我本来不想在这儿旧事重提,没想到王旭同学是一个有情人,把一张纸条保存到现在,我就不得不把事情说清楚了。大家还记得胡月令吗?纸条是她写的。"

"啊,胡月令……"

九

胡月令坐在喻言的前排靠窗的位置,喜欢穿着灰色淡然的旧布裙子,显得低调平和。如果只看长相,杨琳和胡月令不分上下,杨琳显得张扬,胡月令却尽显文雅。应该说胡月令更有韵味,只是,对于青春期的中学生来说,大家要的不是含蓄,要的是靓丽和激情。

有段时间胡月令显得忧郁,不开心,下课时也不愿意出教室。胡月令坐在那里静静的,面向窗外,好像在看什么,好像什么也没有看。她用右手托着脸颊,让头发像瀑布一样垂下,一直垂在桌面上,把长发当成了阻止教室内喧哗和吵闹的屏障。胡月令静静地睁大眼睛,睫毛一眨一眨,耳垂下的绒毛细腻而又柔软,这让喻言心动。

胡月令嘴里哼着一首忧伤的歌,那是一首老歌,应该是电影《冰山上的来

客》的插曲。胡月令轻轻地唱着,一遍又一遍的:

> 戈壁滩上的一股清泉,
> 冰山上的一朵雪莲,
> 风暴不会永远不住,
> 啊!
> 什么时候啊才能看到你的笑脸?

> 乌云笼罩着冰山,
> 风暴横扫戈壁滩,
> 欢乐被压在冰山下,
> 啊!
> 我的眼泪呀能冲平了萨里尔高原。

> 眼泪会使玉石更白,
> 痛苦使人意志更坚,
> 友谊能解除你的痛苦,
> 啊!
> 我的歌声啊能洗去你的心中愁烦。

> 你的友情像白云一样深远,
> 你的关怀像透明的冰山,
> 我是戈壁滩上的流沙,
> 啊!
> 任凭风暴啊把我带到地角天边……

　　这是一首男女二重唱插曲,可是胡月令却只唱女声的。在一般情况下胡月令只哼着,只有旋律没有词。那旋律通过胡月令的鼻腔发出,在你的耳畔回旋,能真切地打动你的心,你能感觉到胡月令的绝对忧伤。有时候胡月令会一遍又一遍地哼唱最后一句:"任凭风暴啊把我带到地角天边,任凭风暴啊把我带到地角天边……"
　　谁也不知道为什么,胡月令怎么会希望风暴将她带到地角天边。
　　胡月令在班上一直都显得低调,她不事张扬,更不会和同学发生冲突。在喻言看来她长得比杨琳好看,只是她不打扮也不活跃,只是静静的,默默的。胡月令是杨琳的朋友,在和杨琳的交往中,她总是让着杨琳,这样就显得杨琳更张扬了。

喻言和杨琳好后,他一直对杨琳的张扬有一种莫名其妙的担心,生怕她跋扈得伤害到胡月令。

喻言开始关注着胡月令,下课后喻言也不出教室,拿着一本书装模作样地看,其实是在听胡月令唱那支忧伤的歌。喻言甚至在心里随着胡月令的旋律唱:"什么时候啊才能看到你的笑脸? 什么时候啊才能看到你的笑脸? "

这样,喻言觉得自己和胡月令正在用歌对话,胡月令的歌声打动了喻言,让喻言感动。喻言很希望了解胡月令,想知道她为什么不开心。有一段时间喻言对她的同情到了无以复加的地步,可是,喻言又不知道为什么要同情她,她有什么伤心事值得同情。

就这样胡月令在下课后对着窗外唱歌,喻言就成了她唯一的听众。喻言认为他和胡月令达成了默契,不希望任何人打扰。可是,胡月令那如泣如诉的歌声总是有人打扰,这个人就是杨琳。杨琳会关切地来到胡月令的座位上,拉她出去。有时候胡月令会和杨琳走,有时候不和杨琳走。胡月令不出去,杨琳也不离开,她会和胡月令说一些莫名其妙的悄悄话,很热烈的样子,这种状态一直到上课。

只有喻言知道,杨琳在下课时来找胡月令是因为自己,喻言时常会发现杨琳和胡月令聊着天,心不在焉地把余光投向自己。这样看来,杨琳其实并不想和胡月令聊天,她是来监视喻言的,她见喻言和胡月令下课都不出教室,便起了疑心。

喻言有了这种判断,对杨琳就有了一种怨气。喻言觉得杨琳太有心计,简直就是虚伪。喻言和杨琳好了一段时间后,觉得索然无味,有意无意地躲着杨琳,发现杨琳在监视自己时就更是有意不理杨琳了,见面后也是恶语相向的。杨琳哭着和喻言吵,说喻言变心了,又看上了胡月令。喻言说杨琳在胡搅蛮缠。

杨琳说:"你下课也不出教室是在和胡月令说悄悄话,同学们都是这样说的,这让我很没有面子。"

喻言说:"绝对没有,是同学们瞎说。"杨琳说:"胡月令有什么好,她的爸妈就要离婚了。"杨琳的话让喻言大吃一惊,这的确是天大的事情,怪不得胡月令不开心呢! 杨琳又说:"你知道胡月令的爸妈为什么要离婚吗?那是因为胡月令爸爸有生活作风问题,胡月令爸爸因为这件事已经被停职审查了。"

在上世纪八十年代初,生活作风问题指的就是婚外情,也就是说胡月令爸爸有了小三。这不像现在婚外情成了时髦,成了男人显示自己地位的资本。胡月令的爸爸当年有了婚外情,这对胡月令来说是天大的事,其打击力度是致命的,这在那个时代是绝对的丑闻。在上世纪八十年代一个中学生的爸爸有生活作风问题,这件事一旦被同学知道了,你在班上就永远抬不起头来。爸爸的丑闻就成了你的丑闻,如果你和同学发生了冲突,对方首先会拿你爸爸的生活作风问题说事。

比方:对方会说,你有什么了不起,你爸爸有生活作风问题,你爸爸是个流氓,你爸爸是流氓你也不是什么好东西。

这时候如果你是男生,你只能和对方拼命;如果是女生那只有和自己拼命了——恨不能把自己撞死。父亲的丑闻成了同学之间相互攻击最有力的武器,它直指内心,让你蒙羞,让你无颜见人。

当杨琳告诉喻言胡月令的爸爸有生活作风问题时,喻言一下就火了。喻言说:"你胡说,你胡说什么……"其实,喻言并不是不相信胡月令的爸爸有生活作风问题,喻言是觉得杨琳不应该把这事告诉任何人,也包括自己。杨琳不懂喻言的心,为了说明胡月令父亲确实有生活作风问题,杨琳还说:"这是真的,胡月令家长和我家长是一个单位,还住在隔壁,我曾经听到胡月令的爸妈吵架。"喻言急了对杨琳说:"你闭嘴,还说,你滚,我再也不理你了!"

当杨琳哭着跑开时,喻言一步也没有追,喻言决定和杨琳分手。

不久,关于胡月令的谣言不胫而走,说胡月令的父母已经离婚,胡月令的爸爸受到了处分。组织上给胡月令爸爸的处分现在看来也很奇怪,给胡月令爸爸戴了顶坏分子帽子。地(地主)、富(富农)、反(反革命)、坏(坏分子)、右(右派),这是"文革"时期的"黑五类"。一九八二年"拨乱反正"已经全面展开,右派帽子已经在一九七八年全部摘掉了,胡月令的爸爸却在一九八二年戴了顶坏分子帽子。胡月令的爸爸不是政治问题,政治问题可以平反,生活作风问题却永远不能平反。胡月令爸爸在那时戴上坏分子帽子,这使胡月令成了"末代黑五类"子女。

喻言知道胡月令那段时间压力很大,关于胡月令爸爸的事传得沸沸扬扬。胡月令下课就更不愿意出教室了,她一个人望着窗外唱自己那首忧伤的歌,唱着唱着有时候还会流泪。

十

下课的时候,男生往往会聚集在教室后窗下的荫凉处活动,那地方相对僻静,女生不去,老师回办公室也不路过那里。这样,有些偷着吸烟的同学就在那里点着了火,一根烟在几个同学手中传递,在喷云吐雾中扮酷。那窗有一人多高,坐在教室的窗边可以看到远方的树木和花坛,却看不到窗下的人。

男生们在窗外活动,胡月令在窗内唱歌,相互看不到却能听到声音。胡月令在教室内的歌声,很多男生都能听到。只是,对于大多数男生来说,他们还不知愁滋味,他们听到的只是一首歌,从歌声中却听不到真正的忧伤。每天下课之时,男生们都能听到胡月令唱同一首歌,时间久了,男生张建勇就给胡月令起了一个外号,叫古兰丹姆,这是《冰山上的来客》中的女一号。关键是古兰丹姆有两个,一个是真的,一个是假的,假古兰丹姆是一个女特务。张建勇给胡月令起外号叫古兰丹姆,就让人联想到了女特务。

有一次,张建勇和几个男生见胡月令来了,就在那喊:"古兰丹姆,古兰丹姆。"胡月令不理会,低着头进了教室。

张建勇就问:"古兰丹姆真的假的?"

几个男生就同声回答:"假的、假的……"然后哄然大笑。

胡月令当然明白男生喊的是谁,也知道假古兰丹姆是什么意思。胡月令独自趴在桌子上哭了,她哭得很伤心,身体一耸一耸的。杨琳过来劝胡月令,胡月令的哭声小了身体却抽搐得更厉害。喻言站起来狠狠地瞪了张建勇一眼,张建勇有些尴尬,不闹了。

喻言当时什么也没有说,喻言有心帮胡月令,可是却不知道怎么帮。这时,意想不到的事情发生了,王旭冲上去就给了张建勇一拳,接着双方就打了起来。喻言上去把王旭拉开,王旭还气咻咻地指着张建勇骂:"你他妈的,欺负女同学算什么本事?"

张建勇说:"我怎么欺负女同学了,我叫古兰丹姆惹谁了?"

王旭说:"你还狡辩。"

张建勇说:"开个玩笑也不行呀。"

王旭说:"有这样开玩笑的吗?"

张建勇喊:"她又不是你马子,关你什么事。"

王旭急了又要冲上去。这时,喻言也从座位上出来了,喻言也过去推了张建勇一把,说,"你再胡喊,我对你也不客气了。"张建勇见喻言和王旭都要揍他,这才闭嘴。

喻言把杨琳叫出来,问是不是她把胡月令爸爸的事传出去的?

杨琳说:"我又不是长舌妇,干吗要说胡月令坏话。除了向你说过,我谁也没说,班上和胡月令爸妈一个单位的同学多了,很多同学都知道。"杨琳这样说喻言就说不出什么了。杨琳说:"你不喜欢我就算了,不要往我头上泼脏水。"杨琳的态度很生硬,很蛮横,完全是被惯坏了。可是,喻言却一点也不生气,因为从杨琳的态度上看,她也反对在班上传胡月令爸爸的事。

喻言说:"胡月令是你的朋友,你在这个时候应该多安慰她。"

杨琳说:"这是我的事,和你没关系。"

喻言冷笑了一下,转身就走了,临走还撂下一句话,说没关系就没关系,有什么了不起的。

喻言和杨琳的关系跌进了低谷。

不久,王旭就收到了杨琳给他的那张纸条,纸条的内容是:"如果我死去,你会为我哭泣吗?"署名为YL,时间是一九八二年五月六日。

这样一张纸条的分量,在那个年龄段对于王旭来说是无法承受的。少女们总是把死亡挂在嘴边,死亡离自己仿佛很近,其实很远很远……当然,王旭的恐慌不是因为死亡本身,而是以死亡的名义所宣示的内涵,以及死亡这个字眼儿所散发出来的暧昧关系。王旭收到纸条后怦然心动,幸福得晕头转向。自从王旭和喻言打赌失败之后,他一直都在郁闷着。杨琳的纸条算是让王旭扬眉吐气了,他对着天空独自呐喊,吐出了聚集已久的郁闷。可是,王旭不久就陷入到了矛盾之中,因为杨琳已经有主了,是哥们儿的女朋友。王旭见了喻言开始不自然,当喻言和王旭说话时,他还会现出极度的恐慌,好像干了什么对不起喻言的事。

虽然王旭一直喜欢杨琳,但如果和杨琳好上了,这事一旦被同学知道,不仅和喻言要翻脸,而且在同学们面前也不好交代,岂不成了一个背信弃义之人?经过激烈的思想斗争,王旭决定把事情告诉喻言。王旭把喻言叫到学校操场上,把纸条给喻言看了。

王旭说:"这是杨琳给我的,你看看。"

喻言拿着纸条愣了半天,杨琳居然给王旭写了这样一张纸条!王旭把纸条给喻言看简直就是当面羞辱喻言,这让喻言颜面尽失。喻言望望王旭,目光阴鸷,表情难看,就差暴跳如雷和王旭翻脸了。就在这时王旭说:"虽然我喜欢杨琳,但是杨琳是你的,我不会和你争,既然打赌输了,我就不会出尔反尔,愿赌服输。"王旭还说:"我们是最好的哥们儿,'朋友之妻不可欺'这个道理我还是懂的。"

王旭的这番话让喻言心里好受些。王旭把杨琳当成了朋友之妻,这在今天看来十分可笑,所谓的朋友之妻杨琳和喻言连一个拥抱都没有。

喻言虽然对杨琳已经没有什么感觉,但是杨琳的这张纸条还是让喻言妒火中烧,当时,喻言没和王旭翻脸,是因为王旭完全按照喻言的意思处理了纸条。喻言对王旭说:"杨琳这样的女生简直就是卡布兰的中国版。"卡布兰是谁?相信看过电影《列宁在一九一八》的都知道,那个暗杀列宁的女特务就叫卡布兰。她漂亮、妖娆、狠毒、无情,却让人欲罢不能,简直是坏女人的化身。喻言叫杨琳为卡布兰,并且在同学中间公开,这成了杨琳的外号,不久,同学们就都喊杨琳为卡布兰了。

喻言给杨琳起这么一个外号,这意味着喻言和杨琳恩断义绝,彻底分手。喻言告诉王旭,杨琳这样的女生绝对不能要,她水性杨花,在和我好的时候给你写纸条,如果她和你好了,说不定又给其他男生写纸条,她就是一个大众情人。

王旭说:"这是你的家事,你说怎么处理就怎么处理!"

王旭把喻言和杨琳之间的事称为家事,这也是十分荒唐的。可见,当时的恋爱虽然没有实质内容,却在同学们的心中影响深远,煞有介事。喻言当时处理自己的家事可谓心狠手辣,毫不留情。当王旭问喻言怎么办时,喻言连想都没有多想,就对王旭说:"对付卡布兰这样的女人绝不能心慈手软,把纸条交给老师。"

喻言想,这在当时是最严厉的处理。

王旭望望喻言虽有不甘,但喻言既然是处理家事,他也不好说什么了。王旭后来把纸条夹在日记本里交给了老师,并且还写了一篇日记。那篇日记是对纸条的注释和说明,应该说是王旭写的一篇比较好的作文。王旭在日记里写了收到纸条的心理状态,先是惊慌失措,后是夜不能寐,有担忧,有害怕,有犹豫,还有痛苦……这当然都是王旭真实的内心状态。最后,王旭在日记中写下了一个光明的尾巴。王旭写道:"为了不影响学习,经过非常激烈的思想斗争,我终于战胜了自我,决定把纸条交给老师,希望老师找这位叫 YL 的女生谈谈,在备战高考的关键时刻,不要想死觅活的,把心事用在学习上,努力复习,争取考上大学……"

王旭当然没敢说明把纸条交给老师的真正原因,那内幕只有喻言和王旭知道。现在看来,王旭写收到纸条的内心活动是真实的状态,那日记的结尾却是在装孙子。

纸条配上日记交给老师所产生的效果是绝无仅有的。老师在作文讲评时念了王旭的日记,并且将纸条也公布于众了。在老师念纸条时,喻言观察着杨琳的反应,她虽然和喻言不是同桌却在同一排,喻言只要一侧脸就能看到她当时的表情。在作文课上,很多女生都羞涩地趴在桌子上,低下了头,而杨琳却面不改色心不跳,做认真听讲状。当然,老师没有点杨琳的名,可是老师念出了写纸条的人是 YL,并且指出 YL 是汉语拼音的声母。

老师说:"是哪位女生在这里我就不点名了,我希望她好自为之,一个女孩子要自重、自爱、自强……"老师说这话的分量够重了,连男生听了都无地自容,更别说正处在青春期的羞涩少女了。

当时,即便是个小学生也能根据 YL 这两个声母,拼出杨琳的名字,可杨琳却装成没事人一样。杨琳在课堂上的表情把喻言激怒了,世界上哪有这么厚脸皮的女生！为了打击杨琳，喻言撺掇班上的几个男生，让他们在杨琳的面前起哄。这其中有阎亮，有张建勇等。

阎亮："如果我死去，你会为我哭泣吗？"

张建勇："才不会为你哭泣呢，去死，去死……"

阎亮和张建勇都学着女生的声音，假着嗓子怪声怪气地一问一答。这惹得其他同学哄堂大笑，然后大家又学阎亮和张建勇的声音一问一答，于是，整个教室处处是男生学女生的问答声。

同学甲："如果我死去，你会为我哭泣吗？"

同学乙："我才不会为你哭泣呢，去死，去死……"

男生装怪，女生受惊。女生就像小鸟一样四处躲避。

十一

在那段时间，杨琳和胡月令形影不离，总是一起上学一起放学，连下课上厕所也在一起。杨琳紧紧拉着胡月令的手，就好像是为自己壮胆。当男生见到杨琳阴阳怪气地进行鸟儿问答时，杨琳居然不闻不问，平静如初，连走在她身边的胡月令都为之脸红了，而杨琳却没有任何羞愧的表现。

杨琳如此淡定，这让喻言气愤，喻言决定拿起笔来。口诛不行，那就笔伐。喻言也写了一篇日记，还给日记进行了命名，叫《从女生 YL 的纸条说起》。在这篇作文中，喻言分析了纸条的内涵。指出："纸条的内容十分煽情，以死明志，以死相逼，死不瞑目，死去活来……无论是过去、现在还是将来，这都是人们'表达爱情'最有力的方式。我去死，你哭泣。我和你被紧密地联系在了一起，确定了一种伦理关系。'死去'和'哭泣'都是人类最极致最让人动容的状态，在死去和哭泣的这个因果关系中，我和你永远不分开，成为一种永恒……"

后来，喻言又把"表达爱情"改为"求偶"，喻言觉得杨琳不配"爱情"这个词。

在日记中，喻言还对 YL 这两个普通的字母进行了猜想。喻言写道，我个人认为，Y 代表姓氏，姓氏不好猜，因为同姓者太多，非同姓者以 Y 声母发音的更多，比方：杨、姚、严、阎、余、俞、岳，等等，声母 L 代表的是名，这就好办了，在我们班没几个女生的名字是 L 打头发音的。我认为那 L 应该是"琳"的声母，喻言班的女生叫"琳"的那就更少了。为什么这个叫"某琳"的不直接署名呢？因为用字母代替是一块遮羞布，当被拒绝时可以不认账，可以耍赖，这是一种极端自私的行为，又想求偶，又怕暴露自己的身份，这就像隐藏在林中的鸟叫，"处处闻啼鸟，花落知多少？"

当时,喻言生搬硬套地引用这句诗,觉得十分得意。其实,喻言在作文中相当于把杨琳的名字点出来了。喻言叫杨琳为"某琳",觉得更具有讽刺的效果。这篇日记写完后,喻言认为很真实地表达了自己的心理状态,自认为这篇作文会被老师讲评。喻言暗暗希望老师能把这篇作文在班上讲评,这样就达到了打击杨琳的目的。喻言急切等待着作文讲评课,喻言要看看杨琳怎么面对全班同学。

作文讲评课在喻言的盼望中终于来了,可是老师却没有来。更重要的是杨琳也没有来,连从来不旷课的胡月令也没有到。那天,同学们焦急地等待着老师来上课,特别是喻言,简直就急不可耐。一节课快过去了,同学们都觉得事情不对,好像出什么事了,气氛慢慢异样起来。有同学让语文课代表赵萍去老师办公室看看,去看看。

赵萍回来说:"老师没有在办公室,我见到了校长。"赵萍说见到了校长,让同学们大吃一惊。大家认为赵萍同学简直就是拿着鸡毛当令箭,让你找语文老师,你找校长干什么? 赵萍说:"所有老师都在校长办公室开会,校长说让大家在教室等着,在老师没到教室之前,谁也不准离开教室。"

喻言问赵萍:"难道下课了也不能离开教室? "

赵萍回答:"校长的脸色很难看,没敢问。"

同学们一下就乱了,大家纷纷离开自己的座位,围在门口向教室外张望,但是谁也不敢离开教室。

出什么事了? 教室里有一种惊慌失措的气氛。阎亮同学甚至说世界大战开始了,这太好了,我就不用复习高考了,我要参军,去打仗。阎亮的话引得大家一片嘘声。

语文老师在第二节快下课时来了,让人意外的是杨琳和老师一起走进了教室。杨琳一进教室就哭了,这让大家面面相觑。喻言当时认为是自己的作文起了作用,也许语文老师把喻言的作文交给了校长,校长很生气,事情很严重。校长把杨琳的纸条当成早恋的典型例子,召集老师开会,研究怎么处分杨琳。这时,喻言心里反而不是滋味了,喻言可不想杨琳为此受处分。

喻言心想:"杨琳呀杨琳,如果你早表示一点羞愧,我喻言就不会写作文批判你了。"

老师走向讲台,怀里抱着作文本。老师让赵萍把作文本发下来了,说今天就不进行讲评了,我要告诉大家一个不幸的消息。

老师这样说,同学们一下就安静下来了。

老师说:"我们班的胡月令同学割腕自杀了。"

"啊……"

这个消息对同学们来说可谓是晴天霹雳。

胡月令,胡月令……

她为什么要割腕自杀？难道胡月令不怕疼吗？胡月令敢割腕？连男生都不敢。她对自己也忒狠了。

教室内一下就乱了,这期间伴随着杨琳细细的哭声。老师后来讲了一些关于胡月令自杀的原因,主要是家庭问题。胡月令的爸爸犯错误,胡月令的爸妈离婚,胡月令蒙羞,无颜见人,她想不开了,最后走上了自杀的道路……关于胡月令自杀的原因同学们都深信不疑,因为胡月令家的事早已是公开的秘密了。

老师后来讲了什么喻言没听进去,喻言觉得耳朵嗡嗡作响。胡月令你为什么? 为什么? 喻言强忍着不让自己的泪水冲出眼眶。喻言知道自己必须忍住,喻言不能当着同学们的面像杨琳那样放开哭,喻言怕男生笑自己。可是,喻言觉得心中的疼痛具体而又实在,妈的,痛死了。

最后老师告诫同学们,一定要热爱生命,不要轻生。只要好好学习考上大学,什么艰难困苦都可以克服。老师这句话让喻言记忆深刻。

老师最后带领大家去和胡月令告别,老师说:"去送送她吧,今后再也见不着了。"老师说这话眼圈有些红,这弄得好几个女生都哭了。

同学们和老师都去了胡月令家,喻言和同学们看到胡月令平静地躺在棺材里,脸色苍白而又安宁,就像睡去了一样。同学们围着棺材走了一圈,默默地望着胡月令,谁也没有出声也没有哭,好像生怕打扰了胡月令。胡月令在班上是一个很安静的女生,她从来不和同学大声说话,与世无争,心地善良,还很胆小,可她居然敢割腕自杀了。

喻言和同学们望着安静地躺在那里的胡月令,怎么也无法把她和割腕自杀联系在一起。

当同学们送胡月令去墓园,看到装着胡月令的棺材被一锹一锹的土埋没时,才回过神来,先是女生们恸哭一片,然后是男生。喻言是男生中第一个哭的,接着是王旭、阎亮和张建勇等,只不过男生只默默地流泪,谁都忍着不大声哭出来。在去送胡月令前,老师教大家用白纸做了花,那花都拿在手中,在离开墓园时,大家都默默地将白花放在了胡月令的墓碑边,那墓碑是一块木板做的,上面刻着"女儿胡月令之墓",落款是胡月令的爸爸妈妈。

那是喻言和同学们第一次见到胡月令的爸爸,没想到胡月令爸爸那么帅气,个子很高大。在我们的想象中坏分子应该都很猥琐的。不过胡月令的爸爸头发却白了,这和他的年龄不相称,正应了白发人送黑发人那句话。

胡月令的死使班级的气氛一下就凝重起来,同学们仿佛一夜之间都长大了,都成熟起来。教室里再也听不到喧哗和吵闹,大家都静悄悄地看书复习,迎接高考。

胡月令的位置一直空着，一直到喻言中学毕业。谁也不敢去占用她的位置，谁也无法替代她的位置。喻言面对那个空位置，总是幻想着胡月令的存在——胡月令在下课时独自趴在课桌上望着窗外，吟唱那首忧伤的歌。

"任凭风暴啊把我带到地角天边，任凭风暴啊把我带到地角天边……"

胡月令真的让风暴带走了，是让她内心的风暴带走的。胡月令随风而去，不知道去了何方？不知道是天涯还是海角……

老师说只要考上大学，什么艰难困苦都能战胜。是的，喻言决心要考上大学，去帮助胡月令，让她从艰难困苦中解脱出来，这是喻言当时最真实的心理状态。

十二

后来，喻言和王旭考上同一所大学，中学时的那张纸条把喻言和王旭紧紧拴在了一起，那是喻言和王旭的秘密，他们成了真正的哥们儿，一直到现在。

胡月令死后，喻言几乎把杨琳彻底忘记了。当喻言拿到录取通知书时，王旭告诉喻言，杨琳考上了另外一所大学，离我们很远。在填志愿时，杨琳好像还打听过喻言所填的学校，当她听说喻言和王旭第一志愿都填了北方的一所大学时，她毅然决然地填了南方的一所大学。

杨琳在班上说："什么是分道扬镳，这就是分道扬镳；什么叫南辕北辙，这就是南辕北辙；他在北方，我就去南方，越远越好。"

这话让人听了心悸，杨琳恨死喻言了。

后来，喻言才注意到自己的那篇作文有了老师的一段评语。

老师的评语是："对纸条的分析十分精彩，但对爱情的认识只是一知半解，而且还相当肤浅。爱情是人类最美好的情感，也许你将来才会明白……"

"将来"是什么时候？喻言当时曾捧着作文本独自发问。

三十年过去了，喻言明白了吗？没有。老师所说的"将来"到底是何时？这个"将来"怎么还没有来？在这三十年里，喻言有过恋爱，结婚又离婚，可是对于爱情，喻言其实还没搞明白。

在同学会上，师弟王旭拿出了三十年前的纸条，也许他和喻言一样也没搞明白，也许他更想搞明白，这也许就是师弟王旭把一张纸条保存了三十年的原因吧！但是，王旭没想到杨琳不承认这张纸条是自己写的，说是胡月令写的。

王旭大声质疑："胡月令？这不可能呀！明明是 YL 吗，两个字，怎么成了胡月令呢？"

杨琳说:"怎么就不可能呢,YL是汉语拼音的声母,是胡月令的昵称,就是月令。给一个男生写纸条用昵称是合情合理的。"

杨琳后来的叙述让男生们暗暗心惊。胡月令爸爸犯了生活作风错误,这在现在不是个事,在当年就不得了了,胡月令的爸爸成了坏分子。胡月令觉得非常羞耻,在班上抬不起头来,成为一个最自卑的女生。后来,父母离婚,胡月令就更没有安全感了,她开始有了轻生的念头。我当年是胡月令最好的朋友,有一段时间我和胡月令寸步不离。我不断劝她,一定要坚持,一切都会过去的。

大家都知道,当年我和班上一个男生偷偷好上了。杨琳说着瞄了喻言一眼,这引得大家都向喻言张望。喻言装着没听到,做左右环顾状。这让喻言身边的张建勇窃笑,喻言脸上却有些发烧。

杨琳深情地望着喻言,说,当年我和一位男生好上了,觉得很充实,很快乐。我就问胡月令有没有喜欢的男生,要是有就给他写纸条。我以为一个孤独的女生要是能和一个男生好上,她心中就有了依靠,也许初恋能让胡月令走出困境。胡月令偷偷告诉我,她喜欢王旭。

杨琳说着望着王旭,大家也都看着王旭。王旭抱着酒瓶子呆呆地坐在那里,像是在听,又像是什么都没有听进去,有些犯傻。

于是,我就鼓励胡月令给王旭写纸条,我愿意成为胡月令的信使。胡月令就写了那张纸条。那纸条胡月令给我看了,我开始不同意她那样写,要死要活的吓人。胡月令说,能为自己哭泣的男生,才能托付终身。还有那署名,我说你这署名王旭怎么知道是谁?胡月令说,王旭一看到就知道是我。我当时还和胡月令开玩笑,说你是不是已经给王旭写过纸条了?胡月令当时只是很神秘地笑了笑。

没想到,我把纸条给了王旭后,王旭同学居然把纸条交给了老师。

接下来大家都知道了,老师在作文课上把纸条当众宣读了,这让胡月令羞愧难当。下课后她直接上了教学楼的顶楼,好在我发现得早,在楼上把她按住了。我告诉她,王旭虽然把纸条交给了老师,可在作文中并没有点你的名,老师应该不知道YL是谁?同学们也不知道,纸条是我传递的,只要我不说,谁也不知道。这样,我才把胡月令劝住。

杨琳突然望望男生们说,是你们男生害死了胡月令。老师在课堂上宣读胡月令的纸条后,你们男生见了胡月令就重复那纸条的内容,这让胡月令觉得自己已经曝露在光天化日之下了。胡月令无地自容,再也撑不住了,羞愤中在家割腕自杀。

这是当年胡月令自杀最直接的原因。可以这样说,胡月令是因为王旭的绝情自杀的,是在同学们的嘲笑中自杀的。

杨琳的话掷地有声，让全体男生无语。

喻言和王旭互相望望，更是无地自容。王旭解释说："可是，我当时并不知道那是胡月令写的纸条呀！"

杨琳冷笑了一下，问："那你以为是谁给你写的纸条？你以为是我写给你的纸条，是我写给你的纸条你就能把它交给老师吗？"杨琳见王旭不语，又来了一句："我真庆幸没有给你写纸条。"

王旭哑口无言，求救地望着喻言。喻言说："让王旭把纸条交给老师是我的主意，我以为是杨琳写给王旭的纸条，我羡慕妒忌恨，所以让王旭把纸条交给了老师。"

"这说明你当时很在乎我是吗？"杨琳当众问喻言。同学们都望着喻言，这让喻言不知如何回答。喻言说："我是害死胡月令的罪魁祸首，是我把她逼死的行了吧！"

喻言说着起身就走了。

同学会不欢而散，谁也没想到会是这样。一个上世纪八十年代的闷雷，突然在三十年后不经意地在大家的头上炸开，大家都被震蒙了。

胡月令喜欢王旭，她给王旭写了一张纸条让杨琳传递，王旭却把纸条当成杨琳的，一直保存了三十年。女生写张纸条怎么把署名搞得这么复杂，这也太让人难以捉摸了，这就像天书，一切都是署名惹的祸。

可是，完全是署名的原因吗？在青春期谁是谁的爱，谁是谁的恨，这个问题实在太让人困扰了。

喻言以为纸条是杨琳写的，不但让王旭把纸条交给老师，还指使同学在班上不断重复纸条的内容羞辱杨琳，到头来打击的却是胡月令。要知道胡月令是喻言最不愿意打击的女生呀！

那位坐在喻言前排的女生；

那位总是唱着忧伤之歌的女生；

那位用长发把自己包裹起来希望抵御吵闹的女生；

那位让喻言暗恋着的女生……

就是这么一位女生却因为一个误解，早早地去了。

胡月令死了，死得早了。

十三

回到房间，喻言还有些蒙。喻言参加同学会本来是帮师弟的，结果喻言心中最纯洁、最珍贵的暗恋对象，却在几十年前就心有所属，她的初恋给了师弟，一直到死。

师弟保存着胡月令的纸条，却思念着杨琳；喻言赢得了杨琳却想着胡月令，这种错位真是让人抓狂，这是师弟的幻灭也是喻言的幻灭。

喻言躺在床上翻来覆去地睡不着，感叹着，扪心自问着世间情为何物？这时，门铃响了。在这无法入睡的夜晚，无论谁来找喻言，喻言都愿意和他彻夜长谈。喻言郁闷，喻言愧疚，喻言伤怀，喻言不甘。

喻言起身打开门，站在门口的却是杨琳。喻言有些发愣，这么晚了……

喻言正考虑是不是让杨琳进门，杨琳不由分说从喻言身边挤了进来，杨琳有点破门而入的意思。

杨琳坐在床边望望喻言说："你一个电话把我叫来，一直不和我照面，你什么意思呀？"

喻言说："把你叫来，主要是为了师弟，人家把你的一张纸条保存了三十年，你总要给人家一个交代吧。"

杨琳气急败坏地说："我怎么给他交代，那纸条不是我写的。"

"即便不是你写的，他把纸条当成你写的，人家是因为你才保存了那张纸条。他想你想了三十年，你总要给人家一个说法吧！"喻言觉得自己有些胡搅蛮缠，既崇高又无耻。

杨琳说："我给他补偿，谁给我补偿？"

喻言笑笑："你不需要补偿，你又没有把一张纸条保存三十年。"

杨琳望望喻言，冷笑着说："我比王旭更亏，我在中学时就号称是你的女朋友，你却连一张纸条都没给我写过。"

喻言嗫嚅着，重复着说："人家把纸条保存了这么久了，是吧，你总要向王旭表示一下吧。"

杨琳冷笑着说："表示一下，怎么表示？我嫁给王旭？"

"这个……"喻言笑笑说，"这是你的事。"

杨琳哈哈大笑起来，几乎笑出了眼泪。杨琳说："好呀，我认了，你先补偿我，然后我再去补偿王旭，到时候咱们都两清了，谁也不欠谁的。欠什么都不要欠恋情。"

杨琳说话很江湖，这让喻言不太喜欢，女人嘛，不要这样说话，应该温柔一些。

杨琳突然温柔地说，其实，我一直都很自卑，我在中学时从来就没有收到过纸条和情书。难道我不够漂亮？不是的，因为同学们都认为我是你喻言的。真是冤死了，我是你的吗？你给我写过情书吗？你给过我一个亲吻吗？什么都没有，那我凭什么就是你的了。本来我的青春会更精彩，可是都让你浪费了。你占有着我的名声,却把我扔到一边。今天我就是来让你补偿的,我要彻底的补偿……

　　杨琳说着站起身来,向喻言逼近。

　　这时,突然有人敲门。喻言嘘了口气,连忙去开门。师弟王旭站在门口。喻言像见到了救星连忙把王旭拉进了屋。喻言说:"你可来了,杨琳在我这儿。"

　　王旭站住了:"她在这儿,那我打扰你们了。"

　　喻言说:"哪里的话,怎么会打扰到我们。"喻言笑笑说:"我正劝她呢!你不是一直想着杨琳嘛,我给你们牵线搭桥。"

　　王旭苦笑了一下,说:"算了吧,纸条又不是她写的。我来给你打个招呼,我明天就走了。"

　　这时,杨琳来到门口,杨琳说:"你怎么能走呢,你走了同学会的活动不搞了?"

　　王旭说:"有你们在,同学会照样搞呀,反正一切都安排好了。"

　　杨琳有些歉意地说:"我不该把这事揭穿,让你在全班同学面前下不了台……"王旭长长地叹了口气:"没有呀,没有……"杨琳望望喻言又望望王旭说:"其实胡月令自杀老师也有责任。"

　　"怎么讲?"喻言和王旭异口同声地问杨琳。

　　杨琳说:"你们还记得老师曾经出的作文题吗?"杨琳望望王旭说:"就是《我的父亲》那篇作文。当时胡月令的父亲刚被戴了坏分子的帽子,老师让同学们写《我的父亲》,这对大家来说不是难事,可对胡月令来说就难了,她无法写《我的父亲》,她无法面对老师和同学直接谈自己的父亲。老师要求同学们写真实的父亲,胡月令就更没法写了。况且,老师还有作文讲评的习惯,还经常让同学们相互批改作文。"杨琳笑笑望望喻言,"当时,《我的父亲》那篇作文是我和喻言交换批改的吧,嘿嘿,喻言当时把他父亲骂得狗血淋头,我就拿着喻言的作文本给胡月令看,让胡月令借鉴喻言的作文,狠狠地把父亲骂一顿。"

　　王旭拍了一下头说:"我想起来了,我当时交换的对象是胡月令,我记得胡月令在作文中并没有骂自己的父亲,而是很巧妙地转移了话题,写成了《祖国啊,我的父亲》,我当时给胡月令打了一百分,胡月令给我也打了一百分,还留言说真羡慕我有一个好父亲之类的。"

　　"你给胡月令打了一百分,胡月令很感谢你,可是老师却把胡月令批评了一顿,说胡月令跑题了,限期让胡月令重写,胡月令却写不出来……"

　　喻言:"看来,胡月令自杀不是一个原因,不但有同学们的压力,也有老师的压力。"

　　王旭说:"我明天去看看月令。"王旭这样说,杨琳和喻言不由交换了一下眼色,王旭称呼胡月令为月令,让喻言心中很不是滋味。

喻言说:"我也去。"

杨琳说:"那我也去。我们一起去看看她。"

王旭说:"我想一个人去,我想和她单独说说话。"

王旭这样说,喻言和杨琳就不好再坚持了。

十四

第二天,王旭不见了。大家都问王旭呢,王旭呢?杨琳说王旭走了。大家就起哄,说王旭怎么能走呢,王旭是召集人呀!杨琳说王旭去看胡月令了。

啊!同学们闷了半天,不吭声,后来张建勇说话了,说:"既然是同学会,胡月令也是同学,她也应该参加这个聚会。"

赵萍不无悲切地说:"可惜她来不了。"

张建勇说:"她来不了,我们去呀!"

"就是,既然王旭都去了,我们也可以去。"同学们七嘴八舌地望着杨琳,说,"班长,你决定吧!"杨琳望望喻言,喻言向杨琳点了点头。杨琳说:"好吧,既然大家都想看看胡月令,我们今天就改变活动内容,去看看胡月令。"

墓园内,王旭正在给胡月令烧纸,黑色的纸灰在微风中舒卷着,就像飞舞的黑色之花。在王旭的记忆中这座城市的墓园曾经是很空旷的,当年胡月令埋在一隅,显得孤独而又凄凉。三十年过去了,墓园已经爆满,在胡月令的一步之遥的四周有无数个用水泥修筑的大墓,一人多高的墓碑耸立在那里,都像英雄的纪念碑。相比来说,胡月令的坟头已经很小了,显得可怜而又寒酸,只剩下一个小土堆。可是,在那土堆上却开满野菊花,清淡明亮。一棵土生土长的梧桐树也很茂盛,为胡月令遮挡阳光,留下了一片绿荫。

王旭坐在胡月令的墓碑旁,那只是一块刻着胡月令名字的木板。三十年的风吹日晒,木板已开始腐朽,胡月令的名字只是隐隐约约的。王旭一边给胡月令烧着纸钱,一边唠唠叨叨地说话。王旭说,现在才来看你,真的是对不起。你那纸条我保存到现在,它是我最美好的回忆,也是我心中的慰藉……我今后会经常来看你的,我还会为你修墓,再立新碑。我会把你那纸条刻在碑的背面,还有我给你的回信。你现在想知道我回信的内容吗……

王旭说着从怀里掏出了那本旧时的日记本。王旭打开了,在夹着那旧纸条的日记本里又多了一张新纸条。

同学们来到墓园时,王旭正举着那新纸条在胡月令的坟茔前大声高诵,那是一首悲伤的诗歌。当大家走近王旭时,王旭泪水出来了,王旭把日记本打开了递给喻言。王旭说:"你看看,她早就在我的作文本上留下过 YL 的签名了。"

喻言看那日记本,确实有胡月令给王旭的署名,那是在王旭的一篇作文之后,那篇作文叫《我的父亲》。胡月令在那篇作文中还给王旭改了错别字,并在作文后有一段评语,评语的最后一句是:"……我真羡慕你有一个好父亲。"署名为 YL,时间为一九八二年的三月二日。也就是说,是在胡月令给王旭写纸条的两个月前。

喻言将日记本递给杨琳。杨琳看看说:"怪不得胡月令说用 YL 的署名,王旭能看明白呢,原来是这样。"

王旭说:"可是,我当时根本就没有注意到这个署名呀!"

杨琳摇摇头,叹了口气:"如果我没有记错,当时大家彼此批改作业都是用字母署名的。这是我们那个时代中学生通用的标志。"杨琳望望喻言,问:"你当时注意到我在你作文本上的署名了吗?"

喻言摇头:"不记得了,是怎么署名的,也用 YL?"

杨琳笑笑,说:"不,我当时给你的署名是 MM。"

喻言问:"为什么是 MM?"

杨琳有些羞涩地解释道:"就是妹妹的意思。"

喻言拍着脑袋说:"你们女生也太那个了,这让男生怎么猜?"

杨琳说:"你们男生那时实在太粗心了,只会学抽烟、喝酒、谈女生,做男子汉状,可是你们一点也不懂得女生的细腻和多情。"

王旭拿回日记本,将日记本和旧纸条一起点燃。最后,王旭将他给胡月令的回信也点燃了。

王旭说我的回信迟了三十年,但愿她能收到。

(本篇为长篇小说《桃天》单独发表的一部分)

中篇小说奖·入围作品

纳兰妙殊小传

　　纳兰妙殊,本名张天翼,女,天津人,生于二十世纪八十年代。英文学士,古文献学硕士。2012年开始写小说,已出版小说集《黑糖匣》,散文集《爱是与水和星同行的旅程》等。曾获朱自清文学奖等奖项。现居北京,自由职业者。

魔术师的女儿

纳兰妙殊

一

我叫莉莉·葛瑞芬。我父亲是个魔术师。我从两岁半就开始做他的助手了。如果你曾路过某家剧院,瞥到剧院外墙海报上印着穿黑礼服的瘦高男人,背后倚着梳一对辫子、穿粉红纱裙、脸蛋肉乎乎的小女孩,没错,那就是我们——"葛瑞芬父女"。后来虽然我逐渐长大,不再是婴儿肥的样子了,但海报一直没有改动过。

我父亲也许不是几大洲魔术界最杰出的魔术师,但他一定是最英俊的一个。母亲呢?我曾问起母亲的容貌。他说,照照镜子,你就能看到她了。大多数魔术师的妻子都是他们的助手,因为这涉及个人自创的秘密手法。不过母亲只是他一次表演里的临时嘉宾。至于出身,她似乎是个裁缝家的女儿。

我是少年时离家出走的父亲与母亲意外激情、意外怀孕的结果——每个人都是由一堆意外拼装起来的,不是吗?父亲所在的马戏团巡演到母亲住的小城,一切就此开始。

打动我父亲的,也许是她那一头拉斐尔前派油画少女似的、华美繁茂的红铜色长发,也许是她宝石一样的碧绿眼睛。当魔术师问,有没有志愿者?她身边的女伴嬉笑着抓着她的胳膊高高扬起。她猝不及防,他已经微笑向她伸出手来。

她走上舞台,好奇而快活地凝视他,按他的要求在铺着黑天鹅绒幕布的长案子上平躺下来,双手交叉搁在小腹处。他一点点抽掉那块布,案台不见了。她的薄绸子罩袍落下来,悬在空气里。

人们鼓掌。

原先的设计是他把幕布覆盖在她身上,台子再次出现,但这一次,他把自己的手臂伸到她身下的虚空中,轻轻吹一声口哨。重力忽然又回来了,她身子往下一沉,不禁"呀"的娇呼一声,飞快扬起胳膊,搂住他脖颈。人们大笑,继续鼓掌。

无论在多小的马戏团,魔术师都能拥有一处私密空间。因为众所周知,他们和他们的道具都需要保密。夜深了,年轻魔术师专门给红发美人表演的节目才刚开始。他每除掉她一件衣服,往上一抛,那衣服就在空中变成花瓣,纷纷扬扬撒下来。

最后她再次躺倒在方才消失过的长案子上,台上仍垫着黑天鹅绒的幕布,汗湿的红发向多个方向散开,灿灿生光。她就像刚被水手从海中打捞上来的塞壬。最激情的时刻,她一脚蹬翻了鸽子笼,鸽子们扑腾翅膀,鹦鹉嘎嘎叫,灰兔子不安地翕动鼻尖。也许我就成形于那夜——或是之后几十个同样气喘吁吁的夜晚。

她跟着马戏团去了下一个小城,并在那里跟父亲匆匆结婚,那时我已经在她肚子里长到苹果那么大了。观礼者甚众,除了双方父母和留下照应动物的饲养员,都来了。一对新人站在圣坛前宣誓后,要戴戒指了,父亲浑身上下搜索,最后在神甫的光头上一摸,把戒指摸了出来。

六个月后,我出生了。当神鞭手佩蒂阿姨等人努力把我拽进这个世界,父亲正在台上从袖口里拽出鹦鹉和水晶球。本来整团已将开拔启程,去下一个城镇,班主特意为了新生儿多待了半个月。

说不准母亲是从何时开始后悔的,是怀孕期间父亲整日躲在他的工作帐篷里研究新魔术,还是频繁的哺乳和不得安宁?睡着婴儿的竹篮子放在他们婚床边,我隔几个小时就睁眼啼哭,表示肚子需要填饱。父亲称要赶制道具,几乎再没回母亲身边睡过。据娜塔莎说,母亲很少笑,永远是睡眠不足的疲倦样子,喂奶时也心不在焉,好像有什么事想不起来,需要苦苦思索。每次她喂饱了我,就拢起衣襟往床上一躺,什么也不管了。要不是团里的女人们轮班来帮忙,我大概早早会生褥疮。

如今我也长到了她那个年纪,我想,我明白她为何痛苦恓惶——她根本还没做好准备。一切像魔术一样突然冒出来,丈夫,女儿,责任。那一年他们两人都未足二十岁,满心欢喜地走进生活的玫瑰丛,却被意料之外的花刺扎疼了。花丛中还埋着机关,锯齿死死咬住脚踝,她得牺牲一块血肉才能逃脱。

那块血肉就是我。我五个月零十天的时候,她为父亲做助手演出了最后一场。一切并无征兆。她第一套戏服是钉假珠子的白短裙,第二次出场时换上宝蓝绸缎长裙,头戴插着一根孔雀翎毛的礼帽。扑克牌戏法,镜中穿越,悬空飘浮(那时我父亲的魔术还很平庸,没什么个人创意),然后,他打开一人多高的描金柜子的门,把她关进去。

母亲向观众微笑挥手。又目视父亲,再挥挥手。他后来知道,那是永别的意思。

柜子门无声关上。他从架子上拿起长剑，从上至下一柄一柄刺进去，刺了五把剑。打开柜门。柜子是空的。里边横着五条雪亮剑刃。

然后他模式化地微笑，夸张地扬起手臂，向观众席最后方一指，那里有个早就留出来的空位置。母亲却并没站起身，挥手微笑。在她应该出现的那个座位上，只放着那顶插孔雀翎毛的帽子。

那枚从神甫光头上摸出来的银戒指，被留在我枕头旁边。

她的名字是温蒂，Windy，她就像自己的名字一样随风而去，离开了这潭误人的泥淖。

二

在那之后，我成了整个马戏团的婴儿。父亲练习魔术或上场表演的时候，我由人们轮流照顾。奋勇当先的通常是驯虎师娜塔莎阿姨，等她要跟她的大猫们厮混或是上场表演，我就被交到小丑咪咪阿姨手里。咪咪得出场跟小丑丈夫表演高空秋千时，接班的是神鞭手佩蒂阿姨，她可以一只手抱着我，一只手继续挥鞭练习，把五米外一座半人高枝状烛台上的蜡烛逐根打灭，或是打落花瓶里玫瑰花的一片花瓣。不过我最喜欢跟马术女郎佐伊在一起，她会抱我上马，控着缰，令牝马"优雅夫人"踏着细碎的步子转圈，一圈又一圈，那有规律的震动，就像一只手摇着摇篮一样。

班主召集人们训话的时候，接管我的是波兰裔大胖厨娘。她围裙口袋里常放着一只扁酒壶，供她在削土豆剥卷心菜的间隙咂两口。有时我在婴儿筐里哼唧起来，她就用手指蘸一点酒让我舔舔，于是一大一小两人都醉醺醺，乐陶陶的。

有一桩奇怪的事，她们联合起来不让团里的男人抱我（除了我父亲），"拿开你们的脏手！"她们把一切男人的好奇和触碰归结为不怀好意。

她们决心把我教养成一个"淑女"——好吧，虽然后来我并没长成什么淑女，不过感谢好心的阿姨们，我比大户人家的淑女小姐们更健康快活。

由于那场婚姻悲剧，父亲得到所有人心照不宣的怜悯。人们像照顾病人一样小心翼翼地待他。其实对他来说，她的出走倒纠正了一个错误。可惜这错误还留下一个遗产，是个会哭闹要吃喝的幼崽，无论什么魔术也变不走她了。

那时候，父亲跟他的女儿还不熟悉。

世间母亲与子女的感情，来源于怀胎时的脉搏相通、分娩时的切肤之苦，父亲们对子女的感情没那么自然。父爱大多始于惶惑：眼前是出于逻辑和伦

232

理、不得不耐心应付的一个陌生来客（甚至像是个陌生物种），其贪婪自私、无法交流，很容易惹他们厌烦、恼火。得等这团血肉面目清晰起来，有些模样，有些谈吐，他才能找到与之相处的乐趣，一日比一日惊喜地辨认出旧时的自己。这时父爱才算当真成形。

母亲走后，父亲为愧疚所驱，对我的态度稍好了一些，照顾我的时间逐渐增多——他总不能跟一个婴儿比赛任性和孩子气。我也总算对他有另眼相看的时候：当我哭得停不下来，像卡住的唱碟一样持续发出噪音，人们会说，这回得把詹姆斯叫来了。

只有他能止住我的啼哭。他匆匆跑来，有时手上还拎着钉箱子的铁锤。三四只手伸过来，帮忙解开他的衬衣纽扣。他打开衣襟将我连头带脸罩住，哭声就逐渐弱下去了。这一招永远灵验。我至今记得，在一片黑暗里脸蛋贴着他胸口小腹、嗅着温热的体息，那种安全感——虽然两岁之后，我就很少哭了，但钻进他衣襟的习惯却一直保留了很久很久。

两岁多的时候，他已经进步到能跟我长时间相处。在他对镜练习新魔术时，我被允许待在他身边。天幸我是个乖巧孩子，我可以跟一束羽毛一颗绒球一把银币玩儿大半天，安静地等待他休息时，蹲在我面前，给我变两手简单的戏法。他的魔术渐渐与我发生越来越多的关系。我成了他的道具、他的助手以及新魔术灵感的来源。这才让他实实在在对我感兴趣并重视起来。

我首次登台时两岁半。当父亲收起纸牌、把吹出的肥皂泡变成玻璃珠，侧幕处忽然出现一个红发小女孩，身穿蓝色驯鹿图案的睡衣，迈着小短腿蹒跚上场，双颊粉红，睡眼惺忪。

场下所有女士齐齐现出“哦我的天，这难道不是个小天使吗”的表情。她们皱眉瘪嘴，双手按住胸口——可爱与美态有时也会给心带来受伤一样愉快的痛感。

父亲弯腰把女孩抱起来，吻一吻她额头说，宝贝，为什么还不睡觉？

我要等妈妈来给我唱歌。

有人把一张带轮子的儿童床推上来，他将女儿放进去，柔声道，妈妈到天上去了，暂时不会回来。睡吧，亲爱的。

但女儿却顽固地说，我要妈妈给我唱歌。

愁苦的父亲现出微笑，柔声回答，妈妈不会回来了，不过，我们请她从天上给你唱首歌，好不好？他摘下帽子，从帽中取出一个一尺来长的布偶，放在小女儿怀里。那布偶有一把红铜色长发和碧绿眼珠，正跟小女孩的头发眼睛一个模样。

就在小女儿用手指梳理布偶头发时,布偶的嘴唇缓缓张合,一个温柔的声音响起来:莉莉,亲爱的莉莉,妈妈在这儿,我在你身边。

小女儿喜悦地叫了一声:妈妈!真的是妈妈。她把娃娃搂到胸口,宽慰地闭上眼睛。

下边有卖弄聪明的男人小声说:腹语术。他立即被眼睛发红的妻子擂了一拳。

父亲的嘴唇悲哀地紧闭。女人的声音说,好孩子,睡吧,我和爸爸唱歌给你听。

父亲又摘下帽子,从帽中取出一把钢制口琴。他吹口琴,布偶轻声唱歌:

> 月儿亮又亮,玫瑰香又香,
> 爹爹和妈咪,守着宝贝入梦乡。
> 星儿闪又闪,黑夜长又长,
> 我的宝贝闭上眼,甜甜睡到大天光。

场中安静极了,许多观众看得发痴,举起双手,掌心相对,做出要鼓掌的姿势,但都不忍心发出噪声。一个丧偶的年轻鳏夫,怎样苦苦把自己拆成一个父亲和一个母亲,只为让不明真相的女儿安宁睡去。这让魔术蒙上了神圣哀伤的光芒。

小女儿倚靠在父亲怀里,粉白的双臂环抱着布偶,一大一小两个相似的脑袋靠在一起。

口琴声和歌声同时停下来。女孩已经睡着了。

有人登台,把童床推下去。父亲这才面向观众鞠躬,领受掌声。

别当真,那只是表演,母亲从未在睡前唱歌给我。晚上通常是父亲读故事哄我入睡的。

父亲为我设计的魔术还有"浴缸和小宝贝"。表演时,台上搬来一个硕大的陶瓷浴缸,浴缸边沿上立着一个金色兽嘴龙头。魔术师的小女儿就在这时出场,由人抱着,交到父亲手中。

他将浴盐倒进浴缸,再扭开兽嘴龙头,水流哗哗地逐渐注满浴缸。小女儿穿着红色连体衣踏入浴缸,嬉笑着撩水玩儿,一只黄色橡皮鸭摇摇晃晃地浮在水面上。

父亲从口袋里掏出一枚银币,亮一亮,然后做个手势,银币慢慢脱离他的手指,像羽毛一样,轻飘飘地浮了起来,越浮越高。女孩好奇地探身,伸出指尖,去碰那枚银币。银币的魔力瞬间消失了,从空中掉下来,噗地坠入水中。小女孩"呀"了一声,也跟着一猛子扎入水里。

父亲耐心等着。过了几秒钟,她还没有出来。他弯腰在水中摸索一阵,脸上露出讶异的表情。

浴缸塞子被提起来,水咕噜咕噜地下泄,水位逐渐下降,浴缸排空了。父亲把浴缸推倒,口子朝外,让观众也能看到:缸里空空如也,孩子消失了。

(人们睁圆眼睛。)

父亲再次把浴缸摆正,再次扭开兽嘴龙头,水流再次哗哗地注满了浴缸。他关掉水龙头,叫道,莉莉,快出来,该上床睡觉了。

当他叫到第三声的时候,忽听哗啦啦一声响,小女孩从水中猛地钻出来,咯咯笑着,高举的小手里捏着一枚银币。

(人们报以掌声与喝彩。)

阿姨们很反对这个节目,她们说,淑女怎么能当众洗澡!但我和吉姆都喜欢。浴缸得换成更大号的,换了三次。最后一次表演"浴缸和小宝贝"的时候,我已经五岁了。

三

娜塔莎阿姨始终爱慕父亲,而且一点不介意别人知道。她曾悄悄问我,莉莉,我来给你当妈妈,怎么样?

有一次她以为我已经睡熟。父亲进来,到床边端详我的时候,她从后面搂住他脖颈,把嘴唇凑上去。

我在黑影里把眼睛睁开一条缝,等待答案揭晓。

父亲身形僵硬,明显是出于礼貌而忍耐着。半分钟后,他转过身,动作轻柔地把她推开。

他那双褶痕精致的眼睛抱歉地凝视她,一言不发。她就明白了。他仍然是一片劫后余生的废墟,无法建筑新城池。她也一言不发地蹑足走了出去。

从此她再不提"给你当妈妈"这回事。

四

我六岁时,马戏团出了事故。表演大棚毫无预兆地倒塌,观众们惊慌逃跑,有好几个人被踩断了胳膊腿。班主不得不把所有动物卖掉，才勉强够赔偿医药费。

这个团就此解散。不过团员们倒也不愁生计，事故一发生，早有别的马戏团经理人前来挖角。买马的人当然要雇佣马术女郎，买老虎的又怎么能不买下驯虎师呢？

最后一天晚上，娜塔莎阿姨到我们住的客栈房间来敲门，我听见她在门外低声说，詹米……邀我去的那个团，据说还缺一个魔术师……跟我走……照顾你们父女……

父亲却说，对不起，我不想再待在某个团里，我打算单干。

临别之际，阿姨们逐个向我们告别。曾亲手为我接生的佩蒂阿姨哭得最伤心，她吻着我的头顶（她可是世上第一个见到我头顶的人），在我耳边说，莉莉，记着，一辈子都要小心男人。停一停，她用更低的声音说，还要记着，你父亲也是男人。

自那之后，我与父亲便以"葛瑞芬父女"的名头行走江湖了。

五

父亲才比我大不到二十岁。我五岁，他二十五岁。我十岁，他还不到三十岁。人们常误以为我们是兄妹，到我十六岁以后，又开始误会我们是夫妇。总之不像是父女。

失母的孩子大多早熟，而我能令一切早熟孩子都显得幼稚。当我一天当一个月那样飞速成长，父亲却拒绝变化。他的心智永远像个男孩，任性，充满幻想；身材瘦长得总像发育中的少年；光亮的栗色头发，像夏日海水一样的蓝眼睛，洋溢着教人一见难忘的热情；他的脸颊和额头始终光洁，犹如瓷器，时间的刀尖抵上去，总会滑开，留不下印子。

在我五岁之后，我们的关系就变得越来越奇特：我有时会表现得像个小母亲。我们在饭馆吃饭的时候，他常把不喜欢吃的洋葱、花椰菜挑出来，舀到我盘子里。我抗议说，你教育我不能偏食的，偏食会发育不良。

他挑挑眉毛，哦，我已经发育完了，所以我可以自暴自弃，至于可怜的你，还要等上十年才能随心所欲地挑食。

他睡觉时有个习惯，把舌尖在口腔里卷起来，轻轻吸吮，嘴唇因之有节奏地微微颤动，以还原婴儿含着母亲乳头睡去的幻觉。

我极少叫他父亲。他出生证明上的名字叫詹姆斯，他的熟人有时叫他詹米，只有我，只有我能叫他吉姆。吉姆，老吉姆，大个儿吉姆，臭臭吉姆，甜甜吉姆，神奇吉姆……

凡事如果不曾拿出来两个人共享，那就不能叫发生过。他牵着我走在街上时，两个人的嘴巴从来不停。瞧那拉马车的白马多漂亮；哟，新开张了一家玩具店，要不去看看？算了，吉姆，你给我做的玩具比他家的好看得多；想吃樱桃吗？咱们的钱够买多少樱桃？除掉下周房租，大概够买三颗。那么，你吃两颗我吃一颗好了……

同在一个剧院里表演，免不了与歌剧女演员、舞蹈团的舞女相识。有时他挂在化妆室的外套口袋里，会凭空多出一封情书。他会当好玩读给我听："尊敬的葛瑞芬先生，有这样一件事不得不告诉您：今天早上我发现我的胸膛完整无缺，胸腔里的心却不知去向。是您，用魔术取走了我的心……您表演的到底是魔术还是巫术？我是您巫蛊之术的受害者，求您前来我的寒舍，为我解开咒语，哪怕只一个晚上……"

我也有我的拥趸。旅馆二楼的诗人先生送我一首诗。诗用蓝墨水写在账单背面。他和太太没有小孩，养了一只阴阳怪气的暹罗猫。吉姆把那诗看上几遍，随手一丢，嗤笑道，烂诗。我撇嘴说道，你从没给我写过诗，我还不如去给他当女儿的好。

他叫道，我每天都给你写诗了啊。

什么诗？

我的诗只有一句：小南瓜，我爱你，我爱你，我爱你……

六

开头时总不会太顺利，大剧院不接受无名之辈提供的节目，我们得先在一些小酒馆表演。

当时，限时逃脱、自残那类魔术最受欢迎，拿根绞索套在脖子上啦，戴着手铐脚镣泡在玻璃缸里啦，用电锯锯掉人头和手脚啦。可是吉姆不喜欢。

他常说，美感是最重要的。

还有些魔术师喜欢在表演时喋喋不休，像叫卖自己的小贩，以巴结的态度急于让观众惊叫。吉姆则很少说话，除非是跟我搭档演出剧情。

钱总是攒得慢，花得快。我们住在铺着劣质布料床单的下等旅店里，有时得买便宜的隔夜面包，不过，一旦泡在牛奶里，隔夜还是新鲜面包有什么区别呢？小孩子是绝不会觉得苦的。只要睡前他给我读一段书——《金银岛》《艾凡赫》《老古玩店》《王子与侍从》,世界也就足够美好了。

他跟我说,莉莉,有一天等我们攒够了钱,就去地中海的一个小岛上买一座小房子,屋顶刷成橘红色,墙壁刷成粉蓝色,花园里种上蔷薇和海棠。

我说,要一顶大大的水晶吊灯。

好,要水晶吊灯。还要什么?

还要一架很大很大的唱片机。还要养一匹小母马,红鬃的荷兰马。还要一个秋千,架在花园里……

我全心全意地依赖他,崇拜他,爱慕他。

七

八岁,我出疹子,发烧。他足不出户地陪伴我。莉莉,醒醒呀,瞧,这是什么?他从身后唰地亮出一束紫罗兰,转个身,就变成铃兰,再用手臂一遮,又变成鸢尾,再晃一晃,变成风信子……最后他把一束虎皮百合送到我面前,指着斑斑点点的花瓣说,瞧,宝贝,现在你的小脸蛋红彤彤的、斑斑点点的,就像一朵虎皮百合。

莉莉是百合花的意思。我本来头疼得笑不动,为了让他高兴,昏昏沉沉地咧咧嘴。

夜里我哭起来。他就在我身边,被惊醒了,迅速翻个身搂住我。我问他,吉姆,我会死吗?他不断吻我,说,不会的,小南瓜,这只是出疹子,每个小孩儿都会出疹子,就像换乳牙一样。

我哆嗦着拨开他的衣襟,钻进去,把滚热脸颊压紧在他胸口。他胸口的皮肤光滑清凉。吉姆,给我变一个魔术,把疹子变没,行不行?

他低头亲吻我的发蕊,说,对不起,宝贝,这种魔术我没学会。我这就去学,不知道还来不来得及。

吉姆,死是什么样的?

我也没死过。据说,人们在那边。

你认为妈妈想念过我吗? ……你认为她找过我吗?

这是我第一次跟他提起母亲。

他反问我,你呢,你想她吗?

我摇头。我没办法想她,因为我记不得她,她连一个影子都不是。

你说,如果我当初努力做个更好的丈夫,也许她不会离开?也许咱们会过上更好的日子？

我想了想，如果我出生时就像现在这么好看，嘴巴甜一点、多叫她几声妈妈，也许她不会离开？

他笑了。身子笑得一颤一颤的，我的脸也跟着颤动。过了一会儿，我低声说，不，吉姆，不会再有比现在更好的。就我跟你，永远这样，那就是最好的。

第二天他也开始发烧，咳嗽，满身满脸的鲜红斑丘疹。医生笑道，成年人再得麻疹的很少见，他开了两人剂量的药。旅馆老板娘派厨房洗碗的姑娘帮忙照顾我们。她一天三次上来送水、麦片粥、馅饼、橘子，吉姆虚弱地咳嗽着，手指在托盘边沿抓一下，摸出一朵白色雏菊，又抖一抖，花瓣里跌出一枚银币来，叮地落在托盘上。那姑娘被逗得脸蛋绯红，颤声说，哦，葛瑞芬先生……

虽然眼睛正被结膜炎弄得红肿，但我还是努力斜过眼珠，狠狠瞪了她一眼。

厨娘走后，他支撑起来喂我喝水，吃药。我说，对不起，吉姆，你该把我送进医院，那就不会传染给你了。他笑道，这样挺好，不管发生什么我都陪着你，跟你一起……你现在没那么害怕了吧？

奇迹一般，我第二天就退烧了，第三天已经基本恢复，那刚好是他的病进展到最厉害的时候。

他闭着眼睛，身体蜷成一团，弓着背，膝盖几乎碰到下巴。蓬乱的头搁在枕头上，嘴巴微微张开一条缝，呼吸粗重而不均匀，一只手呈半握拳状，搁在太阳穴旁边。我站在床头望着他。监护人与被监护人的身份好像逆转了，他第一次显得比我还柔弱无力。没人知道那一刻我心中有多激动，仿佛马上要开启一项伟大而甘美的事业，踌躇满志。一种神圣的使命感迅速膨胀、发酵，胸腔像是塞满了绒毛，弄得从头顶到手指尖都痒酥酥的。我心里对自己说，是神灵让我赶快痊愈，好照顾他的。机会终于来了。

那个厨房丫头，我再也没允许她进门，她端东西上楼来敲门，我并不开门，只说，请放在门外。她隔着门问，葛瑞芬先生好些了吗？我得意扬扬地说，不关你事！

这世上只有我有资格照管他。

他数日不能退烧。医生告诉我，成年人出麻疹，病势往往比儿童更严重。他喉咙疼，用被子蒙住头，拒绝吃东西。我跳上床去，骑在他髋部，双手去扯被子，扯不动。被子上鼓起一个头颅的形状，微微摇动。我厉声说，起来！

人们——旅馆里奇奇怪怪的租客们：皮鞋除臭粉推销员，失业工人，保加利亚寡妇和她嫁不出去的女儿,跑了半辈子龙套的老舞蹈演员,希腊来的流浪者夫妇——对此感叹不已:一个八岁小女孩,独立看护生病的父亲。她母亲在她八个月时就跟别的男人跑掉了(传谣言者总一厢情愿地给抛夫弃女的女人找个情夫),留下父女俩相依为命,流离转徙。才八岁就那么乖巧,能干!……有好几个人专程上来探望,表达善意,或是满足好奇心,弄得我烦不胜烦。

后来那个保加利亚老寡妇也来了,带着她做的牛腰肉馅饼。

我蹲在远远的房间角落,背对着他们,面对一只大木盆,装作在洗吉姆的衬衣衬裤。他强打精神跟那老女人絮絮说话,没说几句,她就挑明了来意:替她女儿做媒。

我在心里冷笑一声:吉姆才二十七,那个老姑娘都三十五了,瘦得像根鱼刺,还有狐臭!我每次在楼梯上跟她擦肩而过都得屏住气。

……年轻人,像你这样带着女儿四处跑,到底不是个办法。跟你说实话,若是你愿意,我还拿得出一份像样的妆奁……

谢谢您的好意。但我实在没有再婚的意愿。

你早晚总需要个女人吧?我的索菲做得一手好饭,尤其是烤肉圆和焖兔肉。而且我保证,我和索菲都会好好待你女儿,唉,这样好的孩子,没人会不喜欢她……

我听见吉姆衰弱地笑了两声。不不,跟您说实话,除了莉莉,我不需要别的女人了。

莉莉是你女儿,可不是你女人,再说莉莉也需要一个母亲呀。

母亲?您不了解莉莉,她自己就可以既当母亲,又当女儿……她比我坚强多了。她是个小女神。

等老寡妇阴沉着脸离开,我一跃而起,把自己抛到床上,张开双臂搂住他滚热的脖子。

他疲乏地微笑,眼窝深陷,两个拱起的颧骨赤红。你以为我会答应娶那个有狐臭的老处女索菲?哈,我就再烧高十度也不会犯这个傻。

我说,我当然知道你不会的。我高兴是因为,你第一次这样夸我。

过了一会儿,他说,咱家有两口人就够圆满了,是不是?

我点点头。高热令他的气息格外浓烈,从衣领里散发出来。那就是把我跟世界捆绑在一起的绳索。

又过了一会儿,他轻声说,莉莉,你才是上帝派来跟我相依为命的情人,你母亲只不过是个中间人罢了。我继续点头,下巴一下一下磕着他胸口。时已黄昏,纤细的金色箭矢透过旅馆窗户,纷纷射进来。

我们转过头去,眯着眼睛,看琥珀逐渐融化成无穷橙红色汁液,把人间包裹在里面。

八

九岁那年，我们在一个山坳里的小城暂时落脚。那里对外交通不便，日常娱乐匮乏，人们热爱酗酒、乱交，遍地妓院和私生子。我们的表演很受欢迎，门票价格一涨再涨。父亲在节目里还增加了催眠术，那是他花了一笔钱，在上一个城市向一个退休的老魔术师买来的。吉姆很聪明，跟那老头儿学了两天就学会了。

我是他第一个练习对象。等从催眠状态醒过来，我发现自己抱着装兔子的笼子、赤脚站在桌子上。他咻咻怪笑。

我气恼地跳下来。喂，你问了我什么问题？

没什么特别的。我问你，世上最爱的是谁，想要什么东西……

我怎么回答的？

哦，答案我也早就知道了。最爱的是老吉姆；最想要一所海边的房子，其次是学弹钢琴和骑马……

他耸耸肩。还有，你说你背着我偷偷喝过酒。

我们在那城里度过了凉爽湿润的春天，随后是花开得发疯的夏天。

有一天，他从外边拿回一些印刷品。我一时不慎，脱口说道，吉姆，你……如果真有这个需要，可以去一次妓院，不要紧，我仍当你是个好爸爸。

他像受了侮辱似的睁圆眼睛。年轻的女士，说话注意点！这个我不是给自己买的，是给你买的。

那印刷品上的女人们个个都像是未吃禁果的夏娃。她们本来的使命，是给饥渴的男人们充当虚拟情妇。而由于我天生缺乏母亲这个模板的耳濡目染，父亲得借用纸上的女人作教具给我上一节课。

他给我做出关于地壳变动的预告：一马平川之处将会怎样隆起连绵山脉，荒凉的隐秘峡谷将会如何芳草萋萋，而地表之下又藏着怎样一口湖泊，未来它将会应和月亮，定时涌起殷红的潮汐，如何孕育一团生命……而所有这些又会带来怎样的疼痛，又该如何处理。疼痛无法避免，可那是值得快慰骄傲的痛苦，因为，莉莉，那意味着你成了真正的女人。它们会赋予你阿尔忒弥斯一样美妙的曲线和风韵。

我永远记得他说这些话时的声调，平静，专注，虔诚，就像描述一座正在营造之中的圣殿。虽然有些内容早已自己揣摩出来，但我还是喜欢他亲口讲给我听。

之后是亚当的部分。他拿来笔纸，一面在纸上粗略地画出构造，一面讲解。我暗暗发笑。笨蛋吉姆，教具不是现成的吗？让我瞧瞧你的不就得了？

他瞟了我一眼，我撇撇嘴，照你刚才说的，我就是从那个地方滋生的，那又为什么不能让我看？

于是他站起身，解开睡裤的系带。亚当暂时恢复成了刚被造出来时的模样。

我严肃地盯着它看了一阵，结论是：男人这东西真丑，幸好我是女人。他整理好衣衫说，莉莉，如果别的男人向你露出这个部位，你一定要跑回来告诉我，我会去把他的家伙揪下来。

九

我十岁生日在一个繁华热闹的大城市度过。他挽着我去听歌剧，用镶面纱的帽子、胸前带褶裥的绸连衣裙、珍珠项链，把我打扮成一个小号贵妇。又亲手给我编辫子，编好了盘在头顶，用矢车菊形的头饰固定住，就像一个花环。湛蓝水晶矢车菊花瓣，衬着红铜色的头发。

在魔术里，我则是他的公主。那几年，我们最受观众们欢迎的一个魔术是"国王、公主和魔术师"。

故事总是这样开头：某国有个愚蠢的国王，他最宠信的是年轻的御前魔术师。有大臣上来禀告某省旱情严重。国王转头说，干旱？把我最好的消防队派过去。

（人们笑。）

国王说：传膳。铺好的餐桌被抬上来，桌上却只有面粉袋子，生牛肉，一筐生鸡蛋，空酒杯，一串葡萄。

国王怒道，我的厨子呢？拉出去砍头！

后面有人说：昨天您的厨子跟王后私通，您已经下令把他扔进狮笼了。

魔术师说，不要紧，陛下请稍等。他用银质餐盘罩子罩住生牛肉，揭开，牛肉变成了嗞嗞作响的热牛排；从一串葡萄里摘下几颗放进杯子，手掌盖住杯子，再打开，葡萄变成了红宝石一样闪光的酒浆；又把面粉从袋子里倒进手心，另一只手捂住手心，再一点点往外抽，抽出来的是热气腾腾的面包。

（这时魔术师多半会把酒杯和面包递给观众，请他们品尝。）

他又把筐里的鸡蛋一个接一个竖着摞起来，圆头顶尖头。问，陛下请挑选，想吃哪一个？

国王说，我要最下面那一个。

魔术师小心翼翼地用手托住倒数第二个蛋,把最下面的取出来,再把蛋塔小心地放到桌子上,塔只是晃了晃,并未歪倒。

(人们鼓掌。)

内廷(侧幕处)传来消息:国王新得了一位公主。

公主即刻被抱来了。她是个搁在柳条篮子里的木头娃娃。国王把那娃娃拿起来端详一番,不悦,问魔术师道:有没有能把我女儿变大、变漂亮的魔术? 不许说什么"咒语需要等十年时间",我要她现在就变。

魔术师点头,遵命。他脱下外套,盖住篮子,然后伸出手杖,煞有介事地画一个圈。

外套下有东西在蠕动,一只小手伸了出来,掀开外套,爬出一个红发碧眼的小女孩,面向国王,声音清脆地叫道:父亲。

国王端详公主,蹙眉道,亲爱的魔术师,为什么这孩子的样貌有点像你呢?

(人们心领神会地大笑。)

魔术师对公主说,殿下喜欢什么东西,我都可以给您办到。

公主说:我想要鸟儿,很多很多鸟儿。

他挥挥手,有人拿上来一个空笼子。用黑绸缎把笼子蒙上,手杖点点笼子,再掀开黑绸布,笼子里已赫然挤满了鸟儿:鸲鹩,捕蝇鸟,红斑雀,灯芯草雀,凤头鹦鹉……他打开笼门,鸟儿立即叽叽喳喳地钻出来,在空中鼓翼聒噪。就在它们要四散飞去时,他高高扬起手杖,鸟群居然又飞了回来,在他杖头上空盘旋。然后,他在台上缓缓踱步,它们便随他的杖头向前飞去,像仍被囚禁在一个无形的巨大笼子里,像一片被拴住的彩色的云翳。

(人们热烈鼓掌。)

……取悦国王和公主的魔术,可以不断变换,一直演下去。

愚蠢的国王,愚蠢的世界,在一切混沌愚蠢之中,有一个聪明的魔术师,和他美丽的小女儿。这几乎就是我们的生活样貌。

只有他才能把这世界变得跟我有关系。而对他来说,世界之所以有趣,也是因为我恰在其中。我快乐得像个公主,应有尽有——吉姆为我营造出应有尽有的幻象。

不,那也不是幻象。没有欲望,就不会感到匮乏。除了吉姆,我什么也不想要。在任何有他的地方,我都能安定下来。

然而这一年,我们不得不逐渐拉开距离,不能再睡在同一张床上,住旅馆时需要备有两张床的房间。

幸好,终究不是两个房间。吉姆怕我独自住一间,会有坏人半夜闯进去。

临睡前我总要在他床上盘桓很久。先是倚着他半边身子,听他读书。然后钻进睡衣和胸膛之间那片缝隙，左嗅右嗅，在旅馆床单的陌生气味、肥皂和剃须膏味道的覆盖之下，搜出他本身的体香。我不断深深吸气，直到肺叶像酒瓶一样，灌饱了他的气息，才肯回到自己床上去。那像是一种无声的旋律，承诺或召唤，睡意如约而至。

最后，在我已入蒙眬之境时，他会过来给我塞被子，将被角掖进脖子和肩膀的空隙里。

……一切都是滋味香甜的回忆。他像是能持续向四周发散热度和光，只要他在身边，空气就会变得奇妙，浓稠温和。

有一大半的我，满足于两个人的日子、永远不必停歇的旅行。滚石不积苔，没有束缚。而另一小半的我，时而想象一下另一种相反的常人日子。乘坐驿车时，路过一些小小的村庄，石南花像浪尖的白沫一样，浮现在灌木丛的绿波之中。可以看清那些乡村家庭，门前种植苹果树，院里趴伏一条大狗。偶尔有一闪念，想到：如果我也拥有那样的家……

有时有人想邀我们进入他的生活，成为朋友，见面，吃饭，饮酒，闲聊。他们对我和父亲投来好奇的眼光，在他们眼中，我和吉姆是居无定所的可怜虫。在我眼里，这些人才可怜呢——处处都能感受到他们那勉强度日的冷淡感情、支持着不倒下去的倦怠；妇女们穿着得体的衣服，得意于颈上手指上有钻石的闪光，热心谈论孩子和丈夫，那种甘心自觉把一生献给别人的神情，让人不寒而栗。

我和吉姆，我的魔术师父亲，像是在河岸上缓缓走着，水流经河床奔流向前，所有的水花和波纹似曾相识。偶尔蹲下去，将手浸入水中，一旦抽出手来，水渍很快就干了。我们永远是旁观者。

那么多男人的面容和神情，让窒塞的生活磨平了，眼珠转动都慢吞吞的，像过多的油脂涩住了似的。到最后他们的长相都变得相差无几。

吉姆却永远韶秀着，神采飞扬，身材瘦长如发育中的少年。他的人就像是个难解的魔术。

驻留过的城市、小镇、村庄、柠檬树林，色彩缤纷的花田，在回忆里呈扁平状，缩水、干瘪了，成了舞台布景，成了夹在书页里的明信片。那些有过数面之缘的人，则像摘下来的花朵一样，很快就凋谢，消逝了香气。

唯有他才是永远生机勃勃的花园。

十

直到十二岁，父亲还会陪我洗澡。我喜欢浸浴，只要财政状况允许，我们总会租用有盥洗室和浴缸的旅店。通常是我躺在浴缸里,他坐在浴帘外的四脚凳上,跟我一起做小报上的填字游戏、趣味测验题。

他在我撩水玩儿的哗哗声中扬声念道:假设你走到一个幽深森林中,遇到了第一头动物。按直觉,你认为会遇到哪种动物?

那阵子我正迷恋希腊诸神,每晚睡前他会给我读一个希腊神话故事。我说,潘神。

潘神是神,又不是动物。

他长着羊角羊蹄子,有一半是动物嘛。你呢,吉姆?

他想了想说,鸟儿,在森林里见到概率最大的当然是鸟儿。

簌簌翻页的声音。他念出下一页的答案:这种动物就是你的爱人的象征。

我们都沉默了一阵。我喃喃道,这道题目真准,她确实是像鸟儿一样飞走的。

作为报复,他说,你会爱上潘神,那是什么意思? 你会被他逼得跳进河里变芦苇吗?

十二岁零九个月的时候,我走进浴室放水,父亲回卧室床头拿报纸。我静静坐在浴缸边沿上,听着门外他的足音逐渐靠近。门被轻轻一推,没有开。

是我揿下了锁。

门外一片安静。我轻声说,嗳,老吉姆,晚饭我想吃桑葚布丁。

他只怔了两秒,就说道,是的,公主殿下,我这就去蛋糕房买。

我听着他的足音噔噔下楼,无声地松一口气。从那之后,他不再陪我一起洗澡。

这是头一次我对他有无法讲明的话,好在他迅速地理解了,这就令我们反倒多了另一种交流的途径。

随之而来的是伤感,和替他伤感。我开始需要私密的空间了。本来我换衣服的时候他从不回避,那天以后,当我在房间里脱裙子,他迅速转过身去。

一个与吉姆截然不同的女人,正从原本性别模糊的肉体中逐渐化生出来,犹如维纳斯诞于海水泡沫中。岁月一锤一锤地,把楔子钉进来。他曾预料过的一切变化,都将会把我跟他越推越远。

就像我海拔渐增的胸部,令我和他的搂抱再也无法亲密无间。

我不由自主地想要补偿他,花更多的时间陪他说话,小心翼翼地取悦他,跟他撒娇,更多的亲吻脸颊,睡前更长时间的依偎、读书。用相似的材料填充楔子造出的空当。我猜他是有些难过的,但他也怕我因为他的伤感而伤感,于是越发装得若无其事……瞧,都怪那可恶的楔子,我们从那时候起,开始互相猜测了。

十一

十三岁。我十三岁生日那晚,他陪我喝了一杯孟买蓝宝石金酒,用餐巾把酒瓶盖住,掀开,瓶子变成一个包着粉红皱纹纸的礼物盒。打开盒子,盒底是一件束胸衣。这一年,我的血液开始呼应月亮涌起潮汐。我的个子已经长到他肩膀处,演出服隔几个月就紧绷绷的,需要定做新衣。

他从我不停更换裙子中得到灵感,设计了一个"更衣室"小魔术。道具是一个两人宽、一人高的柜子,中间用木板分隔,两个穿不同衣裙的女孩(一个当然是我,另一个通常是临时在剧院或舞团雇来客串的女伶)笑吟吟走进去,分别站在两边。柜门关闭,再迅速打开,两人的衣服鞋子已经互相换过了。

到后来,他做到两个姑娘的发型也可以互换:左边女孩的头发梳起繁复的数根发辫,右边女孩则把长发束在头顶盘成高髻。柜门关闭,再打开,发辫到了右边人头上,左边人的头发则成了高髻。连髻上的红宝石蜘蛛发饰都爬到了左边。

观众们都喜欢这魔术,他们嬉笑着,纷纷举手要求上台去。男人跟老妪的衣服对换,政府小吏跟他情妇的衣服对换,贵妇与少女的衣服对换,甚至母亲与儿子的衣服对换,每次"更衣室"的门打开,台下都会爆发出快活的笑声。

父亲跟我开玩笑说,莉莉,将来总有一天我会连人头都能换。

那时我没想到那"总有一天"真会实现。

十二

十四岁。我们走过的城市已有二十多个。父亲的技艺日益精湛,"葛瑞芬父女"的名头开始变得响亮,在每个戏院剧场都收获赞誉。这年我们开始接到一些私人宴会的邀请,给阔佬们表演餐后余兴节目。

那一年我开始发胖,像面团发酵起来似的。我和吉姆有史以来第一次争吵,发生在十五岁生日前那个晚上。他从外边回来时,我正在试穿刚取回来的新裙子。

他瞟一眼就皱起眉头。为什么做了一条黑裙?咱们永远用不着参加葬礼。

我继续在镜子前边端详自己,扭身看看后面,再扭回来。黑裙子能让我看起来瘦一点。

这裙子多难看!去,换回那件粉红色的。你没必要穿黑衣服,你根本不胖。

你只会骗我。这半年我的腰围长了七厘米!

你在发育,这是青春期必然的过程。再说,我认为你这样也很好看。

骗子!我重重地坐在床沿。晚上的表演我不想上台了,你另外找个助手吧。

为什么?

我这么胖,观众发现门票钱里还包括看这个丑胖妞,会抗议退票的。

他看了我一眼,站起身把帽子拿在手里。好,那我现在就去找芭蕾舞团的老板,让他给我推荐一个舞女。

我叫道,看!你心里其实也嫌弃我又胖又丑,是不是?你也认为我现在不配站在你身边,是不是?

他的眉毛终于打起结。瞧你现在这个样子!想想你小时候,多懂事,多乖巧,多可爱。

我更讨厌听到这样的话。

一整天的时间,我们一句话也没说。晚上演出之前,我不情不愿地舍弃了黑裙子,换上另一套新演出服,算作和解的意思。

没想到他还是不满意。脱掉!拿回去让裁缝把胸口缝高一些!你又不是卖肉的站街女……

“国王、公主与魔术师”中,原本有“魔毯”表演,毯子载着公主飞在半空,从那一年开始,因为悬挂毯子的隐形机关无法承受长大长胖的公主,他不能再表演这个节目了。

十三

十五岁。我总算逐渐瘦下去,又长高了两厘米。

十四

十六岁。当我把手插在他臂弯里外出时,开始被错认成一对年轻夫妇了。哦,不,莉莉是我女儿,是我的小天使……

他为新的腹语节目订制了一个玩偶。半人高,男孩模样,穿白衬衫和黑丝绒背心,皮革马靴,黑头发,黑眼睛,脸颊上有些雀斑,一副憨傻不可靠的样子。

节目开始时,他先出场,扮演的身份几乎就是他自己:一个坐在餐桌前的父亲,等待女儿第一次把准女婿带到家中来。我与木偶一起上场,在餐桌前坐下。木偶拘谨地鞠躬,开口说道,葛瑞芬先生,见到您很荣幸……

演完这一场，我们在休息室整理道具。我半开玩笑地说，喂，吉姆，你为什么把木偶做成这样？在你心里，我就该配这种傻乎乎的乡下木头疙瘩小伙子？

他转过身来，为回答这个问题特意认真打量我几眼，说，当然不是，小南瓜，在我心里没人配得上你。

我拉着吉姆走到化妆镜前，手插进他臂弯。他在看镜子里的我，我看着镜子里的两个人。

镜子里的男人，像银器用久了发乌似的，两颊略现松弛，但秀拔的身姿仍无可比拟。

我喃喃道，没人能配得上我？……除了你，是不是？

直到这时，我才第一次正视我跟吉姆的关系。我们是父女。父亲，女儿。不管父亲这个字眼在我舌尖上滚动时是多么陌生，不管我怎么故作老成地叫他吉姆，不管他怎样，他都只是个父亲。

从伦理、逻辑或任何角度，最终陪伴我的、亲密无间的都不该是他，也不会是他。

我可以挑选任意一个男人结婚，共度余生，唯独不能选吉姆。

我悄悄订制了一套男式衬衫、长裤，又配上皮鞋和礼帽，打扮成一个瘦削少年。

吉姆，好看吗？我讨好地掀掀帽檐儿，又挺起胸，晃晃肩膀，做了几个夸张的男人式动作。

我担心他会像看到我那套黑裙子一样，皱眉说"多难看"。谁知他露出复杂的神情，呆呆盯了一会儿，柔声道，小南瓜，你穿什么都漂亮。

出门去咖啡馆吃饭之前，他问，你不要换衣服？我说，我就要穿着这一身。

他不出声地点点头。

走到街上时，我下意识伸手挽住他手臂，又醒觉自己现在是个男孩，缩回手来。他瞥我一眼，半是好笑半是奇怪，脸色里有一种"虽然不理解但我会纵容你"的宽厚。又低声说，你这模样，倒跟我年轻时很像。

我小声说，你现在也很年轻。

他会明白吗？这样做，只因为我不想被女性身份推远。有好多晚上，我愤愤地抚摸自己的乳房和胯下。如果我是个男孩，我就能永远光着身子跟他一起洗澡，给他看我任何一处生理变化……我甚至讨厌自己的红头发和绿眼睛。那是母亲的遗物。我想要跟他一样的栗色头发、蓝眼睛。

但到了登台的时候，我还是不得不换上裙子，剧院经理说，人们想要看到魔术师有个漂亮的女助手,而不是一个打杂小伙计一样的男孩。

我已经开始怀念那些无知无觉的年岁。我紧密地偎在他身旁睡去,探出一只手或一只脚尖碰着他身体,以保证至少有极微小的一块皮肤紧挨着。心灵的快慰安宁和美梦,就维系在这一平方毫米的接触上。

对我来说,他一直是健硕、美丽、幽默、神通广大、有求必应、温柔与热情的结合体,半人半神。他是灯塔。他是生命的魔术师,把我从虚空之中变出来,又为我施了变大变漂亮的魔术。是世间最好的男子。

这当然是孩子幼稚的迷信。但认识到伟大的父亲也是肉体凡胎,比矫正自己的错误信仰时更痛苦。雪白密集的牙齿逐渐发黄,脂肪开始在腹部堆积,皮肤的光泽日渐黯淡,肩膀也不再挺拔得那么带劲儿了。他表演魔术的时候,手势已经不如从前优雅、迅捷。有好多事,他忘记早就给我讲过,又兴致勃勃地再讲一遍,我必须装作第一次听到的样子,哈哈大笑,那真让人烦躁又难过。

任何秩序都并不坚如磐石。总有水滴石穿那天。我们正一点一点互相失去。无法挽回。

因此十八岁那年生日,我的生日愿望是:时间,请你停下来!我不要吉姆再变老,我也不想再变大了。

不过从没有人的生日愿望能真的实现,我知道。

冬天,吉姆和我离开某座城的前一晚,有人为我们开了一个告别舞会。作为主角,他挽着我走下舞池跳第一支舞。乐曲欢快地起飞了,音阶像灵巧的脚尖在空中踢踏。他捉着我的手,让我急速地旋出去,再把我拽回他怀中。我的腰被揽着,上半身猛地往下倒去。白色晚礼服的裙摆带起一阵阵的风,我笑得像痉挛似的停不下来。

他的身手比起别的男人来仍显得轻捷漂亮。我的吉姆,毕竟是人群中最出众的一个。我悄声说,这舞倒真像你的魔术,我是你从笼子里放出的鸟儿,飞出去,再飞回你手里。

乐队奏起一支慢板曲,舞池里的人们步伐缓下来,就像风停了。我贴着他身子,手臂扶在他腰间,悠悠旋转。同时有点难过地发现:他的腰比从前粗了好多,是胖了吗……啊,不是胖,是肌肉松浮了。

十五

十九岁那年夏天,我和父亲来到一座海边小城。

那城是著名的度假胜地，该国有头脸的贵族们都在此地拥有自己的消夏别墅。我们在城中第一场表演，增加了"与镜中人的舞蹈"，是吉姆受那场舞会的启发，新创出来的。表演时，他揭开一面巨大镜子的幕布，镜子在台上旋转一周后，里面凭空出现一位穿白色晚礼服的少女站在镜前的身影。她深情地望着他，向他微笑。他把镜子停在侧放的位置，躬身施礼，意示邀请。于是在一条线似的笔直平面里，那少女的手缓缓探进空气，裙摆也飘出来。他拉住那只手，一点点把她从镜中引出来。她好奇地四处张望镜子外面的世界。欢快的音乐响起，他跟她跳一支舞，再依依不舍地把她送回镜子里。

演出非常成功。几天之后我们收到邀请，到一个寿宴上去表演，主人点名要看"与镜中人的舞蹈"。

下午，我们带着几箱道具到达那所宅第。那是一座庞大、线条温和的建筑物，整体是富于诗意的灰色，常春藤缘墙而上，深深浅浅的树影投在屋顶和庭院里。主人夫妇出门参加聚会去了，要到晚宴前才回来。有人给我们端上茶点。吉姆挽起袖子擦拭配件，组装道具，测试机关是否灵便。

我无事可做，到处溜达。堂皇的大宅里十分安静，好像所有的人和狗都睡着了一样。走到二楼时，忽有一阵隐约的音乐传来。源头就在走廊尽头。

那根丝线一样萦绕在空中、绵绵不断的声音，像是一根无形的套索，准确地套住了我的脖颈，把我牵引过去。我虚起足踵，寻声穿过走廊，在一扇房门前停下。

我从未经历这样屏息凝神的时刻。把门推开一道缝隙，就看到一个人背对着门，面向窗户，正在吹一管长笛。

午后的光芒把他上半身裹住，耀眼的光晕里，那个边缘模糊的影子前后微微摇晃。旋律持续流泻，吹笛人颀长的背影偏侧了一下，能多看清一点了：原来在他头顶灿灿发光的不只是阳光，还有一蓬打着卷儿的金发；几根白皙的手指头在笛身按键上腾跃、回旋、揉动。

曲子盈满了整个房间，裹挟天光，向云霄上升。我的眼睛一点点湿润，双手捂住胸口，那儿被笛声穿透了一个洞。

吉姆曾带我去看过不止一次《暴风雨》。如今那剧的戏词在心中欢快地复活——荒岛少女米兰达第一次见到腓迪南王子时感叹道：他这样美，一定是个精灵！

紧接着出现在脑海中的，则是米兰达的暗自祈求：这是我一生中所见到的第三个人，而且是第一个我为他叹息的人。但愿怜悯激动我父亲的心，使他也和我抱同样的感觉才好！

在幻觉里，窗棂咯咯震动，墙壁从顶棚开始裂缝，一切荡气回肠地消融、崩塌。一个猜了十九年的谜语揭晓,谜底原来是这个。我在森林中遇到的潘神,是个长笛手。

笛声停了,他转身朝我微笑,露出两颗尖尖犬齿。这是第六日,神看这是好的,事就这样成了。

这人叫伊斯多,比我大三岁,是本地管弦乐团团长的次子,自幼有天才之名,七岁就开始登台演奏,精通长笛、小提琴。那天,他是和姐姐代替父亲出席宴会,并要给这位贵人演奏专门创作的祝寿曲。

我看见他的时候,他正最后一遍练习那首曲子。

后来,他又专门为我演奏了很多次,每首曲子都不同,他说那都是为我写的,有一首献给红头发,有一首献给绿眼睛,一首献给会变魔术的纤手,一首献给浆果一样的嘴唇……

他扶着笛身的那只手, 手腕与手背接壤的地方, 露出一块圆溜溜的小骨头,就像皮肤下边藏了一颗石子;按键的手指用力时,手背上的指骨也时隐时现。若是他挽起袖子,还能清楚看见小臂上修长的尺骨。我总忍不住走神去看那些秀丽的骨头,所以总没法专注听完他的曲子。

十六

出于下意识的判断,我觉得这事还是暂时保密为好。每次从跟吉姆形影不离的生活里偷出时间来,与情人相会,感觉都像是一次变节。

几场大受欢迎的魔术表演之后,“葛瑞芬父女”一时成为城中红人。请魔术师到沙龙上来,讲讲在各国各城市间漂流的故事,再变几个小小戏法,这成了上层人士圈子里的新流行。

浑身洋溢神秘魅力的吉姆颇得贵妇青睐,对比她们的年龄,他仍算是年轻男人,而且英俊、新奇,像远方海上吹来的风。至于我,年轻小姐们给我取了个绰号叫“Magic Ginger”。我负责令魔术表演多一点赏心悦目之处,算作个小小添头。

只要伊斯多听说沙龙女主人打算邀请葛瑞芬父女,他总会撺掇姐姐跟他一起赴会。苹果变鸽子,葡萄变酒,塔罗牌算命(她们总觉得魔术包含一切玄乎乎的东西),再来几回简单的催眠术,我就可以安静坐着,向房间另一头的伊斯多含情凝睇了。

沙龙结束之后,我总会对吉姆说,你先回旅店,有位姑娘请我陪她一起去蛋糕店。他从不疑心有诈。

我变得懒洋洋的,喜欢呆坐怔忡,像反刍一样,把跟伊斯多说的每一句话在脑中重放、回味……说实话,深陷爱河这种事,实在太耗费精力,把我弄得头昏眼花,要不然我早会察觉到吉姆日益精神不振,乏力,气喘。直到他第二次推掉夜间表演,我才反应过来,而这时他已经咳嗽快一周了。

　　那时是到达这个城的第二个月。医生确诊他染上了慢性肺炎,虽说并不严重,但也需要更舒适的环境静养。剧场老板心眼儿很好,他来旅店探望过后,就给他的好友、一对阔佬夫妇写了封信。那对夫妇立即表示,非常欢迎魔术师父女搬到他们海边的公馆小住。

　　坐在车里,我的眼泪掉了一路,既生自己的气,也生他的气。当我抹着泪质问他,为什么身体不适不告诉我,他又显出小孩被母亲责备时的委屈,说,我一直以为是感冒……我和他已经很久没出现这种情形了。

　　但这愧疚并没持续多久。一切安顿好之后,他靠在床上向我微笑,说,陪病人很闷的,你没必要总待在这儿。出去玩玩儿吧,这些年你都很少有点闲暇时间,也没交到几个朋友……

　　我立即想到伊斯多。天哪,感谢上帝,我可以整天整天跟他待在一起了!

　　莎士比亚的诗说:

> 我要把他当一本书来仔细阅读,研究其中的字句。
> 那里贮藏着一切具有深意的、人世少有的欢娱。
> 如果说学问重要,
> 我要求的学问就是完全了解你。

　　接下来的两个星期,我所做的就是详细具体地研读伊斯多这本书。

　　……伊斯多,他说,这个名字来源于希腊语,意为埃及女神艾西丝的礼物,象征爱情和自由,公元一世纪时,塞维利亚有一位叫伊斯多的大学者,对语言学和音乐都做出了杰出贡献……我爱慕地看着他,唉,他嘴唇和腮边肌肉不断运动、发出声音的样子,多美!那双唇比红酒还要红。那两只白得发青、花朵似的手,打出优美的手势,像音乐一样流动。谁还在乎他讲了些什么?上帝保佑,请让他一直这样讲下去吧。

　　爱情和自由,我同时享受到了这两样东西,几乎要昏眩过去了。

每晚,我和伊斯多在通往海边公馆的路上分手。我目送他的背影消失,一转过身,心中立即被吉姆的影子填满了。只在那短短一刻,对父亲的歉意压倒了对情人的爱意。我每次都会用尽全身力气飞跑起来,双手提着裙摆,没命地跑,仿佛要用折磨自己的法子减轻愧疚。

起初他并没觉出异样,只以为我在沙龙里确实交上了不少同龄的朋友。不管我回来多晚,他总会撑持着等我。我在床边坐下,脊背上流着汗,尽力摆出一个看上去不心虚的笑容。

玩儿得快活吗?宝贝,你满头都是汗。

我用力点头,真诚地点头。

他忽地挤挤左眼,嘴角含笑。每次我看到这个表情,就知道他有新魔术给我看了。床边放着两瓶咖啡色药水,一杯清水,他平伸两只手掌,遮住瓶子和水杯的下半部分,撤开手掌,两只药瓶已经空了,杯子里的水变成了咖啡色。

这是怎么做到的?我问。

他说,还是用了"更衣室"原理嘛,我说过有一天我会连头脸都能换。

等到那一天,别忘了先帮我换一对跟你一样的蓝眼睛。说完我俯身吻他,道晚安。

日子像手脚伶俐的小偷飞跑过去,我不知道吉姆是什么时候觉得不对劲的。我狂热的脑袋里只剩下伊斯多,我只想看着伊斯多,倾听他存在的声音。如果视野里没有他,所有景物都成了黑白色。

十七

某个黄昏,他剥除了我的衣裙,像剥开果实的外皮,露出未见过天日的雪白果肉。

我哭了出来。泪落如抛沙。伊斯多慌得手足无措,其实他高估自己了,这眼泪不是为他,而是为吉姆。

小时候,那无忧无虑的小时候,我绵软得像一朵棉花糖,他一只手就能托起那轻盈的身体;他给我洗澡、更衣、喂食,脱掉睡衣换裙子,撑开鞋口套到小脚丫上,拌着苹果泥、香蕉泥的燕麦粥,一岁,两岁,三岁,开始时的记忆是混沌一片,后来我逐渐记得了,那珍重的触碰,温存的指尖,天鹅绒似的掌心,魔术师特有的灵巧双手……

每一寸皮肤都经过他上千次的打磨、抛光,每一缕肌肉都吞食了无数他的供给。如今一个金发小子轻易就抢了去,尖锐的犬齿不客气地在凝脂上咬出红印。

我深深感到背叛了他。是我开门揖盗，偷走了我自己。我太了解他，我知道他会有多痛苦。对痛苦的同情比痛苦本身更深重。长久以来他一无所有，只有我。他错在把过多爱意种植在我身上，爱我胜过所有世间的丈夫爱妻子。

如今我变心了。这简直像挖走独眼人仅余的眼珠一样残忍。

那些孩子气的"我跟吉姆永远在一起"的话，就都如同海上的泡沫了吗？都只是长夜里的梦呓吗？所有因承诺而在胸口汹涌的激动，就全无意义？

可这种背叛和逃脱同时又多么甜美。十九年的旧生活立刻显得陈腐无味，像是亟待褪去的蛇皮，它处处包绽，已经包裹不住注定要饱胀的欲求。

伊斯多不断叫我的名字，莉莉，我的小花蕾。那张清甜的脸全是迷惘。

我两眼含泪，应和身旁的呼唤。最后用自觉的镶嵌，完成这次叛逃。

那滋味……我曾想象过多次的滋味……就像剑鞘找到丢失的剑；就像长久对着一面雾气蒙蒙的玻璃窗，终于有一只手抹去了雾水的膜，原来窗外的天这么晴啊，可以看到很远很远地方的山和云，一切景致都清晰又透彻。

那是一次抵达，真正的、最终的抵达。生在魔术箱子里的婴儿，沿着河道漂流，漂流，终于在一处芦苇丛里停泊、靠岸了。到达了。伊斯多的手抱起我，认领我，永恒地改写了我一个人的文明史。

但我止不住地泪如雨下。

由此，我真正恨上了吉姆。为什么别的姑娘都能自然快乐地踏进这个阶段，唯有他要让我陷入这种境地？

那晚我回到借住的公馆，走到门口才发现，吉姆正靠在门口的墙上等我。

他当然什么都看见了：我和伊斯多在路口的依依惜别、拥吻……

天光早就耗尽。宅子里有灯，幻觉似的微弱的光映在他脸上。他定定地瞧着我，眼睛像是进了沙子似的不断眨动，竭力掩饰目光中的气愤、绝望。

我六神无主地站着，手脚冰冷，动弹不得。

我知道他在看什么：另一个男人在我身上留下的痕迹。被揉乱的、不顺滑的发丝，颜色蹭得不均匀的唇膏，绯红的脸颊，脖子上依稀可见可疑的血痕……我甚至错觉他的视线穿透了我的裙子，看清了布料遮盖之下、那个伊斯多创造出的新伤口。

另一个声音在心底却说，嘻，他有什么资格这样愤怒呢？你已经十九岁了，你完全有资格找个好丈夫，结婚，成家。难道他真妄想能像拴小狗一样，把你拴在身边过一辈子？难道你真要终生做他的小母亲、小情人、小女儿？

我挪动双腿慢慢走近他。他转过脸去，不给我跟他对视的机会。

我怯生生地轻声说，进去吧，父亲，怪冷的，你还没彻底好呢。

令人难堪的沉默，犹如饱含雨滴的云停在头顶。

他在微微哆嗦，像一盏风中的灯火。

我以为他会问"那男孩是谁"，或是"为什么你不告诉我"。

而过了很久，他只说了一句话：为什么叫父亲而不是吉姆？你有十多年没叫我父亲了。

十八

我们搬回了旅店。这一次，他要了两个房间。

其实这是必将来到的终结。表演终于到了尾声，观众还留在座位上，但已经开始打哈欠，系围巾，扣外套扣子。他也许预想过这一幕，但告别和决裂来得太突然了。

他像是个刚经历过截肢手术的病人，努力寻找新平衡，无法适应，跌跌撞撞，不断撞翻东西，情绪沮丧，精神颓唐。我觉得自己像咬了农夫的蛇，越发怕见他，每天早晨在他起床之前就溜出去，晚上才回来。他也并不约束我。

伊斯多呢？他自我感觉像个英雄——阴郁自私的父亲造了一个城堡，美丽的红发女孩儿自幼被束缚在里边，赖他搭救，终于呼吸到外面世界的自由空气。

接下来更重要的工程，是清除父亲对我的"洗脑"，如同祛魅。

他总找机会贬低吉姆造成的影响。比如，他毫不留情地评论我的发型：你怎么还梳这样的辫子，只有小女孩儿才梳成这样。

吉姆一直喜欢我的辫子。再说，我们的海报上……

你是大姑娘了，又不是小娃娃，没必要听他指挥。从来不穿低胸的裙子和黑皮鞋，也是因为他不喜欢？……唉，你的生活里挤满了"让吉姆喜欢"，可怜的小花蕾。如果他不喜欢，他会跟你发火吧？

我又一次替吉姆感到轻微的受辱。别胡说，他绝不可能对我发火，他从来没跟我说过太重的话。

哼，在他眼里，你就是任他装扮的傀儡……

伊斯多只有谈到假想敌吉姆的时候，才会暂时失去音乐家的优雅从容，变得冷嘲热讽，有时还会忽然激动起来，抓着我的肩膀摇晃。莉莉，你不可逆来顺受！你要离开他的桎梏，他的专政，他那无所不在的控制！

他要像剥掉我的衣衫一样，剥除吉姆的阴影，剥出一个"原本的"、清白无辜的莉莉·葛瑞芬。我只能保持沉默,不然怎么样,难道为了吉姆跟情人吵一架吗?

数日之后,我独个儿到一个茶会上去表演。伊斯多在聚会即将结束时现身,我们在后园里相拥,他笑吟吟的,满脸是打赢一场战役后的自得,吻着我的脸颊,说,我的小花蕾,一切都解决了。我刚跟詹姆斯谈过了,谈了一下午。

我感到血涌向脚底。什么? 你跟他谈了什么?

谈咱们的未来啊。别怕,我们没有决斗,没有人流血或是受伤。我们达成共识了! 他已经答应我,让你留下来,留在这儿,跟我在一起。

那他呢? 他也留下来吗?

当然不。半个月之后他会做最后一场演出,然后就去下一个城市。

我一路狂奔回旅店。推开吉姆的房门,吓了一跳,房间中心多了个绞索架,他正用绞索把自己吊在半空,双手握着绳套,一时没法说话。

我咬住嘴唇,等待他费力地扬起手臂,揿动机关,扑通一声掉在地上。

我满心是安慰他的话,都堵在喉咙口,问的却是:你在练绞索逃脱? 逃脱术是你以前根本不屑表演的玩意儿。

他转过身去,装作调整吊索的绳环,说话声调明显在赌气。哦,我想体会死里逃生的感觉。

我意识到,我开始厌恶他这种永远去不掉的孩子气。

伊斯多……他说他跟你谈过了。

你的小情人先生? 是,他说了很多大有道理、我无法反驳的话,我答应他,不会妨碍你们创建新生活。

那一刻我几乎心软了。我说,吉姆,如果你坚持……

他的声音突然垮下来。别说了,莉莉,亲爱的。我的小南瓜,你知道我永远会满足你。我的公主,你想要什么,这世上任何东西,我都会想办法给你变出来……过来,让我抱抱。

我顺从地走过去。他亲吻我的额头、头顶,嘴唇沿着发线的航路穿行,最后泊在发蕊。热气穿透发丝到达头皮上,酥痒的感觉传遍全身。

他凄切地说,小南瓜,我爱你。

我僵硬地靠在他胸口,才短短几天,他的拥抱已经让我觉得不自然。

在肢体动作就要变得难堪的时候,他停了下来,双臂软软地下垂,向后退了一步。然后转过身去。

十九

接下来的半个月，我几乎没见到他几面。有时去敲门想跟他说说话，他只肯打开一条门缝，不让我看见房间里的新道具。

我问，要我帮忙吗？

他带着难以揣测的冷漠，说出像是开玩笑的话：我认为你现在最该考虑的，是婚礼地点、宾客名单、宴会菜式，以及拿什么捧花——来一束虎皮百合，怎么样？

这种急就章的冷淡其实很虚假，一眼就能看穿。他努力抑制自己，不表达出一丝一毫宽恕、谅解的善意。

我只好这样想：这是他最体贴的地方，他知道如果由我主动做出冷漠的态度，会难过得不得了，所以他要替我做这件事。

我没法违背他的心意。

演出前一晚，伊斯多所在的管弦乐团有一场演奏会，我们从音乐厅出来，又被他朋友硬拉着去参加一个午夜降灵会。回来的时候，我想了想，走到吉姆房间门前，握住门钮，试着旋转。

铜钮无声转动，门开了。他没有锁门。

我轻手轻脚地走到床头。

他侧躺着，朝上的那边脸颊有点塌陷，毕竟是中年人了。我屏息俯视他，想伸手替他拢拢额头上的头发，又制止了自己。他睡得很熟，两片薄嘴唇有节奏地微微嚅动，我知道那是因为他的舌尖正在口腔里卷起来。

屋里有股不大好的气味，像是放了什么不新鲜的东西。我下意识地翕动鼻翼嗅了几下，猛地明白，那是他的体味。

不知从何时开始，他身上那让我着迷的清香，已经像水果变质一样，成了陈腐的中年人气味。忽然我对自己的处境感到一阵尴尬难受，就像赤脚踩到又软又黏又滑的东西。

象征少年的鲜美黎明即将到来，光线被兑得越来越淡，他却只身被抛弃在夜的暗影里。我抬手捂住嘴巴，捂住饮泣，胸脯剧烈起伏。

最后一场演出安排在海边的半露天剧场，那剧场有数百年历史，是前前前任治城者留下的政绩之一。剧场的屋顶呈贝壳形，一串长长的石头台阶延伸到海水之中，犹如女神的裙裾。

我们表演了所有最拿手的节目，"空中悬浮"，"国王、公主与魔术师"，催眠术，"与镜中人共舞"……

当演到"绞索逃脱"的时候，我用铁链一圈圈捆住他的手脚，用铁锁锁好，然后退到一边。他用绳套套住自己的脖颈，蹬开椅子，悬在半空。

帘子放下来了。灯光照在帘子上，可以看到一个吊在空中的黑影，正扭动身躯。阴险的弦乐配合着，颤动在空气里。

我心中倏地浮起一个非常可怕的想法：他会不会真打算自戕，死在这一晚？……

三十秒时间。到了最后十秒，观众们一起倒数：十，九，八，七，六……

我攥紧了拳头，冰冷的指尖压在手心里，几乎想要不顾一切地冲上去，抱住他的腿，把他放下来。

三，二，一！帘子在最后一秒飘落，就在同时，他从绞索架上坠下来，重重跌在台子上，一声钝响。

我的心也像是跌落了。那一秒长得没有止境。哗啦一声，铁链子从他身上滑落下来。他倏地翻身，矫健地从地上弹起来，面向观众挺身站好，平平展开一只手臂，躬身。

台下响起掌声。

二十

最后一个节目是"更衣室"。新造成的巨大道具柜被推上来了。照例要邀请一个观众上台。他扫视一圈高举手臂的人们，目光定在第一排，微笑着向某个人伸出手掌。

他点中的是伊斯多。

伊斯多站起身，显然有些意外。我在台上投去鼓励的眼神，心想：千万别拒绝，最后一次，你就依他一次吧……

他走上舞台，看看我，又看看吉姆。吉姆指示他站到柜子左面的格子里。我在台心做了几个伸展手臂、挺胸、踢腿的动作，正要跨进右边格子里，吉姆拉住我，将我拉到一边，自己踏入柜子里。

他向我挥挥手，微笑。

这一幕有些熟悉——哦，对了，他曾给我讲过，我母亲就是这样，走进魔术柜，从此再没出现过。

我心头再次涌起奇特的不祥之感。但柜门已经"砰"的一声关上了。

没工夫多想下去，我保持笑容，推动柜子转动一圈。

然后抓住木头把手,打开柜门。

舞台溢满光芒。光芒刺眼。有一个男人慢慢跨出来。
只有一个人。
有一边的格子是空的。一个人不见了!……

走出来的,是个非常年轻姣美的男人……然而他既不是吉姆,也不是伊斯多。那张脸完全是陌生的。我从没见过他!……
可是再多看几眼,我忽然认出来了:那是十九岁的吉姆与二十二岁的伊斯多的合体。
两张脸,两具身体,两个人拼接到了一起:那身材瘦长得像发育中的少年。肌体新鲜,气息香甜。满头蓬松金发,像夏日海水一样的蓝眼睛,洋溢叫人一见难忘的热情。双唇比红酒还要红。颧骨和额头光洁如同瓷器。
一个怪物。

怪物向我莞尔一笑,露出两颗尖锐犬齿。那笑容令我浑身哆嗦,站立不稳,几乎要瘫倒在他脚下。
不是情人,也不是父亲。既是情人,也是父亲。就像一半人一半野兽的潘神。妖异和欲望的合体。
它踏着优雅的碎步走过来,口吐人言,低声呢喃:莉莉,小南瓜,我的公主,我的小花蕾,我不是说过吗,无论你想要什么,我都会想办法给你变出来。好了,现在一切都解决了,我们会永远在一起,只有我们两个人,我,跟你。

中篇小说奖·入围作品

曹军庆小传

曹军庆,男,1962年生。著有长篇小说《魔气》,中短篇小说集《雨水》《越狱》《24小说》等。现居湖北武汉,中国作家协会会员。

滴 血 一 剑

曹军庆

单立人失踪了。

这天早晨单立人前往学校,没有任何异常。柳雪飞看到他低垂着头,慢条斯理地往门外走。单立人在家里睡了两天,他病得不轻,却又说不出病因。就是厌食,头昏,打不起精神,脑子里一片空白。这天是星期一,单立人背了书包出门。书包里装着课本和一摞没做完的卷子。柳雪飞看着儿子的背影叹了一口气,她老觉得儿子弓腰驼背不好,就像是掉了阳气。掉了阳气真让人担心,岂不成了阴魂。

到了中午,单立人的班主任方老师给柳雪飞打电话,问单立人怎么还没来学校,是不是在家里?或是有什么事?单立人没手机,学校里像他这样没手机的学生很少,因此没法和他联系。

方老师问得客气,小心翼翼。现在老师不光跟学生,跟学生家长说话也都谨小慎微。因为前不久幸福县一中出了太多事,老师害怕了。

柳雪飞说:“我亲眼看见他背着书包出门,去了学校,怎么会不在呢?”

方老师耐心地说:“确实没来,第一节课就没来。本以为单立人同学有事迟到,就没惊动家长。一上午都没见着他,我们觉得必须和家长沟通,这才打你电话。”

柳雪飞挂了电话,立马赶到学校。

单立人是好学生,成绩好,也守纪律,从来没有迟到旷课。他哪会迟到旷课?下岗职工柳雪飞和单方向把所有希望都放在单立人身上。他们在靠近县一中的和平街租了房子,跟着儿子陪读。大考,小考,包括单元测验,单立人每一次考试的分数,都被柳雪飞端端正正地记在一个账本上。她分析这些分数,和单立人上一次的考试成绩对比,跟班上其他尖子生横向比,也和历年的高考分数类比。就像是买股票的人就着 K 线图分析股票走势,柳雪飞据此来推测单立人的即时动态,他进步了还是退步了,哪一种分数能考哪一类大学,进步了有哪些原因,退步的原因又何在,都能从分数曲线上得出结论。自从单立人进了县一中,柳雪飞苦心孤诣的分析就没中止过。她是这方面的专家,脑子装着数据库。学校每回召开家长会，都把柳雪飞当家长榜样反复表扬。

柳雪飞由此成了县一中名人。母子俩都有名，一个是尖子生，另一个是好家长。

单立人知道他唯一的使命：两耳不闻窗外事，一心读书，上好大学，然后将他的父母拔出人生沼泽。父母眼下在为他陪读，陪读干什么？就是为了眼巴巴地看着能有这一天，单立人像绳子一样从某一高处悬垂而下，他们攀附着这绳子被拔出来。

说穿了，单立人读书就是要做拔父母的绳子。

立志做绳子的好孩子怎么会失踪呢？

柳雪飞坚称单立人来了学校，方老师和办公室的其他老师劝她别急，再想想。如果单立人不来学校，他会去哪里？

柳雪飞双手拍打自己的膝盖，"哪里也不会去。"她弯着身子，这样拍打膝盖的声音更响亮一些。她的声音带着浓重的哭腔，"我发誓，我的孩子我知道，他没地方去，只会来学校。"

方老师不敢懈怠，把这事报告给校长。

校长是新来的。前任校长被免职，贬到教育局下面的印刷厂做厂长。新来的李校长，同时还是幸福县教育局局长。教育局局长兼任县一中校长，明眼人都知道，虽只是过渡，却也证明县里对一中的重视程度。学校必是出过天大的事，上面才会下此狠招。

李校长笑容可掬，温和地接待柳雪飞。他请她喝茶，茉莉花茶在印有"幸福一中"字样的纸杯里，散发着清淡的幽香。

数学，英语，化学，语文，上午要上四堂课。四位老师依次来见柳雪飞，告诉她单立人没来，课堂上单立人的座位空着。最后一位出现的，是单立人的同桌，一位腼腆的女孩子。她叫卓依眉，名字倒好，就是害羞得不行，一见生人就脸红，光知道眨眼睛，却说不出一句话。

卓依眉不敢看柳雪飞，就像是她的错。她也证明，单立人的确没来学校。"他没来。"卓依眉坚定地说。

李校长满意地点了点头。既然单立人没来学校，那么即使他失踪了，或是有了别的什么事，学校也不会担责任。当着家长的面，李校长把这一层意思撇清了。

学校没有单立人，柳雪飞赶紧打单方向的电话。单方向开了间修车铺，他正干着活，双手沾满油污。在油渍斑驳的破抹布上简单擦了擦手，止响着的手机已停了。单方向打过去，柳雪飞劈头盖脸地骂道："你死人啊，老半天不接电话。"

"我在擦手。"单方向慢性子,他并不了解这电话的含义,也预料不到接下来的事情有多么严重。

"擦个鬼!快点来学校。"

"来学校干吗?正等着给人修车呢。"

"修鬼修,让你来你就来,你儿子不见了知道不!"

柳雪飞气急败坏,她最见不得单方向慢性子。他一慢,她就吼,嗓子眼儿里痒,就像单立人不见了全是他的错。挂了单方向,又打亲戚朋友的电话。人穷朋友自然少,他们的亲戚多在乡下。只几下,就打完了,依然没有单立人的下落。

在柳雪飞打电话时,李校长和方老师也没闲着。他们动员班上同学,大家都开动脑筋仔细想一想,单立人平时和谁接触多,有没有死党。结果大家的意见惊人地一致:单立人没朋友,他所有的时间和精力都扑在学习上,从不搭理谁。他成绩好倒是没话说,可是孤僻,不跟人来往。要说死党,倒是有两个,和他从幼儿园一起长大的伙伴。他那种性格,重新结交朋友很困难,一同长大的伙伴到底不同,都知根知底。一个叫白令涛,另一个叫欧阳城达。提到这两人,同学们都噤了声,脸色发灰。一个个要么惊慌,要么冷漠地盯着李校长和方老师。

白令涛在监狱里。他是杀人凶手,杀死了肖老师。肖老师是他们的代课老师,这事发生在上学期。幸福一中七十二年校史,学生亲手杀死老师这样的恶性事件,只有一次。偏偏就发生在他们中间,他们都是见证者。

提到白令涛,气氛陡然阴郁压抑。欧阳城达呢,因组织学生闹事,转到十里铺中学去了。

没想到单立人的死党竟是这两个家伙,方老师没想到,李校长也没想到。卓依眉为此感到委屈和羞耻,眼角噙着泪花。

方老师、李校长小着声音商量,他们在考虑对策。李校长说白令涛就不用管了,看看谁有欧阳城达的联系方式,问下他吧。一个同学举手站起来,说他有欧阳城达的电话。当下打了,欧阳城达说他好长时间没见着单立人的鬼影子。末了,欧阳城达问那位同学:"单立人是不是也出事了?"

同学没回答,他举着电话报告李校长:"欧阳城达也没见着。"

这下李校长面色严峻,不再微笑。

单方向也赶来了,他一来就嚷嚷:"立人呢?立人在哪儿?"

柳雪飞拉着单方向的衣袖,软声说:"你别嚷,立人他不见了。"

李校长建议报警,马上报。他现在一有麻烦就上交,不敢怠慢。他在教师大会上诚恳地说过:"我们担不起责任啊。"

派出所王副所长带着个民警过来了。王所长长得瘦削,一脸皱纹褶子,奇怪的是看着反倒嫩相。皱纹褶子有是有,关键在他眼光凶狠,有劲,能提得起神。这便看着硬朗,俊逸。办白令涛凶杀案,王所长到学校来过多次。案子是他破的,他对凶案现场了如指掌。好多人也和他熟,他调查过这些人。

"一接到你们学校电话,我就头皮发麻。紧张,怕你们,怕出事。"王所长弹了弹烟灰,"你们学校可真够出名的啊,净添乱。我忙着呢,不是光管着你们一中。你们一拨电话,我不能不来。"

李校长赔着笑脸,"人不是在学校出的事。他走出家,还没进学校门就不见了。"

王所长使劲吸了一口烟:"还不一定出事呀,谁说出事了?你们也太大惊小怪啦。这才多长时间?几个小时吧,他是人呀,他长着腿。你们说出事,说他失踪,报警,有什么证据?看见尸体了?还是有遗书?"

柳雪飞听到王所长这么说话,身体一个劲儿发抖。

"你积点口德好不好。"

王所长厉声说:"我们说话讲证据。"

"我儿子不会。"

"对吧?家长也挺自信,不会有事。"王所长站起身来,"可能他约了哪个你们不知道的朋友,去了哪里,武汉?也可能他在恋爱,和哪个女孩躲在哪儿清静一会儿。都有可能啊,不就是逃学嘛,我们见得多啦。动不动就报警,是不是电影看多了?失踪立案必须超过二十四小时,没有二十四小时立不了案。别着急,你们再找找看。"

说完,王所长带着民警走了。李校长送他,他咕哝着说:"我会盯着的,你也盯着点吧。咳,麻烦!"

李校长诧异地看着他离开。

晚上,单立人仍然没回家,学校也没音信。单家乱了套。柳雪飞不做晚饭。她和单方向都不饿,不吃,吃不下。大门开着,方便单立人一回来就能看见,不用敲门就能进屋。单家舍得花钱陪读,租了两室一厅的房子。所有房间都开着灯,桌上的台灯也亮着。电视没开,整套房子没一丝声音。屏息静气。柳雪飞坐在正对着门的茶几上,一动也不动,抱着膀子像石雕。单方向坐在里间床上,屁股只一半挨着床沿,好像随时准备一弹而起。他垂着头,下巴搁在前胸。

单家的事传开了,邻居从门前走过,蹑手蹑脚,也不往门里看。柳雪飞在心里骂着:"妈的,一个个小脚女人似的,踩着鬼了?"

她朗声说道:"我在等儿子呢。"柳雪飞腰板直,她儿子是尖子生,平常她一向蔑视周围的陪读邻居。"他很快就回来。"

县一中坐落在和平街。当年一中搬迁修建新校舍时,也在附近建了几栋学生公寓。名义上是学生公寓,实际却当作福利房卖给学校教职员工。再由他们对外出租,租给陪读家长。公寓房在和平街有一道大门,它背后的侧门与一中相通。公寓房都是小户型结构,一层四户。柳雪飞住在楼梯口,邻居进出都要从她门口过。柳雪飞瞧不起邻居。他们除了买菜做饭,一有空就到楼下麻将馆打麻将。柳雪飞从来不打,她才不会如此堕落。瞧不起他们还有另一个理由,对他们孩子的学习动态,她比他们更清楚。柳雪飞是一个要强高傲的女人,了解他们的孩子是为了给单立人做比较,所谓知己知彼嘛。

这会儿柳雪飞开着门亮着灯,朗声嚷了一句,却无人回应。邻居悄声进了屋,吱一下关上门。真够冷漠的!问一下安慰一句总可以吧,没人管,事不关己高高挂起。夜深人静,柳雪飞在心里呼唤单立人:"儿子啊,你一定要给你妈争口气,赶紧回来!回来吧儿子。"

事实证明内心呼唤不起作用。无论什么时候,也无论呼唤什么,柳雪飞从没有成功过。她所有的内心呼唤都无效。一夜无眠,单立人没回来。房门开了一晚上,灯光在晨曦来临时像美人迟暮一样悄然暗淡。柳雪飞盯着屋顶上的灯管看,它是怎么暗下去的呢?她一夜间老去了五岁,以固定姿势坐了一整夜,不喝水,也没上洗手间,目不转睛地盯着大门。现在她疲惫不堪,单立人太没良心了。他在哪儿?

单方向眼睛也黑着,肿得厉害。他从里间出来,跄跄了一下,差点摔倒。

"我要不要去把修车铺的门打开呢?"单方向怯生生地问道。

"你说呢?你说开不开?"柳雪飞突然间对着单方向大吼,"你脑子里塞满了猪粪,还是臭狗屎呀?都这时候了,还惦记着修车铺,你那修车铺值几个钱啊!"

"那我们去哪儿?"

"去哪儿?去学校呀!"

两人到了学校,还是没有收获,没人,也没消息。李校长让他们早点去派出所报案,现在过了二十四小时,立案时间够了。他还关切地问,要不要方老师陪着一起去。

"不要,"柳雪飞带着哭腔说,"我们知道路。"

王所长见到他们,问了下情况,便把他们交给一个内勤警察。他说:"你们先登个记。"

负责登记的女警察,看上去和善极了。她还在哺乳期,脸色红润,身上残留着好闻的乳香味。女警察问得仔细,记录得也认真。

她叹息着说:"离家出走的孩子太多了。"

"可是单立人怎么会离家出走呢?"柳雪飞百思不得其解。

办完相关手续,大约花了半小时多一点时间。女警察做出请的手势,对他们说:"等有了消息,我会通知你们。"

"我们既然报案了,你们不马上破案吗?"

女警察微笑着,耐心跟他们解释。从目前掌握的情况看,它还不是刑事案件。不是命案。没有任何证据。没有头绪。没有目击证人。没有证言。什么也没有。现在还只是失踪者亲属来报案,我们登记了,也立案了。目前我们只能做这么多。

走出派出所,柳雪飞瞅着天上的太阳,痛苦地确认了这样一个事实:我儿子真的丢了! 他失踪了!

看到柳雪飞夫妇回家,邻居们全都拥进来。之前的冷漠一扫而空,每一个人都在关切地询问,打听。认识的邻居来了,不相识的邻居也来了。屋子里站满人,人多站不下,另一些人不得不站在走廊上。楼梯上还有人往上走,络绎不绝。大家伙七嘴八舌。有人说,这么老实的好孩子怎么也离家出走呢? 不一定啊,有人反驳,不会是出事了吧? 现在说不好啊,什么样的怪事都有。也有人说警察根本不靠谱,报案没用。那是。又有人说,可是不报案,你又能做什么? 还有人在冷静地分析警方的答复,所谓等以后有了消息再通知你,无非是遁词。什么时候会有消息? 运气好的话,很快就有了。某一个案子告破,顺藤摸瓜刚好把要找的人挖出来了。或是哪里发现了伤残者,无名死尸,也可以拿来比对。最好的情况是有被抓捕的人、被收容的人和被解救的人,说不定就碰到了失踪者。当然这是最好的结果。若是运气不好,那就难说。有的人一生一世都等不来消息。失踪者多着呢,熟悉内情的人说,警察的本子上记满了失踪者的名字。

有些议论被大声说出来,另一些则在小声嘀咕。柳雪飞头皮发麻,这儿一块那儿一块炸得疼。疼极了,就像脑子里躲着一些古怪的枪手,正往外射击,子弹却又击不穿脑袋,只见着头皮一块块鼓凸。

"都出去,"柳雪飞叫着,"你们都出去! "

单方向往外推人,他手上劲大,把屋子里的人全推出去了。门关上,柳雪飞大哭一场。"作孽啊,我作了什么孽呀!"单方向搂着她,任由她哭。柳雪飞哭得累了,竟抽搐着在他怀里睡去。看到她憔悴凄凉的脸,沉睡中挂着泪水,单方向心痛得想要呕吐。他肠胃难受,如果不是搂着柳雪飞,他一定吐得不省人事。但是他忍着,要让柳雪飞睡上哪怕一小会儿。单方向嘟着嘴,拿自个儿的舌头顶着,生怕里面的东西喷涌而出。

他们夫妻两人都是从乡下考上中专的。单方向考上地区工业学校,柳雪飞考的是地区财校。那时候哪怕考上中专也能跳出农门,转户口,安排工作。尽管工校和财校相邻,两人在校时却不相识。柳雪飞时常去工校串门,她在那儿有个男朋友,姓熊。单方向也时常去财校串门,他在那儿也有个女朋友,姓张。但是他们从没碰见过对方,就算碰上了也无缘彼此结识。

两场恋爱分别是他们的初恋,爱得如火如荼死去活来。不同的是柳雪飞和熊同学有过性关系,不止一次。熊同学在冬天的麦地里进入了柳雪飞的身体。柳雪飞对性关系最初的记忆,便是寒冷和清鼻涕。她为他做过一次人流,是在他老家乡镇卫生院做的。相比较而言,单方向远没有那么幸运,或者远没有那么不幸。他和张同学没有做过爱。单方向把他的初夜留到结婚时,给了柳雪飞。他在新婚之夜折腾了三次,才勉为其难地把事情做成,柳雪飞一眼就能看出他是一张白纸。但她并不为此感激他,她那时内心还在留恋熊同学。当然她巧妙地隐瞒了自己的性史,也假装成无辜的白纸。

　　毕业时,单方向分配到幸福农机厂做技术员。柳雪飞呢,则被分配到幸福农机厂财务室。那时候这已经是很不错的分工,毕竟都留在县城。地区师范学校还是大专,好多学生被一股脑儿赶到乡下,做了乡村教师。那些乡村教师无不羡慕他们有一份好工作。

　　到厂里不久,两人都失恋了。

　　熊同学在学校很活跃,做学生干部。毕业时上调,分配至团县委工作。他并没有一去团县委大院就踹掉柳雪飞,只是在单位里不公开自己的恋爱。他跟柳雪飞解释,那样子影响不好。柳雪飞善解人意,也不去找他。过了两三个月,县委办公室主任看上了熊同学,托人把自己的女儿介绍给他。熊同学二话没说就答应了。他约见柳雪飞,把他的决定告诉她。即使在宣布分手的这一夜,熊同学也没忘记和她上床。两件事,柳雪飞都含泪接受了。熊同学后来在官场上做得顺风顺水。单立人失踪这年,他已经是幸福县的副县长了。

　　柳雪飞被熊同学抛弃时,单方向和张同学也分道扬镳了。这里面有个小插曲。单方向和熊同学相熟,是同学。柳雪飞和张同学也相熟,也是同学。毕业分配柳雪飞曾有两个选择。领导征求她的意见,问她愿意去农机厂财务室呢,还是愿意去县检察院。检察院当时缺一名打字员,想从中专毕业生中找一个听话的女孩。领导七选八选,便选中了柳雪飞。哪知柳雪飞不愿去检察院。她的理由是不想改行,学了几年财务,还是想做会计。当然她心里也有算盘,总觉得打字像是下人干的活。还有呢,她早想着这一生必然要嫁熊同学,他是干事业的料。自己没必要想别的,不如管管账图个安逸。想清楚后,柳雪飞告诉领导她选择农机厂。领导说你将来要后悔的,柳雪飞只是笑笑。领导没办法,便把机会给了张同学。张同学在检察院学打字,兼做一些办公室的事。有一天晚上加班,赶材料赶到很晚。负责材料的吴科长为感谢张同学,请她消夜吃烧烤。吴科长把自个儿喝高了,送张同学回家时顺便把她睡了。张同学还没明白是怎么回事,就已经成了吴科长的人。吴科长三年前离了婚,张同学就像是天上掉下来的一块馅饼,落到他嘴里。吴科长离婚的原因是贪色,他最终也还是栽在这上面。虽然张同学后来也离过三次婚,但她永无下岗之忧。她做到了政治部副主任,正科级。

和吴科长睡过,张同学只能离开单方向。

厂里老会计做媒,撮合单方向和柳雪飞。柳雪飞爱的心早死了,嫁谁都一样,无可无不可,顺嘴便答应下来。单方向高兴死了,能娶上柳雪飞在梦里都算是高攀了。

经过两年寡淡如水的处朋友,两人结婚了。直到儿子单立人出生,柳雪飞的心才慢慢又活泛起来。没有爱情,把日子过好也行啊,只要有指望就行,儿子就是指望。

但是他们下岗了。不是一个人下岗,两个人一同下岗了。没商量,没预兆。幸福农机厂这样的小厂说垮就垮了。柳雪飞没泄气,单方向也没泄气。他们有儿子,儿子从小到大比谁都优秀。守着他,把他送到最好的大学,让他有出息。单方向有技术有体力,他在路边摆小摊修自行车。他用机械厂修炼的技术修自行车,真的是小菜一碟。他有理想,先摆小摊修自行车,再开修车铺修摩托车,然后开一家修配厂修大车。柳雪飞对他的理想从来不置可否。她心里有一杆秤,老拿他和熊同学比。这不公平,可它就像是柳雪飞心里头的鬼魂,动不动就冒出来。就算他开了修配厂,也没法和熊同学比啊。更让人丧气的事,是张同学的位置本属于柳雪飞。当初柳雪飞不屑一顾扔掉的东西,现在让她后悔不迭。

单方向在他设定的道路上往前走,他已经走到中段,有了一间修车铺,临街有门脸。修配厂是能望见的未来,单方向正向它走去。柳雪飞也没闲着。她做事一样不惜力,送报纸,发广告,做家政,样样拿得起放得下。

在和平街租公寓房是柳雪飞的主意,家里她做主。所有的事情围绕单立人,他方便最重要。单方向操持修车铺,别的事不管。柳雪飞只打钟点工,即时做即时取报酬。全天候的工作报酬再高,她也不做。她把成块的时间都用在单立人身上,搞服务,做分析。

单立人却不明不白地失踪了,怎么可能?

柳雪飞在单方向怀里只睡了一会儿就又醒来。或者那根本就不是睡,是昏厥。她哭倒在他怀里,昏厥过去。

醒来时柳雪飞问单方向:"我睡着了吗?"

"就一会儿。"

"儿子失踪了,我居然还睡得着。"

"你哭累了,这不是你的错。"

"什么你的错我的错,赶紧找儿子啊!"

"去哪儿找？"单方向摊着手。

"要找！不找等死？大海捞针也得捞。"

柳雪飞风风火火，她为刚才的昏睡羞愧。到了金针文印社，她还没原谅自己。圆脸姑娘根据柳雪飞的口述打印寻人启事。柳雪飞皱着眉头，讲述单立人的胖瘦，脸形，回忆衣服颜色和款式，他脚上穿的鞋子，离开家的具体时间。记忆老在捣鬼，柳雪飞拿不准，一会儿这样，一会儿又那样。她反复纠正自己，圆脸姑娘一次又一次修改，不胜其烦。柳雪飞又哭起来了。

她说："你别怪我，我就是记不清楚。"单方向在边上搓着手，他一点也帮不上忙。

寻人启事印了五百份，装了一大袋子。单立人的头像印在纸上黑乎乎的，呆头呆脑。到处贴。像发小广告一样，贴在墙上，电线杆子上，桥头，酒店银行门口，以及各类醒目的地方。柳雪飞还去了一趟地区报社，登在报纸上。网上也发了帖子，请的一个资深网友发。网友说他可以请版主置顶一周，或更久，不用花钱，他自个儿请版主到饭馆撮一顿就行。柳雪飞当下掏出五百块钱给他，她说办我的事哪能要你出钱。网友推让了几个来回才收下，他把钱掖进口袋，骑着摩托车一溜烟跑了。

光在幸福县城发启事不行，撒再大的网也没用。还要走出去。柳雪飞要去武汉，把启事登上省报。去别的大城市。她不能坐以待毙，她要寻找儿子。

家里由单方向坐镇。总要有人留守，收集反馈回来的线索，等待单立人归来。这种可能性不是没有。让单方向出去柳雪飞不放心，他不是一个能办大事的人。就让他守在家里吧，守在家里也是在找儿子。

单立人从没想过离家出走。他不是个叛逆的孩子，一向逆来顺受。即使那天早上他鬼使神差般地上了一辆公共汽车，也不是有预谋的行动。说穿了，他当时有点恍惚，鬼迷心窍。

他从床上爬起来，背了书包出门。母亲在他背后说："你把背挺直一点，别老佝着。"

驼背是单立人自小养成的习惯，不可能一下子改过来。有一次上晚自习，卓依眉突然莫名其妙地红着脸，对单立人说："我听到过一句话，说老低着头的男人和老昂着头的女人一样可怕！"这话没头没尾，说过就完，单立人也没搭理她。关键是，他也不知道如何搭理。这时，他听到母亲的话语里满含忧虑。要在平时，大凡母亲说你把背挺直，他都会象征性地挺一挺。等到母亲不在身边了，再把挺起的背塌下去。他觉得还是塌着背舒服一些。可是这会儿听到母亲在身后说的话，他非但没把腰挺起，相反塌得更厉害了。

母亲叹息着："你这样子怎么办啊，像是掉了阳气。"

掉了阳气不是好话,人掉了阳气如同鬼魂。单立人不明白他为何要和母亲作对。母亲并没有错,那么到底谁有错呢?

下楼了,单立人本应往南走。学生公寓和幸福一中仅一墙之隔,南侧有一道小门相通。那儿守门的老头整天喝得醉醺醺的,脸膛黑红,细眯着的醉眼,狡黠,和善。单立人每次经过,都会多瞄他几眼。现在单立人收住了脚步,他有些犹疑。一定要往南走吗?他转过身往北走。

北边公寓大门,临街,单立人没几步就走到和平街。即使到了和平街,单立人仍然不明白他接下来要干什么。

和平街公寓对面,有新建的公共汽车站。汽车站门脸豪华气派,外形酷似招展的红旗。车站门口常有人为拉客打群架,打手们不知身在何处,他们是县城里的影子,或者是群居的蝙蝠。单立人老听说他们的故事,心惊肉跳。却从没见过他们,一个打手也不认识。但是他认识杀手,他最好的死党白令涛,杀死了自己的老师。

单立人在和平街东张西望,一辆灰扑扑的公共汽车猛地停在他身边。车门像放屁一样噗噗打开,卖票的中年女人从门里探出脑袋。她一只手握着车票本和一把零钱,另一只手抓着车里边的横杠。

"快上车快上车,你去哪儿?"女人对着单立人喊叫。

单立人糊里糊涂就上了车。

"去哪儿?汉口还是武昌?"

"汉口哪儿下?武昌哪儿下?"单立人随口问道。

女人答道:"汉口在水厂下,武昌到宏基。"

单立人买了去武昌的票,他想要走就走得远一些。坐在前排座位上,单立人心里静下来了。多简单,往外迈一步就行了。罢工,不,该叫罢课吧。一天不去学校,天不会塌下来。单立人没想干别的,去武汉,然后,再从武汉打转,返回。从幸福到武汉,从武汉到幸福,用一个来回自我放松。上车就很偶然,单立人没计划。

有好长时间,单立人和先前不同,他变了。但是母亲不知道他变了,她仍然逼着他学习,翻来覆去分析学习状况,探寻各种原因。单立人对学习不上心,有了厌恶情绪,他开始思考意义方面的事情。意义的事一般比较抽象,心里头没疙瘩没毛病的人,不会轻易琢磨这玩意儿。思来想去,单立人觉得学习没意义,学校没意义,一切都没意义。

得出这样的结论,单立人自己都吓了一大跳。"有什么意思呢?"一个高中生,经常在心里哀叹。

上学期,学校连着出了两件事。欧阳城达闹事,撕书。白令涛杀人。两件事与单立人无关,但他们都是单立人的死党。三个死党从小在一起,性情不同,成绩也有差异。到了县一中,三人不在一个班。单立人在快班,尖子班,火箭班,或者叫实验班。白令涛和欧阳城达在另一个班,普通班。不在一个班也都在校园里,有事没事都能碰着。

欧阳城达对单立人说:"安心读你的书,我们当中就你是读书的料,你能读出来。别怕,有事的话我罩着你。"

白令涛撇着嘴:"你罩着,说得好听,他能有什么事? 他这种性格什么事也不会有。"

"有事的是我们。"

欧阳城达是官家子弟,家境优裕。父亲做局长,母亲做主任医生。生活条件好,营养充足,欧阳城达个头长得快。他十四岁时,个头儿已经有普通成年人那么高,读到高中,身高长到一米八。也正是在十四岁这一年,母亲的好朋友,牙科大夫邱姨诱奸了欧阳城达。邱姨自称寡妇,实际上她有老公,她老公在某个乡镇做人武部部长。人武部部长有油水,征兵季求他的人多,送烟送酒塞红包。邱姨到欧阳城达家来得勤,和他母亲铁,老在一处打麻将说闲话。邱姨打麻将输的时候多,她不在乎,母亲说她老公贪的钱都在她手上。但她自比寡妇,自己叫自己邱寡妇。闲话也多说男女方面的事,医院里这类事多,一扯就扯上了。谁跟谁好。谁跟谁被人捉奸在床。谁风骚,管不住自个儿的小奶子。谁谁别看个头儿大,准是个没用的货。邱姨说这些事也不避着写作业的欧阳城达,时不时还要瞟上他一眼。母亲说:"别让孩子听到,他还小。"

邱姨说:"小怕什么,早开知识早懂。"说完哧哧笑,手上麻将牌都抓不牢实,啪一下掉地上。

夏天的一个周末,邱姨又来了。母亲不在家。她给欧阳城达带来一盒自制冰激凌。冰激凌有些融化,但吃起来味道还是比外面的好吃得多。邱姨问:"好吃吗?"

欧阳城达说:"好吃。"

邱姨边说边抚摸欧阳城达。欧阳城达不明白发生了什么事,他听到邱姨不停地叹息呻吟。过后,欧阳城达裤裆里火辣辣地痛,他还记得口腔里残留着冰激凌的味道。

有过这种经历,欧阳城达成了校园里的早恋者。他从初中开始恋爱,到了高二,他已经换过七任女朋友。

他对单立人说:"对女人你要粗暴,冷漠,温柔。"

单立人说:"你用了三个词,这三个词相互矛盾。"

"一点也不矛盾,"欧阳城达说,"温柔是在一起的时候。冷漠是分开的时候,你愈冷漠她便愈思念。粗暴嘛,则是特指。"

"特指什么?"单立人问道。

"这个嘛,不说也罢。"

单立人手上拿着复习资料,说这些事,让他脸上飘浮着一层神往,若有若无。突然,欧阳城达探手到单立人双腿间捞了一把,太突其来了,单立人完全没有防备。

欧阳城达大笑着:"哈哈,你硬了。"

单立人气急败坏,丑恶,太丑恶啦。他差点没哭出来,要是有一把刀,他非杀了他不可。

"要死啊你!"单立人把复习资料死命掷出去。

"没事,"欧阳城达把资料捡起来,"至少证明读书没把你读废嘛,哈哈,好事好事。"

如果单就势利而言,学校应该是最势利的地方。哪儿也没法和学校比,尤其高中。老师一味讨好成绩好的学生,抢着要。把好学生要到自己班上。好学生给老师长脸,让老师成为名师。高考结束,名下学生考得越好,老师越有资本。分蛋糕时有理由得到更大一块。下学期,学生家长钻墙打洞地想办法,把孩子塞到你班上。名师有资格对学生挑肥拣瘦,也有资格坐在家里,收受家长孝敬来的礼品。

所有老师都认识单立人,他是明星学生。老师们对他另眼相看。

成绩不好的学生,沦为势利牺牲品。老师不待见他们,不管他们。每年招生都有名额,让分数不够的学生交一笔钱进一中。老师们私下交谈,常常说谁谁是买进来的。他们坐在教室的最后几排。只要不捣乱,不干扰成绩好的学生,他们可以不交作业,可以不做学习资料,也可以在外面包夜上网,老师对他们通常是睁一只眼闭一只眼。

欧阳城达家境好,成绩却太差,被归为这类学生。他个头儿又高,坐教室最后一排。

白令涛更糟糕,干脆是垃圾。一眼看去便是坏孩子,没争议,半点争议也没有。他阴沉,危险,不苟言笑。皮肤黑,个头儿却小,矮矬矬看着像块铁,像冬天里的桃树,或枣树。他十二岁就开始吸烟了,偷祖父的烟抽。烟瘾越来越大,先是躲在厕所里抽,捂在宿舍被子里抽。后来发现老师不管,便公然在教室里抽。

他们俩在一个班。三死党被幸福一中拆开了,在过去的岁月里,他们始终在一起,幼儿园、小学和初中,他们一个班一个组,从没分开过。现在白令涛和欧阳城达同座,他们在最后一排最角落的位置,用同一张课桌。班主任为这样安排暗自得意。肖老师对垃圾学生有过细致研究。欧阳城达不是喜欢谈情说爱招惹女同学吗?我偏给你安排又丑又矮的男同学。白令涛不是老在耍酷吗?好,我就给你安排一个又高又帅又有钱的邻座。肖老师以为自己正确,他从没有意识到白令涛真的很危险,总当他是少年耍酷。

肖老师来自太平县,太平县和幸福县相邻。他毕业于武汉某师范大学,单立人不明白他怎么不去太平县教书,为什么要来幸福县。太平县是他老家,回到那里也算顺理成章嘛。如果他在太平县,说不定现在还能活着。肖老师被招聘到幸福一中。用他自己的话说,自小到大他都是吃苦耐劳勤奋好学的典范。老师家长都不必为他操心,他永远是第一名。

刚来一中,肖老师要建功立业。白令涛这个班是肖老师带的第一个班,肖老师需要投名状。他中小学都是在乡下念的。老师在他很小的时候全都这样灌输:人生最重要的关口便是高考,高考决定你这一生穿皮鞋还是穿草鞋。肖老师那拨学生将此奉为金科玉律。管得特严,被称作魔鬼式管理。学生对此无怨无悔。肖老师在那种环境中长大,不仅不恨,反而对自己的老师感恩戴德。

肖老师能有今天,正是得益于老师严格。他在班上复制自己的经验。既然经验成功,为什么不能复制?肖老师没结婚,住在学校。他有的是时间,成天泡在班上。管学生,比火箭班管得更死。管紧点好,严师出高徒嘛。

他有两招:第一招树好学生。谁考得好树谁,树典型,当木偶,当小旗子拿在手上摇晃。开口闭口必提他,一好百好。第二招呢,便是贬损坏学生。玷辱他,踩他,往狠里说。坏学生是没有自尊心的,没尊严,可以随意拿来撕他脸皮。好典型坏典型都能起作用,都要。这两招,是肖老师从自己老师身上学到的。他无师自通。肖老师读书时从来都是木偶,小旗子,被老师拿在手上摇晃。那些被老师羞辱和糟践过的同学,反过来都对老师特别孝敬。肖老师见过他们,他们承认自己读书不行。相信老师那样做是好心好意,恨铁不成钢,是菩萨心肠。

肖老师正是怀着这样的信念羞辱白令涛。他没指望白令涛有好前途,为老师和学校争光。那不可能。他也不想真管他,把他搁在最后一排即是证明。但是他需要反面教材,需要经常拿反面典型说事。在坏孩子身上树立权威,让别的孩子害怕,恐惧。

白令涛有很多问题。他在教室抽烟。早自习同学们都在温习功课,他才有气无力往教室晃,边走边啃着一张大油饼。

肖老师好几次逮个正着,从他嘴里扯下油饼,扔到地上拿脚猛踩。"让你吃让你吃,你是个猪啊!猪!"

又从他的书包、口袋、抽屉里强行搜出未抽完的香烟。当众扯烂,揉碎。

白令涛不听讲,他大部分时间伏在课桌上呼呼大睡。觉睡好了,他转过身去,脊背对着前面正讲课的老师。他在最后一排,转过身只能面对墙壁。他那样子舒服吗？前面的学生不知道这类勾当，看不见。其他老师看见了，也不会管。肖老师管，一定要管。他停止讲课，示意大家都转过头去。于是都看见了白令涛，他头上挂着耳机，与后面一堵墙壁面对面，正摇头晃脑。

肖老师走上前，扯掉他的耳机。耳机连着手机，手机也被扯出来。

"耳机没收，"肖老师说，"手机还给你，可是我要读一下你的短信。"

白令涛冷眼旁观，好像是别人的事。

"靠！滴血一剑太刺激了。"

"对吧，嘿嘿，都在玩儿这个。"

"你通到第几关了？"

"二十七关。"

"好牛啊。"

"我一定要玩儿穿它，通完一百〇八关。"

"你这会儿上什么课呀？"

"语文。"

"又是肖老师？"

"对啊，傻×。"

"没错，确实傻×。"

"我懒得听他喷粪，一会儿面壁。"

跟白令涛互发短信的，是隔壁班上的一个同学，也是坏学生。

肖老师气得脸色发白，"上课不好好听讲，听音乐。发短信讲游戏，还骂老师。面壁？你这种人还能面壁？你是面壁思过呢，还是面壁冥想？你懂得面壁是什么意思？不就是懒得听课吗。简直人渣，基本的礼义廉耻都没有。骂我不打紧，骂老师却是大忌。畜生不如。"

被白令涛骂作傻×，肖老师没想到。或者也想到了，他后悔不该在课堂上读他的短信。那种垃圾学生，能有什么好短信。读到傻×，好多学生使劲忍着不笑出声来。他们紧绷着的嘴唇弧线，看着真让人难受。

从此，每次走进教室，肖老师都要花五分钟时间讲白令涛。

白令涛不胜其烦。他跟单立人说："我要杀死他。"

单立人说："不能瞎说。"

他跟欧阳城达说："早晚我要杀死他。"

欧阳城达说："混账。"

白令涛点到为止，这话题也不深说。他津津乐道，说得眉飞色舞的还是滴血一剑。单立人没去网吧，不玩儿游戏，不知道滴血一剑怎么个玩儿法。白令涛便讲给他听。滴血一剑玩儿杀人，是目前最好的一款游戏。一共一百〇八关，几乎没人能玩儿穿。第一关练胆,交投名状。随便找个人杀了,赤手空拳杀。从他身上滴下第一滴血幻化成菜刀。那便是你的武器。菜刀吃血,由血喂养。杀人越多,吃血也越多,你的武器跟着升级。通关多了,升级为砍刀,剑,激光剑。

单立人没觉得有意思。可是白令涛说:"好玩儿,绝对好玩儿。"

"要是玩儿穿了一百〇八关呢?"

"不可能,没人能玩儿穿。"

白令涛老讲滴血一剑,痴迷在游戏里。偶尔记起来了,他便唠叨一句:"我要杀了肖老师。"

唠叨得多了,单立人和欧阳城达没把他当真,当不得真。就当说气话。这种气话谁都说过,经常有人说。

但是白令涛不是说气话,他说到做到。

肖老师在自己的宿舍里被杀,尸体四天后才被发现。肖老师独身,二十七岁尚未恋爱过。热心同事为他介绍女朋友,女孩是工商银行的一名出纳。约好了见面时间,却见不着肖老师的人影。打他手机又不接,随后关机。学校也不知道他去了哪里,之前肖老师从未无故不到。找他的家人,肖老师父母在太平县乡下,没电话,联系不上。他有一个姐姐,在广东打工。正是这姐姐,很早就辍学了,到外面挣钱供弟弟读大学。肖老师的确如他所言,是穷苦家庭出来的孩子。姐姐听说弟弟不见了,从广东赶到幸福一中。肖老师房门紧闭,还没进去老远就闻到了刺鼻的异味。

房门被撞开,肖老师死在客厅里。

同事、姐姐和银行出纳共同见证了现场。肖老师身上共被砍了一百〇八刀。王所长透露,肖老师被砍了三刀即足以致命。第一刀割开了他的喉管,第二刀劈着他的脸,第三刀砍断了他的颈动脉。肖老师的鲜血喷上天花板。凶手从卧室抱出肖老师的棉被铺在地上,血被棉絮吸入,没能流出门外。后面一百〇五刀与杀人无关,是凶手在对着尸体施暴。凶手对肖老师又砍又剁,累积一百〇五下。

王所长证实,凶手不是职业杀手,没有章法没有规则,乱刀杀人。却绝对是冷血杀手。作案前,作案中和作案后,都无比冷静。杀完人,他从外面带上门。肖老师的手机保持开机状态,放在写字台上,直到断电自动关闭。

肖老师不在那几天,白令涛一堂课也没缺。行为举止看不出丝毫异常。他没逃离,也没想过逃离,没事似的待在教室里。见到单立人和欧阳城达,白令涛仍然大谈滴血一剑。单立人怎么回想,也想不起白令涛有哪一点神色不对劲。

王所长在学校待了几天,目标锁定白令涛。

白令涛被抓捕时,对所犯罪行供认不讳。

他买了大砍刀,用外套包裹着,搭在一只手臂上,敲开肖老师的门。见是白令涛,肖老师倒显得客气,给他倒茶,表示要和他好好谈谈。白令涛站着不动。肖老师让他把外套放下,或是披在身上,屋子里凉,别感冒了。白令涛这时抽出刀来,向肖老师砍去。

肖老师没带单立人的课,只打过照面,不熟。

可是单立人老觉得,肖老师之死他脱不了罪责。王所长查案,找这个调查找那个调查,却从来也没找过单立人。案子破了,单立人找到方老师。跟方老师说白令涛杀人之前,老在他和欧阳城达面前念叨,说他早晚要杀了肖老师。他没有告发白令涛的原因,是他以为这是气话,说说就过了。肖老师真死了,他觉得自己有罪。要么是隐瞒包庇。要么呢,如果他报了,肖老师说不定会有一线生机,白令涛的杀人计划有可能流产,至少肖老师会小心保护自己,不会那么轻易被杀害。但是机会错过了,单立人后悔莫及。单立人问方老师,这事要不要跟王所长说。

方老师大惊失色,赶紧关上房门,小声问他这事还跟别人说了没有。单立人说没有,方老师这才放了心。

"哪能说!千万不能说,不要!"方老师说,"你就是实诚心眼儿。案子都已经破了,人死不能复生。你还把这些乱片子扯出来干吗呢?扯出来也改变不了什么。多一事不如少一事,你的任务是好好读书,将来上个好大学。家庭和学校的希望都在你身上,你可不能毁了自己。"

幸福一中出了这么大的事。没多久,单立人记得是五月九号,又接着出了另一件大事。

五月九号出完早操,校园响起急促的上课铃声。跟往常一样,同学们进了教室。老师们分别走上讲台。仅仅过了一分钟,顶多三分钟,所有同学全都拥到走廊上。一中共有六栋教学大楼,呈弧形环绕着学校操场。在教学大楼包围下,操场就像是一个天井。全校几千名学生一起站在走廊上,倚靠着栏杆。人头攒动,密密麻麻的人影子像天边飘来的乌云。站在下面仰视,看着就晕眩,摇晃。似是有六艘大船驶来了,舷梯、舷窗、甲板上全站满了人。大船还在移动,彼此靠近。所有这些人都不说话,静默。几千人不说话,默默地列队站在走廊上,那情景暗含着威慑,抱怨,抵制,抗议和呐喊。无声是更可怕的呐喊。接下来却有了恶搞的意思。嬉戏和闹腾。就像是接到了某个暗号,所有的人突然间一起撕着手上的书,撕试卷,撕学习资料。由一个暗号下指令,大家一起行动。碎纸片从不同高度纷纷扬扬往下飘落。无边落纸萧萧下,像一场冬天里的大雪。

记者们进来了,进入操场。他们事先就得到消息,藏匿在某个地方,卡着点在学生撕书时,准时出现。举着相机、摄像机,还有闻讯赶来的网友,拿着手机拍摄。飘落的纸屑和学生们高扬的手，都被他们摄入镜头。

学生撕书的镜头在网上广为传播，电视台也播放了消息。官方消息的开头部分指出，这所学校前不久刚出过一起恶性案件：一名学生杀死了他的老师，该名学生目前在押。消息的结尾部分则分析了撕书的原因：一个是学习负担太重，学生以此发泄愤怒；再一个是滥发各类学习资料，肯定有利益上的猫腻。学校以此敛财，赚钱，刮学生油水。校方赚钱，班主任赚钱，代课老师也赚钱，层层盘剥。五折，三折甚至两折都能拿到的学习资料，却以原价卖给学生。

飘落的碎纸片覆盖着操场，厚厚一层。事后请环卫工人清扫，拖走了满满几卡车。

网上更犀利，不同信息和议论真假难辨，矛头直指校长。图片被各网站和微博转发。这便引起了地方领导重视，分管教育的熊县长亲自处理此事。校长免职，被贬到印刷厂做厂长。教育局李局长临时救火，下来挂帅兼任校长。

"丢脸，给全县人民丢脸。"熊县长大发脾气。

"你要收拾不了残局，"熊县长对李校长下了死命令，"不用回教育局，就在学校退休。"

李校长战战兢兢，心里有苦说不出。

单立人当时被裹挟着出了教室。没人告诉他这次行动，也没人告诉他暗号是什么。谁也没和单立人串联，他始终蒙在鼓里。上课铃声刚响，英语老师就走进来了。他眼睛有些斜视，但发音纯正。同学们一起站起来往外走，英语老师惊愕地问道："你们要干什么？"

没人回答他，沉默着往外走。人人怀里抱着书，抱着资料。英语老师不明就里，跟着走。单立人也站起来，跟出去。卓依眉红着脸扯了他一下，说："你没拿书。"

"还要拿书吗？"

"都拿了。"卓依眉说，她难为情死了。

大家都在撕，单立人开始没撕，他舍不得撕书。可是看着大家撕得痛快，撕得忘我，肆无忌惮，单立人也撕起来，撕书好过瘾啊，天哪，比读书过瘾多了。下雪，从我们的手指头上下雪。反啦，就反啦。天女散花。飘荡。单立人手上的书撕完了，又进去拿了一摞。管它是谁的，抓着就撕。

这件事背后的总策划、总指挥便是欧阳城达。具有讽刺意味的是，作为死党单立人事先居然没听到一点风声。谁在对他保密？我就那么不可信赖，一定会当叛徒吗？难道我会告密？

欧阳城达跟他解释说："单立人你不要不爽。你和我们不一样，我们是坏孩子，是垃圾。你不一样，你要走另外的路，上好大学。不能影响你，不能拖你下水。越是好哥们儿,越要讲道理,为哥们儿着想。"

真他妈的,为什么这些垃圾全说着跟老师和我父母一样的话呢?

两件天大的事都出在上学期。暑期是一个有效和必要的缓冲期。白令涛被抓,欧阳城达转学去了十里铺。救火校长有时间调理整顿,把一个将要毁掉的学校拉入正轨。

但是单立人不行了。他在新学期上了一星期课,就感觉到自己生病了。或者快要生病了,或者想要生病。他在课堂上不能集中注意力。老师变成重影,两个重影,三个,或更多重影。他头晕,不知道哪个器官难受。他试着吃过感冒药,消炎药,没用。从前单立人很少生病。他心里转不过弯,别着了。两件大事像大石头压着他。他想好好读书,上好大学。现在却发现,他不是为自己读书。他在为父母读,为老师读,也为学校读。上课,去学校变得好生无趣。毫无意义。

周末,单立人称病睡了两天,不写作业。柳雪飞问过几次,抚摸他的额头测体温。她忧心忡忡,拿不定主意要不要带他去输液。单立人说不要,他口里苦,有苦味。就是精神不好,想赖床,黏着床,睡睡就好了。为了让母亲放心,他说躺着也能看书。单立人拿出书,装模作样看。柳雪飞不打扰他,悄悄带上房门出去。母亲刚出门,单立人就扔掉书。他睁着眼睛望天花板,心想真要病了就好了。

睡了两天,早上去上学。单立人一念之差没去南门,他从北大门直接上了和平街。没预谋,没想到要做什么。走北大门,也能绕道进校。迟到而已。迟到就迟到,反正还没迟到过呢,迟到一次又何妨。等到上了公汽,公汽怎么会停在他身边?售票员为何要拉他上车?他看上去很像是等车的乘客吗?被动地,完全不明原因地上了公汽之后,单立人忽然发现是个好主意。逃课吧,就旷一天课。去武昌逛逛,再返程回来,也就一天。什么也不干,就在车上,在陌生的城市里晃荡。这主意看来并不蠢,还有点浪漫。

单立人坐在前排座位,心旷神怡。他不出声地哼着一曲流行歌,歌的旋律早已深入人心。

车很快驶出幸福县,进入旗县地界。旗县和幸福县相邻,两座县城相距二十五公里。走的是国道,路上摩托车自行车混杂。多半是去县城揽活的农民,摩托车后座上载着工具。他们车技娴熟,快速穿行。

快到旗县县城,路况越发复杂。在路口,一辆摩托车突然迎头撞上公汽。那摩托车蛇行着从田间小道上驶入国道。他往幸福县方向行驶,没能控制住速度,也没能选好边。公汽没有减速。摩托车手被撞飞了。他腾空而起,身子横着摔在公汽挡风玻璃上,然后落在几米开外。摩托车头部、把手、后视镜毁损严重,刺目地摔在路边。

公汽左右晃动着,司机一个急刹车停住。乘客们前仰后合。单立人刚才听到嘭的一声巨响,沉闷,暗哑。挡风玻璃没有碎,但是上面铺满细纹,像是玻璃内部有一大簇花,骤然间绽放。或是玻璃里面有水,投入了石块,水面溅起的波纹凝固住了。摩托车手躺着,他戴着头盔,身上看不到血迹,一动也不动,安静地蜷曲在路上。

看热闹的人围上来,许多人就等着看热闹。摩托车手被围在圆圈中心,道路封住了。

有人说:"救人要紧啊,先送医院吧。"

司机沉稳老练。他拿出手机打了两个电话:一个报警;一个急救。这便是他此时该做的事情。打完电话,司机点燃一支烟,伏在方向盘上吸着。乘客说救人要紧,司机答复说要保护事故现场,方便交警认定事故责任。看来司机胸有成竹,责任不在他,他没错。至于摩托车手的生命,急救车马上就到。

吸完烟,司机打开车门。

他说:"这是个意外。都下车,你们该去哪儿去哪儿,自己想办法转车,售票员按顺序退票。"

单立人莫名其妙的出行,因了这次车祸,还没到目的地就中止了。他没退票,他不想排队。口袋里搜了个遍,没找着车票,他才不愿意和售票员多费口舌。前面已经在争吵,售票员大着嗓门儿嚷:"你没票我哪知道你是不是退过了!"

乘客赌咒发誓,说真的没退,车票不见了。

售票员说:"后面一个,车票拿出来。"

单立人下了车,他要背着书包走进旗县县城。去那儿随便上一辆车,去武昌也行,回幸福县也行。看命吧,上哪辆是哪辆。不知道摩托车手是死是活,车祸在单立人的生活中是另一桩插曲。

许多人在奔跑,单立人和好几个人撞了满怀。他们去往出事地点,看车祸。一个个那么急,就像是要去抢购紧俏物资。

这儿是旗县城郊,不一会儿就走到城里去了。旗县县城和幸福县城相差无几,没什么两样。店铺、街道、小饭馆,包括缩头缩脑走着的人,像极了两个差学生写的作业,你抄袭我我抄袭你,一模一样。

没找到车,却看到街边有一家网吧。网吧招牌上写着:滴血一剑。单立人停下脚步,这名字吸住他的眼球。他还没进过网吧呢,自小到大柳雪飞都这样告诉他,网吧是洪水猛兽。小孩子的网吧,和成年人的妓院窑子一样,肮脏下流无耻,那都是见不得人的地方,丢人现眼。可是现在,单立人偏要进去。

滴血一剑招牌大,老远就能看见。入口却不起眼。网吧在二楼,一楼隔成小门面店铺,女装店,内衣和鞋帽店。去网吧的楼梯隐在店铺间,窄而陡,被立在路边的广告牌遮掩着,单立人问了店主才找到。楼梯半腰,有一道铁栅子门,铁条上挂着大锁。里边面积大,相当于下边四五个门面。从楼梯上看不出来,以为那种楼梯只能通往黑暗的小屋子。里面分两排,排列着好几十台电脑。光线明亮,屋顶悬着白炽灯管。房间里有一股特殊的气味,每一间网吧都有这种气味。某种物质积累着,被沤烂,又散发不出去,便是这味道。飘浮着,看不见,仿佛伸手能抓住。窗户紧闭,垂着窗帘。烟味,痰迹,汗味,体臭混杂在一起。长期混在一起发酵。这个时间上网的人不是太多,但也不少。有几个像单立人一样背着书包,明显是学生。比单立人看着还小,书包放在一边,淡定自若地吸着烟。烟卷斜叼在嘴角,头顶扣着耳机,手指头在键盘上噼噼啪啪翻飞。有人在数钞票,蘸着口水数。还有人不停地摸自己的腰部和腿,被摸的地方鼓鼓囊囊。

嗅着空气像酒,浓烈的酒,里边含着颗粒。从鼻子里难以吸入,得张大嘴吸,却又割喉咙。这便是柳雪飞谈之色变的网吧,果然有堕落气息和犯罪冲动。白令涛常年待在这种地方,它是他的老巢。我也进来了,进来又如何。我就偏要做不让我做的事情。

单立人一阵咳嗽,咳嗽突如其来。他喉咙痒,老板已站在他身边。老板四十来岁,长着笑呵呵的脸,圆圆的,胖。

老板说:"呵呵,新来的客啊,咳嗽。空气不太好,不流通。"

单立人咳得脸通红,咳出眼泪。老板体贴地拍着他的背,拍着上下抚摸。他说:"没关系,习惯就好了。你看我们,我们不是都挺好吗?"

里面的人都挺好,他们气定神闲。

"我是外地来的。"单立人说。

"呵呵,听出来了听出来了,没猜错的话,你是幸福县人。"

老板热情得有些过分,一听口音就明白他是哪的人。"哦,对了,"老板说,"你们幸福县一辆公汽刚出了车祸,在北门撞了摩托车。"

"真的吗?你怎么知道?"单立人故意装糊涂。

"网上早出来了,有现场照片,要不你过来看看。"

收银台上有一台电脑,旗县论坛正在热议北门车祸。照片不断更新,被贴上来。单立人从电脑里看到他刚乘坐的公汽,挡风玻璃上如花绽放的细纹历历在目。

"你不是从那辆车上下来的吧?"老板问。

"我不是。"

单立人为他毫不犹豫地撒谎吃惊不小。他明明是,却要否认。

"呵呵,那玩玩儿吧,想玩儿什么玩儿什么。"老板指着一把坐椅,"就这台?"

"网吧怎么叫这么个名？跟同名游戏有关系吗？"单立人好奇。

"名字啊，呵呵，你问这个可就巧了。滴血一剑的游戏还没出来，网吧名就有了。旗县人都知道，我这网吧开了好多年呢。当时取名可没想到，这名头后来会这么响。滴血一剑滴血一剑，谁不知道啊？你看我这儿，人人都在玩儿滴血一剑呢。"

单立人记得，每次见面白令涛都要胡侃一通滴血一剑。

"要不你也玩儿这个？"老板说。

"好。"单立人一屁股坐下去。

从没进过网吧，从没玩儿过游戏的单立人，一玩儿就迷进去了。晚餐他吃了老板一包方便面，十块钱，跟火车上的价格差不多。夜间老板见他没走的意思。他也无处可去。问他要不要包夜，他说要。柳雪飞和单方向开着房门，开着灯，等待单立人归来的那个晚上，他正在邻县网吧里包夜上网，玩儿滴血一剑。第二天，单立人继续待在网吧。他乐不思蜀，连续包夜。

柳雪飞到了武汉，在电视广播报纸上发寻人启事。需要钱，她不在乎。儿子没了，留着钱有何用。卡上钱用完了，她借钱。打电话回去让单方向借，把钱打到卡上。

媒体上登了寻人启事，然后到处张贴，像幸福县城一样。可是在武汉不行，柳雪飞被城管抓了好几次，说她乱贴"牛皮癣"，要罚她款。柳雪飞哭着诉说，说她儿子没了，她在寻找儿子。她还说她儿子成绩有多么好，铁定能上重点大学，可是他却离家出走了，她在找他。城管听了柳雪飞的故事，说每个贴"牛皮癣"的人都有理由，不过款还是要罚。不罚不行，文明卫生城市容不下"牛皮癣"。柳雪飞交了罚款，不敢再贴了，便站在街边发。像销售人员发商品广告一样，硬塞在行人手上。柳雪飞也那么塞，厚着脸皮不顾羞耻。有人根本不接，一摆手走开去。有人接倒是接了，却懒得看上一眼，随手团成一坨，扔在地上。稍有些修养的人，不扔地上，找垃圾桶扔。很少有人认真阅读寻人启事，在街上行走被人硬塞纸片比较讨厌，让人扫兴。

在武汉待了几天，柳雪飞又去了广州、海南、上海、成都等地。她还到过新疆、宁夏。像是病人，明知无望，也要乱投医。没准撞上了呢，或者没准有了线索呢。

寻找儿子，柳雪飞碰到了无数个像她一样正在寻找的人。这世上怎么就有那么多人失踪呢，太奇怪了。他们是一个群体，就像是饿极了的狗，一路上嗅着到处乱撞。有人找孩子，有人找父亲或母亲，有人找婴儿，还有人在找自己的配偶。把画像背在身上，骑着车子，露宿街头。这些人一眼就能认出来。他们眼神恓惶，哀告，乞求。你瞟他一眼，他会回过头来死盯你。跟他们混得熟了，常在一起聊,柳雪飞渐渐明白这里面的水太深了,太凶险了。睡梦中常被吓醒来,满身都是鸡皮疙瘩,不寒而栗。绑架,谋害,不一而足。更可怕的是倒卖活体器官,有人购买,定购某一种活体器官,由专业人士活生生地从人体里把它剜出来。凡是买得起这一类器官的人,都有背景。他们需要年轻,需要健康,要有活力。单立人这种年纪太合适了,那些人什么事都敢做。柳雪飞只能祈求儿子不要遇上。

柳雪飞搜集各类信息。寻人启事最热心的读者,恰是那些发寻人启事的人。柳雪飞同时还会注意警方动态,有时警方会公布一些模糊的尸体照片,供人认领。柳雪飞认真比对辨认,她害怕发现哪怕一点点单立人的影子。一旦证实不是儿子,禁不住长长嘘出一口气,捂着胸口好半天不动弹。

为了节约钱,柳雪飞从不住好一点的旅馆。她挤靠在候车室的椅子上,甚至大众浴池。实在困得不行,便去一二十块钱的私人旅社住上一夜。吃东西也节俭,很多时候都饿着肚子。尽管如此,钱还是很快就花光了。两个下岗职工能有多少积蓄,禁不起花。单方向借不着钱,前面借的钱又要还,便把修车铺卖了。很早很早以前,单方向就有一个志向,先摆修车摊,再开修车铺,然后建一家大修配厂。单方向都已经做到修车铺了,可是现在他不得不卖掉修车铺,去找儿子。

我没了修车铺,单方向想,我得重新从摆摊做起。

柳雪飞到处奔波。她的手机要么纹丝不动,要么响个不停。很多人提供假线索。他们是怎么想的?报料者言之凿凿,却明显是要骗钱,还有无聊的人搞恶作剧。令人寒心,可是柳雪飞不能放弃。她不知道哪个真哪个假。结果接听电话让柳雪飞烦不胜烦,精疲力竭。又不能不接,生怕漏掉了某一条真线索。

单方向却从未接到这类电话。柳雪飞每天和家里保持联系,询问有没有进展。她就不明白,单方向怎么会接不着电话呢。

寻找单立人,柳雪飞奔波了一个多月才回来。回去实在是不得已。她明白所谓寻找,不过在瞎忙,自己给自己安慰罢了。世界太大了,怎么找?老不让自己停下来,其实都没用。唯一能做的就是等待。等待他自己回来,或是警方告知一个确切的结果。

想明白之后,柳雪飞回到幸福县。

终于明白单方向电话没人打的原因。原来寻人启事上面他的号码印错了,最末尾那个数字本应是7,却印成了4。柳雪飞暴跳如雷,你是死人啊!自己的电话号码都校对不出来,你还能干什么。什么事都分担不了,我要死要活到处跑,你倒好,把个号码印错了,留在家里躲清静。单方向没法狡辩,再改也来不及,寻人启事都发出去了。

能想的办法都想了，能做的事也都做了，剩下的只有在家里苦等。以前单方向有事做，他修车。柳雪飞也有事做，她照顾单立人，做家政钟点工。各有各的轨迹，都忙着，相互交集的时候并不多。因此也没矛盾，或者矛盾被遮蔽着。现在不同，都困在家里。单方向没了修车铺，也不出去摆摊。柳雪飞不让，摆那么个破摊有个鬼用！都困在家里接电话，读短信，分析情况，跟警方没完没了地接洽。烦躁，绝望。你瞅着我我瞅着你，瞅着瞅着便瞅出敌意，瞅出恨来。柳雪飞怪单方向没本事，给儿子压力太大了。我给他压力你也给他压力，你就不能做好人给他松松绑吗？都逼他，往死路上逼。我们不行，就想儿子出息。着了魔似的盼着他出人头地，无非是等着为自个儿出一口恶气。

也不知怎么的，柳雪飞也好，单方向也好，困在一起突然就觉得对方面目可憎。都认为单立人离家出走是对方的原因，或者对方的原因多一些。彼此指责，深挖根源。柳雪飞看着单方向的脸，就觉着丑陋。那只向里凹陷的下巴，也看着邪恶，直倒胃口。单方向对柳雪飞同样看不顺眼，很少正面瞅她。他望着墙壁，仿佛白令涛在教室里面壁。他认为柳雪飞对单立人太纵容，太溺爱。男孩子不必这样，现在吃上苦果子了吧。以前单方向忙着实现自己的理想，儿子的事他放心地交给柳雪飞了。他以为她能行，却不承想她把他弄丢了。

这时候都在心里怨恨对方，并开始争吵，无休无止地争吵。单方向以前是个很面的人，看着软弱，被柳雪飞收拾得服服帖帖。实际上并非如此，儿子没了，他恶的一面和狠的一面渐渐显露无遗。互不相让，净挑恶毒的话来说，互相伤害。伤害越重越说。争吵时，大都忘了自己曾经做过的事，或是把自己做过的事硬安插到对方头上。儿子是你逼走的！不，是你！没完没了像一个怪圈，吵闹，辱骂。拿对方撒气，管它有道理没道理，图一时痛快也好。争吵升级，便拿屋子里的物品出气。玻璃、瓷器和镜子，是最先遭殃的一批东西。它们被摔到地上，砸得稀烂。胡乱砸了一通，淤积着的恶气并没有顺一些。砸完易碎物品，接着砸那些相对坚固一些的家什，家具、电器。他们还砸过房屋的地板。屋子里空空如也。破坏东西源于愤怒和仇恨。难怪人们一愤怒一闹事，就会骚乱，就要打砸抢。因为不这样做不能宣泄情绪。砸了电视，砸了冰箱。吃饭用的饭桌也被砸得支离破碎。实在没东西可砸，他们就撕床单，撕对方的衣服。家里经常会有一地的碎布条。再把破布条烧掉，像是烧死者的物品。屋子里时常冒出化纤燃烧的恶臭。

夫妻两人变成死对头，仇恨也在增长。气头上相互指责的话，隐约间好像全变成了事实，就是，铁定就是！他说是柳雪飞害死了儿子，柳雪飞说他。就好像他们的儿子真的已经死了。终于有一天，单方向动手打了柳雪飞。他对着她的脸就是一耳刮子。柳雪飞被打得晕乎乎，身体一个劲儿地左右摇摆。

在此之前,谁也不相信单方向会动手打老婆。打柳雪飞?不可能。但是他打了。儿子离家出走,让两个人都疯掉了。自那以后,他隔三岔五就会揍她一顿。她也不还手,就让他打。被单方向殴打,身体上的疼痛似乎能暂且遗忘儿子不在的事实,柳雪飞宁愿被打。

争吵,辱骂,殴打成了家常便饭。为了加大杀伤力,相互揭疮疤。揭那些最隐秘的疮疤,撕掉上面的痂,让它血淋淋地袒露出来,对着它吐痰。单方向说柳雪飞是个破货。"你结婚之前就是个破货,烂货。你和熊同学现在的熊县长早就睡过,他搞了你,完了又甩了你,不要你,你才跟着我。你个破货,不要脸的东西,你当我不知道。"

柳雪飞真当他不知道,新婚之夜他毫无疑问。但现在他说出来了。说出来就说出来吧,有什么大不了,他伤我我也伤他。

"你知道又如何?还不是个做王八的命。你能把熊同学怎么样?又能把熊县长怎么样?打落了牙往肚里吞吧,你也就这本事,就这德行。"

单方向一把揪住柳雪飞的头发,扯着她的脑袋往墙上撞。咚,咚咚!

"你好刻薄啊,这种话也说得出口。"

"就说了,你个软蛋。你要是稍微像点样子,人家张同学会不要你吗?"

柳雪飞被打倒在地,她的嘴角淌着血。脑袋后面的血迹糊着头发,纠结在一块儿。但是千真万确,柳雪飞在笑,她咧着嘴笑。就让身体疼痛吧,羞辱吧。儿子没了,活着还有什么意思?

"打吧,打死我。"她说。

单方向却颓唐地收了手,捂着脸喃喃自语:"怎么就没人打我呢?打我呀,来呀,来打我!"

至少柳雪飞还能被罚,体罚是最轻的一种。单方向呢?谁来惩戒他?悲观地这么想着,单方向一头撞到墙上。

单立人两个多月了,将近三个月没任何消息。在他消失了十天左右的一个午夜,他的QQ亮了一下,随之熄灭。单立人的同桌卓依眉捕捉到了这一信号。这个羞怯的姑娘暗恋着他,她难以克服的脸红毛病,病根就在单立人。发现他在线,卓依眉哽咽着。她马上在QQ上说话,她说,你在吗?没回音。她又说我知道你在,你隐身。你不想说话就不说吧,卓依眉说,我给你留言。看见你上线我很高兴,知道你没事我也就放心了。你回来吧,没有过不去的坎。我知道你有多么难,心里有多少疑问。不要紧,不想它就是。同学们、老师、伯父伯母都想要你回来。你有前程,前程美好,不能一失足毁了自己啊。

卓依眉说了好多话,她后来也给他留了好多言,单立人一次也没回复。

她把这事汇报给方老师,方老师告诉李校长,李校长又说给柳雪飞听。柳雪飞学会了上QQ,她一天二十四小时挂在网上。但是单立人不加她,不回应,他的QQ也没再亮过。

其间,熊县长约见了柳雪飞。李校长通知她,并陪着她去。他到了办公室门口就打住了,柳雪飞一个人进去。

为了这次会面,柳雪飞专门洗了头发,换了一身衣服。她不想太脏,太见不得人。

熊县长亲自给她倒茶,温和地端详着她。

他说:"岁月真是不饶人啊老同学,都沧桑了,沧桑了。"

他说的沧桑,一定是指柳雪飞那张脸。那张脸残破得厉害。熊县长看上去却并不沧桑,他富态,饱满,正处在男人一生中最好的时期。他对此满有自知之明,看上去踌躇满志。柳雪飞站在他面前心如止水。曾经中意的少年情郎,如今也已面目全非。

"你可能记错了熊县长,"柳雪飞坦然说道,"我们不是老同学,年轻时我们谈过朋友。"

熊县长难为情地笑了笑:"记得,记得。"

接着,熊县长向柳雪飞的遭遇表示慰问。他说他已经督促过学校,更督促过公安局,要他们加大工作力度,务必找到单立人同学。他还关切地询问了柳雪飞目前的生活状况,问到了单方向。两个人都下岗了,是不是有什么难处。他和民政局也已经说了,要为柳雪飞办上低保。

"你抽个时间去办下手续就行了,很简便的,"他说,"不会为难你。"

柳雪飞却不领他的情。她说她也好,单方向也好,都有手有脚,不要低保。他们只要儿子。她还很高傲地代单方向问候他。她说,"你们才是老同学,单方向知道我要来见你,特意让我问候你。你要是个好县长,就帮我找回儿子。"

说完,柳雪飞掉头就走。

她强忍着的泪水,到了街上才流淌出来。我不能让他看笑话。单方向再不济,再打我,也比他好,比他强。

从熊县长办公室出来,柳雪飞径直去了医院。生下单立人之后,她响应独生子女号召,上了避孕环。她要咨询一下,如果取下避孕环,她还能怀上孕吗?柳雪飞无比悲凉,万一单立人再也找不回来,或者他真就死在哪里了,她和单方向这一辈子就无后了。没了后人,没了孩子,两个孤寡老人。医护人员为她照了B超,问了一些情况,给出的结论并不乐观。不过也有可能,但作为高龄孕妇会有危险,医生的建议是不提倡。

柳雪飞心里想,哪管你提倡不提倡!

白天还吵过,打过。到了晚上,柳雪飞却拉着单方向的手,拿他的手按自个儿的胸,自个儿的腿。单方向缩过几次,没缩回去,柳雪飞使劲拉着。他被拉上去,做了一次。

单方向说:"这算什么,和解吗?"

"不和解。"柳雪飞生硬地答道。

"我想也是,和解不了。"

"没想。"

"你感觉怎么样,刚才?"

"难受。"柳雪飞说。

"我也难受。"单方向实话实说。

"难受极了,像是有人围观。"

"就是,床边站满了人。"

"没一点意思。"

"太不要脸了。"

柳雪飞抽抽搭搭:"可是,我取了环。"

"什么环?"

"避孕环。"

单方向好半天没作声,他反应不过来。

柳雪飞抽缩成一团:"独生子女啊,说没就没了。"

"你能怀上吗?"

"我哪知道!"

上学期结束,学校里好一阵子忙碌。熊县长负责操持这些事:安抚,赔偿,阻止上访,调整学校领导班子。之后对社会,对新闻媒体都有一个交代。

暑期对单立人却是持久的煎熬。他见过几次欧阳城达,被赶出幸福一中的欧阳城达丝毫不沮丧。他穿着 T 恤,露出健壮的肌肉。

"你还记得来安慰我呀,不用的。"欧阳城达说,"我没事,这里面有交易。让我转学是李校长和我爸做了一桩交易,熊县长也出面了。他们求着我爸。我是捣蛋分子,一粒老鼠屎。清理我是学校维稳的需要,便于新校长治理整顿。他们要我爸配合一下,都是圈内人嘛,知道的。临时让我去十里铺,等风声过了我再回来。我还会在一中高考,我的学籍没变。"

"怎么会这样?"

"不稀奇,再正常不过了。我组织闹事,撕书,是因为我了解当中的猫腻。吃回扣,打折,拿红包,那些名堂就没有我不知道的。"

"事前,"单立人说,"你没跟我说,瞒我像瞒鬼一样瞒得紧紧的。"

"你个书呆子,跟你说干吗?你好好读书,上好大学。至于我嘛,以后也当公务员。我混一个烂的三类的大学出来,当上公务员一样牛×。我爸还表扬我呢,这次闹事证明了我的能力。跟你这么说吧单立人,我就是个革命者。"欧阳城达擂着自己的胸脯,像是擂着鼓。

单立人相信他说的话,他能做到。那么,好好读书,他妈的人人都要他好好读书又有什么用呢?

欧阳城达跟他说公务员的事,显得老练。这是他另一面。以前他就像个花花公子,一味地谈女人。谈到兴起,便突然伸手到他裆间捞一把,大叫着"你硬了"。单立人老是他取笑的对象。他也不争气,每回都给说硬了。

有一回趁欧阳城达没注意,单立人也在他裆间捞了一把,奇怪的是他却没硬。

单立人说:"你怎么不硬呢?"

"我呀,"欧阳城达说,"我都成老人了,哪像你,还是个娃儿。"

当时觉得欧阳城达说着玩儿,现在想想,我单立人真比他幼稚啊。

欧阳城达可以不管,他有本事,能回来。

记挂白令涛,单立人不知道如何探监,没办法去监狱看一看他。转念一想,不如去太平县,到坟上吊唁肖老师。

肖老师的坟在太平县的一处山洼间,看着还是新坟。有旧花圈,被风雨打烂了,散落一地。也有新花圈,簇新。有花,烛,线香,纸钱,新鲜水果和竖插着的香烟。坟前坐着一个老人,面部干枯,一看便知是肖老师的父亲。

单立人还没走到,远远就听见老人在和谁说话,不断线地唠家常。

"你也是幸福一中的学生吧?"老人见到单立人,眼皮也不抬地问道。

"是,我是。"单立人说。

"老有一中的学生娃来,偷偷来,一拨又一拨。来献花,祭果子。还有的来了就下跪,磕头,哇哇大哭。"

单立人没下跪,也没磕头。他席地而坐,心里头像坠了个大磨盘,身上直冒虚汗。负罪感这时候又在他脑子里弥漫萦绕,我是杀人犯吗? 我是吗? 老人又在说话,也不管单立人有没有应声,他自顾自地说。

"惨啊!"老人说,"剁那么多刀! 剁什么呀,剁菜? 还是剁石头? 我儿自小没让我操心,好学生,会念书,从没老师说他不好。老师管得严,他才能考出去。我儿当了老师,也严着管学生,有错吗? "

这问题单立人回答不了。

"儿一死,他妈把眼睛哭瞎了。老婆子日里夜里哭,变成瞎子了还哭。我哭不出来,一滴眼泪也没有。我也想瞎啊,像老婆子一样哭瞎算了。可是我哭不了,我怎么就哭不出来呢?哭不出来我使劲抠眼珠子,抠掉它抠掉它。"老人眼睛四周伤痕累累,满是乌青的斑块。"又不敢真抠,真抠了眼珠子,两个瞎子可怎么活啊?我不能瞎。既瞎不了,我要变成哑巴陪着老婆子。每天我到这儿来和儿说话,和坟说话。把以后要说的话全说完,说光。说完了再当哑巴,哑口无言。"

看着老人,单立人忽然发现他像极了白令涛的爷爷。年龄,相貌,神态都相像。白令涛的父母在外地打工,他是爷爷带大的,一直跟着爷爷。白令涛的爷爷像肖老师的父亲,两个家庭也一样穷困。单立人想不明白,白令涛怎么就会杀了肖老师呢?

肖老师想出成绩,他对学生严真就有错吗?至少他还没动手打学生啊。师父打徒弟,父亲打儿子再正常不过了。师恩如父,老师严一点岂能招来杀身之祸。

但是事后想来,白令涛内心受到怎样的摧残,他的自尊遭遇到怎样的践踏,或许也只有他自己才知道。他的冷漠,对生命的麻木,和游戏有关吗?杀死肖老师,就像在网络中杀人一样。虚拟游戏在现实中延伸,再现。父母在白令涛两三岁时即离开了他。爷爷很少说话,他住在城里水土不服,像个守门人,却又无门可守。白令涛一定认为自己是个孤儿。

那么,白令涛一定要杀人吗?

单立人被诸多疑问纠缠。开学了,他还缓不过神来,精神陷在黑暗里,没有光亮。只上了一星期课,单立人就离家出走了。尽管有意外,有偶然,比如突然停在身边的公共汽车和车祸。但是单立人进了网吧之后,就再也没有回去。

滴血一剑的玩儿法,像吸血鬼一样缠着你,欲罢不能。第一关投名状,你得先杀一个人,杀了人,你才能有兵器。在闹市区,都是人。站着的人,走着的人,正在说话的人。干部,老总,普通人,你想杀谁杀谁。杀了第一个人,他身上滴下的血变成菜刀,那便是你的兵器。刀要血养。你杀人多,通关多,它吸入的血也越多。菜刀眼见着变成匕首,砍刀,然后变成寒光四射的宝剑。它有光,光像风一样,一挥一扫便有成片的人被割下脑袋。通关多了,到了高级别,宝剑才有如此威力。每通一关,都有奖励,升级。宝剑威力大增。交通工具也随着级别上升更新。配置的第一辆车是摩托,再是国产轿车,进口轿车。排量也依次由小到大。哪个级别坐哪种车。最后才是飞行器。手机,通信器材也越用越高级。还发钱,发津贴,打到你卡上。人民币,美钞,越发越多。和现实中的情形完全一样,但更直接。能自我掌控,即刻兑现。没有"研究一下"之类的搪塞和阻挠,你到了哪个份儿上就是哪个份儿。当然,往上走,通更多关,对手也越发厉害。打着更过瘾。难怪白令涛会迷在滴血一剑里。谁不迷啊,单立人刚玩儿上就陷进去了。

单立人一进去就连轴玩儿了三个通宵,没眨眼皮。滴血一剑虽玩儿着过瘾刺激,但不容易玩儿。玩儿着玩儿着一不小心就玩儿死了,死了要重新开始。单立人刚上手老是死,有时死在第二关,有时死在第三关,有时干脆就死在开头。他不得不一次又一次从头再来。白令涛说过,这游戏没多少人能玩儿穿。单立人偏不信这个邪,他就要把它给玩儿穿了。

白天,单立人肚子饿了就买网吧里的方便面充饥,渴了买矿泉水。夜里困得不行了,老板让他到里间的沙发上蜷一会儿。更多包夜的孩子,只能趴在电脑桌上眯瞪。单立人没想过回去,不想学校,不想读书的事。潜心栽在滴血一剑里。他身上带的钱很快就花光了,他没做这种准备,也没带多少钱。

老板呵呵呵笑着,收留了单立人。条件是让他做网管,打义工。老板不支付单立人工钱,只为他提供方便面和矿泉水,提供一张沙发给他睡觉。

做了网管的单立人,有许多杂事要干。接待客人,帮老板卖些杂碎零食。给未成年人发放假身份证,供他们上网。晚上,过了十二点,把楼梯半腰间的铁栅子门关上,大铁锁锁死。所有窗帘拉严实,封闭好。从外面看,这间网吧像是已经打烊歇业了。其实里面灯火通明,每一台电脑都干得热火朝天。单立人打了一份工,报酬是在这儿上网,在这儿待下去。

老板吩咐他去巡视,排除简单故障。巡视久了,单立人慢慢看出里面一些眉目。

两个女人坐着相对固定的位置,在她们包里和电脑桌上,分别有十好几部手机。她们是妓女,通过网络联系嫖客。再用手机通知同伙分头接客。她们妆化得浓,每见着单立人都要对着他瞪眼睛,假睫毛忽闪忽闪像是要掉下来。也有嫖客直接打她们电话。从她们讲电话的声音,就能听出来是什么人。若是嫖客,她们就讲普通话,嗲声嗲气。若是同伙安排接活,便讲异地土语,鬼鬼祟祟地压低音量。

她们身段好,长得也不下贱。单立人不明白,她们为什么总要瞪自己。

另几个人有可能是不法分子。他们腰间和绑腿里鼓鼓囊囊的东西,便是刀具凶器。他们有时来,有时不来。单立人亲眼看见他们分过一次钱。有一次他们喝醉酒,砸碎了网吧里一台电脑,随后扬长而去。但是次日,却有人送来了赔偿金,共两千块钱。

两个网友动手打架,他们不是不法分子。不过是看不惯对方,为点小别扭打了起来。单立人以为没危险,上去劝架,结果遭到误伤,被打落一颗牙齿。老板告诫他,网吧里无论发生什么事,你永远只能袖手旁观。

单立人有空便上网,打滴血一剑。连着搞几个昼夜,再囫囵睡一觉。总是这样,昼夜颠倒,或是根本没昼夜。他悟性好,勤奋,死命搞。奇迹在单立人身上出现了,他居然把滴血一剑打穿了,通了一百〇八关。

从进网吧那天算起,单立人在这儿度过了九十七天。没洗过一次澡,没洗过头发,没吃过一顿正经热米饭。他头发乱如蒿草。没营养。缺维生素。皮肤呈绿色。眼睛亮若红炭。身上发臭,老远就能闻到他身上的臭味。内衣上的积垢有钞票那么厚。气候变凉,单立人披着老板送他的破旧外套。整个人看着像是乞丐,捡破烂的人,或是露宿垃圾桶的流浪汉。

玩儿穿游戏的当口,单立人好一阵晕眩,像是全身通了电流。但是电脑里出现了什么?原来是那东西!那柄叱咤天地所向披靡的激光宝剑,顷刻变成天神般的英俊男子。男子舞蹈,狂舞中逐一脱去身上的衣服。再像变形金刚一样扭曲弯绕,最后竟抽搐幻化,变成了男根。

单立人哈哈大笑,他从没这样笑过。他妈的太好笑了。原来历经艰难险阻,奋斗,厮杀,拼搏,挣扎,过了一关又一关,到头来却不过是个××!白令涛他知道吗?他知道滴血一剑最终会变成什么吗?单立人呆若木鸡,却又猛然间有了顿悟。难道不是笑话?他妈的笑话啊!幸福县的土话早就这样说过:输也罢赢也罢,搞来搞去就是个××!不管遇到什么事,受气、倒霉、翻船、死人都他妈无所谓。幸福县人拿这句话宽解别人,宽解自己。

看来游戏的设计者深解其中味。单立人甚至想,设计者会不会就是幸福县人呢?

关上电脑,单立人泪流满面。他想起了柳雪飞,单方向,幸福一中和卓依眉。

他要回去。

老板给他五十块钱,算是工钱,路费。还给了他一张寻人启事。老板知道他是失踪者,偏锁着寻人启事,直到离开时才给他。

单立人看到上面印着自己的照片和父母的手机号码。他认真看了那两组数字,发现单方向的手机错了一个号。望着那个错误数字,单立人一阵苦笑。

"从那辆出了车祸的车上下来,整整过了九十七天啊。"老板呵呵笑着,扳着手指头说。

"你怎么知道我来自那辆车?"单立人问道。

"知道知道,你一来我就知道了,哪能不知道。"老板仍然笑呵呵的,合不拢嘴。

单立人收了寻人启事。

柳雪飞来过旗县。凡是去外地,都要经过旗县。近在咫尺,几乎就在眼皮底下,却不知道儿子藏匿何处。九十七天,单立人在网吧里待了九十七天,也就玩儿穿了一款游戏,丢了一颗牙齿。

就这些。

找不着单立人，都绝望了。单方向没事做，他发呆，打老婆。然后从某一天开始，他酗酒了。越喝越凶，越喝越多。一次能喝一瓶白酒，一整瓶。不吃菜光喝，接着喝，连续喝。喝酒让他忘掉那件事，忘掉儿子。事实上他的确已经忘了。整天喝，喝完酒，对着屋角发呆，傻笑。不愤怒，不发脾气，也不怨恨柳雪飞。他成了酒鬼，一个人端着酒杯自给自足。时间一长，单方向的脑子整个坏了。变得迟钝、痴呆。刚说出口的话，一转身就给忘啦。地上到处都是酒瓶子，空酒瓶。用脚踢起一只酒瓶子，咣啷啷撞上一大堆。咣咣啷啷的，都是酒瓶子。

柳雪飞想和他吵，吵不起来。想和他打，也打不起来。她心灰意冷，这样活着和死了有什么两样？早上醒来，柳雪飞一睁开眼睛，就看到单方向。他还在熟睡，脸色灰白。那样子就像是死了，跟一具尸体没什么两样。他的身体怪怪地缩成一小团。她盯着他看了很久，简直不忍心再看他。那一刻，柳雪飞觉得他可怜。

她想，没准她入睡后也是那样子，或许还不如他。也是灰白的，像是一具尸体，怪怪地缩成一小团。

既如此，何必老守在一起。守着，一份苦变成了两份。你容不得我，我也容不得你，不如离婚。

柳雪飞把这意思和单方向说了，不承想也是他的意思。

因为协议离婚，又没有财产可分，当天就办了。

就在离婚第二天，单立人回家了。柳雪飞初看，以为是个乞丐、疯子。细看才看清是儿子。柳雪飞有些不相信，她一个劲揉眼睛。这些日子她眼睛也老花了，看不清东西。揉着揉着便从眼睛里揉出一汪水来。

"你是谁啊？"

单立人扑进她怀里："妈，我是你儿子，单立人。我回来了。"

柳雪飞闻到刺鼻的恶臭味。她推了推儿子，把他推得远一些，审视着他问道："是你，你回来干吗呢？"

"回来读书，"单立人说，"我要回学校，明天就回。不管是个什么东西，我也要读，偏读到最好。我要读书！"

后面的话单立人是喊出来的，他举着拳头声嘶力竭。柳雪飞哇的一声，吐出一口鲜血。

短篇小说

uanpianxiaoshuo

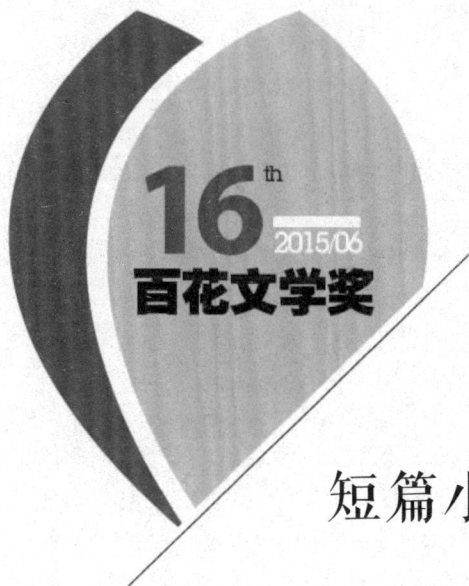

短篇小说奖·入围作品

王蒙小传

　　王蒙,男,1934年生,河北南皮人。1955年开始发表作品,著有长篇小说《青春万岁》《活动变人形》《这边风景》《恋爱的季节》,中篇小说《组织部新来的年轻人》,中短篇小说集《深的湖》,散文集《德美两国纪行》,评论集《漫话小说创作》等。作品被翻译成二十余种外文出版,其中《最宝贵的》《悠悠寸草心》《春之声》分获1978、1979、1980年全国优秀短篇小说奖,《蝴蝶》《相见时难》分获全国第一、二届优秀中篇小说奖。小说《葡萄的精灵》《庭院深深》《夏之波》《坚硬的稀粥》《枫叶》曾获《小说月报》第一、三、四、九届百花奖。现为中国作家协会名誉副主席。

明年我将衰老

　　我知道这一切都有你的心思,都有你的参与与祝愿,有你的微笑与泪痕,有你的直到最后仍然轻细与均匀的,那是平常的与从容矜持的呼吸。到了 2012 这一个凶险与痛苦的年度的秋天。上庄·翠湖湿地,咱俩邻居的花园,黄栌的树叶正在渐渐变红,像涂染也像泡浸,赭红色逐渐伸延扩散,鲜艳却又凝重。它接受了一次比一次更走凉的风雨。所谓的红叶节已经从霜降开始。通往香山的高速公路你拥我挤,人们的普遍反应是人比叶多,看到的是密不透风的黑发头颅而不是绯红的圆叶。伟大的社稷可能还缺少某些元素,但是从来不乏热气腾腾与人声滔滔。

　　夏天时候我觉得距离清爽是那样难得地遥远。虽然有过"暑盛知秋近,天空照眼明"的诗句。这时候,你甚至觉得萧瑟与无奈正悄然却坚毅地袭来。好像有指挥也有列队,或者用我的一句老话,你垂下头,静静地迎接造物删节的出手不凡。你愿意体会类似印度教中的湿婆神——毁灭之神的伟大与崇高。冷酷是一种伟大的美。冷酷提炼了美的纯粹,美的墓碑是美的极致。冷酷有大美而不言。寂寞是最高阶的红火。走了就是走了,再不会回头与挥手,再不出声音,温柔的与庄严的。留恋已经进入全不留恋,担忧已经变成决绝了断。辞世就是不再停留,也就是仍然留下了一切美好。存在就是永垂而去。记住了一分钟就等于会有下一分钟。永恒的别离也就是永远的纪念与生动。出现就是永远。培养了两名世界大奖得主的教授给我发信,说:"没有永远。"好的,没有本身,就是永远。有,变成没有,就是说,一时化为永远。有过就是永远,结尾就是开端,在伟大的无穷当中,直线就是圆周。与没有相较,我们就是无垠。

　　比起去年,充分长大的黄栌,出挑得那么得心应手,行云流水,疏密凭意。它已经有了自己的秋天的身姿,自信中不无年度的凄凉、寂静中又仍然有渐渐走失的火热。那临别的鲜艳与妩媚,能不令你颠倒苍茫,最终仍然是温柔的赞美? 也可能只是因为你去了,我才顾得上端详秋天,端详它的身段,端详它的气息,端详它的韵味,有柔软也有刚健,如同六十年的拥抱与温存,你的何等柔软的脸庞,还有时下时停的雷雨,时有时无的星月,像六十年前一样丰满。

　　　　　　　　　　　　　　　　　　　　　　第十六届百花文学奖

也许天假我以另外的七八十年。银杏与梧桐的叶子正在变得淡黄金黄,他们的挺拔、高贵与声誉,使秋天也同享了时节的从容与体面。秋天是诗,秋天是文学,秋天是回忆也是温习。秋天是大自然的临近交稿的写作。敲敲电脑,敲出满天星斗,满地落叶与满池白鱼。柿子树的高端已经几乎落尽了叶子,剩下了密密麻麻的黄金灯果。相信某一个月星黯淡的夜晚,枝头的小柿子会一齐放光,像突然点亮了的灯火通电启动。月季仍然开着差不多是最后的花朵,让人想起爱尔兰的民歌《夏天,最后一朵玫瑰》,它们的发达的正规树叶凋落了,新芽点染着少许的褐与红,仍然不合时宜地生发着萌动着,在越来越深重的秋季里做着早春的梦,哪怕它们很快就会停止在西风与雨夹雪里。芦苇依靠着湖岸,几次起风,吹跑了大部分白絮银花,我们都老了,渲染了它们的褐黄与柔韧。靠着芦苇的有送走了白絮的小巧的蒲公英。比较软弱的是草坪,它们枯黄了或者正在枯黄着,它们掩盖着转瞬即逝的夏天的葱茏与奔忙,它们思念着涟漪无端的难言之隐。湿地多柳,女性丰盈的外观与脾气随和的垂柳,她们的长发仍然拂动着未了的深情。它们说,不,我们还没有走,我们还在,我们还在恋着你哄慰着你。你在哪里,我在哪里,你与我一起,我与你一起。

我喜欢你的命名:胜寒居。我更喜欢居前的开阔地。你比古人更健朗,他是高处不胜寒,你是高处不畏冷,不畏高。高只是一个事实,所以你不讳言也不退让。你在胜寒居上养了一条黄鼠和一只小羊,你在胜寒居的胜寒楼上吟诗赏月,那是一个刚刚开始的梦,一个尚未靠近的故事。

我说了未曾去过的外国,那旋转润滑的玻璃风门,那深夜的归来,那巧克力与杜松子酒的混合,那哭哑了嗓子并且敲断了鼓槌弹崩了吉他弦子的背景的痛苦。那同行的欢声笑语:是不是有几分亢奋? 那从"文革"与"为纲"的苦斗中走出来的舞文弄墨的、其实是幸运的"狗男女"。见到了欧洲就像见到了一批盛装的、却也是半裸的、脱下了我们长久以来说不出口的某些遮掩的辣妹猛男,兴奋与惶惑同在,欲望与摇头共生。那各色各式的汽车与多棱的反光后镜,那五颜六色、刺鼻的与诱人的香水气味,那永远的置放在滚石(块冰)上的黄金色泽的苏格兰威士忌,那服务小姐的身材与短裙,那酒吧歌女的金发与长腿,还有为她伴奏的震耳欲聋的乐曲。

我觉得我的牙周已经被架子鼓震得酥松,我的龋齿正在因小号而疼痛,我的好牙正在随着萨克斯风而动情地脱落,我的耳朵开始跟随着提琴的上天入地的追寻与躲藏而渗血,它在赌咒? 它在起誓? 它意欲奔逃背叛? 它意欲变成一只飞奔的豹子。我的眼睛已经因打击乐而紧闭,我的眼球已经因放肆的疯狂而疼痛。会不会爆炸? 还是离开? 我看到了深夜出行的王子,他从来都养尊处优、脱离人民、不知世事艰难，也满以为人生美好温暖，以为他带给世界的是爱与祝福。他碰到了类似柏林的墙，变成了墙上的浮雕古典，然后烧到盘子上，挖到木板上，凿到石头与玉上，印在明信片上，变成此行的唯一存贮。

我看到了我自己的仪礼，由你的吉他陪伴，唱着"归来、归来"的歌。我们小时候在一起踢过键子，跳过"我们要求一个人"，划过白塔。后来你在欧洲，我在风是风火是火的大潮里。你的歌声太动情，你的服装太古板，你的肩膀太宽大，你的嘴唇太憨厚，不，我只能说不了，是闹，是诺，是聂，是南，是 N 与不同的"无意"即五笔字型"元音"重码的联结。是游乐场上的旋转秋千，翻滚过山，疯狂老鼠，水滑梯自由落船。我累，我疲倦，我快要听不见说话与睁不开眼，我有倦容又有得色。但是是你而不是我感到了晕眩。你改变了百叶窗的颜色。

从那一天我开始了百叶窗之思念。从那一天我下决心在我的新作里好好描画一下百叶窗。多么遗憾，我忘记了郭沫若译的《茵梦湖》和它的作者史托姆。我听到了赞美和声。感谢我上过的小学，它教会了我欧洲的旋律与中文的歌词："老渔翁，驾扁舟……一箬笠，一清钩……"还有"百战将军得胜归"。我知道身上的重担，我没有理由不为那如火一样燃烧的众人的纯真与壮志所感动。没有理由不为世界而感动，有许多欢迎，有许多鼓掌，有许多好的建议与期许。我不喜欢太多的研讨、谋略、咋呼与歪着嘴装腔作势。虽然我也不拒绝枕戈待旦，至今我想着在黄栌旁入睡的时候身旁不妨放一件一万五千伏的静电防身器。因为这里至少有五户半夜进过披发鬼。在几乎等同于入睡的倦态中我保持的是阿尔卑斯山泉一样的清泠，品质、深情与才能同在。奇怪的是这一次我竟因了电影《爱情故事》的主题曲而感动莫名。我怎么会觉得多米米多通向的是米骚米骚拉骚多拉骚，即爱情故事与二泉映月相联通。感情就像旋律，它攀缘直上，顺流而下，起起落落，别具肺肠，像是抚弦的手指，艰难地前进，无望地滑落，终于大放悲声——这是家乡农民对于地方戏的评说专用语，虽说仍然归于寂寥。

有一段相声，我忘记了是马季还是牛群说的了，逗哏的人说他会用各种不同风味的曲调演唱同一首歌曲，捧哏的人说："你用河北梆子给我唱一首《我的太阳》吧"，逗哏者曰"唱——不——了——"，相声戛然而止。其实，我就会用河北梆子唱"可爱的阳光，雨后充满辉煌……"我照样唱得天昏地暗，死去活来，爱比死更强，在意大利拿玻里民歌与河北大戏里，一个样。

是的，没有绯闻，真的没有。然而有过笑声，有过意大利通心粉与三色冰激凌，有过莱茵河游艇上的蓝天与骄阳。苦苦的咖啡。有一万五千里的距离，有七个小时的时差。这里也有一句诗：

"你的呼唤使我低下头来。就这样等待着须发变白。"

298

我可能有各式各样的不慎与失策,大意与匆忙,然而从来不轻薄,并视轻薄为卑劣与肮脏。

还有过最早的失眠,十五岁。我去看望你的彩排,你沉稳而无言,你跳着用瞿希贤的歌子伴奏的舞。都说你的特长不是舞蹈而是钢琴,然而那是全民歌舞的岁月,高歌猛进,起舞鸡鸣,你为什么有那么细白的皮肤?你对我有特别的笑容,我不相信你对别人也那样笑过。你如玉如兰,如雪如脂,如肖邦如舒曼,如白云如梨花瓣。还有红旗,红绸,聚光灯,锣鼓,管弦乐,腰鼓。我的幸福指数是百分之八百,你的笑容使幸福荡漾了。每一声鸟叫,每一滴春雨,每一个愿望,每个笑容都是恩典。在没有人问你幸福不幸福的时候,我们当真很幸福过。在你微笑的时候我好像闻到了你的香味,不是花朵,而是风雨春光倒影。

然而我失去了你,永远健康与矜持的最和善的你,比我心理素质稳定得多也强大得多的你。你的武器你的盔甲就是平常。你追求平常心早在平常心成为口头禅之前许久。对于你,一切剥夺至多不过是复原,用文物保护的语言就叫作修旧如旧,或者如故如往如昔。一切诡计都是游戏与疏通,都是庸人自扰与歪打正着,都是过家家很好玩。我乐得回到我自己那里,回到原点。它不可伤害我而且扰乱我。我用俄语唱遥远,用英语唱情怀,用维吾尔语唱眼睛,用不言不语唱景仰墓园。一切恶意都是求之不得,都是解脱,免得被认为是自行推脱。是解脱而不是推脱,是被推脱所以是天赐的解脱。一切诽谤都可以顺坡下驴,放下就是天堂。一切事变与遭遇都是踏破铁鞋无觅处,得来全不费功夫。叫作正中下怀,好了拜拜。那哥们儿永远够不着。因为,压根儿我就没有跟那哥们儿玩儿。

我的一生就是靠对你的诉说而生活。我永远喜欢冬尼亚与奥丽亚,你误会了,不是她。有两个小时没有你的电话我就觉察出了艰难。你永远和我在一起。那些以为靠吓人可以讨生活的嘴脸,引起的只是莞尔。世上竟有这样的自我欣赏嘴脸的人,所向无敌。那好人的真诚与善意使你不住地点头与叹息。那可笑至极的小鱼小虾米的表演也会使你忍俊不禁。

我们常常晚饭以后在一起唱歌,不管它唱的是兰花花、森吉德马、抗日、伟人、夜来香、天涯歌女,也有满江红与舒伯特的故乡有老橡树。反正它们是我们的青年时期,后来我们大了,后来我们老了,后来你走了。我不希望今天再划分与涂染歌曲的颜色,除非有人想搞左的或者右的颜色革命。我从来没有想到会是这样,从来不相信这是真的。但是你午夜来了电话,操持说锅里焖的米饭已经够了火候,你说:"熟了,熟了",你的声音坚实而且清晰,和昨天一样,和许多年前一样。你说你很好,我知道。你说已经不可能了,我不相信。我坚信可能,还有可能。初恋时我的电话是41414,有一次我等了你七个小时。而我忘记了你的宿舍电话号码。我顽强地一次、两次、一百次给你拨电话。你说,让过去的就永远过去吧,而我过不去,从十八岁到八十岁。我睁开眼睛,周围是电饭锅里的米饭气息,是你依然的声音,使我平和,使我踏实。

生活就是这样,买米、淘米、洗菜、切菜,然后是各种无事生非与大言欺世。然后是永远的盎然与多情的人生,是对于愚蠢与装腔作势的忘记,是人的艰难一把把。然后是你最喜欢的我行我素与心头自有。然后是躺在病房里,ICU——重症监护室,不是ECU,不是洗车行驶定位器,也不是CEO——总经理或者行政总裁。美国总统候选人罗姆尼就被认定为CEO。你走得尊严而且平安。有各种管与线,机器,设备,然后拆除了这一切……我一次又一次地抚摸着的是铺天盖地的鲜花与舒曼的《童年》——梦幻曲。我亲了你的温柔与细软。那样的鲜花与那样的乐曲使我觉得人生就像一次抛砖引玉。是排练与演出,无须谢幕也不要鼓掌。

我凝视着多年前的开幕式上各界送来的大大小小许多个花篮的痕迹。这里没有火起来,这里仍然有美好的记忆,即使网球场上养起了山羊,滑雪场上种植了桃林,近百岁的老妪唱着喝着,一个开发不成的故事,一个仍然交还给山野的故事。

在山野,我们安歇。空山不空,夜鸟匆匆。你带给我们的人生的是永远的温存与丰满。

就在此时发现了旧稿,首写于1972年,那时我在“五七”干校里深造,精益求精、红了再红、红了半天却是倒栽葱。攀登高峰。我恭恭敬敬地写下了无微不至的生活。虽然威权能够也已经给生活打下了刻骨的烙印,但毕竟是生活笑纳了又抛弃了夸张的自吹自擂、吹胡子瞪眼。强力也许能扭曲人心,但毕竟是人心坚忍了也融化了哪怕是最富杀伤力的连天炮火。

我们有过1919、1921、1927、1931……1949、1950年代,我们也确实有过值得回味与纪念的1960、1966、1970年代。我们的生活不应该有空白,我们的文学不应该有空白,我们俩没有空白。高高的白杨树下维吾尔族姑娘边嗑瓜子边说闲言碎语。明渠里的清水至少仍然流淌在四十年前的文稿的东西南北、上下左右。我们俩用白酒擦拭煤油灯罩,把灯罩擦拭得比没有灯罩还透亮。我们躺在一间五平方米的房间的三点七平方米的土炕上。我说我们俩是“团结、紧张、严肃、活泼”,这是林彪提倡的“三八作风”当中的那八个字。这八个字令你笑翻了天,我们是最幸福的一对。虽然那时候不作“你幸福吗?”“不,我不姓符,我姓赵"的调查。我们都喜欢那只名叫花花的猫,它的智商情商都是院士级的。它与我们俩一起玩乒乓球。你还笑话我最贪婪的是"火权",洋铁炉子,无烟煤,煤一烧就出现了红透了的炉壁,还有白灰,煤质差一点的则变成褐红色灰。煤灰延滞了与阻止了肆无忌惮的燃烧,却又保持了煤炭的温度,这就是自(我)封(闭)。一天以后,两天以后,据说还能够达到一周至半月以后,你打开火炉,你拨拉下煤灰,你加上新炭,十分钟后大火熊熊,火苗子带着风声,风势推动着火焰,热烈抚摸起你我的脸庞,我热爱这壮烈的却也是坚忍不拔、韬光养晦的煤与火种。冬火如花,冬火红鲜嫩。嫩得像1950年的文工团的脸。我最喜欢掌握的是燃烧与自封的平衡,是不止不息与深藏不露的得心应手。

还有庄稼地、苹果园、大渠小渠、麦场、高轮车、情歌民歌、水磨、蜂箱、瓜地里的高埂,还有砍土墁与苦镰,这是我们的共同岁月,共同见证,共同经历,共同记忆,像垒城砖一样地垒起煤块。你爱这些,我爱这些,打从心眼儿里,倒像我们是在漫游崭新的天地,寻求崭新的经验。倒像我们是徐霞客,是格里弗,是哥伦布,是没有撞过墙也没有变成浮雕的王子与公主。如果你是白雪公主,我是七个小矮人吗?如果你是灰姑娘我可不是举行舞会的王子。而2012年对于我来说最惊人的最震撼的是当记忆不再被记忆,当往事已经如烟,当文稿已经尘封近四十年,当靠拢四十岁的当年作者已经计划着他的八十岁耄耋之纪元,当然,如果允许的话;就在这时,靠了变淡了的墨水与变黄变脆了的纸张的帮助,往事重新激活,往日重新出现,空白不再空白,生动永远生动,而美貌重新美貌,是你给了我这一切。

我还有一个化学的与商品的发现,纯蓝墨水经久颜色不变,蓝黑墨水,反而充满了沧桑感。

我们生活在剧变的时代,我们已经忘记或者被忘记。例如三十五年以前更不要说四五十年以前的旧事。我最欣赏的是江南人用普通话说"事情"的时候,情不会读成轻声,而是重重地读成事——情——,情是第二声。我们觉得今是而昨非,我们常常相信重今而轻昔才是最聪明最不伤心伤身伤气的选择。我们都听北京电视台养生堂的教训。养生会不会成为国学的核心价值?北大教授说,国学就是国将不国之学。然而昨天也曾经是当时的今天,也曾经无比生动无比真实无比切肤,无比激越无比倾注无比火热,昨天不可能被遗忘就像今天不可能被明天消除干净了痕迹。是生活,是永远的生活。有稚嫩也是生活,有唐突也仍然是生活,有声嘶力竭也仍然是生活,被变形也仍然是广阔芜杂混沌而强硬的生活。稚嫩的唐突的声嘶力竭的生活同样可能是好小说,好的摇滚歌曲或者意大利歌剧罗曼斯咏叹。就像贫穷与苦难,悲惨与失落,对不起,乃至疾病与苦药水会是很好的文学一样。它们常常是比秀幸福骚快乐更好的小说。生活与记忆不可摧毁，直观与丰饶不可摧毁，何况贫穷与苦难当中仍然有勇敢的吟咏，失望与焦灼当中仍然会做出最动人的描摹，在墓碑前的伫立与面上的泪珠滚滚当中仍然有此生的甜蜜与感激。

谢谢你，一切。让我们假设它有回天之力雷霆之威来揉搓捏把生活，生活却更有力量来洗净它的力威，即使在它猛烈发作的时候，生活仍然显示着自己的不事慌张与无限情趣，自己的亲切与温暖。生活从前是这样，现在还是这样。你从前是这样，现在还是这样，呵，勇敢的人！浮雕从前是这样，现在还是这样。有一切苦涩与昏乱，有一切抒情与佯狂，有一切兴会与体贴。

呵，我当然自觉自愿地接受你的教诲，另外的什么人称之为洗脑，当我以我的方式与思路平静地接受一切新奇的大话的同时，当被洗脑者成群结队地大笑起来或欢呼起来以后，谁知道后面是什么吗？

你不知道。谁还是不知道。他也不知道，谁都不知道。谁们的共同点是自以为是，以为世界是手中的橡皮泥。谁们不知道，如果谁想改变一切，一切就会改变谁，如果谁想改变人家，人家已经在改变谁，如果谁想消除，谁同样是在消除自己。一个凶犯在首次作案以后，他改变了被害者的生活与轨道，也改变了、毁坏了他自己。一个童男子首次做爱以后，他当然也就是做了自己。

而且四十年前的书写就像今天的书写一样，它仍然和着心跳，和着吐纳，带着笑靥，带着享受，带着哪怕是枷锁与重负，忍着冤枉，忍着粗暴，笑对标语口号，冷对胡言乱语，情生淳厚质朴，仍然充溢着阳光与林荫，充溢着日子的一切琐屑实存、指望梦幻，摆出姿势，发出美声。戴着重铐的时候我跳得那么好。没有放肆。我们一起拥抱，我们拥抱在一起，我们走进了时光隧道，如当初，如兹后，如三世佛，如永恒如无穷。

我们活得、记得、忆得十分真切，真切得像每平方米四角八分钱的住房。真切得像每斤九角六分的酱猪肉，像阔口瓶装的卤虾酱与翻扣在条肉上的霉干菜。真切得像一只落到树枝上的鸟在叫。真切得像我抚摸过的唯一的温暖。

时间，什么是时间，时间是什么？烟一样地飘散了。波纹一样地衰减、纤弱、安静、平息下来，不再有声响了。死一样地经过了哭号，经过了饮泣，经过了迎风伫立，经过了深深垂下的眼帘，忘却一样地失去了喜与悲、长与短、生与殁、有与无的区分了。时间仍然可能动人，时间仍然可能欢跃，时间仍然可能痛哭失声，痛定不再思痛。痛变为平静，平静不会轻易再变成痛，平静是痛与不痛的痊愈的伤口。请猜猜，伤口与什么词重码？太天才了！仓颉也有王永民。根据五笔字型输入法，"伤口"等同于"作品"，它们具有同样的输入码：WTKK。

花朵枯萎了，也许有种子，种子也许发芽，长成小的、中的、大的、古的树。痛苦结尾了，有一抹微笑与宁馨。然后有一个符号，有一行字，有一点记载，然后电闪雷鸣,然后往事如狂,旧泪如注,然后凝结为作品,作品结了疤,你能不为作者而掉一滴滚烫的眼泪?语出《最宝贵的》。然后成为一片夹在笔记本里的树叶,一张照片,一个梦中的惦念与操持提醒,在若有若无之间,在若你若我之际。时间在等待相遇与相识,时间在等待知己与挚爱,等待抚摸与亲吻,时间在等待迷恋与融化,在等待阴阳二电激荡出雷鸣电闪。昨天与今天既相恋更相思,既苦涩又甜蜜。时间等待复活、审判、重温,像蓓蕾等待开放,像露水等待草籽,像钢琴等待击打,像礼花等待鲜艳的点火。上个世纪的生物学杂志报道:塔斯社列宁格勒讯:苏联科学院植物园的温室中出现了世界上最罕有的现象之一:一颗古代保留下来的莲子发了芽。这颗莲子是中国朋友送给他们的六颗种子之一。这些种子是在沈阳附近挖掘泥煤时发现的,这些种子已被保留了数千年。时间的精灵始终躲在我们的身畔,或者有突然的绚烂,或者有永久的谦和,以无声期待大的交响。或者只是轻轻地挠痒我们。它其实非常耐心,是幽默的悲壮。

沿路修起了许多路灯与扬声器,给灯火穿上树根的包装。你走了,留下了愿望,留下了施工的方式,留下了小木屋,启动阶段的投资。人生易老山难老,还在走,还在写,还在歌,还在山上。

然后是并非十分炎热的多雨的夏天。我以为我已经绝望,我以为我已经孤单与沉落。天亡我也,非"战"之罪。在新加坡我观赏过蓝天剧团演出的莫言的新编话剧《霸王别姬》。为什么到那么远的地方去看?它说,吕后爱的也是项羽,妹妹,你大胆地往前走!你在我这样的时候夺去我的另一个我。我喜欢过门《夜深沉》,我喜欢梅派唱腔"看大王,在帐中,和衣睡稳",有一片青光……什么都没有,就有了战争,胜负、乌骓马与十面埋伏,还有更重要的:历史。

我以为此岁我可能抽筋或者呛水,可能供血不足,晕眩而且二目发黑。我想如果结束在海里也许并不比结束在 ICU 中更坏。当然,结束无好坏,大限无差别,无差、无等、无量、无觉、无恋栈。我每天十三点五十六分注视 CCTV13 新闻频道。我必须知道今天本水域的海水水温、浪高、水流(流读去声)。我已经告别了十四摄氏度敢于下水的年月。对于海水,污染与杂质的抱怨都是铺天盖地,但我还是游了下来。连毒害都不怕,连永别都没有击倒在地,没有惧红也没有畏黑,还怕不太过度的肮脏吗?我什么没见过?什么没经过?历经坎坷,幽幽一笑。我喜欢红柳与胡杨。我喜欢山口的巨叶玻璃树。我喜欢苦楝与古槐。我喜欢合欢。我喜欢礁石上的尖利的贝壳残片,割体如刀,血色仍然如黄昏的落日。

仍然是在蓝天与白云之下,是在风雨阴晴之中,是在浪花拱动下,沐浴着阳光与雾气,沐浴着海洋的潮汐与波涌、洁净与污秽,向往着那边,这边,旁边,忍受着海蜇与蚊虫,接受着为了大业而施与的年益扩大的交通管制,环顾着挺立的松柏、盘错的丁香、不遗余力的街头花卉、鸣蝉的白杨、栖鸟的梧桐、大朵的扶桑、想象中盛开一回的高山天女木兰和一大片无际的荷莲。如果不是横在头上的高压线,那莲湖就是天堂佛国极乐。去年你在那里留了影,仍然丰匀而且健康,沉着中有些微的忧愁与比忧愁更强大的忍耐与平顺。

你和我一起,走到哪里,你的床我的床边,你的枕我的枕旁,你的声音我的耳际,你的温良我的一切方向。你的目光护佑着我游水,我仍然是一条笨鱼,一块木片,一只傻游的鳖。我有这一面,小时候羡慕了游泳,就游它一辈子,走到哪里都带上泳帽、泳裤、泳镜。一米之后就是两米,十米以后是二十米,然后一百米,二百米,仍然有拙笨的与缓慢的一千,我还活着,我还游着,我还想着,我还动着。活着就是生命的满涨,就是举帆,就是划桨,就是热度与挤拥,就是乘风破浪,四肢的配合与梦里的远航,还能拳击,砰砰砰,摇晃了一下,站得仍然笔直。哪怕紧接着是核磁共振的噪音,是叮叮、噗噗、当当、哒哒、咣咣、哧哧、嗯嗯、嘟嘟、嘻嘻、乒乒、乓乓、刷刷刷。是静脉上安装一个龙头,从龙头里不断滴注显像液体。是老与病的困扰,是我所致敬致哀致以沉默无语的医疗药剂科学。是或有的远方。一事无成两鬓白,多事有成两鬓照样不那么黑了,所差几何?必分轩轾。

然而我坚信我还活着,心在跳,只要没走就还活着,好好活着,只要过了地狱就是天国,只要过了分别就是相会,从前在一起,后来在一起,以后还是在一起。我仍然获得了蓬蓬勃勃的夏天,风、阳光、浓荫、暴雨、皮肤、沙、沫、潮与肌肉,胆固醇因曝光向维D演变,与咱们从前一样。而且因为你的不在而得到关心与同情,天地不仁,便更加无劳哭泣。过去是因为你的善待而得到友好,在与不在,你都在好好对待朋友。对待浅海滨。我去了三次,我喜欢踩上木栈道的感觉,也许光着脚丫子踩沙滩更好。去年与你同去的,沙砾,风,海鸥,傍晚,我期待月出,我期待,更加期待繁星。我爱月夜,但我也爱星天。从前在家乡七八月的夜晚在庭院里纳凉的时候,我最爱看天上密密麻麻的繁星……这是巴金散文《繁星》里的文句,我会背诵的,不知道为什么,后来不止一个编辑给改成冰心新诗《繁星》(与《春水》),七十年前,我的国语(不叫语文)课本里有巴金的此文。

然而难得在海滨的夏天见到星月。云与雾,汽与灯光、霓虹、舰船上的照明,可能还有太多的游客与汽车使我一次次失望了。我许诺秋天再来,我没能来,我仍然忙碌着,根本不须要等待高潮的到来。有生活就有我的希望与热烈,就有我尚未屡行的对于秋涛星月的约定。在秋与冬春,我与渤海互相想念。

你许诺了那瓶二锅头酒,你病中特意上山赠送给了老人家,我们素不相识。你在山野留下了友谊,你在山峰留下了酒香,你在朋友心里留下了永远的好意。

在我的记忆里已经有许多年没有在中秋夜看到团峦的美丽了。八月十五云遮月,正月十五雪打灯。头一天,月色尚好,我们一起吟唱苏东坡的《水调歌头》,第二天却是遍天的云霾。说的是去年。然后等到清爽到来,月色已经是后半夜的事了。已经许多年,我没有在深夜起床赏月,那时还在山村,深夜的清晖给了我们另一个世界,就像丁香花与紫罗兰给了我们另一种花事。

今年的天气很有意思,那么多阴雨,像拧干净了的衣巾,该晴的时候自然明朗绝尘。白云卷成鲸鱼,蓝天净成皓玉,这是展翅飞翔的最佳时机。一阵又一阵风,是洗濯也是擦拭,是含蓄也是抖擞,是清水也是明镜。今年的中秋月明如洗。这样的月夜里你数得清每一株庄稼与草,你看得清每一块坑洼与隆起,你摸得着每一枚豆粒大的石头,你看得清远方的山坡与松峰。你可以约会抱月的仙人与丢落棋子的老者,你可以孤独地走在山脚下,因为孤独而带几分得得,你已经被美女称为得得。我想守在你的碑前,你会悄悄地与我说闲话,不再是团结紧张严肃活泼,而是如诗如梦如歌如微风掠影。这时我听到了六十年前的那首歌曲,从前的从前,少壮的少壮,面对海洋的畅想,我们一起攀登分开了大西洋与印度洋的好望角的灯塔。我们看到了蓝鲸,我们看到了河马,我们看到了飞逐的象群,我们看到了猴子与鸵鸟的密集。河水在地上泛滥,女人生育了许多孩子,她们的皮肤像绸缎一样。她们浑圆、温热却又雄武。菜香蕉与木薯随时随地充饥。已经成立了共和国的前部落王室继续举行仪式。我听到了所有的情歌。那糯糯的声音,那哭号一样的表白,那重复一样的前行,那蓦然的停顿,那猝然的截止。

我多次与你说笑,我说我在梦中与一个黑皮肤的浑圆的柔道冠军争夺锦旗,你说我是以歪就歪不说真情。世界上有这样的男子吗?我的初恋是你。我的少年是你。我的颠沛流离是你。我的金婚是你。我的未有实现的钻石婚是你。你的唯一的对手是非洲冠军,是欧洲长跑,是俄罗斯与白俄罗斯网球手,是澳大利亚的鱼。我老了老了迷上了女子举重,期待着世界纪录打破者,举起,旋转,砰的一声,接在手里,或者粉碎在大地。我坚信你是我的女子举重手,我却够不上你的杠铃,也许我只是你的加上去就打破世界纪录的小铁片。请加上我。女权万岁!

世上有海,有风浪。海上有月和星星。我躺在海上入眠。阳光照得我睁不开眼,重复再重复的运作正好催眠。说海是起源,海是归结,海是摇篮,海是家园,海就是神祇。早春遇海,我们惺惺相惜。我只是怕你孤单。本来你可以不那么孤单。本来你可以与我相伴,就像星与月相伴,草与花相伴,沙与沫相伴,呼唤与回应相和,回忆与追思为伴。来啊!

月光是月亮的招手,星光是星星的眨眼,吹拂是风儿的抚摸。我欲乘风归去,我欲羽化登仙,我欲彩云追月,我欲登堂入室与你拥抱在一起。五百年前我在深山里参拜,日月精华,山川灵秀,草木生机,狐兔欢跃,安宁当中有星月的低语,吐纳当中有天地的慰安。世界是你的胜寒居。

你可晓得,明年我将衰老?

五年前,那次也是在海边,在山路上,在欧洲与非洲,在秋叶树下。一个温顺的女孩子问我:你有洛丽塔情结吗?

我不知道她是不是真的想问我这个,因为那是一个午夜的节目,人们不大相信节目,已经有朋友打电话告诉我不要上传媒的当。80后90后告诉我说,传媒为了收视率有意识地渲染代沟与偏见,锔碗的戴眼镜,鸡蛋里挑骨头。我根本只是一笑。有沟无沟,有针尖对麦芒无麦芒对针尖,我仍然是我。宣布了什么命名了什么,谁红了谁白了,谁抄了谁没抄,全无意趣。我怜惜那些嘀嘀咕咕的宣布者,他们已经基本销声匿迹,像驶入海洋的纸船,像脱了线的纸鸢,像一声噩梦中的阴声冷笑,他们嘛也不懂,他们嘛也不会,他们嘛也没有。山里深秋,我感动于晴日清晨,复活过来的,头一晚上已经僵死过去的蝈蝈。它一醒就又叫唤起来了,然后第二天或者第三天还是悄悄汰去。我未能帮了你。

我说,我不知道什么是洛丽塔,她给我解释是说什么老男与少女的钟情。

那怎么能问我? 我糊涂了或者装作糊涂了。鲁迅说,他们粗暴了或者将要粗暴了。我已经度过了、提前度过了青年时代、中年时代,我已经清醒多了所以糊涂了或者装作糊涂了或者其实恰到好处难得。

果然,已经到了时候。你记住的已经太多太多。我赶上了无风三尺土、有雨一街泥的刚刚安装有轨电车的年代。我常常走过胡同拐弯处的一处小宅院,高墙上安着电网,有时候电网上栖息着麻雀,黑大门上红油漆书写着对联:忠厚传家久,诗书继世长。树上的蝉叫得正是死去活来。小院对面的略显寒碜的、油漆脱落的院门上的对联,对于我来说有更多的依恋与普适情怀:又是一年芳草绿,依然十里杏花红。草枯黄了,又绿了起来。花儿早就落地与被遗忘了,然后倏然满街满树满枝地绚烂与衰败。尤其是春天,这副对联,令我幸福又伤感地颤抖,像挂在电线杆上的一只不能放飞的风筝。赶上了飒飒的春雨与从斜对面吹过来的小风。已经是七八十届芳草与杏花了。

我也赶上了在老教授家里看到书法与诗,日日好春风里过,令人梅雨忆家乡。前两句我死活想不起来了,也许第二句是"似雪翻飞天昏黄",是说北方故都的粗粝的春天。当然与"江南好,风景旧曾谙"不一样。一枝垂柳一枝桃是别样风景。那时候古城夏日的雨后到处飞蜻蜓,青蛙与刺猬会进入四合院,夜间到处飘飞着萤火虫,一只青蛙爬到我的小屋里,它的眼神使我相信它有博士学位。而初夏的古槐上吊着青虫,每到春天到处卖鸡雏。屠鸡是一个不好的名称,百姓争养的是油鸡,是进口品种。我是为了省钱才步行到六站以外的公园里的。那里的杨树会响会唱会讲故事。我一次次经过那个继世长的小红门,听到水声轰轰地响。凉爽与水声同在。从来没有见到过它的门打开过,那里有不为人知的故事,是一个人老珠黄的美女,被金钱与威势所席卷。那个故事与故事的散落已经泯灭,那个故事还等待着我们的发现与转述辛酸。

经过迷茫,自以为是大明白,然后是《雾啊我的雾》,二战歌曲。然后是欲老未老,然后是不太敢于面对旧日的照片,然后大家都会静下来,我看到了我也看到了你,我们本来都在襁褓里。都说你有福相,从那时起。

有许多次我被离别,我不喜欢别离,离别的唯一价值是怀念聚首与期待下次重逢的欢喜。离别的美好是看到月亮以为你也在看月亮,同一个月亮。被离别时我常常深夜因呼唤而叫醒了自己,然后略略辗转。我呼唤的是你的名字。你有一个乳名,你不许我叫你。我们在春水与垂柳下见面,我们站在汉白玉桥下面,我们身旁有一壶一壶的茶水,一碟一碟瓜子。你闻到了水与鱼的气味,柳条与藤椅的气息。是一见钟情,那时候还没有忘记千里送京娘的流行歌曲。

醒来后的第一个感觉是我怎么已经活了那么久?我上了幼稚园、小学、初中、高中,当了第一名、干部、分子、队长,嘛跟嘛嘛……听取那么多赌咒发誓,说了太多的真话与不那么特别真实的话,费了那么多纸,三十岁的时候我蓦然心惊,原来如此。

这里有丽塔?洛塔?丽丽?塔塔?洛洛?不,不不,不不不,只要有你。我不想知道丽塔洛塔洛。

然后礼貌的女孩子问我,你有什么因为年老而产生的不那么舒服的感觉吗?例如记忆力的减退,例如体力的丧失……她果然很天真,她顺应了媒体的捉弄。

这果然是一个难以回答的问题,我说是的,我为什么要说是的?

我的头发那一年远远没有全白,现在也没有。我还在登山抛球与游泳,我还在学俄文与英语歌曲,我还在奋键疾书,我还可以及时应对,一语中鹄。然而,我已经七十好几,我已经绝不年轻,我还有不错的肱二头肌、肱三头肌和胸肌,不比那些秀胸的国际政要差。后来我还从好声音那边学到了爱我如君,是说话也是唱歌,是诵读也是吟咏,像是大不列颠的梅花大鼓,像是欧洲的花小宝与籍薇。她就是阿黛尔:求求你不要忘记,我流下了眼泪。

我接受了媒体的套路与传播上的花式子。宁做一个易于上套的小傻子，不做一个麻木不仁却又怨气冲天的坏种，老辈人说比木头墩子多两眼睛，可远远不止。

但我不想在摄像机前卖萌。

我岂可说不是的？世界是你们的，是他们的，是孩子们的，我早该隐退，谁让我还能连吃四五个狗不理包子，天津卫？

简单地说，在境外受过良好教育的女孩子问我，你不觉得你老了吗？我怎么敢说没有这回事。

我当然老了，岂止是老了，走了歇了去了别了如烟了西辞黄鹤楼了烟花三月下扬州了也是题中应有之义。潇洒走一回，潇洒老一回，是自然而然，是四时交替，昼夜有常。我也年轻过，万岁过，较过劲也开过花。你……你老过吗？

我回答：是的，也许是明年吧，明年我将衰老。

没有说出来的话：如果明年的衰老仍然不明显，那么就是明年的明年或明年的明年的明年衰老。衰老是肯定的，这不由我拍板，何时衰老我未敢过于肯定，这同样不听谁的批示：

> 这是多么快乐，
> 明年我将衰老，
> 这是多么平和，
> 今天仍然活着……

这是我最近十年说过的最好的话，最嘚嘚的话，明年我将衰老，今天仍然歌唱。她们偏偏删去了这话，从此我不再想搭理她们，虽然春节她们给我送过腊味。我不会原谅她们。我自行一次再一次地讲了这个故事，都说我的嘚嘚精彩，你删不动我，你摁不住咱。我在胜寒居里读老庄的书，有秋日的阳光灿烂，叫作虚室生白。我终于虚室了。

我看到了你，不是明年的衰老，而是今年的崆峒。位于甘肃省平凉市。这是一座早负盛名，却又常常被虚构成邪门歪道的山。它的样子太风格，它不像山而像狂人的愤怒雕塑。它太冒险，太高傲突兀，拔地而起，我行我素，压过了左邻右舍，不注意任何公关与上下联通、留有余地。空同不随和。悬崖峭壁，树木和道观，泾水和主峰，灌木和草丛，石阶、碑铭、牌坊、天梯、鹰，和山石合而为一的建筑与向往。天，天，天，云，云，云，与天合一，与云同存，再无困扰，再无因循。多么伟大的黄河流域！我在攀登，我在轻功，我在采摘，我看到了你……我看到了蝴蝶与鸟,我闻到的是针叶与阔叶的香气,我听到的是鸟声人声脚步声树叶唰啦啦。我这里有黄帝,有广成子,有衰老以前的肌肉,有不离不弃的生龙活虎,愿望、期待、回忆、梦、五颜六色、笑靥、构思策划,邀请函件,微信与善恶搞。有渐渐出场的喘气。当然不无咳嗽。本应该成为剑侠,本应该有仙人的超众。我将用七种语言为你唱挽歌转为赞美诗。我已经有了太极。即使明年我将衰老,现在仍是生动!明年我将离去,现在仍然这里。你走了,你还是你,谁也伤不了你。我攀登,我仍然山石继世长。哒哒哒哒,我听到了自己的拾级而上的脚步,我像一只小鸟一样地飞上了山峰,登上了云朵,我绕着空同——崆峒飞翔了又是飞翔了。我仍然舍不得你,亲爱的。

我永远爱你。

16th

2015/06

百花文学奖

短篇小说奖·入围作品

笛安小传

笛安,女,1983年生于山西太原,毕业于巴黎第四大学、法国高等社会科学院。2003年开始发表小说。著有长篇小说《告别天堂》《芙蓉如面柳如眉》《西决》《东霓》《南音》等。短篇小说《光辉岁月》获《小说月报》第十五届百花奖。现为《文艺风赏》杂志主编。

胡 不 归

笛 安

公平地讲,他最不喜欢自己七十五岁到八十五岁的那十年,因为那十年他是真的怕死。恐惧就像用过的纸尿裤,导致他对那几年的回忆往往被无地自容的羞愧和尴尬打断。

七十五岁的时候,应该是一九八二年还是一九八三年,总之是他最小的孙女出生的年份。他凝视着那个严肃地闭着眼睛,看上去像个巨大爬虫的小家伙,突然就开始讨厌她。讨厌她这么小,讨厌她恐怕不能在他的有生之年长大,讨厌她是故意这么做的,故意在他死后的世界上健康娇嫩地长成一个摇曳生姿或平凡朴素的女人。他讨厌这世上一切提醒自己死期将至的事情。

妻子注意到了他的神情,不动声色地说:"已经有了三个孙子,来一个女孩子多好。这孩子眼睛大,你看她嘴巴的线条也很清楚,会是个漂亮姑娘。"然后她满足地喟叹:"小城是一九七八年出生的,现在又来了这个小丫头,这两个孩子命最好吧——苦日子都过完了,他们来得正是时候……"她笑起来的时候鼻子上端会打皱。他没作声。就让她认为他的不悦只不过因为婴儿的性别。她用自己的心思揣测了他一生,后来日子久了,她就觉得自己了解这个男人了解到了骨头缝里。就连他自己也常常把这种不知属于自己还是属于她的揣测当成了骨头的一部分,从没对她解释过什么。

就在小女孩出生后的六个月,一次常规的体检,查出他得了癌症。他坐在医院的走廊里,第一次看见了死神。死神看上去比他年纪小一些,六十岁左右吧。当然了,在年轻人眼里,他们俩反正都是老头儿。死神穿着一件很旧,但是很整齐的灰色中山装。若是妻子看见了,第一句话一定会是:"料子不错。"死神脸上神情和蔼,是挺容易接近的人——好吧,口误了,是挺容易接近的神。死神随便就在他对面的破旧长凳上坐下来,双手习惯性地撑在大腿上,开口说话之前,先从中山装的兜里拿出一张泛黄的卫生纸,用力地擤鼻涕,然后腼腆地对他一笑:"最近天气不大好。"

"还要多久?"他平静地问,右手却在衣兜里,攥紧了那张折叠得整整齐齐的化验单。他非常认真地把它叠成了一个一丝不苟的方块,表示他冷静地接受这个现实了。

"什么多久？"死神的疑问也不像是装的。一个神，普通话讲得还没他标准，带着说不好是哪里的口音。

"你不是来带我走的吗？"他笑笑，心里的那股凄凉让自己满意。因为毕竟，这凄凉还是因为"自重"而生。

"哦，这个。"死神语气中突然有了官腔，"这个倒还不算什么大问题，很好解决。"然后漫不经心地掏出烟盒，自言自语："火柴呢？"

"我是肺癌。"他耐心地解释，"你能不能别对着我抽烟？虽然大夫说我运气好，在最早期的时候发现的……"

死神不知道用什么方法，还是把烟点上了："放心，不差这一点儿。"

他明白这意思，死神说得没错。

无论如何，七十五岁时候的自己，还是太嫩了。将近三十年后，他依然清晰地记得他如何吹毛求疵地折叠着那张宣判死刑的化验单，手指微颤，可是上半张和下半张还是严丝合缝地对齐。抓准两条边缘的线百分之百重合的瞬间，右手的食指中指无名指并拢伸展成一个有力的平面，对着光洁的纸张，唰地擦下去。化验单就这样带着余温被腰斩了。还不够，他用指甲死死地反复划着那道对折的线，这种历历在目令他难堪。

当回忆不可避免地进行到一个类似现在这样难堪的时候，他倒是有个办法。迎头撞上了令人无地自容的画面，他就在心里轻轻地哼几句歌，至于什么曲目，在不同的时候有不同的选择。最近二十余年，他比较偏爱一首听上去愉快且光明的小歌谣，是他在一九四八年的解放区学会的。那时他已过不惑之年，但是唱这首歌的时候快乐得像个孩子。

> 她的确傻，鼎鼎有名的傻大姐，三加四等于七她说等于八；
> 她的确傻，鼎鼎有名的傻大姐，她说她九岁那年做妈妈；
> 她的确傻，鼎鼎有名的傻大姐，叫她去放哨她说怕鬼抓。
> 哈哈哈，笑死啦，同志们想一想，岂有此理哪有此事讲鬼话。
> 她为什么傻，就是没有学文化，学了文化就不会这么傻……

他固执地重复着这个简单诙谐的旋律，顺便加点自嘲，尴尬的回忆就这样停止了。学这首歌的时候，他是教员，给解放区的孩子或者不识字的村民们扫盲——他在一块遍布裂痕的小黑板上，写下小调的简谱，以及歌词，写错了就急不可待地用袖子去擦，然后指挥着所有的听众，一起唱。他们的脸庞懵懂好奇，洋溢着某种只有革命者的眼睛才看得见的光辉。他的表情和神色必须比他们鲜明很多倍,只有这样才能让他们放心地跟着这曲调喜悦起来。他的身体在这参差的学唱声中因着单纯的兴奋和忠诚,饱满得像是拉满了的弓。他知道在这片因为崭新所以纯净的土地上,他自身的历史复杂——毕业于北洋时期的学堂,还在日本人的工厂里工作过很长一段时间——对往昔有多恐惧,他歌唱时的欢乐就有多掏心掏肺。因为选择了他认为全新、合理,并且美好的东西,他有机会在青春已逝的时候重新成为一个孩子。等待被肯定,等待被奖赏,等待被原谅……生命在全神贯注的等待里似乎强大到跟岁月没有关系,笑容和眼泪都已不再牵扯到尊严。

"爷爷,您在跟我说话,还是在跟自己说啊?"他今天戴着助听器,所以小孙女柠香的声音传递得毫无障碍。他意识到了也许自己的嘴唇在轻微地开合,那是他跟着心里的调子准确无误地暗暗重复歌词——他记不住自己两个小时前吃了什么,却记得大半个世纪以前的歌。

他不回答,但是自觉地让嘴唇静止了。柠香其实早已习惯了他的无动于衷。一个一百〇四岁的人,在柠香心里其实基本是个妖怪,她从来不会拿一般人的标准去看待他——十四年前,当全家人为他庆贺九十大寿的时候,柠香躲在一旁兴奋地用手机给她中学里的朋友打电话:"今天真的去不了,我爷爷过九十岁生日啊……逛街什么时候都行,爷爷可是好不容易才活到九十岁,哪能不捧场?"那时他的听力尚好,是人们眼中耳聪目明的老寿星。柠香的话被她爸爸,也就是他的小儿子听到了,狠狠地瞪了她一眼。他没对任何人承认过,几个孙辈的孩子里,他最喜欢柠香。

不是因为她最小,也不是因为她终究让他看见了她长成一个虽然不漂亮但是有媚态的女人。而是因为,这孩子骨子里有种戏谑,这个家的其他人对待他都太诚惶诚恐,只有柠香从不在乎他身上背负着过分沉重的岁月。柠香不知道,她漫不经心的说笑背后藏着一种深刻的冷酷,这冷酷恰恰对足了他的胃口。

柠香走到他坐的椅子跟前,弯下身子说:"爷爷,我看见您刚才想要说话了。"她的手轻轻抚摸他的脸庞,那神情像是他脸上挂着泪水。柠香身后的沙发里,他十八岁的重孙歪七扭八地蜷缩着——他是这个家里的第四代,是他长孙的儿子。这孩子小的时候固执地不肯管柠香叫"姑姑",因为他搞不清楚明明看起来像是"姐姐"的女孩怎么就成了"姑姑"。这孩子过完夏天就要去上大学了,家人们都说:"老爷子,再努力好好活几年,就看见第五代了……"他偶尔会想象第五代的孩子会是什么样——其实婴儿还不就是那副模样,蜷缩着,蠕动着,发出无意义的类似动物的声音。他不能跟人们说他没那么想看见第五代的孩子——这个连续剧已经太长了,第五代的孩子原本该是个陌生人的。他觉得可能人们期盼着他的长寿也有一点这个意思在里面——一般的连续剧都是三十集，可是他居然演了三百集，这个长度让所有人开始好奇它究竟还能播多久，于是不想看见剧终。

因为本来，在他七十五岁的时候，差点就剧终了的。

手术之后，家人都围在他的病床前。他知道手术很成功，他知道还在萌芽状态的癌瘤被干净地切除掉了，他听了一万次——主刀的医生是这个城市最好的大夫，现在最要紧的就是监控癌细胞是否扩散。可是这一切都抵不上他从麻醉里苏醒的那个瞬间，全家人围成的那个半圆里，隐隐约约地，他看见了死神，含笑而立，表情轻松地站在他妻子和他的大儿媳中间。所谓瞬间，就是指消失得很快，在他的眼睛从微张到彻底张开的刹那，死神已经不见了。他还来不及有任何的感觉和反应——原谅一个七十五岁，刚刚动过癌症手术的老人吧，他在心里轻笑——我允许自己变得迟钝了，所谓迟钝，也包括对自己无情。

他想抬起自己的胳膊，证明他暂时还活着。他成功地抬起了一点点，不过还没来得及看到自己那只生着老年斑的手，妻子就不由分说地把那只衰弱的胳膊按回到白色被子的云朵里去。她说："不费那个事儿，别累着了。"

凌晨，他终于有了机会和死神独处，陪床的长子已沉沉入睡——他守在病床前面的时候并没想到，其实自己会死得比父亲还早。死神靠近他的时候，病房里就有了光。昏黄，但是足够他们看清彼此的面容。

"随便你了。"他说话的时候并没有微笑，他一向以待人谦恭有礼著称。不过面对死神，倒是突然间没了"教养"的包袱。人和神的关系，本来就跟人和人之间有本质区别，对此他无师自通。

"随便我什么？"死神说。

"就现在，走吧，择日不如撞日。"他意识到自己有力气开口说话了，并且，并不是白天那种气若游丝的声音。

"你急什么？"死神微笑，"都是早晚的事儿，着急上火的，多不好。"

"我等不及了。"他非常平静地回答。

"别撒谎。"死神熟稔地在他的床沿上坐下来，深深凝视他的脸。

"就现在吧，行吗？趁家里人都不在，趁我儿子睡着了。"他知道自己语气平静，因为他已经没有力气不安了。

"真等不及了？到天亮都不想等？"死神含着笑，就好像是在牌桌上。

他终于闭上了眼睛："不等了，你都已经在这儿了，还有什么可等的。"

"话也不能这么说。"死神诚恳得就像是个老邻居。

他凝神，屏住呼吸，让自己的意志集中在眼前那片闪烁着光斑的黑暗里——片刻之后，像是下了好大的决心："是，不等了，你受累，就现在吧。求求你。"

"求我什么？生死有命。我当的不过是领路的差,别的事,还真说了不算。"死神的普通话似乎越来越不标准,也许是因为心情放轻松了。

"再多等一会儿,我就不敢了。你明白吗？"他睁开了眼睛。他还是不能允许自己说这句话的时候闭着双眼,任由自己的脸庞变得狰狞。

"真不容易。"死神如释重负,"我只想要你承认,你怕。"

"谁能不怕？你告诉我,你见过谁真的不怕？"他毫不掩饰自己的烦躁。

"不怕的人有的是。没听说过什么叫英雄？"

"我怕,你满意了吗？"

"我有什么满意不满意,怕也不丢脸。哪有人在神面前觉得丢脸的？"

"好,我怕,趁现在还没那么怕,咱们走吧。"

"你都儿孙满堂了,就不能沉住气吗？"

"就是不想他们看见,所以趁现在,行不行？"

"不行。有什么关系吗？不想让满堂儿孙看见你怕死,累不累？"

"累,所以不想活了,走吧。"

"再说一遍,大点声:你刚才说你不想什么？"死神惊喜地叹息。

"我说我……"他重新把眼睛闭上了,任由自己的面庞撕扯着自己虚弱的脸,"能不能放过我？我想活着,我不想活了可是我也怕死,我说不清,让我活着吧……"

他觉得自己在哭,可其实他是尿床了。短暂的混沌过后,再睁开眼睛,已是黎明。淡蓝色的光线笼着他稀疏的睫毛,他知道身下的裤子和床单都湿了。

随意喽。他对自己笑了笑。长子已经醒了,头发乱糟糟的,眼神尚且惺忪,空洞地望着他打了个大大的哈欠。他想让他帮忙换条裤子,但是开口之前,突然觉得,这孩子刚刚睡醒的神情就跟幼儿时代一模一样。所以他不准备告诉他死神来过了,不准备告诉他昨夜那场漫长而屈辱的对话——他永远都是个孩子,不该让他知道那么难堪的事情。自己毕竟是父亲——即使身子底下有那条潮湿的衬裤。他辛苦而温柔地打量着他,他觉得自己应该对这个世界再友善一点。反正,他已被这个世界亏欠了一生,可以不再计较了。

如果那时真的是弥留之际,该多好。二十年后,在长子的葬礼上,他这么想。那时候心里还有不多不少的一点温柔,如果能戛然而止,其实刚刚好。但是人生嘛,怎么可能允许你刚刚好。也许有的人能得偿所愿,跟他们的人生达成某种精妙的默契,准确地活着,准确地死——所有的准确叠加起来,一生直到落幕都大致优雅。这世上没几个人知道,"优雅"的背后通常都支撑着如影随形的精明。

长子终年六十岁,死于突发的心肌梗死。

他知道,每个来吊丧的人都在惴惴不安地打量他,所有的人都在担心一件事,就是他会因为长子猝然离世的打击,也不久于人世。这种对一个九十多岁的人的担心冲淡了人们的悲伤和怀念,让他觉得有点抱歉。在整个葬礼上,他就这样喧宾夺主。于是他只能一个人静静地想念他的第一个孩子,他出生在重庆,那是抗战刚刚胜利的时候。再往前推一点,他在清早的嘉陵江边上遇到了妻子,她比他年轻得多,那时候他三十岁,她才十九。在一条浩荡的江边,她眼睛里的略微带着闪烁的安静让他想起家乡的湖泊。他似乎有很多年没见过湖泊了,这个年轻的女学生像一弯精致的下弦月,勾起了他的乡愁。

他跟她说:"吃了我请你的夫妻肺片,就得跟我做夫妻。"她惊愕地看着他,脸红了。

不过妻子和长子如今都不在了。跟着一起消失的,还有那些六十年前的江水。如今的嘉陵江里的水,肯定是无情无义的。

妻子是在他的癌症手术四年之后去世的,他觉得是自己把这个女人的生命耗干了。如果不是因为他的病,她或许能活得久一点。从他第一眼看见她的时候,他就知道,她不是那种坚韧厚实的女人,有种女人生来就像是原始人崇拜的图腾,专门用来承受苦难。可是她不是,她天生纤细,在漫长的生物进化史上,她这样的生命非常容易成为幻灭与消失的偶然。她的脆弱并不能跟着她的容颜一起苍老和凋零。

"还是快点死了吧,别拖累你。"手术之后的那几年,他常常这么说,他清楚自己口是心非,不过死神倒是真的没在那几年出现过。

"你死了,我一个人有什么意思?"她把手掌轻轻地放在他肩膀上。他们在医院的走廊里,他坐着,她站在他身旁,一起等着化疗。

"你还有孩子们。"他耐心地说服她。

"孩子们早就长大了,他们说的话我都听不懂。"她表情平淡,"还是你在这儿有意思。"

"可是我就是会先走啊。"他烦躁了起来。

"有一天,算一天,别想那么多。"女人们都是只争朝夕的。

"你看,你也觉得我没多少天了。"他于是又恼怒了起来。

"中午回去你想吃什么?"她问。

"不吃。"他觉得自己盯着她的眼神里,一定有仇恨。

他们终究都会活着。这些所谓的至亲,所谓的至爱,所谓的骨血。只有他一个人去死,然后他们继续活着,把没有了他的生活静静地重新变成一个自成一体看不出缺陷的湖面,也会有怀念他的时候,可是那怀念说到底只是倒映在这湖面上的影子。愤懑和悲凉的时候,他甚至会有点想念死神,只有死神跟他同仇敌忾。这群没有心肝的家伙们,有什么值得留恋的?早点来接我算了,我们上路……想到这里他又突然不放心地打量了一下四周,医院走廊里有的是穿着灰色中山装的老头子,还好,死神并没真的默契地降临,他心脏重重地狂跳了几下,急促得让他的呼吸都跟着困难了——他不自觉地伸手摸了摸胸口,不过应该还好,没听说过哪个癌症患者最后死于心脏病的。

就是,癌症患者不会死于心脏病,所以心脏那里总是爆发与灼烧一般的狂跳是不用在意的。不会死。并不会。就这样,日复一日,他和妻子总是重复同样的对白。

"还是快点死了吧,别拖累你。"

"你死了,我一个人有什么意思?"

"你有孩子们。"

"孩子们早就长大了。他们说的话我都听不懂。还是你在这儿有意思。"

"可是我就是会先走啊。"

"有一天,算一天,别想那么多。"

"你看,你也觉得我没多少天了。"

绝望总是在这一刻准确无误地降临,两人你来我往的谎言原本进行得很顺利,一不小心,真相还是来了。他也很气自己,为什么不能在"有一天,算一天"这句话之后保持沉默。但是,她为什么就不能说"你不会先走,你会好"呢?不过,他瞬间释然了,万一她这么说了,他一定会更恼火,因为这句谎言太拙劣了。

不能说真话,也不能撒过分明显的谎。这就是活着。

那几年,他对她的日益衰弱和憔悴视而不见,他也不在乎她其实越来越暴躁和不安。陪着他去医院做检查的时候,经常走得比他还慢,医院新来的护士把她错认成了病人。他们的女儿在某天搬来跟他们同住,他还惊讶地问为什么。女儿说:"您看,妈妈最近瘦了那么多,我帮她一起照顾您。"——这句话非常难听,女儿不知道。

"不好意思。"他故意说,"死得这么慢,让你们费心了。"

"爸!"女儿不满地提高了声音,"这是什么话?"

从那以后,女儿就成了他的敌人。她的一举一动似乎都在提示他,想活着是件不体面的事情,承认想活着就更多添三分贱。因此他们的对话,他总是以"是我死得太慢"告终,女儿连那句"这是什么话"也不再跟了。

那个早晨,他一个人坐在餐桌前面,等着那杯热豆浆摆在他面前。但是似乎等得久了点。女儿站在厨房门口,他知道她在认真地注视着他。女儿突然说:"爸,您瘦了。"他哼了一声。他静静地说:"离死不远的人,胖不起来。"

女儿突然笑了一下，有种很久没见的温柔，轻轻叹了口气："我来帮您弄豆浆。妈妈没醒，让她多睡一会儿吧。"

　　妻子再也没醒来。睡梦中，脑出血，一切结束得很平淡，就像是一件很小的事情，一件像豆浆没上桌那么小的事情。几个月后，他八十岁生日过后不久，医生说："恭喜。满五年了，没有复发，算是治愈。"然后女儿拖着箱子头也不回地离开了，又过了几天，搬进来的是小儿子一家三口。他们觉得不该让他一个人住，并且，他们自己住的那间单间也确实太不方便了。当时柠香五岁，眉心点着一个小小的红点，像颗朱砂痣。

　　谁也没想到，不声不响地，他就和他们一家三口同住了二十五年。

　　他们搬进来的第一晚，死神又来到了他的房间。他深呼吸了一下，从床上坐起来，对死神说："医生说，我算是治好了。"他暗想自己一定是老糊涂了才会说这种话。

　　果然，死神宽容地微笑道："医生有医生的事情，医生只管看病，管不着生死。"

　　他摇摇头："为什么非得现在不可？偏偏是现在？早两年多好，那时候我心里没有念想。"

　　死神也摇摇头："没见过这么不懂事的人，还和神讨价还价。"

　　他说："我熬了五年，不是白熬的。"

　　死神说："在我眼里，五年真的不算什么。带你去见你老婆啊，她现在一个人在那边，你不高兴？"

　　他不置可否。

　　死神问："你们在一起快五十年，你就不想她？"

　　"我想。做梦都想。"

　　"我看你也只是想做做梦。"死神笑了，"其实这个世界就要跟你没关系了。你看看你的这些孩子，他们各自有各自的人生，你一个人戳在这里像个稻草人，不觉得孤单？"

　　"觉得。"

　　"那就带你走啊。我们去找她。"

　　"我不想去。"

　　"死的人居然是她，不是你，你开不开心？"

　　他凝视着那张亲切甚至有些憨厚的脸："你是神，你不懂我们人的事情。"

　　"可我知道你庆幸自己活下来了。"

　　"总有一天我也会去的，总有一天我还能见着她。"

　　"你还是庆幸。"

"别带我走。"此言一出，如释重负。

　　死神满脸都是真诚的不解："活着，就那么好吗？"

　　"不好。"他清晰地说，"但是我活惯了。"

　　"这个理由我倒是接受。"死神的最后这句话，在他耳边不甚清楚，似乎越来越远。他突然想起这几次见面，他都不记得死神是如何离开的。他只知道，当他终于明白这一劫暂时算是过去了的时候，浑身冷汗，心脏像块坠落的石头，在胸腔那个深潭里敲出不规律的水花。癌症患者是不会得心脏病的。这个玩笑，这些年，已经自己跟自己开了无数次。即使是已经撑过了五年，被医生宣布治愈的患者，也不那么容易得心脏病。

　　"爷爷，"柠香小小的身影出现在半开的门后面，"我想尿尿。"

　　他迟缓地从床上下来，拖鞋在地板上弄出缓慢拖沓的响动。"爷爷带你去，"他急匆匆地说，"柠香是因为刚搬来，还不认得，厕所的门就在洗衣机旁边……"他抓住柠香的小手的时候，心里有种类似感动的东西。因为除了死神，还有别的人需要他。

　　柠香抬起头眼神清澈地看着他："爷爷，刚才来客人了。"

　　他心里一惊："你没睡着？"

　　小女孩悄悄地摇摇头。

　　"柠香是不是认床啊？"他想转移话题，"以前没怎么在爷爷家住过，习惯了就好了。"

　　"嗯。"她抿着嘴，一脸无助的乖巧，这孩子看上去比她的父母都要聪明。

　　就算是——为了柠香吧，要活下去，活久一点。她会长大的。他这么想的时候，似乎已经听见死神那种尽了力但还是忍不住的笑声。

　　随后的几年他总是把"死"挂在嘴边上。跟旧朋友见面的时候，常开自己的玩笑，邀请他们来吃自己的丧席，并且可以提前点菜，几位老友因为菜色和口味的问题还认真地起了争执；他认真地交代小儿子，死了以后他们一家还是尽管住在这个房子里，不过要代替他把那几个架子的书保存好，要么替柠香留着，柠香不喜欢看书的话，就捐给他原来单位的图书馆；曾经诊治过他的医生过年的时候打电话问候他，他爽朗地说："让大夫费心了，还活着呢。我也纳闷怎么还活着……"言毕，大笑。

　　就是在那段时间，他开始喜欢哼那首旧时的歌谣："她的确傻，鼎鼎有名的傻大姐……"其实他知道自己在干什么，他就像当年取悦那个新时代新世界那样，用所有的乐观玩笑和豁达取悦着死亡。用这种彰显出来的"不怕死"，取悦着死亡，这种小心翼翼的讨好，让他错觉活着的时间，变得久了些。

　　就这样送走了癌症之后的第二个五年。

往下的回忆就没那么清楚了。白驹过隙，人们的眼睛都太容易盯着白马，即使他们知道岁月与白马无关，不过是它身下被奔跑带起来的那一小阵疾风。他不知道人们是什么时候忘记了他得过癌症的。也许，是从他穿上纸尿裤的那天起。他的视力听力都退化得不算厉害，记忆力也尚可，只是腿脚渐渐成了磐石，从客厅的沙发到厕所的那一段距离，对他来说，比旷野中两个古代烽火台间隔得都要远。裹上了婴儿的纸尿裤，他从此就不用再跋涉。

但使龙城飞将在，不教胡马度阴山。

他的身体成了个黄沙漫漫的古战场，就连癌细胞都能在此长眠安息，变成化石。

和纸尿裤一起到来的，还有对自己日益增加的漠然。不再在乎自己身上开始散发某种类似腐朽的气息，不再在乎被人在客厅里褪下裤子清洗，不再在乎打盹的时候口水流出来弄脏衣领——晾晾就干了，有什么要紧，就算晾不干了，又有什么要紧；也不再在乎电话那边传来旧友故交们的死讯。不记得是什么时候起，家里有个护工开始每天过来三小时，清洗他，照顾他吃饭，给他换衣服——护工原本在对门邻居家当差，三十年的邻居了，比他年轻二十岁，患上了阿尔茨海默症。他有个爱好，就是在护工低下头来替他擦洗身子的时候，冷不防重重地咬人家的肩膀。护工把药片和胶囊一个一个地放在盘子边上，对他说："瞧我肩膀上这些牙印儿，昨天晚上还渗血，真是吓死人，老寿星，您真是比对门儿那位有福气多啦，九十多岁的人，脑子还这么清楚，我每天在他家，就是数着钟点儿盼着来您这儿上班……"

他突然问护工："有客人吗？"

护工愣了一下："没有，老爷子。"

他说："睡着的时候也没有？"

护工答："没有。有客人我当然得叫您。"

一直没有死神的消息。

他想见他一面。跟不跟死神走，是另外一回事情，可以到时候再讨论，他只是怀念着死神那张亲切温和偶尔带着狡诈的脸。如今，让他有兴致怀念的东西，真的不多了。他曾经一时兴起，奋力地拄着拐杖，挪动到对门去，想看看老邻居。但是邻居已经不认识他。他只能坐在邻居对面，听他各种胡言乱语。邻居的儿子一直紧张地盯着他看，好像在盯着一个定时炸弹。后来邻居的儿子终于坐不住，跑到对面去把护工叫来，两个人一起，合力把他搀起来，像是搬动一件珍贵的黄花梨家具："老爷子，下次再来串门，该回去吃药了……"

他像是自知大势已去那样，奋力地回过头，对邻居说："我会再来看你。"邻居突然像婴孩那样张开双臂，嘶哑并且旁若无人地哭喊："我跟你说，我真的不想,不是我愿意的,是日本人逼着我,要我强奸那个姑娘,真的是他们逼我做的……"

护工在一旁强忍着笑意,就像是在看电视小品。

在他九十九岁那年,他参加了柠香的婚礼。还是一样,婚礼上,恨不能人人都来参观他。他眼睛半睁半闭,草坪上装饰的气球远远地悬挂在视线边缘,像串葡萄。他倒是不需要应酬任何人,每个人自然会对他笑脸相迎,他们通常也用类似的笑脸对待婴孩和大熊猫。死神站在绿草坪上那堆白色桌椅之间,狡黠地对他一笑。

他静静地看着死神从阳光里向着他走过来,站在他和一身白纱的柠香中间。

"好久不见。"他是真心的。

"是呀。"死神的面貌却一点没有改变。如今的死神看上去就和他的儿子们年纪相仿。他突然意识到,自己经历过的衰老,已经比很多人的一生都要长。

"走吧。"他安静地说,"这次是时候上路了吧?"

"你总这样,"死神笑他,"你还真以为你能想活就活,想死就死,并且死在你最想死的时候——那样的话,你还是人吗?"

"我就是想告诉你,我没有过去那么怕了。"

"恭喜。"死神言语间的那种嘲弄,在他听来已经习惯。

"我这次是真心的。也不是说一点都不怕,可是……"他似乎是对着空气挥了挥手,"让我跟你走吧。"

"真想好了?"

"是。"

"为什么呢?"

"以前总是怕,总是怕,现在怕累了,就不怕了,就觉得还不如跟你走更好。现在死,更清静。"

"别撒谎。"死神深深地凝视着他,这句话似乎以前也从他嘴里听过。

"没撒谎。"

"是突然觉得,现在跟死比起来,更怕活着了吧?"死神的语气里突然有了种前所未有的忧伤,"你为什么从来都不愿意说实话?"

"随便你怎么说。"他没发现,此刻的自己赌气的语气很像面对着一个老朋友。

"爷爷——"柠香清脆的声音划过了整个草坪,"跟我们一起照相,好不好?"

百岁生日是在家里的床上度过的,他在某个清晨突然发现自己无法挪动,从那以后,轮椅就成了他身体的一部分。手臂的活动也有了障碍,需要别人喂他吃饭。语言的能力也衰退了大半,很少跟人对话。其实他还是能说话的,只不过说话真的是一件很累的事情,还不如索性装作说不了话了,也不算失礼。

他坐在轮椅上,听见门外走廊里传来邻居家的声音。一阵惊呼伴随着挣扎,其间还有老邻居愤愤的咒骂,以及一只狗受惊了的狂吠声。他知道,他的邻居又去偷吃放在门口的狗粮,被他儿子看到了,自然要抢。小儿子退休的那天,看着他说:“现在我有的是时间了,我来照顾您。”他已两鬓斑白,需要每天服用降血压的药。

他一百〇四岁了。

柠香在二十九岁那年,成了一个寡妇。她的丈夫在某个雨夜,喝了点酒,开车撞上了高速路的护栏。他看着柠香默默地把自己的箱子拖进门,再一言不发地把衣服挂回曾经的房间。他在心里对死神说:你是不是搞错了?

他每天都看电视,准确地说,是家人每天都会把他的轮椅推到电视机前面。也不管屏幕上放的是新闻,还是财经,还是肥皂剧,总之,他会认真地盯着看。如果有谁突然过来转台,他就跟着看新的频道,从不挑剔。他恍惚觉得,自己也许能在那个方正的屏幕里看见死神——总之那家伙有可能出现在任何地方。

那是一个夜晚。小儿子和儿媳去参加大学同学聚会,柠香坐在沙发上每隔几分钟就会换一个频道,他静静地,没有任何意见。他喜欢这个难得安静的夏夜,空气里有潮湿的味道。

柠香突然放下了遥控器,电视屏幕上在播一个谈话节目,讨论石油价格和中东局势。柠香也不转过脸来看他,突然悠长地笑笑:“爷爷,您说有意思吗,他死了的这几个月,我一次也没哭。”

柠香善解人意地停顿了一下。然后接着说:“其实,您知道,我没那么意外……这两年,我坐他的车的时候,早就注意到了,车速特别快的时候,他会偷偷地,把安全带解开。可是我也不知道为什么,我从没跟他提过这件事。我知道,这样下去早晚会出事。但您说奇怪不奇怪,有时候,我甚至也会跟他一起,把安全带解开,他就装作没看到。爷爷您明白吗?”

柠香叹了口气,自己对自己笑笑:“可我就是哭不出来,爷爷,我想提前告诉您,我最讨厌当着很多人掉眼泪。所以啊,您的葬礼上,我也不一定哭得出来,可是您记得,那不代表我不想您,记得这个,行吗?”

他说:“你不用哭。我知道的。”

“我就知道您还能说话。”柠香看着他,像五岁那年一样笑着。

那天夜里,隐约有闷雷的声音。他闭着眼睛,感觉自己沉重的身体像植物那样,等待着雨水降临。死神坐在他的床头,他们彼此会心一笑。

"时候到了吧?"他说。

"差不多了。"这么多年,死神终于肯正面回答他的问题。

"挺好的,谢谢你。"他闭上眼睛。

"不想活了,是吗?"死神似乎是在叹气。

"是。你说得没错,之前几年确实害怕活着,可现在也没那么怕了,所以,应该是时候了吧?"

他感觉死神微微俯下了身子,带着笑意的声音清晰地刺进他的耳膜:"我告诉你个秘密算了。你知道我为什么几次三番地来找你?我可不是对所有的人都这样。因为,你呀,你会是这个国家最长寿的人。你会因为活得最久被记载到历史里面,直到有一个活得更久的人来顶替你。现在,你就安心吧,还早得很呢。"

他把眼睛闭得更紧。他眼前看见的,是六十年代末他待过的那个农场。那天他的任务是放牛,但是起床的时候他不小心穿错了鞋子,两只脚穿的都是左脚鞋。从清晨,到黄昏,他不敢跟监管他们的人说,他想回去换鞋子,因为这又会变成他的罪证。他们会说他是故意把鞋穿错借以逃避劳动。他知道,他们津津有味地看着他歪歪扭扭、一步一个趔趄地奔跑。那眼神跟护工看着老邻居偷吃狗粮时候的,别无二致。他倚着那头悠然自得的黄牛,把已经肿得很高的右脚腕轻轻藏在左腿的后面。他装作没有发现旁人的观赏,在心里满足地自言自语:夕阳无限好。他已经这样装了一百年。

他听见自己说:"求求你,带我走吧。"

他明知道这没用。延展在他面前的,是一片光可鉴人的地板,也许那是神的领地。而他是那个擦地板的人。污浊破旧的拖布,就是所有"不想死"和"不想活"的渴望。终于又一次地张嘴乞求了,不,也许严格地说,应该是祈求,因为毕竟面对的是神。可是,有什么区别?窗玻璃上隐约有细碎的敲击声,外面下雨了。他终将五世同堂。

短篇小说奖·入围作品

王祥夫小传

　　王祥夫,男,1958 年生,辽宁抚顺人。1984 年开始文学创作。著有长篇小说《屠夫》《乱世蝴蝶》《种子》《生活年代》《百姓歌谣》,中短篇小说集《永不回归的姑母》《西牛界旧事》《谁再来撞我一下》《城南诗篇》《狂奔》,散文集《杂七杂八》等。部分作品被译成英、法、日、韩等国文字在国外出版。曾获首届、第二届赵树理文学奖,第三届鲁迅文学奖。现居山西大同,中国作家协会会员。

泣 不 成 声

王祥夫

怎么说呢,四五年前,巴小东的母亲自从得知自己得了那种病就开始忙活上了。人们不知道她出于什么想法,为什么会去超市买了那么多的毛线?生病期间,巴小东的母亲的手就从来都没有停止过,哪怕有人来探望她,她的手里总是在织东西。人们知道现在市场上手工织的毛衣要比用机器织的贵得多,但就是一个星期织一件又能有多少收入?"人真是不知道会发生什么事?"巴小东的母亲翻来覆去就这么一句话,说老天对我的巴小东公平一点好不好?每说到这句话的时候巴小东的母亲的眼里都会一下子溢满了泪水。有人对她说散散步对健康有益,别总是坐在这里织这些东西,出去散散步吧。巴小东的母亲会说:"我还能有多长时间?我还能为我的巴小东做些什么?"这话真是让人伤心。听到这话的人们总是想找出什么话来安慰一下巴小东的母亲,但他们却什么也说不出来。巴小东的母亲问大夫,问那个名叫白桦的年轻大夫,问自己还能有多少时间?白桦当然不好回答这个问题,这个你当然也知道,要是你是个大夫,而正好又有个病人向你提出这种问题的话。白桦对巴小东母亲说好好保养注意不要感冒也许不会有什么事。但白桦大夫忽略了一个问题,那就是巴小东的母亲是医院里的护士,巴小东的母亲从卫校一出来就做了护士,护士见到的病人和死人可是太多了。巴小东的母亲在卫校上学的时候可以算是一个小美人儿,她是在一个下雨的下午认识了巴小东的父亲。巴小东的父亲那时候在乐队拉小提琴,人长得很白净,细眼睛,说话还有几分腼腆。说实话是小提琴吸引了巴小东的母亲,倒不是巴小东父亲的父亲是这地方的一名副市长。那时候,巴小东的母亲还喜欢读屠格涅夫的小说,那时候医院里经常会开联欢会,每到这种时候巴小东的父亲就会来拉小提琴。他不是乐队的演奏员,但他们有个乐队,他们喜欢演奏,而且是喜欢到处演奏。这个乐队的头儿是个老女人。这老女人过去是个教员,教过音乐也教过英语,她总是千方百计地到处打听什么地方需要演出,他们就会不收一分钱地前去给人们演奏。后来这个老女人就成了巴小东父亲的岳母。这你就知道了吧,巴小东的姥姥应该是谁?巴小东的母亲不知道自己怎么会那么喜欢小提琴,也许这与她自己的父亲分不开。那还是巴小东母亲很小的时候,她的父亲,也就是巴小东的姥爷,在家里拉过小提琴,后来那把小提琴给了巴小东的父亲,巴小东母亲的父亲四十岁上就去世了。而巴小东的父亲,也就是巴小东母亲的丈夫去世更早,还不到三十岁。是十年前的事,是一场事故,但不是车祸也不是别的什么,比如地震或发洪水什么的那种自然灾害,是他和几个朋友高高兴兴一起去爬山,爬山的目的是要去山上的一个湖泊里看天鹅。那时候,正是鹅群从南方结队飞来的时候,结果呢,巴小东的父亲从山上一下子就摔了下去,他站在悬崖上,做什么?他往下边撒尿,身子一晃就摔下去了,这真是让人想不到。那一年巴小东才七岁,现在巴小东大学都毕业了,如果不出什么事的话,也许连工作都找上了。巴小东读书就在这个城市东边的那所大学,那所大学附近的那个湖很大,学生们在课余的时间里到湖里游泳。也就是巴小东上大学的第一年,巴小东的母亲检查出自己得了这种要命的病,巴小东的母亲明白等待自己的是什么,巴小东的母亲也明白等待着可怜的巴小东的将是什么。也就是从那时候开始,巴小东的母亲开始喝咖啡。其实那些咖啡也许早就不能喝了,那些咖啡都不知道放了有多少年了。巴小东的父亲喜欢喝咖啡,那些咖啡都是巴小东的父亲留下来的,好家伙,都有多少年了。喝着这样的咖啡,巴小东的母亲就觉得自己又和巴小东的父亲在一起了,他就坐在自己的对面,也在慢慢喝着杯子里的咖啡,细眼睛里边充满了笑意。巴小东的母亲会对坐在对面的巴小东的父亲说:"我们马上就要见面了"。她坐在那里,喝着巴小东父亲留下来的咖啡,和想象中坐在那里的巴小东的父亲说话,这样可以让她好受一点。巴小东的母亲想方设法要让自己能够多挣点钱,她总是买最便宜的蔬菜和食品来做她的早餐和晚餐,为了节省,晚上她宁肯摸来摸去也不多开一盏灯。即使这样,她又能为巴小东省下几个钱?巴小东住校,巴小东的母亲一个人在家里,她把巴小东小时候用过的枕头和小被褥找了出来,她盖这个、枕这个,她喜欢那种味道,她知道这种味道自己也许闻不了多久了,也许用不了多久自己真就要和巴小东的父亲去见面了。这真是让她很伤感。她把巴小东小时候的衣服找出来,摸了又摸,闻了又闻,也都放在身边,就是从那时候起巴小东的母亲开始织东西。医院安排了巴小东的母亲去海滨疗养。别人下海游泳的时候她坐在那里织东西,是一件毛裤,男人穿的毛裤,深蓝色的。之前,她已经织完了一件驼色的,她记不起来自己是看了哪一部俄国小说,好像那又是一本传记,里边有屠格涅夫的照片,就穿了一条驼色的裤子,不过那是条现在已经很少能见到的马裤。巴小东的母亲现在不但不停地织东西,还记日记。其实她也没有什么可记,记日记的时候她心里想到的都是巴小东小时候的事。比如她带着小巴小东去公园,她藏在一棵大树的后边,直到小巴小东找不到她大叫起来。她还在日记里记清楚了那棵树在公园的什么地方。比如她还会记带着小巴小东去坐摩天轮，小巴小东是坐了一次还要再坐一次坐了一次还要再坐一次，是没完没了。因此有一次巴小东的母亲还打了小巴小东。巴小东的母亲记这些东西的时候心里有说不出的伤感。她对经常来看望她的老朋友文丽说："人要是永远长不大多好，孩子永远是三四岁，我们永远是二十七八。""你最近睡觉好不好？"文丽说下次来要带一把理发剪子，要给巴小东的母亲设计一种新的发型。文丽说话的时候巴小东的母亲手里还一针一针织着。

"外边空气真好。"文丽说，"你看那只鸟。"

"什么鸟？"巴小东的母亲说。

"红嘴小鸟。"文丽说，"又飞来一只。"

巴小东的母亲说："世界上最好的事情不是鸟。"

"你说得对。"文丽说。

"臭小东，臭小东，狠心的臭小东！"巴小东的母亲说。

文丽不知道该说什么了，她转过身来，看着自己这个可怜的老朋友。

"你记得不？"巴小东的母亲说，"跳舞。"

文丽想不起来了，想不起是什么事。她走过来，站在巴小东母亲的背后，抱住了巴小东的母亲，然后又把手放在了她的脸上。后来文丽去了一下卫生间，她用毛巾擦了一把脸。她和巴小东的母亲从上中学就在一起，她们是很要好的朋友。文丽在镜子里看自己，慢慢用毛巾把镜子擦了一下。镜子上有水渍。后来，她又把另外一间屋子的家具都擦了一下。花瓶，画着大朵牡丹花的花瓶，一个极大的贝壳，还有笔筒，笔筒里插着毛笔，更多的是小镜框，各种各样的小镜框，里边是巴小东和父亲母亲的合影。另一个镜框里，是巴小东小时候的照片。还有一个框子，是巴小东上大学后的照片。旁边那个框子，是巴小东母亲和她的父母的照片。最大的一个框子里是巴小东的父亲，一个永远漂亮在镜框里的年轻人，手里拿着小提琴，细眼睛，笑着。这些人都在框子里，他们曾经在这个屋子里说啊笑啊，吃饭，咀嚼，放屁，打哈欠，睡觉，打呼噜，生气，摔东西，过生日，互相拥抱。当然还有日复一日的做爱，床在响，然后停止下来，有时候他们还在餐桌上做。这都过去了，都是多么遥远的事情。现在他们都去了另一个世界，他们无处不在，但就是不在巴小东母亲的生活里。只不过是有时候巴小东的母亲会在梦里和他们相遇。文丽把巴小东的母亲抱得更紧。文丽知道自己的老朋友也许明天，也许是后天，也许是今天晚上就会不在了。所以文丽只要一有空闲就会过来。但更多的日子是巴小东的母亲一个人在家里，她现在不织什么东西了，自从出了那件事之后，她被击垮了。她不再织什么东西。

"跳舞，你忘了？"巴小东的母亲又说。

"我记着。"其实文丽根本就想不起和跳舞有关的任何事了。

手机响起来了,是口哨,巴小东给自己设计的手机铃声,巴小东吹的口哨。出事后,巴小东的手机就一直放在巴小东母亲的手边。还有巴小东的那条牛仔裤,也叠好放在那里。这条裤子后边的口袋上有一个很小的长方形白印子,是有一次巴小东把一张火车票忘在了那个口袋里,洗裤子的时候忘了取出来,使劲用刷子洗的时候留下来的。这条裤子就放在巴小东母亲床边的椅子上,还有一件衬衣,那种灰蓝色的灯芯绒衬衣,袖子卷着,上边有巴小东的味道,搭在椅背上。巴小东的一双鞋子,那双颜色接近橘黄色的牛皮鞋子,里边还塞有一双巴小东穿过的白袜子,也是巴小东的味道。应该洗一下了,但巴小东的母亲不舍得洗,放在椅子边。这双鞋,是她陪着儿子进了一家商店又一家商店买的。巴小东特别的爱臭美,所以巴小东的母亲总是管儿子叫"臭小东"。臭小东小时候跟着奶奶住了一段时间,奶奶是南通那边的人,习惯留指甲,小巴小东和别的孩子不一样的地方就是留着大拇指指甲。上中学的时候,巴小东的母亲把儿子拉到自己的身边来,用指甲剪子把巴小东的大拇指指甲剪掉了。巴小东的母亲对巴小东说:"男孩子是不能留指甲的,十个指甲都要剪得干干净净。"这都是过去的事了。巴小东上大学时候用的手机放在巴小东母亲的枕头边,巴小东的母亲伸手就能够着。巴小东的母亲知道手机里既有巴小东拍的照片也有巴小东的录音,巴小东手机里的照片和录音巴小东母亲不知道看过和听过有多少遍了。巴小东的母亲希望有人打电话过来,也确实经常有人打电话过来,巴小东的同学啦,巴小东的朋友啦。电话打过来的时候巴小东的母亲会问你是谁啊?你是不是来过我们家啊?巴小东的母亲一边问一边努力想巴小东这个同学或朋友的样子,她会和把电话打过来的人说说巴小东的事,但她很少把巴小东的事情告诉对方。巴小东的母亲会把手机里巴小东的短信一遍一遍地看来看去。虽然巴小东现在不再用这个手机,但巴小东的母亲会定期去交费。有时候巴小东的母亲会用家里的电话打通巴小东的手机,也就是想听听巴小东吹口哨的声音。

　　手机响起来了,这是早上,巴小东的母亲刚把阳台上的花花草草收拾了一下。她现在还能勉强干这种活儿,虽然是八月,但那种名叫"遍地锦"的花已经开始枯萎了,而"晚饭花"却开得很好。巴小东的母亲把落在地上的花籽都扫了,巴小东养的那只名叫黑黑的猫也跟着到了阳台。巴小东的母亲把花籽从阳台上慢慢一扬一扬撒到了下边,她想这些花籽明年会长出许多花来,但明年自己也许不在了。下边停着几辆车,有一只猫在车上卧着。巴小东留下的手机这时候响了起来。

　　"巴小东,巴小东。"电话里的声音响了起来,很急促,年轻的声音。

"你是谁？巴小东出去了。"巴小东的母亲迟疑了一下，说。

电话里停顿了一下，巴小东的母亲马上说："你是谁呀？"她很怕这个电话马上挂掉，她想说说话，和找巴小东的人说说话。电话里的声音再次响起来，说："您是谁？这是巴小东的手机。"

巴小东的母亲说："我是小东的母亲，他出去了，忘拿手机了。你是谁？"

电话里年轻的声音马上说："我是小东的同学，我和小东一间宿舍，我在上铺他在下铺。我毕业回老家了。"电话里的声音说他现在是在昆明打电话，他们开车到昆明旅游来了，现在有急事想和巴小东通通话，有急事想找巴小东帮帮忙。

"巴小东呢？"电话里年轻的声音说，"伯母。"

"小东出去了。"巴小东的母亲说，"小东去邮局取东西了。"

"我太急了，碰到急事了。"电话里的声音说，"小东多会儿能回来？"

"你叫什么名字？"小东的母亲说。

"罗斯福。"电话里说。

巴小东的母亲笑了一下。她想知道巴小东的这个叫罗斯福的同学有什么事。

"巴小东爱穿白袜子。"电话里说。

"巴小东爱吃辣东西。"电话里说。

"巴小东的生日是 6 月 30 号。"电话里说。

"巴小东爱穿瘦腿裤子，伯母。"电话里说。

巴小东的母亲的心跳越来越厉害。

"巴小东晚上睡觉磨牙。"电话里说。

"小东。"巴小东的母亲在心里叫了一声小东，眼泪要出来了。这样的电话还没人给她打过。"小东！"巴小东的母亲哽咽了。"小东——"

"巴小东和我最爱踢足球了，他右脚的大脚趾指甲踢劈了。"

小东的母亲不知道这事，她迟疑着。

"好了没，好了吧。"电话里说。

"好了。"巴小东的母亲说，声音颤抖起来。

电话那边的声音也停了下来，迟疑着。

"你说，你继续说。"巴小东的母亲说。

"我们是最好的室友，我们互相换袜子穿。"电话里说。

"您做的干贝萝卜可真是太好吃了。"电话里说。

"你怎么知道啊？"巴小东的母亲说。

"我去您家吃过啊，巴小东生日。"电话里说。

"小东——"巴小东的母亲听到了自己心里的声音。

"小东——"巴小东的母亲快要哭出来了。

"您怎么了？"电话里说。

"你说、你说。"巴小东的母亲说。

"我还会学巴小东说话。"电话里的罗斯福开始学小东说话，说，说，说。

巴小东的母亲听到了小东的声音，和小东的声音真是一样，眼泪从巴小东母亲的眼里流出来了。

"您怎么了，您怎么不说话？"电话里说。

"你能不能叫我一声妈？"巴小东的母亲说。

电话里没有声音了，那边没声音了。

"你说话，你找小东有什么事？"巴小东的母亲有点急了，她想继续说下去。

电话里的声音又出现了，电话里的罗斯福说他们在昆明撞车了，急着要一万块钱。"要不不放我们走，我回去就把钱寄过来。"电话里说这种事只有最好的朋友能帮忙，所以就想起巴小东了，"小东什么时候回来？"

"小东。"巴小东的母亲说。

"小东。"巴小东的母亲又说。

"小东——"巴小东的母亲哭了出来。

"您怎么啦，您说话？"电话里的罗斯福说，"听小东说过您的病很严重。"

"小东——"巴小东的母亲喘不上气来了。

"您怎么啦您怎么啦？"

"小东不在了。"

电话那边也没有声音了，但马上又有声音了，"您说什么？"

"小东不在了。"巴小东的母亲说。

两边的电话里都没了声音。

文丽替巴小东的母亲穿过厨房去开门，门开了，巴小东的母亲站在文丽的身后，她知道站在眼前的这个高大的小伙子就是打电话过来睡在小东上铺的罗斯福，这已经是半个月以后的事了。巴小东的母亲在后来的电话里对罗斯福说有东西要送给他，所以罗斯福来了，他终于站在了巴小东母亲的面前。他怎么也想不到巴小东会出车祸，在门打开的那一刹那他的眼泪一下子就涌了上来，巴小东不在了，睡在他下铺的巴小东永远不在了。巴小东的手、巴小东的脚、巴小东的脸、巴小东的气味、巴小东的眼神……巴小东的一切都不在了。罗斯福两眼红红的不知所措地站在那里，看着巴小东的母亲把一个箱子从床下用力拖了出来。巴小东的母亲对罗斯福说："东西都在这里了，你穿上就和小东穿一样,你拿去吧。"

罗斯福蹲下来,他把箱子打开,里边满满的都是手织的毛裤,一条压着一条,一条压着一条,都是巴小东的母亲生病之后给小东赶着织的。

"你喊我一声妈好不好?"巴小东的母亲说。

罗斯福站起来,早已是泪流满面。

"你喊我一声。"巴小东的母亲说。

罗斯福又蹲下去,已经泣不成声。

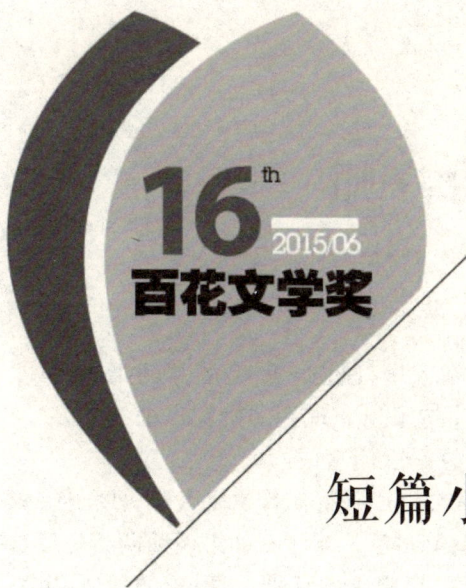

短篇小说奖·入围作品

姚鄂梅小传

姚鄂梅，女，著有长篇小说《像天一样高》《白话雾落》《真相》《一面是金，一面是铜》《西门坡》，中篇小说集《摘豆记》等。作品多次入选各种选刊、选本及年度排行榜。曾获《人民文学》《上海文学》《长江文艺》等刊优秀作品奖。现居上海。

心理治疗师

姚鄂梅

办完内退手续的第二天，万小年就在家里打包行李，吃的穿的用的，总共装了五个满满的编织袋，差不多收走了半边家当。现在的确比以前方便多了，也不用去邮局，一个电话，快递公司的人立马上门来取。

女儿娅琪大学毕业半年多了，前不久才刚刚找好工作。上大学，找工作，嫁人，人生三道坎，前两道都顺利地过了，就剩最后一步了。如果说前两步是打基脚砌墙，这第三步就是上顶抹面。弄不好，再坚固的基脚，再厚重的墙体，也显不出好来；相反，这一步要是走得好，无异于画龙点睛。万小年提前内退的目的就在这里，她不相信娅琪那丫头能独自画好这最后一笔。

但娅琪坚决反对万小年"陪侍"，天天都在做她的工作，做一次吵一次，"跟你说了几百遍了，我不欢迎你，我不需要你，我有吃有住有工作，你来了也是多余。再说，我现在跟同学合租，你来了我还得重新租房，生活成本一下子就上去了。"

"行了，又不要你养我，倒贴给你做保姆，还推三阻四。"娅琪越是不想要她去，万小年就越是想去，难不成这丫头心里已经有了谱？那就更要去了，精心教养了十几年，别让她胡乱杵上一笔，把好好一条龙给糟蹋了！

丈夫老贺开始也不同意万小年去省城，说孩子大了，该放手了。万小年就把这点睛之笔的重要性讲给他听，还没听完，老贺就点了头。"你做主吧，娅琪幸亏有你这个妈。"老贺不擅表达，内心有十分感激，说出来的往往一分都不到。

万小年当然知道他没说出来的部分，大凡认识他们的人，都说过那样的话，只有老贺没说过。老贺是用行动说话的人。万小年对娅琪好，老贺就格外对万小年好；而老贺对万小年好，万小年又加倍地对娅琪好，多年来，这道环环相生的链子，从没在哪个地方卡过壳。

万小年嫁给丧偶的老贺时，娅琪已经五岁了。人和人的缘分真的很奇怪，在苦恼与无奈中单身到三十三岁、颓废消沉、气息奄奄的万小年，有一天竟被一个带孩子的鳏夫激活了。那天，父女俩并排坐在老贺与万小年共同的朋友家里,一大一小两张脸上挂着同样的寂寞和忧伤。谁都知道,他们刚刚经历了一场灾难,女孩的妈妈出车祸死了。万小年远远打量这对灾难中的主角,心被一根看不见的线牵了出去,再也没有回来。小女孩的腿细若铅笔,这之前,她已听人说过,自从母亲走后,这孩子就不肯吃饭,勉强吃了,也会吐出来,身上的肉肉一天天往下掉,不到三个月,就瘦成了一根小棍儿。今天总算亲眼见到这个小棍儿了。那顿晚饭万小年没吃好,她隐约感到,在这样的小女孩面前,她不应该露出健康的食欲。

是万小年主动跟老贺提出来的,她说她一看到这个孩子,就莫名其妙升起一股使命感,想要去照顾她,爱她,但她希望老贺能给她妻子和继母的身份,不然她没法插手。老贺当然希望生活中能马上出现一个女人,可面对万小年这样的姑娘,还是有点犹豫:"这可是件大事,你要想清楚。"他自以为能看上他的至少是个结过婚的女人,没想到万小年却说,真能做成件大事也不错,不是每个人都能碰上做大事的机会的。

因为女方的坚定与主动,事情进展很快,不到半年,万小年就正式搬进了老贺家。这中间,反对的声音一浪高过一浪,万小年都一笑置之。他们又警告她,婚后赶紧生个自己的孩子,别人的孩子终究是别人的。万小年还是轻轻一笑:"如果还打算生孩子,又何必选择这条路?"他们提醒她将来一定会遇到的诸多难题,她却一脸的踌躇满志:"都是些老生常谈,难道就没有一个例外?"

万小年立志要做那个例外。不到半年,娅琪身上那些消失的肉肉就开始还原,三个人同进同出,有说有笑,跟原装家庭没两样。院子里还有一个半路组合的家庭,就住在他们家楼上,男方是二婚,带着前妻生的儿子,女方是由第三者晋升而成的正室,可想而知曾经的战争有多惨烈。似乎是为了庆祝胜利,婚后不久,两人就生了个女儿。有一次,年轻的妈妈去给女儿买零食,买的是虾条,七八个小包连在一起,围巾似的挂在女儿脖子上,儿子手上却什么也没有,女儿一边吃一边往下掉,大两岁的哥哥就趴在地上一点一点捡来吃。很多人都看见了这一幕,感叹不已。万小年扭头就走,她仿佛看到那个女人抓起两坨黑泥巴,径直朝她这个同类的脸上砸来。从此她尽量避免跟楼上的女人碰面,即使碰上了,也不说话,头一低,疾步走开。

那个家庭,前妻的儿子叫点点。不知是生来如此,还是父母婚变后才变成那个样子,总是一副战战兢兢、躲躲闪闪的可怜样儿,好像他不是这家人的儿子,而是个不会干活遭人嫌弃的小长工。只要看到娅琪跟点点一起玩,万小年就想方设法把娅琪弄走,她怕人家议论:看哪,两个小可怜在一起同病相怜!任何一个健全家庭的孩子都可以跟娅琪玩,只有点点不可以。偏偏娅琪还就喜欢跟点点一起玩,点点更绝,谁都不理(也许是别人不理他),只喜欢缠着娅琪。万小年感到奇怪,难道这种家庭的孩子身上有股味道? 只有他们自己才闻得出的味道?

娅琪起初很反感这个特别的限制,直着嗓子冲万小年叫:"老师说,要跟小朋友友好相处。"

"二单元、三单元那边还有好多小朋友呢。点点没时间跟你玩,点点要照顾妹妹。"

"我就要跟点点玩。"这是娅琪在万小年面前第一次公然抗命。

万小年没有让步。小时让一步,长大就得让百步。一番小小的哭闹过后,娅琪也就认了。这孩子似乎天生就懂得识时务。

但有一次,万小年一头撞见娅琪从点点家下来,娅琪吓得脸都红了,她马上声明,点点哭着要玩外星仔仔,所以她就把自己的外星仔仔给送上去了。万小年没有去揭穿她,原则是一把梳子,只要把大方向把握好,梳齿缝里流走的小屑屑,就随它去吧,毕竟还是孩子。再说,娅琪撒谎,说明她还是在乎那个规定的,要是根本不在乎,也就不必撒这个谎了。

真的是家和万事兴,没多久,老贺那边出现了不曾料想的转机,他被单位派出去搞"三产",很快就取得了不凡的业绩,不仅在单位受到前所未有的重视,物质上比以前富足了许多。万小年提出搬家,换大房子,其实是想离楼上那家人远一点,老贺二话不说,马上满足了她的愿望。大家都说,看吧,好心有好报,她对老贺的孩子好,老天爷就犒赏她,让老贺发财,又让老贺疼她。

老贺的确很疼她,甚至超过了疼娅琪。

这次出发前,老贺交给万小年一张卡,叫她没钱了就给他打电话。"难得去趟大城市,不要节约,该花就花,我的钱,你最有资格花。"

又叮嘱万小年,一见到娅琪,立刻向她宣布三大纪律:不允许寅吃卯粮乱花钱,不允许奇装异服乱文身,不允许婚前同居搞试婚。其实也不是老贺一个人的意思,是他们俩再三考虑,从众多的纪律中归纳总结出来的三条。

最后一条才是最重要的,并不是试婚有多可怕,是怕娅琪那孩子被乱花野草迷了眼,误了韶华,不利于将来嫁一个正经好夫婿。

万小年没打算完全采纳老贺的办法,又不是带兵打仗,搞什么三大纪律。也许还是得像以前一样,开动脑筋,不动声色地打一场攻心战。这些年,她自认为她这个继母之所以成功,全靠一场又一场的攻心战,一步步掳获她的心,一寸寸控制她的身。但现在的情形又不同了,娅琪不再是学生,不再是需要成人保护的未成年人,她长大了,有主意了,获得权利了。看来攻心战得换换方法了。

娅琪八岁多的时候,万小年第一次施展自己独有的攻心术。

那次学校开会,老师要娅琪上台代表本班发言,可娅琪刚刚站到台上,还没来得及打开讲稿,就莫名其妙地跑了下来,再没上去。

娅琪回到家里哭了一场又一场。"我一看到下面黑黑的全是脑袋,人马上就飘了起来,还差一点尿了裤子,只好往下跑,到了厕所,却一点都尿不出来了,因为我开会之前,特意去过厕所的。"一边哭一边嚷嚷,明天不上学了,再也不去那个学校了。

等娅琪稍稍平静下来,万小年说起了自己的一桩丑事。"这算什么,又没有真的尿出来,我以前还真的尿过裤子呢。整个上午我一直没去上厕所,因为那天下雨,厕所又在教学楼之外很远的地方,就一直忍着,结果睡午觉时狠狠尿了一裤子。"

"天哪,同学们嘲笑你了吗?"有了更丢人的例子,娅琪眼底的泪光很快就收干了。

"嘲笑?"万小年突然结巴起来,"岂止嘲笑……不,岂能让他们嘲笑!我急中生智,索性把水壶里的水全倒在身上,你猜怎么样?没有一个人想到我其实是尿了裤子,他们都以为我是不小心打翻了水壶。"

娅琪哈哈大笑,万小年也只得跟着笑,但万小年的笑声渐渐走了样。万小年想,当年,为什么就想不出这样的好主意来呢?如果当时能想出这个办法来,她就不会被全班同学围在中间又笑又骂,还有人往她身上扔纸团;更不会因为无脸见人而休学在家半年,并强迫家人将她转到另一所离家更远的学校去。

大笑解开了娅琪心头的郁结,第二天,她照常去了学校,回来还跟万小年说,她把妈妈的故事讲给同学们听,同学们都夸她有个聪明的妈妈。

那以后好多天里,娅琪看见水壶都能笑得上气不接下气,水壶仿佛成了尿裤子的代名词。娅琪还有个习惯,笑得忘情时,喜欢在万小年身上捶打,手上也没个轻重,打到哪里就是哪里,有时其实是很疼的,但万小年不在乎,她喜欢跟娅琪有身体上的接触。

娅琪渐渐喜欢上了听万小年讲她过去的事。

万小年呢,应邀讲起往事时,也渐渐爱上了细节上的渲染与夸张,说到底就是瞎编,因为不编就不能形成有益的说教。只是这样一来,从她口里讲出来的自己,多多少少有点走样。

她讲她上初一时,不知为什么,全班同学突然都不跟她说话了,她莫名其妙地被所有人孤立了,后来,她慢慢找到了原因,是语文老师太宠她了,每次上作文课,人家都还没写完,她就唰唰唰写好了,第一个得意扬扬地交给老师,老师接过一看,马上就当范文在班上朗诵起来。有天课间休息,语文老师把她叫到一边,送给她一本作文参考书。这个不经意的举动点燃了全班同学的怒火,又不能向老师发泄,就把目标对准了她。

"所有人都不理你,也不跟你说话?那是什么日子啊,换成是我,半天都受不了。"娅琪心疼地望着她喊。

"所以我要反抗呀,有天上体育课,我突然昏倒了,我躺在地上,听到他们纷纷朝我跑来,有的说要掐人中,有的说要捏虎口,有的说要赶紧送医院。体育老师过来了,他让个子最高的体育委员把我背到校医务室去。天哪,他可是我们班最帅的男生。他乖乖地蹲下来,任同学们将软塌塌的我扶到他背上。在医务室,校医正要给我检查,我'艰难地醒来'了。当我回到教室时,全班同学没有一个不在看我,于是,我重新回到了同学们中间。"

"这不是欺骗吗?你好狡猾呀!"娅琪一副又惊讶又好笑的样子。

"可我达到了目的。"

过后,万小年情绪就有些低落。事实上,那次分裂事件一直持续到初二下学期,假装昏倒的结果也不是像她刚才所讲的,她一动不动躺在那里,没有一个人上来拉她,叫她,更没有最帅的体育委员将她背到医务室,体育老师过来拍了她几下,她就"艰难"地醒过来了。远远的地方,有几个同学毫无表情地看着她,更多的同学根本看都不朝她看一眼。漫长的分裂事件甚至影响了她的性格,她慢慢变成了一个小心翼翼的人,一个挖空心思讨好别人的人,及至后来,她几乎无时无刻不在检讨自己,生怕自己行为不当,得罪了别人还不自知。

高中毕业后,她考上了中专,没了分裂的压力,她恍若重生。但没过多久,她发现这种自我校正过的性格仍然没有让她走出被孤立的境地,因为谁也不想跟她这个唯唯诺诺、无棱无角、毫无个性魅力的人做朋友。中专即将毕业的那段日子,被忽略已久的她决意要做最后一搏。那时的中专生还不用自己找出路,国家不仅给分配工作,还允许学生在毕业前填报工作志愿,就跟现在的高考志愿差不多,可以有三个不同的选择。她放弃了省城、地级市、县城由好到次的一般填报顺序,在三个志愿栏里通通填上了"新疆"两个字。结果她一下子出名了,因为全校就她一个人要求去新疆。从志愿交上去的第二天起,老师们就开始轮番找她谈话,连校领导也来找她谈,一定要找出她去新疆的原因来。看看自己被关注得差不多了,她终于答应改填志愿,但还是跟其他同学不一样,人家都是首选省城,次选地级市,最后才是县城,她却提笔就填了个县城的名字,而且不是自己家乡所在的那个县城,是另一个八竿子打不着的县城。老师问她为什么不想回家,她硬邦邦地回答:"我只想离家远一点。"话一说完,她自己也吓了一跳,她从来都没这样想过。

娅琪大一那年,有个男生好像对她有点意思,寒假里还专程跑来看过她。

万小年故意不冷不热，不理不睬。男孩子站了一会儿，水都没喝就走了，娅琪没有埋怨她怠慢自己的同学，只是他前脚走了没多久，娅琪后脚就出了门，中途打了个电话回来，说几个同学约好要一起去爬武当山。

娅琪一回来，万小年就扑上去再三盘问，那个男孩有没有一起去武当山？娅琪说没有，"他去干吗？这是我们女生的集体行动。"万小年望着她黑黑眸子里蓬勃的青春景象，将信将疑，却也没有办法。想来想去，她又推心置腹给娅琪讲了一个自己的故事。

"我发现我们俩的命运还真有点相似，我上中专的时候，也出现过这么个人，他是我的同桌，自然比别人多一点交流，特别是在我填了新疆的志愿后，他跟我说，他也很想去新疆，但他不像我那么有勇气，因为他家里是绝对不会同意的，从这个角度讲，他很羡慕我，也很佩服我。想不到这么几句话，居然改变了我的命运，后来改填志愿时，我竟然鬼使神差地写下了'红方'两个字。红方就是他所在的那个县城。有时我想，如果他当时不跟我诚恳几句，我很可能不会填红方，如果我不填红方，也就没有后来我跟他的恋爱。我们是毕业后才在红方开始恋爱的，我都去单位报到了，他才惊讶地发现，我这个外地人居然站在了他们红方的街头。处了不到两年，他就走了，把我一个人撇在这个几不靠的地方，像个孤魂野鬼。我告诉你这事，就是要你明白，像你这个年纪的女孩子真的就是一张白纸，太干净了，太单纯了，随便什么人在上面哈口气，就能留下痕迹，就能左右你，所以说，你现在千万不要贸然接近任何一个男性，应该再过几年，大一点，成熟一点再说。"

娅琪却说："如果你不在红方，怎能碰上我爸爸？"

万小年就叹气，"所以说，缘分这东西，并不是绝对的，人在红方，当然就只能在红方找自己所谓的缘分，如果在地级市，我肯定也会有地级市的缘分，甚至，在省城，在北京在上海，我也不可能一个人过一辈子，一样可以在当地找到自己的缘分。"

娅琪眯缝着眼睛，轻轻点头。

娅琪还像以前上学一样，在床上赖到最后一刻，才一跃而起，匆匆洗漱，随便往嘴里塞点东西，拿上包包，拉开门就往外跑。

这天，万小年在门口把她拉住了："这种学生包你还背？留着给我上菜场用吧。"她递上一个昂贵的新皮包，连标签都还没剪。这是万小年决定内退的时候，一起工作多年的同事，凑份子给她买的，她没舍得用，就想等娅琪参加工作的时候送给她。放了一年多，现在终于可以送出手了。闲置的这段时间里，她还专门拿着它到寺庙里请师父开了光，据说拿着这样的包，能保平安，能走好运。

不光是包，每天的衣着万小年也要再三审视。"谁知道今天会碰上什么人？缘分是需要去点亮的，你就是那根火柴，你不嚓地一下把自己点燃，谁能看到你？别说是擦肩而过，就是把肩擦破了，黑咕隆咚的，那个人也没办法看到你。"

娅琪上班的公司在市中心，租来的家却很偏远，否则就不是那个价钱，也没有精致的装修。万小年对住房的要求很高，说住所决定生活的基调，住得不好，什么都提升不起来。娅琪提醒她，我们在红方的家装得也不怎么样。万小年说："那不一样，那时你还是个学生，现在你是个大姑娘，现在的基调，很可能就决定了你以后的生活。"

搬家那天，娅琪说叫个帮手来，电话挂掉没多久，来了一个小伙子，娅琪头也不抬地随便介绍了一下："刘厉，这我妈；妈，他刘厉。"然后三个人就埋头搬东西。虽然忙乱，万小年还是偷偷多看了几眼，可惜小伙子头发遮去了半张脸，又戴副眼镜，嘴边还有一层青杠杠的胡楂子，实在看不出到底是个啥长相，倒把人家的穿着看了个仔细，T恤成色很差，牛仔裤又脏又破，一望而知不是出自什么好人家。马上又觉得自己未免想得太多了，管他呢，又不是娅琪的男朋友，如果是男朋友，她不会这么草率地跟自己介绍。

住进新家的第一夜，万小年就开始履行老贺交给她的职责，一本正经地宣布那三条纪律。前两条娅琪笑呵呵地接受了："怎么可能寅吃卯粮，我办的是借记卡，又不是信用卡，想透支也透不了。奇装异服更不可能，我们公司有纪律，上班必须穿职业装，身上的首饰不许超过一件。"至于第三条，娅琪说，"那可说不准，万一我碰到了我的真命天子呢？"

"即便是真命天子，不到结婚那天，也不能'失控'。"万小年严肃地说，"一旦'失控'，男人还好说，女人就难以抽身了，这是性别决定的……女人最容易在这种情况下抱残守缺，耽误终身。"

"得了吧。"娅琪不以为然，"我们好多同学大一的时候就出去跟人同居了，还有人同居对象都换过两茬了。"

"反正你不行，要想嫁得好，就一定不能'失控'，听你妈的没错。"

娅琪突然一笑："我倒要问问你，你当年怎么样？婚前一直没'失控'吗？"

万小年想来想去，还是说了实话："我就是教训，你看看我，再想想要不要过我这样的生活。"

"怎么？你觉得嫁给我爸爸不幸福吗？很委屈吗？"娅琪的眼神里似乎多了点陌生的东西。

万小年知道自己有点失言，却也只得继续往下讲。

"不是，是你爸爸之前。我不是跟你讲过那个中专同学的故事吗？他后来把我一个人丢在这里，自己到外面闯世界去了。你看，男人就是这样，不管两个人到了什么地步,只要想走,随时可以抽身走人。女人就不行,只要是有过那种关系的男人,要她突然断掉,无异于剥皮抽筋。"

"然后呢?"娅琪执拗地盯着她。

万小年有点说不下去了,她到底不擅虚构。真实的情况是,那个人走了,去了南方,但他们之间并非杳无音信,而是半死不活地维持了很久很久,唯一的支撑,就是他那少得可怜的几封来信,而她写去的信,都可以装订成一本书了。他很快就跟另一个女人好上了,而且恶毒地让那个女人来告诉她,叫她别再在他身上浪费时间了,他对她早就没感觉了,他们之间早就该结束了。从那个女人告诉她这话开始,她一有空就往南方跑,那个女人根本不怕被她看见。很多时候都是三个人在一起,她也看出事情不会有任何转机了,但不知为什么,她就是不甘心鸣金收兵,哪怕只是给他们制造骚乱也好啊。一来二去纠扯了很多年,青春一天一天耗完了,一点可怜的积攒也都扔在路上了。

娅琪抬手帮她理了理头发:"我知道了。我会管好自己。"

真是个让人省心的好姑娘啊。万小年望着她活力四射的苗条背影,满意地笑了。

其实,娅琪跟刘厉早就"失控"了,他们的第一次甚至要追溯到大一那年的寒假。现在,就算万小年从老家赶来,贴身监督,他们还是能找到机会偶尔"失控"一下。

娅琪有天回来对万小年说,她在"青年志愿者"那里报了名,以后可能会有一些活动,会占用一些周末。万小年夸她做得好,又说:"当志愿者不比在办公室里,可以穿得活泼些,亮丽些。"说着就要带娅琪去选购服饰。娅琪说:"志愿者有统一着装。"万小年犹豫了一下,还是决定要买。"我知道他们的衣服,无非是一件T恤,我们可以去买相配的裤子,那种没型没款的T恤,全靠裤子来衬托了。"

买了裤子,又买了配套的鞋子、发饰。娅琪说:"没想到你也这么热衷于公益活动。"

"我才不关心公益的,我只是不想让你放过任何一个结识牛人的机会。"

这是母女俩的暗语,万小年一直把未来的女婿称作牛人,那个人必须很牛,实在不行,至少得有一宗很牛,要么有钱,要么有权,要么有才(仅指奇才、大才),当然,什么都有是最好的。

星期六,是第一个志愿者活动日,天刚亮,娅琪就穿着万小年买回来的新裤子新鞋,一副阳光丽人的样子,兴冲冲跑出门去。她甚至来不及坐公共汽车,径直跳上一辆出租车,直奔刘厉的住所。

刘厉还没起床,娅琪一眨眼就脱光了自己,钻进了刘厉的隔夜被窝。

一直缠绵到下午,才饥肠辘辘地爬起来找东西吃,找来找去,只有一包快餐面,两人分着吃了,然后就挽臂上街。刘厉说很想去吃吃未来岳母做的饭,娅琪谎称万小年感冒了,不便去麻烦她,还是在外面随便吃点算了。

刘厉很想知道未来岳母对他印象怎么样,娅琪说还行,又摸摸他的脸说:"你只要知道我对你的印象就可以了。"

"她对我应该没什么挑剔的。"刘厉摸摸自己两腮。他自认是个小帅哥。

"我妈对男生的长相没什么要求,五官端正就行。"娅琪忍不住悄悄给了他一点暗示。

"话是这么说,那天她看见我,脸上都笑成了一朵花。"

娅琪笑个不停,世上竟有这么自以为是的人,但她已经不好继续提醒他了。

吃过饭,也没心思逛街,两人的钱本来就不多,再加上都三个星期没在一起了,于是继续回家睡觉。

刘厉突然想起什么:"你妈是不是还不知道我们的关系呀?"

"有可能。"

"为什么不告诉她呢?"

"时机没到。"娅琪说,"如果告诉她,她就不会放我过来了,她怕我们在一起会'失控'。"

刘厉一笑,接着感叹起来:"唉,同样是后妈,为什么你的命运跟我的命运那么不同呢?"

"好啦好啦,不是说好了不再提这个的吗?就当它是成长痛,每个人都会有成长痛,症状不一样而已。再纠缠不休我可烦了。"

刘厉又问,你母亲准备在这里陪你多久?娅琪想起万小年说过的话:等你的终身大事定下来,我还要帮你带孩子,这辈子我就卖给你了。就说:"没准会陪一辈子哟。"

刘厉做了个绝望的表情:"我看我现在就去说清楚,给你们家当上门女婿好了,至少可以省一份房租。"

"想得美!"娅琪正要扑上去,手机响了,是万小年,她问公益活动结束了没有,那里供不供晚餐。娅琪瞟一眼窗外,天色已经暗下来了,心里有些羞惭,忙说:"就要结束了,我马上回去。"放下手机就开始穿衣服。

刘厉躺着没动,问她什么结束了。

娅琪脱口而出:"我跟她说我今天有公益活动。"

刘厉哼了一声:"什么不许'失控'!无非是怕你失了身,攀不上高枝了,我说的没错吧？"

"傻瓜！就算她是这么想的，谁说我一定要配合她，按她说的去做呢？"

刘厉一挺身坐了起来，两人得意地吻在一起。

万小年盯着一个豪华健身会所观察了很久，她发现，来这里的男人，多半是些一望而知很不错的年轻人，要不就是偏年轻的中年人，各个器宇不凡，实力可想而知。这里应该不难找到一个令她满意的女婿。

当年她觉得嫁给老贺是在办一件大事，事实上，这个感觉一直持续到今天，今后可能还会延续下去。也就是说，这件大事，她办了一辈子。很有难度，就像去穿一双别人的鞋，来走自己的路，窄的地方，她削去了多余的皮肉，宽的地方，她塞进了填充物，跌跌撞撞，居然没出什么大错地走过来了。如今，她已完全适应了那双鞋。有时她想，所谓削足适履，再没有比她体会更深的了，那个过程根本不能用痛苦来形容，它就该叫修行，如果还能感到痛苦，只能说明一点，那个人的修行还没成功。

毫无疑问，她是成功了的，娅琪的桌上摆着她们母女俩的合照，手机号码上她的名字叫阿妈，因为只有加一个阿字，手机通讯录上她的名字才能摆在第一。但成功只是及格，离完美还有一段距离，她还有最后一步没有走完，这一步要是走得不好，可就前功尽弃了。

很难想象，如果娅琪嫁给一个没什么实力的男人，没房住没钱花，贫贱夫妻，局促度日，那还能想起她这个后妈的好来？不埋怨她就不错了。哪怕仅仅从这一点考虑，也应该积极参与娅琪的恋爱。

万小年不惜放下身段，在这里找了份保洁的工作，没事就从家里做点吃的带过去，送给在那里工作的姑娘们，然后再伺机向她们打听她观察到的三个对象，三个人都是开着车来的，都轩昂大气，仪表不凡。她唯一想了解的是，他们三个当中，有没有人是未婚的。

居然三个都是已婚，万小年在心里骂：现在的男人怎么这么没出息，年纪轻轻的，就都结了婚，说不定还有了孩子。过了段时间，一个管理名册的女生悄悄告诉她，那个姓麦的，虽是已婚，但去年已经离了，而且没孩子。女生话没说完，她脑子里就蹦出个白皮肤戴眼镜的男人来，他是他们三个当中个头稍矮的一个。

万小年心里一动，没孩子的离婚男人，跟未婚的有什么两样？

她偷偷看过那个人的登记表，比娅琪大十岁，硕士，自营公司，这样的条件，比那些跟娅琪一起出校门的愣头青不知强多少倍。

她用老贺给她的钱办了张健身卡，送给娅琪。娅琪很感兴趣，接过来就往外跑,比送她衣服和皮包还要高兴。万小年把她叫了回来,要她周六下午再去玩。她已经侦察出来了,姓麦的男人总是周六下午才出现在健身房。

娅琪觉得奇怪:"怎么还有时间限制呢?应该随时随地想去就去才对呀。"

万小年急中生智:"因为买的是特价卡,所以……"

娅琪再无疑问,开始兴冲冲准备自己的健身服。万小年在一旁帮着打量,同时提醒她:"也不能光顾着在那里出汗,那里也是个不错的社交场合。"

"什么意思?想让我给你找个女婿回来?"娅琪笑着问她。

"你行吗?像你这种类型的,恐怕还得通过介绍才行。"万小年想试试激将法。

"你也太小看我了。"娅琪做了个张牙舞爪的动作,"看到过磁铁掉进大头针盒子里吗?啪一下,变成了一只大刺猬。"

"真的?没想到我女儿行情这么好。"万小年其实还是有感觉的,从小到大,娅琪就是一个受欢迎的人,也不是她刻意要去讨好别人,可能她基因里就带有一股子别人没有的亲和力。

不过,万一那个姓麦的注意不到娅琪呢?万小年想了一夜,终于想出了个好主意。

周六那天,万小年跟娅琪一起来到健身房,两人一进门就分了手,万小年去换工作服,娅琪往器械房走。中间,万小年悄悄来到练胸肌的器械边,跟满头大汗的姓麦的说了句什么,姓麦的就停下来,站起身朝正在练小哑铃的娅琪走去。

万小年躲在一边,偷偷瞄着他们俩。她很紧张,因为她刚才跟姓麦的说,娅琪正等着他从力量机上下来,已经等得不耐烦了。

娅琪明显不知道他在说什么,他回过头来,四下里打量,想找到刚才跟他说话的女人,但没找到,只得继续跟娅琪解释。娅琪一脸茫然,不过,事情好像有了转机,姓麦的说了一会儿,突然盯着娅琪看起来,看了一阵,就开始跟娅琪一道练哑铃。

万小年心满意足地干活去了。

以娅琪的姿色,吸引那个姓麦的,完全没有问题。

回到家里,万小年使劲忍着,故意没问娅琪健身房里的事。

第二个周六,娅琪又上健身房去了,万小年照例躲起来偷偷观察,姓麦的果然跟娅琪聊上了,娅琪看上去很开心,小脸绯红。她第一次发现,娅琪笑起来时,原本清纯质朴的大圆眼睛竟也有股子狐媚劲,这倒是她以前没发现过的。

回到家,万小年故意问娅琪,最近怎么没有志愿者活动了?娅琪说:"请假了,我最近对健身很感兴趣。"

一晃两个月就过去了,娅琪的生活十分规律,周一到周五上班,周六在健身房度过,周日出去随便晃晃,进进出出都哼着歌,倒也无忧无虑,可就是看不出有人在追她的样子。万小年问她:"你这个磁铁,到底粘没粘到大头针呢?"

"少安勿躁呀。"

她忍不住提醒娅琪:"我对那个戴眼镜的姓麦的印象还可以。"

"你怎么知道他姓麦的?"娅琪倏地回头望着她,那表情就像一脚踩上了万小年的尾巴。

不管怎么说,娅琪跟小麦好像真的交往起来了,好几次都是小麦开着宝马送她回家,那车静静地滑进小区,浑身上下静静地闪着光。

而且小麦是个规矩人,万小年特别留意过,无论出去玩到多晚,小麦都一定把娅琪送回家,从没让娅琪在外过过夜。这项得分只能算在人品上了,行,小麦真不错,她万小年眼光真好,当然,也是娅琪自己的运气好。

冬天过去了,春天也快过去了。有一天,娅琪和小麦双双进门,小麦看看娅琪,想要说什么,又回头去看娅琪,娅琪扯扯他的手,他清清嗓子,鼓起勇气说,他希望在秋天的某一天,能正式拜见一下娅琪的爸爸妈妈。

心里那块大石头终于咚的一声落了地。小麦刚走,万小年就赶紧打电话通知老贺,要他做好准备。娅琪说,着什么急,还有几个月呢。万小年喜滋滋地说:"让他提前高兴一下吧。"

夏天还没过完,娅琪下班回来说,公司派她去分公司工作一段时间,大约得一个多月。

万小年说:"好事,这说明公司很重视你。正好,等你回来后,我们就回家一趟,办那件大事。"

娅琪说:"你不如现在就回去筹备,我不在家,你一个人在这里有什么意思?"

万小年觉得娅琪说得对,当即开始收拾行李,预定车票。

秋天已经快过完了,万小年才得到娅琪回家的准确日期。

一大早,万小年和老贺就把家里收拾停当,不时往路口的方向张望。

也许是他们太激动了,也许是他们看走了眼,一回身,发现娅琪已经站在门口了。

她有点不对劲,好像怀孕了,腰部明显变粗,小腹微微隆起。

这太意外了,两口子面面相觑,不知说什么才好。

娅琪身后光光的,难道他们是开车回来的?难道小麦还在停车?娅琪真是不懂事,干吗不等等他,跟他一起上来?

娅琪向身后招招手，片刻，门口一暗，刘厉站在了他们面前。

万小年脸一黑，差点摔倒在地；老贺倒是热情招呼，他以为刘厉就是万小年从健身房给娅琪捞到的小麦。

清醒过来后，万小年把娅琪拉进房间。

如果娅琪是她的亲生女儿，她就一巴掌抽过去了。"给我说清楚，明明是小麦，怎么变成刘厉了？小麦现在在哪里？肚里的孩子到底是谁的？"

娅琪似笑非笑，隔了一会儿，才慢悠悠地说：

"我知道你在健身房做的手脚，你说你傻不傻呀，这种事情得看缘分，我跟人家小麦就只有做朋友的缘分。"

"不行就算了，干吗要合起伙来骗我们？"

"不骗你们，你们肯接见人家刘厉？"

万小年开始哭泣。"你到底是怎么了？以前不是很懂事很听话的吗？关键时刻倒犯迷糊了。你以为这些年我容易啊！哪一天不是过得战战兢兢，怕你不愉快，怕你不顺利，怕你恋爱这一步走不好，专门跑去陪着你，监督你……"

"你怎么够资格监督我呢？"娅琪还是似笑非笑，"你自己的生活都百孔千疮漏洞百出呢。"

"我怎么漏洞百出啦？"万小年从未听到过她这般说话，不由得浑身一颤。

"你忘了？你说过的那些事，我可都替你记着呢，样样都是扭曲的，桩桩都是阴暗的，甚至有些你没敢说出来的事，我也知道了。你说你是为了我才放弃生育的，可我了解的事实却是，你在婚前就因为频繁流产失去了生育能力。你根本就是一本活生生的反面教材。"

万小年感到胸口一阵剧痛，"老天在上，那些事都不是真的，都是我瞎编出来的，目的只为开导你，引导你，给你一点前车之鉴……"

娅琪打量了她一会儿，突然搂着她说："好了妈妈，反面教材也罢，正面教材也罢，不是我不想吸取你的经验教训，实在是，你的教材跟我的生活不兼容。"

"我这辈子算是白活了！我以为我在帮助你，结果证明我无非是在自毁形象。"

娅琪抱着她摇，"怎么能说是白活呢？你能说你在编那些东西时，不是在修复你过去的伤疤吗？"

"等等，依你说的，我这辈子都是为我自己活的？天地良心，我……我对你到底怎样？我做哪件事不是为了你好？你随便找个人问问，我这个后妈对你到底如何？"

"你知道刘厉怎么说的吗？他说每个人都在自己的童年阴影里挣扎，一辈子都走不出来。"

"别跟我提他,一提他我就来气,小麦比他不知强多少倍!"

"这怎么好比呢?不能这样比的,是谈恋爱,又不是选杰出青年。对了,刘厉有个小名,叫点点,你还记得吗?我们搬家前,他曾经在我们楼上住过。"

"点点?……天哪!怎么会是他?"

万小年感到自己快要挺不住了,这么多年,她掏心挖肝面对的其实是一个假的娅琪,伪装过的娅琪,真正的娅琪一直跟点点、那个小东西在一起,两个小可怜躲在暗处,搂在一起,一边同病相怜,一边嘀咕着如何对付她,捉弄她。她感到自己的生活嗖的一下回到了原点。

16th

2015/06

百花文学奖

短篇小说奖·入围作品

范小青小传

范小青,女,江苏苏州人。1974 年高中毕业到农村插队,1977 年考入江苏师院(现为苏州大学)中文系,毕业后留校任教,1985 年调入省作协从事专业创作。1980 年开始发表作品。著有长篇小说《裤裆巷风流记》《城市表情》《女同志》《赤脚医生万泉河》等,小说集、散文随笔集多部,电视剧百余集。短篇小说《城乡简史》获第四届鲁迅文学奖。小说《父亲还在渔隐街》《嫁入豪门》《天气预报》分获《小说月报》第十三、十四、十五届百花奖。现为江苏省作家协会主席,中国作家协会全国委员会委员。

梦 幻 快 递

范小青

　　有一天我送快递到一个人家。收件人是个年轻的女孩，就是最热衷网购的那种，从屋里出来，接了快件就向我要笔签收。我提醒她说，先开箱看一下货吧。

　　这可不是因为我有责任心，这是公司的规定。公司规定一定要让收件人开箱后再签收，否则后果一律由我们送货人自负。我才不想负这么多的后果，所以我坚持要她先开箱后签收。她似乎有些不耐烦，对我送来的货物看起来也不怎么在乎，马马虎虎说，哎呀，不开了吧，我忙着呢。我说不行，不开箱不能签收的，除非——她赶紧问我，除非什么？我说，除非你在单子上写明。她又问要写什么，我说，写收件人自愿不开箱验货，与递送员无关，一切后果自负，等等，再签上你的名字。她又嫌烦，说，哎哟，烦死人，要写那么多字，算啦算啦，就打开来看看吧。可是箱子包裹得很严实，她又皱眉，又想马虎过去。还好，我随身带着小刀子，将包扎箱子的胶带划开来。我这小刀子就是专门对付那些嫌麻烦的收件人的。他们会以没有工具打开包装为由，就强行直接签收，马虎了事。这种做法我是不能允许的。

　　当然你们也都知道的，其实收件人并不都是这样的人。有些人的习惯正好相反，他们对快递来的货物的较真儿程度让你简直忍无可忍。比如一个妇女喜欢从网上购买衣服，每次拿到衣服，她都上上下下前前后后里里外外反复检查，甚至连线缝都扒开来看个仔细。我在旁边看得心里暗笑，她是不是以为这衣服是我本人缝制出来的？就算看出线缝有问题，她拿我有什么办法呢。另有一个妇女也是经常买衣服的，有一次打开箱子验货时闻到一股橡胶味，她坚持说这是假冒伪劣产品，当场就要退货，又说穿这种衣服会得癌的，说得吓人倒怪。但无论是货真价实还是假冒伪劣，都与我无关，她这是在为难我。我耐心跟她解释了条例，验货时只有当货物损坏或与原先确认过的尺寸颜色不符才能拒收，没有一条规定说，衣服有异味也能当场拒收的。最后磨了半天，她还算讲理，收下了那件可能很恐怖的衣服，决定打客服电话要求退货。后来怎么样我就不知道了，也不关我事。还有一个收件人也很奇怪，一定要问我叫什么名字，

　　　　　　　　　　　　　　　　　　　　　　　　第十六届百花文学奖

我说公司没有规定要报名字,可以不告诉她。但见她执意要问,我就告诉她了,我还心存侥幸地以为她要给我介绍对象呢。不料下次去的时候,她又问我的名字,我说上次告诉你。她说记性不好,忘了。我又告诉一遍。如此三番几次的,我心里有疑问,我跟她解释说,其实,送快递跟名字没有关系的。她说,怎么没有关系? 我连送水工都要问他们名字的。我想她可能是防患于未然吧,生怕哪天出了事找不到人。但其实她不知道快递公司都有规定的,哪一片区域归哪一个快递员,都是清清楚楚的,她只要说出她的地址,公司就能知道是谁送的,除非那是个不规矩的公司。如果是不规矩的公司,你知道快递员的名字也没有用,你就算知道老板的名字,也同样不能解决问题的。

真是林子大了什么鸟都有。什么鸟你都得小心应付,谁让你是快递员呢。现在快递中的差错很多,无论谁是谁非,最后鸟屎总是要拉在我们头上的,我们只能如履薄冰地保护着自己的脑袋不受鸟的欺负。

不说鸟了,还是回到眼前的这个人身上吧。她终于打开纸箱,拎出那个货物,我才没心思管她是什么货物,就算大变活人也不关我事。可是她还偏偏把那货物扬到我的眼前,喏,看见了吧。我貌似瞄了一眼,是一条打底裤,还洋红色呢。我心里就很瞧不起她,别以为我不知道,网购一条打底裤,贵不过几十元,最便宜的十块钱就卖了。她倒没为她的低廉的打底裤难为情,放下打底裤后,又说,行了吧,算验过了吧,可以签收了吧?

当然可以了,我又不是有意要刁难她,只要她按规矩办就行。我请她在单子上签了名,我撕走上面一张,就可以走了。她也回屋里去了,两下刚刚转身,忽然我听到她那里发出一声尖叫,我以为又出错了,赶紧回头看,她却已经笑得直不起腰了,弓着身子在那里哎哟哟,哎哟哟。我不知道她哎哟个什么劲,既然她不是找我麻烦的,我赶紧撤。她见我要撤,才勉强直起了腰,冲我说,哎哟,我买过一条一模一样的哎,哎哟,我怎么忘得干干净净,一点也记不得了,看到它,我才想起来,前几天才买过的呀。这与我无关,我还是得撤。她又说,我不会得老年痴呆了吧,我才二十五岁呀。这仍然与我无关,我再撤。

我这才撤走了。

我开始干这一行的时候,还有些新鲜感,但时间一长,什么感也没有了,什么都一个样。收件人呢,恐怕有七八成都是刚才那样的小八婆,手里有一点钱,钱又不多,净在网上淘些不值钱的甚至没多大用的东西。我真是替她们想不通,她们那手,真的很痒,一天不拿鼠标点一下,又点一下,再点一下,貌似这一天的日子就过不下去。当然,就是因为她们天天点一下,又点一下,再点一下,快递公司就那样如雨后春笋般地冒出来了,而且越冒越多,越冒越强。我都听说了,现在有一千多家快递公司。我同事说,一千多? 谁统计的,那些连册都不注的黑公司他统计得了吗？我同事比我有想法，按照统计的数字是一千多家，按照他的想法，那就不知道是多少家了，难怪竞争这么激烈。

当然，这无数无数的收件人，她们收到的东西，也不一定都是她们自己买的，也有别人赠送或代购的，比如男朋友啦，比如父母啦，比如别的什么人啦，但那个比率是很小的。

说起来，我不应该抱怨她们，更不应该瞧不起她们，有了她们，才有快递公司的生意，才有我们的饭碗。其实她们中间也有好多不错的女孩，如果她们的手不那么痒，其实真是很好的，如果我能够找其中的任何一个做老婆，也都心满意足了。

有一次，我到一家送快递，那姑娘开了门，还客气地紧着请我进去。我知趣，才不会进去。但她太热情了，甚至还过来拉我，说，进来呀，进来呀，没事的。那我也只能站在她家门口，就这么一站，我顺便朝她屋里一望，我的个妈呀，堆了半屋子的快递，多半都还没有开包呢，封得死死的。我不知道这是哪家快递公司递送的，怎么能不开箱把货就给她了呢？不过这也不关我事，我只要做好我的工作就行了，还管别家快递公司干什么，各家有各家的规矩。我只是想，这样的老婆我不娶也罢，她这哪里是购物，分明是在做游戏，我一个送快递的，哪有那么多钱给她过家家啊？

我这算是自卑呢，还是自虐呢？我这算是一厢情愿呢，还是情愿一厢呢？

这是关于收件人的林林总总，关于寄件人呢，我是看不见他们的，但我也知道，反正五花八门，什么样的都有，因为我看不见他们，我也懒得说。

我还是更关心一下我自己吧。有时候我到了某一个小区的时候，会有一种做梦的感觉。为什么是做梦呢，因为对这些小区太熟悉了，因为这些小区太相像了，我每天进入不同的小区，但它们好像又都是同一个小区，无法区别，不仅梦里会梦到它们，就是醒着的时候，也会把它们当成是梦境。

其实，即使你不进入这些小区，即使你闭上眼睛，想一想，难道不是这样吗？这许许多多新建起来的小区，难道不是差不多的模样吗？火柴盒似的竖在那里，一幢贴一幢，只是有的贴得紧密一点，有的贴得宽松一点，这就是小区与小区之间仅有的差别了。前者呢，就叫个普通小区，后者则可以称作高档小区。至于那些楼的形状和颜色虽略有差异，但这不是问题的关键，只是表面现象而已。我们都是成年人，不会被表面现象蒙蔽了双眼哦。

然后你再找到某一幢，到几零几，是高层的话，就坐电梯，不是高层，就爬楼梯。然后，你敲门，或者按门铃。然后，有一个人在里边问，谁呀？你说，快递。然后，门就开了，你往里边一瞧，别说大楼和大楼相似，这屋里的装饰，也差不多少。

如果你每天每天都行进在这差不多的空间和时间里，你也许真的会搞不清什么时候是梦、什么时候是梦醒了。

好了好了，别做梦了，现在我已经从"打底裤"那儿出来，又来到另一个差不多的小区，找到一幢差不多的楼，上了几乎一模一样的楼梯，然后，按响门铃。里边问，谁呀？我答，快递。门立马就开了，都没从门镜里朝外看一看再开门，不知道是他们的警惕性太差，还是对递送来的货物太看重、太着急。

前些时有个新闻说，某女独住，被快递员杀了。这个新闻出来后，我和我的同行以及我们的老板都有些沮丧，有很不好的感觉，以为快递业要下滑了，以为快递件会大大减少了。结果呢，根本就没少，还越来越多了。所以我们老板又神气起来了，到那一年的十一月十一日凌晨，那个电子购物，不叫购物，叫秒杀。那可是杀得个昏天黑地。

有时候我也很无聊，就幻想着哪一天能够碰到一个不太相同的收件人，但是没有，真的没有。现在站在我眼前的这个，还是那样子，她打开箱子，眼睛往下一扫，算是看过了，说了声，我晕，就签收了。我不知道她"晕"什么，反正我也没注意快递的是什么东西。关于我们递送的货物，每一联单子，无论是最后执在我手里的一联，还是贴在箱子上留给收件人的那一联，上面都写明，但是我才没那么多时间和那么好的心情将每天要送的东西一一看过来，我只管送，不管知情，更不管收件人对于收到的货物的表情，所以她对于货物晕不晕，不关我事。她既然签了，我就完成任务走了，至少比前面那个不肯验收的打底裤干脆些。

没想到的是，她的这个晕，后来晕到我头上来了。那货送后的第三天，也就是中间隔了两天，我接到一个妇女的电话，问快递怎么没到。这事情不稀罕，多了去了，我也不着急，先问她怎么个情况。她说我前天上午给她打过电话，说马上送到，结果等了两天也没到。

这也是个人物呀，等了两天才给我打电话，真不着急啊。我回想一下我前天的工作，没有遗漏呀，前天的任务我都完成了呀。不过我也仍然没有着急，我又问她，你前天接到的电话，确定是我打给你的吗？她说当然呀，我手机上还保留着你的电话呢，要不我怎么会打电话给你呢，幸亏我留着，否则还不知道找谁呢。其实她的话是不对的，或者说不完全对，快递收不到，不一定全是快递员的问题，也可能是其他的某个环节出了问题。不过我也还是理解她的，像她这样的妇女，又不知道快递公司是个什么样子，又看不见公司的操作程序，她不可能想象我们的仓库、我们的分拣中心是个什么样子。她能看见的，就是快递员了，她不问我问谁呢？何况我的手机号码已经落在她手里了嘛。我十分耐心地再跟她确认一遍，你是说，前天我跟你联系过，说马上送快递给你？她说，是呀。我很有经验哦,又再跟她核对说,那你报一报你的地址和收件人姓名。她报来,我赶紧拿笔记下,承诺她尽快答复。这种事情,我当然得尽快,像她这样的,看起来性子不算太急,还比较好说话。有些性急的人,根本不问青红皂白,不论谁错谁对,一下子就给你捅到公司里,让你吃不了兜着走。即便是日后查清楚了到底是谁的责任,可你在老板的心目中,已经不是十全十美的了,已经是有了污点的了,亏吧。

前天的运送单早收在公司了,我赶紧挤时间回公司调前天的单子,调出单子我就仔仔细细一一检查,根本就没有疏漏呀,张张单子都有人签收,这说明什么呢,说明我没有出差错。我给那个妇女回了个电话,告诉她,她的那个地址,确实有快件,货物也确实已经投递了,因为有人签收了。她立即咦了一声,说,签收? 不可能,我们家白天除了我,没别人的。我说,我这里白纸黑字,这是无法抵赖的。她又说,奇了怪,那是谁? 谁签收的? 我看了看那个名字,签得龙飞凤舞,我勉强看出来了,告诉她,是某某某。她愣了一会儿,说,某某某? 某某某是谁? 我说,就是你家签收的人呀。怕她不明白,我又重新说清楚一点,就是说,我把货物投递到你家,你可能不在家,但是你家有另一个人签收了。那妇女说,不对呀,我根本就不认得你说的这个某某某,她不是我们家的人,你投错了。她的口气倒是一直蛮平静蛮客气的,可客气有什么用,她再客气我也要把快件投给她呀,可是快件到哪里去了呢? 我的脑袋轰的一下大了,我赶紧冷静下来,让脑袋缩回去,仔细想了一想可能发生的错误在哪里。既然签收的人名错了,首先,我当然想到了地址。我还是有些经验的,我再和那妇女核对地址,果然,地址错了一个字,洪湖花园,成了洪福花园。我经验丰富,一下就知道,这是方言口音问题,发音中的 h 和 f 分不清的原因。

我的心情就更宽松了,我首先想到的是,那不是我的责任,那是寄件人的责任,怪不着我,当然,也同样不能怪收件人。我赶紧安慰她说,好了,你别着急,我知道问题在哪里了,我投到寄件人提供的错误地址上去了,这事好办,我再到那儿跑一趟,拿回来,再给你送去就是。那妇女说,也太粗心了,地址都会写错。我当然知道她说的不是我,我放下心来,赶紧着往那个错误的地址去。

这时候我仍然一点也不着急,写错地址的事情太多了,写错人名的也很多,许许多多的错误,只有你想不到的,没有他们犯不出的。有一次,我打电话问收件人,你是某某街某某号某某小区某幢楼某零某室吗? 对方说是的呀,我正在家等着快递呢。我就送过去了,那个人也高兴地签收了。可是很快又有人来电话讨要这个快件,我说已经准确投递了,而且签收了。但是他说没有收到,更没有签收。这真是奇了怪了。这事情后来经过长时间的反复纠缠,搅得我们大家都不知所以了,最后才发现,这个快件根本就投错了一个城市,两个城市竟然有两个同名的小区,不仅小区同名,连街名和门牌号都是一样的,你以为这样的事不会发生吗,它真的会发生。

更多的是写错收件人电话的,你打到那个错误的电话上,人家挺好说话的,告诉你打错了。不好说话的,还×你妈,你能和他对×吗?当然不能。

总之,事情就是这样的,无论是正确的寄件人和收件人,还是错误的寄件人和收件人,他们都是你上帝,只不过这些看得见的上帝和那个真正的看不见的上帝才不一样呢。有一次我手机出了故障,用不了了,我知道情况紧急,赶紧去维修,可是就那么短短一个小时时间,有客户就已经投诉到公司了,说我关机,一个送快递的怎么能关机呢?强盗逻辑呀,难道送快递的就不能有一点特殊情况吗?万一我路上遭遇车祸昏死过去了呢——我呸。我还是别遭遇车祸吧。无论你遭遇什么祸,人家都是上帝,你都是上帝的仆人。

现在我到了洪福花园的那幢楼,上了那个几零几,敲门,门开了,一个陌生的妇女出现在我面前,有些茫然地看着我。尽管很可能我前天刚刚见过她,但我仍然觉得她陌生,我不可能记住每一个收件人的面孔,这很正常。我如果有那样超常的记忆力,恐怕我也不必再风里来雨里去送快递,我干脆毛遂自荐到情报部门当间谍算了。

不过她的脸陌生不陌生倒也无所谓,我又不是来找她本人的,我是来讨回送错了的货物的。我直截了当跟她说明了情况,我一边说,她一边摇头。摇到最后,她说,你搞错了,我没有收你送来的快件。我说,我是前天来你这儿投递的,是你自己签收的。虽然我觉得她是个陌生人,但我一定得先强加于她,否则——没有否则,事实就应该是这样的。她疑问说,你投快件给我,我收的?你见过我吗?我怎么没有见过你?我不好说见过她,但也不敢说没见过她,我换了个思路问她,那你,平时有网购、电视购物这些吗?她说,有呀,经常有,我经常收快递,不过,不是你送来的。只要她承认收过就好,我这才拿出单子来,递给她看,我说,你看,这地址,是你的吧?她看了看地址,有些奇怪地说,咦,地址确实是我的,但是收件人不是我呀。不等我再发难,她又进一步看出了问题的实质,跟我说,不仅收件人不是我,签收的人也不是我,别说名字不是我,笔迹也不是我的呀。

我满以为这样一个小错误,只要再到错误的地址上跑一趟,负负得正,就能解决了,哪知情况复杂起来了,我的脑袋又大起来。她倒是蛮善解人意的,跟我说,是的呀,现在送快递麻烦的,很容易搞错,现在的人都是粗枝大叶的。看来她真是深知我的难处,她又主动建议说,你要是不相信,你拿纸出来,我签个名你比比看,看那单子上到底是不是我的字。我也没有其他的法子,只能这样做了,显得我很不相信人,很小鸡肚肠。但是你们不知道,干我们这行的,不得不这样,不然你稍稍马虎一点,赔得你倾家荡产。即便是货到付款的那一类,不需你赔钱,也得让你赔时赔力赔声誉,总之你得赔点什么。

她在我提供的纸上,写下了她的名字,我只瞄了一眼,心里就认了,我手里的运送单,肯定不是她签收的。她见我没说话,以为我看不出来,又认真地指点着她的笔迹跟我说,你看,这笔迹,完全不一样。再说了,我要是签了,我为什么要抵赖呢,没必要吧。虽然我一眼就看出来不是她的字,但我还是不甘心。我不能甘心,我一甘心,这事情就没有余地,没有退路了。我又换了个思路,再问她,会不会你不在家,是你家里人签的? 她说,我家里人白天都不会在家的,再说了,我家里也没有人叫这个名字的呀。她看我一脸的疑惑,又说,你快递的什么东西呀,贵重物品吗? 我说,好像不是贵重物品,没有保价,是某某电视购物的拖把。她说,那就更不可能有人冒领了,冒领个拖把干什么? 值吗? 我说,可是,可是那把拖把会到哪里去呢? 她态度一直很好,可我仍在怀疑她,她终于也有点不高兴了,开始批评我说,你自己也有问题的,单子上的收件人明明叫张三,你却让李四签收,连个“代”字也不写。我不能同意她的说法,公司规定也没有说一定要本人签收,家人是完全可以代收的。再说了,如果有人存心冒领,写个“代”字有屁用。

我就真的奇了怪。虽然说起来,送快递的遇到的奇怪事情很多的,但是因为我这个人生性谨慎,也知道保住饭碗不易,所以一般是不会出差错的。这一回问题到底出在哪里呢? 我整理了一下思路,先是寄件人把小区的名字写错了,我当然是按照寄件人写的地址去投递,这第一步,我没有错;第二步,电话没有错,我也通过电话,收件人本人也接到过电话,等待我送货去的,这第二步我也没错;第三步,我到了寄件人给的错误地址那里,人家确实正在等着快递呢,就签收了,虽然不是收件人本人的名字,但反正他们是一个屋檐下的,应该不会错,这第三步,我仍然没有错。

我没有错,拖把就不会有错,但是那把正确的拖把它到底到哪里去了呢?

我再调动起以往的经验教训,仔细想了一下,是我走错了楼层吗? 应该到五楼的,结果潜意识里我想偷懒,就少爬了一层,到了四楼? 或者,我走错了一幢楼,把三幢看成了二幢,这也是有可能的,或者,我根本就没有来过这个小区,我到的是另一个小区?

反正你们知道的,小区和小区之间,楼和楼之间,楼层和楼层之间,真是很相像的。

这个想法一出来,立刻把我自己吓了一跳,正如我在梦里看到的,一幢一幢的楼,一个一个的小区,都是一样的。但是我是按图索骥的,难道我手里拿着一个地址,会走到另一个地址去吗? 我如果没有去过那个小区,我怎么会记得那个小区呢,难道是在梦里去的?

难道梦里的事情比现实更清楚?

我不敢说"不可能"。

什么都是有可能的。

只是现在没有任何证明来证明我到底是犯了哪一项错误。

我回忆起前天送快件的情形,忽然灵光闪现,我想起来了,我在那个小区,曾经遇到了一个熟人,我们还站在小区的路上说了一会儿话。

我只要找到这个人,事情就迎刃而解了。

可事实上,我离迎刃而解还差得远呢。

我本来是个不着急的人,所以我难得犯错,一个难得犯错的人,一旦犯了错,肯定比经常犯错的人要着急。我就是这样。

我现在有点着急了,倒不是因为丢了一个拖把,而是因为我的工作责任心和我的记性,这两者比起来,后者更重要。如果连两三天前发生的事情都不能记起来,岂不要让我吓出一身冷汗来。

我着急呀,一着急,就把我在小区里碰见的那个熟人的名字给忘记了。我努力地回想,努力地在自己混乱的脑海里捞出他的确切身份来。

他到底是谁?

家人? 同学? 朋友? 同事? 亲戚? 邻居?

还好,像我这样的屌丝男,关系密切的人也不算多。我先在手机通讯录里找了一下,用他们的名字对照我记忆中那个人的长相,想启发一下自己。开始的时候,我看着每一个名字,都觉得像,但再看看,又觉得每一个都不是。

然后我又不惧麻烦一一地把有可能的人都问了一遍。有人听不懂,不理我。凡听懂了的,都特奇怪,说,什么小区,听都没听说过,我到那里干什么,你怀疑我包二奶吗? 也有的说,你什么意思,今天又不是愚人节,就算今天是愚人节,你的把戏一点也不好玩儿。还有一个更甚,说,你在跟踪我?谁让你干的?你不说我也知道,是谁谁谁让你干的。我一听,这不快要出人命了嘛,赶紧打住吧。

如此这般,我心里就更着急了,再一着急,不好了,连那个和我在小区里说话的人长什么样子我都忘记了,我们在那里说了什么,更是一点印象也没有了。我急呀,我怕这个明明出现过的人一下子又无影无踪了,就像从来不存在一样。

见我抓狂了,我一同事提醒我说,你去看看小区的摄像吧,只要你们站的位置合适,也许会把你和那个人录下来的。我大喜过望,赶紧跑到小区。可是物业说,这个不能随便给人看的,要有警察来,或者至少要有警方出具的证明。这也难不倒我，我再找人呗。联系上警方，警方问我什么事要看录像。我说，我送快递的，丢了一把拖把。警方以为我跟他们开玩笑，把我训了一顿。我不怕他们训我，打我也不要紧，我再央求他们，又把事情细细地说了，拖把虽然事小，但是丢饭碗的事大。结果果然博得了他们的同情，其中更有一个警察，特别理解我，说，你们也挺不容易的，现在用快递太多了，我老婆就上了瘾，天天买，甚至都不开包，或者一开包就丢开了，又去买，害人哪。

我靠着警方的这点同情心，终于可以看小区的录像了。小区物业也挺热心的，帮着我一会儿快进，一会儿快退，找到我所说的那个时间段，再慢慢看。我的个天，果然有我，我还真的是进了这个小区的。我看到我电瓶车上绑了如此之多的快件箱子，自己都把自己吓一跳。要是看到的是别人，我一定会替他担心的，这轻轻飘飘的车子，能载这么多的货物吗？

但那确实就是我干的事情。只是平时那许许多多的货物堆在我身后，我看不见它们。

跟着我的身影再往下看，我的个老天，我真的看到我在小区碰到的那个人了。

那个人是我爷爷。

你们别害怕，我爷爷死了三年了，我遇见的是三年前去世的爷爷，我都没害怕，你们更不用怕。

大家都说，在现在的这个世界上，什么都可能发生的，难保死而复生的事情就不会发生哦。

爷爷穿着绿色的邮递员的制服，推一辆自行车，车上也绑着大大小小的纸箱子。不过这并不奇怪，因为爷爷年轻时是邮递员，我干上快递的时候，我妈曾经骂过我，说，龙生龙，凤生凤，老鼠生子打壁洞。我干脆一不做二不休，跟我妈开了个恶心的玩笑，我说，我是爷爷生的吗？把我妈气得笑了起来。

虽然爷爷的出现没有让我觉得奇怪，但我多少还是有些不解，在小区的摄像头下面，我问爷爷，你这么老了，怎么还没退休？爷爷说，我本来是休息了，可是他们说人手不够，请我们这些早就休息了的，都出来帮帮忙。我想了想，觉得这也无可厚非。所以你们别以为你们平时能够看到大街小巷的驮着快件的快递员穿来穿去，其实还有一部分你们并没有看见哦。我正这么想着，爷爷又跟我说，现在这日子真的方便，就算你从美国买个东西，几天就收到了，不像过去，等一封平信都要等上十天半月的。我说，那是，现在这速度，简直就不能叫速度了。爷爷说，那叫穿越。我正想夸爷爷时尚，爷爷又说了，快过年了，我想给你奶奶买个新年礼物快递过去。我吃了一惊，说，我奶奶？她不是死了二十多年了吗，她能收到吗？爷爷说，孙子哎，咱们这是赶上好日子啦，你说现在这日子，有什么事是办不成的?

　　说了几句,爷爷就推着自行车送快递去了,我也想得通,他年纪大了,车上装了那么多货物,他骑不起来了,只能推着走。

　　我回家告诉我妈,说我三天前在某某小区遇见了爷爷,我妈呸了我一下,骂道:"做你的大头梦吧。"

　　我妈这一呸,让我迷惑起来,或者说,让我惊醒过来,难道小区里发生的一切,真是我做的一个梦吗?

　　一直到我的手机响起来,我才确认,这会儿我醒着呢。但是我又想,真的就能够确认吗? 人在梦里也会接打电话的呀,我自己就经常做打电话的梦,那真是活灵活现,按键,接听,说话,无一不和醒着的时候一模一样。

　　电话是应收拖把的那个妇女打来的,她说拖把收到了,还谢了谢我。我很惊奇,我还没找到拖把呢,她倒已经收到了,真叫人费解,这把拖把到底是哪一把拖把? 是哪个好心人知道我纠结,替我把拖把补上了;或者,是另一个粗心大意的寄件人,也写错了地址,恰好错到她的地址上去了,于是别人的拖把就错递到她家去了;或者,是我爷爷心疼我,躲在哪里作了个法。

　　谁知道是怎么回事呢,反正拖把到了,不再有我什么事,我很快就把拖把抛到脑后了,只要不再追究我的责任,一切 OK。

　　我回到公司,又接了一沓任务单,低头一看,单子上头一个投送地址是:梦幻花园。

　　我就出发往梦幻花园去了。

短篇小说奖·入围作品

南翔小传

南翔,本名相南翔,男,安徽滁州人,生于广东韶关。著有长篇小说、中短篇小说集和散文集《南方的爱》《海南的大陆女人》《大学轶事》《前尘——民国遗事》《女人的葵花》《1975 年秋天的那片枫叶》《叛逆与飞翔》《绿皮车》等。作品多次入选各种选刊、选本及年度排行榜。曾获庄重文文学奖、中国作家大红鹰文学奖、五个一工程奖、鲁迅文艺奖、上海文学奖等奖项。现为深圳大学文学院教授,深圳市作家协会副主席。

老桂家的鱼

南　翔

入冬以后,老桂知晓自己病了,或许,病得不轻。

下半年以来,他就明显感到头晕,全身乏力,身体虚胖。从小船上到大船,原先拽住船柱的绳索,一纵身就能够跃然而上;现在非要等到后头的老伴或者儿子收拾完船舱、渔具,趋前,顶住他的屁股,嘿哟起身,才能将他一身的蠢重,连同喘息一道送上去。老伴已经行年五十有五,早已是满头白发,腰粗如桶,白日劳作一天,夜里鼾声如雷,依然是兴兴头头,甚至风风火火,越发将委顿的老桂比得如同霜打的秋茄子,蔫没声响。

一个半百的船上男人,晓得自己得病,还不是体力减了,口味淡了,最早的感觉,是不想吃酒。先前无论早晚,无论寒热,只要擒起那只扁扁的挎了背带的铝酒壶,拧开黑色的塑料盖,一股沁人心脾的酒香就如同馋虫探头探脑,飘逸而出,直接钻进他的肠胃。连带得没酒吃的日子,隔壁船上严瘫子缩在舱里吃酒,他就站在船边,定定吸气,分辨与捕捉在微腥江面上飘散的几丝酒气。

是没吃酒的缘故吗?虚胖的身子却是越发有点畏冷了。岭南的冬天,年终岁尾,早晚有几天扑面的冷峻,哪里就能冷得像模像样!阿勇收了鱼回来,就是一领霸王横条的T恤,额头上还滴滴沁出汗珠子。老伴在船厅,脱下水淋淋的胶鞋,解下一身笨重的雨裤,居然热气氤氲,索性连同一条单裤也剥了,露出两筒滚圆糙白的大腿。

这几天一直将养没去收放渔网的老桂,静静地坐在一把绑了条木腿的塑料藤椅上,借着阳光的熏蒸,祛除彻骨的寒气,那是经年在水上讨营生的积攒吧?瞥见老伴几乎是肆无忌惮地脱了裤子,再脱上衣,一件男式汗衫裹着满怀的肥硕,蹦跳两下便无可奈何地垂了下来。

老桂便把眼睛移开去。

大船十年前就报废了,形同一条废弃不用的趸船泊在岸边。从建筑工地陆续偷捡来的竹板、木块,将一家老小的容身之所,隔成饭厅、客厅、厨房和须得低头才能进入的厕所。

都讲女人老得早,老桂没有比她大太多,却是两三年前就独宿了。一是大船空间逼仄,床位紧张;二是老伴越来越肆无忌惮的鼻鼾,常常震得一张马粪纸隔开的儿子、媳妇半夜叹气;还有,三,他害怕跟老伴睡在一起,她似有似无的粗糙的撩拨,是一种欲望的无声挑战。

只有蜷缩在小船里。这条小船是十二年前花了八千块买的二手机动船,老桂及儿女一番装饰,长不过三米,宽才可错身的小船,居然钉了一张铭牌,名曰"大岭山号"——大岭山是东莞下属的一个镇,是桂家人生的出发地。其实,往祖上讲,他家属于长江两岸迁徙岭南的客家。上个世纪七十年代,老桂是上浦人民公社高中毕业的回乡知青,兼任大队民兵营长;八十年代结婚之后便携了娇妻刘晓娥孤注一掷,脱离日渐分崩的集体所有制,承包了一条船出来搞运输。过了五六年,用所有的两三万积蓄买下这条水泥船。东江、西江的运输热线,转眼便被纵横交错的高速公路远远抛在身后。老桂被一阵疾风骤雨打得晕头转向,不辨东西;却知晓,水上运输的黄金时代一去不返。于是买了网子,蹩入港汊河滨学捕鱼。那是几年前?师范学院历史系的向老师带学生来社会考察,老桂第一次听到老师跟学生介绍,这是一家疍民,脑袋里嗡的一声,好几天都在回味这个陌生而又黏滞的名词,喃喃自问:我是疍民?

不管是不是疍民,晚近十多年,老桂家一家三代,全都寄身在一条报废的船上。向老师跟学生介绍,毫不掩饰怜悯道,他们比风餐露宿,好不了多少!

是哇,早几年,全部的收入都寄托在一张网上。现如今,两个儿子除了捕鱼,也常在远近打短工:帮人驾船,帮人养鱼,帮人上山挖树根——有人专事用大树根做功夫茶的茶几、板凳,捕鱼却依然是一大家人主要的收入来源。

歇息了几天,身上似乎长了一些气力,又似乎更绵软了。夜是更长了,好不容易,天际才亮出一道蟹青色,便听得大船上水声哗哗,那是老伴憋了通宵的一泡长尿在喧哗。船尾的厕所直通江河,一是脚步,二是撒尿,卧在小船里的老桂,能够毫厘不爽地辨别出每一个家庭成员。随即便是锅碗瓢盆的乱响,也是各有脾性,各有出处。

阿珍,你去叫老爸快些起来!是老伴。

阿珍道,还早,让老爸多困一些些。

老伴道,今日阿勇要去山上挖树根,就我一个人起网哇!

阿珍道,那……我就去帮姆妈。

老伴嗤之以鼻,你是一个身子两条命!出了事故,我给发仔交代不起!

老桂故意咳重两声,一掀被窝坐了起来。厨房里的两个女人听到了,一时没了声响。

这时节,女儿来到船舷,放下一架银色的铝合金人字梯,他赶快伸手接住,哧溜一声放下。阿珍快生了,那时节才四五个月的肚子,岸边种菜的潘家婶婶,就断定怀的是一个女仔。比较亲生的两个儿子,十七八年前,从水上漂浮的一个澡盆里捡起的阿珍,才更是亲人!昨日她老公发仔返回深圳之前,硬是叮嘱他买回一架梯子才放行。一百八十块钱,却是大船小船,爬上爬下十二年,一身力气不抵两张老人头吗?女儿家家呀。他跟潘家婶婶道,生女仔仔好!

与厨房里出来的老伴错身而过,老伴乜眼一笑道,昨夜里降温,一把老骨头没冷到吧?

这便是老桂家的温馨问候了。老桂回了她一眼淡漠。

邻船上的严家,来自湖南祁东,老严家的称中风不起的老严,一口一个老不死。刀剑嘴,棉花心,却舍得请最好的郎中,隔三岔五来到船上给老严从头按摩到脚。不仅保住了老严老不死,还让他有了缓慢的恢复迹象——在老严家的搀扶下,渐渐能坐,能站。不像老伴,老桂吃了几服贵些的中药,她几天都像吃了炸子,骂如今满大街都是骗子,那个精瘦的白大褂更是见钱眼开的吸血鬼。

弓身进了仅可容身的厕所,一泡尿撒得哩哩啦啦,不得收线。

早晨才刚在小船上撒过尿的,有了跟老伴撒尿的比较,他的心境愈发不好过。这时节,他希望隔壁厨房里的木柴燃烧得噼里啪啦,那就是一种自卑自怯的遮掩。

退出来,高低不平地绕过曲里拐弯的卧房,老大阿刚一家帮人开船去了潮汕,一床的凌乱;老二阿勇一早就带了工具跟人挖树根去了,媳妇带了周岁的儿子回了娘家。好仄,一张床就是一间屋。

来到敞开顶棚的船头,刚坐下,老伴便过来揩拭桌椅,阿珍端来被一灶柴火熏得乌黑的高压锅,肚子大了蹲不下,搁在板凳上,砰的一声启了盖,是一锅喷香的掺了黄豆和花生的白粥。

老伴的声音有点谄媚,黄豆和花生还是上次潘家婶婶送来的,浸了一晚,你看炆烂了没哇?

老桂端了碗吹了吹,眼里布满荫翳。

老伴尴尬道,今天拢共三张网,是有点忙,你能打个下手也好。

阿珍道,老爸不行吧?爬梯子脚都抖抖的。

老伴瞪了阿珍一眼,着势去赶鸡。一只芦花大公鸡去偷啄狗食盆子。七天前,看家的凯哥,一口气生了七条黝黑的狗崽,如今都在它的肚皮下面挤作一团抢奶吃。

阿珍到底怕娘,弓身去撩老爸的裤脚。平日里若是惹了老娘生气,老娘便会伸出一截粗硬的中指,戳她的额头,骂道:不知好歹的,那年要不是我好心把你从水上脚盆里抱起来,你早都成了乌龟王八蛋!也不晓得世上还有这样心口戳了刀枪的爷娘,才生出来几个早晚,就敢放在江面上打水漂哇!

阿珍一手撩起前额的长发,一手按老爸的肿壮的小腿,一按一个坑。这是模仿上个月在社区医务所医生的动作。当时医生就告诫病得不轻,叮嘱立即去医院住院,姆妈顿时脸上乌云密布,捏钱包的手簌簌发抖,说是情愿取了医药回家好生照顾。

阿珍道,老爸脚肿了,不能累哇。

姆妈便不高兴道,世上只有饿死的,没有累死的哇!我哪里就比他好,一年三百六十五日,不是一样的早出晚归,日晒雨淋!说着摊开两只厚实肉多的手掌,展示老树斑驳,年深月久的皲裂。

船头一阵狗吠。凯哥扔下一堆狗崽,冲了过去。很快的,摇首摆尾带进一个人来。

阿珍嘴甜,道,潘家婶婶这么早,一起吃早饭吧?

潘家婶婶说,不客气,吃了才出门的,说着从藤篮里掏出一把碧绿的菠菜,一把生青的茼蒿,再掏,是一只沾满泥土的大白萝卜。

阿珍将菜蔬捡到一旁的大油桶上,大油桶是老桂家从岸上挑来淡水的盛放处,下半身装了一只水龙头。一只塑料高凳,早已移到了潘家婶婶身旁。

潘家婶婶道,我从地里过来,屁股脏。这些菜都是早上摘的,新鲜得很!

阿珍道,自己种的菜就是好吃,上次你送一篮子胡萝卜来,连同萝卜缨子一顿就吃光了哇!

老伴道,坐呗,嫌我们家没得干净的地方!

潘家婶婶并不尴尬,看着阿珍日渐笨重的身子,拣起旧话道,明日阿珍十有八九生的女仔仔,到底生女仔子好,跟娘她贴心挨肺。

老伴一歪嘴道,阿珍跟老骨头才贴心挨肺,跟老娘是背靠背,货不对板哇!

说完,她先自哈哈哈哈笑个不住。

潘家婶婶才想起来似的,掏出两盒药来,递给老桂。

老桂双手抖抖地接过,他不是激动,得病以来就开始手抖。阿珍道谢了。老桂眯起眼见盒上是"螺旋内酯"四个字。

潘家婶婶瞥一眼阿珍娘,道,前日听讲老桂水肿,不得行尿。这种利尿药来得比较慢,但是副作用也小,尤其是利尿太快了,容易丢失钾,这种药可以保钾。

老桂看着她,眼神里有一丝被荫翳遮蔽的感激。

阿珍沏了一壶茶端上来,倒了一杯给潘家婶婶。姆妈已经换了雨裤和长筒套鞋,一边道,今日要收三张网,收晚了,码头下市卖不动哇!

潘家婶婶问,阿勇兄弟两个呢?

老伴道,都死出去帮工了,一个开船,一个挖树根哇!

潘家婶婶跺脚道,几好!都有事做,这个年头,一是康健,二是有事做,比当神仙还强。

老伴道,那家里也要有人打下手哇。

老桂已经在换鞋了。潘家婶婶试探道,那,我下船去给你帮个手行吗?

老伴瞪大眼道,敢难为你?!

阿珍拍手道,潘家婶婶正好下江去看看风景哇。

姆妈瞪了她一眼,扯收渔网:是吃一把气力饭,你以为有风景好看哇?

潘家婶婶倒是坚定了语气,我伴你一道去,扯不动渔网,帮你拣鱼还是拣得动的。转向老桂道,你身体吃不消,就不要去了。

老桂抖抖索索地过去壁上摘草帽。

阿珍看看老爸,再看看潘家婶婶,道,老爸还是去吧,帮着开船还是做得哇。

女儿的细心,她是不愿让老爸落单,还是担心潘家婶婶一个人跟粗糙的姆妈在小船上尴尬?

终于三个人一道下到小船上。老伴三两把,收扯下夜晚遮蔽风雨的篷子,去了船头。潘家婶婶赞叹她出手的麻利;老桂启动船的那一刻,她递上工具,然后跨过去,坐在小船中央。

小船发动了,一股黑烟呛出来。两岸参差错落的,都是新建与正在起势的大楼,垂下的巨幅红字,或是某某水榭,或是某某花园。逼近江边的一座高楼,鹤立鸡群,形同一只展翅欲飞的大鹏,即将竣工的楼顶上飘然而下的一块大红布上,刷了几个抢眼的大字:隆重庆祝"鼎泰凤凰"开盘发售!

江边的绿道上,有三五人在蹬车;树下,石上,有十几人散坐在岸边垂钓。

潘家婶婶手搭荫棚,朝对岸看去,啧啧叹道,才几年呀,建了那么多高楼!还就是有人买哇。

老伴收腿踞坐,随她的目光朝岸上望去,咻咻道,也不晓得从哪里冒出来那么多有钱人,买房子跟拣白菜、萝卜一样!

潘家婶婶道,我们也不眼馋人家,有的吃,萝卜白菜也是一个甜;有的住,一个身子,只占得到一张床,一间屋。

老伴道,到老,腿一伸,原先再有钱,也只困得一口棺木;现如今更简单,都是一把白灰!

潘家婶婶附和道,所以,比的是健康。

老伴赞道,潘家婶婶你硬是一只人中凤凰,七八年前得的死症,现如今比哪个都活得健旺!你看,前面就是你家的菜地哇?

潘家婶婶作势起身看过去,是的哇!

小船减速,迫近收网的水面了。前面是一架凌空而过的立交桥,桥下及两侧是一片一片起伏的绿茵茵的菜地。那是潘家婶婶近几年陆续地开发的,四季轮替,种过茄子、辣椒、番茄、卷心菜和上海青;也种过豆角、苦瓜、南瓜和冬瓜;今年又开始种芝麻和绿豆。那是一年前,老桂跟儿子阿勇去收网,头天吃剩菜闹肚子,小船泊在岸边上岸去方便。起身系裤带的时候,才看见躬身除草的潘家婶婶,老桂闹了个大红脸,潘家婶婶却说,感谢他上岸施肥,硬是摘了两棵卷心菜送他。老桂下得舱来,捉了一条斤把重的活蹦乱跳的鲤鱼丢上去,算是还礼。

　　那便是有了往来。

　　以后只要跟儿子下到江里收网,便常常挨到岸边去,或是为了方便,或是为了躲雨躲日头,或是什么也不为,就为上岸去跟这个患了绝症的女人拉一段家常——知晓她患了绝症,当然也是她自己的讲述。十多年前她患了女人都很忌讳的毛病:乳腺癌。先是住院,到底还是动了刀子;一年后转移,再次住院,再次挨刀子。乳房的丢失,连带得此前就摇摇欲坠的家庭彻底解体。一次冷战之后,丈夫带了一包衣服出走,再没有回来。独生女儿远嫁到美国洛杉矶,女人带着伤病,独居在家半年多,终于走了出来;她办了提前退休,在城市广场同一群"癌症明星"唱歌跳舞三个月之后,她看中了大桥下面的荒地,她在这里找到了与岁月和平共处的阳光、乐趣与收获。开始,她将一年四季的绿色蔬菜打包送给亲朋好友,后来,就专门卖给闻讯赶来收购的贩子,颇富心机的贩子订制了漂亮的塑料包装,一一打上绿色蔬菜的标志,加价两三倍卖给高端会所以及干部食堂。她知晓之后,不肯卖了,雇人免费送到幼儿园、福利院,蔬菜贩子就在一次送菜过程中洒了农药,弄得幼儿园和福利院都不敢接受她的爱心了。

　　她跟老桂说,我种菜就是图个乐子,我是机械局退休的,医药有报销,工资足够我吃喝,我连女儿寄来的绿票子都不要,我要个啥子哇!

　　她还跟老桂说,既然幼儿园和福利院不要我的爱心,我就送一部分,卖一部分,让你家阿勇兄弟得空帮我将一些菜送到餐馆去,我们四六分成、五五分成都可以。

　　她甚至拍打自己的胸脯跟老桂说,这么些年,医生都讲我没事了,我从鬼门关走出来了!这就是我一心种菜最大的收获,人做了自己最喜欢做的事情,心里就像照进了日头,你讲是不是哇?!

　　老桂喜欢她的率直,喜欢她的细心,也喜欢她的好大喜功——她甚至认为自己的癌症得以痊愈,不关治疗,却跟种菜有关,也跟吃自己种的菜有关。按照这个尺度,所有不是她菜地种出来的吃喝,都十分的可疑,十分的危险。

　　天长日久,老桂先给她的菜地铺就了一条通往江边的石子路,方便她挑水浇菜;再后来,在地头挖出两个方池,一个化粪池,一个蓄水池。把潘家婶婶高兴得欢天喜地,那些天往他家送的菜蔬吃都吃不完。老伴便一脸狐疑地看着老桂,那意思,并非怀疑老实到三脚踢不出一个屁的老桂会被一个种菜的女人勾引,是心疼自家网到的鱼被半道打劫了!

潘家婶婶确实接受过老桂的馈赠或回报,有时候是一条鲫鱼,有时候是一条草鱼。她后来偶然流露,她最喜欢吃的是翘嘴巴鱼,鲜嫩哇。

东枝江已经越来越少见翘嘴巴鱼了,早几年的大路货,现如今都几乎绝迹了。他收网见到过几次,都只有巴掌般大小,一是她凑巧不在菜地,再是他也有些犹豫,码头上翘嘴巴鱼的价钱,已经从先前的几块钱翻涨到了十几二十几块钱一斤!要是老伴知晓他拿去送给了潘家婶婶,不知道会有什么后果哇!

老伴伸出铁钩,身子仄出船外,钩起一张墨绿色的网子,扔了钩子,双手迅捷地拽住网头,扭腰翻转,双膝着势跪下,很快站起身,一张水淋淋的网子便扯出了水面。

潘家婶婶也支起身子,凑了过去。

老桂熄了火,拿起一支桨板,瞄着老伴手里的网子,缓缓划水,渐渐跟过去。

网子一截一截地拽上来,重叠在船头。头天日落黑才下的拦网,一张网长约一两百米,宽可两三米,坠到江下。倒霉的鱼儿迎头撞上,卡在网眼里,进退不得,越挣扎卡得越紧,只能坐以待收。

一条大鲤鱼!潘家婶婶惊呼道。

但见一尾七八两重的红尾巴鲤鱼在网眼里挣扎,老伴不慌不忙,依然在一提一提地收网。潘家婶婶蹲下去取鱼,却怎样也取不出来,重重叠叠的渔网不停地叠加,她想从中找一条出口将鱼拽出来,眼前却是一张天罗地网,没有出口。

老伴扑哧一声,停了网,蹲下去,一把将渔网撕开,捉紧支棱起尾巴欲逃生的鲤鱼,扬起胳膊,无需瞄准,就掷进了小船一侧的水槽里。

潘家婶婶看得呆了,叫道,要把渔网撕破了才能取出来吗?

老伴已经直起身,继续提网了,道,这样才能快收,卡在渔网里,你扯也扯坏了网哇。

望着她粗壮身子显露的麻利,潘家婶婶若有所悟,连连点头。

一条大草鱼!潘家婶婶又一次惊呼。

草鱼在网眼里拼命弹跳,血水四溅。

老伴嗤道,不过斤把,这就叫大哇!

潘家婶婶擦一把脸,不好意思道,我是没见过大的,平时见他们在江边钓鱼,塑料桶里,都是指头长短的,巴掌长的,就算大的了。

正其时，岸边爆发出一阵哄笑。抬头看过去，原来是一根钓竿被一大兜浮萍挂住了，几个人在帮忙扯，猛地一下扯断了线，摔倒一堆。

老伴腾不出手来，用胳膊擦汗，得意道，你以为像他们这样钓鱼，能钓到吃的？那是钓一个乐子，钓一个闲得抠痒痒的工夫！

潘家婶婶捡起一条毛巾去帮她揩汗，揩了额头，揩两颊，试探着问，像你们这样下网收鱼，一个月下来，比在岸上打工强得多吧？

老伴猝然有了警惕，觑她一眼，想了想道，哪里比得过拿固定工资的，人家有事做没事做，到了关饷的日子，老板你就要拿钱来，几多爽快！我们是靠天吃饭，靠水吃饭！刮风下雨收不起鱼，水太冷了收不起鱼，鱼被大船吓跑了也收不起鱼，自己不能伤，不能病，不能天灾人祸哇！

她俩不约而同地望一眼一直默坐在船尾的老桂，老桂浮肿的面庞，像一尊失去光泽的蜡像。

讲到工资，潘家婶婶不由自矜道，是啊，我的退休工资每月两三千块，坐在家里过一天，拿一百块来！说着哈哈大笑。

老伴嫉妒道，你还有房子呢！也是吃的国家房吧？

潘家婶婶道，房子不怎样，二十年前的集资房，七十多平方米，花了三万多块。

老伴恨声啧啧，七十多平，才三万多块，还在市里，那是万恶的旧社会吧！去年，我们在博罗老家买的一套房，六十多平，十七八万哇！

潘家婶婶哦了一声，你们也买房了，以后就可以告别船上生活了?!

自知讲漏了嘴，老伴道，不瞒你讲，两个儿子一个女儿，加上我们两个老骨头，七拼八凑，没凑到十万，其他八九万，都是借的。借钱那个滋味，你潘家婶婶从头到尾吃的一碗公家饭，没尝过哇！

潘家婶婶同情道，我晓得的，我也过过困难时期，我老家在安徽，一九六〇年饿死过爷爷、小姑和两个表叔，那时候我才四五岁……早晓得，买房子我也可以借点给你，多了没有，两三万的下数哇。

老伴道，那就好啊！认识你潘家婶婶，真是天上落下来一颗福星！早晓得有这等好事，我就不用厚起脸皮，走东串西，落下一大堆人情哇！

老伴的声音尖厉起来，老桂怎么听都有些夸张。老伴道，你晓得，岸上没有房子，两个仔讨媳妇都千难万险，哪家的媳妇肯作践嫁到一条破船上来哇！

这确实是实情，所幸，阿刚阿勇都将媳妇娶进了门，还各生了仔女。阿刚娶的媳妇是两年前在东莞虎门打工认识的，媳妇是贵州人，起先并没有坦白告诉人家，父母是渔民，全家住在船上。待得带媳妇过门，真相大白，媳妇一张大饼子脸，一个礼拜都没有拨云见过晴。

起完一张百米长的网子,只不过捡起二十几条鱼,大不了十几斤,老伴发泄不满,跺了一脚堆积的空网,骂道,狗×的,也不晓得都躲到哪个阴间里去了,不得吃网子哇!

潘家婶婶安慰道,不是还有两张网子吗? 不要急,西边塌了东边补!

老伴不悦道,这一向天气好,一张网子起个五六十斤,稀松平常的!

老桂驾船掉头,朝对岸开去。下网子,必须在东枝江两侧,太岸边了没有大鱼;太中间,必定会受往来船只影响。

第二张网子才刚提取十来米,就接二连三地见到收获,有鲤鱼、鲢鱼、鲫鱼,还有一两条白鲳。可是,好景不长,接下来网子沉沉提不动,潘家婶婶上前助力,道,碰到大鱼了吧? 老伴道,碰到大鬼了!

老桂摇头,心里默念道,不要是卷了网子?

果然,一张墨绿色的网子徐徐拖上来,早已卷成了长长一团麻花!

老伴破口大骂,吃干饭,屙稀屎的家伙,做的鬼事三岁毛伢子都会不齿!

潘家婶婶疑惑不解,转眼望着老桂。

老桂舔舔干涩的嘴唇,他没有气力大声讲话,让背风另一头的潘家婶婶听见,只能做两个手势。恰恰一艘运煤船劈波斩浪而来,老桂举起两只手,作势翻滚;又垂下两只手,作势包抄。

潘家婶婶笑了,她晓得了,那是因为网子下得太近航道了,或许是运输船只带过的浪花,将网子翻转了,一天工夫便白费了,难怪老桂家的要骂娘!

老桂摇头,又点头。

潘家婶婶也看懂了。摇头是他无辜,这几天他都没有出船,不是他的错;点头,是表示对儿子的原谅,儿子是贪心也是好心,想靠近江心多网鱼,网大鱼。

起了两张网子,老伴已然掏出手机在看时辰了。日头当空,老伴下身一条雨裤,上身剥得剩下一领黑色的男式汗衫,还浑身冒汗。老桂呢,灰色的旧夹克里面是一件 V 字领的毛衣,依然双手不温。两人身上的穿着,都是潘家婶婶年前送的,她的话语很委婉,家里有些男人的衣物,放也是放,丢也是丢,给你们看看,能不能做工作服哇?

"工作服"三个字,几多熨帖,几多念想。三四十年前,做了回乡知青的年月,多么想去城里当工人,那时节,穿工作服就是一生的盼头,无上的荣光。

却终究要在船上终老了。

老伴站在船头,叉开两脚,手才一挥,突突突,突突突,小船得令朝上游开去。这是第三张网了,最后一张牌,不要再出岔了。老伴双眉紧蹙,一脸凝重。老桂在默默祷念。潘家婶婶抱着双膝坐着,别着脑袋朝大桥那边望去,那里有她的日月星辰,春华秋实。她的侧影很耐看,麻灰色的发髻高高梳拢,一双眼睫毛挂满太阳的辉光,厚实而殷红的嘴唇,像女孩子那样俏皮地微微噘起。女人是要男人疼怜的,她是猝然遭受疾病的重挫,所以形单影只吗?那是疾病,疾病的偷袭,不是她的错哇。大桥下面和两侧一丘一丘的菜地,是她一锹一锄的开辟,是她跟岁月拉力的倔强。她以病弱之躯、一己之力捧出了那么多可口的脆生翠绿,满有成就,满怀高兴。

今日是她头一回上船来看收鱼,不到平日三分之一的贫瘠的收获,是不是叫她失望了?老桂感到了内疚。就是为了叫这个善良而能干的潘家婶婶看得舒心惬意,他觉得今日的贫瘠也该跟平日的丰腴,调一个个儿。

最后一网,起到一半了,收获跟第一网差不多,裤脚滴水的老伴满脸晒得紫红,怕是累了,不再吭声。

老桂觉得五心烦热,早都想撒尿了,若是平日,对着江心就是一泡洒扫。今日却得憋着,当着潘家婶婶,他不能做出如此无礼之举。他当然想不到,半个钟头之后回到大船,他会因为一泡憋尿昏倒在厕所里。

潘家婶婶一边从网眼里抠出巴掌大的鲤鱼、鲫鱼、鲢鱼和草鱼,一边宽慰老伴道,像是荔枝、桂圆,都分大年小年的;你们上次收获不错吧?这次不好,下次一定好哇。

好一个心思熨帖、善解人意的女人!

老伴啐道,倒霉人家喝水都塞牙,养猫生出个老鼠崽,打鸟打死个苍蝇——不够火药钱哇!

正说着,老伴手里一抖,赶紧闭了嘴。

几乎同时,老桂也感觉到了,弓身从脚边摸出一根丈把长的篙子,拈着朝后,斜斜地入水无波,稳稳地夹住船帮。

潘家婶婶感受到了紧张气氛,前后看看,她看到的是前头老桂家的叉开双脚,一把接一把拔河一般,慢慢拖拽,大气不敢出;她看到后面老桂浮肿的面庞,刀錾斧凿一般,凝滞僵硬如同地狱里的判官。

随着老伴手里拖曳的渔网,沉沉若停,再猛地一抖,一道刺目的亮光腾空跃起,一大片渔网包砰然张开,水花四溅,带动得小船都剧烈摇晃起来。

一条硕大的白鱼刚刚落在船头,便触电一般翻跳起来,那是生死的最后搏击,也是不甘束手就擒的本能反抗。

老伴张开臂膀,母狮一般扑了上去,大白鱼尾巴一扇,重重扇在老伴的嘴上,几乎将老伴击倒,老伴惨叫一声,头一偏,冷不防整个身子压将上去。

这一切都在刹那间发生,潘家婶婶看得目瞪口呆,这才慌慌张张地跨上船头,伸手紧紧摁住鱼头,两只玻璃球大小的鱼眼,顿时迸射出骇人而绝望的凶光。

潘家婶婶狐疑地问，这是一条……

老伴呜呜道，好大的一条翘嘴巴鱼！

潘家婶婶两眼发亮，这就是翘嘴巴鱼？才见过这么大的翘嘴巴鱼哇！

老桂已经笨重地跨过来，刚抄起一把剪子，又放下了，怕割伤了一条自打鱼以来都没见过的巨大的翘嘴巴鱼！三人仔细撕开渔网，三双手将长长的一条鱼展示在船头上。

岸上三三两两的钓鱼人也发现了船上史无前例的收获，一起站起来鼓掌、哄叫。

老桂轻轻拍了拍翘嘴巴鱼的头，翘嘴巴鱼眼里还夹杂着几丝惊恐，更浓郁的却是无奈。它身材修长，宛如一枚无限放大的丰腴的柳叶，银亮平直的头部锋利如刀如戟，浅棕色的背部是一道起伏的峰峦，一张鲜红的突吻，娇艳欲滴，哪里是一只网中之物哇！

如此这般的翘嘴巴鱼，是雄与雌，阳与阴的结合，讲是壮美却柔婉，到底旷放还忧伤。

老桂抬起头来，瞥见潘家婶婶兴奋之余也在叹息，这么漂亮又雄壮的鱼，我真是头一回见到！

老伴刚要搭腔，却猝然喷出一口猩红，哇哇地张嘴，才见嘴角一抹血涎，嘴中露出一眼黑洞，一颗门牙不见了！

潘家婶婶赶紧掏出纸巾递过去，问，哪里磕掉了牙？

老伴连连啐出几口血痰，指着手下垂死挣扎的翘嘴巴鱼，着势要捶，拳头却终于轻轻落下。仨人抬起硕大的翘嘴巴鱼，朝水槽里扔去，扑通一声，溅起四散的水花。

岸上又是一片乱叫。

赶紧将网盖蒙上，再压上长短不一两块厚实的松木板材。

有了这一条鱼，今日就不算歉收！

老伴两腿半蹲半跨，立在船头，满头白发被风吹得飞张，任凭嘴角还在流血，却俨然一个班师回营的将军。

小船回家了，缓缓靠近大船，潘家婶婶怜惜道，即刻就要送去码头卖吗？

老伴拽住船缆，纵身上去道，我去取秤，换衣裳，越快越好！这里去码头还有两三里路，小船要走二十分钟。

待得老伴匆匆换了衣裳，提了一只硕大的盘秤下来，却听得小船一声怪响。老桂站起来，拍拍锈迹斑斑的发动机壳，无奈摇头。

老伴和潘家婶婶一起发问，坏了哇？

老桂点头。

老伴疑问,怎么坏了呢? 刚刚回来还好好的。

老桂忽然双手搂着肚子,蹲下了,满脸蜡黄。

阿珍早已挺着大肚子过来,放下梯子,大声叫道,阿爸! 潘家婶婶见了,赶紧回头过来,搀扶住老桂笨重的身子送上去。

老爸喘息着进去了,不多时,厕所那边传来阿珍的哭喊,不好了,阿爸跌跤了!

老伴和潘家婶婶赶紧冲进来,却见老桂昏倒在厕所边,蜷缩着,额头汩汩沁出血来,潘家婶婶抽出手机就召唤,平时备用,她存了几个士司机的电话。

老桂倚着门框,慢慢睁开眼,阿珍倒了一杯水给阿爸,他只饮了一小口,就推开了。众人扶他到床上躺下。

不多时,船头狗叫,一辆绿的悄然驶停在岸边。

潘家婶婶催促道,起来吧,去三医院,那里有一个熟人!

老伴不以为意问,要去医院哇?

潘家婶婶急道,人都昏倒了,不去哪行啊!

老伴喃喃问,哪个去卖鱼哇?

阿珍不容分说道,鱼明天送去餐馆好了,快过年了,餐馆价格比码头高哇!

老伴想了想道,那也做得。

阿珍大肚子,只能看家。潘家婶婶和老伴,一边一个搀起老桂,几乎是用拖行的步子,行到船头,一颠一颠下竹跳板,上岸,绿的司机早已打开车门恭候在侧。潘家婶婶坐进了前面副驾位,带路,进三医院,她让老桂家的搀着老桂在电梯口候着,她很快挂了号出来,一道上了三楼。

潘家婶婶似乎人头很熟,一路上不停地点头问好,也不晓得是不是都认识的。

三楼一间屋里的医生,显然是潘家婶婶的熟人,戴着口罩,眼神是微笑的。医生问了病史,量了血压,一看血压计,几乎不相信,再量了一遍,摇头;听诊器伸进老桂的毛衣,隔着衬衣,听了前胸和后背;让他持起裤脚,按按,复摇头。许久,说要抽血化验肾功能。潘家婶婶问要不要空腹,医生道,现在就可以做,以后住院的话,空腹再做一次。

老伴张大嘴道,还要住院哇?

医生白她一眼,看着潘家婶婶道,今天可以先做化验,明天上午来取化验单再决定吧。

潘家婶婶谢过,道,明天我来取吧,我也要开一些药哇。

下得楼来,依旧是打车回到船上。

累了一天,老桂居然毫无胃口,阿珍前些日听潘家婶婶讲过,阿爸要多吃一点清热解毒的东西,给他熬了大大一碗绿豆粥,也只淡淡吃了几口。入夜,阿珍讲阿刚阿勇都不在家,老爸就在大船上困觉吧。老爸执意下小船。老伴叮嘱,下去困也好,那条大鱼也怕小偷哇!阿珍不屑道,这时节哪有小偷来偷鱼的!姆妈道,那条翘嘴巴鱼,三四十斤,卖得千多块钱哇!

老桂笨重地下了船,蜷进小船舱,月光泻在船头,岸上虫声唧唧。间或,水槽里有一声嘹亮的扑通。

老桂倾听着,一夜不曾闭眼。

第二天一早,天刚放亮,就听得老伴哗哗的尿声。之后,是她大声唤阿珍,叫她赶紧找出几个平时送过鱼的酒店电话,饭后就要打哇。

这时节,小船上传来急促的唧唧声,母女两人探出头来,老桂蹲在那里,指指水槽,一脸沮丧。

老伴一惊,赶紧下来,这才见水槽的网子破了,两块松木板落在一边。她蹲下去两手乱捞,只有一些鲤鱼,鲫鱼,哪里还有翘嘴巴鱼的影子!

老伴两脚一蹬,坐在船板上号啕大哭,哭自己命苦,好不容易打上一条大鱼,却是跑了;哭老桂无能,一个大男人守夜,困得贼死,连一条鱼都守不住;哭翘嘴巴鱼不忠不慈不孝不仁不义,她劳累一天,就是这一条的收成,到头来还是脚巴骨上贴门神——人走神搬家。

阿珍立在大船边,默默垂泪,好一阵,劝姆妈和阿爸上来吃饭。老爸精神不济,在里间躺下了。

上午,潘家婶婶风风火火地取了化验单过来,老伴眼圈还是一溜通红。潘家婶婶促忙促急道,医生讲,要赶紧住院;跟阿珍咬耳朵道,你阿爸得的是尿毒症,要马上住院做透析。

阿珍没忍住,咬着唇哭了出来。

老伴听到了,支棱起脖颈道,住院? 先前住一天就是过千,到哪里去找这么多钱!

潘家婶婶将化验单一摊,又一起塞到阿珍兜里,道,要不,我先借点给你们。

老伴摇头道,借的哪里不要还哇? 再讲,你也是一点工资吃饭、看病!

阿珍抽泣道,姆妈,要不把老家的房子……

姆妈一愣,醒过神了,着势要抽她,却转过巴掌来,打了自己一个耳光道,老家那座房子,打得了主意哇! 一条一条鱼十几年攒起来的砖和壁哇! 没有那个房子,你们桂家哪里有根哇? 阿刚阿勇的媳妇会不会都跑掉哇? 那就是一根风筝线,牵到了桂家的前世今生哇! 说着也哭了。

门环一响,老爸摸索着门框两脚一里一外,站在门口,艰难吐出两个字,她们从口型辨出那是:不住!

老桂终于没有挺过这年夏天,他死在破败的大船上,死于肾功能衰竭。

入秋的一天,南方的天气依然燠热,师范学院历史系的向老师又带了一拨学生来到东枝江边,指着一堆横七竖八的破败渔船跟学生讲解……疍家人,清光绪《崖州志》称为疍民。史载:"疍民,世居大蛋港、保平港、望楼港濒海诸处。男女罕事农桑,唯辑麻为网罟,以鱼为生。子孙世守其业,税办渔课。间亦有置产耕种者。妇女则兼织纺为业。"

疍民即水上居民,因像浮于饱和盐溶液之上的鸡蛋,长年累月浮于海上,故得名为疍民。疍民据人类学家考察分析,证实不属于一个独立民族,而是我国沿海地区水上居民的一个统称,属于汉族。疍民多为祖籍阳江、番禺、顺德、南海等县的水上人家。现在主要分布在广东的阳江、番禺、顺德、南海,广西的北海、防城港,海南三亚等沿海地区。

向老师接过学生递过的乐扣杯,喝了两口,继续道,在我们城里东枝江生活的疍民,或许算不得真正意义上的疍民,我发现,他们有两个特点:一、不是世代的捕鱼者,多半来自内地,甚至客家;二、他们没有大型捕鱼工具,包括船只,无法远航,基本去不了海里,就在附近江河凭小船拦网下笼,捕些鱼虾。他们在岸上无居所,在水里早出晚归,放网收笼。

向老师强调,最重要的是,他们的生活没有保障,在这个城市里,他们没有户口,没有社保,也没有医保。或许可以说,他们的生活,随着潮汐变化而变化。

向老师没有看到,本地电视台因为岸边一个新建的"鼎泰凤凰"楼盘的居民投诉——东枝江边脏乱差,严重影响市容和干扰居民生活,派来收视率最高的"民生第一直击"专栏记者下来采访,也在一旁拍摄。两三个记者,先是在立交桥上,再下到岸边,最后是上到桂家的船上。镜头移近,那是鸡鸭狗;那是柴薪;那是竹竿上如万国旗般的晾晒;那是背上用绳索子缚着,用钩子挂在竹竿上防止落水的毛伢子。

这年冬天,泊在东枝江的疍民船只限期搬迁,老桂全家不得已,打包收拾,阿刚阿勇都回来了,租借了打工认识的一位朋友的大卡车,候在岸边。搬迁才晓得,即便一个贫贱之家,也有那么多的琐碎令人留恋,不舍得丢弃。老桂家的,忽想上到舱顶上去看看,她爬上梯子的一刻,已然生了孩子的阿珍,悄悄过来,在下面扶稳。

姆妈爬到舱顶,扭过头去,忽然两眼发直,她简直不相信自己的眼睛,一条已然风干的大鱼,翘嘴巴鱼,直挺挺地卧在一张枕头席子上,那张枕头席子一直是在小船上的!原本乌黑的鱼眼,蒙上了一层灰白的荫翳;原本鲜活殷红的嘴唇,干缩打皱。

阿珍听见姆妈的呜咽声从舱顶传来,越来越大,越来越急,最后与江涛汇聚在一起,被风刮得好远好远哇。

东枝江的疍民终于被彻底清除。堤边新修了绿道,新植了绿柳,江面愈发空阔了。

得闲,垂钓与骑车的人们,还会看见大桥下面种菜的潘家婶婶,她不时锄地,不时挂锄眺望,发呆。落日余晖之下,她的剪影,柔韧、单薄与无助。

她才刚听说,电视台"民生第一直击"的下一个报道对象,就是大桥下面,这片"三不管"的起伏的菜地。

16th
2015/06
百花文学奖

短篇小说奖·入围作品

鲁敏小传

　　鲁敏，女，1973 年生于江苏东台。1998 年开始小说创作。著有长篇小说《六人晚餐》，小说集《纸醉》《取景器》《伴宴》《惹尘埃》《九种忧伤》等。曾获庄重文文学奖、人民文学奖、中国作家奖、中国小说双年奖、郁达夫小说奖等奖项，入选《人民文学》"娇子·未来大家 Top20"、《联合文学》"华文小说界 20under40"等。2009 年，短篇小说《伴宴》获第五届鲁迅文学奖。现居南京。

万有引力

鲁　敏

一

　　五十六岁的看门人昨晚没有睡好。睡眠问题,对小学生重要,对新郎官重要,对明星重要,对国家元首重要,对看门人也一样。夜里睡不好,第二天大门就看不好,多少的安全隐患就会从他眼皮子底下溜过去啊。

　　看门人的卧室和卫生间分别紧挨着隔壁人家,厨房与后面人家的阳台对望,阳台与前面人家的厨房对望。大部分公寓楼都是这样的,好像各家各户相通,一起过着日子呢。看门人在厨房咬黄瓜,后阳台的女人在嗅一双袜。看门人到卫生间刷牙,旁边嗯嗯嗯大便。看门人爬上单人床裹上单人被,老关节咯咯碰撞,隔壁夫妻也上床。看门人侧着身,淡漠地听任他们在旁边吱吱作响,如旋律单调的摇篮曲,他们越搞他睡得越香。

　　昨晚没有摇篮曲,昨晚邻居女人一直在骂男人,如果句句听不清,或者句句听得清,看门人都能呼呼睡着。不幸情况介于两者之间,女人的声音忽而切切忽而嘈嘈,像特意对看门人进行听力测试。看门人赌起气来,他把头昂起,离开枕头,控制着呼吸,一会儿头偏向左,一会儿扭转脖子,像在活捉蚊子。果真的,他活捉到了那些嘤嘤嘤飞来飞去的声音——

　　女人发火的由头是一条没有拧干一直在滴水并滴到了棉拖鞋里的毛巾,她随即抛下毛巾和拖鞋,延展到其他方面。二姨住院……打牌……清明节……有线电视……各种指责大幅跳跃,看门人几乎难以跟上。但这些还只是掩体,女人最终暴露出真正的火力:她一个拐了两拐的乡下表弟,要在南京找一份工,来了半个月,男人都没帮上忙! 又不是要做公务员,就是要打个小工,这都搞不定,你简直连路口的石礅子都不如……捕捉这段独白的难度系数最高,因女人一直在移动,边走边数落(估计还挥舞着胳膊),声音起伏飘忽,男人也偶尔穿插分辩与解释。简直让看门人听得筋疲力尽,同时也为之洋洋得意,他甚至涌上一股冲动,想要穿衣起床,敲开隔壁的门,从头到尾复述和核对一下他所听到的内容。他相信,他无可挑剔的精准度与完整度,肯定会让邻居女人喷

　　　　　　　　　　　　　　　　　　第十六届百花文学奖

啧称奇,完全忘了她发火的原因并与男人拥抱和好;而被解救出来的邻居男人也会隔着女人的肩膀对看门人投以感激的目光!

然而没有。清早,睡眠严重不足的看门人头疼欲裂、胃口败坏并且便秘。出门正好碰到邻居男人。邻居男人还像往常一样,戴着棒球帽,他一年四季戴棒球帽,以致看门人从未真正看清过他的长相。看门人盯着邻居男人压得很低的帽檐儿,突然感到一阵深深的委屈和软弱,他多想对棒球帽诉说点什么,可能的话,对方最好能摘下帽子……看门人刚刚张开嘴巴,后者却铁灰着脸,有仇似的瞪了看门人一眼,抢在他前面,跑下楼梯、扬长而去。

看门人僵住,迷惑地回头看看两家相连的、分别紧闭着的大门。他本来还仅仅是瞌睡与不舒服,现在却愤怒了,心情大为不好。

二

看门人所看的是一家摇摇晃晃说不准哪天就要散伙的玻璃制品厂,除了外面拖货的会填写几张潦草的单子,也没什么好看管的,进进出出哪个不都是养家糊口的,他从不为难人家。

看门人今天改变了想法。哪怕拦下一只狗,他也打算叫它登记市民卡或身份证、进入时间、所找何人、所为何事。看门人八点半接的班,厂子九点才正式上班,这前面半小时,没人!看门人满肚子的气只得一直憋着,越憋越胀,简直比宇宙还要膨胀了。

敢情好,大门左边的空道上突然吱地停下一辆车。一个当兵的端坐于驾驶座,背挺得笔直,嘴唇紧闭,不打招呼也不摇下窗户,连喇叭都没有按。

看门人骄傲地岿然不动。他不会开门的。规定上写着:非工作时间社会车辆一律不得进入。再说,他看清楚了,只是个上士而已,嫩仔鸡,才不尿他。

然而那小车看来并不要进来。它早熄了火,悠闲地停在那里,上士解下安全带,放松地往后背一靠,好像回到家坐在沙发上似的。看门人也突然明白过来,人家的确不必进来,左手这块三角形的闲地儿,一直可以停车的,免费地长时间地停,看门人还经常热心地替人家指挥倒车与掉头呢。尽管如此——今天不行。

看门人腾地站起身,矫健地冲出去。他脸色严厉,两只手臂先是交叉成一个漂亮的大叉,然后赶小鸡似的直挥手。

当兵的本来眯着眼,这时睁大了,他在车里匆匆忙忙敬了个军礼,又轻轻按了一声喇叭。看门人这时也注意到,小车牌照是武警的,嗬,武警了不起啊,联合国来的也不认。这事就我说了算。没有原因也不讲道理,不让停不让停不让停。看门人焦躁地继续挥着双手,还往地上吐了口唾沫,跺跺脚,地头蛇似的,姿态很嚣张。

上士重新坐得笔直,呆呆地盯了看门人一会儿,再次按响喇叭,勉强算是一个隐秘的诅咒:三长两短。然后原地扭了几圈,灰溜溜开走了。

看门人抬起下巴斜视目送,直到上士的车成为车流里的一只小灰点。他有点惊奇于自己的蛮横,但心情为之一爽,肚子也猛然松动。"傻兵蛋子。"他痛快骂了一句,忽忙忙往厕所跑去。

三

看门人的判断不假。落荒而走的傻兵蛋子的确是个嫩仔鸡,在营房里尚好,一出来跟社会上的人打交道,总是极为笨拙。二十四岁的上士有种悲观的想法:社会上的人都认为当兵的是白供养白糟践国家钱的,故而总是瞧不起乃至要活活欺负他们的。对这一方面,上士异常地敏感。那种不敬与轻蔑哪怕细得像门缝里的一丝小风儿,吹到他脸上也刀割似的。何况今天这位看门人一点都没有掩饰:他完全像轰一只野狗呀。

上士是消防大队的,上午出来替首长办事,赶早了,他只是想找个地方停车等上半小时。可这个发了疯的看门人!有那么一秒钟,年轻士兵的火气简直烧得整个车皮都通红了,真想能掏出一把真正的枪来,或直接把车冲看门人开过去碾上去……当然了,腼腆的上士不会这样做,他甚至连吵架都不会呢。

红绿灯口,上士翻翻车右侧的抽屉,看到一摞子三联单:消防安全检查表。早过期、没用了。他翻着表,咬着牙齿瞅了一阵。好吧,没法停车,只好找点事体。

上士往车流里开,转个弯,换条马路,听凭茫然的冲动为他指路,一边注意着路边各个单位的门头与牌号。有一家,字体张牙舞爪,简直认不全,还是黄澄澄的金色,傻×极了。就这家。

上士直通通地把车子开进去,并对第一个拦他下来的人出示了证件和一沓表格:消防安全检查表。上士没有表情,也没打算说话,军礼也不敬。他只是吹了一声口哨。

最多半分钟光景,好像正是那声口哨引来了一只肥胖的"鸽子"。肥鸽子举止矜持地自我介绍:安保部主任。主任,主任,他口吃般地强调了两遍,并不伦不类地称呼上士为"长官",这一抬举显然是为了适配他的亲自出面。

上士抬起眼皮,注意到这位肥鸽子连笑容也是冲着他自个儿的。他那股子迎来送往的方式明显装腔作势,并充满对这一过程的自我欣赏——他心不在焉,根本搞不清也不想搞清上士这一番"莅临检查"的真正目的。

上士为他感到一丝遗憾,并立即决定:不开玩笑,来真的。上士此前从未做过类似的抽查。但从理论上讲,作为人民的消防卫士,他有这个权力和义务,他要"保一方水土,保百姓家园"不是吗?

上士沉着脸,按照检查表的列项,一丝不苟地巡视了消防通道与消防安全门、各房间消防逃生线路图、各楼层消防器材、消防台账建设、消防演习预案、消防演练记录等。肥鸽子保持着降尊纡贵的热情,相当周到地主动引导,如新财主在展示他的全部家当。上士一边在检查页上记录一边用余光瞟瞟肥鸽子,后者微笑着神思游离,有种秘密的踌躇满志之感。上士啪地合上记录簿,肥鸽子猛然一惊,重返现场,恢复了端着架子的诙谐:"长官,有什么吩咐?"

上士没有任何吩咐。上士只是递给他一份带编号的三联单"限期整改与处罚通知书",令其签字。在扯下其中一联交给肥鸽子时,上士把"本规章自2005年起执行……"那一行字给撕破了,使得这张处罚书具有了栩栩如生的活力和震慑力。

上士这才不紧不慢敬了一个庄重的军礼以示道别,回到他的汽车里,点火、发动。后视镜里,他看到,匆匆浏览完通知书的肥鸽子脸色大变,捧起大肚皮追着他的车尾,谄媚地连连挥手,企图挽回刚刚发生的一切。

上士再次吹起口哨,感受到血液的欢快翻滚。他现在完全原谅那位看门人了。上士看看表,时间刚刚好,他打个转向灯,执行首长的特别任务去了。

四

肥鸽子其实不是安保部主任,主任大人到法德两国学习"欧洲消防先进经验和做法"了,为期十二天。他算是临时代理部门一把手,为期十二天。

肥鸽子官运多舛,从工会到党群到安保,每个部门都只做到副职,可谓千年副手。他多年来一直有个疑惑:正副职之间,一定有着巨大的不为人知的利益与权力差异!此番代理,或许可以孔窥一番,甚至找到越位密码。没有料到,代理首日,却代出这么个"限期整改与处罚通知书":罚款十万哪。

肥鸽子放着电梯不坐,硬是从消防通道苦叽叽地爬楼梯,一直爬到八楼,到了老总办公室。他听由自己气喘吁吁、脸色发红。他觉得这样会揭示和强调出他的无辜:他只是个代职的副手!

肥鸽子很少有对老总直接汇报工作的荣幸,这倒霉事也不知从何说起,索性一横心,径直就递上那张轻飘飘的A4纸,像甩掉一手鼻涕。老总正在电脑前手忙脚乱,里面一片打杀吟哦之声。他头也不抬,大声地:"念!"

肥鸽子只得把鼻涕又收回来。他本想念得结结巴巴，随即又改变主意，声音洪亮、抑扬顿挫，如宣诏书。必须如此，这本就不是他的错！

　　"……现提出如下整改内容：一、A座B座C座各大楼所有消防通道内的强电线路全部移走。二、中央花园需加设消防水池。三、仓库所有吊顶的塑料（易燃材质）扣板全都换为铝质扣板。四、……"

　　老总突然暂停游戏，从显示器后露出半张脸，似笑非笑地盯着肥鸽子，语速慢吞吞的："哦，他要检查就检查啦，他要整改就整改啦，他要罚款就罚款啦。看看你，才当家一天！"他使劲一拍桌子："紧急开会！"

　　肥鸽子汗如雨注，忽感一命休矣，搞不好连副职也难保了！一年三百六十五天，为什么那上士偏偏挑了今天来抽查？

　　会议室里气氛凝滞，只听到打火机声和叹气声。薄薄的"限期整改与处罚通知书"悼词一般在桌子上传来传去，一阵深海般的沉默之后，大家突然争相发言，像找碴儿游戏，他们都在第一时间找到差错点，问题通通集中在肥鸽子身上：应当把婴儿掐死在襁褓里呀！他如果不放上士进来就对了。他如果拒绝带领上士参观就对了。他如果在参观过程中照顾好、控制好上士就对了。他如果及时挽留住上士，加以沟通协调就对了。现在，婴儿活下来，还跑掉了！

　　肥鸽子未做辩解。几分钟前，他还幻想有人指责上士滥用权力、整改内容严苛、罚款额度过高什么的。现在他放弃了。大家句句在理，他完全同意，也认为自己罪该万死！办公室主任还辞藻华丽地谈了谈社交嗅觉与危机公关。基建办主任在手机上按来按去，然后一口报出，这么逐条整改的话，没个三十万拿不下来的！你看看！

　　如果会议像一只茄子、黄瓜或类似的玩意儿的话，这会儿，它的线条已经走到尾部，到把柄处了。众人渐次乖巧下来，把目光向老总处集中，表现出对上层决策的嗷嗷待哺，渴望着要鼓个掌叫个好什么的。包括肥鸽子本人，他心口咚咚咚大跳，也同样地等不及了：要杀要剐，来吧。

　　会议室坟场般死寂，但老总还是用金属笔杆敲敲茶杯口。自从三个月之前儿子出国，老总感到自己也成了半个外国人，很讲究西洋做派。在西方，那些半正式半不正式的场合，大人物讲话之前总会叮叮叮摇个铃铛或敲个酒杯。他很崇拜这个小动作。这三个月以来，只要他主持开会或宴请，必定要敲点什么。

　　敲完之后，老总环视众人，做了几点提示。他体贴地放慢语速，以方便秘书完整记录：第一，国务院一直强调，人民群众的生命财产安全是头等大事。本公司坚决拥护消防大队的抽查与整改要求。第二，基建部立即执行五条要求。要从根本上、从长远上杜绝本公司安全隐患、造福子孙。第三，关于罚款，办公室负责协调联络，急事特办，妥善解决，安保部积极配合。

会议室一片空洞，集体缺氧，随即响起一阵掌声，热烈持久，因为困惑而导致的热烈与持久。老总侧头听听这难听的掌声，摇摇头，他疲惫地双手下压，怜爱又不满地看看他的部下："集团培训时，不是讲过 GDP 拉动效应的吗，你们在公司运作中要活学活用。散会。"

肥鸽子没有鼓掌也没有点头。他不敢动弹，怕一动弹这好运气就飞了。直到人都走光了，他还站在会议室的原地，小心翼翼地捧着那张"整改通知书"，重新又读了两遍，可他一个字也读不出。他脑子里只有一句话，像自动钢琴在欢快地反复地敲：安保部积极配合。安保部积极配合。安保部积极配合。

五

老总回到办公室，按一下鼠标，继续玩游戏。

儿子出国后，家里陡然空虚，一天长似一年。太太每晚一回家就坐到儿子书桌前，打开儿子以前的书和本子，像儿子一样端坐到十二点才肯上床。老总则高明一些，他在儿子电脑里找到许多游戏，遂挨个儿地学着打，好像是替儿子接着往下玩，越玩倒越上瘾了。有趣的是，对一些难搞之事难搞之人，他会在打游戏的过程中突然地灯泡一亮。今天这一招就是。他要瞄准的对象马上就会找来的，他只管边玩边等。

果然，敲门了。"进来。"老总继续打。基建办主任默默地等着。沉默像半缸水在房间里微微晃动着，既不友好又友好。

就在上个月，老总想动一动基建办主任，后者在这个"饱受考验的重要岗位"上已经三年了，可以考虑轮岗了。但基建办主任托人传话：他前面几任都干足五年，他想再接受两年考验。可老总这里已经答应一个人了，把"这个人"的姐夫从团委调至基建办做主任。"这个人"就是把他儿子一手办出去的，不仅跳过预科一年，还争取到半奖，省下大几十万。接下来，老总的外甥，老总夫人的姨侄女，都想走同一条路子。故而"这个人"的姐夫，必须马上到基建办来。

终于，在没完没了的啾啾啾声中，基建办主任耐不住了："真要整改？五条都改？"

老总手中有条不紊，头都不抬："改几条？怎么改？大整还是小整？反正你得一手抓。三十万不够就四十万，四十万不够就五十万。事关安全，这个钱，不能省。不要怪我给你压担子啊，忙三年等于人家忙五年。"

基建办主任不作声，心里盘算了一番。他对着显示屏屁股点头："那就最后再为公司出一次力吧。"他退出，轻轻替老总带上门。

他前脚一走，老总后脚就关了游戏。站起来，痛快伸个懒腰，给"这个人"转了一条微信：一幅美图加一段人生哲思。

看，这就是洋派的风度了：不讲事情妥当了，只是淡淡问候一下！他妈的多优雅。

六

办公室主任打电话叫肥鸽子过去，腔调有点古怪，要谈机密的样子。

办公室主任相貌中常，但又不懈追求外表上的完美，为了弥补头发稀少的不足，她常年使用各种假发，像换丝巾一样以配合不同的场合、季节、服装与心境。因此她挺难相认的，面对面撞上她而完全认不出，是常有的事。

刚才在会议室太紧张没有注意到，今天的办公室主任是齐刘海的紫色波波头，唇膏也是相配的紫色。肥鸽子只看了一眼，便不敢再直视：颜色太惊人了。紫色波波头递过来一张发票，上级对下级的口气，是啊，高半级就是高半级："这个你们部门承担。"

肥鸽子接过来，注意到她的指甲也是紫色。发票金额两万，这干吗的？他不大明白。作为一个有罪之人，他不打算发问，只签字，同时小声申明："我是副职，签字有效吧？"

"瞧你这点志气。"波波头不耐烦地敲着桌子等他签字，一边自我表扬，"十万罚款，两万块轻松搞定。看我能干吧，你败钱，我省钱。"她突然指着头上的紫色波波头："这个怎么样？紫色里面挑染着冰蓝，怎么样？"

肥鸽子毫无心情。他没精打采地想起一些传言，说波波头家里有一柜子的假发，每顶假发都套在一个有鼻子有眼有红嘴唇的头部模特上，像关着一柜子的人头。据说她丈夫就是因此提出的离婚。另一种说法则是，她是离婚之后，才陆陆续续买到一柜子人头与假发的。"好看。"他赞美道。

"你知道吗，其实另外还有一款，是冰蓝里挑染紫红的，造型完全一样，但效果完全不一样，好比一个是白天的效果、一个是晚上的效果，你明白吗？上周末我买了这个，可又觉得那个更好。你试着想象一下，想象我戴上那个，你觉得哪个更适合我呢？"紫色波波头紧紧盯着肥鸽子，既信赖又怀疑，她咬着嘴唇，紫色唇膏立刻豁掉一块。

喊过来就是讨论假发的吗？肥鸽子使劲儿微笑："我敢说，肯定都好看。"

波波头不满地瞪瞪他。从抽屉拿出一只信封，递给肥鸽子。她指指自己的假发："今天这哥特范儿不合适跑机关；再说我也不便直接出面。得，便宜你去攀个权贵，去地税局见一下杨局长。"

去地税局？肥鸽子如坠迷雾。信封没封，他抽出来看了一眼：消费卡，五千一张,两张。为什么成了一万?仅仅半秒钟的疑惑,给紫色波波头捕捉到了。她从抽屉里取出另一个信封,在手里拍打玩弄着,很像电影上的男人在拍打着一支手枪:"喏,这一万,咱一人一半吧。"

肥鸽子一下明白了,反应很快,躲开手枪似的往后退一大步:"这么作难的事,全仰仗您的人脉和公关。我感谢还来不及呢!"

紫色波波头动作不变,仍然拍打着信封,但手势比刚才要柔和多了:"倒不是吹,税务局的关系,是我的内线。找到税务局就等于抱到皇上的大腿。我说,你真的不要这个?"

肥鸽子突然活泼了:"算我请客,请另外那顶假发。这样你白天也有了晚上也有了。"他掉头转身就走。

波波头好像被戳了一下似的,眼眶和鼻头突然酸胀、发红。但她成功地控制了语气,仍然是职位高出半级的那种姿态,懒洋洋地冲肥鸽子的背影一笑:"以前没发现,你人不错啊。做副职委屈了。"

肥鸽子心中感动地一热。他很有气概地没有回头。

几分钟后,千年副手肥鸽子驾车往左,去往地税局。波波头驾车往右,翘班直奔专卖店,把另一款冰蓝夹紫色的波波式假发买下了。她揽镜自照,不厌其烦地把两顶假发换来换去。她被镜中人那相互争艳、难辨高下的两个自己给迷住了。

七

地税局大楼的气氛亲切极了,巨大显示屏滚动着各种恭维纳税人的标语,到处都有长椅和绿色植物,还有免费纯净水,卫生间提供卷纸和烘干器,处处让人感到纳税的无上光荣。

肥鸽子没心情享受这种气氛,他只是匆匆上了个厕所,虽然没有挤出几滴。他以前当然也送过礼,即便如此,他还是像考试之前一样,感到膀胱那一小块区域很不自在。

肥鸽子找到行政楼805室。没料到,拜会杨局长也像下面的营业窗口一样,需要排队。接待室的沙发上坐着两个人,都非常严肃,严肃到既敌意又羞怯,眼光相互躲开。肥鸽子只得放弃攀谈的打算。过了一会儿,后面有了新的加入者。他陡地也盛气凌人起来,目光越过所有人的头顶,只一心一意盯着805室的门,好像那是天堂的入口。

天堂之门在三十五分钟之后向肥鸽子打开。天堂的结构与陈设有些类似于酒店套间,可是,咦,杨局长人不在?肥鸽子动作幅度尽量小地顾盼寻找,终于在通往里间的衣帽架边上看到一个身材矮小的秃顶男人,他脸色苍白、神情寥落,正拿块毛巾擦脸,几乎跟衣帽架融为一体。肥鸽子为他的落落寡合感到惊骇,试探地、轻声地,像唤醒梦魇中的婴儿:"杨局长?"杨局长再次把毛巾往脸上一捂,捂了几秒钟,重新拿开后,已是非常高级非常官方、一种漫无边际的表情了。他没有"请"肥鸽子"坐"。他盯着桌上一张纸,纸上是空白的,可他看了好一会儿,最终抬头:"说说? 审批手续走到哪一步了? 评审组成员有变动知道吧?"

看来搞错了? 肥鸽子连忙躬身递上名片,随同名片附上的还有那只信封,并飞快转达了紫色波波头的口头问候。

杨局长接过名片,盯着,又是好长时间,有所了悟之后,他喝了口水,在嘴里转了转,随即张口,把那口水慢条斯理地释放成了话语:"嗳,你们公司嘛,不错的,区里排名前十的纳税大户嘛。全区人民的衣食父母嘛。嗳这个,你们碰到的困难和问题,就是我们的困难和问题。嗳,作为政府服务部门,我们一直致力于为你们营造和谐宽松的氛围,促进企业驶入快速发展的绿色通道。嗳,消防那边,OK 的,OK 了。"官话真是好听啊,如细雨洒落,句句落在肥鸽子干涸的心窝子上。

杨局长演讲完毕,随手把名片丢进桌子左侧的一个大方盒子里,那里面,许多张名片,扁平化的尸体一样,堆成了小山丘。肥鸽子忽然十分崇敬起这位秃顶局长来,这每天每天的,多少远远大于或约等于肥鸽子这样的"困难"和"问题"都需要他来帮助和解决啊。由于感慨和心疼,肥鸽子竟脱口而出:"杨局长,您要多保重,注意休息。我们的一切可都要仰仗您呢!"话刚出口,他就被自己给吓住了,他不是被这份赤裸的肉麻给吓住了,而是被自己发自内心的真诚给吓住了,简直对亲爹都没有说过这样的话呀,真担心这过分的亲昵会冒犯了杨局长!

杨局长皱眉,厌倦地摇摇头,像一个听惯火热情话的美貌女郎:"哪里休息得下来——你后面还有几个?"他往外面努努嘴。

"三个。"肥鸽子像幼儿园小朋友一样举起手大声回答。

"几点了?"杨局长又问,像是来自一个没有时间的星球。

"嗯,十一点三十五分五十六秒。"肥鸽子对着手机飞快地念出。

"这样,小兄弟,帮我一个忙。在我办公室再待二十分钟。不要说话。"杨局长闭上眼睛,往双人沙发上一摊,像个突然死去的人。

肥鸽子闭紧嘴巴,因为巨大的信任而倍感幸福。看,杨局长把他当"兄弟"了!从早上碰到上士到现在,不到三个小时,事情像钟摆一样荡来荡去,越荡越高,以致让他产生了一个甜蜜的预感:今天,就是通往正职之路的起点。看看,从波波头到杨局长,他既有"内部人"了,也有"大后台"了。

那位莫名其妙的上士,不,那位尊敬的长官真是从天而降的天使啊。

八

十二点差五分,小个子秃脑袋的杨局长送走当天上午最后一位"耽搁时间较长"的来访者,走到等待室,对三位仍在排队的纳税人点着他的秃头,颇有分寸地表示遗憾:"中午我有个紧急会议。各位下午吧。要不,诸位的饭我来?"

半小时后,在一间女性化的狭小出租屋里,这颗锃亮的脑袋已经像半只大皮球一样在离地面仅一米的低空飘浮。杨局长四肢着地,像一只肥胖的大型犬似的,气喘吁吁地一会儿爬到东,一会儿再爬到西,一会儿叼起一只拖鞋,一会儿扯下沙发垫子,一会儿打翻一瓶牛奶。上午最后二十分钟的休养着实为杨局长积蓄了相当的能量,他跑动积极、汪汪声不断。房间的桌子上,那只瘪瘪的装有两张消费卡的信封像一只没有家的小鸟一样,这已经是它今天飞到的第三站了。它歇在那里,饶有兴致地瞧着地上的旧主人,他正听凭它的新主人、一位"小姐姐"拿着领带不停抽打自己。

杨局长专心致志地爬动、吠叫。信封看他,他不看信封。事实上,他忌讳信封,太土太笨了。另有些人空手而来空手而去,他们办事更漂亮更有分量,可杨局长同样讨厌他们,因为太喜欢而讨厌、恨不得忘光光。可所有这些,杨局长偏又记得太清楚,他们眨动的眼睛,含糊的语气,他们的暗示与明示。他们各怀目的,来来往往,纷纷扬扬,像灰一样不停地落在他的肩上,这很折磨人明白吗?每次想到这些越积越厚的灰,杨局长就会深感疲惫和沉重——就像肥鸽子今天所看到的那样。他时不时地就会发作,脸上发木,身上打战,脖子后头如有一块寒冰,正在慢慢地融化,冰水直钻骨髓。

这样的时候,他就来找这位"小姐姐"。

小姐姐才二十岁,在宠物寄养店打工,那些送宠物来的人,会借"狗儿子""猫女儿"的口气,称她为"小姐姐"。杨局长也随了这个叫法。杨局长来店里寄养过他的哈里,一只萨摩耶,随后,他私下里提出了"寄养"他本人的申请:偶尔的,就中午两小时,在小姐姐家里。小姐姐干瞪着眼睛,完全不明白他在讲什么。杨局长耐心启发小姐姐:"主人走后,你们店里会如何对待那阿猫阿狗呀?"小姐姐犹豫了一下,不太情愿地说了实话。它们在这里日子不好过的。不听话的挨骂。爱打架的单独关笼子。白天晚上死叫的,就勒住嘴。大小便无序的,拿棍子抽。都这样。因为这个,她不喜欢这份工。可小姐姐讲一条,杨局长快活地叫好一条。

"我们就这样玩——我是一条被寄养的狗,你是残忍的小姐姐。"

说着,杨局长已经脱去西装,并两手着地,灵活地开始满地爬了,一边卖力地摇着屁股、拿头去拱小姐姐的腿,同时急不可待地提醒:骂我、快骂,越难听越好。我随地小便了、我满地打滚、我又脏又臭,打我,快打。求求你,快点,拿领带抽我、拿书砸我!我一刻不停乱叫呢,我要打架我要咬人呢,来呀,快捆我,把我嘴巴捆起来把我眼睛捆起来。使劲打,拿脚踩、拿脚踢。

杨局长汪汪汪地叫个不停、满地撒野。小姐姐开始还有些胆怯,可被杨局长求得厉害,她烦透了,反而心硬起来。小姐姐把杨局长推倒在他假想的便溺前。小姐姐把牛奶瓶朝杨局长丢过去。小姐姐找到一把拍被子的藤拍子,使劲抽他的屁股。杨局长慢慢满意了,忘情了,呜呜呜地哭,是真的哭,鼻涕眼泪俱下,魂魄分离、满头大汗地哭。

这么地闹上一个多小时,直至嘴巴发干、浑身长毛、屁股长尾巴、舌头拉长。杨局长获得了脱胎换骨的满足。他干净、无邪、软弱,像一只刚刚从产道里出来的、四肢还无法站稳的、湿淋淋的小狗崽。

顺便还处理掉了讨厌的信封:多完美啊。

恢复了衣冠的杨局长细心梳理好不存在的头发,回头挥手。小姐姐没有像往常那样还之以微笑,反而凶巴巴地一瞪眼:"快滚,被打过的狗狗才不回头呢。"

杨局长先是一愣,随即像得了意外赠品似的,嬉笑一下,做四蹄跳跃状,走了。

小姐姐打开窗户,透气,一边整理一团糟的房间。她在水龙头下使劲冲手,心里有点后怕。这秃子越来越神经了,是不是真的疯了呀。秃子叫什么?干什么的?问过他,他伸出舌头:汪汪汪,我是哈里,我爱吃除口臭饼干。除了装四脚畜生,他再没有别的交流内容和交流方式,也从来没碰过小姐姐一根毫毛。可是,小姐姐还是觉得自己身上每一根毫毛都好恶心啊。她接连洗了五遍手。

小姐姐拿起信封,掂量估摸了一下,但还是照老习惯,原封不动直接丢进包里。到底多少钱?她特意给自己留着这个小小悬念——这是她看管哈里过程中唯一有点乐子的地方。看看表,离下午的班还有一会儿,正好去一下茶叶店。

九

小姐姐在茶叶店前停下来。这家茶叶店蛮有趣,门面只有屁股大小,朝外两节寒酸的小柜台,柜台里却堂皇地垒着各种豪华包装的茶叶盒。小姐姐天天路过,从来没有看到有人来买过一盒。老板一年四季戴着顶棒球帽,看人的眼光总要从帽檐儿下拐一道弯。他趴在柜台上,夼着脖子,袖着手,像钓鱼似的守着铺面。

但他真的会钓鱼,小姐姐第一次"收养"过秃子哈里之后,路过他的门面,听到棒球帽下突然扔出三个字:"卖卡吧?"声音很小但方向准确,像三枚石子,直接丢到小姐姐耳朵里。她吓得一惊:他怎么知道她包里有一只信封,信封里有卡并且寻思着要卖掉的呢? 小姐姐就此服气棒球帽了。

小姐姐倚在柜台前,照老习惯,挑剔地指着一只花哨的茶叶盒,提出要"看一看"。棒球帽配合她,带着殷勤的神气,像模像样要做一单茶叶生意似的。他小心地拿出茶叶盒,对小姐姐讲解这个包装的讲究。有时是木雕,有时挂满中国结,有时是灰色的锡盒,有时又金光闪闪不知什么材料。"包装很重要,这个时代包装什么的最要紧啦。"这么地吹过一通之后,棒球帽才讲到茶,无非是白茶、红茶、毛尖、普洱之类。讲到这里,他一般就有些词穷,表演的兴致也淡下去。小姐姐也不为难,从包里抽出信封,把茶叶盒子掀开一条小缝,往里一丢,空荡荡的盒子里传出一声短促的回响,这是这只信封的又一个寄居处了。

小姐姐站直身子,冷淡地对棒球帽摇摇头,毫不留恋地掉头走了:这笔茶叶生意谈崩了。小姐姐高跟鞋一笃一笃地,走过不到三条街,像往常一样,就会收到一条银行短信,棒球帽已经把钱打给她了:九千。嗬! 比她预感的还要多一倍!

已经够了,终于够了,她的存款总额有八万! 够本儿开个自己的小铺子,专门卖零食,再不用去寄养店啦。谢谢你,哈里。滚蛋吧,哈里。

小姐姐在街边忘乎所以地跳起来,鞋跟儿一歪,差点撞到一个戴眼镜的白脸男人身上。男人扶正眼镜,那是一副没有镜片的时髦镜框,镜框男人宽容地冲她笑了笑。

十

棒球帽气喘吁吁,扶着农业银行自助区的玻璃门。刚才跑得太急了。每回都是这样,只要给小姐姐打款,他都是百米冲刺到最近的那家农行自助区。如果有人排队,他哭丧着脸跟人商量插队:我家里出事了,急用钱。总之,以最快最快的速度,把钱打给她——他谨以此来对小姐姐表示最隆重的谢意! 小姐姐是他绝对的大客户。稳定、高额、洒脱,从不讨价还价。九折、八八折、九二折,她都不介意。比如今天,这一万块的卡,九折给了小姐姐,回头九六折稳能出手,一下子能吃到六百块空头呢。太美了,要是一个月弄上三四次,就衣食无忧了。棒球帽臆想一通小姐姐的情况,然后合掌祈祷:祝愿小姐姐的那位朋友继续升大官掌大权呀,祝福他们的感情海枯石烂呀。

喘完气、祈完祷,棒球帽这才踱着步子从银行自助区返回茶叶铺子。现在已经是下午三点多了,要是一般的懒汉,大可以关门回家打牌享福了。棒球帽不。一分耕耘一分收获,他还是要守着摊子。再说回家也是挨骂,女人最喜欢炒冷饭,又会接着昨晚的话题呱唧呱唧:表弟的工作、表弟的工作。

棒球帽继续缩着脖子,袖着手,从帽檐儿下面拐着弯盯着来来往往的人。像从绵羊里挑出山羊。"卖卡吗?卖卡吗?"他勤奋地小声念叨,像慢火车一样哐哐哐地开着。总有一声会入到某只耳朵里,起到化学反应,让那人心里一动、脚下踌躇:就像"小姐姐"当初那样。

突然,他眼睛觑到了街对面儿的一个人:"眼镜框"。他正很有风度地从一家炒货店里出来。妈的!棒球帽脚后跟发疼,狗屁一分耕耘一分收获!就应当关门回家做懒汉,就是听女人骂也好!

棒球帽身子僵着,却满脸堆笑,隔着街冲眼镜框打招呼。眼镜框也友好地挥手回礼,样子文质彬彬,像个大教授。

红灯亮了,许多人照旧乱闯而过,眼镜框可不,他盯着红灯、盯着黄灯,直到绿灯亮、亮得很亮了,再两边张看一下,然后才不紧不慢迈开步过马路。眼镜框这个人的特点就是非常遵守规矩,不仅遵守,还自己制定——这附近的几条巷子,就是以他的规矩为规矩,由他"罩"着这些小苍蝇铺子,卤菜店、烟摊、炒货店、水果店、烧饼店什么的。他倒也不狠,两个月来一趟,一千不嫌多,三百不嫌少,实可谓一位通情达理的保护人。

有一回,棒球帽起了异心,远远见到他,临时打烊,溜之大吉。猜怎么着?第二天,茶叶店门前就端端正正有了一坨大粪,牛的粪,热烘烘烂乎乎,不算很臭,可特别的大而圆,新鲜极了。引得好多人围观、啧啧称奇,有的拍照,有的还往天上看——认为是打那儿掉下来的。

眼镜框走近茶叶店,也像顾客一样倚着小柜台,眼睛在眼镜框里眨动着,看上去像是刚刚读了一本书,想要跟人分享读后感。棒球帽避开目光,他头一个反应还是会想到那坨热腾腾的牛粪。他怵眼镜框。

棒球帽默默地把手伸到裤口袋,在里面轻轻捻动,数出四张票子。他捏了小半刻,跟它们道别。然后掏出来,双手递上去。

眼镜框伸手接过,弹了弹随意塞进兜里。他扶扶眼镜,说话有点咬文嚼字:"最近怎样,心情好不好?"听听,简直像嫡亲哥哥一样地关切。他还拿出炒货店孝敬他的一袋带壳椒盐杏仁,倒到柜台上,邀请棒球帽一起剥食。

棒球帽没有碰杏仁。眼镜框这么一问,倒惹得他心里大为酸痛。心情好不好?妈的怎么可能好。就是刚刚做了一笔好生意也不好,鬼知道那小姑娘什么时候给玩腻了,还有你这祖宗过来白吃白拿,能好吗?棒球帽没打算吭声。但他的舌头与声带,却独立分离开来,搅拌配合着,发出一连串悲惨的哀叹:"难混啊老大!死女人天天晚上骂我没本事,她乡下表弟过来找工作都半个月了。可你说说看,我哪里有门路帮他,要有门路不先解决我自己啊!"

眼镜框埋头剥着杏仁,连续剥五个,一粒粒送到嘴里,然后再连续剥五个。第二批剥完之后,一粒一粒往嘴里送之前,他露出雪白的牙齿哈地一笑:"老大干什么的,老大白当的吗。也算你运气好,我有朋友刚好接了个小工程……"

棒球帽把手伸到口袋里,又想往外捻票子,但又实在不能够相信!眼镜框真的假的?他连表弟什么文凭、什么专业都没问哪!当然问了也白问,表弟啥都没有啥都不会。也许老大就是随口说说的?说反话的?玩儿他的?

眼镜框吃完五个杏仁,拍拍手,细心吹掉手指上粘着的一粒盐粒子。他留下未剥完的杏仁,同时扔下一句话:"明天就开始!干一天拿一天。管中饭。"

棒球帽追出小茶叶铺子,脚下高一脚低一脚,他伸长脖子拿眼睛爱慕地追随着眼镜框的侧面线条,远远地不懈地追随着。真的,跟所有戴真眼镜的人相比,眼镜框的气质真真是第一好的,也是本事第一大的。他都能弄到最新鲜的牛粪,还有什么不能做到的。

十一

从八点算起,包括上士的那辆车,看门人上午一共拒绝了五辆车子停在厂大门左边的三角形空地上。其中一个火暴脾气还下车来对他又推又搡,弄得看门人老骨头都差点散架了。但这口闲气到中午就消了,完全消了。随后,看门人又开始做老好人了,蹦跶着帮素不相识的开车人看倒车、看掉头。别人敬他一根烟他别在耳朵后面老也不抽。

没有车进出的时候看门人就看人。每天都是这样,许多许多的人打门前走过。拿大包小包的。甩两只空膀子的。大胖子。老人拖着老狗。女人拖着孩子。戴假发的。戴假眼镜的。一路小跑的。走走停停的。男扮女装的。孤零零的。又搂又亲的。看门人看的不是门,是人哪。

看饱了一天的人,看门人下班了。看门人今天感到特别的累。他在厨房马马虎虎做了碗面条,边吃边瞧着后面人家的客厅:沙发上站着个衣不蔽体的小伙子,做着各种下流的动作,有个人趴在地上给他拍照。他到客厅看电视,边看边打瞌睡,猛然间对面厨房里飞出两只碗和一把铲子,把他从口水中惊醒。看门人洗洗弄弄爬上床,老关节咯咯作响,西隔壁卧室传来恩爱的调笑。他叹口气:这女人真没性子,该多骂骂那个没出息的棒球帽才对!

看来今晚是要有摇篮曲的了。看门人翻过身去,虚着眼皮想等,却只等到了睡神——

睡神有一对雪白的翅膀,轻轻罩着衰老的看门人。梦境像一只庸俗的小船,毫无创意地驶向光线不明的深处,吱呀地拐弯,忽将沉入,忽又疾驶,不停地靠岸,不停地起锚,倾倒零星的过客,倒叙走马灯般的面孔。在某一帧模糊的定格里,看门人看到了腼腆的上士,他抱歉地想要嘟囔一句什么——梦境却已驶至亮光闪闪的终点:明天来了。

十二

明天来了,明天大驾光临了。乡下表弟开始了他在这个城市的第一份工:刷墙。

表弟没有任何此方面的经验,可工头儿使劲拍着他的背,好像越用力就越有把握:"很简单,你就沿着这道线儿,刷两米左右宽,从上到下,刷完这一层,再刷另一层,沿着楼梯一直往上刷。就行了。"

表弟甚为奇怪,鼓励自己"不懂就问",他乡音浓重,扭卷着舌头,认为自己在说普通话:"为什么要刷这么一道? 这墙好好的,又没脏又没裂。白刷呀? "

工头儿上下瞧瞧雪白的墙,好像瞧着一副难以辨识的无字对联,他再一次拍拍表弟的肩,富于权威地:"白刷……也是一种效果! 就好比这面墙给打开过了,里面走的什么强电线路弱电线路给重新换过了,然后又合上,并重新刷过了。总之,你只管刷就对了! "

工头儿接个电话,他突然站得毕恭毕敬,冲着墙壁直点头:"明白,我明白。放心,你放心。我不认识你,完全不认识。报价五十万,一分不能少。"他扔下表弟,到裙楼当中的花园区去了,那里另有几个小工在挖坑,说是要搞个大池子。

空荡荡的消防通道里,现在只有表弟一个人和一桶白漆了。他松弛下来,哼唱起一支情歌,仅开了个头,就猛地刹住,连皮带核地咽下去——这是个特别的时刻,这是他这辈子开始挣钱的伟大时刻。

表弟抿紧嘴唇,重新掏出皮尺,上下左右地量了一通,用本子记下数据,计算了一番,然后又用刷子试探地拉了两道,对将要"白刷"的白色墙面进行初步的定位。随后,他半捏着下巴,眼神锐利,站远,再站远,左边踱到右边,从不同的角度反复推敲。

表弟晓得自己有点夸张。可他必须这样。机会永远只垂青有准备的人。细节决定成败。他要一直做好准备，一直重视细节——万一，对面办公楼的某扇窗户里，有个大人物起身休息时，正好透过这里的气窗看到他呢。万一这个人，就正好是个寻找千里马的伯乐呢。他会眼睛一亮，从表弟一丝不苟的举止中发现他是个可堪造就的杰出人才。大人物会从对面找过来，穿过人群不辞劳苦地打听过来，一把从他手中夺过刷子：你不该干这个，跟我来！

　　表弟眯着眼睛畅想。真是有可能的。连往白墙上白白地刷两道白漆都算一份正经的工作，为什么别的就没有可能呢。表弟可不是一般的乡下表弟，他行李袋里除了牙刷与衬衣，还有一本翻得稀烂的盗版书，上面全是大人物的发迹史，马云啊俞敏洪啊柳传志啊。表弟对这些传奇深信不疑。他雄心勃勃，开始创造自己的新世界。

16th
2015/06
百花文学奖

短篇小说奖·入围作品

叶弥小传

叶弥,本名周洁,女,1964年生,江苏苏州人。1994年开始小说创作。著有小说集《成长如蜕》《钱币的正反两面》《粉红手册》《市民们》《去吧,变成紫色》《天鹅绒》《恨枇杷》,长篇小说《美哉少年》等。曾获鲁迅文学奖、紫金山文学奖、萧红文学奖等奖项。现居苏州。

逃 票

叶 弥

第三次逃票成功了一半。

孔觉民从火车上下来，傍晚的阳光那么善变，神秘莫测。他把随身的小布包朝上衣里一塞，像肚子有点发福的样子。在火车还没消失的蒸汽里，走得大大方方，连他自己也不相信此刻正在逃票。

逃票需要勇气。一旦被捉，轻者罚款、批评教育，重者游街、拘留、判刑。不管轻重，都要通知本人单位或居委会。

每一次逃票成功，孔觉民的心里总会高兴一阵子，至少一个星期，他沉浸在幸福之中。同样，他的老婆赵点梅也沉浸在幸福之中，于是一家子都沉浸在幸福之中。

但是这幸福是不能让外人察觉的，现在是表达苦和恨的时代。一个人愁眉苦脸或者满腔愤怒是正常的，一个人若是从心底里涌出喜悦，眼角眉梢闪烁银子一样的笑意，邻居就会怀疑他做了什么不好的事，居委会干部就会上门探个究竟。如果有必要，派出所的同志们也会召见他。要是他运气不好，派出所上头的专政机关，说不定已经在调查他的祖宗八代了。谁的祖宗八代都经得起考验呢？没有的！

此时，一斤米是一角三分九厘，买一斤米付一角四分，买十斤米是一块三角九分。豆油七角九分一斤，肉排四角一斤，虾四角一斤，猪肉六角九分一斤，青菜一分到一分半一斤，豆腐二分钱一块……

从吴郭市到上海，逃一次票，快车是一块九角，普通车是一块五角，棚车是八角。快车买不到，而且也难逃票。棚车容易逃票。普通火车逃票的难度介于两者之间。孔觉民从不坐棚车，棚车到底是迫不得已的人们才会坐的，但凡有点经济基础，都要一份体面。从棚车里出来的人，表情痴呆，眼神发愣，跟下来一群猪差不多。

每逃一次票，就是一块五。一块五角，参照以上的物价，可以在菜场买不得了的东西，当然你要起得足够早，菜场里东西少，早上七点过后，基本上只有烂青菜和僵土豆，连死鱼烂虾都难寻踪影。

国营菜场五点半钟开门，赵点梅在菜场里有内线，知道什么时候有蹄髈买，蹄髈和肥肉一样，属于抢手货。她会半夜里起身，一点不到就去排队，排队的人，大都也是知道情况的。买到大蹄髈，不管红烧还是白烧，赵点梅会请个假回到家里，那时候左邻右舍都不在家里，在家她也不怕，她的煤炉支在自家的小天井里，门一关，别人没法看到她在做什么。她快速地把它去毛、焯水、下锅急火烧开，珍珠一样的水泡，顶开汤面上的油层，一只只放逐在空气里，眼见得香气就要冒将出来，传遍左邻右舍……且慢，这时候她把砂锅端起来了，捞出蹄髈，放进一只布袋里。带上布袋，骑上破旧的自行车到娘家去了。砂锅里的清油汤，她没忘了收到碗橱柜里。

赵点梅的娘家，在枫杨树街，路上无人，骑二十分钟就到了。爹娘一年到头也吃不上一回蹄髈，他们的肉票全都给了孙子。赵点梅一来，他们就知道吃蹄髈的日子到了，不是真正的吃，而是对外宣布吃，宣布吃蹄髈和真正地吃到蹄髈，不是时间顺序上的问题，而是永远无法相遇的问题。

至此，赵点梅可以重新出现在她的厂里了。而她的娘这时候从布袋里拿出半生不熟的蹄髈，上了锅慢慢煨。她知道她的外孙和外孙女们是多么需要吃这只蹄髈，她不敢怠慢，把蹄髈烧到外面烂糯里面筋道，赵点梅要的就是这效果，烧得太烂，一吃就没了，放在嘴里慢慢咀嚼才好。牙齿里嵌两条肉丝，夜里当点心吃。

肉味飘香。赵点梅的娘脸上挂着谦虚的笑容，回答邻居的问话，是的，是的，吃炖蹄髈。

傍晚，赵点梅过来拿蹄髈。回到家，只等天黑，关上门，拉下窗帘，屏气静声地吃。吃完把大骨头收起来，赵点梅找个空扔到弄堂里老虎灶边上的小河浜里。这河浜多年来不知藏了多少企图隐瞒的骨头和壳片，当然这不是她一家干的。居委会有个干部叫崔红心，她说她有梦游症，夜里会拿个手电筒，念着毛主席语录，一家一家地翻看垃圾箱。她说她在梦里接受上级指示，根据垃圾箱里的骨头和虾兵蟹将的壳子，寻找阶级斗争的新动向。有几次还真的被她找到了阶级敌人，譬如老王家的垃圾箱里有一阵子骨壳不断，一查他，原来他的资本家父亲从上海给他汇钱来。

静穆地吃完蹄髈大餐，安全地扔掉骨头，还有最后一道工序要做，那就是，第二天，大家出去时要记得愁眉苦脸，千万不得嘻嘻哈哈、蹦蹦跳跳，不得满面红光、满眼笑意。对于装腔作势，孔家是驾轻就熟，小女儿孔妮甚至会冷着脸咳嗽一阵，再翻两个白眼，一副营养不良的样子。她的大哥很正经，二哥又在与人打架，三哥佝偻着背沿墙根走，她父母亲都略微皱眉，似忧似恨，总之他们没有与众不同的样子，没有人格外注意到他们一家，没有人知道他们昨晚吃到肚子里的那些油脂正在哈哈大笑。

萧家的小女孩,长得像洋娃娃,一点脑子都没有,她妈给她做了一件新衣服,在新衣服上打了一个补丁,有一次她走在路上突发奇想,把那块补丁扯下来了。正好被崔红心看见了,于是萧妈妈就进了"坏分子学习班"。

这说明一件事:孔觉民是有勇气的,赵点梅也是有勇气的,他们一家都是有勇有谋的人。

赵点梅是远近闻名会过日子的女人,四个孩子每天都有"荤菜"吃——买上四角钱的肉浆,四分钱百叶,做上十只肉百叶,午餐和晚餐都有"荤菜"了。听起来好听,其实那四个正长身体的孩子还是油水不够,整天馋,想着吃的。粮食也不够,三个男孩每月每人吃十五斤定量米,小女儿只有十二斤。学费倒不贵,每个人每学期都是一块两角。如果老师可以当"荤菜"吃,那就不是这个学费了。

孔觉民是中专生,在中学里教书,月工资是三十五块八角,赵点梅是二级车工,二十七块五角,夫妻俩加起来一个月有六十三块三角,从理论上说每天可以开支两块一角一分,可以放开肚皮吃百叶包肉,但实际上毫无操作的可能性,因为市场里没有那么多的肉和百叶,即使有,她也没有那么多的肉票去购买。于是赵点梅每个月要从工资里拿掉十五块钱,到黑市去换粮票、肉票、油票、豆制品票。

这样,全家一天可开支一块六角一分——这还不是真正的实际开支数,赵点梅还得从里面扣点出来备用,"备用"这两个字很有学问,覆盖面很广,到底备什么用,大家问她,她笑而不答。问急了,她就骂人,说这是她给自己准备的丧葬费。也许她也说不上来,只是她焦虑心情的一个备份吧。

她有一个铁皮匣子,上着锁,放在她的床头柜子里,有时候也坦然地蹲在床头柜上,里面就是她的"备用"金,她每天都放钱进去,一角两角,甚至几分钱,但家里从没有人看到过她怎样放钱进去,她从不当人的面放钱进去。所以大家看到的永远是沉默地上了锁的铁皮匣子,它也永远那么神秘,是孔家生活里一大秘密。它还有一个奇特之处,有幸看到它的亲朋好友们,无一例外地保持沉默,从没人对它表示出一丝一毫的兴趣,更没有说三道四。沉默里流露出心照不宣的同谋犯一般的默契。

也许家家都有这么一个盒子吧?

家里有一个传说,说赵点梅把多余的钱都换成了粮票,藏在家里某个地方,数额惊人。那么到底藏在何处,谁知道?孔觉民知道吗?他说他也不知道。他只管交钱,三十五块八角,一分不少地交给妻子,这在今天听来是多么不可思议。

再说孔家这笔大钱吧。也许赵点梅在墙上掘个洞藏起来了吧?孔妮从小就看到父母亲不在家里时,三个哥哥拿着棍子在墙上四处乱戳乱挑,有一次二哥认定毛主席像后面有机关,棍子从毛主席像的肩膀那里伸进去轻轻按了按,没想到他手里的棍子诡诈地朝外一弹,就这样把毛主席像的肩膀搞出一条豁口来了。二哥扔掉棍子大叫,不是我弄坏的,不是我!

孔妮的三个哥哥,大哥聪明二哥傻,三哥人云亦云没主张,孔妮是家里最小的,又是女孩,不免娇宠,她的围兜里经常放着爆米花,坐在高脚凳上,一边从围兜里掏爆米花吃,一边高高在上地观察他们。她看到大哥拿了糨糊,颇为老练地把毛主席像的破损的肩膀上下黏合起来。他本来黏合得天衣无缝,但他想了一想,觉得还是应该让人看出一点来,于是他在糨糊接口的地方用手指戳了一下。毛主席像的肩膀本来是垂直的,略略鼓起,与他宽阔的胸膛保持完美得近乎自然的线条,这下朝里陷进去了,如果你盯着看,看上五分钟,就看见毛主席像好像在耸肩膀,当然不细看还是看不出来的。

赵点梅是天下最细心的女人,她的眼睛比特务还厉害。邻居家的一只碗什么时候多了一条裂缝,她都看得一清二楚,这让人很害怕。她一走进卧室,眼睛不用抬就看到了,冷冷地说,毛主席的像坏了,一定又是那三个东西在墙上找什么东西。

她的语气告诉别人,她对毛主席像扯坏一事不怎么在意,她在意的是她的三个男孩的冥顽不化。

倒是孔觉民女人一样尖叫起来,什么什么?

他是深度近视,离远了看不清,于是走近了看,也没看出来,就脱了鞋子上床,鼻子一直戳到毛主席像的胸膛上。

赵点梅说,看什么,坏了就坏了,重新换一张,把这张悄悄地烧了。

孔觉民这下子看清楚了,对着墙壁自言自语地说,要判刑的。

不知道他指的是什么,是赵点梅的语言,还是弄坏了"毛像"这件事。不管如何,让外面知道了,弄得不好,这两件事都可以判刑。

但赵点梅无畏地说,你怕啥?看你腻腻歪歪的,吓得像条西瓜虫。不说出去,谁知道?

赵点梅转过脸严厉地对他说,你这么大声嚷叫,怕隔壁邻居听不到吗?

他脸色煞白,看来真的吓住了。赵点梅鼓起腮帮子不说话了。

孔觉民是老师,赵点梅是工人,虽说从报纸到广播电台几乎每天都在批判知识分子,连孩子也都知道知识分子是"臭老九",工人农民才是国家的主人,但说是一套,大家私下做的可不会跟着报纸电台走。姑娘们找对象都愿意找"臭老九",因为臭老九在社会上臭,在家里可是香的,说话做事都讲道理,又讲卫生又懂体贴,钱也不少,对孩子的教导也有一套。所以赵点梅当初找了孔觉民,人家说她是额头碰到天花板——运气好。也因此上,这个家,外面看上去是赵点梅为主,其实是孔觉民说了算。

赵点梅看一眼孔觉民的眼色,乖乖地把孩子们召集到卧室里,孔觉民看着四个孩子说,毛主席是各族人民的大救星,是他老人家让我们过上了幸福的生活。反对他就是反对各族人民,你们谁想坐牢谁就搞坏主席像好了,我不会拦你们,我亲手把你们送进派出所,你们坐牢,我一次也不会去探望的。

赵点梅惆怅地捂住嘴,淌出了眼泪。她一哭,二哥咧开嘴哭了,说,下次不敢了,爸爸救救我! 他们俩的眼泪让孔妮身临其境,好像二哥已经坐牢。于是她捂住眼睛抽泣起来。大哥觉得他对撕破"毛像"一事该负责任,低了头,羞愧地随着小妹哭泣起来。三哥看这么多人哭了,好像也要哭一哭的,就面无表情地红了眼圈。

最后,孔觉民说,这件事谁都不能朝外面说,说了,小二就是"现行反革命",我们都是"反革命家属",都不会有好日子过。说完他摘下眼镜,眼镜上水汽朦胧,不是泪花是什么呢?

这么折腾了一阵,上了床后,夫妻俩互相一把搂得紧紧的,眼泪好像还在身体上的什么地方无法拭去,危机催生情爱,两个人浑身发热,迷迷糊糊地在被窝里摸来摸去,眼看一场从未有过的恩爱即将到来,不料到了紧要关头,两人倒冷静下来,不急不缓死气沉沉,还屏着气,床架子咯吱咯吱一声,马上就停手不动。原来怕隔壁人家听了去嚼舌根,汇报给居委会安你一个莫须有的罪名也不是没可能。

事情很快结束。赵点梅就说,你还说我们过着什么幸福生活,我看是不幸的生活。

孔觉民说,我有什么办法? 谁让墙壁不隔音的。我们教务处的主任私下里跟我说,每次过夫妻生活都提心吊胆,像偷人家的老婆一样。老婆为了这个不让他碰。他算了一算,有一年多没过夫妻生活了,老婆的外形越来越像个男人,上唇还长了胡须。单位里斗起"走资派",她上台对那些"走资派"拳打脚踢,当场把一个老家伙打昏过去。夜里和她睡在一起,想想害怕。就怕一摸她的裤裆,摸出个男人的玩意儿。

赵点梅咯咯地笑起来:我说的不是这个,这个又不能当饭吃。好不好的都没关系。我说的是家里的经济情况,你看小孩一个一个都大了,穿的衣服全是破旧的,肚皮里也就是半饥半饱。

孔觉民为这个话题愣了片刻,决定采取退让政策,于是说,当然,关起门来说，谁不想过得好，吃得好穿得好。

赵点梅说，这话听着对头。唉，现在也就是床上才能说点真话了。我和你说——上海的人民广场那边，有个换票黑市，我们吴郭的黑市里，粮票三块钱一斤，那边是三块六角一斤。我把积下来的粮票都让你带过去，你去换了钱，再回来换成粮票，再去换成钱。再把钱换成粮票……我的表姐夫就是这么干的。

孔觉民说，结婚前你是温吞吞的，一结婚，你就凶相毕露，样样事情都逼我。你不要逼我，逼急了我去揭发你。

赵点梅愣了片刻，她想起她的师傅就是被他老婆揭发的。她一刹那心灰意冷，觉得这世上真是什么都靠不住的，冷笑着说，你去揭发吧，我才不怕。我们工人不像你们这种知识分子，胆小如鼠。到了派出所，我什么话都骂得出来。

孔觉民说，算了吧，你嘴硬。钢铁打成的人，进了那里面也叫你化成水，不是吓你。我和你说，我们过得不错了，我们夫妻俩都有工作，比上不足，比下有余，富得像小资产阶级了。你看隔壁的阿三家里，一大家子七口人，只有阿三一个人有工作，真正是家徒四壁。而我们家的壁上，还藏着大把的粮票——当然我不知道你究竟藏在什么地方。你再看看巷子口的小白家，老陆家，响应毛主席号召，全家下放到江北，难得回来一次，恨不得连面店的地皮都要啃上两口。小孩身上的虱子爬到耳朵沿子上，一个个面黄肌瘦，可怜。

赵点梅扔下一句话，你还是可怜可怜你自己吧。你们教务主任不是一年多没过夫妻生活了，告诉你，不要说是一年，我两年、三年不过都没关系，不相信你就试试看。

孔觉民吓得差点滚下床，街坊里，男人们私下传着一句话，说现在的女人，不男不女，三十五岁后就不想要男人了。赵点梅今年正好三十五岁。

孔觉民到底没有斗得过赵点梅。一个中国男人没有奴性是不可能的，他从小生活在强悍的母性之下，后来生活在强劲的妻权之中，何况还有不可避免的社会管束：派出所、居委会、邻居、单位的安保部门、路上的陌生人……重重压迫之下，他得努力拿出勇气来保证家庭和谐。

他坐在公交车上去火车站，脸上挂着苦笑。他真切地感到这苦笑已在他的脸上生了根，这苦笑就像从娘胎里带来的面容，这辈子大约无法改变了。

车票是三天前排队买来的。赵点梅一反常态地表现出温柔友爱，陪着他上火车站，他想，没有奴性是不可能的，想摆脱奴性也是不可能的。这时候他碰到赵点梅悄然伸出的一根手指，互相一碰，他感到一阵异常的温暖。于是他想，罢了，我敢这样想还是幸运的，多数男人连这种念头都不敢有。多亏了这个老婆。

多亏了什么，他说不上来，反正觉得这个女人还是不错的，是的，不然的话,他连这个念头也不敢有。

赵点梅到了火车站大门口,就哭了,说心里难受,送人的滋味真不好受。

孔觉民见状心想,哼,假装的吧? 为了哄我到上海去搞投机倒把。脸上却笑了,说,那你就送到这里吧,回去回去,明天是星期天,你们五个去人民公园玩玩,桃花不是开得正好? 等我赚到钱回来,我们买只蹄髈吃吃,煨汤。汤面上撒五朵桃花,一朵代表你们一个人。

赵点梅说,煨汤? 汤汤水水的不中吃,四个小赤佬前脚吃过后脚饿。不如红烧,多放酱油,多焖出些红油汤,油油的,肥肥的,吃得他们饱三天。

她眼神油亮,仿佛被蹄髈油擦过了。

孔觉民说,好,好,红烧白烧,你想怎样就怎样。一切听你的就是。

大马路上突然响起震耳的锣鼓声,赵点梅想都没想,朝她男人身上一靠,她是吴郭城的小家碧玉,连乡下都没去过几回。城里的女子,过了下午六点就不上街了。火车站对她来说是个陌生的地方。

孔觉民说,你不是胆子挺大的? 在家里骂东骂西,出了门,连个锣鼓声都怕。

赵点梅站直身体,冷冷地说,我才不怕!

孔觉民的心里涌上一股子不快。

他不死心,说,难道我就怕? 他靠近赵点梅,嘴角含着笑意,正想表达出男人的气概,却被赵点梅推了一把,赵点梅说,正经点。孔觉民说,怕啥? 火车站又没有认识的人。话音刚落,他的耳边响起一声断喝,干什么的? 一位戴着红袖章的纠察队员从老远直冲过来,伸出食指狠狠地指着他,孔觉民连忙掏出单位开具的住宿介绍信,上面写明某某是我单位职工,出身良好,政治面貌清白,积极拥护“文化大革命”,因去上海探亲一天,请准予住宿一夜。

该纠察队员看了,还给孔觉民,他的目的并不在此。他看着赵点梅,却问孔觉民,你,眼镜,大庭广众之下打情骂俏搞男女关系,你们是什么关系?

孔觉民连忙鞠躬说,同志,我们是正当的夫妻关系。我们是在毛主席像前宣誓结婚的。

纠察队员还是铁板着脸问,结婚证书拿出来看看。

孔觉民说,同志,她是送我的。如果我们一起出差,那就要带上结婚证书了。火车快要来了,要不然,你和我爱人一起去家里拿吧。

纠察队员将信将疑,但他不可能到人家家里去看结婚证书的,这样做的话,队长准定骂他是没脑子的猪猡。他心里矛盾懊恼,少不得又训斥了几句,看见那边来了一个要饭的女人,手指一指孔觉民,铁板着脸去了。

孔觉民说,这年头,自家夫妻都像做贼一样,要是搞腐化,那不比登天还难? ——我佩服搞腐化的人。

火车站人头攒动,乱成一锅糊涂粥。因为都穿着普蓝色的或军绿色的陈旧衣服,一眼望上去就是一锅颜色污糟糟的隔夜粥。大喇叭里播放毛主席写的诗词,几个红卫兵小将把身上的包朝地上一放,边唱边跳起"忠字舞"。孔觉民推开乱七八糟的人群,朝赵点梅消失的地方看去。他刚才发现,赵点梅的背影无比柔弱,风中柳条一样,这不是假装的,他想多看几眼。

　　背影看不见了,他心中若有所失。再低头细一想,心中一痛。从来都是他看赵点梅的背影,赵点梅从来不看他的背影。也曾问过她,她倒说,你有病吧?脑子里为什么总是想这个?没有一个人心里老是想这种内容。我看不起你!

　　孔觉民不和她一般计较,他心中很清楚,没有她,他活不了。

　　今天太阳明晃晃的,吴郭城的太阳总是带着水汽,今天没有。今天的太阳干净爽利,孔觉民放眼看去,密密麻麻的人,陈旧的街道、商铺……比往日清晰百倍,一直刻到了心里,但这种清晰带来的是巨大的孤独,茫茫人海就像不出声的道具,仿佛只有他一人清楚一切,只有他一人脚踏在地上,看着所有的都将飘浮到天上去。

　　车站里面比外面还要乱,外面是一锅子糊涂粥,里面糊涂得连粥也分不清了。人贴着人,男男女女,分不出性别,都像一样会走路的东西,这些东西尽量喊叫,仿佛不喊不叫,就会没有了。

　　孔觉民一进候车室,少不得也喊叫,不喊不叫,好像不对头,冷静的人,不是特务就是小偷,或者心中有鬼,会引人注意的。引人注意的人,不会有好下场。譬如给领导提意见的"右派"们、搞腐化的奸夫淫妇们、脸上老是笑汪汪的人……

　　他一直听到有个人在他后面喊,同志、同志……那声音不紧不慢一直跟着他,从门外跟进来,跟了足有一百米,他这才回头看了一眼。一个小年轻,一看就是个游手好闲的小瘪三,头发溜光,军裤烫得笔直。一看就是用搪瓷茶缸子烫的,裤子上面还有茶缸底部的圆印子。

　　小年轻说,眼镜老伯伯,你喉咙真响,我是喊不过你的。

　　孔觉民一听得他喊老伯伯,心里不高兴,大声问,什么事?

　　小年轻两只眼睛左右晃一晃,看看四周的人全都在喊叫,忙着挤进挤出,谁都只顾自己的样子,遂说,老伯伯,我看你像是有票的,阿是到上海?没等孔觉民回答,他念了一首吴郭城流传的儿歌:

　　　上海小瘪三,白相天平山,前山滚后山,屁股跌得粉粉碎。

孔觉民便一笑。

小年轻凑上来问，老伯伯，给你一个赚钱的机会阿要？我也要到上海去，我每个星期都要到上海去看我阿姨，她嫁在上海，她快要死了。我是去一次少一次，去一次少一次……

孔觉民看他眼圈红了，真的相信了他的话，就说，你有什么话说？

小年轻说，你叫我阿四好了。三状元弄的阿四。

孔觉民说，好吧，阿四，你想做什么？

阿四说，你这个人真是的，我说到了现在你还不明白，你是真不明白还是假不明白？我想逃票啊，我哪里买得起这么多的票，一个星期一次，不去又不行，我阿姨要想我的……

孔觉民文绉绉地说，哦，你逃票，和我有何关系？

阿四说，有啊，直接的关系。你在前面检票进去，你走到大门那边，我就冲到检票口喊，等等我，等等我，你怎么自己进去了。我朝里面冲，这时候检票员上来拦我，她是拦不住的，因为人太多了，太挤了，我力气大，三两下就挤出检票口了，检票员还是想拦，我就指着你朝她叫，你就在这时候回过头来，朝我挥挥手，我就说，你看，票在他那里，票在他那里。检票员看你一眼就犹豫不定了，你看上去一副老实人、好人的样子。她只要稍微一愣，后面的人就排山倒海地拥过来，把我推进去了。到了火车上，广播里唱完《大海航行靠舵手》，大家朝广播鞠完躬后，我自会找到你，一张票一块五角钱，我给你六角钱。

一口气说完这些，阿四说，怎么和你没关系？

事情结果就像阿四所说的一模一样，人很多，人很挤，影响了检票员的情绪，检票员看到孔觉民向阿四招手，"犹豫不定"了，然后人群果真是"排山倒海"地把阿四搡进了月台。广播里唱完《大海航行靠舵手》，全体乘客对唱赞歌的广播鞠躬敬礼，阿四就找到了孔觉民，交了六角钱。然后他就走了，他说列车员马上就要查票，他得守在厕所门口，一见到他们就进去躲起来。那么，到了上海如何出站，阿四说，方法多得是，全靠你动脑筋。

孔觉民看到阿四轻描淡写，着实佩服阿四的智慧和勇气，两个人握手告别。

这件事就这样轻松地结束了，从天而降了六角钱。六角钱的用处不是一般的大。孔觉民想起家人紧闭门窗后的笑脸，长嘘一口气。赵点梅啊赵点梅，你把我逼出天大的勇气来了。他想。

到了上海，孔觉民下了火车以后就去排队买明天的返程票，排了三个小时的队，最后只买着了一辆过路的棚车票，八角。他拿了票在看的时候，突然阿四就找到他了,阿四看着票只是笑。孔觉民说,笑!笑!还想跟着我逃票?

阿四先是夸孔觉民脑子活络,聪明,而后说,他是想要了这张票,翻倍卖掉,孔觉民拿回自己的八角钱,他呢,拿了赚来的八角钱负责替他找一个掩护人,坐棚车的人大包小包的,还有带着鸡鸭鱼的,更乱。"你贴着我那个掩护你的人上车,上车以后基本上不查票。火车到了吴郭城,远远地停在站外,你下了车以后不要进站,机灵一点,朝外走,手里的小包包塞到衣服里,看上去不像出远门的人。好吧,票给我吧,约好时间,我们明天在火车站外面的厕所边等。"

孔觉民想,哦,六角加上八角,这趟旅途光车票就赚了一块四角。

他点头同意。他将八角钱的棚车票交给了阿四。第二天中午,他如约在火车站外面的厕所边见到了阿四,阿四把他带去见了一个老头,这老头一脸的黑皱纹,头上包着毛巾,这种天还穿着棉袄,身边大包小包,有一只包里放了一头小猪,小猪的头脸露在外面,好奇地直视孔觉民的眼睛。老头沉默寡言,一看就是说不上话的人。孔觉民跟在他后面顺利地上了棚车,棚车大门一拉上,里面黑咕隆咚,老头突然说,哼,带上你赚了一角五分钱。他的普通话说得如此标准,孔觉民着实吓了一跳。小看这老头了,看来他是个见多识广的。

棚车没有进站,远远地在车站外停了下来。那老头突然握住孔觉民的手,说,同志,你有种!好样的!

孔觉民把小包藏在衣服里,混在乱七八糟的人群里下了车,悄然走到火车尾巴那里去了,穿过铁轨,转眼消失在铁路边的树林里。

他回去把事情一五一十地告诉了赵点梅,赵点梅鼓励他说,就这样,我们没什么好怕的。胆小的过不好日子。

这就有了赵点梅一点钟的排队,她父母院子里的肉香,一家人关上门窗的吃喝,第二天全家的装腔作势……

有了第一次,就有第二次。第二次逃票也成功了。

赵点梅喜笑颜开。星期六晚上,她把四个孩子全都放到外公外婆家里去了。入夜,孔觉民在灯下看书备课,赵点梅拿了水盆在洗澡,洗好了故意踢那水盆子,水盆子一响,把孔觉民从书里惊出来,哦,他想一想,懂了。于是也去洗漱。上了床,孔觉民不管三七二十一,把床搞得阵阵乱响,邻居在隔壁敲墙警告。赵点梅说,奇怪,你哪来的胆量?

这场风月倒也有滋有味。两个人休息下来,赵点梅对孔觉民说,你明天去上海吧。

对于第三次逃票,孔觉民心里有不祥的预感。他盘算着,如果被抓住,可以说买不到票,是的,明天买当场票,无论如何也是买不到的。也就说是第一次犯错，他们会罚款，批评教育。大不了通知单位来领人，那也无妨，反正他在单位里不属于红人，也不是黑人，开个小会批评一番就是了。教导处主任是他表舅舅，想来大家不会朝死里整他。

去！

从吴郭城顺利到了上海，粮票换了人民币。再从上海顺利回到了吴郭，铁路上的地下风景，他已经尽收眼底。来来去去三回，他熟门熟路了。他一脸轻松自在。

他坐在火车最后一节车厢。这次火车头进了车站的天棚，最后两节车厢甩在露天。逃票贵在随机应变，他随着人群下车，突然蹲下摸摸鞋子，猫着身子紧走几步，拐到火车的另一边，几大步就进了树林，寂静的树林子，外面紧挨着一池一池的稻田，稻田边，是村庄。这是乡下了，与火车的那一边的城市风光完全不同。

绕路不怕，只要能安全回家。

孔觉民在树林子里慢慢地走啊走，看看站台在天边成了一个巴掌大的物事，天黑下来了，树林里没有鸟儿，它们觅食未归？还是被饥饿的人们用弹弓打掉了？周围一个人也没有。他放心地从树林里出来，准备过铁路。对面也是树林，树林另一边是一条小公路，路上跑着一辆拖拉机和一辆东风小卡车。

穿过铁路了。穿过树林了。但没穿过一个人——他居然撞在一个人身上，还是一个女人。他看清是一个年轻女人，穿着蓝色的民警制服，是个女民警，血色不太好，嘴巴有点发白。是她撞了孔觉民，把他撞倒在地。她一手指着孔觉民，语气严厉但洋洋得意，哼，我早就注意你了，上次让你逃了。你以为总能逃过我的手？车站里每天成千上万个人走过，什么样的人，全逃不过我的眼睛。

她自说自话，孔觉民可从来不知道她的存在。

她长着小而细长的眼睛，毛茸茸的睫毛像阳光一样散开，差不多覆盖住了眼睛。孔觉民脑袋一晕，也是他急中生智，不怕人笑话，坐在地上，一脸惊喜万分地说，哎呀，你怎么到这里来了？

女民警吃了一惊，片刻却冷静地说，你怎么会认识我？少打岔。站起来！

孔觉民想，完了，今天完了。他不愿意就这样束手就擒，他站起来，说，你脸上有一粒芝麻。伸手在女民警脸上一摸，摊开手掌心让她看。可不是，真是一粒白色芝麻，丰满多汁的芝麻。

芝麻来自孔觉民的口袋，他口袋里装了两张大饼，昨夜和今天早上，吃的就是它们。

这粒芝麻来历可疑，但女民警恰好刚才吃了人家给的半张大饼。她皱着眉头，不表态。其实，天黑了，孔觉民怎么会看到她脸上一粒芝麻？

孔觉民不失时机地弯腰鞠一个躬,说,我该死,我逃票,我有资产阶级思想……你真像我认识的一个熟人。

哦,像谁? 她终于表现出好奇心。

你像……你像我的第一个女朋友。孔觉民继续撒谎。

在以后漫长的岁月里,孔觉民始终在想一个问题,当时他可以朝郊外的农田里跑,为什么不跑? 天已黑了,这里离车站起码有三公里的路,他完全可以逃走。这女民警一看就是营养不良的,嘴唇发白,制服里面的身体瘦弱纤细,楚楚可怜。

那么,他为什么不跑? 几次逃票,他已有足够的胆量逃离。

她确实像一个熟得不得了的人,像谁呢? 他一时想不起来。但有一点是肯定的,她像他生命里一个十分重要的人,这个人不见踪影,但时时刻刻存在于他的内心深处,他无比空虚的时候,这个人填补他的灵魂,他没有勇气的时候,这个人给他力量。她就像这个人。

再看看她,她的脸上没有悲苦,没有喜悦,没有好勇斗狠,她训斥他的时候,脸上也是平静的。她像一个刚出闺门的女孩,带着青涩,需要成熟。所以,她的蓝色制服,帽子上的国徽,这些令人生畏的东西他全都视而不见,他一直看到了她的内心:温暖、善良,有些呆,有些傻,时而聪明,时而愚笨,一览无余。这些特色他都喜欢。她有时候会在说完一句话时,扬一扬左边的眉毛,轻微地,只是一个小习惯,这习惯引人注目甚至想入非非。扬起左眉的同时,她的左眼梢也朝上微微一挑,显得很不寻常,透露出她内心的另一方面。是什么呢? 是风情。孔觉民很激动地感受到了。

她听了孔觉民的话,没有生气,捂着嘴笑了一声。孔觉民想,她相信了。她的心软了,真是幸运! 我的幸运是靠勇气得来的。

你叫什么? 她问。

孔觉民。

她问,孔觉民,你刚才说你是第一次逃票?

孔觉民回想一下,自己没有说过这句话。她不是说早就注意他了? 显然这是她有意给孔觉民撇清的机会。在她面前,他实在不好意思再说谎了。他低下头,把投机倒把赚来的钱,和不是投机倒把赚来的钱,通通拿了出来,捧在手上递给她。她掏出一张纸,包住这些钱。她小心而专业的样子,表明在她眼里,这不是钱,是罪证。

她说,念你初犯,没收你这些赃款。你住哪里?

孔觉民说,孔家巷二十五号。

她说,你跟我来,朝车站里走。你往这里走的话,越走越远,两个小时也到不了家。

两个人朝车站里去,车站里一共有两个民警,今天只有她一个人在。两个民警没有单独办公的地方,与车站的服务人员管理人员全在一个大办公室里。他们走过办公室,她就扔下孔觉民,自己走进去了。孔觉民在门外听见有人招呼她,阿兰,你和谁啊?

她不吭气,过了一会儿居然说,亲戚,碰到一个亲戚。

孔觉民迷迷糊糊地想,我是在轧姘头吗?

又有人问,阿兰,我看不是什么亲戚啊,是不是对象?

这个叫阿兰的女人说:"我带着三个孩子呢,谁肯要我?死鬼脚一伸,年年只碰一次头——清明节烈士陵园里碰头……谁肯要我这一大家子的,婆婆公公小叔子。哈哈。"

她看来是笑给孔觉民听的。

孔觉民在窗外头一伸,看见她落了座,桌子上有一盆兰花,吴郭城出产兰花,山上到处都是。

他再次死死地看了她一眼,要把她看到心里去。她确是一个与众不同的女人,脸上的神情和行为举止都是精致有趣的,比撒娇要矜持一点,比矜持要做作一点,她的心里好像荡漾着一股暖洋洋的东西。

那么,她心里到底荡漾着什么东西呢?她倒水,和人说笑,捋头发……哎哟,孔觉民豁然明白,小兰的心里有个情人,她的一举一动全是做给这个无形的情人看的,这个无形的情人无时无刻不在注视着她,从天上,从身后,从隐藏的任何角落,所以她行为举止和脸上表情会这么精致有趣。

孔觉民想,居然也有这样的女同志,真正是绝代佳人,被我碰到了,运气好。

他离开窗户,路边正好有一个积满雨水的小水塘,像脚盆那么大,孔觉民歪过身去,朝水塘里打量自己的脸容,怎么看都是顺眼的,怪不得小兰那么轻易地放了自己,定是她的心里被自己的风采打动了。

孔觉民自怜了一番,去坐公交车时,才发现自己身无分文,前后一想,小兰的行动让人生疑。他心里一动,隐约明白了什么。

但是,他不在乎。他愿意。不仅愿意,以后还想资助她的生活。

孔觉民勇气倍增。

那里,小兰收起脸上的微笑,看着桌子上的那盆兰花发呆,兰花是她的心头之爱,这盆春兰她养了五年了,每到一个地方,桌子上总有它的落脚之处。但是近年来,她觉得和这盆兰花之间有了一股隐隐的敌意,兰花朝她叹气,吐口水,嘲笑她,奚落她。等到它孕出花苞,尖锐的淡绿色花瓣时时刻刻在等待机会刺痛她。她端起花盆朝门外一扔。

第三次逃票也算成功。可是钱呢?赵点梅冷着个脸,冷了他一个星期,终于和他说了话,第一句话是,哼,你说被小偷偷了?你是死人啊?

孔觉民听了这话,转身就走。一个人在大街上瞎走,突然听见火车的吼叫声,明明白白在召唤他。死人都会被它唤醒。他赶紧回去对赵点梅说,这样,我再去一趟上海,绝对把你损失的那笔钱再赚回来。

赵点梅说,哼,我损失?难道你没有损失?

孔觉民的眼前,小兰的样子闪闪烁烁。没有。他想,我才没损失呢。

男人改变也快的,昨天他还觉得没有赵点梅是活不了的,今天他觉得没有小兰的话,他的生活毫无意义。三状元弄的阿四,是他急需见到的人。逃票,没有阿四不行。

刚到弄堂口,就见警车堵在那里,里面的人不让出来,外面的人也不让进去。阿四被两个身强力壮的民警反剪着两手押出来,他弯着膝盖急速行走,像舞台上的小丑。但是他眼神凌厉,无所畏惧的样子,令人震撼。

警车走了之后,孔觉民扎到人堆里听闲话。警察抓捕阿四时说,阿四长期不务正业,从事倒票活动,投机倒把行为严重,疯狂扰乱社会秩序,向党和人民示威。

这是一九七六年四月十日的事,清明节刚过,天安门发生了"反革命事件",这件事离孔觉民很远,但阿四被抓让他日夜揪心。

一个星期后,孔觉民在学校里被警车带走,另一路人马在他家里抄家。警察移开一家子使用的大马桶,赵点梅藏在马桶后墙根里的粮票马上就露了馅,面对一盒子的粮票,赵点梅低下了高傲的头。她的四个孩子也都在家,警察走了之后,他们都去摸摸马桶后面的那个洞,没想到妈妈的宝贝藏在这里啊!

两个月刚过,孔觉民的脑子就糊涂了。整天在牢房里念念有词:一块五角、一块九角、八角、一角三分九、六角九……

同牢的犯人,全都取笑他,说他是个软骨头书呆子,才两个月就这样了,六年的牢坐下来,那还不成了活死人?他们说,孔觉民的生活算好的,其实没必要再去冒险。他的四个小孩功课都好。他的老婆把钱藏在马桶后面。让孔觉民吃官司的,不是倒票大王阿四,是车站民警阿兰。她当派出所所长了——刚成立的车站派出所。

他们问他,喂,你和小兰睡过觉没有?听说她很骚。

孔觉民狠狠地朝他们脸上吐口水。

他们说,这小子胆量不小。揍他!

这座监狱是民国时期的砖瓦建筑,设计精巧绝伦,外面看是一座三角形的建筑,里面就是一个又一个迷宫一样的走廊,走廊两边是无数的牢房。赵点梅去看了孔觉民,没有话好讲,说,这座牢房倒是很漂亮的。孔觉民说,是的,我知道的。这些天,我深刻反省自己,才明白思想深处的东西,我看上去是投机倒把,其实是对社会主义社会不满,用投机倒把行为掩盖反社会的目的。我最难过的是辜负了小兰的一片心意……

赵点梅无法不吃惊:小兰?小兰是谁?

孔觉民已经忘了是自己提起小兰的,说,你怎么知道她的?

赵点梅说,我不知道啊,我要你说啊。

孔觉民看了她一眼,强硬地捍卫小兰,说,这件事,我们棉花店里找老板——不谈(弹)。

赵点梅倒抽一口冷气说,不谈?你敢对我这样?你好大的胆子!你又搞投机倒把,又搞腐化,坐牢的人,还这么狠?……不谈?好啊,那我们就气功大师拍砖头——一拍两散。

转眼就过了三十年,二○○六年。赵点梅在三十年的时间里,与现今的丈夫每提起孔觉民,总以"畜生"代称……过了三十年了,那"畜生"也老了,坐了两年牢出来,没有单位要他,这"畜生"索性搞投机倒把了,倒洋货,倒汽车,倒药材……什么都倒。没有投机倒把的罪了,投机倒是搞活经济。没想到他发大财了,有司机给他开着凯迪拉克,他的公司里,听说全是美女,他忘了嘴里念念叨叨一块九、一块五的日子吧?他就该坐牢,坐满六年牢,没想到"文革"结束,"畜生们"全减刑了。还有,这"畜生"居然没搞腐化,他是一厢情愿,为了一个不相干的女人和嫡亲的老婆离婚,你说是不是脑子发昏?他当时只要反咬一口,把小兰拖下水,不仅小兰完了,婚姻也就保住了。可惜他一味地替小兰隐瞒。

赵点梅这么多年来也没闲着,小兰的情况她知道得一清二楚,什么时候搬家,什么时候有了相好的,但没有结婚。小兰的几个孩子,谁考上了大学,谁出国了,谁顶替母亲到车站里找了一份事做。如果没有小兰的消息,她就心里闷得慌。她还打听到了一件事,小兰并不是为了当派出所所长抓捕孔觉民,她只是为了两条鲤鱼。是的,只是为了两条鱼,清明节后的一天,车站里搞来了一批鱼,一五一十地分,分到最后剩下两条鲤鱼,给谁呢?领导犯了难。小兰坐在她的座位上,用圆珠笔敲着她的笔记本说,唉,配合运动,这几个人是要抓一抓的。既然她准备抓人，那是辛苦的事，这两条鱼给她，是天经地义的。

孔觉民真的不如两条鲤鱼？

赵点梅指着孔觉民的鼻子说，你在她的眼里，只值两条鱼的钱。你倒为了她妻离子散。

孔觉民说，我愿意。

前几天她到孔觉民的公司去看女儿，看到一屋子年轻漂亮的女职员，便有意提到这件往事，不客气地调笑道，老孔啊，小兰家里你有没有去过？要我说，你好歹睡她一睡，要她看看，你到底是不是只值两条鱼的钱。

隔了一天，孔觉民让女儿孔妮带给赵点梅一张小纸条，上面写着：孔觉民二十多年来，凭着过人的胆识，经营幸福生活。现拥有市中心两幢三层写字楼，共一万平方米，按市价每平方米八千算，值八千万；两幢别墅，共一千五百万；两辆凯迪拉克值三百多万……

纸条最后写了一句话：我已经很多年没有关注价钱的习惯了，为了你的话，今天破例。

赵点梅看见这张简单的财产清单，笑得脸上的皱纹像膝盖，说，这老畜生，到底坐牢坐出毛病的，跟我汇报家产……

孔妮脸上掠过一丝对母亲的鄙视，母亲也好强，不过她的好强没有成功，现在只能在家里打打麻将，听听佛经，骂骂前夫，偶尔也听听费玉清的歌，什么往事不能留，浮萍各西东……孔妮说，这辈子，我只佩服三个人，一个是我爸，一个是我丈夫，还有邓小平。

这世上没有重复的感情，所有的感情都是不一样的。赵点梅要是知道这一点，当初就不离婚了。

桃花又开的季节，有一天晚上，孔觉民和阿四一帮老友正喝着酒，猛听得火车一声激动人心的吼叫，浑身的血朝脸上涌，受了它的召唤，仿佛要到什么地方去，一定要到什么地方去。于是叫了司机，推开众人，走了。

司机问他去什么地方。

他说了两个字：火车……

小兰不是住在那里吗？小兰住在火车站的后面，他路过几次，终究没有走进去。那儿原是一片杨树林和稻田，现在全成了住宅楼。小兰曾经把他的勇气消灭光了，他后来滋生出来的勇气，与小兰无关。与赵点梅无关，与他的孩子们无关，与任何人无关……

那与什么有关呢？

到了火车站，他才想起要做一件事：逃票。

他并不想看见小兰，她早就与他无关了。

他下了车,换了司机身上的普通衣服,接过司机给他的钱,挥手叫了三轮车。一坐上去,时间就慢了下来,忽然又回到了三十年前琐碎的生活里,缓缓地令三轮车夫把他带到检票大厅门口。

他许久没来火车站了,有手下人在外面办事,他几乎不需要出差。如果一定要去外地,近的让自己的司机开轿车过去,远的坐飞机。进了火车站,他的心扑通扑通直跳。

火车站重新翻修过了,人人都专注地做自己的事,没有人多管闲事,你就是倒在地上,也没人多看你一眼。三十年前,他在这里碰到阿四,三十年前,他在这里还看到过一位要饭的女人,这女人现在还在,是个乞丐婆了。乞丐婆的脸以前是瘦削青黄的,现在不一样了,就是在灯光下也看得出她神清气爽。

孔觉民掏出所有的钱放在她的碗里。这碗还是破旧的,但现在不是用来盛饭而是用来盛钱的。老太婆瞄一眼孔觉民,说,人生其实很简单。各种辛苦,各种手段,剥了皮剔了骨,(看见的)就是"吃喝"二字。所以我要饭不觉得丢脸,城管老是来赶我,我也不走。

要了多年的饭,她好像成了先知先觉。

车站派出所挂着大牌子,孔觉民在窗外有滋有味地看了一阵,民警很忙,抓住了在厕所里吸毒的,在车站广场上卖淫的,还有聚众斗殴的。这些人在派出所里吵吵闹闹,喉咙比警察还响,一位中年民警拿出电警棍往桌子上一拍,吵声小了一点。

车站的检票口,往南去是五个,往北去也是五个。孔觉民站在往上海去的检票口,看那检票的一个女孩。这女孩长得像小兰,她与小兰一样,也是那么与众不同。小兰是时时刻刻拘谨做作,仿佛身边有个情人看着她,这个女孩恰恰相反,她满不在乎,嘴里吃着蜜饯,目中无人,芸芸众生,没有一个能经过她的眼,更别说经过她的心了。

孔觉民想,就逃她的票了。

现在逃票,不会通告单位,不会通知居委会,更不会判刑。罚款而已。

孔觉民夹在人流里朝前走,经过女孩身边,女孩看了他一眼,他有气无力地指指前面,说,票在前面那个人身上。女孩没吭声,让他走了。孔觉民走到边上,站下来看这女孩,这女孩子二十几岁吧,她与以前的女性完全不同,她轻松,不负责任。孔觉民喜欢她这种不负责任的样子。

孔觉民又走回去了,站在她身边。检票已经结束,检票口空荡荡的。

女孩说,你怎么还不走?等火车要到月台上去,火车不会开进来把你拉走。

孔觉民说,我逃票,你怎么不骂我?也不拉我出来?

女孩说,不就十几块钱吗?我懒得理你这种人。你就是上了车也得补票。

孔觉民说，我身上一分钱也没有，我没有钱补票。

女孩掏掏裤子口袋，又掏掏上衣口袋，大大小小的钱票，大约也有十几块钱，挺侠义地放到孔觉民手上。

她肯定唤醒了什么，因为孔觉民想碰碰运气了，他说，你像我的第一个女朋友。

女孩说，哦，你的第一个女朋友像我，那你是了不起的。

孔觉民想，运气不错，这女孩不讨厌我。他说，其实……我是大老板。我在市中心也有两幢大楼……我是单身。

女孩说，嗯，你对我说这种话，有胆量！你脸红不红？

女孩的同事们，这时候围过来，对她说，你上辈子积德，这辈子有个大老板来娶你了。

女孩笑着，对孔觉民说，你还不走？

孔觉民说，我等你一句话。

女孩说，好，你要是个亿万富翁，我就嫁你。

孔觉民说，你等着，你敢嫁，我就敢娶你。我下半辈子就靠你活了。

走出大门，他回头望着女孩补充一句，你是国家给我的补偿。

时代千变万化，却是万变不离其宗。孔觉民终于明白，他多少年孤军创业的勇气，和这女孩有关。

短篇小说奖·入围作品

裘山山小传

裘山山,女,祖籍浙江。1976年入伍,1983年毕业于四川师范大学中文系。曾任部队教员、文学刊物编辑等。1984年起发表小说,主要作品有长篇小说《我在天堂等你》《到处都是寂寞的心》《春草开花》,长篇纪实散文《遥远的天堂》,小说集《裘山山小说精选》《白罂粟》《落花时节》《一路有树》《高原传说》,散文集《女人心情》《五月的树》《一个人的远行》《百分之百纯棉》,长篇传记《隆莲法师传》《从白衣天使到女将军》,电影剧本《遥望查里拉》《我的格桑梅朵》等。曾获鲁迅文学奖、解放军文艺奖、四川省文学奖等奖项。小说《幸福像花开放》《保卫樱桃》《我讲最后一个故事》《一条毛毯的阅历》《腊八粥》《致爱丽丝》分获《小说月报》第八、九、十、十一、十三、十四届百花奖。现为《西南军事文学》杂志主编,四川省作家协会副主席,中国作家协会全国委员会委员。

寒 露 寒

裘山山

午睡起来,安璐敏接到一个陌生电话,她还以为是哪个推销房子或者帮理财的,便冷冷地问,哪位?电话那头却传来一个熟悉的声音,璐敏,是我啊,我是乔秀云。

乔秀云?安璐敏很意外,立即换了热情的语气:是你啊,你好你好,真没想到是你。

两人争相问候起对方来:你什么时候回来的?你怎么样?你们在成都买房子了?你们住在哪里啊?身体还好吧?这几年怎么一点儿音信也没有啊?你们家老何(老陶)呢?

三十年没见的朋友,肯定是这样的。

在互相询问完了之后,终于有了短暂的空隙,乔秀云便说了她打电话的意图:我和老陶想请你们夫妇俩来我家坐坐。

好啊。安璐敏没经过大脑就答应了。她没有理由不答应。乔秀云很高兴,有种生怕她反悔的急迫,立即告诉了地址还有家里电话什么的。安璐敏也都一一记下了。

放了电话,安璐敏发了一会儿呆。她本来正在泡茶的,杯子里都放好茶叶了,却忘了冲泡,一时觉得口干,便直接接了杯冷水咕噜咕噜喝下去。真没想到乔秀云会来电话,让她瞬间有一种穿越的感觉,好像昨天她们还一起去食堂吃饭,去锅炉房打开水,去图书馆占位置。

她们毕业快三十年了,分别也有二十七八年了。分别时她们都只有二十多岁,现在都是五十岁的人了。沧海桑田啊。不知陶明亮怎么样了?还那么帅吗?恐怕也是个半老头了吧?

想到陶明亮,安璐敏在兴奋之外多了些许伤感。

大学毕业后,陶明亮带着乔秀云淡出了同学们的视线,去了美国。安璐敏偶尔会从同学那里听到消息,他们挺好,陶明亮出去后读了个博士,以后就在大学里当老师;乔秀云则在当地一家中文报纸当编辑。他们生了个儿子,儿子也很优秀。

那就好。大家都好，便是晴天。

这一晃，三十年就过去了。时间如冲锋艇，快到让人发晕。

晚上老公一进门，安璐敏就告诉他乔秀云来电话了，邀请他们去做客。老公很诧异，怎么，他们回国了？

安璐敏说是，陶明亮被 A 大聘为教授，秀云退休了。他们在南郊买了房子，叫什么南岸花都。

老公说，哦我知道，那可是个高档小区，里面尽是独栋别墅。

安璐敏说，对，他们就是买了一栋别墅。

老公不无醋意地说，他们肯定很得意吧。

安璐敏说，好像没有，听上去挺平和的。

老公又说，他们干吗回来呢？陶明亮不是当上教授了吗？美国教授很难当的。教授一当，他在那里过一辈子都不成问题。

安璐敏说，谁知道，也许是人老了思乡吧。

老公看安璐敏一眼，你想去？

安璐敏说，没什么理由不去啊。

跟着安璐敏又笑道，都五十岁的人了，还有什么啊。

老公说，我倒是无所谓。看你，你去我们就去。

安璐敏说，约的是周六，到时候再说。

安璐敏想，如果到时候不想去了，再扯个把子。

往事并不如烟。

在安璐敏这里，不如烟是因为有个疑团始终没散。

乔秀云是安璐敏的大学同学。还不止，她还是安璐敏的室友。还不止，她还是安璐敏的情敌。当然反过来说，安璐敏也曾是她的情敌。那个时候，她们都喜欢上了陶明亮，陶明亮又帅又有才，好多女生暗恋他。而安璐敏和乔秀云之所以能从众多暗恋的女生中脱颖而出，是因为她俩也是大家公认的美女加才女。

最初陶明亮选择的是安璐敏，甚至可以说，是陶明亮主动追的安璐敏。安璐敏当时喜出望外，虽然矜持了几天，还是很快就跟陶明亮约会了。可不知怎么，一年后，也就是毕业前，陶明亮突然提出分手，很坚决。安璐敏简直被这一棒打蒙了，很长一段时间懵懵懂懂的，悲观厌世。她实在不明白，自己到底是哪里出了问题让陶明亮甩了。最后得出的结论是，自己没问题，问题一定是出在陶明亮那里。再后来又确切地知道，是出在乔秀云那里。不知道乔秀云施展了什么魔术，让陶明亮迷上了她。

所以最初的日子,安璐敏恨乔秀云超过了恨陶明亮。

直到遇见现在的老公,这恨才化解掉。

现在的老公,何帆,也是他们同学。只是在校时比较低调,没引起安璐敏注意。毕业后却雨后春笋般成长,五年不到就当了一家刊物的副主编,还发表不少作品。所以当有同学撮合他们时,安璐敏心里暗暗惊讶,怎么在校时没注意到有这么个男生呢?气质相貌不俗,人也聪明,家境也比陶明亮好。真是被陶明亮迷惑了双眼。

何帆对他们的三角恋也是有所耳闻的。之所以没有参与竞争,是因为那个时候他还在和高中的初恋女友黏糊着。毕业后初恋女友跟他拜拜了,他才有心情环顾左右。

第一次见面何帆就对安璐敏说,我真不明白陶明亮是怎么想的,明摆着你是更佳人选嘛。这句话让安璐敏得到了很大安慰,虽然其他同学也这么说过,但从一个她看重的男生嘴里说出来,意义完全不同。安璐敏追问,怎么讲?何帆说,你们俩,好比林黛玉和薛宝钗,虽然都漂亮,但从讨老婆的角度,肯定是薛宝钗更合适,林黛玉成天病歪歪哭啼啼的,做她丈夫岂不累死?

虽然老公是站在男人的利益上分析的,但安璐敏不反对自己做薛宝钗。“薛宝钗”婚后的生活顺顺利利,风平浪静。何帆继续编刊物,她做老师。他们工作,生孩子,工作,养孩子,再工作,买房子,就这些。而且作为薛宝钗,她的确很能干,工作之外还承担了几乎所有的家务。当然何帆也不错,只是迷恋文字而没有拈花惹草,所以两个人结婚二十多年了,也没发生情感危机。也许其根本原因是,他们没有轰轰烈烈地恋爱过,就没啥失落。

渐渐地,安璐敏淡忘了陶明亮,也淡忘了乔秀云,安璐敏甚至想,说不定她跟陶明亮在一起还不如跟何帆在一起和谐呢。陶明亮有些恃才傲物,何帆更平和些。

婚姻的事情,哪里说得清楚。只是偶尔在秋雨绵绵的时候,闲下来发呆的时候,回到母校的时候,安璐敏会想起他和她,伴着几丝淡淡的伤感。但那种伤感已经不刺痛了,反倒有些隐隐的愉悦。

过去了的,都是好日子。

尽管安璐敏说,都五十岁的人了,还有什么啊。

她这个“还有什么啊”,是指还有什么放不下的啊,还有什么看不开的啊,还有什么不好意思的啊。好像四大皆空的样子。

但实际上,真的要面对三十年前的恋人,她还是有什么的。

虽说五十岁了,但五十岁不过是四十多岁的后几年,四十岁不过是三十多岁的后几年,哪里会有立地成佛般的彻悟和了断?

好吧,就承认自己是忐忑的。

忐忑什么呢?扪心自问,第一忐忑的,就是怕陶明亮看到自己现在的样子失望,怕他两眼直瞪瞪地冒出一句:天,美女怎么变成老太婆了?

失望是肯定的,三十年的跨度啊,谁受得了啊?就是拼死保养的演员也会让观众感叹的。但她不想从他的眼里看到太大的吃惊。她希望他觉得她依然美丽,至少是风韵犹存。

为此安璐敏专门去收拾了下头发,染了一下,打理了一下。

回到家老公一眼就看出来了,老公隐忍着嘲讽说,没必要吧?再说有我衬着,你够显年轻了。

安璐敏笑。是的,这些年熬心血写作的老公,头发掉了,肚子也出来了,看上去的确比实际年龄要大些。而安璐敏却保持得比较好,看上去比同龄人年轻不少。

安璐敏解释说,本来我头发也该染了。现在白头发冒得比原来快。

说出这句话,安璐敏心里还是有几分酸楚。曾几何时,自己加入了白发大军?所谓的看上去比较年轻,也是在掩饰了之后。

老公大度地说,没事儿,老婆显年轻我高兴。

周四晚上安璐敏的姐姐打来电话,安璐敏就跟姐姐说起乔秀云回国的事,还说周六要去她家做客。姐姐在电话里不客气道,你这是干吗,三十年前他们伤了你,三十年后你还要去参观他们的幸福?

安璐敏呵呵笑道,都已经过去了,毕竟我们是同学啊。

当初安璐敏痛不欲生时,跟姐姐哭诉过,姐姐一点儿不同情她,"你得意忘形的时候,有多少女人在背后恨你恨得牙痒痒知道不?"姐姐说,"现在轮到你了。你就认了吧。"你别说,姐姐还真把她给骂醒了。虽然还是难过,却心平了许多。

姐姐是医生,打电话是来告诉她拍片结果。安璐敏近段时间一直关节疼,有时候上厕所蹲下去就起不来,上周便去姐姐的医院拍了个片。姐姐说,片子出来了,我去问了我们这儿的骨科医生,她说你那就是关节退行性病变。那怎么办?安璐敏有些紧张。姐姐说,没办法,老了都这样。中年女人激素水平下降后尤其容易发生。我给你开点儿膏药贴着,你自己注意补钙,实在不行了就手术。

看来是真的老了呀。安璐敏心凉凉地说。

姐姐说,你这算什么呀,一部机器用了那么久,哪能没故障?

医生就是理性。安璐敏在姐姐面前撒不了娇。但安璐敏心里还是感到了生命的无情。自己也和所有人一样，已经耗掉了一大半的生命了。或者可以说，耗掉了健康的生命，接下来的日子，都是有各种病痛陪伴的了。

安璐敏放了电话跟老公说，姐姐不赞成我们去他们家呢。

何帆笑，你看，我比你姐大度吧？

安璐敏挽住何帆的胳膊说：那肯定的。

何帆说，你跟我说实话，是不是特想揭开陶明亮情变的谜底？

安璐敏矢口否认：我哪有那么幼稚。

何帆说，我倒是一直好奇呢。

在学校时陶明亮因为长得帅，很有明星范儿，打球什么的，总有很多女生围观，也就遭男生们暗地里嫉妒。但陶明亮的好处是比较随和，大咧咧的，并不作秀或者自以为是，所以同为男生的何帆对他并不反感。

安璐敏说，人心这个东西，说变就变，哪里需要理由？

其实回想起来，是有迹象的，只是安璐敏当时没察觉。虽然老公说她像薛宝钗，她哪里有薛宝钗精明？分手前的一个星期，陶明亮和她在一起时，总有些心事重重的样子。安璐敏还以为是因为面临毕业，在考虑今后的去向。她还安慰他，无论他去哪里她都不介意。

没想到几天后就收到了那封信，措辞温文尔雅，却跟刀似的，直刺安璐敏心房。安璐敏百思不得其解，直到听说他和乔秀云结婚的消息。

过了一会儿安璐敏说，我们那个年代的女生，真是太痴情了，现在想想有什么大不了的啊，难受成那样。哪像咱们丫头，跟男朋友分手了，哭一鼻子，第二天又去约会了，还说什么她那个星座本月会有新恋情，分手是必须的。

何帆笑，要成天哭哭啼啼的，你还不心疼？

何帆说起女儿，一点儿没脾气。

安璐敏却有些心烦：昨天你听见她说没有，又想跳槽了，真能作。多大的人了，还这么不稳定。

何帆假装没听见，继续调侃老婆：老陶这辈子也值了，俩美女为他竞折腰。

安璐敏没好气道，什么美女？美女她老娘。

接下来的两天，安璐敏想的都是该穿什么衣服去乔秀云家，或者，该带什么礼物去乔秀云家（而不是想找个什么理由不去）。

去，干吗不去。我安璐敏可不是个腻腻歪歪的人。安璐敏想，就算他们的大别墅豪华无比，我也不会心理不平衡。我们买不起别墅，好歹也有一套公寓，够住了。女儿上大学走了，将来也不知嫁到哪栋房子里去，总之不会再和他们住一起了,要那么大房子干什么。

而且,老公虽然没混成著名作家,但也出版了七八本书了,还当上了主编,在当地文化圈儿,也是小有名气。

不跟别人比的话,安璐敏对他们的生活是有底气的。

出发前,何帆上网查看了地图,大致确定了行车路线。然后说了句,他们这房子也买得太远了,我们若是没车,还去不成呢。

安璐敏说,他们这种在美国待久了的人,哪里会想到这种问题。我估计他们家至少两辆车。

最后安璐敏选了一瓶红酒作为礼物,那红酒还是过年时一个学生送她的,小拉斐尔,她一直没舍得打开。她在电影里看到,美国人上门做客总是拿瓶红酒。除了红酒,安璐敏还准备了老公出版的书,她挑了三本比较有影响的。希望那天不要太冷,这样她就可以穿她最喜欢的那条旗袍式连衣裙了。

到了那天,天气还算晴朗,但已经有了寒意。安璐敏便在连衣裙的外面披了件薄开衫。出门前她又照了照镜子,跟老公感叹说,唉,我真的长胖了,穿裤子胖,穿裙子也胖。

老公在一旁半是安慰半是敷衍地说,还好还好。

她轻轻掩上门,下楼。女儿还在呼呼大睡,不知昨天夜里上网到几点。安璐敏留了纸条,告诉她牛奶面包在冰箱里。但她知道女儿多半是不会吃的,她会一觉睡到十二点,直接吃午饭。

女儿每个周末回来住两天("我回来陪陪你们哈"),总是让她的心烦多过欢喜。二十七岁的人了,工作和男朋友都在走马灯似的换。你还不能说她,一说她就两星期不来。她跟何帆只能小心翼翼地看她的脸色,给她做好吃的,外加各种讨好。

老公把车开出来,安璐敏一眼看到他们的座驾灰扑扑的。怎么不洗下车呢?但安璐敏没有说出来,她怕老公不高兴。脏就脏吧。反正这一路开过去,也会脏的。

路上车不多,毕竟是周末的早晨。天空呈现出灰蓝色,有淡淡的云。毕竟是寒露以后了,一种空旷寂寥的味道很快进入到安璐敏心里。又是秋天了,又是秋天了。相比之下,安璐敏更喜欢春天,秋天的沉静总会让她联想到岁月什么的。而她现在需要的是忘记年龄。

想到即将到来的会面,安璐敏微微有些兴奋。

"听说他们儿子很会读书,成绩很好。"安璐敏说,"被什么伯里克大学录取的。"

何帆说,不是伯里克,是伯克利。很厉害的。

过了一会儿何帆又说,其实也没什么大不了的,我们女儿如果去美国读书,也能考名牌大学。

安璐敏说,行了吧,你女儿你还不了解? 心思就不在读书上。

何帆说,美国大学好考,只要英语过关就行了。主要是女孩子走那么远,我不放心。

安璐敏不说话。女儿的教育一直是她头疼的,何帆太宠,而她也严厉不起来。读了个三本的美术学院,到现在经济上也不能独立。

何帆说,我估计,他们家,你去一回就不想再去了。

安璐敏问,为什么?

老公说,人们很少信任比他们好的人,总是避免与他们往来。人们往往愿意跟和自己相似的有共同弱点的人交往。

安璐敏说,这又是哪个伟人说的?

老公果然说,加缪。《局外人》里说的,大意如此。

安璐敏沉默了一会儿说,不管怎么样,我还是希望他们好。

老公拍拍她的手背。

车子驶入乔秀云他们住的南岸花都,果然像模像样。车子进门时,保安问询后,还给他们敬了个礼。一汪碧绿的湖水首先进入视线,让整个小区显得开阔而秀美。湖边树木葳蕤,一栋栋房子隐约出现在绿色丛中。

安璐敏忍不住感叹起来,太漂亮了,肯定贵死了。

老公说,大不了两万。

安璐敏说,真是神仙住的地方。

老公说,其实生活并不方便。

车子驶入那栋房子的侧路时,安璐敏一眼就看到了站在门外等候他们的陶明亮。

跨过三十年岁月,陶明亮还没走样,只是稍微宽了些松软了些。

安璐敏下车,很自然地嗨了一声,陶明亮便迎上来跟她握手,很简单地握了一下,说,璐敏你好。安璐敏说,你好。陶明亮随即松开她,去跟何帆握手,然后领着他们进屋。

安璐敏本来想了好几句他们见面说的话,结果除了一个"你好",什么都想不起来了。

相见的场景十分平淡,陶明亮甚至没有认真看她。

平淡好。安璐敏想。

走进客厅,安璐敏还来不及放下手上的东西,就见乔秀云从厨房迎了出来,她叫了声"璐敏",便上前跟她拥抱。安璐敏感觉出她有些激动,身体微微战栗,眼里甚至有泪光。这让安璐敏有些诧异,也有些窘。她大声说,哎呀,秀云,你还那么漂亮!

其实她心里是有些吃惊的,她原以为,乔秀云在美国生活,条件好空气好,应该保养得很好。但眼前的乔秀云却显得憔悴,至少比她憔悴。因为憔悴而呈现出一种老态。她第一次意识到,不发胖也会显老。

乔秀云说,你才漂亮呢。皮肤还那么好。是吧,老陶,璐敏还那么漂亮。

陶明亮微笑点头,不经意地递了一张纸巾给乔秀云,对两位客人说,小乔太高兴了,昨晚都失眠了。

安璐敏连忙说,我也特高兴,这几天都在激动。

话说出口安璐敏又觉得有些不妥,连忙跟了一句:我真怕哪天我们都老得不认识了才见面。还好,现在大家都还是老样子。

陶明亮说,你可是风采依旧。

安璐敏说,哪里啊,我长胖了。还是秀云好。

她本来想说,秀云多苗条啊,跟大学里一样。可是她说不出口。她毕竟不是薛宝钗。她明白乔秀云那不是苗条,是瘦弱,是干枯。她穿了件非常普通的白色针织衫,下面是条黑色亚麻裤。真的像个小老太婆。相比之下她肯定靓丽多了,虽然旗袍式连衣裙显得有些夸张,但作为客人,穿得郑重些也是对主人的尊重。

不过她也听出来了,陶明亮夸她,完全是就事论事的语气,毫无感情色彩。过去了,真的都过去了。安璐敏在放松的同时,感到些微的失落。

陶明亮说,我们搬到这里后,你们是第一批来做客的。小乔最先想请的就是你们俩。

他叫她小乔,她叫他老陶。有意思。安璐敏注意到这一点。她跟何帆之间倒是一直互喊名字,跟大学里一样没有改变。

乔秀云一边擦泪一边说,嗯,我真的很高兴,好久没这么高兴了。你们能来太好了。谢谢你们。

安璐敏不适应这么煽情,何况还是跟陶明亮乔秀云。于是她大声赞美起他们的家来:你们这小区真漂亮,我们一进来就看到那个湖了,我还从没见过这么漂亮的小区呢。

何帆也附和说,你们是不是按美国洋房的标准买的?

陶明亮说,没有,就是在网上看到广告,感觉这里比较清静。那个湖是一片湿地改造的,所以空气很好。

安璐敏走到落地窗前,看到后院是一片草坪,草坪中间有一个木桌,几把椅子,一把遮阳伞,显然是冬天晒太阳喝茶的地方。她由衷赞美说,住在这里真太享受了,晒着太阳喝茶看书,神仙过的日子啊。

尽管安璐敏有思想准备,但真的看到他们的别墅,不得不承认自己心里酸溜溜的,有些失衡。她一直渴望着能有一个带花园草坪的房子,每天坐在自家的草坪上晒太阳喝茶。看来这辈子都不可能了。

陶明亮说,你愿意的话随时可以来喝茶,也可小住,我们有客房。

陶明亮斜斜地站在那里,微笑着看她。安璐敏不得不承认,五十出头的陶明亮,依然有着男人的魅力。但安璐敏无法判断自己在陶明亮眼里还剩几斤几两。他看到自己是高兴,是失望,还是无所谓?

都无所谓啦。

安璐敏从卫生间出来,忽然发现客厅的一个角落有一张高柜,上面摆着一尊挺大的佛像,用玻璃罩子罩着,佛像前,有红烛和油灯,还有一个焚香的铜鼎。与整个房间不太协调。难怪她今天一进门,就闻到屋里有股寺庙的香火味儿。

过来喝茶。陶明亮在饭厅招呼她:喝茶还是坐这边舒服。我们那个大沙发好看不实用。

这句实实在在的话,让安璐敏找到了同学的感觉。

四个人就围着餐桌坐下。安璐敏跟乔秀云坐一边,老公跟陶明亮坐一边。这么近距离地跟陶明亮面对面,安璐敏略有些不自在。她扭头去看窗户,窗外的阳光和绿树从百叶窗里泻入,很养眼。但墙上挂的画框和餐桌上的仿真花,却让安璐敏不敢恭维,热闹而俗气,一看就是大路货的工艺品。她很不解,他们又不缺钱,干吗不买点儿像样的画和上档次的工艺品呢。

陶明亮仿佛注意到她的目光,解释说,这些东西都是原来房子里的,我们买的是样板房。小乔说喜欢,我就让他们留下来了。

乔秀云说,我是想让家里看上去热闹些。

安璐敏心想,不会也包括那个放佛像的台子吧?

陶明亮说,你们是喝龙井还是喝铁观音?还是喝普洱?我都准备了。

何帆说,看来你们还保留了中国人的习惯,茶水待客。陶明亮说,哪里,我们已经好多年不喝茶了。这茶还是昨天去超市买的,也不知好不好。

安璐敏说,那你们喝什么,咖啡?

陶明亮说,对。我一天至少两杯,小乔要五六杯。

安璐敏吃了一惊,啊,喝那么多? 不会失眠吗?

乔秀云笑笑:以毒攻毒呗,白天尽量打起精神,晚上疲倦了才能睡一会儿。我一直失眠。

哦。我不怎么喝咖啡,不太懂。安璐敏掩饰着自己的惊讶。她怎么失眠那么厉害呢?但不好追问。毕竟几十年没见了,跟陌生人差不多了。又有了短暂的安静。

何帆说,听说你已经是美国教授了?厉害啊。

陶明亮摆摆手,没什么大不了的。何帆你才是大才子呢,在学校我就注意到你了,虽然你比较低调,我看过你在校刊上写的一篇杂文,文字功底相当好。现在还写杂文吗?何帆竟有些不好意思,连连说,哪里哪里,那个时候书生意气。

安璐敏说,对了,我给你们带了几本他写的书,没事儿翻翻吧。

陶明亮说,是吗,太好了。我最愿意看朋友写的书了。

安璐敏把三本书拿出来,陶明亮一本本地翻看着,当陶明亮打开其中一本随笔集时,安璐敏连忙说,这本书里的插图是我们女儿画的。不成样子呢。

陶明亮笑笑,没说什么。乔秀云也没说。他们仿佛没有听见安璐敏这句话。他们甚至没问问女儿多大了在哪里是否工作了这样最基本的问题。陶明亮很认真地询问起何帆关于国内图书市场的情况来,何帆便滔滔不绝地介绍。

安璐敏看无法加入谈话了,就对乔秀云说,秀云你带我参观下你们的大浩斯(house)吧。

乔秀云还没来得及说什么,陶明亮就放下手上的书说,我带你们参观吧。

乔秀云起身去了厨房。

安璐敏和何帆跟着陶明亮在屋子里转,陶明亮边走边介绍:我们选这个房子最看重的一点是不用爬楼。以后老了爬二楼都嫌高。

安璐敏连忙说,可不是嘛,我的关节已经不行了。

何帆说,平房会不会潮?

陶明亮说,不会的,这下面有地下室,一点儿不潮。

安璐敏跟何帆频频点头。

这是主卧。陶明亮指着一间屋子介绍起来:其实也没什么特别的,就有个卫生间。安璐敏微笑着点头,环视着这个豪华大卧室,比他们家客厅还大,墙角放了两张沙发和一个小茶几,感觉夫妻俩可以坐在那里促膝谈心。不过装饰依然过于浓艳,包括床上的寝具。是不是秀云的口味被老美改变了?

陶明亮又带他们走到旁边一间屋子:这是个衣帽间。

安璐敏探头看,也不小,有八平米的样子,中间是一排长长的开放式柜子,挂着整齐的衣服裤子,左右两边有柜门,大概可以放换季的衣服。这太让她眼红了。她很想走进去仔细看看,但忍住了,尽量轻描淡写地说,衣帽间很好,大立柜再大也放不了多少衣服的。

陶明亮笑着对安璐敏说，你们女人是不是最热爱衣帽间啊。

安璐敏说，可不是。我们女儿说将来结婚首先要有衣帽间。

陶明亮又带他们走到书房，书房并不大，也许是因为四面墙中有三面墙摆了书柜，显得空间小。但并不拥挤。有窗户的那面墙下，放着一把躺椅，一个小茶几，茶几上有台笔记本电脑。书桌很大，上面铺着纸，摆着笔墨。显然是陶明亮写字的地方。安璐敏走过去看，桌上正在抄写的是《心经》。

安璐敏由衷地夸赞说，这书房太棒了。

陶明亮说，我一天大部分时间都待在这里，所以尽量搞得舒服些。

何帆也说，书房真的很重要。

从书房出来，陶明亮指着另一间屋子说，这就是客房，怎么样，还不错吧？

安璐敏探头看，就是个普通卧房，有简单的家具。但收拾得干干净净，很舒适，让人有住进去的欲望。唯一不足的是窗户朝北，光线不够明亮。

陶明亮说，你们夫妻俩若是不上班，可以来这里住几天，我们四个人刚好可以打麻将。

安璐敏很吃惊，你也打麻将？

陶明亮说，我还不会。可以学嘛。老了总得有点儿消遣的事。

何帆说，哈哈，这想法跟我一样，不然朋友都在麻将桌上，没人理咱们了。但璐敏还不会，我让她学她不肯。

陶明亮说，璐敏比较高雅。

安璐敏说，别讽刺我了，我学就是了。

三人说笑着走出客房。安璐敏忽然发现，走在前面的陶明亮，微微有些驼背，而且后脑勺的头发，也几乎没有了。原来他的老态藏在背后。安璐敏莞尔一笑。这时她看到斜对面还有一间屋子，门是关着的，便说，我敢肯定这间是你们儿子的。

陶明亮说，对。他走过去，推开门，是一间比客房略大的卧室，朝南，光线很好。正对门的墙上，挂着很大的一幅照片，一个英姿勃勃的小伙子，穿着博士服戴着博士帽，手里握着一卷白纸，肯定是毕业证，跟以往安璐敏见过的许多毕业照一样。

安璐敏说，哇塞，好帅的儿子。

陶明亮没有说话。

安璐敏说，跟你好像啊。

的确是很像，仿佛就是年轻的陶明亮，只是笑容里多了几分羞涩，那羞涩显然是从乔秀云身上染过来的。屋子非常整洁，床，书桌，柜子，书架，一应俱全。书架上还摆着一些男孩子的玩具。靠门边的柜子上,摆了好多大大小小的相框,里面全是小男孩儿,有穿背带裤的,有穿运动装的,还有更小的时候全身裸着的,还有爸爸妈妈抱着背着的……唯一相同的是,孩子全都笑眯眯的,很幸福的样子。

比较特别的是,这些相框的下面铺着哈达似的长白布。安璐敏想,这夫妻俩,在美国待了二十多年,没信基督教倒信起佛教来。有意思。

何帆随口问,儿子还在美国吗?

陶明亮唔了一声,几乎听不到声音。

安璐敏说,听说他特别聪明,会念书。

陶明亮说,他走了。

安璐敏和老公同时回头,不解地看着陶明亮。

陶明亮说,已经走了两年了。

安璐敏大吃一惊:你的意思是……

对。陶明亮点头。

怎么,怎么会呢? 安璐敏结结巴巴地说,是,生什么病了吗?

陶明亮平静得甚至带着一丝笑意说,不是,是殉情。这孩子太痴情了。女朋友跟他分手,他走不出来。就爬到学校高楼上面……

安璐敏瞬间腿发软,鼻子发酸,低头找纸巾。

何帆拍拍陶明亮的肩膀,没有说话。

陶明亮努力笑了一下,有些抱歉的样子:儿子走了以后,我跟小乔,两年多没见客人。小乔瘦得厉害……我想这样不行,必须得改变。所以,我们离开那个地方,回国。说到底,只要没有勇气死,就得活下去。

安璐敏再去看墙上那孩子,笑容那么明亮,不像是想不开的孩子啊。她走进厨房,看到乔秀云正在拌沙拉。她站了一会儿,说,有什么需要我帮忙的吗? 乔秀云说,不用了,马上就好。安璐敏依旧站在那里。乔秀云忽然抬起头,笑着问她,你们女儿,还好吗?

安璐敏点头,走上去抱住她,泪水汹涌而出。

编 后 语

　　《小说月报》创刊三十五年来，几代同仁不同方向的努力，皆围绕着优秀作品的精心筛选、广泛传播、充分挖掘与有效阅读这条主轴。《小说月报》百花奖的创设正是其自然之延伸。自 1984 年起，这一以遴选当代文学佳作为使命的奖项已连续颁发十五届，凭借自身的权威性和公正性，在广大读者与作家心中占据了重要地位。

　　2015 年，百花文艺出版社决定以本社《小说月报》《小说月报·原创版》《散文》《散文海外版》四本品牌文学期刊为平台，将《小说月报》百花奖扩展为涵盖小说、散文两大类奖项的百花文学奖。

　　升级后的第十六届百花文学奖评选，做出了一些新的尝试，如增设在线投票通道，以适应新一代读者的习惯。为进一步增强评选结果的权威性，在统计线上线下投票总数之后，又将各类别得票位居前列的作品，提交专业评审重新通读、复决。最终本届百花文学奖小说奖共评选出中篇小说奖十四部，短篇小说奖十一篇，小说双年奖两名，小说新人奖一名。

　　本书所收录的入围作品，系获奖作品之外，得票较高的中短篇小说。这些作品与《第十六届百花文学奖·小说月报获奖作品集》所收录的作品一样，系《小说月报》2013 至 2014 年所选作品之精华，集中展示了近年国内中短篇小说的创作态势。参照往届百花奖入围作品集既定之体例，本书共分中篇小说和短篇小说两个板块，每一板块中的作品均按所获票数多少排序，作品之前另附有作家小传，以供读者参考。

　　在本书编辑过程中，承蒙诸位入围作者大力支持，值此机会表示我们最诚挚的谢意。感谢各界朋友对本刊始终如一的厚爱与支持，真诚期望您对我们工作中的不足之处，给予批评指正。

《小说月报》编辑部

2015 年 6 月